Das Buch

Auch wenn der Autor die Erinnerungen an seine Fahrt mit einem Schiff des VEB Deutfracht/ Seereederei Rostock »Roman« nennt, ist es erlebte Geschichte. Die Namen sind erfunden, die Charaktere jedoch nicht. Auch fuhr nie ein Containerfrachter mit Namen »Friedland« unter DDR-Flagge, wohl aber vergleichbare Schiffe …
Die fiktive »Friedland« kehrt im Herbst 1989 von einer Asien-Fahrt zurück. Im Indischen Ozean erreicht sie auf verschiedenen Kanälen die Nachricht von Veränderungen in der Heimat. Verstörende und zugleich optimistische Neuigkeiten für die einen, für die anderen wiederum Anlasss zur Besorgnis. Einige Besatzungsmitglieder mucken auf, wollen raus aus dem Trott und Veränderungen wie daheim. Die einen legen ihre Masken ab und werden zu Wendehälsen, die anderen halten an ihren Überzeugungen fest. An Bord erfolgen die gleichen Auseinandersetzungen wie daheim. Als kurz vor Weihnachten 1989 das Schiff in Rostock festmacht, sind jedoch die Würfel gefallen, auch wenn die Zukunft offen ist.

Der Autor

Fred Schulz, 1960 in Schwerin geboren, fuhr von 1976 bis 1991 zur See (davon drei Jahre Volksmarine). Danach qualifizierte er sich zum staatlich geprüften Umweltschutztechniker (IHK), arbeitete in der Umwelterziehung und später als Fachberater im Tonträgerbereich bei einem großen Elektronikmarkt.
In seiner Freizeit war er für Greenpeace aktiv, veröffentlichte mehrere Artikel zu Umwelt, Musik und Film und schrieb ein Drehbuch.
Heute arbeitet er bei einem unabhängigen Trinkwasserlabor.

Fred Schulz

Kursänderung

Roman

verlag am park

ISBN 978-3-89793-349-1

Satz: edition ost
Illustrationen: Archiv Fred Schulz. Die auf den Fotos abgebildeten Personen haben nichts mit den Akteuren der Geschichte zu tun.
Umschlaggestaltung: Unter Verwendung eines Fotos von Fred Schulz
Druck und Bindung: Sowa Druk, Polen

20,00 Euro

Die Bücher des verlags am park und der edition ost
werden von der Eulenspiegel Verlagsgruppe vertrieben

www.eulenspiegel.com

Kursänderung ist ausgedacht, aber nicht erfunden.
Eine Zeitreise in das Jahr 1989.

Dieses Buch ist den Seeleuten der DDR gewidmet,
denen, die zu Hause auf sie gewartet haben
und all jenen, die aus unterschiedlichen Gründen
nie zur See fuhren oder fahren durften.

In dankbarer Erinnerung an
Hanneke Geels und Johan Steen, Markelo (Niederlande).

Vielleicht sollte ich es verstecken? Seit drei Stunden starrte Jörg nun schon auf das Wasser, die Hände in den Taschen der alten Wattejacke vergraben. Sein Blick wanderte nach vorn, wo die Abendsonne auf die wenigen Container an Deck traf und mal lange, mal kurze Schatten auf das Grau der Biskaya zauberte. »Nee, das ist auch Mist. Ich muss ja doch damit durchs Hafentor.«

Leise sprach er mit sich selbst, was nach den vielen Wochen auf See schon mal vorkam. Die Gedanken schwirrten durch seinen Kopf.

Im hinteren Teil der Kommandobrücke erledigte unterdessen Rainer Hartloff, der Erste Nautische Offizier, den Rest seines Papierkriegs. Wichtiges und belangloses Zeug für die Leute in den Rostocker Büros. Breitbeinig, weit über den Kartentisch gebeugt, stand er da und rauchte. Der Kaffee in seiner Tasse schwappte langsam hin und her.

Sein Wachmatrose, draußen vor dem Brückenschott, nahm kurz die Pudelmütze ab und kratzte sich in seinem langen, welligen Haar, das nun wie angeleckt am Haupt zu kleben schien. Schon seit der Kindheit hasste es Jörg, wenn die Wolle zu kribbeln begann. Aber hier, im Wind, war die neue, von seiner Mutter gestrickte Mütze nützlich.

Nach einer Weile fand er ein kleines Stück grün weißes Papier in der Jackentasche, wickelte es aus und freute sich über die kleine Ablenkung. Genüsslich steckte er sich den letzten Pfeffi in den Mund. Dann nahm er das Fernglas, sah flüchtig hindurch, setzte es ab und beugte sich in den Türrahmen.

»Chief Mate, der Mitläufer an Steuerbord ist jetzt querab!«

Laut schallte seine Stimme durch die Brücke. Hartloff trat heraus in die Nock.

Die beiden Männer schauten mit den Ferngläsern zu dem vollbeladenen Containerschiff hinüber, das sich schnell an ihnen vorbei schob.

»Westgermane. Tolles Schiff. Voll bis Oberkante Unterlippe.«

Während Jörg schwärmte, beobachtete er seinen Wachoffizier von der Seite. Auch der war angetan.

»Ja, Herr Schmidt«, erwiderte Hartloff, die Zigarette im Mundwinkel, »da fährt die blanke Konkursmasse.«

Unterdessen saß die Besatzung in der Mannschaftsmesse bei ihrer letzten Bordversammlung und lauschte den Worten des Kapitäns. Der stand schwitzend, mit einem Zettel in der Hand, vor ihnen. Die blaue Uniformjacke mit den vier Kolbenringen am Ärmel überspannte seinen Bauch. Bagemiel war kein geborener Redner, auch wenn er sonst nicht mit klugen Sprüchen geizte.

»Wie gesagt«, stammelte er, »eine sehr gute Arbeit aller Kolleginnen und Kollegen. Äh, ich bitte darum, dass, wenn wir in ein paar Tagen zu Hause einlaufen, alle Bereiche in einem einwandfreien, ordnungsgemäßen Zustand sind. Und ich meine damit alle.«

Bagemiel spähte über den Rand seiner Lesebrille in die Runde. Sein Blick blieb bei Bolle, dem Koch, hängen, der noch in Arbeitssachen neben dem Bootsmann saß. Als dieser rot wurde, schaute der Kapitän schnell wieder auf das Blatt. »Und noch ein persönlicher Rat von mir: Leute, wir haben eine Müllverbrennungsanlage! Schmeißt also nicht wieder auf Rostock-Reede eure, na äh eure Kicker und Tittenhefte außenbords, sondern packt das, wenn ihr schon diesen Mist kaufen solltet, rechtzeitig beim Eisbärn in den Fullbrassbehälter. Der verbrennt dann den ganzen Müll, bevor den Zöllnern in Rostock einer abgeht.«

Die Männer fingen laut an zu lachen und auch die beiden Stewardessen konnten sich ein Schmunzeln nicht verkneifen.

»So, das wars von meiner Seite. Ich wünsche euch jetzt schon eine schöne Freizeit zu Hause. Wir sehen uns ja dann im Juni wieder.« Erleichtert ließ sich der Kapitän in den Sessel fallen. Doch nach einem kurzen Blick auf seine Notizen sprang er noch mal auf und hielt ein blaues Heft in die Höhe. »Ach so, hier liegt immer noch das Angebot der Feriendings, der Ferienplätze für den nächsten Winter und so weiter aus. Ihr wisst ja, wie schnell die Plätze der Reederei vergeben sind. Vielleicht schaut ihr ja trotzdem rein. Gut«,

Bagemiel atmete tief durch, »das Wort hat nun der Genosse Kunkel.«

Die Besatzung klatschte. Bagemiel warf die Papiere auf den Tisch und guckte freudestrahlend zum Chief hinüber. Unterdessen erhob sich, mit mehreren Zetteln in den Händen, der Politoffizier. Der Bootsmann und Fedja, ein älterer Matrose, sahen sich an und rollten mit den Augen. Kunkel, an Bord kurz der Polit, PO oder auch verhohlen *Pope* genannt, wartete bis Ruhe eintrat.

»Liebe Genossinnen und Genossen! Wieder geht eine Reise zu Ende. Eine Reise, deren Auftrag wir mit guten Ergebnissen absolviert haben. Im vierzigsten Jahr der Gründung unserer Deutschen Demokratischen Republik haben auch wir einen Beitrag zum Aufbau des Sozialismus und damit einen Beitrag zum Wohle aller Werktätigen in Stadt und Land geleistet. Die Verbesserung des innerparteilichen Lebens, sowie die noch bessere Ökonomie des Schiffes waren einige der Hauptaufgaben unserer Reise. So wurden durch ökonomische Fahrweise zweiundzwanzig Tonnen Treibstoff gegenüber Vorgabe eingespart. Der Verbrauch von Bordmitteln um 2.500 Mark reduziert, was dem Konto drei siebzehn zu Gute kam. Außerdem wurden neben dem Erbringen von Eigenleistungen in Höhe von 20.000 Mark, dem Erfassen von Sekundärrohstoffen und durch Neuerervorschläge kleine und große Taten vollbracht, die nicht zu unterschätzen sind. Auch unsere letzte Solidaritätsversteigerung, die über 1.200 Mark einbrachte, gehört dazu.«

Unauffällig linste der Zweite Nautiker zur Uhr, die links neben der Tür zur Pantry hing. Von der rechten Seite wachte das große farbige Bild Honeckers an der Wand. Pluto, ein Maschinenassistent mit schwarzen Locken und meist auch schwarzen Fingernägeln, und die Stewardess schauten abwesend durch die großen Fensterscheiben auf das Meer, wo die Sonne unterging.

Der Polit nahm ein neues Blatt in die Hand und machte begeistert weiter. »Wichtige Bausteine dieser Erfolge waren auch unsere Partei- und FDJ-Versammlungen. Ein guter Klassenstandpunkt aller Genossinnen und Genossen lässt erkennen, wie wichtig uns der Kampf auf internationalen Märkten ist. Die erzielten Devisen, die unsere Reisen einbringen, helfen weiterhin noch mehr unseren Staat reicher und schöner zu gestalten.«

Stolz blickte er auf. Abfällig grinste ihn der Bootsmann an und gähnte schließlich provokant. Der Storekeeper las mittlerweile in der Schiffspresse und Bolle spielte nervös mit einer Schachtel Club. Währenddessen betrachtete Fedja seine alten Sandalen, entdeckte ein kleines Loch in der linken Socke und schob im Zeitlupentempo die Füße unter den Tisch. Nur der Chief und einige andere Offiziere schienen eifrig zuzuhören. »Die Lage auf dem Weltmarkt ist für unser kleines rohstoffarmes Land täglich eine Herausforderung. Und trotzdem und gerade darum werden wir, gemeinsam mit den sozialistischen Bruderländern, Schritt für Schritt den Kapitalismus verdrängen!«

Der Politoffizier hob den Zeigefinger. »Denn unerschütterlich sind unsere Kampfgemeinschaft und brüderliche Verbundenheit mit allen sozialistischen Bruderparteien und Staaten. Unser Weg, unser weiter erfolgreiches Voranschreiten zeigt doch, wie sich die auf dem letzten Parteitag verabschiedete Wirtschaftsstrategie als richtig erwiesen hat.«

Zwischendurch fiel sein Blick über den Zettelrand auf den gelangweilten Gesichtsausdruck des Kapitäns. Der fühlte sich wie ein Schüler ertappt, nickte und spielte schnell rege Aufmerksamkeit. Lange hatte der Polit an dieser Ansprache gesessen. Auch wenn er ahnte, ja sogar wusste, dass sich kaum jemand dafür begeisterte, war es doch seine Aufgabe. Eine gewiss nicht immer leichte und bei vielen umstritten. Aber dafür wurde er bezahlt. Gut bezahlt. Und dafür war er da. Und eigentlich wurde es auch von ihm erwartet. Natürlich waren seine gewählten Worte schwulstig und aufgebauscht. Na und? Da gab es ganz andere. Man brauchte nur in die Betriebszeitung zu schauen. Die war voll davon. Also, was kümmerte ihn kurz vor Reiseende sein Publikum?

»Wir nehmen also«, fuhr er fort, »wir nehmen also die Gewissheit in unsere Heimat, ja in unseren Urlaub in der Heimat mit, dass die Sozialistische Einheitspartei Deutschlands und ihre Bruderparteien ihre internationale Verantwortung im Kampf für die weitere Stärkung des Sozialismus und für die Sicherung des Friedens in Ehren erfüllen wird.« Von seiner Rede angetan machte er eine kurze Pause, atmete durch und verkündete stolz: »Es ist mir außerdem eine große Freude, heute den Genossen Fleischmann nach vorn zu bitten.«

Plötzlich wurden alle hellhörig und setzten sich gerade hin.

»Will der etwa in die Partei?«, flüsterte der Bootsmann zum Koch. Der sah grinsend auf Fleischmann, der sich erhob und zum Polit ging. »Glaub nich. Da muss er ja Beitrag zahlen.«

Laut verkündete der Politoffizier: »Ich begrüße den Genossen Fleischmann als neues Mitglied der Deutsch-Sowjetischen Freundschaft!«

Alle klatschten oder klopften auf die Tische. Der Eisbär johlte: »Der letzte Einzelbauer ist in die LPG eingetreten!«

Während der Maschinenassi vom Polit ein Buch überreicht bekam, grölten und lachten die Leute. »Na Fleischi, da kannst du ja gleich einen Wodka ausgeben!«

Der Bootsmann freute sich diebisch. Und auch Pluto war wieder hellwach: »Hej, Fleischi willkommen im Klub.«

Fleischmann schaute auf das Buch und setzte sich. Als wieder einigermaßen Ruhe eintrat, ergänzte der Politoffizier: »Somit wird unser Schiff Kollektiv der sozialistischen Arbeit.«

Wieder klatschten alle.

Fedja beugte sich zum Bootsmann und rieb sich dabei den Daumen am Zeigefinger. »Immerhin, fünfzig Mark für jeden.«

Unruhe erfüllte nun die Messe. Der Polit schaute auf seine Zettel, dann zum Kapitän. Der zeigte ungeduldig auf seine Uhr am Handgelenk und winkte ab. »Ja, liebe Genossinnen und Genossen«, beendete der Polit unüberhörbar seine Rede, »im Namen der Parteileitung und des Schiffsrates wünsche ich Ihnen und Ihren Familien eine erholsame Freizeit.«

Der Bootsmann stand auf, gähnte dieses Mal laut und reckte sich. Fleischmann wurde sogleich umringt. Dankbar klopfte ihm Fedja auf die Schulter.

Beim Verlassen der Messe nahm der Bootsmann einen der Matrosen beiseite: »Tatze, sag mal dem Schmidti, wenn du ihn nachher ablöst, er soll die Russenflagge mit runterbringen.«

Fleischi lümmelte sich in der Ecke seiner Kammer und rauchte. Pluto und Fedja saßen zusammen mit Struppi, einem Matrosen aus Leipzig, auf der Backskiste am Fenster. Sie tranken Wodka.

Unter einer dicken Glasscheibe auf dem Tisch waren Bilder von nackten Frauen verteilt. Auch die Wände waren im Laufe der Jahre von Fleischi umgestaltet worden. Irgendwelche Innenausstatter der Warnowwerft wollten Kultur unter das fahrende Volk streuen und bedachten fast jede Kammer mit Lithographien von Helmut Maletzke. Aber sie rechneten nicht mit den persönlichen Vorlieben der Seeleute. Und so musste eine Ansicht des Stralsunder Marktes drei Damen mit großen Oberweiten weichen. Zum Glück wohnte Fleischi im tiefsten Süden des Landes. So kam seine Frau nie nach Rostock.

Als Jörg die Kammer betrat, war die Luft bereits blau. Immer noch in seiner Wattejacke, zog er freudig zwei Fahnen aus der Tasche, verknotete beide und hielt sie hoch. Dann nahm er seine Pudelmütze ab und fing an zu singen. Auch die anderen stimmten in die Melodie der Hymne der UdSSR mit ein. »Machorka, Kapusta, um zwölf wird es dusta! Baba baa baba baa baba baa baba baa!«

Anschließend hängte Jörg die DDR-Flagge an ein Bücherregal, spannte die sowjetische Flagge hoch über den Tisch und fand schließlich einen Schlitz an Fleischis Kojenverkleidung, wo er alles befestigte. Während er ein Glas Wodka von Struppi gereicht bekam, verkündete er: »Lasst uns auf den neuen Freund der Russen anstoßen. Na sdorowje!«

Das Kammerschott ging auf, und Bolle kam feierlich herein. Auch er trug, immer noch in seiner karierten Arbeitshose, passend zum Anlass des Tages, eine Wattejacke und in den Händen ein großes Brett, auf dem Gehacktes in Form von Hammer und Sichel garniert war. Hinter ihm servierten der Bäcker und Liese, die Stewardess, zwei große Teller mit Gurken, Speck, Zwiebeln und belegten Broten.

Fedja und Struppi waren begeistert. »Hurrrraaaaaah!«

Aus seiner grauen Jacke holte Bolle noch eine Flasche Wodka und knallte sie auf den Tisch: »Hier noch ein Wässerchen aus dem Lande Lenins.«

Fedja brüllte laut: »Ras, dwa, tri! Towarisch kompanie! Links 'ne Tasche, rechts 'ne Tasche, überall 'ne Wodkaflasche!«

Wieder ertönte das »Hurrraaaah!«

Jörg beugte sich zu Struppi: »Eigentlich wollte ich heute meine Bude aufräumen.«

Struppi schob seine braune Pelzmütze zurück, goss den Rest des Wodkas in ein Glas und öffnete die neue Flasche. »Mensch Schmidti, das kannste immer noch machen, du hast doch vier acht. Aber das hier, bei Fleischi, kommt nie wieder!«

»Ja«, entgegnete Jörg, nahm eine Gurke und biss hinein, »unser alter Sparstrumpf in der DSF, wer hätte das gedacht?«

Fedja, schon etwas müde, hielt Struppi sein leeres Glas hin: »Den ham se doch gekauft, damit das mit dem Kollektiv klappt.«

Fleischmann grinste, trank sein Glas aus, schenkte sich nach und zündete sich die nächste Cabinet an. Dann griff er zu einer Zwiebel: »Zu Hause würde ich wohl rausfliegen und in der Gartenlaube schlafen, wenn ich mit den Düften ins Ehebett kommen würde.«

»Na dann«, Fedja hielt ihn sein Glas zum Anstoßen hin, »genieß deine Freiheit auf See, Fleischi. Na sdorowje!«

Jörg stand auf, nahm das Buch, das Fleischmann vom Polit erhalten hatte, von der Koje und las die Widmung. »Guck an, Dürrenmatt. Hätte ich dem Popen gar nicht zugetraut.«

»Willste es haben? Halber Preis«, sagte Fleischi.

Während Jörg blätterte, kam der Storekeeper dazu. Natürlich nicht ohne Geschenk, denn es gab vor Erreichen Westeuropas kaum noch Gelegenheit, die Getränke zu konsumieren. Und dann wäre es sowieso zu spät. Antwerpen, Rotterdam und Hamburg bedeuteten Überstunden und wenig Schlaf. Aber das nahm man gerne in Kauf. So stellte der Keeper eine angefangene Flasche WBS auf den Tisch, die sogleich der Koch nahm. Mit einem zugekniffenen Auge begutachtete er die Flasche: »Oh, Gospodin Witt, feinster Cognac aus Freundesland G.D.R.!«

Der Keeper zog eine Kiste Bier unter der Backskiste hervor. Als Struppi sich ein Hafenbräu herausnahm, protestierte Fleischi: »Eh, das ist ein russischer Abend!«

Schmollend stellte Struppi die Flasche zurück, der Keeper legte eine herumliegende Wattejacke auf die Kiste und setzte sich darauf.

Nach einigen Runden Schnaps und Zigaretten kam Fedja mit einem großen Handtuch aus Fleischis Sanitärzelle gewankt und überreichte es würdevoll der Stewardess. »Hier Marfuschka, Seelchen. Hier hast du Kopftuch.«

Liese wickelte sich das Handtuch um den Kopf, und Fedja setzte sich eng zu ihr. »Djewutschka, Töchterchen! Prächtig siehst du aus! Wie eine Prinzessin. Ach, was sag ich? Wie eine Königin!«

Der Koch stand auf, nahm sich die Flasche Wodka und ein größeres Glas.

»Bolle«, sagte Liese erschrocken, »was hast du vor?«

Der erklärte feierlich: »Ich zeig euch mal, wie das geht.«

Er füllte das Glas randvoll, nahm ein Stück Speck, biss hinein, danach ein Stück Brot in die linke, das volle Glas Wodka in die rechte Hand. »Das hier«, schmatzte er mit vollem Mund und hob den linken Arm, »das hier ist Sakuska! Vorspeise!«

Mit einem Zug leerte er das Glas, hielt sich darauf das Brot unter die Nase und atmete hörbar ein. Beim Ausatmen pustete er und schlug sich an die Brust. Die anderen guckten gespannt zu. Struppi und Pluto probierten gleich begeistert diese neue Form von Trink- und Esskultur aus.

Plötzlich klopfte es lautstark. Alle starrten erschrocken in Richtung Kammerschott. Dann flog es heftig auf. Der Bootsmann erschien ebenfalls in Wattejacke, dazu in Filzstiefeln und, allen Anwesenden unerklärlich, mit einer alten Panzerkappe auf dem Kopf.

Alles grölte.

Er blieb im Türrahmen stehen und blickte streng in die Runde. Als Fleischi etwas sagen wollte, brüllte Fedja: »Ticho! Ruhe, Genossen Bürger! Tschapajew denkt nach!«

In der Kammer wurde es ganz still. Dann trat der Boss erhaben ein. Nun waren auch einige Abzeichen an seiner Jacke zu erkennen. Ein brauner Koppel umspannte eng den Bauch. Mit ernster Miene stellte er sich gerade hin, nahm Haltung an und sprach in gebrochenem Deutsch: »Teure Freunde! Iech trage ihnen nuun siengemäß ein Gediecht des verdienten Schrieftsteller des Volkes, Genosse Cheinz Kalow voor.

Der Polietoffiziier

Iech lebbe schon lange iem Oosten
uund chab einen seehr guuten Poosten
es wääre natjurliech am Bäästen
iech chät diesen Poosten iem Weesten
doch wääre der Weesten iem Oosten
gääbe es nicht diesen Poosten!«

Die Männer johlten nun durcheinander. Der Storekeeper erhob feierlich sein Glas: »Dorogije Drusja! Auf die unerschütterliche Mutter Heimat!« Wieder wurden die Gläser erhoben. Struppi nahm sich noch eine Gurke, versuchte aufzustehen, blieb aber am Tisch hängen und fiel auf den schon schlafenden Fedja.

Dann stimmte er sitzend, mit vollem Mund »Kalinka« an.

Der Juni-Anfang ging schon fast in den Sommer über. Zumindest von den Temperaturen. Jörg und seine Frau Anne waren auf einem ungarischen Campingplatz gelandet. Ein klappriger W 50 hatte sie auf ihrer Tramptour dort abgesetzt. Ihr kleines Zelt stand dicht umringt von einigen Wohnwagen. Meist waren es Holländer, die hier Urlaub machten. »Goedkoop«, wie sie sagten. Preiswert. Der Velencer See, in unmittelbarer Nähe, war nicht mit dem Balaton zu vergleichen. Hier herrschte Ruhe.

Es war Mittag. Die beiden gingen zu einer überdachten Kochstelle, wo Jörg den Tisch deckte und Anne Wasser aufsetzte. Ein älteres Ehepaar mit grauen Haaren und lockerer Kleidung wusch gemeinsam Geschirr ab. Jörg war dem Mann schon am Morgen im Waschraum begegnet, als er sich rasierte. Da fiel dessen Blick auf den Rasierschaum, den sich Jörg in Rotterdam gekauft hatte. Und so wechselten die beiden zuerst ein paar Worte auf holländisch, und als Jörg nicht mehr weiterkam, auf deutsch. Dabei erfuhr er, dass das Paar eine Rundreise von den Niederlanden bis nach Jugoslawien machte. Jörg interessierte sich sehr für Sprachen. War es für ihn noch einigermaßen einfach, Holländisch zu verstehen, ging es mit dem Ungarischen gar nicht. Gerade mal die einfachsten Worte, wie Bitte und Danke oder Guten Tag hatte er sich merken können.

Ein Mann kam, um Wasser für seinen Hund zu holen. Sein weißes T-Shirt, mit der deutschen Flagge, war etwas zu eng für den fülligen Körper. Als er Jörg mit Anne reden hörte, blieb er bei den beiden stehen. »Oh Deutsche! Na, ihr seids doch bestimmt aus Hamburg!«

Anne drehte sich mit einer Packung Nudeln in der Hand zu dem Mann um. »Ja, so ungefähr.«

Der Mann kam näher und stellte den blinkenden Wassernapf auf den Tisch. »Lasst mich raten. Ich war mal da für einige Zeit geschäftlich unterwegs. Lübeck?«

Jörg grinste: »Ja, aber noch ein Stück weiter östlich.«

Die beiden alten Leute verfolgten das Gespräch und schauten öfters zu den Deutschen.

Der Dicke überlegte: »Weiter östlich von Lübeck? Da kommt doch nichts mehr.«

Jörg und Anne lachten. »Doch! Mecklenburg!«, entgegnete Jörg.

Der Gesichtsausdruck des Mannes veränderte sich schlagartig. »Aus der Zone?«

»Nee, DDR«, konterte Jörg.

Der dicke Hundeversorger schüttelte den Kopf: »Russenzone.«

Anne, die die Nudeln in das siedende Wasser schüttete, fragte freundlich: »Und woher stammen Sie?«

»Aus Passau«, antwortete der Mann stolz.

»Na, das wäre dann ja die amerikanische Zone«, hielt Jörg lachend dagegen.

Empört erwiderte der Bayer: »Nein, Deutschland!«

Na wer hier wohl in der Zone lebt, dachte Jörg. Die äffen doch jeden Scheiß von den Amis nach. Sind wir etwa Fans von den Russen? Hört jemand deren Musik? Na gut, die Klassik vielleicht. Oder tanzt bei uns jemand Kasatschok? Eher doch nicht. In Jörgs Kopf rasten die Gedanken vor Wut. Dieser Arsch! Aber die mit ihrem Line Dance, Country, Mc Doof und Merry Christmas … Mann Mann. Und da kommt der mir blöd von wegen Zone! Na ja, Jeans und Woodstock und so ist ja okay. Okay – auch so'n schöner Begriff. Aber volllappen lasse ich mich nicht. Und schon gar nicht von so einem Hinterwäldler. Der kann ja nicht mal richtig deutsch.

Er öffnete in freudiger Erwartung ein Glas Letscho, denn das gab es zu Hause kaum. »Hmm«, sagte er nach einer Weile, »und da fahren Sie in den Ostblock nach Ungarn? Reicht das Geld nicht für Spanien?«

Dabei grinste er den Dicken breit an.

Der nahm verärgert seinen Wassernapf und ging.

Die alten Leute schauten sich an und kamen langsam zum Tisch der beiden. Die Frau sprach in gebrochenem deutsch mit holländischem Akzent: »Dat war een Opschepper, Hansworst. Eine Angeber, eine Blödmann.«

Jörg winkte ab. »Das kennen wir schon. Ich bin bestimmt nicht derjenige, der eine DDR-Fahne aus dem Fenster hängt, aber ein bisschen Stolz hat man doch auch und lässt sich nicht von jedem Arsch anpöbeln.«

»Na, Jörg.« Anne schaute ihren Mann strafend an.

Doch der geriet langsam in Fahrt: »Ist doch wahr! Immer diese Klugscheißer.«

Der Holländer nahm seine große Schüssel mit dem Geschirr unter den Arm und sagte: »Vielleicht kommen Sie heute Abend zu unsere Campingwagen? Das ist die große mit die weiße Pajero dort hinten.«

Er zeigte auf einen weißen Jeep, vor dem ein kleiner grauer Hund saß. »Dann können wir uns was erzählen.«

Jörg schaute Anne an. Beide nickten: »Ja danke. Wir kommen gern.«

Der Abend wurde lang. Die Frauen machten Salat, es wurde Wein und Bier getrunken und über Gott und die Welt geredet. Hanneke, so hieß die Frau, interessierte sich sehr für Annes Arbeit im Kinderheim. Und es stellte sich heraus, dass Johan auch mal zur See fuhr. Als Technischer Offizier. Beide waren seit Jahren im Ruhestand und verdienten nebenbei ihr Geld mit einem eigenen Campingplatz in der Nähe von Enschede, den nun ihre Kinder übernommen hatten.

Von einem anderen Wohnwagen kam ein Mann herüber und sagte zu Johan: »Maak maar snel de TV aan.«

Dann ging er wieder.

Johan schaltete einen kleinen Fernseher an, der auf einer Bierkiste neben dem Wohnwagen stand. Es wurde über die Studentenproteste auf dem Platz des Himmlischen Friedens in Peking berichtet.

Anne und Hanneke ließen das Gemüse stehen und stellten sich hinter die beiden Männer, die ihre Campingstühle vor den Fernseher gerückt hatten. Anne, immer noch ein Salatmesser in der Hand, liefen Tränen über das Gesicht. Jörg war aufgebracht. »Wenn wir bei uns auch auf die Straße gehen würden, würden die das mit uns ebenso machen«, schimpfte er.

»Du meinst schießen?«, entgegnete Johan.

»Klar. Davon bin ich überzeugt.«

Der Alte zog an seiner Pfeife und dachte lange nach. Dann sagte er plötzlich zu Jörg: »Komm, wir gehen eine Stück.«

Die beiden erhoben sich. Der kleine graue Terrier der alten Leute kam schwanzwedelnd unter dem Wohnwagen hervor. Johan zeigte mit seiner Pfeife zum See und sagte zu den Frauen: »Wir sind mal kurz am Wasser.«

Sie gingen an Boule spielenden Holländern vorbei zum Ufer. »Du bist also nicht zufrieden mit die Leben in Oostdeutschland?«, fragte Johan nach einer Weile.

Jörg zögerte etwas mit der Antwort. Dann erwiderte er: »Nee, durchaus nicht. Da gibt es zu viel, was sich da so angestaut hat. Und das wird auch nicht besser.« Er kniete sich nieder und streichelte den Terrier, der hinterher gelaufen war. »Wir haben nicht mal eine

Chance auf eine Zweiraumwohnung oder überhaupt einer eigenen Wohnung in unserer Heimatstadt. Das hat man uns dort im Büro der Wohnraumlenkung, also auf dem Wohnungsdings, äh Amt, da so gesagt.«

Johan nickte und schwieg. Rauchend betrachtete er Jörg von oben, wie der immer noch den kleinen Hund kraulte.

»Und wo wohnst du jetzt?«, fragte er.

»Bei meinen Schwiegereltern. Zum Glück wohnen die in ihrem Bungalow.«

»Und warum gehst du nicht weg? Ich meine nach Westen?«, hakte Johan nach.

Jörg warf wütend einen Stein in das Wasser. »Wir sind verheiratet. Was soll ich da alleine?«

Doch Johan ließ nicht locker: »Ich meine, warum geht ihr nicht zusammen weg?«

Jörg sah auf den Boden: »Wenn das so einfach wäre.«

Johan zog wieder an seiner Pfeife und sah sich einige Zeit um. »Dann kommt doch zu uns«, sagte er in die Stille hinein, »wir haben viel Platz. Wir helfen gern.«

Traurig schaute Jörg in die Ferne und nickte. Dann seufzte er: »Danke. Aber das ist alles schwieriger als man denkt. Schließlich würde ich doch meine Familie nie mehr wiedersehen. Und meine Heimat.« Jörg wendete seinen Blick ab. »Trotzdem vielen Dank.«

Der alte Mann nickte aufmunternd. Sein graues, volles Haar kräuselte sich im Wind.

Wieder an Bord der FRIEDLAND stand Jörg in seiner Kammer, stellte sein Gepäck ab und sah sich um. Links die Koje mit Nachtschrank, Telefon und Lampe, daneben der Spind. Dann die kleine Klimaanlage, der Tisch mit dem Stuhl und der braunen Backskiste mit dem Kopfkeil und der Decke. Die Motorradposter und die Lautsprecherbox an der Wand. Der Bulleyekasten, der mal wieder weiße Farbe vertragen könnte und das Bücherregal, das noch leer war. Das wird nun wieder für Wochen mein zu Hause sein, dachte er mit etwas Wehmut. Ist schon irgendwie komisch. So ein Gefühl, was man auch kennt, wenn man nach langem Urlaub in seine Wohnung kommt. Alles wirkt fremd und doch vertraut. Langsam begann er seinen Seesack auszupacken, hielt die noch sauberen Arbeitssachen in den Händen und zog sich um. Dann nahm er die neue blau weiß karierte Bettwäsche, die sein Kammervorgänger netterweise für ihn bereitgelegt hatte und baute die Koje. An die Wand und auf den kleinen Nachtschrank platzierte er Annes Fotos. Wie die Zeit vergeht? Gerade noch hatte er seine Anschaffung der letzten Fahrt, zwei nachgemachte Samuraischwerter aus Kobe, heil nach Hause gebracht, da ist der Urlaub auch schon wieder um. Früher, ohne feste Freundin, konnten die Reisen nicht lang genug sein. Aber jetzt, nach einem Jahr Ehe, war das anders. Zum Glück durfte er wegen einer Familienfeier etwas länger zu Hause bleiben. Die Anderen waren schon seit zwei Tagen an Bord. Das Schiff war nun für die Reise ausgerüstet.

Jörg trat hinaus auf den Gang vor seiner Kammer. An der Wand hing der neue Rollenplan. Aha, wieder Boot 1. Alles so, wie beim letzten Mal. Sein Blick flog den Plan hoch und runter.

Kapitän:	Dieter Bagemiel
Funkoffizier:	Friedhelm Pietsch
Politoffizier:	Udo Kunkel
1. Offizier:	Rainer Hartloff
2. Offizier:	Sebastian Rosenhagen
3. Offizier:	Stefan Winkler
Leitender Technischer Offizier:	Winfried Schlüter
1. Ingenieur:	Uwe Voigt
2. Ingenieur:	Andreas Dettmann
E-Ingenieur:	Ingo Tesch
Kühl-Ingenieur:	Jacob Lohmann
Storekeeper:	Andreas Witt
Bootsmann:	Rüdiger Hanke
Kabelgattsmatrose:	Heiner Albrecht
Vollmatrose:	Udo Reichelt
Vollmatrose:	Jörg Schmidt
Vollmatrose:	Burkhard Vetter
Vollmatrose:	Klaus Strunz
Vollmatrose:	Peter Tatzki
Vollmatrose:	Michael Weber
Maschinenassistent:	Frank Plutner
Maschinenassistent:	Axel Fleischmann
Koch:	Mathias Bollnow
Bäcker:	Thomas Glawe

Oberstewardess:	Dagmar Kraft
Stewardess:	Marlies Hellbach …

Fremde Namen waren dabei. Neuer Matrose, neuer E-Ing. und eine Elvira Voigt. Oh, der 1. Ingenieur darf seine Frau mitnehmen.

Nach einem kurzen Begrüßungsrundgang bei Bolle und beim Bootsmann – dem Kapitän war er schon an der Gangway begegnet – kehrte Jörg wieder in sein kleines Reich zurück und packte sein Waschzeug aus. Er hatte sich vor einigen Reisen entschlossen, ein Deck tiefer zu ziehen. Hier standen, nach dem endgültigen Verzicht auf das Fahren mit Lehrlingen sowie des Bordelektrikers, zwei Kammern leer.

Als er dann später Kassetten aus seiner Reisetasche in einer Schublade verteilte, traten zwei Herren durch das offene Kammerschott. »Guten Abend«, sagte der eine, mit schwarzem Schnauzbart, an dessen Uniform Jörg schnell den Zöllner ausmachte, während der andere ein junger Angehöriger der Grenztruppen zu sein schien. Jedenfalls trug er jene Uniform.

»Guten Abend«, erwiderte Jörg.

»Kann ich mal das Seefahrtsbuch haben?«, bat der Grenzer.

Jörg ging an den Spind, wo seine alte Jeansjacke auf einem Bügel hing. In der Innentasche, die er sich vor vielen Jahren eingenäht hatte, steckte das sperrige blaue Dokument.

»Hier bitte.«

Der Grenzer kontrollierte die Seiten und machte eine Gesichtskontrolle. Jörg lächelte und strich seine schulterlangen Haare zurück. Etwas Ähnlichkeit war noch mit dem Foto, das während seiner Armeezeit entstanden war, vorhanden.

Der Zöllner nahm den Seesack von der Koje, riss schwungvoll die bezogene Matratze hoch und blieb mit ihr dabei an der Kojenlampe hängen. Dann ließ er sie wieder los, öffnete die Schubfächer unter der Koje, klappte den weißen Deckel des Servusbehälters hoch und sah anschließend in den Spind.

»Packen Sie mal den Sack hier aus!«

Der Zöllner reichte Jörg den halbvollen Seesack. Jörg war wütend, versuchte es aber nicht zu zeigen. Stattdessen schob er seelenruhig die Schubkästen in die alte Lage, legte die Matratze wieder in die Horizontale und schüttete den Rest auf seiner Koje aus. Hervor kam nur Wäsche.

Der Zöllner hob einzelne Kleidungsstücke an und ließ sie fallen.

Vor der Tür erschien schnaufend ein dicker, älterer Zöllner mit einem kleinen Hund. Mit rotem Kopf guckte er kurz in die Sanitärzelle und ging wieder. Nun öffnete der Schnauzbart das Schubfach des Tisches und nahm einige Kassetten heraus, die er wie rohe Eier zwischen den Fingern hielt.

»Was ist das denn?« Erheitert hob er Lakomys »Traumzauberbaum« in die Höhe. »Wie alt sind Sie?« Der Zöllner zeigte grinsend dem Grenzer Kassetten von Gerhard Schöne und von Pittiplatsch.

»29«, erwiderte Jörg, »die gehören meinen Neffen. Ich habe ihnen versprochen, sie zu hören.«

Der Zöllner prustete los: »Na dann viel Spaß!« Er schaute auf eine Liste und machte einen Eintrag. »Schmidt, Jörg. 40 Kassetten ausgeführt. Auf Wiedersehen.«

»Wiedersehen«, sagte Jörg, machte das Kammerschott hinter ihnen zu und schaute sich um. Es sah aus wie nach einer Razzia. Als er seine Koje neu baute, erinnerte er sich an vergangene Zeiten, als noch alle gemeinsam in der Messe gesessen hatten. Damals wurde einer nach dem anderen aufgerufen, ging an den Uniformierten zur Gesichtskontrolle vorbei und anschließend auf die Kammer. Na ja. Wenns sein muss.

Kurz darauf erklang aus dem Lautsprecher die Stimme des Kapitäns: »Decksbesatzung Klar vorn und achtern! Klar vorn und achtern!« Jörg schaute auf seine Uhr. Noch eine halbe Stunde bis zu seinem Wachbeginn. Er setzte seinen Helm auf, ging zum Schreibtisch, fasste sich in die Hose und holte 150 DM aus seinem Slip heraus. Dann legte er das Geld in eine Schachtel mit Büttenbriefpapier, nahm seine Festmacher und verließ die Kammer.

Wenig später liefen sie nach Hamburg aus, wo sie nur kurz Ladung übernahmen. Nach einigen Stunden ging es schon wieder weiter nach Bremerhaven. Auch hier war die Zeit für Landgänge zu knapp und außerdem der Weg in die Stadt zu weit.

Struppi beschriftete mit Kreide die Wachtafel an der Gangway.
Hafen: Rotterdam
Datum: 18.06.89
Wache: 8-12
WO: Winkler
WM: Schmidt / Strunz

An Deck herrschte Ladebetrieb. Jörg war mit dem Bootsmann an den Luken. Laut surrten die Containerbrücken und die Signale der Hubwagen hallten über das Terminal.

Kurz nachdem der Polit und Elvira Voigt an Land gingen, hielt ein dunkelblauer Lada vor dem Schiff. Ein Mann stieg aus und kam mit einem Aktenkoffer und einem kleinen, roten Karton in den Händen an Bord. Er zeigte Struppi kurz einen Ausweis mit der Bemerkung: »Zum Kapitän. Ich kenn den Weg. Danke!« Schon verschwand er in den Aufbauten.

Struppi legte unverrichteter Dinge den Kugelschreiber in das Landgangsbuch zurück und rief den Kapitän an. »Kaptain? Ja, hier die Gangway, Strunz. Es kommt jemand zu Ihnen nach oben. – Wer? Ääh, einer von der Reederei.«

Dann legte er schnell auf.

»Sieh an, der Ronninger!« Kapitän Bagemiel ging auf seinen Besuch zu und streckte ihm die Hand entgegen.

»Hallo Käptn! Hier, deine versprochenen Blumenzwiebeln. Echt holländische Qualität«, erwiderte der. Freudestrahlend überreichte Ronninger dem Kapitän den Pappkarton und schloss die Kammertür. »Lager die erst mal kühl und trocken.«

»Danke, Walter. Da wird sich meine Frau aber freuen.«

Bagemiel stellte den Karton beiseite, rief kurz die Oberstewardess an, nahm zwei Gläser aus seinem Schrank und öffnete eine Flasche Cognac. Beide setzten sich an den Tisch. »Bevor wir zum üblichen Schreibkram kommen, Dieter, Ihr habt hier einen Andreas Witt an Bord?«

»Ja, das ist unser Storekeeper. Wieso?«

Der Kapitän zündete sich eine Zigarette an.

Walter Ronninger wurde plötzlich ernst: »Der muss nach Hause.«

Im MKR klingelte das Telefon. Fleischi nahm den Hörer ab und meldete sich: »Nein, der Chief ist nicht hier unten.« Dann legte er auf und ging zurück in die Werkstatt, wo der 1. Ingenieur, Uwe Voigt, dem Storekeeper bei der Arbeit an der Drehbank zu schaute. Nach einer Weile klingelte das Telefon wieder, und Voigt verließ den Raum.

Daggi, die Oberstewardess, hatte gerade den Kaffee beim Kapitän serviert. Mit den Blumenzwiebeln unter dem Arm verließ sie die Kammer des Alten, als der 1. Ing. hereinplatzte.

»Also Leute, so geht das nicht!« Voigt war außer sich vor Wut.

Bagemiel, Ronninger und der Chief saßen am Tisch und schauten erschrocken auf.

Der Kapitän brüllte, mit einer Tasse Kaffee in der Hand, zurück: »Machen Sie mal das Schott dicht!«

Voigt schloss die Tür und drehte sich um. In ölverschmierter Arbeitsmontur, den Gehörschutzbügel noch um den Hals, stand er vor dem weiß gedeckten Tisch. »Wie ich höre, soll der Keeper runter«, fuhr er fort. »Bitte! Aber dann sagen Sie mir mal, wie wir weiterfahren sollen? Kommt da heute Nacht ein Service von Land oder wie?«

Der Kapitän trank seelenruhig einen Schluck Kaffee, setzte die Tasse behutsam ab und sagte: »Sie sind doch vom Fach. Also lassen Sie sich was einfallen und denn ist gut.«

Voigt fühlte sich provoziert: »Kann ich zaubern?« Flehend sah er auf den Leitenden Technischen Offizier herab. Dabei nestelte er an der Taschenlampe, die aus seiner Kombi herausragte. »Chief, sagen Sie auch was! Der Witt hat goldene Hände. So einen bekommen wir nie wieder! Der hat Werkzeugmacher gelernt! Kriegen wir denn wenigstens gleich Ersatz für den?«

Der Chief zuckte mit den Schultern. »Sieht nicht danach aus. Wohl erst ab Zypern«, erwiderte er leise.

Voigt schaute zu Ronninger, der sich sofort auffällig in Position setzte.

»Danke! Ganz große Klasse! Ich hoffe, es gibt auch einen triftigen Grund, Kollege. Oder wollen Sie mal unten in der Maschine mitmachen?«

Ronningers Wangenknochen bewegten sich hin und her. Man sah förmlich, wie er pumpte. Doch er blieb abgeklärt, verschränkte seine Arme hinter dem Kopf und spielte den Überlegenen. »Vorsicht«, sagte er kühl, »es geht hier nicht um irgend eine Maschine.«

Voigt trat einen Schritt vor. »Aha?«

Ronninger fuhr fort: »Das sind kaderpolitische Maßnahmen. Das hat Sie nicht zu interessieren.« Betont höflich wandte er sich dann dem Kapitän zu: »Hat der Mann sonst noch irgendwelche Fragen? Wir wollen ihn doch nicht aufhalten.«

Nun explodierte Voigt endgültig. »Was bilden Sie sich ein! Sie sehen doch gar nicht durch. So eine Flitzpiepe!«

Der Kapitän griff ein: »Nun mal ruhig bleiben Genosse Voigt.« Immer noch versuchte Ronninger gelassen zu wirken. Doch seine Stimme offenbarte etwas anderes. »Das hat ein Nachspiel«, sagte er schneidig, »Freuen Sie sich schon mal auf die Konsequenzen aus Rostock. Sie werden von mir hören.«

Voigt stürmte aus der Kammer. Der Chief folgte ihm prompt. Ronningers verblüffter Blick wanderte vom Kammerschott zum Kapitän. »Wer war das denn?«, fragte er und rückte, immer noch deutlich erregt, seinen Schlips gerade.

»Das«, Bagemiel trank nun einen großen Schluck Cognac, »das war unser 1. Ingenieur und Parteisekretär.«

»Ich denke ihr habt einen Politoffizier?«, entgegnete Ronninger.

»Lass ihn doch«, antwortete Bagemiel achselzuckend, »wenn er das braucht ...«, und schenkte nach.

»Genosse Voigt!« Ein Deck tiefer blieb der 1. Ing. stehen. Besorgt kam der Chief den Niedergang herunter. »Bist du denn von allen guten Geistern verlassen? Mensch, du hast deine Frau dabei und latscht hier in 'nen Kinken. Dieser Ronninger kann dich so absägen, dass ihr beide gleich mit dem Keeper nach Hause schippert. Also«, der Chief grinste und boxte seinem Gegenüber leicht in die Rippen, »geh zurück und entschuldige dich bei dem, bei der ... Flitzpiepe. Sag, dass dir das Schiff so sehr am Herzen liegt oder so. Aber zeig, dass es dir leid tut.«

Nach einer Weile ging Voigt langsam den Niedergang hoch. Der Chief blieb unten stehen und atmete erleichtert durch.

Eine knappe Stunde später trat der Keeper umgezogen und in Begleitung von Ronninger aus den Aufbauten. Auf der Schulter seinen Seesack, kam er zu Jörg, der Struppi an der Gangway abgelöst hatte. »Trag mich mal aus, Schmidti.«

Jörg schaute den Keeper fragend an: »Was'n los?«

»Weiß auch nicht genau. Aber ich soll mit dem nächsten Schiff nach Rostock. Ich nehme an, wegen meinem Vater. Der war krank als ich losfuhr.« Er drückte Jörg noch einen Briefumschlag und seinen Kammerschlüssel in die Hand. »Hier, gib das mal bitte Liese. Sie wird dumm gucken, wenn sie von Land wiederkommt und ich bin weg. Also, mach's gut. Und gute Reise!«

Beide gaben sich die Hand. »Halt die Ohren steif, Keeper, und bis bald.«

Ronninger, der schweigend daneben stand, ging mit seinem Aktenkoffer und einer Reisetasche voran. Der Keeper folgte ihm. Dann brauste der Lada davon.

Auf der Überfahrt nach Antwerpen schaukelte die FRIEDLAND leicht. Elvira Voigt, die mitreisende Ehefrau des 1. Ingenieurs, stolperte blass aus einem Schott des Hauptdecks und wankte in Richtung Bug. Der Kabel-Ede war gerade beim Trinkwasserpeilen und traf auf den Eisbären, der die ersten Kühlcontainer kontrollierte. Aus dem Kabelgatt kam der Bootsmann mit einem Maulschlüssel in der Hand.

Als er Elvira sah, sprach er sie an. »Guten Morgen, junge Frau. Wohin des Wegs?«

Elvira grüßte zurück und blieb bei den Männern stehen. »Ich muss raus, an die frische Luft.« Mit einer Hand hielt sie sich der Reling fest. Ihr langes Haar wehte im Wind.

Der Eisbär lächelte. »Na, hat dein Mann dir Ausgang gegeben?«

Elvira winkte ab. »Ach, der mit seinem Maschinenraum. Da ist es doch viel zu laut.« Sie sah auf das Wasser. »Hier ist es viel schöner. Wenigstens an der Reling.«

Die Männer lachten.

»Ich kann auch echt nicht verstehen, wie es Uwe jahrelang dort unten aushält.«

Der Eisbär klemmte seine Daumen hinter die Träger seiner Latzhose. Aus der Brusttasche schaute ein Notizbuch heraus. »Na, im Winter wirst du das verstehen. Stimmts Ede?« Er sah den Kabelgeist an, der sich an das Lukensüll lehnte. »Klar. Dann ist es da unten mollig warm.«

Der Bootsmann, der die junge Frau aufmerksam musterte, erkundigte sich nach deren Beruf.

»Ich bin bei der Reichsbahn in einem Büro.«

»Na, da hast du ja Glück, dass sie dich mitfahren lassen«, sagte er. »Meine Frau ist Krankenschwester. Sie versucht es schon seit vier Jahren. Aber immer kommt was dazwischen. Oft sind es allerdings nur Ausreden.«

Der Kabel-Ede spielte an seinem Peilmaß. »Fährst du das erste Mal mit?«

Elvira nickte.

»Du siehst'n bisschen blass aus. Ist dir schlecht?«, fragte er vorsichtig.

»Ja, ich werd mich wohl nicht so schnell an das Geschaukel gewöhnen. Habt ihr vielleicht einen Tipp, was helfen könnte?«

»Klar«, entgegnete der Bootsmann prompt, »schön viel Schokolade essen und dazu Pfefferminztee.«

Elvira sah auf einmal erleichtert aus. »Danke. Das werd ich nachher gleich ausprobieren.«

Fröhlich, aber immer noch unsicher, ging sie weiter. »Tschühüss!«

»Ja, tschüss.« Die Männer schauten ihr nach.

»Also ich weiß nicht«, bemerkte der Eisbär und fuhr sich mit der Hand durch das lichte Haar, »das schaukelt doch noch gar nicht.«

»Sag mal Boss, das soll wirklich helfen?«, wollte Ede wissen.

»Was?« Der Bootsmann schaute immer noch Elvira hinterher, wie sie langsam den Niedergang auf die Back hochging. Die enge Stonewashjeans betonte bei jedem Schritt ihre Figur.

»Na das mit dem Tee und so«, sagte der Ede.

»Nee, helfen tut das nicht«, der Bootsmann grinste den Kabelgeist an, »aber es schmeckt beim Kotzen nach After Eight!«

Bei schönstem Wetter kamen Tatze und Eiche aus den Aufbauten, um an Land zu gehen. Zwar war es vom Delwaide Dock, dem Liegeplatz der FRIEDLAND sehr weit bis in das Zentrum von Antwerpen, aber es lohnte sich trotzdem. Jörg stand an der Gangway und trug die beiden Matrosen ins Landgangsbuch ein. Als Tatze die Gangway betrat, hielt er ihn noch kurz zurück: »Kannst du mir wieder diese Franc-Stückchen mitbringen? Du weißt schon.«

Tatze grinste. »Klar mach ich. Bis später, Schmidti.«

Die beiden verließen das Schiff.

Von achtern kam Liese, mit einer blauen Kittelschürze bekleidet, vorsichtig mit zwei Tassen Kaffee zu Jörg. Als er sie sah, ging er ihr schnell entgegen, bedankte sich und nahm ihr einen der Pötte aus der Hand. »Sei nicht traurig wegen Andreas«, sagte er, »bestimmt kommt der bald wieder.«

Liese nickte. »Ja, hat er ja geschrieben.«

»Willst du heute auch noch an Land?«, fragte Jörg.

»Mal sehen. Vielleicht kommt Daggi nach dem Mittag kurz mit rüber ins Dorf.« Sie trank einen Schluck und stellte ihre Tasse auf den Gangwaykasten. »Das lohnt sich ja eigentlich erst so richtig auf der Heimreise. Mit den paar Kröten kommt man doch nicht weit.«

Die beiden beobachteten das geschäftige Treiben im Terminal. Von dort oben hatte man einen guten Ausblick bis zum Hafentor, wo pausenlos neue LKW mit Containern eintrafen oder abfuhren. Dahinter lag Starbroek, ein langgezogenes Dorf mit Supermarkt und Kneipe, in der es das geliebte Trappistenbier gab.

Jörg drehte sich um. Aus dem Gang vor der Mannschaftsmesse hörte man schon von weitem die Stimme des Funkers und das Lachen des Politoffiziers. Zusammen mit Elvira Voigt traten sie an die Gangway. Der Polit hatte seine Praktica-Kamera um den Hals. Gut gelaunt gingen sie von Bord.

Liese und Jörg schauten ihnen nach. »Warum der 1. Ing. nicht mitgeht?« Liese guckte etwas ungläubig.

»Vielleicht muss er ja arbeiten?«, entgegnete Jörg und kratzte sich am Hinterkopf.

»Polit müsste man sein«, sagte Liese, »da hat man frei, wann man will.«

Jörg lachte. »Nee Liese, schönen Dank. Für kein Geld würde ich das machen.«

»Warum? Ist doch ne klasse Sache? Da wird man nicht schmutzig, hat ne riesen Bude mit Schlafraum, verdient sogar mehr Westgeld und hat 'ne Menge Vergünstigungen. Fetzt doch.«

»Seit wann interessierst du dich denn für Politik? Du bist doch nicht mal in der Partei.«

»Na und, du doch auch nicht«, griente sie. Ihre rotblonden Haare waren zu einem kleinen Zopf geflochten.

Jörg schüttelte den Kopf, sah sich um und sagte halblaut: »Nee, niemals. Mir reicht schon, was Pluto immer berichtet, wenn er von den Versammlungen kommt.«

Er trank den letzten Schluck Kaffee. »Außerdem würden mir meine Freunde zu Hause dafür in den Arsch treten. Nee, lass mal. Die meisten Leute sind doch schon so neidisch, das wir rauskommen. Die denken doch wer weiß was von uns. Das wir alles stramme Genossen sind und so.«

Plötzlich prustete er laut los.

»Was hast du?«, wollte Liese wissen.

»Ach nichts. Ich musste nur gerade an Fedja denken. Die alte Schlampe. Wenn der ein Repräsentant der DDR ist, wie es immer so schön heißt, na denn gute Nacht.«

Jetzt musste auch Liese lachen. »Oder Bolle mit seinen Pluderhosen.« Sie nahm beide Tassen. »So, dann werd ich mal wieder. Viel Spaß noch.«

Kichernd ging sie zurück nach achtern.

Kurz vor Ouessant gestaltete der Polit die Wandzeitung neu. Er brachte einige Fotos an, die er selbst entwickelt hatte. Pluto und Fleischi kamen aus dem Smoketimeraum und schauten ihm dabei über die Schulter. Fleischi zeigte mit einer Stulle in der Hand auf ein Foto: »Guck mal, Sportfest, letzte Reise, wo der Bäcker gegen den Boss gewonnen hat.«

»Ja«, sagte Pluto, »da ist ja der Keeper beim Luftgewehrschießen. Und Daggi beim Sackhüpfen.« Die beiden amüsierten sich.

»Können wir da paar Abzüge von haben?«, fragte Fleischi.

»Klar, mach ich euch welche«, versicherte der Polit stolz und befestigte weitere Bilder, auf denen einzelne Besatzungsmitglieder bei ihrer täglichen Arbeit zu sehen waren.

»Komm, wir müssen«, sagte Pluto und trabte wieder zurück in den Maschinenraum. Der Polit sah sich die Fotos nochmal an. Dann riss er das Bild mit dem Storekeeper von der Tafel und knüllte es in seine Tasche.

Am Abend besuchten der 1. Ing. und seine Frau die 8-12-Wache auf der Brücke. Jörg stand in der Steuerbordnock, als die beiden nach einiger Zeit heraustraten.

»Vielen Dank für die interessante Führung«, sagte Elvira zum 3. Nautischen Offizier.

»Gern geschehen.« Winkler blieb im Brückenschott stehen.

Uwe Voigt drehte sich um. »Und schönen Dank noch für die Zigaretten, Stefan. Wird Zeit, dass der Master mit der Transitausgabe rausrückt.«

»Ich glaube, er will morgen eine machen.«

Winkler sah dabei freudestrahlend das Paar und seinen Wachmatrosen an.

»Auf Wiedersehen«, sagte Elvira zu Jörg und dem Dritten.

»Das heißt ›Gute Wache‹«, tadelte sie ihr Mann.

»Na dann, ›Gute Wache«, korrigierte sie sich und ging.

»Ja, gute Ruhe«, erwiderten die Wachgänger.

Jörg, in kurzen Hosen und langem karierten Arbeitshemd, stellte sein Fernglas ab und schaute den Voigts hinterher. Winkler ging Richtung Kartentisch und zog die braunen Vorhänge vor sich zu. Dann nahm er seine Tasse, schenkte sich Kaffee nach und setzte sich in seinen Stuhl in der Ecke am Fenster. Jörg kam einen Schritt in die Brücke und sah kurz in das Radargerät. Er seufzte: »So'n Mist, dass der Keeper runter ist. Da ist sein Alter krank, und die lassen ihn mit 'nem Schiff zurückfahren. Der hätte genau so gut mit dem Zug nach Hause fahren können. Wäre doch schneller.«

Winkler drehte sich um und schaute Jörg verdutzt an. »Sein Vater ist krank?«

»Ja. Schade. Und wir wollten uns kohlemäßig zusammenschmeißen und in Singapur 'ne gute Anlage kaufen. Nächste Reise dann der andere. Schiete! Na ja, läuft ja nicht weg.«

Winkler, der 3. NO, stand auf, nahm seine Tasse aus dem Fensterkasten und ging langsam auf die Backbordseite. Vor dem Flaggenschrank blieb er stehen, trank einen Schluck und drehte sich um. Er hatte lange Jeans, Sandalen und ein weißes T-Shirt aus Hongkong an, auf dem comicartig Arbeiter abgebildet waren, die die britische Flagge rot anmalten. Darunter stand die Jahreszahl 1997.

Jörg trat unterdessen wieder hinaus in die Nock, nahm das Fernglas und schaute in die Runde. Dann sah er auf den Tochterkompass, der neben ihm stand. Wie mögen die das damals nur geschafft haben, wieder nach Hause zu kommen, als die da am Nordpol waren, fing er an zu grübeln. Egal, wo die dann auch hinwollten, überall war doch Süden. Die müssen schon was drauf gehabt haben. Sogleich fiel ihm die Stern-Combo Meißen ein. Aber die sangen ja vom Südpol. Ein Klassetitel. Zwar bisschen von den Temptations geklaut, aber trotzdem stark. Nach einer Weile kam er zurück in die Brücke, wo Winkler zum Vorhang ging, kurz dahinter sah und danach ganz dicht an Jörg herantrat. »Der Keeper wird nicht wiederkommen«, sagte er kaum vernehmbar.

»Wie, nicht wiederkommen?« Jörg verstand nicht.

Winkler nahm einen großen Schluck. »Sein Bruder ist in den Westen abgehauen. Den lassen sie nicht mehr fahren.«

Jörg schaute seinen Wachoffizier irritiert an. »Aber was kann denn der Keeper dafür? Das ist doch Sippenhaft.« Ihm stieg Wasser in die Augen.

»Ich weiß, das ist alles beknackt«, erwiderte der Dritte und klopfte Jörg auf die Schulter, »aber seinen Sichtvermerk bekommt der nicht wieder. Der wird nicht mal mehr rechtsrum zu den Russen fahren. Das kann jedem passieren.«

Jörg ging hinaus in die Nock, spuckte ins Wasser, legte sein Kinn auf die Unterarme und starrte eine Weile in die Ferne. Dann hörte er die Gräting knarren und die Stimme Winklers, der hinter ihm am Kompass stand. »Ich mache Ihnen ein Angebot. Wir können das ja mit der Stereo-Anlage in Singapur machen.«

»Darum geht es doch gar nicht.«

»Weiß ich. Aber Sie können es sich ja trotzdem überlegen.«

Jörg drehte sich um und sah in das Gesicht des Dritten. Der war ungefähr im selben Alter wie er. Sportlich, groß und braungebrannt stand er da und lächelte verlegen. Seit drei Reisen fuhr er auf der FRIEDLAND.

»Kopf hoch«, sagte Winkler aufmunternd und ging zurück in die Brücke, wo er im Kartenraum verschwand.

Jörg blieb bis zur Ablösung in der Nock stehen. Was ist das für ein Land?, fragte er sich. Bestraft Familienangehörige. Gern hätte er jetzt mit dem Dritten darüber geredet. Aber es ging nicht. Das Vertrauen war nicht da, denn er kannte ihn kaum. Schließlich war Winkler Offizier und verbrachte seine Freizeit nicht in den unteren Decks bei der Mannschaft. Wer an Bord sprach schon alles aus, was er dachte? Außer gegenüber einem echten Freund, oder man war sturzbetrunken. Was an Land schon nicht klappte, ging hier noch viel weniger. Schizophren. Das haben diese miesen Schweine gut hinbekommen. Man war reserviert ohne Grund. Besser konnte ein Land nicht kontrolliert werden. Na toll, dieser Argwohn! Jörg wollte nicht wissen, wie der Alte reagieren würde, wenn er plötzlich politische Witze erzählte oder seine Meinung zu den Wahlen äußerte. Anne wollte im Mai nicht einmal wählen gehen, weil sie in den nächsten Jahren keine Wohnung bekommen würden. So war jedenfalls die Ansage vom Amt. Aber um Jörgs Seefahrtsbuch nicht zu gefährden, kam sie dann doch mit ins Wahllokal, um einen Zettel zu falten. »Sei bloß still«, hatte er noch vor dem Wahllokal gewarnt. Zuerst erwog Anne, in die Kabine zu schlendern und alles durchzustreichen. Doch dann fiel ihr ein, damit die Chance auf eine spätere Mitreise zu vermasseln und unterließ es. Hätte es etwas genützt oder geändert? Ein Ehemann ohne Sichtvermerk hätte sie auch nicht glücklicher gemacht.

Jörgs Gedanken kreisten wieder um Witt, dem Storekeeper. Die beiden kannten sich schon seit der Indienststellung des Schiffes, also fast vier Jahre. Hatten viele Feten zusammen gefeiert und Landgänge gemeinsam bestritten. Wie es ihm wohl jetzt ging? Der Bruder abgehauen. *Abgehauen*! Das Wort sagte schon alles. Klang wie amputiert. Für immer verloren und weg. Abgetrennt vom Stamm. Ob der Keeper schon sein Seefahrtsbuch in diesem berüchtigten Zimmer der Faultierfarm abgegeben hatte?

Jörg erinnerte sich an Cäsar, den alten E-Mix. Ihn traf er mal im »Haus Sonne« in Rostock, völlig fertig mit sich und der Welt. Seine Frau hatte die Scheidung eingereicht. Als Konsequenz musste der Elektrische nun Springer im Hafen machen. Seit Wochen arbeitete er schon auf den Schiffen, half mit beim Ausrüsten und in der Maschine. Lief der Dampfer dann aus, durfte er absteigen und sich auf dem nächsten Schiff melden. Manchmal kam es auch vor, dass Cäsar am späten Abend gar kein Schiff hatte. Seitdem wusste Jörg aus erster Hand von den Gepflogenheiten einiger Bürokraten im Reedereigebäude.

Am nächstenTag stand, in langer Reihe und fröhlicher Stimmung, die Besatzung bei der Transitausgabe an. Die Konstrukteure des Vollcontainerschiffes hatten nur halbe Arbeit geleistet, denn die Transitlast lag an Steuerbord. Einige Kammern, so die von Fleischi und Pluto, hatten dagegen ihre Fenster »Vorkante Brücke«. Das bedeutete freie Sicht nach vorn, allerdings nur so lange, wie keine Container an Deck standen. Meist saßen sie darum im Dunkeln, die großen Blechkisten vor Augen. Dafür war das Fotolabor auf der Backbordseite.

Aus der offenen Last hörte man Tatzes Stimme. Er half Daggi bei der Ausgabe der begehrten Spirituosen, Zigaretten und anderen Waren. Fedja reichte ihm seine rote Plastepütz. »Eine Stange Club, zwei Kadarka, einmal Gin und fünfmal Pfeffis«, murmelte er.

Tatze packte alles in den Eimer und gab ihn an Fedja zurück, während Daggi laut das Gewünschte wiederholte und alles in einem dicken Buch notierte. »Der Nächste bitte!«

Der Bootsmann grinste Tatze an und lehnte sich in den Türrahmen: »Einmal Gotano, einmal Wodka und zwei Schokoladen.« Er zeigte auf einen Karton, der im Regal stand. »Ja, die! Und 'ne Tüte Kaffee.«

Wieder ertönte Tatzes Ruf. Eiche war gleich mit zwei Eimern erschienen. »Einmal für Jörg: eine WBS und einmal Rotwein.«

»Welchen Rotwein?«, wollte Tatze wissen.

»Hab ich vergessen«, erwiderte Eiche, »Sonst gib mal den Guten. Da mach ich bestimmt nichts verkehrt. Und was zum Lutschen, so'ne Pfeffis da. Drei mal. Und für mich eine Stange Cabinet und auch ein Fläschchen WBS.«

Tatze packte das Gewünschte in die Behälter und fragte: »Keinen Wein?«

»Ach ja, klar«, sagte Eiche erschrocken, »den Weißen da«.

»Tiritomba, tiritomba!« Singend und gutgelaunt kam der Kapitän in den Gang. Er trug Hausschuhe. Sein geripptes Unterhemd schaute aus der offenen khakifarbenen Uniformbluse. »Das war ja klar!«, rief er schon von Weitem. »Die Decksgang wieder als Erste! Und der Reichelt kauft und kauft.«

Eiche sah ehrfürchtig den Kapitän an. »Nein, nein«, stammelte er, »da ist auch noch was für Schmidti dabei!«

»Transitausgabe« an Bord

Bagemiel lachte. »So einen Freund möchte ich auch mal haben, der mir meinen Fusel holt.«

Vor ihm stand der Funkoffizier. »Na, Genosse Pietsch! Und was holen Sie sich? Etwa auch Wodka?«

Der Funker rückte seine Brille zurecht. »Nein«, antwortete er, »ich hole mir eine Flasche Weinblattsiegel. Und Nervennahrung.«

»Nervennahrung?«

»Ja, Schokolade und eine Tüte Engerlinge.«

Der Alte lachte. »Na, da vernasch ich doch lieber was Flüssiges.«

Auf einmal war lautes Tapsen zu hören. Fleischi kam mit nassen Haaren und in Badelatschen um die Ecke gehetzt. Ein altes T-Shirt aus Tampico steckte in seiner braunen NVA-Trainingshose.

Der Kapitän drehte sich um. »Herr Fleischmann! Sie so spät? Ich denke, Sie liegen in Ihrer Kammer schon unterm Tisch?« Bagemiels Lachen dröhnte. Dann versuchte er ein ernstes Gesicht aufzusetzen. »Tja, da haben Sie Pech gehabt. Ich bin der letzte Mann. Und nach mir ist Schluss!«

Er drehte sich genüsslich zu den Wartenden und rief: »Stimmt's Herr Tatzki?«

Tatze schaute aus der Transitlast in Richtung Kapitän. »Wenn Sie das sagen?«

Die anderen Besatzungsmitglieder lachten. Nur Fleischmann guckte fassungslos.

»Ja, Herr Fleischmann, dann erst wieder in zehn Tagen!«

Bagemiel musterte ihn von unten bis oben. »Tolle Hose. Noch von der Fahne?«

Fleischi nickte.

»Also gut. Sie dürfen sich noch hinten anstellen.« Der Kapitän triumphierte. »Aber nur, wenn Sie solange das Reservistenkollektiv vom Storekeeper übernehmen.«

Fleischi schaute irritiert. »Wieso? Kommt der denn wieder?«

Plötzlich trat totale Stille ein. Nur das ewige Geräusch der Maschine war zu hören. Die Oberstewardess trat einen Schritt aus der Transitlast heraus. Alle starrten den Kapitän an.

Dieter Bagemiel wurde sichtlich nervös. »Warum soll der denn nicht wiederkommen?« Er versuchte zu lachen. »Oder hat irgendeiner etwas anderes behauptet?« Als ihn die Leute weiterhin erstaunt anblickten, sagte er verärgert zu Daggi: »Ich nehm das Übliche, wie jede Reise. Bringen Sie's mir bitte nachher hoch.« Dann ging er.

Bei Fedja war öfter etwas los. Nur hatte er die Angewohnheit, seine Klimaanlage voll aufzudrehen. Man musste sich schon warm anziehen oder eine Decke mitnehmen. Fedja bestand auf einer kalten Bude, das sei gesund. Auch für seine Fische, die munter in einem kleinen Aquarium hin und her flitzten. Dafür rauchte er umso mehr. Die Kammer lag an Backbord, fern von allen Gängen, in die sich der Alte oder der Polit um diese Stunde verirren könnten. Als Jörg nach Mitternacht eintrat, waren außer Fedja noch Bolle und der Bootsmann in Feierlaune. Eine leere Flasche Gin stand auf dem Boden. Fedja berichtete mit schwerer Zunge gerade aus seiner Zeit, in der er noch bei Spezial/Küste fuhr. »Das war ein Dampfer! Modern, keine Frage. In Holland gebaut der Kahn. Aber die Truppe! Nicht eine Mieze an Bord.«

Und weiter: »Der Alte, dieser Kurz, hatte alles im Griff. Quiz-Abend? Wer war der Beste? Karl Kurz. Volleyball, wer hat gewonnen? Die Mannschaft vom alten Kurz.« Ein Schluckauf stoppte seine Rede. Fedjas lange graue Koteletten zuckten. »Und als ich mich beim Spielen am Netz anstrengte, war meine eigene Mannschaft, das müsst ihr euch mal vorstellen, mein eigenes Team. also die waren dagegen. Na gut, der Alte hat dann ja auch 'ne Kiste Bier geschmissen. Trotzdem.«

Fedja zündete sich die nächste Zigarette an. »Das ging ja schon in Rostock los. Es war ja meine erste Reise nach der Fahne. Ich mach da Gangwaywache, kommt doch so'n Zivilist auf den Dampfer und will in die Aufbauten. Na ich erstmal HALT gerufen, WOHIN? Der zückt so'n Klappausweis und will weiter. Ich wieder: WOHIN? ›Das werde ich Ihnen bestimmt nicht sagen‹, sagt der Kerl, lacht mich an und, sssssch, isser weg.«

Fedja zog an seiner Kippe. »Aha!, denke ich, GA VII!«

»Was fürn Ding?«, erkundigte sich der Koch.

»Gefechtsabschnitt Sieben! Also den gibt's eigentlich nich, aber alle bei der Volksmarine wissen, das ist Guck und Horch. Verstehste? Die Gummiohren!«

Der Bootsmann wollte in seine Koje und drängte zur Eile. »Mach hin, Fedja.«

»Ja, ja. Also ich steh da nun so an der Gangway und denke: dieser Arsch. Da kommt vielleicht 'ne halbe Stunde später ein Matrose vom Dampfer hinter uns. Ob wir Tischtennisbälle haben?, fragt der. Keine Ahnung sag ich, bin doch erst neu aufgestiegen. Ich also zum

Bootsmann, so 'ne kleine dicke Feuerlocke mit Klopsnase. Ich also kurz angeklopft, Schott auf – und wer sitzt da mit einem Hefter an der Back? Mein Boss und der GA VII-Typ. Na die beiden haben sich vielleicht erschrocken!«

»Und weiter?«, drängte nun auch Bolle.

»Na zum Abmustern war es wohl zu spät. Wir sind ja dann auch gleich ausgelaufen, los zu den Griechen. Aber die ganze Reise war wie ein Eiertanz. Und als wir wieder zurück waren, musste ich auch gleich runter. War ja sowieso nur 'ne Vertretungsreise über Weihnachten.«

Fedja machte sich noch ein Bier auf. »Schmidti, auch eins?«

Jörg nickte.

»Also«, fuhr Fedja fort, »ich kam ja nu von der Fahne und alles war neu. Wir haben da bei den Griechen Trafos gelöscht. In drei Häfen. Und im letzten Hafen, ich ging an Land, da saß die ganze Crew von den Griechen in 'ner Taverne. Die hatten in allen Häfen die Löscharbeiten besorgt. War ja Schwergut. Na jedenfalls, die mich gesehen, großes Hallo! Ich soll die anderen vom Dampfer holen, meinten sie.«

Fedja nahm erst mal einen großen Schluck vom Edelbräu. »Ich also zurück auf den Kahn, war ja gleich auf der anderen Straßenseite. Überall geklopft, los mit rüberkommen und so. Die Griechen geben einen aus! Ich konnte ja nicht ahnen, dass sich in den Monaten, wo ich bei der Fahne war, was verändert hatte. Nicht mehr so locker. Alles seltsamer. Trotzdem haben wir mit den Griechen bärisch gefeiert. Sogar getanzt. Ohne Frauen! Hoppa, brüllten die Jungs. Fast wie bei olle Anthony Quinn. Wir haben aber dabei immer Wein in den Mund gekippt bekommen. Der ganze Boden war nass. Und ich bin beim Rumspringen schön ausgerutscht. Voll in die klebrige Soße geknallt. Naja. Jedenfalls können die da ordentlich feiern. Unser Bootsmann, der olle Sack, hat den Ouzo gesoffen wie Wasser. Und ich auch. Immer wieder hieß es *Jamas*! Auf die Gesundheit! Nur das mir zu spät einfiel, dass ich doch eigentlich ab Mitternacht Wache hatte. Ich also rüber, meine Arbeitssachen an und kurz hingelegt. Gegen halb eins stand ich dann irgendwie an der Rampe. 'ne Gangway brauchten wir den Tag ja nicht. War wie auf so 'nem RoRo-Schiff.

Ich bin zum Bullenwagen, der immer vor dem Dampfer stand, und habe den Polizisten gebeten, mich doch um halb vier zu wecken. Und ab in mein Kabuff. Das war so 'ne Werkstatt an Steuerbord und bin eingepennt. Um halb drei weckt mich der Grieche. Ich denk, ich spinne. Aber klar, die hatten ja eine andere Zeit als wir. Ich denke mal, wir hatten die Uhren nicht gestellt. Keine Ahnung.« Fedja hing seinen Gedanken nach und fragte nach einer Weile: »Wo war ich gleich stehengeblieben?«

»Der Bulle hatte dich geweckt«, sagte Jörg.

»Ja richtig … Ich gehe zur Reling, und plötzlich ist alles weiß. Ich gucke in die Ferne, alles weiß! Ich bin ja nu wirklich nich reli relijös, aber da hab ich echt geglaubt: Scheiße, ich werd blind! Scheiß Ouzo! Lieber Gott, ich saufe auch nich mehr!«

»Na, das Zeug wird gepanscht gewesen sein«, bemerkte Bolle.

»Und was war dann? Bist du zum Arzt?«, wollte der Bootsmann wissen. »Nee, ich hab geguckt und geguckt. Immer noch alles weiß und bin dann irgendwann ja abgelöst worden. Hab nix gesagt. Aber als ich dann gegen Mittag wieder an Deck kam, war das Gejohle der Griechen groß. Ich muss wohl immer noch zerschossen ausgesehen haben.«

»Und deine Augen?« Der Bootsmann stand auf. »Was war mit deinen Augen?«

»Ich schaute nach Steuerbord. Ganz dicht neben uns hatte in der Nacht 'ne riesige Fähre angelegt. Vielleicht fünf, sechs Meter neben uns. Und da hatte ich in meinem Suff die ganze Zeit die weiße Bordwand angeheult.«

Funkoffizier Pietsch saß am Pool, genoss das gute Wetter und las. Die richtig gute Bräune ließ immer noch auf sich warten. Er konnte den Kapitän nicht sehen, der ein Deck höher an der Reling stand. Bagemiel versuchte von dort zu erspähen, in welchem Buch sein Kollege blätterte. Aber es gelang nicht.

Unter ihm im Becken planschten Liese und Tommy, der Bäcker. Die Stewardess hatte eine schlanke Figur und war, im Gegensatz zu ihrem Kollegen aus der Wirtschaft, nicht nur schneeweiß, sondern auch zierlich, wie ein Schulmädchen. Dabei war Liese schon 22 Jahre alt. Sommersprossen waren auf ihrem ganzen Körper verteilt, und das salzige Wasser tropfte von den rotblonden Zöpfen. Als der Funker sich erhob, um auch baden zu gehen, kam Bagemiel den Niedergang herunter. »Na, Pippi Langstrumpf«, sagte er zu der Schwimmerin, »ist das Wasser schön warm?«

Dabei musterte er wie nebenbei das Buch im Liegestuhl.

»Ja«, entgegnete Liese, »kommen Sie doch auch rein.«

Der Kapitän lachte. »Lieber nicht. Wenn wir beide drin sind, läuft das Becken über.«

Der Bootsmann kam von der Steuerbordseite um das Skylight des Maschinenraums und blieb kurz stehen. »Na, Kaptain, na ihr Urlauber!«, sagte er gutgelaunt. Dann ging er hinauf zur Brücke, wo der 2. Offizier in kurzer Hose am Radar stand. Er war allein. Sein Wachmatrose räumte gerade die Rettungsboote auf. Im Laufe der Jahre war es auf der FRIEDLAND üblich geworden, dass, wenn auf der Brücke nicht viel anlag, die Matrosen in den jeweiligen Bereichen ihrer Wachoffiziere oder beim Bootsmann im Tagestörn arbeiteten. Immer auf Abruf, mit einem modernen Walkie Talkie aus dem Westen.

Der Zweite freute sich über den Besuch: »Hallo Boss, wie sieht's aus, hast du in der nächsten Zeit was für meinen Spezi zu tun?«

Der Bootsmann überlegte. »Wir entrosten gerade achtern die Manöverstation. Aber das ist vielleicht ein bisschen zu laut für die Quasselkiste. Die hört der dann ja nicht.«

Er nahm sich ein Fernglas und schaute flüchtig auf das Meer. »Weißt du was, Second, ich geh mal oben nach den Leckwehrhölzern gucken.«

Auf dem Peildeck, wo die Bohlen gelagert waren, sonnte sich Elvira Voigt auf einer Decke. Sie war eingeschlafen und die Seiten ihres aufgeschlagenen Krimis raschelten leise hin und her. Endlich mal eine richtig schöne Frau an Bord, dachte der Bootsmann, während er vorsichtig an ihren Füßen entlangschlich. Dabei schaute er nicht nur nach den Balken und verließ nach einigen genüsslichen Augenblicken diesen ruhigen Ort.

Wieder zurück auf der Brücke, war er noch leicht angetan von diesem seltenen Moment. »Na«, sagte er zum Zweiten, »das mach ich mal lieber selbst dort oben. Der kleckert mir sonst bloß das Deck mit Firnis voll. Aber er kann ja die Feuerlöschkästen machen. Die sehen nicht mehr so doll aus.«

In der nächsten Zeit hatte der Bootsmann nun öfter auf dem Peildeck zu tun. Und nachdem Fedja beim Smoketime über den Boss lästerte: »Der geht sich wieder Elviras Reichsbahnpuffer angucken«, trieb sich plötzlich sogar Fleischi dienstbeflissen auf dem Peildeck herum.

Einige Tage später turnte Jörg angeleint mit einer Pütz Wasser hoch oben an der Vorkante Brücke und putzte die Fenster von außen. Er hatte sich ein Schweißtuch um die Stirn gebunden. Seine Haare wehten im lauen Fahrtwind. Durch die dicken Scheiben sah er, wie der Funker aufgeregt dem Kapitän einen Zettel reichte. Der las ihn kurz und gab ihn weiter an den Polit, der ebenfalls auf der Brücke war. Jörg konnte nicht hören, über was sie sprachen, aber etwas schien die Gemüter zu erregen.

Pietsch verschwand wieder. In aller Ruhe stützte sich der Dritte Nautiker mit ausgebreiteten Armen auf das Radargerät und schaute mal hinein, dann geradeaus, dann den Polit an, wie der mittlerweile nervös in der Brücke auf und ab ging. In der Ecke der Backbordseite saß der Kapitän. Er rauchte und schwieg.

»Ja, ja, diese Ungarn«, knurrte der Polit, »kein Verlass auf diese Brüder. Die waren schon immer so.« Er schaute auf das Wasser und begann sich seinen Unterkiefer zu massieren. Dann drehte er sich um. »Die Bulgaren sind da anders. Aber das liegt ja auch an deren Geschichte.«

Während Kapitän Bagemiel ausdruckslos aus dem Fenster starrte, wurde der Polit immer heftiger. »Dieses Scheiß-Ungarn!« Er lachte kurz auf und schüttelte den Kopf. »Diese Kuruzen!«

Winkler stand, mit den Händen in den Taschen, immer noch am Radar und bemerkte beiläufig »Aber dafür gibt's bei den Bulgaren auch nur Obst und schönes Wetter. Als ich dort mal im Urlaub war, wurden mir gleich die Scheibenwischer geklaut.«

Der Polit sah den Nautiker verständnislos an und blieb kurz stehen. »Das hat ja nun nichts mit der Gesinnung der Ungarn zu tun, Genosse Winkler! Die denken wahrscheinlich, wenn sie ein Loch in ihren Grenzzaun schneiden, bekommen sie Devisen geschenkt. Aber bestimmt wird das auch so sein. Damals die Polen mit ihrem Papst … War ja wohl auch kein Zufall! Und jetzt die noch. Da muss man wachsam sein.«

Sichtlich nervös blickte der Politoffizier zum Kapitän. Schulterzuckend schaute der auf die Uhr, kratzte sich den Bart und stand stöhnend auf. »Ich weiß auch nicht so recht, wohin das alles führen soll.« Er nahm seine Marlboro-Schachtel aus dem Fensterkasten und machte die Zigarette aus. »Aber bin ich die Buchela? Hab ich 'ne Glaskugel? Auf alle Fälle liegt doch klar auf der Hand, in welchem Interesse das liegt.«

Bagemiel schlurfte zur Tür. »Na ja, ich bin dann essen. Mahlzeit.« Damit ging er von der Brücke.

Der Polit wanderte nun wieder auf und ab. Aber als sich dann der Dritte im Kartenraum geschäftig über seine Papiere beugte, um einige Daten zu notieren, verschwand auch er. Kaum schloss sich hinter ihm die Tür, richtete sich Winkler auf, reckte sich und rieb sich die Hände. Dann ging er wieder nach vorn, klopfte an die Scheibe, wo Jörg dabei war das letzte Brückenfenster zu putzen. »Machen Sie mal Schluss!«

Durch das offene Backbordschott kam zurück: »Bin gleich soweit. Nur noch das von der Nock.«

Jörg beeilte sich. Wenig später reichte er dem Dritten den Eimer, kletterte wieder zurück und legte seinen Sicherheitsgurt ab. Punkt 11:30 Uhr drückte Winkler einen Knopf und trat dicht an das Mikrofon, wobei er auf einen kleinen Zettel sah.

Auf der Manöverstation achtern saßen Fleischi, Fedja und der Bootsmann in Arbeitssachen an einem langen mit Wachstuch bespannten Holztisch. Gerade als sich Struppi vom Bäcker einen Teller mit Essen hatte geben lassen, ertönte einmal kurz die Alarmklingel. Aus dem Lautsprecher war die Stimme des Dritten zu hören: »Mahlzeit Besatzung und guten Appetit. Unsere Position ist 36 Grad 27 Minuten und 8 Sekunden Nord und 15 Grad und 54 Minuten Ost. Heute Vormittag hatten wir Sizilien an Backbord. Wir laufen 15,2 Knoten. Die Lufttemperatur beträgt 30° C und die des Wassers 25° C. Wind Stärke 2, See 1 und der Luftdruck beträgt 1019 mb. Heute Nacht werden die Uhren um eine Stunde vorausgestellt. Wir wünschen eine angenehme Weiterreise.«

Struppi setzte sich und knurrte. »Mist, wieder weniger Schlaf.«

»Du kannst ja eher in die Koje gehen«, stichelte Fedja. Seine Augen leuchteten hell im sonnengebräunten Gesicht.

»Mahlzeit!« Pluto kam mit seinem Teller dazu. Sein Arbeitshemd war nass vom Schweiß. Struppi schaute Pluto und Fleischmann an. »Na Fleischi? Schön warm da unten im Keller?«

Der winkte ab: »Es geht noch. Warte erst mal, wenn wir im Roten Meer sind.«

Der Koch guckte aus der Tür. »Schmeckts denn auch?«. Er drohte mit einer großen Kelle, »Fleischi, sag jetzt nichts Falsches!«

Der zog den Kopf ein. »Ja, geht so. Die Kartoffeln sind okay, das Fleisch auch. Und die Sauce aus Tank 7«.

»Alter Witz«, sagte der Bootsmann und erhob sich, »den hab ich schon auf der BÜCHNER gehört.«

»Bist du auf der BÜCHNER gefahren?«, wollte Struppi wissen.

»Klar. War zwar 'ne schöne Zeit, hat aber auch gereicht.«

»Warum?«

»War nicht so mein Ding. Immer nach Kuba.«

»Stell ich mir aber toll vor«, sagte Struppi.

»Quatsch, was ist denn daran so toll?«

»Na Che Guevara und so«, fing Struppi an zu schwärmen.

Der Bootsmann lachte laut auf. »Che Guevara! Auf der einen Reise ist auch so ein Jungrevoluzzer mitgefahren. Erstes Lehrjahr. Weiß ich noch wie heute. Der muss wohl von den ganzen Plakaten so aufgeputscht worden sein, dass er in Havanna abgehauen ist. Die sagten, als er nach paar Tagen aufgegriffen wurde, der wollte sich dort wohl irgendwelche Kämpfer suchen und dann nach Chile fahren, um den Pinochet zu stürzen.«

»Venceremos!« Bolle ballte die Faust in die Höhe und schüttelte kurz darauf den Kopf.

»War aber so!«, verteidigte sich der Bootsmann. »Der musste dann nach Hause fliegen. Das war, glaub ich, Ende '76. Genau! Und wir sind dann nach Nicaro auf Kuba weiter. Was aus dem geworden ist, könnt ihr euch wohl denken.«

»So ein Idiot«, sagte Fedja, »erste Reise und dann tschüss.«

Auf einmal erschien der Politoffizier, und das Gespräch verstummte. »Mahlzeit!« Er hielt sich eine Hand an die Wange. »Genosse Plutner? Ihr macht doch heute Abend FDJ-Studienjahr?«

Pluto schaute kauend auf. »Ja.«

»Ihr müsst mal ohne mich auskommen.«

Pluto nickte.

»Na, keinen Hunger heute?«, fragte Bolle.

Der Polit schüttelte den Kopf. »Ich habe Zahnschmerzen.«

»Einen Augenblick«, erwiderte Bolle, »da hab ich was.« Dann schaute er den Bootsmann an: »Noch Nachschlag Boss?«

Der nickte. Bolle verschwand mit dem Teller in der Kombüse.

»Wie gesagt«, fuhr der Polit fort, »macht das mal heute allein. Ich geh, falls ich das mit den Schmerzen kann, eventuell noch ins Fotolabor.«

»Ist gut«, entgegnete Pluto ohne aufzusehen. Als der Koch mit einem vollen Teller zurückkam, hatte er einige Gewürznelken für den Polit mit dabei. »Hier. Altes Hausrezept. Einfach eine Nelke auf den Zahn legen und lange drauf lassen. Das hilft.«

»Danke.«

Nachdem der Polit gegangen war, meckerte Struppi. »Jetzt schon FDJ-Studienjahr? Hat das nicht noch die ganze Reise Zeit?«

Fedja feixte. Doch Pluto wehrte ab: »Du denkst wohl, wir machen das auf der Heimreise, wenn du Wache gehst? Nee, nee, Struppi. Was wir haben, haben wir.«

Am Abend traf sich die FDJ-Gruppe in der Mannschaftsmesse. Diese lag auf der Backbordseite und war gemütlich eingerichtet. So war der vordere Teil, in dem Donnerstags und Sonntags die Mannschaft ihre Kaffeetime verbrachte, mit zwei Tischen und zwei großen Sitzecken mit Backskisten und Sesseln ausgestattet. Dazu Fernseher, Stereoanlage mit Plattenspieler, ein Schränkchen mit Büchern und Spielen sowie eine Blumenbank mit Hydropflanzen. Im hinteren Teil standen mehrere Tische, die teilweise mit Raumteilern voneinander getrennt waren. Hier wurde das Essen eingenommen. Der Fußboden war mit einem grünen, filzähnlichen Material versehen, das, als die FRIEDLAND vor nicht ganz vier Jahren in Dienst gestellt worden war, sonderbare Gerüche verströmte. Die Buna-Werke Schkopau ließen grüßen.

Liese, Pluto, Fleischi, Ede und Eiche warteten auf Struppi.

»Ich fang schon mal an«, sagte Pluto, der als FDJ-Sekretär auch mit im Schiffsrat saß, »Also der Polit und der Dritte kommen heute nicht dazu. Naja, und Schmidti geht ja nachher zur Wache.«

»Müssen die auch nicht.« Der Kabel-Ede freute sich, dass man unkontrolliert und allein war.

»Genau«, gab Fleischi seinen Senf dazu, »wir sind ja auch alt genug.«

Pluto sah auf einen Zettel. »Wir brauchen heute auch nicht all zu lange«, sagte er. »Doch bevor wir anfangen, ich hab hier mal was von zu Hause mitgebracht. Das hing immer in der Laube von meinem Opa. Ist ein Zitat von Karl Marx.«

»Ach du Scheiße!«, prustete Fleischi.

»Nu hör doch erst mal zu!«, schimpfte Liese.

Pluto begann erneut: »Also, passt auf. ›Der gesellschaftliche Fortschritt lässt sich exakt messen an der gesellschaftlichen Stellung des schönen Geschlechts. Die Hässlichen eingeschlossen.‹«

»Der spinnt wohl?« Liese war entsetzt.

Fleischi freute sich. »Der ist gut. Den muss ich mir merken. Für 'ne Glückwunschkarte an meine Schwiegermutter.«

»Na hör mal.« Liese war eingeschnappt. Ihre Wangen färbten sich und gaben ihrem blassen Gesicht einen rosigen Teint.

Pluto verteidigte den Ausspruch: »Wieso? Ist doch nicht falsch. Aber noch mal zurück zum Kollegen Charly Marx. Wie ihr ja wisst, ist heute das Thema *Proletarier aller Länder, vereinigt euch* dran.«

»Charly ist gut, Mann! Der hätte doch heutzutage bei uns überhaupt keine Chance«, entgegnete Fleischi.

»Warum?«, wollte Eiche wissen.

»Na, wurde der nicht in Trier geboren?«

»Ja. Am 5.5.1818«, antwortete Pluto, »das war das einzige Datum, das ich mir in Geschichte merken konnte.«

»Aber warum hat der nun keine Chance?«, drängelte Eiche.

Fleischi grinste: »Weil der zu viele Westverwandte hatte.«

Struppi kam in die Messe. Er hatte seine Schreibmappe unterm Arm und bog mit Schwung um den Raumteiler im Eingangsbereich. Dabei rutschte sein Kugelschreiber heraus und fiel in die Hydrotöpfe. Als er ihn herausnehmen wollte, stockte er, legte einen Finger auf seine Lippen und winkte den anderen zu. Dann zeigte er stumm auf die Pflanzen.

Liese flüsterte: »Was ist denn?«

Struppi hob einen Telefonhörer in die Höhe.

Sofort sprang Fleischi auf und rannte aus der Messe. Struppi legte stumm den Hörer zurück in die Blumenbank, nahm seinen Kulli und setzte sich. Bedrückendes Schweigen folgte. Nach einer Weile sagte Pluto nun betont ernst »Also Karl Marx. Warum hat er diese Losung ausgegeben?«

Eiche sprach laut und deutlich in Richtung Blumenbank: »Damit sich die Arbeiterklasse, also das Proletariat gegen die Unterdrücker, also die Bourgeoisie, zusammenschließt. Denn nur Einigkeit macht stark.«

Fleischi kehrte zurück. Unbekümmert hielt er eine Trillerpfeife vom Rettungsanzug in der Hand. Schnell sprang Liese auf und hinderte ihn daran, in den Hörer zu pfeifen.

»Jungs, das Wetter ist so schön! Lasst uns doch an Deck weitermachen!«, rief sie.

Trotzdem gelang es Fleischi, wenigstens noch schallend in den Hörer zu rülpsen.

Wenig später saßen die FDJler achtern am Tisch. Pluto hatte sein Buch zugeklappt. »Der Lauscher an der Wand, hört seine eigne Schand«, sagte er zu Liese, »das hat meine Oma immer gesagt.«

Struppi und der Ede kamen mit einigen Flaschen Hafenbräu. Mit einem mahagonigebeizten Hammerstiel, in dem eine Messingschraube eingedreht war, öffnete Fleischi in Sekundenschnelle das Bier. »Prost Leute!«, sagte er in freudiger Erwartung, »auf das Proletariat!«

»Genau«, erwiderte Struppi, »und im nächsten Hafen gehen wir dann mit den Russen zusammen auf die West-Dampfer zu den unterdrückten Seeleuten und helfen denen.«

Alle lachten. Die Flaschen klirrten aneinander.

»Wir und West-Dampfer! Wir dürfen ja nicht mal mehr, wie es früher üblich war, gegen die Fußball spielen. Und die Koljas von ihren Werkzeugdampfern dürfen doch auch kaum noch Kontakt zu uns haben«, wandte der Ede ein.

»Werkzeugdampfer?«, fragte Eiche.

»Die mit Hammer und Sichel«, erklärte der Ede stolz.

Der Funkoffizier erschien mit einem Umschlag. »Da sind Sie ja«, sagte er und drückte Pluto das Kuvert in die Hand.

Der riss es gleich auf, las das Telegramm und hatte Freudentränen in den Augen.

»Herzlichen Glückwunsch«, rief der Funker gerührt.

Noch am gleichen Abend stand der Polit vor seiner Wandzeitung. Aus der Kammer nebenan drang laute Musik. Das heilige Brett mit den Fotos der Besatzungsmitglieder hatte inzwischen ein Eigenleben entwickelt. Unter zahlreichen Bildern waren in verschiedenen Handschriften Kommentare geschrieben worden. Neben dem Foto von Bolle war ein Pfeil, der auf ihn zeigte. Daneben stand: »Bester Koch der Reise!«

Unter dem Foto des Eisbären war zu lesen: »Aktivist als Statist«. Das Bild des Funkoffiziers, der vor seiner Funkanlage saß und in die Kamera lächelte, wurde mit »Eine Stunde belichtet und nicht verwackelt!« betitelt.

Manchmal hasste der Polit seinen Job. Während er seinen Männern vom bösen Kapitalismus erzählte, wusste er doch, sie würden über ihn lachen, denn sie sahen ja die leeren Geschäfte zu Hause und auch ihn, wie er im Westen einkaufen ging. Natürlich wollte keiner, genau wie die Leute in der Heimat, etwas von Arbeitslosigkeit, Krisen, Obdachlosen, Kriminalität, Aufrüstung und Rauschgifttoten hören. Aber es gab das alles. Wenn er mit sauberen Händen und Sachen über das Schiff ging, während die anderen durchgeschwitzt, ölverschmiert oder vom Roststaub verdreckt ihn anschauten wie einen Touristen, kam er sich so manchesmal ausgegrenzt vor und tröstete sich selbst mit der Vorstellung, dass sie es selbst so gewollt haben. Könnten ja auch als Politoffizier fahren.

Es polterte in Plutos Kammer. Mehrere Stimmen sangen laut mit der Musik mit. »Immer noch stampft die Dampfmaschine volle Kraft voraus. Immer noch gibt uns die Kantine kostenloses Essen aus …«

Kunkels Aufmerksamkeit bekam eine neue Richtung. »S.O.S.«, schallte es hinter der Tür. Eine tiefe Männerstimme, die Fleischmann zuzuordnen war, übertönte alle anderen voller Inbrunst. »Fresst und sauft und sauft und fresst!«

Still stand der Polit eine Weile neben der Wandzeitung und lauschte der Musik. »Immer noch träumen wir von Heimkehr und vertraun dem Kapitän …«

Was war das?

»Immer noch findet sich keiner, der ausspuckt, und keiner darf beim Kompass stehn …«

Er schluckte, atmete tief durch, klopfte kurz an und öffnete das Kammerschott. Die Luft war blau vom Zigarettenqualm. Auf der Back standen Gläser und eine fast leere Flasche WBS. Pluto tanzte im Unterhemd mit Eiche, Fleischi und Liese. Alle sangen mit. Fleischi grölte aus vollem Hals: »S.O.S.!«

Der Polit war entsetzt. »Was ist denn hier los?«, rief er erregt.

Fleischi drehte sich um und blieb bei seiner Lautstärke: »Pullerparty!«

Kunkel verstand nicht und fragte: »Wie bitte?«

Doch Fleischi wiederholte: »Pullerparty! Wir feiern die Geburt von Plutos Sohn!«

Der Polit versuchte ein freundliches Gesicht aufzusetzen. »Ah, ja. Gratuliert hatte ich ja schon. Aber was habt ihr da laufen?«, fragte er und zeigte auf den Rekorder. Eine Gitarre schnitt wie ein Samuraischwert in seine Worte.

»Das ist Tamara Danz!«, rief Struppi, der aus Plutos Sanitärzelle kam und sich die Hose zumachte. Im Mundwinkel hatte er eine Zigarette.

»Wer?«, fragte der Polit nochmals.

Struppi wiederholte: »Das ist Tamara Danz!«

Und Eiche lallte gleichzeitig: »Silly!«

Der Polit sah beide verständnislos an. »Ja nun was? Tamara Danz oder Silly?«

Struppi lachte: »Das ist doch das Gleiche!«

Schnell überspielte der Polit die für ihn dumme Situation. »Machen Sie mal leiser!«, forderte er Pluto verärgert auf.

Fleischi drehte die Lautstärke etwas runter. »Immer noch haben wir den Schlüssel von der Waffenkammer nicht …!«, dröhnte es aus den Boxen.

»Das soll Silly sein?«

»Ja, Silly!«, sagte Pluto stolz, »Ostberliner Band!«

»Was heißt hier Ostberlin?« Polit Kunkel war außer sich. Eiche wankte unauffällig zur Toilette und verschwand.

Pluto entgegnete nicht mehr ganz nüchtern. »Naja, es gibt ja auch noch Westberlin.«

Alle, außer dem Polit, lachten.

Wütend verließ dieser die Kammer und knallte das Schott hinter sich zu.

Fleischi freute sich: »Jetzt hat er wieder was für Rostock zu melden.« Er drehte die Musik wieder lauter. »Rostock, DDR, Ost!«

Wenig später saß der Polit beim 1. Ing, der mit seiner Frau Karten spielte, in der Kammer und sah, immer noch etwas aufgebracht, von der Backskiste aus zu.

»Wenn dir der Plutner doof gekommen ist, sollten wir mal darüber nachdenken, ob der noch als FDJ-Sekretär tragbar ist«, sagte Voigt überzeugt.

»Soweit sollte man nicht gleich gehen«, erwiderte der Polit und schaute sich in der halbdunklen Kammer um. »Nee, nee, der Genosse Plutner ist schon in Ordnung. Der hat bestimmt zu viel getrunken. Aber irgendwie fangen die alle an, am Zeiger zu drehen.«

Elvira legte ihre Karten beiseite. »Lasst ihn doch«, sagte sie, »außerdem ist der schließlich Papa geworden.«

Ihr Mann stand auf. »Ach, und da darf man das? Der Plutner hat Bereitschaft. Der darf überhaupt nichts trinken.«

Obwohl es der Polit besser wusste, beruhigte er ihn. »Bestimmt hat das heute der Fleischmann übernommen.«

Voigt prustete vergnügt: »Der Fleischmann? Na, das glaub mal, das der nüchtern bleibt.«

Elvira zog ihren Mann leicht am Arm, so dass er sich wieder hinsetzte. »Vielleicht haben die ja auch von der Sache in Ungarn gehört?«, fuhr er fort, »da sollte man doch gleich aufpassen und notfalls die Bremse ziehen.«

»Du bist aber auch streng.« Elvira strich ihrem Mann über die Stirn.

Der schob schroff ihre Hand weg. »In diesen Dingen kann man nicht streng genug sein.«

Elvira versuchte nochmals den Zorn ihres Mannes zu dämpfen. »Ooooh, du alter …«

»Hör auf!« Er sah seine Frau böse an. »Da lass ich auch nicht mit mir spaßen.«

Der Polit erhob sich. »Der Plutner wird morgen schon gar nicht mehr wissen, dass ich auf seiner Kammer war. Gute Nacht ihr beiden.«

Am nächsten Abend trottete Bagemiel auf Hausschuhen und in Jogginghose in die Mannschaftsmesse. Es war niemand weiter anwesend. Im Schrank mit den Bibliotheksbüchern wurde er fündig. Er lachte kurz auf und zog ein Buch heraus. Na warte, du oller Klugschnacker, flüsterte er. Es war genau das Buch, das der Funker gelesen hatte. Schnell ging er mit seiner Beute hinauf in seine Kammer.

Schon am darauf folgenden Nachmittag, der Kapitän und der Chief Mate waren auf der Brücke, kam der Funkoffizier hinzu und trank einen Kaffee mit.

»Wart ihr schon mal in Dresden?«, fragte Bagemiel scheinbar beiläufig und schaute aus dem Fenster.

Die beiden nickten.

Nach einer Weile lenkte er das Gespräch in Richtung Kunst und Kultur. Pietsch begann von der Gemäldegalerie zu schwärmen. Ganz langsam bewegte sich Bagemiel in den hinteren Teil der Brücke an den Kartentisch. Er ließ den Funker erzählen. Bagemiel interessierte sich nicht für Kunst. Schon gar nicht für Malerei. Es reichte ihm, wenn sein Schiff und seine Gartenlaube in einem guten Farbzustand waren. »Tizian?«, fragte nun plötzlich der Kapitän, »das war doch der mit dem großen Schinken. Ach nee, das war ja der mit dem Zinsgroschen, wenn ich mich nicht irre. 1515 gemalt. Der war doch Schüler von diesem Bellini. Jaja, die alten Meister aus Venedig ... Der mit der sechstonnischen Madina war ja der Raffael. Muss man sich mal vorstellen, was fürn Gerät, über zweifünfzig hoch, glaub ich, und über einsneunzig breit. Naja, hat der ja auch über ein Jahr dran gesessen. Obwohl – 1512 hatte man ja auch nichts anderes zu tun. Im Fernsehn gabs nichts und was sollte man sonst so in Rom machen?« Bagemiel grinste.

Der Funker stand vorn am Brückenfenster und schluckte an seinem Kaffee. Bagemiel war nun in Form. »Oder nimm mal den ollen Rembrandt mit seiner dicken Saskia. Aber Dresden? Das ist doch nichts. Die olle Madonna, die da nackt rumliegt? Wart ihr mal in Leningrad? Ermitasch kann ich nur sagen. Das ist was! Da gehst du stundenlang durch. Ein Picasso neben dem anderen. Obwohl, den mag ich nicht so. Aber Rembrandt und so. Alles voll davon.«

Der Funker wurde ganz still. Das Brückenschott ging auf und die restlichen Nautiker betraten die Brücke.

»Gehts los, Kapitän?«, fragte der Second.

»Ja, wie besprochen«, antwortete Bagemiel, »zuerst Feuer im Schiff, danach Bootsrolle.«

Der Funker verließ umgehend die Brücke.

»Wusste gar nicht, dass du bei den Russen warst, Dieter. Und dann noch in der Eremitage?«, staunte der Chief Mate.

Bagemiel ging in die Nock, warf etwas außenbords und kam zurück. »Was soll ich bei Karl-Heinz?« Er lachte laut. »Mir reicht es schon, wenn ich einen von den Russen auf dem Radar habe.« Er grinste. »Hast du gesehen, wie unser Professor geguckt hat?«

»Aber trotzdem, deine Kunstkenntnisse. Alle Achtung.«

»Och, das gehört doch zur Allgemeinbildung.«

Nach dem Bootsmanöver fand der Kabel-Ede einen Fetzen Papier neben dem Backbordboot. Er faltete ihn auseinander und las die ihm unverständlichen Notizen:

sixti 265x196 Raffael;Rom 15
Tarzan Zinsen; Vened
Dürer; Lucas Cran

Der Rest des Zettels fehlte.

Zypern war bei allen beliebt. Schon von Weitem sah man den blauen Kran von Larnaca. Langsam fuhr das Schiff in den Hafen. Auf der Back herrschte entspannte Ruhe. »Ich glaub's nicht«, sagte der Ede und zeigte in Richtung Lagerhalle. »Der hat uns gerade noch gefehlt.«

Auf der Pier stand ein Mann in langer Stonewashhose, mit zwei großen Taschen und einem Weinballon.

Mit der Wurfleine in der Hand ging Tatze an das Schanzkleid. »Wieso? Wer soll das sein?«

»Das ist Kampow, Siggi Kampow, wohl der neue Keeper. Totales Schlitzohr, kann ich nur sagen.«

»Aber immerhin hat er ja gleich seinen Einstand mitgebracht«, freute sich Struppi. »Der war schon bei Loel.«

»Oder KEO«, entgegnete Tatze.

»Oder KEO«, nickte Struppi.

Der Hafen von Larnaca, nicht groß und direkt am Ort gelegen, galt immer als eine willkommene Abwechslung. Zum Strand war es nicht weit. Und da es auch die Hafenarbeiter nicht so eilig mit dem Umschlag hatten, war es wie ein kurzer Urlaub. Nicht wie der Stress in Westeuropa. Und es gab noch einen Grund, sich auf diesen Hafen zu freuen: Es kam Post. Kurz nach dem Einlaufen wurde sie verteilt. Jörg hatte wieder die meisten Briefe. Alle nummeriert.

»Was schreibt ihr euch da nur?« Der Bootsmann schüttelte den Kopf. Während Jörg seine sieben Briefe einsteckte, riss der Boss seine beiden gleich an der Gangway auf und fing an zu lesen.

Für Jörg kam das nicht in Frage. Auch auf dieser Reise würde er sich das Öffnen so einteilen, dass er knapp bis zum nächsten Hafen hin kam. Und das wäre Singapur. Also jeden zweiten Tag fast frische Post.

»Das ist mal wieder ein Quatsch«, sagte der Bootsmann und schaute auf die Zeilen seiner Frau. »Die schreibt hier, dass sie die Gardinen gewaschen hat. Ist mir doch egal. Blödsinn.« Er sah Jörg an. »Na, da kommst du auch noch hin. Warte mal ab, wenn du länger verheiratet bist.«

»Wir haben gar keine Gardinen«, entgegnete Jörg und feixte, »wir haben nicht mal 'ne eigene Wohnung.«

Elvira Voigt kam an die Gangway, in ihrer Hand zwei Lunchpakete, die die Kombüse zubereitet und verpackt hatte. Sie verstaute beide in einen Beutel und fotografierte begeistert den großen Landkran, auf dem sich immer noch nichts tat. Ein leichtes helles Sommerkleid bedeckte ihren braungebrannten Körper. Sie hatte die letzten Tage genutzt und sich immer wieder auf dem Peildeck gesonnt. Sehr zum Ärger ihres Mannes, denn das Peildeck war FKK-Zone.

Angetan vom mediterranen Flair, machte sie einige Aufnahmen von der Mole und von einem weißhaarigen Alten, der auf einem Stuhl im Schatten döste. Plötzlich drehte sie sich um. »Bitte so bleiben«, lachte sie.

Der Bootsmann stand mit dem Kabel-Ede und Jörg an der Reling. Ihre gelben Arbeitsschutzhelme lagen daneben. Sie hatten die Luken, aus denen gelöscht werden sollte, schon lange entriegelt. Nun warteten sie auf die Arbeiter. Der Fotoapparat klickte.

»Wird denn hier auf Zypern so viel produziert, oder warum fahren wir hier eigentlich vorbei?«, wollte Elvira wissen.

»Nee«, sagte der Ede »der größte Teil davon wird gefeedert.«

»Wird was?« Elvira schaute die drei fragend an.

Der Bootsmann schmunzelte: »Die Blechbüchsen gehen später weiter in die umliegenden Häfen der Levan …, äh, des östlichen Mittelmeeres«, erklärte er. »Also zum Beispiel Alex, Mersin, Lattakia oder Bayreuth. Äh, Beirut. Hier kommen bald jeden Tag Dampfer von uns her. Das ist hier schon fast 'n DDR Hafen.«

Jörg lachte: »Aber die haben hier besseren Wein.«

Elvira bedankte sich und ging mit Daggi und Tatze langsam die Gangway hinab. Pluto und Eiche folgten ihnen zu einem kleinen Bus, der bereits auf der Pier wartete. Der Funker – weiße Hose, blaues T-Shirt und gelber Pullover über der Schulter, die Ärmel über der Brust verknotet – trat auf die Gangway.

Jörg höhnte: »Oh, Gerd Christian will auch an Land.«

»Was denn für'n Gerd Christian?«, fragte der Ede.

»Der Bruder von Holger Biege.«

»Und wer ist Holger Biege?«

»Schon gut, vergiss es.«

Auch Rosenhagen, der 2. Nautische Offizier, ging von Bord und stieg ein. Alle hatten sich für eine Ausfahrt in die Berge eingetragen. Weil der Bus nicht abfuhr, bemerkte der Ede: »Hat der Pope verpennt, oder auf was lauern die noch?«

Da traten Voigt und der Dritte aus den Aufbauten. Winkler blieb kurz bei Jörg stehen. »Der Chief Mate hat die Wache übernommen. Das dauert heute sowieso lange. Also bis später.«

Er folgte dem 1. Ingenieur, der Bus brauste davon. Nachdem sich die Staubwolke verzogen hatte, tauchten die ersten Arbeiter zu Fuß oder mit Mopeds auf. Und auch der Schiffshändler kam und brachte Obst und Gemüse. Bolle und der Bäcker freuten sich.

Gleich nach dem Mittag ging Jörg auch an Land. Egal ob viel oder wenig Zeit, er versuchte immer in Larnaca von Bord zu kommen. Endlich andere Gesichter und Stimmen, Kinderlachen, Musik und Linksverkehr. Geruch von Holzkohlegrills, Pflanzen, Sonnenöl und fremden Autoabgasen. Einfach für einige Stunden schlendern, baden, fotografieren und Postkarten kaufen. Hier tobte zwar nicht das Leben, aber es war eine andere Welt. Schwere Motorräder, braungebrannte Mädchen und Soldaten der auf Zypern stationierten Blauhelme der UNO-Truppen. Meist blasse, sommersprossige Briten, die die Tavernen besuchten oder mit ihren Familien am Strand lagen und sich einen Sonnenbrand holten.

Als Jörg wieder an Bord kam, war noch nicht viel an Deck passiert. Der Chief Mate schaute verzweifelt von der Gangway auf die Pier. Dort stand, im Schatten der Lagerhalle, ein altes, ausgeblichenes Sofa auf einer Holzpalette, auf dem zwei weißhaarige Männer saßen. Immer wenn ein LKW mit Ladung kam, fuhr ein Gabelstapler mit der Palette heran und hievte die beiden Alten mit ihrem Sitz in die Höhe. Sie erhoben sich, stiegen langsam auf den Container, klinkten je zwei Haken ein und setzten sich dann wieder. Das Sofa fuhr zurück in den Schatten, und der Container ging an Bord. Der Hafenkran hatte zwar eine Vorrichtung, um die Container anzuschlagen, aber die lag im hohen Gras. So wurden drei Arbeitsplätze gesichert.

»Ich halt's im Kopf nicht aus«, brummelte der Chief Mate. »Schlimmer als in Rostock.«

Am Abend – ein Großteil der Besatzung war vom Vertreter der Agentur in eine gemütliche Taverne zum Essen eingeladen – machten die Hafenarbeiter Feierabend. Erst am nächsten Morgen sollte es mit dem Laden weitergehen. Der Kapitän war sauer, aber machtlos. Schließlich sahen die Leute vom Hafen nicht ein, Nachtschichten einzuschieben. Der freundliche Herr von Jeropoulos erklärte: »Wir sind hier nicht in Deutschland. Die Nacht ist für die Familie, zum Feiern oder zum Schlafen da.«

Auch wenn Bagemiel sich darüber aufregte – die Mannschaft freute sich. Jörg war mit an Land. Er hatte mit Tatze die Wachen getauscht. Beim Tintenfisch und Lammbraten hauten alle mächtig rein. Liese war besonders von dem Joghurt mit Gurken, Olivenöl und Knoblauch angetan. »Könnte man doch zu Hause auch mal ausprobieren. So mit 'nem Kefirpilz oder so«, sagte sie zu Pluto. »Muss ich mir nur mal dieses Öl mitbringen. Und dann das Brot. Schmeckt klasse.«

Von der Sonne ausgedörrt und durstig, erzählte Pluto von der Ausfahrt. Er durfte für Fleischi mitfahren. Sogar für diesen Abend hatten sie getauscht. Alle dachten, der ist aber Kumpel und macht das wegen der Geburt. Aber wer Fleischi kannte, wusste natürlich, dass die Sache einen Haken hatte. Pluto übernahm dafür die Bereitschaften für die kommenden Bar- oder Grillabende der Reise.

Sie waren nach Stavrouvoni gefahren, einem kleinen Kloster in den Bergen. »Tolle Strecke mit Salzsee und so.« Pluto schwärmte schon etwas angeschlagen vom Wein. »Das ging da ganz steil hoch. So im Zickzack, weißt du, Schmidti? So 'ne Serpendingsda, Serpentinen oder wie das heißt. Und 'ne Wahnsinns-Aussicht.«

Er trank noch einen großen Schluck vom Panteleimon, sah in Richtung Offiziere, beugte sich vor und flüsterte. »Das hättest du erleben müssen, Alter. Der Erste Technische und seine Biene wollten da Hand in Hand durch das Tor spazieren. Aber die haben sie nicht reingelassen. Der ist bald ausgeflippt. Und Daggi durfte auch nicht mit rein. Keine Weiber. – Die haben vielleicht gekotzt.«

Wieder sah sich Pluto um. »Hähä, der Voigt hat versucht, mit den Mönchen zu diskutieren. Der Voigt! Der kann ja nicht mal richtig Englisch. Na egal. Jedenfalls waren die Mönche kein bisschen beeindruckt von unserem Parteisekretär. Der dachte, die machen wegen seiner Tussi eine Ausnahme. Pustekuchen.«

»Und was ist daraus geworden?«

»Na nix. Wir sind rein und haben uns da alles angeguckt. Und die Mädels standen vor dem Eisentor und waren beleidigt.«

»Und Voigt?«, wollte Jörg wissen.

»Ist mit rein. Kommt er ja sonst nich mehr so schnell hin.«

In der Nacht hörte man ein Klappern auf der Gangway. Fleischi war mit Taschenlampe und Seesack an Land gezogen, um leere Bierbüchsen zu sammeln. »Alles reine Verschwendung, was die hier machen«, sagte er der verdutzten 0-4-Wache. »Zu Hause ist das ein Schatz. Macht sich gut auf den Küchenschränken in der Nachbarschaft.«

Zwei Tage später fuhr die FRIEDLAND im Konvoi durch den Suez-Kanal. Voigt war sauer, denn er musste seiner Frau unbedingt eine Ledertasche kaufen. Dazu noch zwei reich verzierte und beschriftete Wandteller, eine große Messingvase und ein Papyrus-Bild mit der Nofretete. Die Männer, die auf der Kanalpassage mitfuhren, und zum Beispiel im Falle eines Sandsturmes das Schiff an Land festmachen mussten, freuten sich über das gute Geschäft.

Voigt war nicht der einzige, der im Stress war. Auch Daggi war wütend. Der mitfahrende Kanalelektriker, ein Ägypter, zuständig für den Suezscheinwerfer, hatte mit seinen geknackten Sonnenblumenkernen die für ihn zur Verfügung gestellte Kammer dekoriert. An den Wänden klebten überall die ausgespuckten Schalen.

»Ruhig«, tröstete sie der Kapitän, »wir sind ja gleich hier durch«. Wie immer schlug ihnen nach der Lotsenabgabe der heiße, kräftige Wind des Roten Meeres entgegen.

In der Kammer von Siegfried Kampow, dem neuen Storekeeper, merkte man allerdings davon nichts. Hier wurde gefeiert. Fedja hatte ein gutes Gespür für Alkohol. Aber auch der Bootsmann, Bolle, Liese und der Kabel-Ede waren eingeladen. Liese war pikiert, weil der neue Bewohner die Kammer schon nach kurzer Zeit verdreckt hatte. Schließlich wohnte sie hier mal mit Andreas. Auch auf dieser Reise. Aber gleich nach Kap Finisterre an Spaniens Nordwest-Küste kam der Chief und bat sie, doch solange wieder nach unten zu ziehen. So war sie wieder die Nachbarin von Fleischi und Pluto. Sie ärgerte sich nur, dass sie die Pflanzen nicht mit hinunter genommen hatte. Nun hingen sie durch und die Bude war blau verqualmt.

Fedja amüsierte sich über die neuen Wandteller des Ersten Ingenieurs, die er beim Handeln gesehen hatte. »Kann ich mir so richtig vorstellen. So schön bei denen im Wohnzimmer in Halle-Neustadt. Koransprüche an der Betonwand von Towarisch Voigt. Ich halt's nicht aus!«

»Was stand denn drauf?«, wollte Liese wissen. Alle sahen sie an. Doch Fedja entgegnete mit ernster Miene: »Na, ma dullah ibn achbad hallifa«.

Liese schaute ihn erstaunt an. »Und was heißt das?«

»Du sollst deine Neubauwohnung sauber halten«, sprang nun Bolle ein und zog dabei eine Augenbraue hoch.

Der Keeper wollte sich totlachen. Aber Liese war beleidigt.

»Kennt Ihr den?«, lenkte der Keeper ab und sah sich erwartungsvoll um. »Kommt een Mann in een Jemüseladen und sacht zu der Verkäuferin: Ick möchte jern een Bund frische, saubere Mohrrüben. Sacht die Verkäuferin: Meen Herr, wir ham jrade Bananen und Appelsinen reinjekricht. Und außerdem noch Ananas. Sacht der: Sagen Se ma, wolln Se mich vascheißern? Sacht die: Wieso? Sie ham doch damit anjefangen.«

Schwärmte der Keeper am Anfang des Abends noch von seinem Flug und der Unterkunft in Larnaca, änderte sich seine Meinung nach mehreren Gläsern. »Dit war 'ne Bude, kann ick euch sajen. Erst lief die janze Zeit die Klospülung. Da kam bei olle Smokie der Plumpa wieda durch. Kaum hatte ick dit Scheißhaus repariert, wa, da jing nebenan die Disko los. Zum Glück hatte ick ja vorher schon den Tromms jekooft. So'n Wein hilft da ja jut bei …«

»Wen meinste mit ›Smokie‹, Siggi?«, wollte der Ede wissen.

Der Keeper kniff die Augen zusammen, griff die Gallone, die schon zur Hälfte geleert war und schenkte nach. Dann nahm er die Zigarette aus dem Mund. »Ick heiß jetzt nich mehr Siggi. Dit war mal. Ick bin jetzt Smokie«, entgegnete er und zündete sich demonstrativ einen neuen Glimmstängel am alten an.

»Smokie?«, staunte der Ede, »gibt's denn die Gruppe überhaupt noch?«

»Nee, Mensch, doch nich von wejen de Musike, Mann. Sondern weil ick so ville roche.«

»Smokie?«, sagte Liese und schaute auf die gelben Finger des Keepers, »Stinkie müsstest du heißen.«

»Na, das ist doch mal ein Name! Den hat nicht jeder Dampfer! Komm, stoß an!«, rief Fedja begeistert.

»Blöde Pullatrude.«

Wütend sah der Keeper Liese an.

»Na, na, na!«, rief der Bootsmann und erhob sein Glas: »Auf Stinkie!« Damit hatte er seinen neuen Namen weg.

Kapitän Bagemiel saß in seiner Kammer und ging in Gedanken die gerade zu Ende gegangene Parteiversammlung durch. Was haben die Ungarn vor? Wollen die wirklich die Grenze abbauen, wie sie behaupteten? Was wird der große Bruder im Osten dazu sagen? Und was bedeutete das für die DDR? Er sah sich um. Sein Blick fiel auf das große Wappen der Patenstadt Friedland, das an der

Wand hing. Zwei Ritter unter drei Türmchen, bewaffnet mit zwei Schwertern. Daneben hing der abgebrochene Flaschenhals mit Sektkorken von der Schiffstaufe. Auf dem Schrank darunter stand eine große, bunte japanische Puppe in einer Glasvitrine. Die kunstvoll gefertigte Geisha, bekleidet in einem Kimono, war ein Geschenk der Japaner beim ersten Einlaufen in Kobe. Das war nun schon über drei Jahre her. Seitdem hatte sich viel verändert. Auch auf seinem Schiff. Weniger Leute machten die gleiche Arbeit. Der Druck und die Planzahlen nahmen stetig zu. Und dazu noch dieser Russe, dieser Gorbatschow mit seinem neuen Mist! Als die FRIEDLAND auslief, traf der sich ja gerade mit diesem dicken Kohl im Westen und wurde gefeiert wie seinerzeit John F. Kennedy. Der Polit hatte schon recht, wenn er sagte: »Es sollte uns doch zu denken geben, wenn der politische Gegner einen Staatsmann der Sowjetunion lobt. Der Feind meines Feindes ist mein Freund.«

Da war was Wahres dran. Haben die im Westen ja sonst nie gemacht. Aber war der Gorbatschow gleich ein Feind? Nun, zumindest brachte er das bisher Erreichte ins Wanken und seinen Zweiten und Dritten Nautiker auf dumme Gedanken. Vonwegen: neue Zeit, Glasnost oder wie dieser Quatsch hieß. Gerade der Second! Bei dem musste man aufpassen, was der so raushaut. So wird der nie Chief Mate.

Bagemiel war müde von Direktiven, Parteilehrjahren, unzähligen Sitzungen und Berichten von Delegiertenkonferenzen. Dieses ganze Geschwafel über Kampfprogramme, Pläne und Gegenpläne, an das er sich beteiligen musste. Und dann noch diese Pfeifen von der Industriekreisleitung in Rostock. Von nichts Ahnung, aber immer was anordnen. Qualifizierte Parteikader. Überhaupt keine Kennung, diese Amateure. Aber sie waren die besten Kumpel vom Polit. Gut, der war ja wenigstens vorher mal zur See gefahren. Aber die anderen Friseure? Wer weiß? Ja, der Polit, der Sack. Der war ja selbst Mitglied der IKL. Der hatte schon nach drei Jahren seinen Lada bekommen. Nach drei Jahren! Aber sagst du was, bist du weg vom Fenster. Schließlich redete der ja auch immer vom »GD«, statt vom Generaldirektor. Fehlte nur noch, dass der ›Artur‹ sagte oder ›Erich‹, ›Willi‹ und ›Horst‹ …

Scheiß Politik! Bagemiel klappte seine Mappe zu und machte das Schubfach vom Schreibtisch auf. Darin lag seit Larnaca immer noch ein Brief an Marlies Hellbach, Absender: A. Witt. Die beiden waren sich ja auf der letzten Reise etwas näher gekommen. Wie gut, dass Bagemiel beim Verteilen der Post aufgepasst und dieses Schreiben gleich beiseite gelegt hatte. Der abgestiegene Keeper musste wohl sofort nach seiner Ankunft in Rostock geschrieben haben, denn die Post brauchte so seine Zeit. Bagemiel hielt das Kuvert gegen das Licht der Schreibtischlampe. Es war nichts zu machen. Er konnte nichts erkennen. Und wenn ich ihn öffnete, dachte er. Aber wie bekomme ich ihn dann wieder zu? Wer weiß, was da drin steht? Am besten, ich gebe ihr den Brief auf der Heimreise. In Zypern. Bis dahin hat sich viel ereignet. Zeit heilt bekanntlich alle Wunden. Und dann sind wir ja auch schon fast vor der Haustür.

Er legte den Brief zurück und schob die Lade zu. Hauptsache, der Kerl ruft hier nicht an! Na, ich muss wohl noch mal mit dem Funker reden. Bagemiel erhob sich und sah hinaus in die Dunkelheit. Dann schraubte er sich eine Flasche Commandaria auf und goss sich einen ein. Wenigstens war ein Karton dieses edlen Tropfens bei der Agentur herausgesprungen. Eine Entschädigung für das so zügige Arbeiten in Larnaca. Er hatte sie sich verdient. Nach einer Weile legte sich Bagemiel in die Koje und knipste das Licht aus.

Auf diesen Augenblick hatte Jörg in der Brückennock gewartet. Kein Licht fiel aus dem Schlafraum des Alten auf das Steuerbordboot. Nun hatten sie hier oben ihre Ruhe. Jörg ging in die Brücke und schaute kurz auf das Radar. Nicht viel los. In zwei Tagen würden sie aus dem Backofen raus sein. In der Brücke war es genau so heiß wie draußen. Er sah auf die Uhr. Noch fast zwei Stunden.

Mit dem Dritten war heute auch nicht viel anzufangen. Laufend verschwand der hinter dem Vorhang zum Kartenraum. Dabei lag doch nichts an. Jörg ging langsam zur anderen Seite hinüber. Durch einen kleinen Spalt erkannte er, dass Winkler Zeitung las. Leise ging Jörg zurück zur Nock.

»Möchten Sie noch nen Kaffee?«, rief er in die Brücke.

»Für mich nicht, danke!«, kam es aus dem Kartenraum.

Nun polterte Jörg herein und wie er sich dachte, versteckte sein Wachoffizier schnell die Lektüre. Dann kam Winkler nach vorn. Er trug eine kurze Khakihose und einen Pulli.

»Der Alte schläft«, sagte Jörg.

Beide setzten sich in die Stühle und schauten in die Nacht. »Nicht viel los heute.«

»Nee«, entgegnete der Dritte.

»Eine Hitze ist das. Wie die das hier bloß aushalten?«

»Die sind das doch gewohnt.«

Der Dritte schwieg eine Weile.

»Was gibt's Neues im Skandaldeck? Wie heißt denn der Kleine vom Plutner?«, wollte Winkler schließlich wissen.

»Ronny«

»Aha.«

Der ist heute aber sehr gesprächig, dachte Jörg und nippte an seiner Tasse. Nach einer Weile verschwand der Wachoffizier wieder hinter dem Vorhang, und Jörg schlenderte in die Nock. Hier war wenigstens etwas Fahrtwind. Doch lange blieb er nicht draußen. Kurz nach halb elf ging er geräuschlos in die Brücke, nahm vorsichtig den Hörer vom UKW, drückte die Taste und meckerte wie eine Ziege hinein. Danach schlich er schnell auf den leisen Sohlen seiner Römerlatschen zurück in die Steuerbordnock.

»Nanu, was war das denn?«, fragte Winkler, der den Vorhang beiseite schob.

Jörg stellte sich unwissend. »Wie bitte?«

Da ertönte ein »Wauwau!« aus dem UKW.

Der Dritte ging zum UKW, aus dem plötzlich ein Rauschen kam. Dann kam ein »Muuuuuh!« Wütend drehte er den Ton leiser.

Jörg lachte: »Der Bauernhof ist wach!«

»Das sollten die Alis mal in der Nordsee machen. Da wäre« – Winklers Rede wurde durch ein »Miau« unterbrochen – »aber was los!«, beendete er den Satz.

Aus dem Lautsprecher kam nun ein Grunzen, Gewieher und Gegacker. Es reichte dem Dritten. Er nahm den Hörer in die Hand und drückte die Sprechtaste. »Shut up!«

Ein »Iiiiaaaaaa!« war die Antwort.

Er brüllte ins Mikro. »Shut up, you bloody bastard!«

Jörg lachte.

Ein knackendes »Quaaaak, quaaak!« war zu hören.

»Ich geb's auf!« Der Dritte hängte den Hörer in die Gabel.

»Kikerikiiii!« krächzte es leise.

»So kann man auch seine Wache rumkriegen.« Jörg lachte noch immer. Aber der Dritte war erregt. »Kein Wunder. Bei dieser Dämse müssen die ja hier auch alle durchknallen.« Nach einer Weile setzte er etwas ruhiger fort. »Wohnen möchte ich hier auch nicht. Aber den Kanal 16 zu blockieren! Die müssen doch spinnen.«

»Wenigstens haben die heute keine Musik an.« Jörg stand im Brückenschott. Mit der Zeit ließ das Geschnatter nach.

Nachdem der Dritte wieder nach hinten verschwunden war, ging Jörg in die Nock zurück und legte seinen Kopf auf die Unterarme. Wenn der wüsste, was wir hier vor einigen Reisen abgezogen haben, dachte er. Damals kam Jörg auf die beknackte Idee, Polen im Äther zu fangen. Sein Wachoffizier hieß Adler und war ein blutjunger Absolvent der Seefahrtsschule. Adler lag voll auf seiner Wellenlänge und war für jeden Spaß zu haben. Jörg, der als Kind oft die Sommerferien bei Verwandten in der alten ostpreußischen Heimat seiner Eltern verbrachte, sprach etwas polnisch. Gelernt hatte er das dort beim Spielen mit den anderen Kindern.

»Polski Statki! Polski Statki!«, hatte er in den Hörer gerufen. Und polnische Schiffe antworteten. Nun schickte er sie auf »Siedem jeden!«. Dann hieß es auf Kanal 71 umschalten, kurz abwarten und die Jungs von der anderen Seite meldeten sich. Sein Steuermann war begeistert. »Treffer! Und was machen wir jetzt?« Jörg hatte die Taste erneut gedrückt. »Uwaga! Uwaga! Pies!« Dann bellte er in den Hörer. Ein wütendes »Dupa!« kam zurück. Dann war Ruhe.

Jörg lachte und setzte das UKW wieder zurück auf Kanal 16.

»Was meint der?«, wollte Adler wissen.

»Dupa heißt ›Arsch‹.«

Jörg schaute auf die Uhr in der Brücke. Oh, gleich halb zwölf. Langsam ging er zum Telefon. »Alles ruhig hier draußen. Ich werd mal die 0-4 wecken.«

»Ist gut«, hieß es hinter dem Vorhang. Minuten später, als er die Tassen abwaschen ging, sah er die *Bild*-Zeitung unter dem Logbuch liegen.

Der Wachwechsel zehn Minuten vor Mitternacht war immer etwas ungewöhnlich. Noch nie hatte Jörg so einen reservierten Menschen wie Buster erlebt. Zwar war der neu auf der FRIEDLAND, fuhr aber schon einige Zeit als Matrose. An Bord bekam man ihn jedoch nicht mit. Absoluter Einzelgänger. Der Ede war schon wortkarg. Aber der? Buster saß viel allein in seiner Kammer und las. Kam er mal doch heraus, guckte er Videos in der Mannschaftsmesse und schwieg wie ein Rauchverzehrer. Er stand auf »Kessel Buntes« und andere Fernseh-Mitschnitte, die in Rostock an Bord kamen. Nur mit dem Bäcker war er ab und zu zusammen. Die beiden kannten sich von früher. Und so war auch gleich der alte Spitzname rum, denn Buster hieß eigentlich Michael.

Jörg beeilte sich von der Brücke zu kommen. »Also nur der Mitläufer da vorne. Ansonsten alles ruhig. Na denn, gute Wache.«

Buster sagte nichts. Jörg hielt sich im breiten Holzrahmen des Brückenschotts fest und sagte laut: »Die Acht-Zwölf meldet sich von der Brücke! Gute Wache!«

»Gute Ruhe!«, riefen der Zweite und Stefan Winkler im Chor.

Der arme Second, dachte Jörg auf dem Weg zur Kammer, jetzt vier Stunden mit dem Sprachlosen. Ich würd 'ne Macke kriegen.

Kurz vor Ende der Kaffee-Time platzte Kapitän Bagemiel herein und schaute sich um. Die Mannschaftsmesse war noch gut besucht. Hier war es, wie in den übrigen Räumen, wenigstens kühl.

»Na, Fräulein Hellbach, alles fit?«

Liese wurde rot. »Ja, alles klar.«

Er schlug die Mappe mit der Schiffspresse auf. »Na, was steht denn heute wieder so alles im Journal?«

Dann bemerkte er, dass seine Leute Videos guckten. »Oh, Sachsen-TV«, lachte er. In einer Sendung des DDR-Fernsehens erzählte ein Kapitän von der Seefahrt. »Ach, unser Agitator!«

Bagemiel hielt sich an der Sessellehne fest, grinste spitzbübisch und sah einen Augenblick zu. »Das ist doch mal was Genaues. Vor allem, wenn das so ein gutaussehender Master verklickert. Nicht wahr, Fräulein Hellbach? Sie stimmen mir doch gewiss zu – der sieht filmreif aus.«

Liese sagte nichts.

»Ho!«, Bagemiel lachte laut und fuhr sich mit einer Hand durch die Haare. »Kauffahrteischiff! Junge, Junge, jetzt haut der aber Begriffe raus. Das macht Eindruck bei den Muddis im Erzgebirge.«

Liese und die anderen schauten abwechselnd zum Bildschirm und dann wieder zu ihrem Kapitän. Der stand mit verschränkten Armen vor der Brust und schüttelte den Kopf. »Ach ja, unser Operettenkapitän … Immer schnieke. Ich wette, der trägt sogar im Urlaub die Uniform. Wenn der mal Schüttgut statt Fleischdampfer fahren würde, der würde sich doch von der Schweinepier bis zum Hafentor mindestens dreimal die Schuhe putzen.« Bagemiel drehte sich um, klappte die Schiffspresse zu und ging lachend aus der Messe.

»Was meinte der denn mit ›Fleischdampfer‹?«, wollte Liese wissen. »Na so was wie die ARKONA oder die V 1«, sagte Jörg.

»Was denn für 'ne V 1?«

»Die Völkerfreundschaft damals.«

»Und wieso Fleisch?«

»Wir fahren Container, andere Bananen oder Holz, und dann gibt es noch Kreuzfahrtschiffe, also Fleischdampfer«, erklärte Pluto.

Während Liese noch überlegte, schenkte sich Fleischi den nächsten Kaffee ein. Es war seine siebte Tasse, und wer ihn kannte, wusste, es war nicht der letzte am heutigen Tage. Denn wenn es etwas gratis gab, war Fleischmann nicht zu bremsen.

Endlich hatten sie Bab el-Mandeb hinter sich gelassen. Der Indische Ozean zeigte sich von seiner besten Seite. Vom Sommermonsun war noch nichts zu spüren. »Schlagt die Arme durch, Muchachos!« Der Bootsmann trat in den Smoketimeraum und beendete die Nachmittagspause. Fedja, Struppi, Eiche und Fleischi kühlten sich hier ab.

Fleischi, der im Gegensatz zu seinen Kollegen eine lange, nach Diesel riechende Hose trug, trank unentwegt Kujambel aus einem großen, grünen Essenkübel. Eine Spezialität der Köche auf allen Schiffen. Bolle haute eine Menge Früchte in das Gemisch aus Sirup, Wasser und Eis. Nur einmal hatte es damit ein Problem gegeben. Andreas Witt reagierte allergisch auf Pfirsiche. Nachdem er einige Gläser getrunken hatte, bekam er rote Flecken am Hals, die sich dann schnell ausbreiteten. Plötzlich hatte er ständig zu niesen begonnen, bekam feuchte Augen und hustete stark. Der Second, verantwortlich für die medizinische Versorgung, war ratlos. Nach einigen Stunden waren die Flecken und auch der Husten zum Glück verschwunden. Nur Bolle war geknickt.

»Denn wolln wir ma wieder. Los komm, Eiche, Endspurt«, sagte Fedja und machte die Zigarette aus. Seine Hände trugen die Sprenkel von grauer und brauner Rostschutzfarbe.

Fleischi stöhnte, nahm seinen Gehörschutzbügel und trabte zurück in den Maschinenraum, während die anderen nach achtern gingen. Dort waren sie seit Tagen dabei, mit Hämmern, Nadelpistolen und sogenannten Fünffingern die Manöverstation zu entrosten. Sehr zum Ärger der Kombüsenbesatzung, die den Lärm der Pressluftmaschinen und das Geklopfe ertragen musste. Es dröhnte mächtig, denn die Station war »überdacht«. Auf dem Deck darüber konnten noch drei Lagen Container gefahren werden. Dafür arbeitete die Decksgang im Schatten. Während auf der Reise zuvor schon Unterzüge auf Vordermann gebracht worden waren, machten sich die Jungs der Stammbesatzung nun an den Rest.

Der Bootsmann sprach mit Hochachtung von der anderen Crew, denn die musste beim Konservieren schließlich überkopf arbeiten. Außerdem war es kein Geheimnis, dass einige Austauschbesatzungen nicht immer den richtigen Bezug zu »ihrem« Schiff fanden, auf dem sie nur Gast waren. So waren unbequeme Arbeiten nicht immer jedermanns Sache. Die Winden, Klüsen, Poller und Königsrollen strahlten jetzt im neuen Glanz. Und an Deck war nun die letzte Lage der Rostschutzfarbe aufgetragen.

Als der Bootsmann und die anderen nach achtern kamen, trauten sie ihren Augen kaum. »Welches Arschloch ist denn hier durchgelatscht!«, brüllte Fedja.

Die Tapsen kamen vom achteren Schott, das eigentlich abgesperrt war, gingen bis zum Flaggenstock am Heck und wieder zurück.

»Das gibt 'ne Kiste«, bemerkte Struppi.

An Deck wehten einige Küchenabfälle, die der Bootsmann wütend über Bord warf. Dann ging er in die Aufbauten. Nach einer Weile kam er mit dem Bäcker wieder, der reumütig versprach, das Bier schon mal kalt zu stellen. Als er gegangen war, schimpfte Struppi: »Typisch Tommy, die alte Schlampe.«

Der Bäcker wäre um diese Zeit normalerweise am Pool oder wo anders an Bord gewesen, doch der langersehnte Grillabend stand vor der Tür. Und so bereiteten Bolle und er schon die ersten Zutaten vor. Bolle war Thüringer und Koch aus Leidenschaft. Er stellte die Bratwürste für diesen Abend selbst her. Der Bäcker war verantwortlich für die Saucen und die Marinade. Und dann später natürlich für die verschiedenen Brote.

Fedja rollte noch einmal die graue Farbe über die Fußspuren, während Eiche und Struppi begannen, mit Pinseln und grüner Decksfarbe die Kanten abzusetzen. Alle freuten sich schon auf Donnerstag. Das Wetter versprach ruhig zu bleiben. Mitten in ihre Arbeit platzte der Polit. Alle schauten auf, als sie das Klicken des Fotoapparates hörten. »Achtung! Looky-Looky, Knippsi-Knippsi.« Der Bootsmann konnte sich seine Bemerkung nicht verkneifen. So schnell, wie er gekommen war, war der Polit auch schon wieder verschwunden.

Ein Deck höher blieb er stehen und atmete tief durch. Eigentlich wollte er sie loben und mit den Bildern etwas über ihre Arbeit sagen. Ach, was soll's, dachte er. Egal was er tat: Es kam nie gut an.

Jörg saß in seiner Koje. Es war weit nach Mitternacht, die Wache war beendet, gewaschen war er auch. Nun kam sein persönlicher Heiligabend: Er öffnete wieder einen von Annes Briefen. Sie hatte ihn während ihrer Nachtschicht im Kinderheim geschrieben. Ein schwarzweißes Foto lag auch dabei. Zu sehen war Jörg mit seinem Vater im Garten. Erst jetzt merkte er, wie alt sein Vater geworden war. Die beiden kamen gut miteinander aus, obwohl Jörg zu Hause oft die Musik sehr laut hörte. Und was für Musik! Emerson, Lake and Palmer war ja nun nicht gerade der Geschmack der älteren Generation. Seine Eltern mochten Fred Frohberg und Helga Brauer. Schlager der Fünfziger und Sechziger eben. Er glaubte den Grund für ihre Toleranz zu kennen: Die beiden waren froh, ihren jüngsten Sohn mal wieder zu Hause zu haben. Aber auf die Dauer wäre das nicht gut gegangen.

Anne berichtete von Jörgs Schwester. Sie hatte ein Klassentreffen von der EOS, bei dem auch ihr alter Klassenlehrer erschienen war. Der hatte vor zwei Jahren im Unterricht behauptet, dass unsere Sportler nur so erfolgreich wären, weil sie Medikamente nähmen. Eine Schülerin, deren Vater Chef im Wohnungsbau-Kombinat war, hatte das zu Hause erzählt. Der Alte hatte sich beschwert und der Lehrer wurde entlassen. Nun war er an einer Berufsschule tätig.

Jörg unterbrach die Lektüre und betrachtete die Poster, die im schwachen Schein der Kojenlampe von den Wänden schauten. Zweifellos wird der Lehrer recht gehabt haben. Jörg erinnerte sich an Mario, seinem besten Schulfreund. Der war damals, in der achten Klasse, nach Berlin auf die KJS gekommen. Mario hatte immer von Tabletten gesprochen, die sie dort bekämen. Jörg, der sehr dünne Handgelenke hatte, wollte auch mehr Muskeln, aber es war nichts zu machen, er kam nicht an diese blau-weißen Packungen heran. Nur einmal tauschte der Kumpel eine Schachtel ein. Gegen zehn alte Mosaikhefte und 'ne Spritztour mit Jörgs Moped. Natürlich spürte dieser nichts von der Zauberwirkung. Wie denn auch? War doch nur 'ne Packung mit zwanzig Pillen. Es war genau die

Zeit, in der Marios Mutter fast rückwärts lief vor Stolz. Im Konsum erzählte sie jedem, dass ihr Sohn jetzt Kuba-Kader sei.

»Kuba was?«

»Er fliegt zu einem Wettkampf nach Havanna.«

Später kam sein Freund zurück in die Stadt und besuchte die alte Schule. Aus ihm war, trotz dieser medizinischen Hilfsmittel, kein erfolgreicher Schwimmer geworden. Er ging zwar in die Breite, war aber bedeutend kleiner als manche Mitschülerin. Mario war auch nie nach Kuba geflogen. Wahrscheinlich lag es auch an seinen vielen Westverwandten. Dafür wurde er aber später »Stärkster Lehrling« seines Betriebes.

Aber Jörg fuhr nach Kuba. Mit dem Lehrschiff …

Er las weiter. Anne schrieb von alltäglichen Sachen, ihrem Ärger mit der Leiterin und ihrer Vorfreude auf die Urlaubsfotos. Jörg hatte sich, wie einige andere an Bord, angewöhnt, Fotos mit Farbfilmen zu machen. Das war eigentlich nichts Außergewöhnliches. Die Filme hatte er in Singapur und Hongkong gekauft, zu Hause belichtet und wieder mitgenommen, um sie in Asien entwickeln zu lassen. Das Ganze dauerte dort nur eine Stunde und die Abzüge kosteten umgerechnet nur zehn Pfennige pro Bild. Natürlich West. So verging einige Zeit zwischen Aufnahme und Betrachten der Fotos, mitunter konnte man sich gar nicht mehr daran erinnern, was man so alles fotografiert hatte. ORWO-Filme nahm Jörg nur noch für Dias und ab und zu für Schwarzweiß-Aufnahmen.

Wer mit den Fuji-Filmen auf der FRIEDLAND angefangen hatte, wusste er nicht mehr. Aber es war wie eine Epidemie. Kaufte jemand etwas Neues, sprach es sich schnell an Bord herum, wurde bestaunt, ausprobiert, für gut befunden und wenn es ging, in nächster Zeit selbst erworben. So besaßen einige die gleichen Fotoapparate mit Motor, eingebautem Blitz und Datumsanzeige. Oder die gleichen oder ähnlichen Uhren, Jeans, Jadefiguren, Taschenrechner, Stadtrucksäcke, Fächer, Turnschuhe, Teeservices, Schnitzereien, Kalender, T-Shirts, Ölbilder und Kopfhörer.

Bei den technischen Geräten war das so eine Sache. Wenn es die dann überhaupt noch gab. Denn in Singapur, augenscheinlich Testmarkt Asiens, tickten die Uhren schneller. Der Zweite Nautiker hatte auf einer Reise eine Hifi-Anlage gekauft. Als er einige Monate später den passenden Plattenspieler dazu kaufen wollte, sah ihn der Verkäufer verwundert an. »It's history, Mister.« Außerdem war man schon seit Jahren bei CDs angelangt. Für die Jungs der FRIEDLAND einfach unerschwinglich.

›Ach ja, Anne. Noch paar Wochen durchhalten, dann bin ich wieder bei dir.‹ Jörg legte den Brief zurück in den Nachtschrank, küsste ihr Foto und knipste beglückt die Kojenlampe aus.

Immer wenn Bolle die Augen schloss, sah er die drei weißen Streifen. Gestützt auf seinen Schrubber und mit hochgekrempelten Hosen stand er in der Kombüse und schaute in Richtung Fenster, das mit drei Rundstahlstreben vergittert war. Augen auf: hell. Augen zu: helles Rot, unterbrochen von drei senkrechten Balken. An irgend etwas erinnerten ihn die drei. Aber an was? Irgendwas aus seiner Jugend.

Er schrubbte weiter und schüttete noch einmal IMI auf die hellen, geriffelten Fliesen. Nach einer Weile schaute er wieder nach achtern, schloss die Augen und fing an zu lächeln. Na klar! Adidas! Wie sehr hatte er sich vor Jahren diese Turnschuhe gewünscht. Aber Bolle war nie eine Sportskanone gewesen. Schon als Kind pummelig, war ihm der Unterricht in diesem Fach immer ein Graus. Außer im Kugelstoßen, da konnte ihn keiner schlagen. Aber diese Schuhe! In der SPOWA gab es keine. Aber mit Beziehungen über Sportklubs und manchmal in Berlin. Jetzt hatte er welche. Zwar keine echten aus Jugoslawien, sondern welche aus Südkorea, dafür knöchelhoch und viel billiger. Für neunzehn D-Mark. Wahnsinn.

Eine Hand legte sich auf seine Schulter. Bolle erschrak.

»Na, Köchlein, träumst du schon vom Schweinesteak?«

Kapitän Bagemiel stand am Herd hinter ihm und grinste. »Oder von zu Hause?«

Ohne die Antwort abzuwarten, trat er durch das erhöhte Außenschott hinaus auf die Manöverstation, wo die Decksgang bereits den Grill aufgebaut und die Winschen mit Rappeltuch und Flaggen abgedeckt hatte.

Du alter Fresssack, dachte Bolle, und schrubbte weiter. Er kannte den Kapitän noch vom alten Dampfer. Immer wenn es am sogenannten Seemannssonntag, also am Donnerstag, zum Abendessen Kalte Platte gab, verlangte der für sich – und nur für sich – Erbseneintopf. Das Privileg des Kapitäns. Dabei war doch am Nachmittag Kaffee-Time. Schön mit frischgebackenem Kuchen.

Als Bagemiel von der Reederei ein nagelneues Schiff angeboten wurde, nahm er seinen Koch gleich mit. Nun ging es leider nicht mehr in alle Richtungen, mal Karibik, mal Südamerika oder Südostasien. Stattdessen fuhren Bagemiel und Bolle Container im Liniendienst und wussten dafür so ziemlich genau, wann sie wieder zu Hause waren. Eine Reise Fernost, danach eine Reise frei. Zeit für Frau und Kinder. Und außerdem war die FRIEDLAND viel moderner.

Stunden später roch es nicht nur verführerisch nach Holzkohle und Fleisch. Es sah auch gemütlich aus. Die schweren Tische, gedeckt mit weißen Tüchern, wirkten geradezu feierlich im Schein der bunten Partylichter. Dazu noch die Gläser, Salate, Salzstangen, Saucen und Erdnussflips. Sogar an Servietten hatten die Stewardessen gedacht. Bolle, Tommy und der Bootsmann waren in ihrem Element. Grillen und Bier trinken. Hinter ihnen stand in großen Buchstaben »WALDORF ASTORIA« auf einer Tafel und aus einem Rekorder sang Freddy über ein weißes Schiff, das nach Hongkong unterwegs war. Genau wie die FRIEDLAND. Doch vorher kam noch Singapur.

Ungeduldig wartete Fleischi mit einem leeren Teller vor dem Grill. »Ist noch nich soweit!«, schimpfte der Boss.

»Haste zu wenig zu Mittag gekriegt?«, begann nun auch der Bäcker zu lästern.

»Nee, der arbeitet doch für zwei.«

Die drei Grillmeister lachten laut.

Beleidigt füllte sich Fleischi Salat auf und schlich zu seinem Platz zurück. Jörg, der mit auf der langen Holzbank saß, schaute auf seine Uhr und fluchte. »Scheiß 8-12 nachher.«

Heimlich, wenn er sich unbeobachtet fühlte, nahm er einen Schluck aus der Bierflasche, die er unter dem Tisch versteckt hatte.

»Die ersten Steaks sind fertig!«, brüllte nun Bolle.

Jörg beeilte sich, doch einige Kollegen waren schneller.

»Mal langsam, das ist hier keine Raubtierfütterung.« Bolle schüttelte den Kopf und legte Stinkie ein Stück Fleisch auf den leeren Teller.

»Ich hole uns nachher noch mal was zum Futtern auf die Brücke«, sagte Jörg zu seinem Wachoffizier. Der Dritte drehte sich um. »Ja, immer wenn's am Schönsten wird, müssen wir zur Wache. Aber noch ist ja Zeit.«

Als der Polit mit seinem Fotoapparat Bilder vom Grillpersonal machen wollte, verließ der Bootsmann seinen Platz mit den Worten: »So, der Grill ist heiß. Dann werd ich mal.«

Mit vollem Mund rief ihm der Polit hinterher: »Auch Ihnen, Bootsmann, einen herzlichen Dank für Ihre tatkräftige Unterstützung.«

Aber der hörte nicht hin, sondern setzte sich zum Eisbären. Vor allem, weil dort Elvira Voigt mit am Tisch saß. Der Eisbär berichtete unterdessen von seinem aufgegebenen Fleurop-Telegramm zum Hochzeitstag. »Rosen für fünfzig Mark. Die wird staunen.«

Stinkie, der gegenüber saß, wollte sich totlachen: »Brauch ich nich. Pah, so ne Riechbesen ham wa zu Hause jenuch. Mir graut jetze schon wieda, wenn des Jebuddel im Jarten los jeht. ›Siegfried‹ – und wenn se dit schon sacht, weiß ick imma Bescheid … ›Siegfried, kommst du ma bitte.‹ Meene Alte will dann wieda allet uff Vordamann jebracht ham.« Er winkte ab: »Am besten allet betonieren!«

Dann streckte er sich zufrieden. An seinem Schnauzbart klebte rote Grillsauce. »Wie schön is dit doch uffm Wassa. Keene scheiß Jemüsebeete und Nachbarn am Zaun, die ein uffn Sack jehn. Kleinjarten jut und schön, wa. Laube, Grillen, wenn de ma jute Holzkohle und Fleisch erwischt, Bier saufen, und mit etwas Glück ooch etwas mehr Rasen anlejen als jeplant. Is ja allet in so ner Satzung drin, wa. Naja, ick habs ja eijentlich ooch nur wejen der Kinder jemacht.«

Als der Bootsmann nach einigen Steaks, Würsten und Bier mal kurz verschwand, um aufs Klo zu gehen, nutzte der Chief die Gelegenheit und setzte sich auf dessen Platz. Er hatte den ganzen Abend verfolgt, wie sein Meistro versuchte, der mitreisenden Ehefrau zu imponieren und kannte nach den vielen gemeinsamen Reisen auch dessen Umgang mit Alkohol. Denn während es immer wieder Leute gab, die aggressiv wurden, wenn sie zu viel getrunken hatten, trat hier genau das Gegenteil ein.

»Los, Fedja, Stück ma 'n rück!«, sagte der Bootsmann, als er wiederkam. Mürrisch ließ er sich am Nebentisch nieder und schaute zum Chief. Bei vielen älteren Kollegen erkannte man sofort, seit wann sie zur See fuhren, denn sie waren zweifellos in der Zeit stehen geblieben. Zumindest modisch. So rannte Fedja immer noch mit Schlaghosen und Stielkamm durch die Gegend, während der Chief seit Jahren seine Entenfrisur mit Pomade pflegte und von Ted Herold schwärmte. Und außerdem von Mike Hailwood und Paul Friedrichs. Doch leider war Andreas Witt nicht mehr an Bord. Der war sein größter Zuhörer und besaß eine AWO.

»Ich war auch mal bei der Bahn«, sagte der Chief. Elvira hörte interessiert zu.

Na klasse, dachte der Boss, jetzt fängt der wieder mit der alten Geschichte von Riga an, wo er als Dritter Ingenieur im Suff die Hafenlok geklaut hatte und die Pier auf und ab gefahren war. An jedem Dampfer wurde gehupt und die Jungs an den Gangways haben ihm salutiert. Bis die Miliz ihn vom Bock geholt hatte …

»Damals bin ich Dampflok gefahren. Das war noch Technik! Ich hatte da einen guten Kumpel aus Schwerin, den Gerd. War 'n feiner Kerl. Mit dem gings immer nach Warnemünde. Bis die Fähre kam, hatten wir immer genügend Zeit. Das war besonders im Sommer so 'ne richtig tolle Sache. Nur einmal haben wir es übertrieben. Da kauften wir uns eine ganze Kiste Sprotten. Schön fettig und frisch vom Fischer. Dazu noch jeder zwei, drei Brötchen und eine Flasche Milch, und ab gings zum Baden an den Strand. Da haben wir dann das Zeugs verputzt.

Auf der Lok bei der Rückfahrt ging es uns dann gar nicht so gut. Aber wir mussten ja fahren. Also die Waggons ran und ab. Fürchterliche Krämpfe waren das. Und kein Klo. Na ja. Kurz vor Bramow hat es dann mein Spannemann nicht mehr ausgehalten, riss sich die Hose runter und hat auf die große Kohlenschaufel geschissen. Dann einfach Luke auf und rein mit dem Schiet ins Feuer. Blöderweise fuhren wir in dem Moment unter der großen Fußgängerbrücke durch. Da war wohl gerade Schichtwechsel. Mann, die Leute sind vielleicht gerannt!«

Auch am Tisch der Matrosen und Maschinenassis wurde schon den ganzen Abend von alten Zeiten geschwärmt. Begriffe fielen wie Malecón, Nautilusbar und Bacuranao, Tauchen und Formalin, Phuket, Schatt el-Arab, die Khlongs von Bangkok, Steakfressen in Südamerika, Musik auf 'ner Plaza in Tampico, Lederjacken in Karachi, leichte Mädchen und anschließender Besuch beim Arzt in der Paulstraße von Rostock oder Haiphong, dem größten Schrottplatz der Welt. Und Namen wie Millionen-Schulz, Effendi, Schickedanz, El Trunko und Don Promillo, Manne Naumann oder dem blinden Jack … Fleischi erzählte mit Hingabe über lange Reedezeiten im

Perversen Golf, wo jede Wache ihre eigene Flagge hatte und Kakerlakenrennen veranstaltet wurden. Dann, etwas leiser, übers Blutspenden für harte Währung.

Und Tatze erinnerte sich an seine Werftzeit in Rijeka, wo er im vollen Knatter eine ellenlange Treppe auf allen Vieren rückwärts runter wollte. Zum Glück hatte man ihn zum Schiff zurückgetragen.

»Hab ich euch schon die Story von meinem Landgang in Santos erzählt?« Laut, damit es auch alle hörten, fing nun der Bootsmann an. Dabei schaute er sich um. »War meine erste Reise als Kabel-Ede. Aufn XD.« Er holte tief Luft, machte ein Bier auf, ließ den Kronkorken außenbords segeln und nahm einen großen Schluck aus der Flasche. Dabei beobachtete er die Voigts, den Chief und den daneben sitzenden Funker. »Also, ich war gerade frisch verlobt, sogar mit 'nem Eheschäkel am Finger, es ging ab in die Rue de Galopp.«

»Zum alten Manolo?«, wollte der Eisbär wissen.

»Wie der Laden damals hieß, keine Ahnung. Is ja auch egal. Ich ging mit 'nem E-Mix da rein und ran an die Bar. Nach 'ner Weile saß schon so 'ne rassige Mulattin beim Elektrischen aufm Schoß. Bei mir kam auch gleich eine an. Aber ich, die Treue in Person, hab die gleich abblitzen lassen. Die nächste auch. Das ging so den ganzen Abend. Mein Kollege machte derweile emsig mit der Braut rum und ich trank mein Bier. Plötzlich hatte die Trude ihre Hand an meiner Hose. Zuerst hab ich sie ja noch weggeschoben.«

Er nahm wieder einen Schluck und genoss das erwartungsvolle Grinsen der begierig lauschenden Kollegen. »Doch nach 'ner Weile gab ichs auf. Bin ja auch nur ein Mann, und es war ja auch nicht so unangenehm. Außerdem war das ja kein Fremdgehen. Oder?«

Fedja schmunzelte »I wo! Das ist als wenn 'n Vegetarier 'ne Fliege verschluckt. Hat er ja auch nicht bewusst Fleisch gegessen. Und außerdem gehört das doch in Brasilien zum Barbesuch dazu. Praktisch gratis.«

»Eben! Also dachte ich mir, was du kannst, kann ich auch, und schob meine Hand in ihr Höschen. Unser E-Mix merkte nix. Der trank und knutschte derweile weiter mit der Dame rum. Ich also rein mit der Hand, doch da war schon besetzt. Aber nicht vom Mixer, sondern was anderes!«

»Wie, was anderes?«, wollte Eiche wissen.

»Sagen wir mal so, die Dame war keine gespaltene Persönlichkeit.«

»Versteh ich jetzt nicht.«

»Mann, da war 'n Leuchtfeuer mitten in der Ansteuerung. Ich also am Mixer gerüttelt: ›He, hör auf!‹ Doch der wollte nicht hören. War ja auch so schön.«

Wieder trank der Bootsmann einen großen Schluck. Immer noch gespannte Aufmerksamkeit am Tisch und nebenan.

»Ich habe ihn an seiner Schulter gepackt: ›He, hör auf, das ist 'n Kerl!‹ Mit einmal war der E-Mix stocknüchtern, sprang vom Hocker und haute dem Klaus-Bärbel eins aufs Maul. Wir raus und gemacht, dass wir zum Dampfer kamen. Unterwegs spuckte er die ganze Zeit und wischte sich andauernd den Mund ab. Und ich musste ihm hoch und heilig versprechen, es für mich zu behalten. Naja, hab ich ja bis jetzt auch. Ist ja auch schon viele Jahre her. Der E-Mix hatte dann in kürzester Zeit seine ganzen Chlorodont 69-Tuben aufgebraucht und rannte dann im nächsten Hafen, sich Colgate kaufen.«

»Obwohl, da gibt's die hübschesten Gestalten«, sagte Eiche, nachdem sich die Leute beruhigt hatten. »Ich mein, ich steh ja nicht drauf. Aber in Bombay auf der Falkland Road denkste: Ist die schick, und Scheiße is.«

Stinkie kam vom Nachbartisch herüber. Er hatte genug Alkohol intus, war nun so richtig in Form und erzählte einen versauten Witz nach dem anderen. Während die Meute brüllte, schaute Elvira betreten auf ihre Uhr. Kurze Zeit später verließen die beiden Voigts wortlos die Feier. Amüsiert schaute der Bootsmann ihnen nach.

»Ich muss euch auch 'ne Story erzählen«, fing nun Fedja an. »Ist mir aufm Holzframo passiert, damals bei Spezial/Küste. Wir wohnten ja noch, ach warn das noch Zeiten, mit zwei Mann auf der Kammer. Bei mir auf der Bude, gleich neben der Getränkelast Backbordseite, war Josef. Der hieß eigentlich Thomas. Aber weil sein Familienname Wöbbels war … Na, jedenfalls schlief der oben und ich darunter. Damals hatte man so Vorhänge an den Kojen, damit der andere nich wach wird, wenn man aufstehn musste. Also Josef lag oben und hat gelesen. Besser gesagt: hatte gelesen. Er schlief bereits. Ich wollte in meine Koje, hatte nur noch den Schlüpper an. Da zog ich mit einem Ruck, zack, sein Lesezeichen aus dem Buch. Und was macht der Kerl, der aufgeschreckt war? Packt mich an der

Nase und dreht! Das tat total weh. Ich mit einem Satz in seine Koje gesprungen. Plötzlich klopft's am Kammerschott und 'n Matrose kommt rein. Josef machte schnell den Vorhang zu, und ich zog die Decke über den Kopf. Und Josef, der Blödmann, schob nun den Vorhang ein Stück beiseite und unterhielt sich seelenruhig mit dem Kunden. Ich hab vielleicht geschwitzt. Ganz lang hab ich mich gemacht. Nach einer Weile wurde es mir zu warm unter der Decke. Also hab ich meinen nackten Arm um Josefs Schulter gelegt und gesagt: ›Schatz dauert's noch lange?‹

Der Typ hat geguckt, wie ein Auto. Bloß nicht so schnell. Die Reaktion vergess ich nie. Dann hat er gebrüllt: ›Ihr, ihr, ihr Schweine!‹ Und raus war er. Und wir beiden lagen in der Koje und wollten uns totlachen.«

»Das hätte ich aber bei dem Bild auch gedacht«, sagte Tatze.

Die Kohle im Grill war längst heruntergebrannt, als Jörg kurz nach Mitternacht mit den benutzten Tellern von der Wache kam. Einige Hartgesottene feierten noch. Während Liese, der Boss und der 2. Ing. über die Arbeitskräftelenkung diskutierten, saß Fleischmann betrunken neben Bolle und dem Eisbärn und schlief. Jörg holte sich zwei Bratwürste und setzte sich dazu. Nach einer Weile kam auch sein Wachoffizier von der Brücke.

»Hör doch auf, die sehen doch gar nicht durch in Rostock.«

Der Bootsmann schaute dem Technischen Offizier tief in die Augen. »Na ja, wenn man nur an die Planzahlen und die Richtung denkt, statt an die Besatzungen – ist es nicht so Genosse? Da bleibt ja nix Walter Ulbricht, als uns so 'ne Leute zu schicken. Das heißt, wenn die ihn überhaupt damals geschickt haben. Und der kostet, das steht fest. Welche Heuergruppe mag der sein?«

»Um wen geht's?«, wollte der Dritte wissen.

Aber der 2. Ing. stand auf und ging. »Nun isser beleidigt.« Der Boss schenkte noch mal WBS nach. Winkler fragte erneut.

»Ach, um den Polit«, antwortete Liese.

Bolle haute Fleischi auf die Schulter und stand auf. »Scheiß Pionierblase«, fluchte er, ging zur Reling und pinkelte ungeniert außenbords.

»Wie wird das Wetter?« Der Boss versuchte das Thema zu wechseln. »

»Scheint sich wohl noch ein paar Tage zu halten«, entgegnete der Winkler.

Fleischi hob langsam seinen Kopf, lallte wirres Zeug und versuchte mühsam auf die Beine zu kommen. Am Nachbartisch fand er Zigaretten, zündete sich eine an und torkelte in die Aufbauten.

»Hoffentlich kokelt der nicht seine Koje an«, sagte der Dritte.

»Hoffentlich kommt der morgen hoch«, legte der Eisbär nach.

»Du meinst heute, Eisi«. Liese erhob sich. »Keine Angst, ich guck nachher bei ihm rein. Gute Nacht.« Weg war sie.

Als auch Winkler und der Eisbär gegangen waren, schaute Jörg den Koch fragend an. »Sag mal, ich will aus der FDJ austreten. Muss ich da einen Antrag stellen?«

Bolle kratzte sich am Bauch. »Was fragste mich das? Ich bin da schon lange nicht mehr drin.«

»Darum ja.«

»Warum willste denn raus?«

Jörg schaute zum Bootsmann, dann wieder zum Koch. »Wegen den scheißlangweiligen Versammlungen. Außerdem bin ich kein Jugendlicher mehr.«

Bolle lachte. »Na und? Dann musst du zur Blindenschule!«

Ungläubig betrachtete Jörg sein Gegenüber. Der war zwar angetrunken, aber nicht blau.

»Zur was? Zur Blindenschule?«

Bolle freute sich. »Na logisch. Ich bin nicht in der Partei und nicht in der FDJ. Genau wie der Bootsmann und Fedja. Und da haben wir immer Blindenschule mit dem Polit. Ich hab dem mal gesagt, weil es doch so viele Selbstverpflichtungen gibt und Wettbewerbe, bestes Schiffskollektiv, Messe der Meister von übermorgen und dieses ganze …, na egal. Jedenfalls habe ich dem gesagt, dass ich ab nächster Reise schneller kochen will. Vor allem die Eier. Als Neuerung. Und vielleicht auch noch Einsparungen mache, so wie in den anderen Bereichen bei den Verbrauchsmaterialien, Konto drei siebzehn und so. Aber in der Kombüse eben beim Essen. – Was meinste, wie doof der aus der Wäsche geguckt hat.«

Dafür, dass der Koch angetrunken war, kam er Jörg plötzlich sehr nüchtern vor.

»Du wirst lachen Schmidti, aber Tommy hatte sich mal in Rotterdam diesen Turbohefe besorgt. Da sparte er ja auch eine Menge Zeit. Gut, der wollte einfach nur länger pennen. Bloß die Brötchen, die schmeckten überhaupt nicht. Nur Luft. War natürlich ein Heidenspaß, den Popen zu verarschen.«

Bolle nahm einen großen Schluck und überlegte. »Wo waren wir nochmal …? Ach ja. FDJ. Also, bleib du lieber da drin. So wie es der Ede macht. Abtauchen und warten. Da kannst du schön Bier saufen, statt mit dem Popen in der Kammer vom Boss zu hocken und dich vollsülzen zu lassen. Der will immer nicht gehen.«

Er grinste den Bootsmann an. »Der Boss hat aber jetzt einen Trick, wie er ihn los wird.« Bolle lachte auf. »Er muss nach 'ner halben Stunde immer kacken.«

Der Bootsmann stand auf und winkte ab. »Ich kann da auch nichts für. Das kommt von seinem Geseier. Da kommt mir immer die Wurst. Gute Nacht.«

»Gute Nacht Boss.« Jörg schaute eine Weile in die Dunkelheit, dann auf seine Uhr. Schweigend trank er sein Bier aus. Dann ging auch er schlafen.

Bagemiel saß in seinem Stuhl, qualmte die Brücke blau und draußen, in der Steuerbord-Nock, stand sich derweile Jörg die Beine in den Bauch. Scheiß-Regen, dachte der und sah ab und zu durch das Fernglas. Er hielt verschärft Ausschau nach Fischern, die im Radar nicht sehr gut zu erkennen waren. Irgendwo da drüben an Backbord lag Dondra Head. Es duftete nach Land und Pflanzen. Und der Geruch von Feuer lag in der warmen Luft. Das ständige brummen der Kühlcontainer, kurz Reefer genannt, machte müde. Jörg ging in die Ecke, wo sein Kaffee stand.

Das Thermometer dort zeigte 29° Celsius. Er schaute durch das große Fenster in die Brücke. Der Kapitän sah aus wie ein Buddha. Sein dicker Bauch ragte aus dem offenen Khakihemd. Hoffentlich geht der bald auf seine Kammer! Erst eine Stunde war rum. Wie eintönig. Jörg musste irgendwie die Zeit totschlagen, darum versuchte er sich vorzustellen, wie Bagemiel wohl als Kind ausgesehen hatte. Unweigerlich begann er zu grinsen. Der dicke Dieter bei seiner Einschulung. Na fabelhaft. Ich schmeiß mich weg.

Jörg drehte seinen Kopf zur Seite und fing an zu lachen. Hoffentlich sieht mich jetzt hier keiner, sonst denken die, ich hab 'ne Scheibe. Oder Bagemiel beim Rollerrennen. Dieter, Dieter! Er versuchte sein Lachen zu unterdrücken, aber das machte es noch viel schwieriger. Als er sich endlich beruhigt hatte, fiel ihm ein, wie der dicke Kapitän wohl als Jugendlicher getanzt haben mag. Jetzt prustete er los. Damals war doch Twist modern … Ruhig, der war doch auch mal schlank und fuhr genau wie du als Matrose an Deck. Außerdem war der Alte in Ordnung. Da gab's ganz andere Experten in der Flotte. Wenn ich da an Giftzwerg denke, der keine Leute abkonnte, die viel größer waren als er selbst …

Jörg schaute nach vorn, wo die großen Blechbehälter rhythmisch hin und her wankten. So langsam kannte er fast alle Nummern der Container, darunter viele rote von DSR und cti. Er musste unwillkürlich an Pluto denken, der mal erklärte, dass er es auf der Brücke nicht aushalten würde. Immer nur aufs Wasser glotzen? Da steh ich lieber in der Werkstatt und feil irgendwas. Hm, da unten in der Hitze war es aber auch nicht gerade angenehm. Hier oben ging wenigstens Wind und es war hell.

Bagemiel machte keine Anstalten zu gehen. Ach Mann, hat der kein zu Hause, dachte Jörg. Sei nicht ungerecht, dachte er weiter, tauschen möchtest du mit dem auch nicht. Alleine die Verantwortung und der ganze Schreibkram. Aber sobald der Kapitän auf der Brücke war, konnte man mit dem Dritten nicht viel anfangen. War ja logisch. Trotzdem war der Winkler ein Kumpel. Auf dessen Angebot, ihm in Singapur Geld für den Einkauf vorzuschießen, ging Jörg trotzdem nicht ein. Er hatte schon Fedja und Pluto angepumpt. Fedja sparte schon seit einiger Zeit, der kaufte sich fast nichts. Und Pluto brauchte D-Mark für zu Hause. Jetzt, wo er Papa geworden war, musste er viel besorgen. Noch ein paar Tage. Singapur, ich komme! Endlich kreisten seine Gedanken, und die Zeit verging schneller. Anne hatte geschrieben, dass der Freund ihres Vaters nun doch ausreisen durfte. Drei Jahre hatte er auf die Genehmigung gewartet. Dann war es ganz schnell gegangen. Kurz das Wichtigste packen und ›tschüss DDR‹. Aber was waren das für Monate? Praktisch arbeitslos, verkaufte der so nach und nach seine Sachen. Anne und Jörg kauften ihm den Farbfernseher ab. Toshiba mit Fernbedienung. Den hatte er sich mal im Intershop gekauft. Mit den 5000 Mark, die sie dafür bezahlten, kam er eine lange Zeit hin.

Viele gingen wie er fort. Auch Kumpel Kalle sei jetzt bei seiner Oma. Jörg wusste, was Anne damit meinte. Sie mussten sich immer vorsichtig in ihren Briefen ausdrücken. Wie oft waren die Buchstaben ihres Namensstempels, den sie stets auf die Rückseite der Briefe rauf drückte, versetzt. Seit einiger Zeit benutzte sie nun ein buntes Klebeband, das Jörg aus Antwerpen mitgebracht hatte. Und weil

Anne alle Briefe nummerierte, würde es auch auffallen, wenn mal einer fehlte.

Am Horizont tauchte ein Schiff auf. Jörg beugte sich nach vorn und meldete in die Brücke »Fahrzeug backbord voraus«.

Winkler bedankte sich und guckte in das Radar. Es wurden drei Schiffe, die schnell näher kamen. Bagemiel rutschte von seinem Stuhl, nahm das Fernglas und sagte: »Kriegsblech.«

Nach einer Weile waren die grauen Schiffe auch ohne Hilfsmittel gut zu erkennen.

»Seemännchen«, sagte der Kapitän zu Jörg, »Komm mal ans Ruder«.

Bagemiel versuchte so dicht wie möglich und dennoch mit gebührendem Abstand die drei Kriegsschiffe zu passieren. Winkler ging ans Telefon und wählte eine Nummer. »Ja, hier die Brücke. Komm mal schnell hoch.«

Der Polit kam. Hm, wusste gar nicht, dass der Dritte so dicke mit dem Popen ist, dachte Jörg.

Als der die Situation gecheckt hatte, verschwand er zügig wieder.

Ein Glück, freute sich Jörg, den kann ich hier nun nicht auch noch gebrauchen. Doch schnell änderte er seine Meinung, denn der Boss erschien im Schott und fragte: »Ja? Was gibt's?«

Der Dritte drückte ihm etwas in die Hand. »Bootsmann, geh mal bitte hoch, die Flagge dippen.«

Schon nach einer Minute war der Pope wieder da. Mit einem Fotoapparat. Als die Schiffe querab waren, standen die Offiziere in der Nock. Jörg, nach wie vor am Ruder, ärgerte sich immer noch über das »Seemännchen« und dass er nicht gucken konnte. Er hörte, wie Bagemiel zum Polit sagte, ob er die Nummern habe. Es waren Amerikaner, das stand fest. Sie erwiderten sogar den Gruß, den ihnen der Bootsmann vom Peildeck sandte. Bagemiel kam stolz in die Brücke. Dann ging es wieder auf den alten Kurs zurück, und die Automatik übernahm das Steuern. Anschließend war Jörg mit dem Dritten allein. Während er Kaffee kochte, klapperte beim Polit die Schreibmaschine.

Endlich Singapur. Endlich wieder festen Boden unter den Füßen. Die letzten Tage waren schnell vergangen. Vor Pulau Weh gab es, wie so oft, Gewitter. Dann erreichten sie die Straße von Malakka, der Schiffsverkehr nahm erheblich zu. Und schließlich ging es mit

Doppelwache, Decksbeleuchtung und voller Fahrt weiter, denn man war im Piratengebiet. Sogar der Polit hatte sich bereit erklärt, an der Piratenwache teilzunehmen. Sämtliche Außenschotts wurden geschlossen und die C-Schläuche lagen unter Druck an Deck bereit, immer für den Fall, dass sich ein Boot der FRIEDLAND näherte. Dann hätten die Jungs eine harte Wasserdusche von oben erhalten.

Als der Bootsmann in der Nacht zur Ablösung ging, wäre er beinahe über den schlafenden Popen gestolpert, der sich an Deck in Rappeltuch gehüllt hatte. Eine schöne Hilfe! Für den Bootsmann war es eine Genugtuung. Aber es kam von Seiten des Kapitäns nichts nach.

Singapur war eine ewige Baustelle. Schon wieder war ein großes Haus verschwunden. An seiner Stelle wuchs nun ein neues, noch viel höher in die Lüfte. Jörg ging auf Nummer sicher, tauschte mit Tatze die Wache und kaufte lieber jetzt als auf der Rückreise ein. Der Bootsmann und der Eisbär begleiteten ihn. Die drei kannten sich aus. Auch mit den strengen Sitten und Gebräuchen des Stadtstaates, in dem es bei Strafe verboten war, Kippen wegzuwerfen, Kaugummis auszuspucken oder bei Rot die Straße zu überqueren. Sie nahmen ein Taxi zum Sim Lim Tower und mussten nicht darauf achten, unbedingt nur die Zebrastreifen zu benutzen. Dort, im Elektronikkaufhaus, war man Westeuropa in Längen voraus. Jörg wusste vor Aufregung gar nicht, welche Anlage er kaufen wollte. Der Bootsmann war da auch keine Hilfe, denn der ging los, ein Dampfbügeleisen zu suchen. Nach zwei Stunden traf man sich am Taxistand wieder. Der Fahrer staunte über die Mikrowelle des Eisbären und erkundigte sich, ob bei ihm zu Hause das Ding denn teurer wäre. »Wenn du wüsstest«, antwortete der Eisbär auf deutsch, »dass es bei uns so was gar nicht gibt«.

Jörg war wie im Rausch. Er merkte nichts von der Rückfahrt, sah aus dem Taxifenster, bemerkte jetzt erst den Linksverkehr und hätte die ganze Welt umarmen können. Es war wie Weihnachten, Ostern, Geburtstag und Hochzeit zusammen. Eine Stereoanlage von JVC! Mit Drei-Wege-Boxen, Tuner, Doppel-Kassettendeck, Verstärker, Equalizer und Plattenspieler. Dazu noch Soft Touch und Fernbedienung. Der Verkäufer, der ohne lange zu überlegen von Jörg auch das deutsche Geld nahm und kurz umrechnete, wollte ihm auch noch den passenden CD-Player anbieten. Aber Jörg konnte gut darauf verzichten. Sein Geld hätte nicht gereicht, und zu Hause gab es ja keine Compact Disks. Außerdem kosteten die kleinen Silberscheiben aktuell fast vierzig D-Mark. Jetzt musste nur noch alles zu Hause durch den blöden Zoll. Zum Glück wollten dann Pluto und Fedja noch mal helfen und jeder einen Karton übernehmen.

An Bord gab ihm der Chief Mate mehrere Briefe von zu Hause. Da fuhr es Jörg durch alle Glieder. Er hatte die Filme nicht entwickeln lassen!

An der Gangway traf er auf Fleischi, der mit dem Bäcker an Land wollte. Fleischi steckte die Filme und das Geld ein. »Mach ich doch für dich, ist doch klar. Ist n'ne reine Getränkefrage.«

Später, bei der Lukenwache, durchzuckte es Jörg noch einmal. Hoffentlich guckt sich Fleischi nicht die Fotos an, denn da dürften auch die Aufnahmen mit den Holländern dabei sein. Mit dem Jeep und im Wohnwagen.

Am anderen Tag, wieder auf See, füllte sich Jörgs Kammer. »Nun mach's nicht so spannend, mach mal an.«

Fleischi, Pluto, Fedja und Struppi kamen gleich nach dem Abendbrot, um die Gütekontrolle der Anlage vorzunehmen. Jörg hatte am Nachmittag alle Teile miteinander verbunden. Dann der Test. Was für ein Klang!

»Klasse, damit bist du ganz weit vorne! Muss ich mir auch kaufen«, sagte Struppi. »Gleich bei der nächsten Reise. Was haste denn dafür bezahlt?«

»Die gibt's doch bei der nächsten Reise schon nicht mehr«, wiegelte Jörg schnell ab.

Fleischi griff unter die Backskiste und nahm mehrere Bier aus dem Kasten. »Das muss begossen werden.«

Fedja schaute auf das Etikett seines Edelbräus. »Haltbar bis ...« Er lachte. »Diese Optimisten«, und trank die Flasche auf ex. Dann berichtete er von seinem Landgang und dem Wachsfigurenmuseum. Er war nach Sentosa gefahren, einer Insel mit vielen Sehenswürdigkeiten und Attraktionen. »Da hat 'ne tolle Band gespielt. 'ne Sängerin hatten die! Cher ist 'n Scheiß dagegen.«

Und Pluto war mit Liese zur Clifford Pier gezogen, um Schnitzereien und große Fächer zu kaufen.

Der Bootsmann kam in Arbeitssachen in die Kammer. »Das ist sie also. Na fein. Hört sich einwandfrei an.«

»Willste 'n Bier?«, fragte Jörg und hielt eine Flasche hoch.

»Nee, keine Zeit. Jungs, es kommt schlechtes Wetter. Also richtig schlechtes. Der Funker hat die neuesten Meldungen gezeigt, da ist was im Anmarsch. Sieht ernst aus.«

Er zeigte auf die Anlage. »Verstau mal das gute Stück rechtzeitig.« Dann schaute er Fedja an. »Brüderchen kannst du mitkommen? Ich will mit dem Ede nochmal über Deck gehen und eventuell nachlaschen. Danach machen wir alles richtig dicht. Auch die Panzerblenden von den Bulleyes.«

Fedja nickte. Und auch Struppi sprang auf, trank sein Bier aus und ging mit. »Gute Nacht, Leute.«

Tage später stand in der Schiffspresse die *ADN*-Meldung: »Über die Nordprovinzen der philippinischen Hauptinsel Luzon raste in der Nacht zum Montag ein Wirbelsturm, dem mindestens 23 Menschen zum Opfer fielen. Zahlreiche Personen werden vermisst. Tausende Menschen verloren durch den von heftigem Monsunregen begleiteten Taifun ›Gordon‹ ihr Obdach …«

Durch die verheerenden Überschwemmungen sollten in den nächsten Tagen mindestens zweihundert Menschen in der Region ihr Leben lassen. Die FRIEDLAND bekam die Restausläufer des Wirbelsturms zu spüren. Wäre das Schiff zwei Tage früher ausgelaufen, hätte es die volle Wucht getroffen.

Alle waren müde und angespannt. Elvira Voigt und Liese hatten Probleme mit dem Seegang. Aber auch Struppi. Der Bäcker servierte stellvertretend für Liese teilweise in der Mannschaftsmesse. Das gab großes Gelächter. Er hatte ihre Schürze umgebunden und die Tischtücher angefeuchtet, damit die Teller nicht rutschten. In der Kombüse schepperte es, und man hörte Bolle oft fluchen.

Die Decksgang durfte nur noch in den Aufbauten arbeiten. Fedja und Struppi fingen an Farbe zu waschen und machten Reinschiff. Eiche und der Ede begannen die Gemeinschaftsdusche im Umkleideraum, die kaum genutzt wurde, zu malern. Als der Bootsmann dort auftauchte, waren sie verschwunden. Erst suchte er sie erfolglos auf den Kammern und im Smoketimeraum. Danach in der Kombüse. Schließlich sah er ein offenes Außenschott. Das bei Verschlusszustand! Draußen fand er die beiden auf Pollern sitzend, lachend und dummes Zeug redend, während neben ihnen die hohe See peitschte. Die Farbe war ihnen zu Kopf gestiegen. Vorsichtig bugsierte der Boss die Männer wieder in die sicheren Aufbauten. Sie hatten für den Tag Feierabend.

Mit vier Briefen ging Jörg am Abend vor seiner Wache zum Funker. Alle enthielten Urlaubsfotos. Und auf allen klebten DDR-Briefmarken. Paquebot sei Dank.

Am nächsten Morgen würden sie Hongkong erreichen, Jörgs Lieblingshafen. Hier fühlte er sich wohl. Irgendwie hatte diese Stadt etwas von Kolonialzeit und Zukunft, von Europa und Asien und von einem Gewusel von Sprachen. Und hier konnte man stundenlang Fotos knipsen oder nur gucken. Wie in alten Filmen rannten manchmal Chinesen mit Rikschas für die Touristen herum, fuhren bunte Doppelstockstraßenbahnen und selten auch eine Dschunke. Diese Hafenliegezeit würde eng werden. Jörg würde für Tatze die Wache mitmachen. Schon wegen Singapur. Das war so abgemacht. Eventuell mal kurz vom Dampfer runter, mehr war nicht drin. Aber das Wetter lud auch nicht gerade zum Landgang ein.

Der Funker, der in den letzten Tagen sehr beschäftigt war, tat genervt, als Jörg eintrat. Schließlich war er am Papierkram für die jeweiligen Häfen beteiligt. Und Bagemiel nutzte oft die flinken Finger seines Pusters für Schreibarbeiten, weshalb er ihn manchmal auch verächtlich »seine Tippse« nannte. Berichte, Speisepläne, Kulturarbeit oder Dienstpost, Einklarierung, Handgeld, Agenturen und vieles mehr lag auf den Schultern von Pietsch. Darauf war er stolz, und das ließ er jeden spüren. Gnädigerweise durfte Jörg seine Briefe ablegen. Vielleicht, so dachte Jörg, war Pietsch aber auch nur fertig von der ganzen Schaukelei, die hier oben besonders zu spüren war. Gut, dass ich unten wohne.

Neben der PRESIDENT ADAMS aus Oakland sah die FRIEDLAND aus wie ein Dampfer der Weißen Flotte. Nur in grau. Die Männer staunten beim Anlegen über den großen schwarzen Pott vor ihnen. Dabei war ihr Schiff mit rund 165 Metern Länge nicht gerade klein. Jedenfalls für Rostocker Verhältnisse. Der Ede bemerkte nur beiläufig: »Wir, in der größten DDR der Welt, haben dafür den Frieden und Brötchen zu fünf Pfennig.«

Da war etwas Wahres dran, dachte Jörg. Was bei uns in Berlin der Palast ist und ein Riesenspektakel darum gemacht wird, ist hier in Hongkong 'ne mittlere Versicherungsbude.

Der Dritte fragte auf der Brücke nach. Der Lotse oben wusste zu berichten, das der Ami-Container über hundert Meter länger war als sie und über viertausend Kisten laden konnte. Die FRIED-

LAND schaffte nicht mal ein Viertel davon. Aber was sollte die Republik auch mit so einem Koloss?

Bei strömenden Regen gingen Tatze und Daggi an Land. Ihre Schirme flogen hin und her. An Deck waren die Stauer unterdessen dabei, die Container zu entern. Katzengleich erklommen sie in Badelatschen die drei oder vier Lagen. Einige fuhren auch mit dem Spreader der Containerbrücke hinauf, liefen auf den großen Kisten entlang und begannen emsig mit langen Stangen die Twistlocks zu entriegeln.

»Ist denn das die Possibility!« Der Chief Mate drehte sich schnell weg. »Herr Schmidt, wenn was ist, ich bin auf der Brücke.« Damit verschwand er und ließ Jörg und den Bootsmann allein an Deck stehen. Die beiden gingen auch schnell in Sicherheit, denn die Hafenarbeiter achteten kaum darauf, was sich unter ihnen abspielte.

An der Gangway erschien Liese, die ihre alte Gesichtsfarbe zurückhatte. Was heißt Farbe? Blass war sie schon so. Aber ihre gute Laune war wieder da, als sie den Männern Kaffee brachte. Der Regen wurde schwächer. Vor der FRIEDLAND hielt ein Transporter. Der Schiffshändler kam. Freudestrahlend schob sich Bolle an der Wache vorbei, flitzte die Gangway hinunter und gab dem Mann auf der Pier eine Tüte. Der schüttelte lange Bolles Hand.

»Haben wir viel?«, rief der Bootsmann hinunter. Bolle wog den Kopf hin und her. »Können wir auch mit paar Mann hochtragen!«

Liese ging, den Bäcker zu holen und auch der Kabel-Ede fand sich ein. Der Boss trug gerade einen großen Karton mit frischem Ananas die Gangway hoch, als ihn unterwegs der Funker entgegenkam und sich an ihm vorbeizwängte. Eine von den Früchten fiel hinunter und verfing sich im Gangwaynetz.

»Danke!«, rief der Boss wütend dem Landgänger hinterher und knallte den Karton aufs Deck. »So ein Arsch.« Geladen trank er seinen Kaffee aus. »Na wenigstens hat es aufgehört zu regnen.«

Die Liegezeit zog sich länger hin als geplant und im Laufe des Tages gingen fast alle mal von Bord. Daggi kam mit einem riesigen Schirm zurück, der Chief heimlich mit Zeitungen, und Eiche und Struppi hätten sich beinahe tätowieren lassen, wenn Liese sie nicht davon abgehalten hätte. Die Stimmung war gut und alle schienen wie verwandelt. Man war mal an Land, wenn auch nur kurz, und hatte neuen Gesprächsstoff. Und Bolle würde bald wieder seinen berühmten asiatischen Abend veranstalten. Dann gab es mehrere

Gänge, mit Stäbchen und bekleckerten Tischdecken. Und bald würde es etwas kühler werden, denn es ging nach Norden.

Fedja konnte nicht schlafen. Er wälzte sich nun schon seit Stunden in der Koje hin und her. Seine Gedanken wollten ihn einfach nicht zur Ruhe kommen lassen. Er schaltete die Kojenbeleuchtung an und holte den Brief von seiner Frau aus dem Nachtschrank. Liebevoll hatte sie mit schönster Schrift den Umschlag gestaltet:

Burkhard Vetter
MS »Friedland«
Singapore Shipping Corporation (Pte.) Ltd.
200 Contonment Road, 0-01 Southpoint
Singapore 0208

Zum wiederholten Male nahm er die beiden Blätter aus dem Kuvert. Auf einem war eine Zeichnung von seinem Sohn: Papa, Mama, Mandy und Nico im Tierpark. Ein Löwe im Käfig und eine Giraffe, die darüber schaute. Und eine große Sonne mit einem Gesicht. Im Hintergrund waren, ganz klein, sein geliebter Kletterpilz und die Rakete vom Spielplatz zu erkennen …

Eigentlich war es einer der üblichen Briefe von zu Hause. Mit den Kindern und auch ihr war soweit alles in Ordnung. Nur mit Gabys Vater, dem alten Zausel, schien es langsam zu Ende zu gehen. Aber das war Fedja egal. Den Schwiegervater konnte er ohnehin nicht leiden. Zu oft hatten sie miteinander gestritten. Der Alte war ein Tyrann, der es seiner Frau und den Töchtern nicht leicht machte. Zum Glück wohnte er im Nachbardorf, einige Kilometer und Berge entfernt. Ein typisches erzgebirgisches Fachwerkhaus, seit Generationen im Besitz der Familie von Gabys Mutter. Was Fedja vielmehr störte, waren die Zeilen über einen Disko-Besuch seiner Frau. Gut, ihre Schwester war dabei. Aber was heißt das schon? Beim ersten Lesen vor einigen Tagen hatte ihn das überhaupt nicht gejuckt. Doch mit der Zeit sah er langsam Bilder im Kopf, wie sie mit anderen Männern rummachte. Und er konnte hier nicht weg! Er fuhr sich durch die Haare. »So ein Quatsch! Wenn was wäre, würde sie das doch nicht schreiben.« Er legte den Brief zurück in die Schublade und machte das Licht aus.

Einige Minuten später ging das Licht wieder an. Fedja stand auf, zündete sich eine Zigarette an und ging in seiner Kammer auf und ab. Die Fische im Aquarium schienen zu schlafen. Plötzlich fing er an zu frieren. Und das lag nicht an der kalten Luft aus der Klimaanlage. Fedja wusste, was nun kommen würde. Scheiße! Bitte nicht!

Sein Atem und die Zunge wurden schwerer. Nicht schon wieder! Ein Blitz schoss in seinen Magen. Von den Seiten kamen langsam dunkle Wände. Er schaltete alle Lampen an. Schnell jetzt! Die Wodkaflasche angesetzt und einen riesigen Schluck getrunken. Sein Rücken war klitschnass. Zitternd legte er sich die Bettdecke um den Oberkörper. Noch einen Hieb aus der Pulle! Gut, dass er Tagestörn ging. Morgen früh wäre alles wieder in Ordnung. Da arbeitete er an Deck und konnte sich ablenken. Und die Sonne schien. Und er war unter Leuten. Noch einen Schluck!

Aber die Angst blieb. Die Angst vor der Angst. Nun ging es gar nicht mehr um einen Tanzabend, nun ging es um ihn. Er merkte, wie sich seine Muskeln verspannten. Es waren keine Krämpfe, aber er bewegte sich wie ferngesteuert. Hoffentlich ist das schon vom Schnaps, dachte er. So eine Scheiße! Es ist doch alles in Butter!

Er schmiss die Bettdecke in die Koje und machte Kniebeuge und Liegestütze, rieb sich die Schläfen und versuchte sich zu beruhigen. Ich bin doch normal. Mensch, ich bin doch nicht verrückt! »Vom Eise befreit sind Strom und Bäche. Durch des Frühlings holden, be … be … Ach Scheiße, das muss man nicht mehr unbedingt können.« Er nahm noch einen Schluck. Sein Herz raste. Nur keine Panik.

Fedja begann zu weinen. Alles wird gut, alter Junge. Du schaffst das! Das liegt bestimmt am dauernden Uhrenstellen und so.

Mit Magenschmerzen ging er zurück in die Koje. Von einem Foto an der Wand lächelte ihn seine Familie entgegen. Verschwommen konnte er sie erkennen. Er wischte sich die Tränen aus den Augen. »Ich komm doch bald nach Hause.«

Fedja wurde ruhiger und versuchte durchzuatmen. Dabei legte er seine Hände vor den Mund und hechelte hinein. »Du verdammtes Miststück!« Plötzlich schlug er mit der flachen Hand an die Wand. »Vögelst mit andern Kerlen!«

Wieder sprang er aus der Koje. Dann rannte er aufs Klo. Er schaute in den Spiegel. Tiefe dunkle Augen starrten ihn aus einem blassen Gesicht entgegen. Auf der Stirn stand kalter Schweiß. Er überlegte, ob er auf die Brücke gehen sollte, denn da waren immer Leute. Aber in diesem Zustand wollte er nicht gesehen werden. Und an Deck wollte er lieber auch nicht gehen. Es grauste ihm bei dem Gedanken, den er schon des Öfteren hatte. Es war so einfach. Ein Sprung über die Reling. Und dann? Dann würde er wahrscheinlich hell wach werden. Und sein Schiff würde weiter fahren, als wenn nichts wäre. Langsam würden die Lichter in der Ferne verschwinden. Nur er, er wäre verloren …

Mit kaltem Wasser spülte er das Gesicht ab und hielt seinen Puls unter den Hahn. Das braucht auch niemand erfahren. Ich schaff das schon, dachte er. Zurück in die Koje und die Flasche geleert! Fedja küsste das Foto. Dann schlief er unter voller Beleuchtung ein.

Smoketime. Pause vom Maschinendunst und Rostgeklopfe. Fleischi war der erste in der Monkeymesse. Er rutschte auf der dunklen Kunstlederbank in die Ecke und wartete, bis sich Fedja einfand und seine Zigaretten auf den Tisch warf. Nach kürzester Zeit war der kleine Raum vor Rauchschwaden kaum zu erkennen. Als Pluto dazu kam und anfing über Sicherheitsregler, Steuerluft und Einspritzpumpen zu fachsimpeln, wurde Fedja plötzlich laut. »Hört endlich auf mit eurem Scheiß! Das ist hier 'n Smoketimeraum und nicht euer MKR.«

»Wasn los, Fedja? Alles klar bei dir?«, fragte Eiche fassungslos und verzog das Gesicht.

»Bei mir? Klar is alles klar. Aber ich kann die Kacke nich mehr hörn. Immer über Arbeit zu quatschen. Ihr fangt ja schon an wie der Chief. Da wirste ja blöde.« Fedja riss sich sein Schweißtuch vom Hals und knallte es zwischen Aschenbecher und Telefon auf die geblümte Wachstuchdecke.

»Tschuldigung«, erwiderte Pluto, »hab ja nicht gewusst, dass du deine Ruhe haben willst.«

Verlegen schauten sich Eiche, Struppi und die Maschinenassistenten an. Eine Weile saßen sie da und schwiegen. Nur Fleischis Glucksen beim Kola trinken und das Brummen des großen Kühlschranks waren zu hören.

»Kuckuck!« Bolle grinste im Türrahmen. »Ist einer gestorben? Ist ja so leise bei euch heute morgen.«

Er stellte einen Teller mit Rippchen auf den Tisch. »Hier. Spanten. Extra für die Aktivisten.«

»Manometer! Zum Glück hab ich meine Pfoten gewaschen«, freute sich Fleischi. »Danke Bolle.«

»Schon gut.« Bolle griff nach den Zigaretten. »Ich nehm mal eine. Wen gehören die?«

»Mir«, erklärte Fedja und machte langsam ein freundliches Gesicht.

Die Rippchen waren noch nicht alle, als es plötzlich richtig still wurde.

»Mist, 'n Blacky! Lass mich mal durch!« Pluto und Fleischi rannten in den Maschinenraum. Auch der Chief war laut fluchend in den Aufbauten zu hören.

Fedja streckte sich. »So«, sagte er zufrieden und nahm ein Stück Fleisch, »jetzt schmeckt's doch gleich nochmal so gut.«

Im Gang vor den Messen war kein Mensch zu sehen, als sich Jörg an die Wandzeitung schlich. Er befestigte einen Zettel und ging, als er Schritte hörte, schnell hinaus an Deck. Der Second kam den Niedergang hinunter und bog ab in die Mannschaftsmesse. Dort verteilte Liese vor dem Abendessen Flaschen auf den Tischen. Wenn schon nicht zu Hause, so hatte man wenigstens an Bord immer Ketchup aus Bulgarien bei der Hand. Heute gab es Bauernfrühstück.

Während der Bäcker an seinem Kreuzworträtsel saß, stand der Second mit den Händen in den Taschen vor der geöffneten Schiffspresse und freute sich. »Aha, in Cottbus haben sie zwanzig Wohnungen über den Plan geschafft. Na wunderbar! Wer sagts denn, es geht aufwärts.« Kopfschüttelnd trat er von hinten an den Bäcker heran, der auf seinem Kugelschreiber herumkaute. »Na, kann ich helfen?«

Tommy schaute von seinem Troll-Heft auf. »Äh, ja hier: georgisch-sowjetischer Dichter und Erzähler ›Der Wunschbaum‹.«

»Ach Mensch«, in der Pantry fluchte Liese, »jetzt hab ich mich bekleckert!« Sie lief wütend aus der Messe, um sich umzuziehen.

»Wie viele Buchstaben?«

»Äh, mit acht.«

»Oh, hm. Und was ist das da Senkrecht?«, fragte der Second.

»Weg. Chinesisch«, sagte der Bäcker.

»Und daneben?«

»Auswahl mit fünf Buchstaben.«

»Elite.«

»Und hier«, fragte der Bäcker, »norwegischer Dramatiker ›Nora‹, mit eins zwei … auch mit fünf Buchstaben.«

»Dürfte Ibsen sein. Sonst kenn ich keinen.«

»Kommt hin. Also ein E.« Beide sahen lange in das kleine blaue Heft. »Da vorn kommt ein L hin, Dunst ist Nebel. Das darunter ist was?«

Der Bäcker stöhnte. »Elektrizitätsquelle. Generator passt aber nicht. B B Batterie, na klar.«

»Also ist der Weg auf chinesisch Tao, glaub ich, und der Russe, ach nee, Georgier?«

»Ist doch das Gleiche. Ob nun Georgier oder Russe.«

»Nee, nicht ganz. Also das müsste dann dieser Leonidse sein«, behauptete der Second.

»Kommt hin.«

Liese kam aufgeregt zurück. »Tommy, kann ich mal kurz den Kulli haben«, nahm ihn und verschwand. Freudestrahlend brachte sie ihn wieder. »Da gibt's 'ne Ausfahrt in Pusan.«

Schnell ging sie zu Daggi, die in der Offiziersmesse zu tun hatte.

Als der Second aus der Messe war, hörte man ihn auf dem Gang schallend lachen. Der Bäcker ging und las an der Wandzeitung:

In Pusan findet eine Ausfahrt zum berühmten Messingbergwerk
in Bil-Dung statt. Dauer ca. 4-5 Stunden
Essen in Form von Lunchpaketen
Teilnehmer bitte rechtzeitig eintragen und bei ihren jeweiligen
Bereichsleitern abmelden.
Viel Vergnügen

Vor Liese hatten sich auch schon Ede und Fedja eingetragen.

Grinsend ging der Bäcker zurück in die Kombüse. Eine halbe Stunde später waren die Männer beim Essen und Liese am Laufen. »Einmal Nachschlag, einmal Neu komplett!« Sie reichte Bolle einen leeren Teller. Während er auffüllte und einen zweiten nahm, versuchte er Liese aufzuklären. »Liese, kapier doch, die Ausfahrt findet nicht statt.«

Eine Salzgurke an den Tellerrand und Liese flitzte wieder in die Messe. Kurz darauf kam sie wieder. »Einmal neu … Aber da haben wir frei. Das geht zeitlich. Ich habe schon mit Daggi gesprochen.«

»Frei – ja. Aber es gibt in Südkorea kein Messingbergwerk. Es gibt auf der ganzen Welt kein Messingbergwerk.« Bolle reichte ihr den Teller.

»Was du nicht sagst«, antwortete sie patzig. Von der Steuerbordseite rief Daggi in die Kombüse. »Einmal neu! Italienisch!«

Nun füllte der Bäcker Bauernfrühstück, gefüllt mit Spaghetti auf. Daggi steckte sich eine von den Gurken in den Mund.

»Daggi, erklär mal Liese das mit der Ausfahrt«, sagte Bolle.

»Wieso? Lass sie doch mitfahren.« Sie kaute schnell auf und trabte wieder hinaus in die O-Messe.

Der Bäcker lachte laut und machte sich ein Bier auf. »Ich halt's im Kopf nicht aus!«

Bolle stand da und griente. »Vielleicht hatten die ja in der Schule kein Chemie oder was war das für'n Fach, in denen Legierungen behandelt werden?«

»Peter mach das Licht aus.« Daggi lag in der Koje und drehte sich zur Wand. »Was schreibst du bloß jeden Abend?«

Während Tatze die Tischlampe an und die Deckenleuchte aus machte, versuchte er Daggi zu erklären, dass er nicht jeden Abend schrieb. »Außerdem ist das 'ne Geschichte.«

»'ne Geschichte.«

»Ja, für den Resi-Abend.«

»Und wann ist der? Morgen?«

»Nein, aber irgendwann nach Japan.«

»Und das muss heute Abend sein?«

»Bin ja gleich fertig.«

Tatze klappte sein grünes Notizbuch zu. Er hatte Daggi gebeten, ja direkt verboten, darin zu lesen. Pionierehrenwort. Und Daggi hielt sich auch dran. Tagebuch ist Tagebuch. Tatze war schon seit zwei Jahren mit der Oberstewardess zusammen. Zwar hatte er noch seine Kammer, doch wohnte er meist bei ihr. Dort oben, auf der Steuerbordseite, waren die Kammern größer und vor allem heller.

Die FRIEDLAND stampfte in der Dünung des Taifuns, der sich von Japan zur koreanischen Halbinsel schob. »Judy« war zwar nicht ganz so heftig wie »Gordon«, aber irgendwie sah es so aus, als wenn die Stürme das Schiff begleiteten.

Daggi war wie eine Mutter. Von der Statur her über das Doppelte an Gewicht gegenüber Liese, war sie auch ein Kumpeltyp und

Vertrauensperson. Sie hatte in den letzten Tagen nicht nur die Stewardess aufgebaut, sondern auch Elvira. Die war total am Boden und offenbarte ihr, dass ihr Mann absolut keine Hilfe für sie war. Im Gegenteil. Der schämte sich für seine Frau. »Was sollen die Kollegen denken, wenn du den ganzen Tag durchhängst? Und meine Maschinenassis? Ich sehe schon förmlich, wie sich die Hansels ins Fäustchen lachen. Also reiß dich zusammen und mach mich nicht zum Gespött.«

Daggi war empört. So tickte also der 1. Ing., ihr Parteisekretär. So ein Ober-Pascha. Und noch ein Tag bis Pusan.

»Scheiße, 'n Haufen Amis!« Der Ede fluchte auf der Back, als die FRIEDLAND einlief. »Da können wir das mit dem Einkaufen wohl vergessen.« Immer wenn viele US-Kriegsschiffe im Hafen lagen, kletterten die Preise im sonst so günstigen Südkorea. Wie auch schon in den Jahren zuvor, wurde immer noch in der ganzen Stadt gebaut. Das U-Bahnnetz und viele neue Häuser breiteten sich aus.

Familie Voigt, der Funker und der Polit waren gemeinsam unterwegs. Sie sahen, wie Arbeiter große Körbe mit kleinen Steinen füllten, sie dann mit zwei Mann anhoben und auf die Köpfe von zierlichen Frauen abstellten. Diese balancierten dann mit ihrer Last auf schmalen, langen Brettern mehrere Etagen hinauf. Oben angekommen wurde abgekippt. So entstand die nächste Betonwand.

Der Polit fotografierte diesen Ablauf.

»Da kannst du mal sehen mein Herzchen, wie gut du das hast«, sagte Uwe Voigt lächelnd zu seiner Frau.

Der Funker kannte eine gute Gegend, in der es die besten Lederjacken der Stadt gab. Und damit hatte er seit Tagen Elvira infiziert. So eine Jacke verkörperte schließlich etwas. Sieht man ja auch bei der DEFA, wo die Regisseure noch bei schönstem Wetter eine Lederjacke anhaben. Und dann noch nicht mal modisch geschnitten. Nach langem Hin und Her fanden sie einen Händler mit gutem Angebot. Elvira suchte und probierte aus. Endlich hatte sie sich für einen langen Blazer in aubergine entschieden. »Schau mal Uwe«, sagte sie, als sie neben den drei Männern vor dem großen Spiegel stand, »na das ist doch was ganz anderes als unser Zonen-Lederol.«

Ihr Mann schaute den Polit fassungslos an, dann seine Frau.

»Ich geh dort drüben mal nach Postkarten gucken«, sagte der und verschwand. Der Funker folgte ihm. »Ja bist denn du total bescheuert? Willst du mich absägen, du doofe Ziege?« Dem 1. Ingenieur stieg Zornesröte ins Gesicht. »Da ackert man und ackert, meldet sich freiwillig zur Parteischule damit Madame auch mal mitfahren kann, und dann haust du so 'ne Bolzen raus!«

Elvira streichelte verlegen an der Jacke. Ihre Augen füllten sich mit Tränen. »Ich, ich wollte doch …«

»Ach, hör doch auf. Mir reichts. Denkst du der Politnik ist taub? Was meinst du, was der heute Abend alles schreiben wird.« Er sah zum Verkäufer, dann Richtung Straße und schließlich schaute er in sein Portemonnaie. »Hm … könnte noch reichen.«

Sie handelten den Preis der Jacke um ein Drittel herunter, bezahlten und trafen die beiden Kollegen vor dem Laden. »Was haltet ihr von einem typisch koreanischen Essen?«, fragte Voigt scheinheilig lächelnd.

Der Polit und der Funker sahen sich an.

»Wir laden euch ein. Ich mein, wann hat man schon wieder die Gelegenheit dazu?«

Der Taxifahrer, der die vier zu einem Restaurant in Hafennähe chauffierte, erzählte, dass man in der U-Bahn sogar Bücher leihen könne, um während der Fahrt zu lesen.

»Der haut uns jetzt die Taschen voll«, warf der Polit ein.

Während Voigt das Taxi bezahlte, erkundigte er sich nach einer regionalen Spezialität. Der Fahrer schrieb ihnen etwas auf einen Zettel, streckte den Daumen in die Höhe und schmatzte dabei.

Das Restaurant, das sie betraten, sah einladend aus. Junge Mädchen in langen bunten Kleidern begrüßten die vier. Von den Decken hingen große, rote Lampen und an den Tischen saßen einige amerikanische Soldaten und Einheimische. Beim Bestellen zog Voigt den Zettel aus der Tasche. »Poshintang. Wer weiß, was das für ein Zeugs ist?«

»Ach was. Der Typ war schon in Ordnung. Bestell das mal, wenn's nicht so teuer ist«, flüsterte Elvira.

Nach einer Weile brachte der Kellner für jeden eine große dampfende Schale. Es duftete köstlich. »Na, wer sagt's denn.«

Elvira pustete und begann. »Puh ist das scharf.«

»Aber schmecken tut's.« Der Polit begann zu schwitzen.

»Scheint Wild zu sein. Oder vielleicht Lamm?«

»Delikat.« Der Funker war sehr angetan. Er hatte sich selbst mal als sogenannten Connaisseur bezeichnet. Einem Kenner von Kunst und gutem Essen, der auch gern mal, natürlich bei entsprechendem Ambiente, einem gepflegten Pils nicht abgeneigt wäre. »Ich würde es nicht scharf nennen. Ich würde sagen, es ist herzhaft. Ja, herzhaft und sehr aromatisch.« Er nickte bestätigend zu seinen eigenen Worten. »Ja, ein guter Koch, ohne Frage. Wirklich delikat.« Dann schloss er die Augen beim Kauen.

Elvira beobachtete ihn dabei. »Findet ihr nicht auch, der Tisch schaukelt immer noch irgendwie vom Seegang?« Sie sah die Männer erwartungsvoll an, aber die wollten es nicht zugeben. »Komm Uwe, zu Hause stellst du doch auch immer alles in die Mitte, wenn du nach Hause kommst, damit es nicht runterfällt.« Sie lachte, trotz des Blickes, mit dem ihr Mann versuchte, sie zum Schweigen zu bringen. »Im Regal, alles muss vom Rand weg. Wir sind jedes Mal froh, wenn dann der Vati wieder losgefahren ist. Dann stellen wir immer alles zurück an seinen Platz. Diese Marotte! Ach ja, unser Robbi, er fehlt mir.«

»Wie alt ist er jetzt?«, fragte der Polit.

»Robert ist jetzt fünfzehn, hat gerade seine Mopedfahrerlaubnis gemacht und spart jetzt auf eine Simson.«

»S 51 Enduro«, sagte der 1. Ing. ärgerlich.

»Na denn eben S 51 Enduro.«

Elvira zog ein kleines Stück Knochen aus ihrem Mund. »Was haben die hier eigentlich? Tiger, Affen, Schlangen? Nicht, dass wir hier Schlangen futtern!« Sie schaute auf ihren Löffel. Da war nur zartes Fleisch und Zwiebellauch zu erkennen. »Ach was, Augen zu und durch.«

Satt und zufrieden bezahlte Familie Voigt das Essen. Dabei schwitzten die vier immer noch.

»Ich würde vielleicht doch etwas weniger von den Gewürzen dazutun, aber das gehört hier nun mal nolens volens zur Kultur«, bemerkte der Funker und fragte den Kellner nach der Art des Fleisches.

Der junge Mann verstand nicht, was er von ihm wollte. Elvira zeigte auf die leere Schüssel.

»Ah, you will more? I bring you.«

»No, no, nicht noch mehr«, antwortete der Funker, »what animal?«

Der Polit grunzte, und der Kellner guckte ihn fragend an. Dann machte Elvira »Muuuh«. Der Koreaner begriff, nickte, legte seine beiden Hände an die Ohren und wackelte mit den Fingerspitzen.

»Komische Kühe haben die hier«, bemerkte sie.

Der Kellner fuhr seine Zunge aus, hechelte und fing an zu bellen.

»Ach du Scheiße!«

Elvira Voigt konnte sich gar nicht beruhigen. »Diese miesen Schweine!«, schimpfte sie noch an Bord. »Vielleicht noch Husky, schön durch! Nee, nie wieder!« Das erklärte auch den Laden, den sie in einer der Straßen gesehen hatten. Dort saßen junge Hunde in Käfigen. Der Polit und ihr Mann meinten jedoch, es wäre eine Zoohandlung.

Immer noch fertig von ihrem Landgang, berichtete sie brühwarm den an der Gangway stehenden Besatzungsmitgliedern von ihrem Restaurantbesuch. Ihren Einkauf unterm Arm hatte sie schon längst vergessen.

»Trotzdem«, warf Bolle ein »sei es hier tausend Mal besser als in Nordkorea.« Der Ede und auch Bolle wussten zu berichten, dass sie dort im Luftkurort Heugnam in ein Kino gefahren wurden, um sich einen Film über Kim Irr Sinn anzusehen. Stundenlang und alles in Originalsprache.

Elvira verstand nicht. »Was für'n Luftkurort? Was für'n Kim Irr Sinn?«

Bolle klärte sie auf, dass dort die Luft so zum Kotzen ist, weil rundherum die Schornsteine 'ne Masse Dreck rausballern. Und zu allem Übel ist es dort Pflicht, in dieses Scheiß-Kino mitzufahren und Filme über ihren großen Führer zu sehen.

»Na schönen Dank. Die Führer haben doch sowieso immer 'ne Klatsche«, sagte Jörg.

Als Elvira verschwunden war, schaute Bolle verschmitzt die anderen an. »Was meint ihr, soll ich morgen zum Frühstück mal Hot Dog machen?«

Die Männer wollten sich kaputtlachen.

Struppi trat aus den Aufbauten. Jörg sah auf seine Uhr, nahm seinen Helm und ging zu den Luken, um Tatze abzulösen. Er trug kurze Hosen, denn es war immer noch angenehm warm. Später dann an der Luke, spürte er einen ruckartigen Schmerz am Bein. Einer der Hafenarbeiter hatte ihm ein Haar aus der Wade gerissen.

»Bist du bekloppt oder was? Mann, das tut doch weh!«

Als Jörg sich umdrehte, starrten die Koreaner auf seine Brust. Auch dort waren Haare. Er beeilte sich und knöpfte hastig sein Arbeitshemd bis zum Hals zu. »Haut ab!«

Nach Ladeende stand der Bootsmann draußen vor der Toilette, die für die Stauer bestimmt war und schimpfte. »Nun sieh sich einer das an!« Auf der Klobrille waren Fußtapsen zu sehen …

Stunden später, die FRIEDLAND war auf dem Weg nach Tokio, kam der Lotse für die Straße von Shimonoseki. Hier, zwischen den Hauptinseln Kyushu und Honshu, waren täglich Dutzende große und kleine Frachtschiffe und viele Fischer unterwegs. Jörg stand am Ruder, als das Brückenschott hinter ihm aufging und der Japaner in Begleitung des Dritten den Kartenraum betrat. Kapitän Bagemiel, der zuvor die Oberstewardess wegen der Lotsenplatte angerufen hatte, ging auf den kleinen, älteren Herrn zu. Dieser stellte sich gerade hin, verbeugte sich lächelnd und sagte höflich: »Hei Hitler.«

»Oh, hm«, entgegnete Bagemiel entsetzt, »this is not … äh, we don't … Mensch, wie sagt man noch gleich …«

»We say that no more. Never«, sprang der Dritte geistesgegenwärtig ein.

»Ja, genau: never«, ergänzte Bagemiel und wischte mit der Hand durch die Luft. »We say: Guten Tag … yes.« Er atmete hörbar auf.

Der Lotse legte seine Jacke ab und freute sich über den Kaffee und die belegten Brötchen, die Daggi servierte.

»Hat der bestimmt mal in 'nem alten Film gesehen«, flüsterte Jörg dem Dritten zu. Winkler grinste: »Wenigstens hat er seinen rechten Arm unten gelassen.«

Jörg fiel ein, was ihm der Holländer in Ungarn erzählt hatte. »Die Japaner sind so modern, aber trotzdem irgendwie von die Insel. Sieh mal zum Beispiel unsere Jeep, der ist eine Pajero. Weißt du, wie das auf spanisch heißt?« Jörg hatte verneint und Johan gelacht. Dann hatte er nach den Frauen gesehen und geflüstert: »Das heißt Wichser.«

»Staaabod ten!«, rief der Lotse aus der Ecke.

»Starboard ten«, wiederholte Jörg.

Irgendwann waren Schritte über Jörgs Kopf zu hören. Frau Voigt und einige andere schauten sich vom Peildeck aus die imposante Durchfahrt an.

Die Kanmonkyo Bridge, mit 1068 Metern eine der längsten Hängebrücken der Welt. Darüber führt eine sechsspurige Autobahn

»This is the Kanmonkyo Bridge«, erklärte der Lotse stolz. »Have no fear. Sixty one meter high.« Er zeigte über seinen Kopf, auf dem immer noch ein kleiner grauer Hut saß, lachte und ging dabei leicht in die Knie.

Jörg schätzte den Mann auf Mitte siebzig. Er ärgerte sich ein bisschen, dass er am Ruder stand und bat den Dritten, als Bagemiel mal in die Nock ging, für ihn einige Fotos zu schießen. Der nahm Jörgs Apparat vom Flaggenschrank und legte ihn bereit. Leider war Struppi vorn als Ankerwache.

Plötzlich polterte es über ihnen, und Jörg musste unwillkürlich an Fedja denken. Der hatte mal erzählt, wie er seinen alten Bootsmann auf dem Holzfrachter bei Nebel geärgert hatte. Er war damals auf das Peildeck geschlichen, robbte sich auf die Steuerbordseite und blies den tiefsten Ton seiner Mundharmonika. Danach biss er sich vor Freude in die Hand, denn der Bootsmann machte Alarm in der Nock. Natürlich war auf dem Radar und durch die Ferngläser nichts zu erkennen. Doch sobald wieder Ruhe einkehrte und der Wachoffizier in der Brücke verschwunden war, erfolgte, einem Typhon gleich, der nächste lange Ton …

Wie Daggi und Tatze fotografierte auch Liese die Landschaft. Stinkie kam dazu. »Na Liese«, sagte er leise, »weeßt du übahaupt, wie man dit hier nennt?«

Sie sah ihn fragend an. »Keine Ahnung. Weißt du es denn?« Sie machte Bilder von der großen Brücke.

»Klar. Bin hier ja schon öfters durch, wa.« Verstohlen schaute er sich nach Tatze und Daggi um. Die standen weit genug entfernt. »Dit is der Bosporus. Musste dir uffschreiben, sonst vajisste dit.«

In Tokio herrschte geschäftiges Treiben. Wie immer war wenig Zeit. Elvira durfte den Kapitän bei einer Dienstfahrt begleiten. Aber außer Linksverkehr, Brückenpfeilern, Dunst, Betonröhren, vorbei huschenden Hausdächern und einem Büro mit Sekretärin, sah sie nicht viel von der Metropole. Nach drei Stunden kam sie, von der Hektik überwältigt, zurück und fühlte sich wie nach einer Achterbahnfahrt. »Wahnsinn, die Autotüren gingen von allein auf, und der hatte da drin ein Telefon. Ich wusste auch gar nicht, dass die sich hier nach der Blutgruppe orientieren. Ähnlich wie die früher nach dem Horoskop. Und dann die vielen Menschen. Leben möchte ich hier nicht …«

Als es dann am Abend schon wieder »klar vorn und achtern« hieß, war das Thema Tokio abgehakt.

»Schade«, platzte es aus Fedja heraus, als er mit dem eingeholten Gangwaynetz in den Händen auf Frau Voigt traf. »Wir lagen schon mal länger hier. Da waren wir sogar auf dem Tower. Aber heute wäre die Sicht sowieso zu schlecht gewesen.«

Elvira lächelte dankbar.

»Aber dafür haben wir dieses Mal mehr Ladung für Kobe«, tröstete er sie weiter und strahlte dabei. »Nicht traurig sein.« Er überlegte kurz. »Ach, kennen se den? Kommt ein Mann in den Gemüseladen …«

Das Hafenviertel von Kobe war, wie überall auf der Welt, nicht gerade attraktiv. Trotzdem gingen Jörg und Fleischi kurz an Land. In Kobes Innenstadt wollten sie diesmal nicht. Dort waren sie schon öfter gewesen. Dann ging es immer mit der Schnellbahn von der Sannomiya Station bis zur Einkaufsmeile Motomachi. Es war nicht weit bis dorthin, und es gab großartige Fotomotive. Allerdings war alles ziemlich teuer. Auf den Einkauf konnte man aber leicht verzichten, schließlich gab es ja erneut Hongkong und Singapur auf der Linie. Vor einigen Reisen unternahm die Besatzung mal an einem Feiertag eine Ausfahrt zum Mount Rokko, einem Berg in der Nähe der Stadt. Das kam selten vor, denn die Japaner waren sehr tatkräftig und überaus schnell mit den Umschlagarbeiten.

Fleischi sah sich um. Der Port Tower, ein roter, runder Metallturm, ragte in die Höhe. »Los Schmidti, komm bloß schneller.«

»Warum? Wir haben doch Zeit?«, sagte Jörg.

»Nee, da hinten kommen Buster und der Keeper. Hab keine Lust, mit diesen Idioten rumzulatschen. Die wird man doch nich wieder los.«

Am Hafentor wiesen sie kurz ihre Papiere vor. Nach eiligen Schritten und ein paar Querstraßen weiter, blieben die beiden vor mehreren bunten Getränkeautomaten stehen. Diese Automaten hatten etwas Magisches. Sie waren nicht nur versehen mit kalten und warmen Getränkedosen, sondern dienten den Seeleuten auch als Wechselautomaten mit erheblicher Gewinnspanne. Jörg steckte ein belgisches Franc-Stück hinein, drückte einen Knopf und unten fiel eine japanische Münze ins Fach. Und los ging's. Fleischi war wie im Rausch. »Mann, das macht Spaß. Das ist wie Las Vegas.«

»Spinnst du?« Jörg sah, das Fleischi mehrere Rollen Münzen aus Antwerpen bei sich hatte.

»Wenn schon, dann richtig«, sagte Fleischi stolz und fütterte zwei Automaten gleichzeitig. »Mann, Schmidti, ich war extra auf 'ner Bank.«

Plötzlich stoppte er. »Scheiße, hier muss schon so'n Polendampfer gewesen sein.«

Fleischi fischte eine belgische Münze unten aus dem Automaten.

»Quatsch, das sind schon deine Dinger. Mehr ist da nicht zu holen.«

Jörg machte seinen Rucksack zu. »Los«, sagte er, »gehen wir woanders hin. Da kommen noch genug von diesen Kisten.« Fleischi steckte seine Rollen wieder ein, und die beiden trotteten weiter. Stinkie und Buster, die kurz zuvor um die Ecke gebogen waren, blieben ebenfalls vor den Automaten stehen.

»Is doch bloß Kola und heeßer Tee«, wunderte sich Stinkie, »der Fleischmann muss spinnen, kooft sich so'n Zeugs. Nur weil er Dosen sammelt. Wär mir viel zu teuer.«

Er wollte gehen, da klopfte ihm ein Polizist auf die Schulter.

Beim Abendbrot an Bord war Fleischi richtig gut drauf. Er hatte nach und nach die getauschten Münzen an den Kassen verschiedener Geschäfte in Scheine gewechselt und dafür später vom japanischen Porzellanhändler, der immer in Kobe an Bord kam, ein Teeservice für umgerechnet über einhundert D-Mark gekauft. Auch Daggi freute sich über ihr Geschirr. Am Boden der hauchdünnen Tassen war ein Geishakopf, wie ein Wasserzeichen, erkennbar. Pluto wusste aber, dass Fleischi seine Anschaffung nicht behalten, sondern zu Hause in der Wochenpost inserieren würde. Das brachte einen Batzen Ostmark, die Fleischi für seinen Hausbau brauchte. Früher, in der Stückgutfahrerei, war das alles viel besser. Fotopapier und Zigaretten für die Jungs in Vietnam, dafür Bodenvasen und große Elefanten aus Keramik für zu Hause. Das waren noch Zeiten! Fleischi versorgte den halben Ort und bekam dafür Autoersatzteile und ein tschechisches Tonbandgerät. Natürlich Stereo.

Die Tür zur Mannschaftsmesse ging auf. Buster und Stinkie kamen herein. Wütend berichtete Stinkie, wie sie über eine Stunde bei den Bullen auf einem Revier gesessen hätten. Warum, wusste er nicht. Sie wurden sogar durchsucht, hatten jedoch nichts in ihren Taschen.

Fleischi feixte. »Bestimmt haben die nach Rauschgift gefilzt.«

Als sich die FRIEDLAND schon längst von der Pier entfernt hatte, ging der Kapitän in die Nock und winkte plötzlich. Der Chief Mate kam dazu und sah achteraus. Zwischen den Containerbrücken, kaum zu erkennen, stand noch immer der Agent mit seinem Kollegen und verbeugte sich. »Tschüß und winke winke«, sagte Bagemiel. »Ihr Heinz, der Quermann.« -

»Der was?«, fragte der Erste.

Doch Bagemiel fing an seine Backen zu blähen und pustete wie eine Tuba eine Melodie. »Ba bab bab bab bab babab badab, die Schlagerrevue!« Er lachte laut auf. »Kennste nich, wa? Rundfunk der DDR.« Er pfiff kurz und lachte wieder. » … Auch im Namen von Siegfried Jordan.«

»Wer ist das denn nun wieder?«

»Phh, keine Ahnung, sagte der Quermann immer am Schluss der Sendung. Irgend so'n Musikchef oder Redakteur oder Politkommissar, was weiß ich?«

»Guck mal«, bemerkte der Chief Mate und drehte sich kurz um, dass ihn nicht der Lotse hörte, »die Japsen stehen da immer noch. Mensch, in Rostock wären die Jungs schon längst geduscht und in der S-Bahn. Karoshi nennt man das hier, glaub ich: totgeschuftet.«

»Na, die sollten mal zu uns auf Kur kommen.«

Das Schiff hatte Glück, denn Wirbelsturm »Mac«, der auf Japan zuraste, verfehlte es um etliche Stunden. Mit dem Auslaufen begann auch die Heimreise. Das war wie ein Bergfest. Der Tagestörn wurde getauscht. Für Jörg, Tatze und Buster bedeutete das keine Seewache mehr, es sei denn, bei Revierfahrt als zweiter Mann. Zehn Minuten vor acht trafen sie sich mit dem Kabel-Ede und dem Bootsmann zur morgendlichen Arbeitsverteilung. Die fand auf der FRIEDLAND achtern statt. Der Bootsmann wollte es so. Zum einen war der Weg schön kurz, zum anderen gab es viele Arbeiten, die gleich achtern erledigt wurden. Und außerdem trank der Boss noch gern einen Kaffee bei Bolle am Schott. Obwohl man sich beim Frühstück schon gesehen hatte, war es Sitte, sich die Hand zu geben. Das machte man im Maschinenkontrollraum genau so. Wahrscheinlich auf allen Schiffen.

Der Boss wusste natürlich, dass er mit Buster und Tatze zwei Genossen in seinen Tagestörn bekam. Und so machte er sich den Spaß, alle Anwesenden zu begrüßen: »Teure Genossen der Decksbrigade Tatendrang. Meine Name ist Rüdiger Hanke. Ich bin der Bootsmann auf diesem schönen Containerschiff des VEB Deutfracht Seereederei Rostock. Sie werden in den nächsten Tagen die Gelegenheit bekommen, diese Errungenschaft des volkseigenen Schiffbaus nicht nur näher kennenzulernen, sondern auch an der Erhaltung dieses uns anvertrauten Millionenwerkes mitzuwirken. Also fangen wir gleich damit an, sonst schaffen wir den Fünf-Jahrplan nie in vier Jahren.«

»Immer bereit!«, johlte Jörg. Und sogar Buster musste lachen.

Durch diesen lockeren Empfang begann die Decksgang gut gelaunt, den Dampfer von oben nach unten aufzuräumen und mit Wasser abzuspulen.

Als Jörg mit seinem Schlauch in Richtung Steuerbordnock kam, stand Struppi da als Ausguck und döste. Wie gut, dachte Jörg, dass ich jetzt endlich richtig was zu tun habe. So vergeht die Zeit viel schneller. Und man hat den Kopf nicht nur zum Grübeln.

Daggi zeigte Liese, in ihrer Kammer, ihren in Pusan gekauften Bonsaibaum. Es war eine kleine koreanische Hainbuche in einer flachen Keramikschale. »Den stellen wir uns dann später ins Wohnzimmer. Der passt gut zum neuen Teeservice und den Schnitzereien von der letzten Reise. Weißt du, so'n bisschen asiatisch. Ganz dekorat.«

Liese nickte stumm. »Da kommt dann irgendwann noch 'ne Tempellampe dazu und vielleicht noch ein großes Ölbild. Oder so ein Rollbild, wie sich der Eisbär gekauft hat. Oder 'ne große Figur. Mal sehen.«

Daggi spürte, dass die Stewardess traurig war. »Was ist los, du hast doch was?«

Als Liese über Heimweh und ihrer Sehnsucht nach Andreas klagte, beschlossen die beiden Frauen, sich am Abend zusammen hinzusetzen und einen draufzumachen. Die Männer hatten ja heute ihren Reservistenabend.

Dazu erschienen alle Besatzungsmitglieder, ob gedient oder ungedient gern, denn es gab etwas zu trinken. Dabei stellte sich heraus, dass der E-Ing. und Buster zwar nicht zur gleichen Zeit, aber dennoch beide in Eggesin waren. Und der Ede bei den Grünen, bei der Bereitschaftspolizei in Schwerin, Stinkie in Goldberg und der Eisbär bei den Fla-Raketen in Sprötau.

Als Tatze an der Reihe war, nahm er einen Zettel, räusperte sich und las seine Geschichte vor:

So viel Heimlichkeit

Im Sommer 1981 standen der Koch und ich im angerosteten Duschraum unseres Wohnschiffs und sangen. Zuerst was aus dem Radio, dann Arbeiterkampflieder. Dann, es fiel uns nichts anderes mehr ein, Weihnachtslieder. Wir mussten lachen, denn draußen war es heiß und wir grölten über Schneeflocken und Lichterkerzen. »Du«, sagte der Koch, »wir haben übrigens noch Pfefferkuchen vom Vorjahr in der Kombüse. Und Nüsse!«
Plötzlich bemerkte ich, dass wir Weihnachten wieder zu Hause sein würden. Unser Bandmaß hatte längst die magische Zahl von einem Meter unterschritten. Entlassen nach vielen Monaten der Armeezeit bei der Marine. Ich mochte Rügen. Aber nicht als Matrose oder besser gesagt Stabsmatrose auf dem Bug bei Dranske, sondern als

Urlauber. Und so war ich froh, bald wieder in Freiheit zu sein.
Laut dröhnte weiter unser Gesang.
»Mensch«, platzte ich heraus, »wenn wir Weihnachten nicht mehr hier sind, wäre es doch Schade um die Sachen in der Last!«
Also beschlossen der Smut, so nannte man den Bulettenschmied bei der Volksmarine, und ich, eine Weihnachtsfeier zu organisieren.

Tatze machte eine Pause und legte kurz das Blatt aus der Hand. »Klar wisst ihr, was 'n Smut ist. Aber da sagte man ja auch pönen statt malen«, erklärte er und sah sich um. Als die anderen nickten, trank er einen Schluck Bier und konzentrierte sich wieder auf seine Geschichte.

… also eine Weihnachtsfeier zu organisieren. Gesagt, getan. Ich ging zu den anderen Matrosen und Maate, die wie ich im Herbst entlassen werden sollten und ließ sie Lose ziehen. Darauf standen die Namen der EKs.

Wieder sah er auf. »Äh, für die Ungedienten unter euch, gemeint sind die Entlassungskandidaten.«

Ede brüllte gleich los: »EK, EK, bald sind wir nicht mehr da!«

Verwundert sahen alle den Kabelgeist an.

Tatze wartete, bis wieder Ruhe eingekehrt war, und las dann weiter:

Schenke was so im Wert von zehn Mark«, sagte ich den verdutzten Leuten. »Nächste Woche Sonnabend Punkt 20 Uhr auf der Kammer vom Smut!« Von Weihnachtsfeier sagte ich nichts.
Unser Koch, übrigens ein Vogtländer, ließ sich von zu Hause Räucherkerzen schicken und war in den nächsten Tagen des Öfteren nach Dienstschluss noch in der Kombüse anzutreffen. Ich ging stattdessen in die Bibliothek der Flottille. Auf meine Frage nach Weihnachtsschallplatten erntete ich nur erstauntes Grinsen. Aber als die Frau dann doch merkte, dass ich es ernst meinte, wurde sie fündig. Während der Koch seine Plätzchen formte, schnitt ich aus Silberpapier Lametta und bastelte allerlei dekoratives Zeug. Langsam rückte der große Tag näher. Mein Geschenk für einen Schießer, also einem Artilleriegast eines anderen Kleinen Torpedoschnellbootes, bestand aus einem Karton Schreibpapier und Gebäck.

Sonnabend im August. 20 Uhr. In die abgedunkelte Kammer traten die eingeladenen Gäste. Unterm Arm die Geschenke, starrten sie irritiert auf das Bäumchen. Frisch, am Nachmittag aus dem nahen Wald geholt, stand es da, leuchtend und geschmückt. Während feierlich ein Kinderchor aus der Box ertönte, nahmen die alten Seebären andächtig Platz. Vor ihnen standen bunte Teller mit Plätzchen, Nüssen und Süßigkeiten. In der Kammer lag der Duft von Crottendorfer Räucherkerzen. Es gab Kaffee und Cola.
Als wir gerade so schön beim Auspacken waren, ging das Kammerschott auf. Der Diensthabende Offizier stand davor und rieb sich die Augen. Da saßen fast zwanzig Seeleute bei Kerzenschein und sangen Weihnachtslieder. Dazu ein echter Baum! Schnell schloss er die Tür von außen. Dann machte er sie nochmal langsam auf. Aber das Bild blieb das Gleiche.
»Was ist denn hier los?«, fragte er entgeistert und trat ein. »Das heißt frohes Fest!«, erwiderte ich.
»Wir feiern Weihnachten. Sieht man doch!«, betonte im tiefsten sächsisch ein Matrose. Unter Gelächter verließ der Offizier kopfschüttelnd den Raum. Er hatte keine Lust sich mit den Altgedienten anzulegen. Noch dazu an einem Sonnabend.
Wie jede Woche gab es auch am darauffolgenden Montag wieder eine Lagebesprechung der Offiziere. Bei der Frage nach besonderen Vorkommnissen soll es folgenden Wortlaut gegeben haben: »Am Sonnabendabend fand auf der Kammer des Kombüsenpersonals eine imaginäre Weihnachtsfeier statt. Verstoß auf Befehl 30/74, also auf Alkoholmissbrauch, konnte nicht festgestellt werden.«
Eine Stunde später nahm mich mein Kommandant zur Seite. »Schießer, was war los? Wir haben gerechnet und hin und her überlegt, aber wir kommen nicht drauf. So etwas gab es zuvor noch nie. Also? Was war?« Er schaute mich voller Erwartung an.
Ich beugte mich zu seinem Ohr hinunter und flüsterte vertrauensvoll: »Weihnachten.«

Alle klatschten und stießen nun auf die alten Zeiten an. Fleischi – neu eingesetzter Reservisten-Chef – hob das Glas und betonte, das doch in der »autonomen Gebirgsrepublik Vogtland« die gemütlichsten Menschen wohnten, was man ja wohl an ihm sehen würde.

Die vier Teller mit den Buletten und belegten Broten, die der Bäcker und Bolle mitgebracht hatten und auch die Bierkisten leerten sich so langsam. Fedja war sauer, denn er hatte ab Mitternacht Wache und durfte nichts mehr trinken. Der Ede wollte den anderen altgedienten Herren weismachen, dass es in der DDR beinahe U-Boote gegeben hätte.

Als ihn alle kopfschüttelnd ansahen, wurde er richtig wütend. »Klar gab's das! Gleich kurz nach dem Krieg gab's das. Mein Onkel Erwin ut Stralsund war sogar ein Kandidat für so'n Tauchsieder. Die sollten da irgendwo bei Sassnitz ausgebildet werden. Glaubt ihr nich, wa?«

»Doch, doch«, lallte der Eisbär, »klar glaub ich dir das. Erwin, das war doch der vom Yellow Submarine.«

Plötzlich sang die ganze Messe: »We all live in a yellow submarine, yellow submarine, yellow submarine …«

Außer dem Ede. Eingeschnappt kippte er sich den letzten WBS ins Glas. Fleischi versuchte noch dem Kapitän eine Flasche Schnaps abzuschwatzen, der jedoch winkte ab, schaute auf seine Uhr und verschwand.

»Deserteur«, sagte Fleischi und öffnete das nächste Hafenbräu.

»Herr Vetter. Hallo Herr Vetter, hören Sie mich?« Der Zweite Nautiker lauschte am Walkie Talkie. Nichts. Nur ein schwaches Rauschen. Er sah noch mal in das Radar. Das Feld Steuerbord voraus, das er vor einigen Minuten noch für einen Regenschauer gehalten hatte, löste sich in einzelne Ziele auf. Das waren Fischerboote.

»Herr Vetter für die Brücke!«

Keine Antwort. Er ging nun zum Telefon und wählte die Nummer des Hospitals, in das er seinen Wachmatrosen vor einer Stunde geschickt hatte. Dort sollte Fedja Staub wischen sowie die Badewanne und den Fußboden reinigen.

Der Zweite lauschte am Hörer. Niemand nahm ab. »Mist, verdammter.« Er schaute wieder auf das Radar. Dann ging er an das Bordmikrofon. »Genosse Vetter bitte sofort auf die Brücke. Genosse Vetter bitte sofort auf die Brücke.«

Der Bootsmann, der gerade beim Arbeiten neben dem Schornstein war, kam angerannt.

»Was passiert?«

»Nee, noch nicht«, erwiderte der Zweite und wies mit dem Kopf in Richtung der Boote voraus. »Aber ich brauch den Vetter am

Ruder. Der scheint mich wohl nicht zu hören. Vielleicht ist der im Hospital eingepennt.«

Der Bootsmann wischte sich die Hände an seiner Hose ab und stellte sich vorsichtshalber in Position. Die Gräting in der Nock knarrte. Fedja kam herein. Sein Gesicht war krebsrot und die Haare nass zerzaust. »'tschuldigung, Second, war auf dem Klo.« Er ging an das Ruder. Gerade noch rechtzeitig, denn auch Bagemiel erschien. Die Durchsage hatte ihn aus seinem Mittagsschlaf gerissen. Minuten später, verbunden mit einer starken Kursänderung nach Steuerbord, sah man die Leute auf ihren winzigen Fischerbooten winken. Es waren Chinesen.

Der Bootsmann, der wie die Offiziere durch das Fernglas schaute, ärgerte sich, dass er keinen Fotoapparat dabeihatte. »Schöne alte Boote. So'n Ding zu Hause haben …«

»Was willste denn damit«, fragte Bagemiel, »die machen doch nur Arbeit.« Er lachte. »Und auf die Ostsee darfste damit auch nicht raus. Da schießen se dir, hier, der Tatzki und Konsorten, ein Loch ins Holz.«

»Versuch doch mal, wenn wir in Hongkong sind, nach Aberdeen zu fahren. Da liegen genug davon«, fügte der Zweite hinzu.

»Oder was davon übrig blieb«, sagte Bagemiel. »Könnt ihr euch noch an das Feuer '86 erinnern? Da ist viel zerstört worden.«

Der Bootsmann legte sein Glas auf den Flaggenschrank, ging zurück zur Esse und besserte weiter die Markierungen des Shuffleboardfeldes aus. Nach einer Weile trieb ihn irgend etwas in die Aufbauten. Das kann nicht wahr sein, dachte er beim Betreten des Hospitals und machte das beschlagene Fenster auf.

Als Fedja kurz vor seinem Wachende dem Boss über den Weg lief, stellte der ihn auf seine Art zur Rede. »Na, Brüderchen? Ich hab gehört, du schmeißt heut Abend 'ne Kiste?«

Fedja wunderte sich.

»Ich hab dir mal dein Shampoo und das nasse Handtuch in die Kammer geworfen. Hast Glück gehabt, dass nichts passiert ist.«

Sichtlich verlegen nickte der Ertappte. Aber er wusste auch, dass das mit der Badewanne unter vier Augen blieb.

»Da rumst doch was! Hörst du das auch, Rainer?« Bagemiel schaute den Chief Mate an, zog die linke Augenbraue hoch, rutschte von seinem Sitz und ging in die Nock.

»Hören Sie das nicht, Herr Reichelt?«

Eiche, der gelangweilt auf das Wasser gestarrt hatte, zuckte zusammen.

»Habe ich Sie aus Ihrem Wachkoma geholt? Da vorne ist irgendwas an Deck oder mit der Ladung. Gehen Sie mal runter und schauen Sie nach!«

Eiche rannte los.

»Nicht das wir hier noch 'nen Überschmuggler fahren.«

Der Chief Mate sah den Alten verdutzt an. »Von Japan? 'nen blinden Passagier? Wo soll der hin?«

»Was weiß ich?«

»Vielleicht noch in die DDR?«

»Der ist doch nicht bescheuert.« Bagemiel sah sich um. Dann mussten beide lachen.

Nach einer Weile kam Eiche zurück.

»Und – was ist?«, wollte der Kapitän wissen.

Eiche prustete: »Das ist der Funker.«

»Der Funker?«, entfuhr es den beiden Offizieren.

»Ja, der übt auf der ersten Lage, Luke drei, Springseilspringen.«

»Hat der Fieber?« Bagemiel war außer sich. Dieser kaputte Typ, dachte er, will sich wieder beim Sportfest profilieren. Auf der letzten Reise verlor der ja knapp gegen den Keeper.

»Na, ich geh mal runter«, sagte er und verließ die Brücke. Auf der Ladung hatte niemand etwas zu suchen. Das war Fakt. Trotzdem saß auch der Chief Mate manchmal nackt im Liegestuhl auf einem Container, dort, wo ihn keiner sehen konnte.

Als Bagemiel zu Luke drei kam, sah er die Leiter stehen. Oben polterte und schnaufte es immer noch. Leise nahm er die Leiter weg, legte sie an Deck und ging wieder zurück auf die Brücke.

Gutgelaunt zündete er sich eine Zigarette an.

»Brauchst du den ganzen Papierkram hier noch, Uwe?« Auf dem Tisch lag, neben einigen Ausgaben der *Einheit* und des *horizont* ein Stapel alter und neuer Betriebszeitungen, in denen Elviras Mann seit einiger Zeit stöberte. Und auch wenn er manchmal den Kopf dabei schüttelte, schrieb er doch einzelne Textpassagen ab.

»Natürlich, mein Mäuschen«, rief es aus der Sanitärzelle, »ich erfinde doch nicht jede Parteiversammlung neu. Schließlich sind diese Kunstwerke zeitlos. Kannst du immer schön zum Garnieren benutzen.« Er lachte.

Elvira betrachtete die einzelnen Ausgaben der *Voll voraus*«. Auf einer war vom starken Friedensbekenntnis der Frauen des Kombinates zu lesen. Aha, es hatte ein Meeting anlässlich des Internationalen Frauentages gegeben. Elviras Blick wanderte kurz über die Fotos auf der Titelseite. Übergabe der Willenserklärung an den 1. Sekretär der Industriekreisleitung, Ernst-Dieter Lange. Daneben ein afrikanischer Chor. Die rechten Fäuste geballt und in die Höhe gereckt. Beeindruckend die dargebotenen Freiheitslieder der Freunde aus Namibia, stand darunter. Etwas tiefer dann drei Frauen verschiedenen Alters. Eine war Leiterin von einer Kaihalle, eine fuhr als Oberstewardess und eine kam von der Schiffsversorgung.

Elvira blätterte weiter und fand neben der Zeile, dass die Gewerkschaftswahlen begonnen haben, auch einen Aufruf der Jugendbesatzung vom MS EDGAR ANDRÈ zum 17. Thälmann-Subbotnik. *Aus unserer Grundorganisation* hieß es dann auf Seite 5. Man muss nicht nur wollen, man muss es auch tun … Soso! Die Seite vorher war da schon interessanter, ging es doch um die pünktliche Ablösung der Besatzungen. Wenn auch in der Relation Mittelmeer.

Anschließend fiel ihr ein Bild auf. Text: Ich habe ein Mandat. Schön, dachte sie und schmunzelte. Verpflichtungen, Vorhaben sowie Pfingsten '89 in Berlin. Aha, die Seite 6 ist also die FDJ-Seite.

Auch wenn die Zeitung schon länger als ein Vierteljahr alt war, überflog Elvira die Seiten. Kommunalwahlen. Alles längst schon gewesen. Ergebnis vorhersehbar. Aber dann der Mittelteil! Kampfprogramme verschiedener Schiffe. Jeder ist zu höheren Leistungen gefordert. »Na, das wollen wir doch hoffen«, murmelte sie.

Seite 10: Zivilverteidigung. Es wurde die Woche der Waffenbrüderschaft verkündet. Nichts für Frauen. Die nächste Seite war schon reizvoller. Wissenschaft, Forschung, Technik. Es ging um Computer. Dann kam die DSF-Seite zum Thema: Brücke der Freundschaft. Und auf Seite 13 die Kombinatsnachrichten. Da wurde über eine DRK Blutspendeaktion informiert und Interessenten für die Frauengymnastik gesucht. Auch ein Beitrag der Urania mit dem Titel »Hatschi! Wie kann man Erkältungskrankheiten verhüten?«, war hier im Sommer zwar nicht ganz so aktuell, wenn auch lesenswert. Es folgte Mosaik, mit Buchtipps und Berichten über das zwanzigjährige Bestehen der Kinderkrippe DSR II und der alten Schifferstadt Nienburg. Die vorletzte Seite gehörte der Außenpolitik. Dieses Mal ein Text über den Neonazi Franz Schönhuber von den Republikanern in der BRD. Eine nackte Frau zierte die letzte Seite. Anekdoten, Stories, Humor.

Leider war das kleine Kreuzworträtsel schon ausgefüllt.

Frisch rasiert und eingecremt trat Voigt von hinten an seine Frau und zeigte mit dem Finger auf einen Text einer anderen Ausgabe. »Der hier, den kenn ich noch von früheren Reisen, der schreibt hier wie ein Weltmeister. Ist aber stellenweise zu blöd zum Rechnen. Hauptsache große Klappe und mitschwimmen.«

Er machte eine Pause, küsste seine Frau und sah ihr in die Augen. »Aber heute ist der Chief. So geht das.«

Der Raum, den der Chief Mate gelegentlich als Ladebüro verwendete und in dem auch das Tableau der Trimmanlage untergebracht war, lag an Steuerbord. Und da Steuerbordseite Landseite war, benutzte ihn auch die Gangwaywache. Die FRIEDLAND war kurz nach dem Frühstück in Hongkong eingelaufen. Liese ergriff die Gelegenheit und fuhr mit Eiche, Pluto und Stinkie zum Ocean Park, um dort unter anderem den Orca und die Delfine zu sehen.

Kaum waren sie davongeeilt, kam der Chief Mate an die Gangway. Struppi sprang erschrocken auf.

»Hier, Herr Schmidt, die Post. Können Sie mal verteilen.« Er drückte Jörg einen kleinen Stapel Briefe in die Hand und verschwand wieder.

Der steckte seine vier Briefe weg und lief in die Mannschaftsmesse, in der noch die Wirtschaft beim Kaffee saß.

»Hier, für dich«, sagte er zu Bolle. Postbote zu spielen war eine dankbare Aufgabe. Für Liese waren auch zwei Briefe dabei. »Oh, einer ist von Andy, na da wird sie sich aber freuen. Endlich schreibt der Kerl.«

Dieses Mal war Zeit für alle. Zwar war man nicht, wie vor Jahren noch, mit der Ankerkette an eine der großen Tonnen mitten im Victoria Harbour festgemacht worden, wo dann Dutzende Leichter nach und nach längsseits gingen, sondern lag wieder an der Pier. Aber dafür gab es genügend Ladung, so das der Alte mit dem nächsten Morgen als Auslauftermin rechnete.

Allmählich verließen immer mehr Besatzungsmitglieder das Schiff, um an Land zu gehen. Und als Jörg und Struppi Feierabend hatten, zogen auch sie los. Zuerst fuhren sie mit der MORNING STAR, einer grünweißen Fähre der Star Ferry Companie, von Kowloon hinüber zur anderen Seite. Danach ging es hinauf auf den Victoria Peak. Von dort aus hatte man eine herrliche Aussicht. »Schade, wa, Schmidti? So 'ne Videokamera müsste man haben.«

Struppi sah den Touristen zu, wie sie filmten, während er seine Pouva Start aus ihrer braunen Ledertasche nahm.

»Dürfen wir ja doch nicht kaufen«, sagte Jörg. »Aber hol dir bloß mal 'nen anständigen Fotoapparat.«

»Warum? Der ist noch von meinem Opa. Der macht gute Bilder.«

Sie schauten sich um. Hier beim Sonnenuntergang stehen oder noch später, wenn es dann dunkel ist und die Lichter unten angingen. »Mal so richtig Zeit haben, das wäre es!« Struppi seufzte. Danach zuckelten sie wieder mit der berühmten Peak Tram hinunter. Sie wollten noch unbedingt zum Hopewell Centre. Wie es hieß, war es mit seinen vierundsechzig Stockwerken das zweithöchste Gebäude Asiens. Natürlich hätten sie sich nun ein Taxi teilen oder mit einer der doppelstöckigen Straßenbahnen fahren können, aber das kostete Geld. Also wurde gelaufen. Wieder mal.

»Ach ja, mal so richtig genug Kohle haben!«

»Mann, dafür kommt der Rest des Landes nie im Leben hier her.« Jörg schwitzte, obwohl er Jesuslatschen und kurze Hosen trug. »Ja, schade. Würde ich gern mal meiner Familie zeigen«, schnaufte Struppi, »vor allem meinem Vater. Der glaubt mir sowieso nicht, wenn ich ihm das alles erzähle. Für den sind die hier alle am verhungern.« Die unterschiedlichsten Menschen eilten an ihnen vorbei. Chinesische Händler, britische Bänker und viele junge Frauen von den Philippinen, die hier meist als Hausangestellte etwas Geld verdienten und die sich immer am Sonntag, ihrem einzigen freien Tag, zu dutzenden am Hafen und in den verschiedensten Parks trafen.

In der Straße vor dem Wolkenkratzer fanden sie eine Druckerei, die wunderbare Kalender in allen Größen herstellte. Darunter auch welche mit farbigen Landschaften, gedruckt auf dünnen Folien, die wie riesige Dias wirkten. Alle Kalender trugen seltsamerweise den kleinen Aufdruck Made in Japan. »Die holen wir uns dann später«, sagte Jörg und schaute hinauf, »jetzt geht's hoch ins Restaurant«.

Auch wenn die beiden nichts essen würden, freuten sie sich, denn dort oben sollte es wie im Berliner Fernsehturm sein. »Mensch ist das hoch.« Struppi sah auf die schnell dahin jagenden Etagen auf der Anzeige im Lift. »Hier möchte ich aber nicht Hausobmann sein.«

»Was denn fürn Hausobmann?«

»Bei mir wohnt so'n Idiot, der ist Hausobmann. Der motzt alle voll, wenn sie mal den Kinderwagen im Flur stehen lassen oder die Hausordnung nicht einhalten. Furchtbar wichtig, der Typ.«

»Nicht das ihr noch 'ne Wandzeitung im Haus habt?«

»Nee das nicht. Aber eine riesige DDR-Fahne, die der Sack zweimal im Jahr aus'm Fenster zwischen dem dritten und zweiten Stock aufspannt.«

Als sie aus dem Fahrstuhl traten, saß lediglich eine Frau einsam an einem Tisch und schaute verdutzt auf. Nichts zu sehen von einem sich drehenden Restaurant, noch von einer Aussichtsplattform. »Nanu, sind wir hier falsch?« Jörg guckte nach links und rechts. Da war nur ein langer Korridor. »Bestimmt sind wir zu weit gefahren.«

Dann entdeckte er eine Tür, auf der *staircase* stand. Wahrscheinlich ein Notausgang. »Komm, dann nehmen wir eben die Treppe.«

»Eh, das fetzt ja! Hier geht's weiter nach oben«, freute sich Struppi, »Das ist ja wie in so 'nem Russenhotel, wo die Diensthabende auf dem Flur sitzt.«

Keuchend liefen sie die Stufen hinauf. Plötzlich endete die Treppe an einer Metalltür. Als sie diese öffneten, verschlug es ihnen die Sprache. Sie standen auf dem Dach! Über ihnen war das Restaurant und vor ihnen, im großen Bogen, die beiden Schienen der Fensterputzanlage. Langsam traten sie an den Rand und schauten hinunter. Dort, vielleicht in einhundert Metern Tiefe, hingen die Männer in einem großen Korb und reinigten die Scheiben. Plötzlich war ein lautes Schwirren zu hören. Ganz in der Nähe des Gebäudes flogen zwei Hubschrauber vorbei. – Was für eine Stadt.

Es war schon spät, als Fleischi zufällig Fedja in der Nathan Road, einer belebten Straße von Kowloon, sah. Beim Näherkommen erkannte er auch Daggi und Tatze. Sie aßen Suppe in einer der vielen Garküchen. »Hey, den kennen wir doch!«

Daggi winkte. Fleischi kam herüber, stellte seine Plastetüten ab und ächzte.

»Was schleppst du denn alles ran?«, fragte Fedja erstaunt. »Ich nipp mal kurz.« Fleischi nahm das Bierglas, das auf dem Tisch stand und trank.

»Ich war beim ollen Ma Lung, in der Gasse parallel zur Haiphong Road. Der war wieder gut drauf. Hat mich sogar mit in seine Bude genommen. Gleich bei seinem Laden. Wir sind da in so'm ganz kleinen Lift hochgefahren. Das hättet ihr sehen müssen. Die ganze Bude bis unter die Decke voller Korkschnitzereien und Figuren. Aus Holz und aus Jade. Der Wahnsinn. Und in der Ecke eine Matratze, wo der pennt.«

»Wer ist denn Ma Lung?«

»Ein alter Chinese, den Schmidti mal kennengelernt hatte. Mit dem kann man handeln. Dabei fängt der immer an zu schwitzen.«

Fleischi lachte. »Hab total discount bei dem bekommen. Hier«, er hob die Tüten an, »alles kleine Mitbringsel für zu Hause.«

Ein Koch kam und servierte Fedja eine Schale mit Gemüse und eine mit Fleisch. Der nickte und reichte seine leere Suppenschüssel rüber. »XieXie.« Dann nahm er sich Stäbchen und aß weiter.

Fleischi schaute staunend zu. »Lass mal kosten.«

Fedja schob ihm einen Bissen in den weit aufgesperrten Mund. »Hmm, kann man essen.«

Kauend zeigte Fleischi auf seine Tüten. »Hab ich fast um die Hälfte runter gehandelt.«

Die drei nickten.

»Und wozu soviel von dem Gelumpe?«, wollte Fedja wissen. Fleischi sah ihn empört an. »Hast du 'ne Ahnung.«

Er öffnete eine weiße Styroporschachtel, in der sich eine kleine Korkschnitzerei befand. »Das hier ist schon mal für den Fliesenleger … Und das hier ist für 'ne Trude von der Post. Die will uns einen Telefonanschluss besorgen.« Begeistert zeigte Fleischi seine Schätze.

Tatze gab dem Koch nebenbei seine leere Bierdose und bekam gleich eine neue. Zischend öffnete er sie und goss sich sein Glas voll. Fleischi vergaß augenblicklich, was er sagen wollte, denn erst jetzt sah er den rot, weiß und blau leuchtenden Aufdruck von *Tsingtao Beer*. »Gib mal noch 'nen Happs.«

Fedja umklammerte seine Schale. »Nee, selber essen macht fett. Kauf dir doch auch was.«

Fleischi schüttelte den Kopf. »Hab keine Kohle mehr. Außerdem ess ich nachher an Bord was am Kühlschrank.« Er schaute unter den Tisch. »Habt ihr euch nichts weiter gekauft? Nur das bisschen da?«

»Ich hab mir doch ein Teeservice in Japan geholt. Und jetzt nur 'ne Jeans und 'n paar T-Shirts«, entgegnete Daggi.

»Where do you come from?« Am Nachbartisch saß ein junger Chinese, der freundlich sein Glas erhob.

»Germany«, antwortete Fedja.

»Aaah, velly good! Bee Emm Double-u !«

»Was meint der?« Daggi verstand kein Wort.

»BMW«, sagte Tatze verstimmt.

Fleischi drehte sich um. »Nix, ääh, no Bee Emm Dobbeltwo. GDR, understand?«

Der junge Mann schaute verstört.

»GDR? What kind of car?«

Fedja lachte. »Sag doch Trabbi.«

»Quatsch, kennt der doch sowieso nicht.« Während Fleischi noch überlegte, sagte Tatze nun stolz: »GDR. Good Sportsman in GDR.«

Jetzt nickte der Chinese heftig. »Aaaah, yes, yes! Beeckenbour!«

»Gib's auf, Tatze.«

Fedja verschluckte sich fast vor Lachen. Dann legte er seine Stäbchen in die Schale und holte sein Portemonnaie heraus. Fleischi schnappte sich die leere Dose und die schmutzigen Stäbchen und packte alles in eine seiner Tüten.

Nachdem Tatze in Ruhe sein Bier ausgetrunken hatte, kam der Wirt kassieren. Fleischi nahm das Bierglas, hielt es in die Höhe und schaute den Mann lächelnd an. »Souvenir? Bakschisch?«

Der Wirt nickte stumm, und Fleischi versenkte freudestrahlend und mit einem »Thank you« auch das Glas.

Fedja reichte den beiden Chinesen die Hand. »Goodbye.«

Als die vier einige Meter gegangen waren, konnte sich Fedja nicht verkneifen, Fleischi zu kritisieren. »Oh, Mann, mit dir schämt man sich.«

Aber Fleischi winkte ab. »Wieso? Den seh ich doch nie wieder.«

Liese lag auf ihrer Koje und las den Brief von Andreas zum dritten Mal. Beim ersten Lesen waren Tränen in ihren Augen. Danach war es nur noch Wut. Und nun nur noch Leere.

Gotha, den 15. Juli 1989

Liebes Lieschen!

Nach einigen turbulenten Tagen will ich mich mal wieder melden. Sicherlich fragst Du Dich, wie es nach dem Ärger in Rostock und zu Hause weiterging. Wie ich Dir letztens geschrieben habe, ging es meinem Vater nicht so gut. Jetzt ist es doch noch schlimmer geworden. Erst der Stress in der Poliklinik und dann mit seiner Arbeit. Ach, das ist schon alles traurig. Er liegt nun im Krankenhaus und erzählt wirres Zeug. Dabei hatte er sich nie etwas zu Schulden kommen lassen. Sie haben ihn aus der Partei geworfen, und seinen Posten durfte er auch abgeben. Naja, wie gesagt, das weißt Du ja schon. Alles Mist! Meine Mutter versucht stark zu sein. Aber sie weint sehr viel. Und meine kleine Schwester versteht das noch nicht. Aber Oma hilft meiner Mutter oft. Und einige Nachbarn sind jetzt auch nett. Aber ob wir denen trauen können?

FÜR ALLE, DIE DAS AUS IRGENDWELCHEN GRÜNDEN AUCH LESEN SOLLTEN:

Marlies Hellbach hat nichts, aber auch gar nichts mit der Sache zu tun. Das betrifft nur Familie Witt. VERSTANDEN???!!!

Es gibt natürlich auch Leute, die sich von uns fernhalten. Auch Volkers ehemaliger Chef und Connys Lehrerin tun doof. Ich persönlich bin enttäuscht. Was können wir denn dafür? Die sollen mal diesen Dachdecker nach Moskau zu Gorbi schicken. Dann kann er mal Nachhilfe nehmen. Und vielleicht auch mal überlegen, wie man mit den Menschen im Land umgehen sollte. Von wegen Arbeiter- und Bauernstaat.

Volker ist jetzt drüben in irgendeinem Aufnahmelager oder Übergangslager oder so. Naja, egal. Oder auch nicht, denn wir werden ihn wohl nie oder in den nächsten Jahren nicht wiedersehen. Aber er ist doch mein Bruder!

Hier in Gotha sind sehr viele Leute in der letzten Zeit »verzogen«. Immer mehr weiße Stoffstreifen wehen an den Autoantennen.

Das mit meinem alten Betrieb scheint ja jetzt zu klappen, weil da Leute fehlen. Die freuen sich dort auf mich. Mal sehen, vielleicht kann ich ja mal Lehrmeister werden. Oder PA-Lehrer. Die von der alten Brigade haben gesagt, dass sie mich da unterstützen würden. Aber ich soll mich nicht mit denen da »Oben« anlegen.

Mach ich auch nicht. Keine Angst. Mit dem Geld geht es auch. Soviel war es ja bei der Reederei auch nicht. Nur das Reisen wird mir fehlen. Aber ich werde Anfang August zum Schleizer Dreieck fahren. Jetzt habe ich ja wieder Zeit, um Rennen zu gucken. Achim kommt auch mit. Und ich freue mich schon auf die verrückten Kunden aus Dresden. Mal sehen, ob olle Kasper wieder gewinnt …

Liebe Liese, sei mir bitte nicht böse. Aber ich möchte, dass Du weiterhin zur See fährst. Du hast doch fast noch nix von der Welt gesehen. Und wann bekommst Du schon mal diese Chance? Etwa als Rentnerin? Na also.

Und darum möchte ich, auch wenn es mir (und Dir bestimmt auch) schwer fällt, dass Du Dir einen anderen Freund suchst. Es ist schwer, ich weiß. Aber es ist doch auch so: Wir sind immer lange getrennt, und das ist total doof. Und wir sind noch jung. Also sei mir bitte nicht böse. Es ist besser so. In einigen Tagen (oder Wochen) wirst Du das verstehen. Ich hatte es ja schon im Pusan-Brief angedeutet.

Grüße bitte alle von mir. Besonders den Boss, Bolle, Fedja die olle Socke und wen Du magst.

Das ist mein letzter Brief an Dich.

Ich muss das so machen, sonst tut es mir weh. Auch weil ich ja nicht mehr dabei sein kann. Bestimmt habt Ihr wieder viel erlebt und Spaß gehabt.

Bestell Schmidti einen schönen Gruß. Das versprochene Spleißeisen baue ich ihm noch und schick es dann an seine Heimatadresse. Sag Fleischi, er soll nicht so viel fressen und dem Popen: er kann mich … Ach sag dem mal lieber nichts.

Mach's gut, meine kleine Seefahrerin.

Andy

P.S. Hier weiß keiner was mit dem Begriff »Storekeeper« anzufangen. Es wird schon …

Liese stand auf und nahm das T-Shirt aus der Tüte. Sie hatte es vor wenigen Stunden für Andreas gekauft. Hellblau mit einer Dschunke drauf. Sie knüllte es wie einen Schneeball zusammen und warf es mit Wucht an die Wand, direkt Patrick Swayze an den Kopf. Was sollte sie noch damit? Blöder Heini!

Dann wusch sie sich das Gesicht und ging hinaus an die Gangway. Unten an Deck waren Stimmen zu hören. Jörg und der Ede räumten auf. Es schepperte, als sie die Twistlocks in die großen stählernen Kisten warfen.

Struppi stand am Gangwaykasten und schmökerte in einem Buch. Beim Vorbeigehen rief sie ihm zu: «Schönen Gruß von Andy.«

»He, wie geht's ihm denn? Was schreibt er so?«

Liese blieb kurz stehen. »Es geht ihm gut.«

Dann drehte sie sich schnell um und ging fluchtartig weiter. Doch das achtere Schott war verschlossen, wie auch die anderen Türen, wenn sie im Hafen lagen. Langsam schlich sie die Niedergänge bis zum Peildeck empor. Dort oben wehte warmer Wind, die Lichter der Skyline von Hongkong waren zu sehen. Andy hatte recht, dachte sie. Genieße jeden Augenblick ... Denk an den Ocean Park. Denk an die lustigen Delfine. Denk an den Walkman und das neue Jeanskleid ...

Vorn an Luke zwei wurde noch geladen. Unüberhörbar polterten die Container, und von der Pier schallte das ständige Signal der Fahrzeuge. Sie atmete tief durch. Noch mal und noch einmal. Und dann fing sie doch an, hemmungslos und laut zu weinen.

»Na Herr Fleischmann, Sie sehen heute morgen aber gar nicht gut aus.« Der Chief gab Fleischi die Hand und guckte streng auf die Uhr im Maschinenkontrollraum. »Ich glaub es ist am besten, wenn Sie heute hier in unserer Klimabude bleiben, denn im Maschinenraum kann ich Sie so nicht gebrauchen.«

Fleischi sah den Leitenden Technischen Offizier mit blutunterlaufenen Augen an. Er wollte etwas sagen, hielt sich jedoch zurück.

»Sie werden hier erst mal aufklaren und ausfegen. Danach holen Sie sich 'ne Pütz Wasser und einen Feudel und werden hier alles schön blitzblank putzen. Und natürlich Farbewaschen. Auch die Decke. Und die Lampen und die Fensterscheibe nicht vergessen.«

Die anderen Kollegen hatten sich schon Minuten vorher über die tägliche Arbeit abgestimmt. Pluto war mit dem Eisbärn unterwegs, und Stinkie baute mit dem 2. Technischen Offizier am Jockel. Nur Voigt hatte auch auf Fleischi gewartet. Nun bereitete es ihm eine große Freude, dass ausgerechnet der Chief so sauer auf den Maschinenassi war.

Fleischi hatte am Vorabend mächtig zugeschlagen. In der O-Messe war Bar-Abend, und er hatte keine Bereitschaft. Und wenn, Pluto hätte ja mit ihm getauscht.

»Puuh, Sie riechen ja wie ’ne Kompanie Russen … äh, die Zeit arbeiten Sie heute nach!«, fuhr ihn Voigt an. Dann ging auch er.

Fleischi stand da, schaute sich im MKR um und setzte sich erst mal. Sein Kopf brummte. Einen Moment starrte er auf die drei Telefonhörer vor ihm. Dann auf das Mikrofon. Irgendwie hatte er jetzt Lust auf ein fröhliches Lied. Wär doch mal was anderes? Die Brücke anrufen oder so? Oder einen von den drei schwarzen Hebeln bedienen, die verlockend sagten: dreh mich, wenn du dich traust …

Und was für herrlich viele, Kontrolllampen hier leuchteten. Er schaute auf. Tagtäglich war er hier, aber so hatte er sie noch nie gesehen. Sein Mund stand offen, und sein Oberkörper wippte leicht vor und zurück. »Eins, zwei, drei, vier, fünf, sechs, sieben, acht. Acht Reihen! Hmm. Und davon je sechs. Und das dann noch viermal. Hmm, mal vier.« Fleischi zog eine Schublade auf und suchte den Taschenrechner. Er brauchte eine Weile mit der Tastatur. Irgendwann leuchteten die Zahlen in der Anzeige rot auf. Einhundertzweiundneunzig.

Plötzlich wurde es laut, und der warme Geruch von Diesel war für einen kurzen Augenblick zu spüren. Der Eisbär kam herein und ließ das schwere Schott wieder hinter sich zufallen. Fleischi glotzte ihn an, hob die Hand und verkündete stolz »Hundertzweiundneunzig!« Dann warf er den Taschenrechner zurück an seinen Platz und trottete hinaus, um Wasser zu holen.

Auch Liese ging es miserabel. Um ihren Kummer zu vergessen, hatte sie es mit Gin Tonic versucht. Tatze hatte sie am Bar-Abend auf den Geschmack gebracht, denn er empfahl ihr das Getränk mit frischen Gurkenscheiben zu versehen. Nach zwei Stunden war sie dann in ihre Koje gewankt. Das Frühstück wurde eine Katastrophe. Musste es heute ausgerechnet Eier nach Wahl geben? Schon so war dieses Angebot im Speiseplan eine Herausforderung für jede Stewardess. Wie konnte man sich so viele Wünsche merken? Eier gekocht, bitte hart. Einmal gerührt ohne alles. Gespiegelt mit Speck. Bitte gerührt mit Speck und Zwiebeln. Spiegelei von beiden Seiten gebraten und kross bitte. Einmal gerührt und nur mit Schnittlauch, wenn vorrätig. Spiegelei ganz weich. Und ohne Speck! Dafür mit Champis. Und und und.

Stinkie hatte sich über Lieses Gang amüsiert. »Voll die Peking-Ente, eh!« Der Bäcker stellte sich in den Türrahmen zur Pantry und assistierte seiner Kollegin. »Hier Liese, nimm mal 'nen großen Schluck.«

Er hielt ihr einen Pott Kaffee hin. Dann flitzte er zurück in die Kombüse an die große Pfanne.

Auf der Brücke hatte der Alte gute Laune. Er klatschte vergnügt in die Hände und freute sich. »Es geht nach Hause! Na-hach Hauseee!« Strahlend ging er auf und ab und haute dabei mit der flachen Hand auf das lange, helle Holz der Fensterkästen, dass sein Ehering nur so knallte. »Na Dritter, am Mittwoch noch Singapur und dann geht's ab zu Muddi!«

Der Kapitän trat in die Backbordnock, streckte sich und atmete tief durch. »Hmm unser Köchlein ist schon wieder am Brutzeln.« Der Duft aus der Kombüse wehte bis hier hinauf. »Ach, haben wir's doch gut. Fritze Bollmanns Küche, ein einigermaßen volles Schiff. Naja«, er stutzte kurz, »könnte besser sein. Aber dafür ein klasse Wetter. Was will man mehr?«

Er drehte sich zum Dritten: »Nicht wahr? Schöne, glatte See? Haben Sie gelesen Herr Winkler, dass wir Sturm in der Ostsee hatten?«

Der Dritte schüttelte stumm den Kopf.

»Die STOLTERA musste sogar raus, einen Westgermanen retten. Irgend so 'ne Motorjacht. Bei hoher See. Waren wohl zwei Leute drauf. Ja, ja, diese Arbeitslosen. Treiben sich da auf der Ostsee rum.«

Wieder lachte Bagemiel laut auf. »Aber das mit den Botschaften in Prag und Budapest gefällt mir ganz und gar nicht. Und das sind mehr als nur zwei Piepel. Und pass mal auf, wenn das so weiter geht und wir zu Hause sind und Urlaub haben, lassen die uns nicht mal mehr zu den Polen fahren.«

Pluto hatte Fotos von seinem Sohn erhalten. Kein anderes Besatzungsmitglied war so bemüht nach Hause zu kommen wie er. »Alter Kratzer«, beschimpfte ihn Fleischi zur Kaffee-Time, »kriech doch gleich den Bojaren in den Arsch.«

»Penn du dich lieber aus«, verteidigte Jörg den jungen Papa, worauf Fleischi beleidigt und unter dem Gelächter der anderen die Mannschaftsmesse verließ.

Auch für Jörg hätte die Reise am Liebsten sofort zu Ende sein können, denn seine Anlage stand verpackt in der Kammer. Und seit Japan zählte er die Tage bis zum Wiedersehen mit Anne.

Die hatte in ihren Briefen von allerhand Schwierigkeiten berichtet. Eine Kollegin vom Kinderheim kam nicht mehr zur Arbeit, und ihre Leiterin reagiere auch immer gereizter. Und zu Hause war der Boiler kaputt. An einen neuen war nicht zu denken.

Tatze las aus den Nachrichten vor. »Vierlinge in Polen. Mensch Pluto, da hast du aber Schwein gehabt!«

»Oh Mann, ich glaub, dann hätten die mich ausgeflogen«, griente Pluto.

»Und dann? Die Bude zu klein. Seefahrt ade. Und welche Kinderwagen? Du bekommst doch jetzt schon kaum was fürs Fahrrad.« Der Ede schimpfte sich so richtig in Rage.

Doch Stinkie lästerte: »Kannste ja 'ne Einjabe schreiben und se an Honnecka schicken, vastehste.«

Während der Ede nochmal Kaffee nachschenkte und Tatze weiter in der Schiffspresse blätterte, kam Bolle dazu und brachte eine halbe Flasche WBS mit.

»Jut, dat Fleischi raus is«, lachte Stinkie, »wenn den der Erste heute noch mit 'nem Schnaps sieht, wa, hätte der aba die Brille uff. Der Vocht dreht doch schon so völlich durch. Der will ja jetze öfters gucken, wer Bereitschaft hat.«

Bolle rauchte kurz eine Club, dann verschwand er wieder in der Kombüse. »Hier, das muss ich euch vorlesen!« Nun hatte Jörg die Mappe des Funkers in den Händen.

»Lieba nich!«

»Na gut. Aber sinngemäß: Die Chinesen bedanken sich bei uns für die solidarische Haltung während der jüngsten Ereignisse. Muss man sich mal vorstellen!«

Dann las Jörg doch. »Herbert Krolikowski gab der Überzeugung Ausdruck, dass die von der chinesischen Partei- und Staatsführung ergriffenen Maßnahmen zur Stabilisierung der Lage im Lande den Interessen des chinesischen Volkes und dem sozialistischen Aufbau in der VR China dienen.«

»Hör uff mit die Scheiße!«

Irgendwann flog das Schott auf und Fleischi kam freudestrahlend zurück. »Guckt mal Leute, was ich oben in dem Schapp gefunden habe, wo sonst das olle Wandzeitungszeug liegt.«

Er hielt eine Gitarre in die Luft und knallte dabei mit dem Holz an die Decke. Dann haute er auf die Saiten und schüttelte seine Haare wie ein Rocker. »Smoooke on the waaaater!«

Plötzlich sprang Buster auf und riss ihm das Instrument aus den Händen.

»Sag mal, spinnst du?« Kopfschüttelnd sah ihn Fleischi an, »ich hab die gefunden«.

Doch Buster umklammerte immer noch stumm den Gitarrenhals. Ohne ein Wort zu sagen setzte er sich eine Backskiste weiter und betrachtete fachmännisch Fleischis Entdeckung. Dann begann er daran zu zupfen und an der Mechanik zu drehen. In angespannter Ruhe beobachteten ihn die anderen vom Nebentisch dabei, wie er mit seinem Taschentuch die Saiten und das Holz polierte. Auch Fleischi sagte nichts mehr. Und dann fing Buster an zu spielen. Zuerst etwas Rhythmisches. Noch einmal nachgestimmt und dann schnell und perfekt ein wenig von Neil Young und Hansi Biebl. Als er schließlich Led Zeppelins »Stairway to Heaven« anstimmte und die Jungs, gerade vom ersten Staunen nun in richtige Partylaune kamen, entfernte sich Buster aus der Messe.

Und mit ihm auch die Gitarre. »Na klasse!«, stöhnte Fleischi, sah die leere WBS-Flasche und griff sich gereizt die Kaffeekanne.

So, noch die die paar Knacken und dann war Luke Zwei auch verriegelt. Jörg lief zufrieden mit einer großen Metallstange an Deck herum und machte seeklar. Wahnsinn, gerade erst waren Struppi und er in einem der zahlreichen bunten Kaufhäuser gewesen, wo es überall nach Räucherstäbchen roch, um noch schnell ihre zuletzt gemachten Fotos entwickeln zu lassen. Struppi hatte einen Rekorder als Hochzeitsgeschenk für seine Schwester gekauft. Und eine Zeitschaltuhr. Nun stand er an der Gangway und begrüßte fast jeden, der von Land kam, mit einem freundlichen »Guten Abend. Na, was Schönes gekauft?«.

Manchmal wurde bereitwillig gezeigt und ausgewertet. Der Eisbär hatte eine Lesebrille, Schnitzereien und aufladbare Batterien, der Bäcker einen Wok und ein kleines Radio, der Bootsmann ein ferngesteuertes Fahrzeug und gute Küchenmesser und Stinkie kam mit einem Rasierapparat und einer Taschenlampe für das Auto, an der er sogar ein Alarmlicht einschalten konnte.

Außerdem besorgte Bolle über den Schiffshändler Konserven, Glasnudeln und verschiedene Sojasaucen. Und Post gab es auch. Jetzt konnten sie beruhigt nach Hause fahren. Noch genau einen Monat von Singapur bis Rostock.

Ausgerechnet heute musste Bolle Geburtstag haben. Viel Zeit zum Feiern blieb nicht. Gleich nach dem Auslaufen füllte sich seine Kammer. Stinkie präsentierte seine neuen Schuhe aus Korea. »Mach mal kurz die Musike aus, ick will euch wat fragen.«

Als es stiller wurde, fuhr er fort. »So, Augen zu. Wat is dit?«

Ratsch! Er zog an den Klettverschlüssen der Schuhe. »Na? Habt ihr's jehört? Passt uff, ick mach's nochmal janz langsam.« Raaaatsch! Wieder lösten sich die Verschlüsse.

»Na?«

»Wie, was soll das sein?«, fragte Bolle.

»Wat stellste dir dabei vor?«

»Ach so. Weiß nicht.«

Ratsch! Gespanntes Warten.

»Mensch, dit is 'ne Eskimofrau beim Bindenwechseln.«

Liese machte schnell den Rekorder lauter.

Gerade dröhnte »Happy Birthday«, als der Polit mit einer Flasche Klaren erschien und dem Koch gratulierte. Er stellte sie auf den Tisch und blieb verlegen stehen. Fleischi staunte. »Oh, Nordischer Löwe.«

Die Männer rückten zusammen und Kunkel, der Polit, setzte sich. »Wisst ihr eigentlich, was der da singt?«, fragte er.

Der Bootsmann stöhnte: »Öööh, jetzt kommt der Nächste mit 'ner Frage. Sind wir hier bei *Schätzen Sie mal*?«

Der Polit verstand nicht.

Stinkie nahm grinsend seine Zigarette aus dem Mund. »Klar, allet Jute zum Jeburtstach.«

»Hm, das schon. Aber der Stevie Wonder denkt sich ja was dabei.«

Der Polit schaute aufmerksam in die Runde. Einige der Männer hatten schon was von den guten Englischkenntnissen des Popen gehört, darum warteten sie gespannt auf die Antwort, die er sicher gleich selbst geben würde. »Also, der singt da über Martin Luther King.«

Fleischi lachte. »Woher kennt der den denn? War der mal in der DDR?«

»Warum?«

»Na, das war doch der Typ mit dem Zettel an der Kirchentür.«

»Mann, Fleischi«, seufzte Bolle, »der meint doch den Negerchef in Amerika.«

»Is der nich auch schon tot?«

Der Polit setzte sich gerade hin und versuchte einige Kommentare zu überhören. »Ja. Und genau deswegen ist dieses Lied entstanden. Ihm, dem Pastor und Bürgerrechtler zu ehren, mit einem schon längst fälligen Gedenktag.«

Natürlich war dem Polit nicht entgangen, dass seine Worte Eindruck hinterließen und er hätte ihnen auch erklären können, dass es diesen Gedenktag bei den Amis inzwischen bereits gab. Vielleicht hätte er jetzt noch U2 hinterher schieben können, denn bei »Pride«, das jeder als »In The Name Of Love« kannte, ging es ja auch um diesen King. Aber wer weiß, vielleicht wäre bei U2 dann einer der Leute auf die Idee gekommen und hätte was vom »New Year's Day«'erzählt, was, wie er mal erfahren hatte, von Solidarność handeln sollte. Also lieber keine schlafenden Hunde wecken. Seine Gedankengänge währten nur kurz, denn der Bootsmann erhob unversehens sein Glas und rief: »Na dann: Prost! Auf Bolle, die Afrikaners und alle Protestanten und Onkel.«

»Und auf die Kirche!«, blökte Fleischi übermütig und griente den Politoffizier dabei hämisch an.

Lange blieb der nicht in der Kammer. »Komischer Kauz«, sagte der Bäcker, als das Schott hinter ihm zu ging.

Stinkie schenkte sich selbst nach. »Aba der Löwe schmeckt jut. Kann man nich meckern.«

Es war nicht einfach für die Stewardess, zwischen all den ganzen Männern. Ging sie allein zu einem der Besatzung, sah es so aus, als wollte sie etwas von ihm. Kam jemand zu ihr, war es ebenso. Da wurde gleich getuschelt oder gelästert. Darum ging Liese immer erst los, wenn irgendwo eine Party stieg, obwohl ihr nicht danach zumute war. Nur Daggi besuchte sie häufig, damit sie nicht so einsam ihre Freizeit verbrachte. Doch jetzt, wo es an Bord rum war, dass sie und Witt sich getrennt hatten, schien plötzlich der Startschuss für die letzten Wochen gefallen zu sein. Der Bäcker schaute oft vorbei. Dann Struppi. Und Jörg und Pluto sowieso. Die beiden waren jedoch halbwegs frisch verheiratet und damit über jeden Verdacht erhaben.

Anders sah es da schon bei Fleischi und dem Kabel-Eden aus. Und was war mit dem Rest der Crew? Waren der Eisbär, Bolle, Fedja oder der Bootsmann keine Männer? Die Nautiker und Technischen Offiziere blind? Wilde Gerüchte machten die Runde. »Doch nichts genaues weiß man nicht«, sagte Tatze und zwinkerte den anderen im Smoketime-Raum zu.

»Nun sag schon«, drängte Fleischi, »Daggi wird doch bestimmt mehr wissen.«

Tatze zuckte mit den Schultern. »Frag sie doch einfach.«

Die Passage der Straße von Malakka war reibungslos verlaufen. Sogar der Polit war aufgeblieben und unterstützte die Männer bei der Piratenwache. Kapitän Bagemiel erledigte mit dem Chief Mate den anfallenden Schreibkram, und im Maschinenraum ging, nach den Worten des Chiefs, »alles seinen sozialistischen Gang«. Man kam diese Reise sogar ohne größere Reparaturen aus.

»Weiter geht's!«, rief der Boss schon im Gang. Während der Ede wieder nach vorn ging, um seine Farbenlast aufzuräumen, trotteten Buster, Jörg und Tatze wieder auf das hintere Deck. Dort, wo nur drei Container standen, sollte am Wochenende das Sportfest stattfinden. Darum wurde noch mal geschrubbt und gemalt.

»Die Brötchen sind fertig.«

Eiche legte den Telefonhörer in die Gabel. »Chief Mate, ich geh dann mal runter.« Das gehörte auch mit zu den Vorteilen der 4-8-Wache wie die Sonnenauf- und -untergänge. Während der Arbeitszeit war es nicht all zu heiß, und kurz nachdem man die Besatzung geweckt hatte, war Feierabend. Dann war Zeit zum Ausschlafen, Baden und Lesen. Für Versammlungen stand man überwiegend nicht zur Verfügung, stattdessen aber für die Kammerfeten am Abend. Auf der Brücke war gewöhnlich nicht viel los. Und in den Häfen war Zeit für Landgänge. Hatte man Glück, gab es für die Hafenarbeiter keine Nachtschicht. So war es sogar dort ruhig. Oft lagen die Ein- und Auslaufzeiten in der Wache. Und zum Abendbrot wurde man abgelöst. Aber das machte man dann später, nach dem Wechsel in den Tagestörn, wieder gut. Die Ersten Nautiker waren auch meist in Ordnung. Es sei denn, sie wollten auf Kraft Kapitän werden.

Der Duft der frischen Brötchen verbreitete sich in den Aufbauten. Als Eiche die Messe betrat, war dort alles dunkel. Die 0-4-Wache saß noch da und guckte Kino. Fedja, der ein leidenschaftlicher Filmfan war, hatte den Projektor aufgebaut und futterte gerade an einem Steak mit Ketchup.

»Prost, Eiche«, schmatzte er und hob ein Bier in die Höhe.

Der wunderte sich. Stand nicht heute »Strammer Max« auf dem Speiseplan? Freudig nahm er den großen Teller mit Aufschnitt, Butter und vier Brötchen entgegen und ging wieder hinauf zur Brücke.

»Dieser Vetter«, Eiche schüttelte den Kopf, »total kinoverrückt, der Kerl.« Fedja kannte sich mit Serien aus dem Westfernsehen genau so aus wie mit polnischen oder französischen Kinofilmen. Und DEFA sowieso. Manchmal gab er Egon Olsens Schimpftiraden zum Besten oder zitierte ganze Textpassagen aus »Solo Sunny« oder »Rette sich, wer kann!«. Er haute Namen wie Truffaut, Bondartschuk, Polanski oder Heynowski und Scheumann raus und wunderte sich, dass niemand an Bord sie kannte. Nicht mal Martin Flörchinger, Wolfgang Neuss oder Horst Kube! Dann regte er sich höllisch auf und merkte nicht einmal, wenn ihn diese unwissende Gemeinde verschaukelte. Der Fedja, dachte Eiche, macht sich extra die Mühe, spult die Filmrollen um, baut alles auf und später wieder ab. Der wird doch nie vor sechse in die Koje kommen. Und abends sitzt der doch auch immer noch lange bei den Feten. Wie hält der das bloß durch? Der ist doch auch schon nicht mehr der Jüngste.

Sonntag, am Nachmittag bei schönstem Wetter auf dem achterlichen Deck. Die wachfreie Besatzung stand erwartungsvoll und in sportzeugähnlichem Dress angetreten. Aus den Bordlautsprechern erklang blechern Musik, als Tatze und Jörg aufmarschierten. Tatze trug Römerlatschen und hatte sich in Bettlaken gehüllt. Auf dem Kopf saß ein Lorbeerkranz. In seiner rechten Hand hielt er symbolisch eine Fackel, die sich jedoch bei genauerer Betrachtung als Gummistopfer aus der Kombüse entpuppte. Den Pümpel hatte er zuvor sorgfältig mit Staniolpapier umwickelt. Jörg trug diplomatisch die Fahne Griechenlands und eine Schärpe. Als die feierlichen Klänge verstummten, nahm er eine große Papierrolle und verlas laut und gehoben den Olympischen Eid:

»Im Namen aller hier im Stadion der FRIEDLAND anwesenden Sportlerinnen und Sportler verspreche ich, dass wir uns bei den Olympischen Spielen als loyale Wettkämpfer erweisen, ihre Regeln achten und teilnehmen im ritterlichen Geist zum Ruhme des Sports und zur Ehre unserer Mannschaften. Wir geloben feierlich, keine aufputschenden Mittel zu nehmen. Sei es Doping, Nikotin oder

Weinblattsiegel. Heute, am bedeutungsvollen dreizehnten August, denken wir natürlich auch an die zahlreichen Fans in der Heimat.«

Der Polit und Bagemiel schauten verstört auf. Was hatte der Schmidt vor? Spielte er auf den Tag der Grenzschließung an?

Jörg machte eine Pause, nahm einen kleinen Zettel zur Hand und faltete ihn langsam auf. »Sport an Bord heißt es heute bei uns. Doch zu Hause hieß es gestern wieder Oberliga. Hier also die Ergebnisse: Lok Leipzig gegen Bischofswerda drei zu eins.«

»Jo!«, freute sich Struppi.

»Energie Cottbus gegen Karl-Marx-Stadt null zu null; BFC gegen Erfurt zwei zu zwei.« Alle lachten.

»Scheiß BFC!«, rief Stinkie. »Eisern Union!«

»Bitte Ruhe«, ermahnte Jörg mit strenger Miene die Angetretenen. »Carl Zeiss gegen Magdeburg null zu zwei.«

»Jaaa!«, brüllte der Eisbär.

»Scheiße!«, brüllte Bolle.

»Stahl Eisenhüttenstadt gegen Aue …«, Jörg machte eine Kunstpause, »null null.«

»Mist, verdammter!«

»Na, na!«

»Dynamo Dresden gegen HFC Chemie …zwei zu null.«

»Das war doch klar!«

»Und zu guter Letzt: Hansa Rostock gegen Stahl Brandenburg … eins zu null!«

»Hurraaa!« Der Bootsmann drückte dem Kapitän die Hand und haute dem Ede auf die Schulter.

Jörg richtete sich auf und rief: »Damit erkläre ich die heutigen Spiele für eröffnet!«

Tatze tat, als würde er mit der Fackel ein Feuer in einer Schale entzünden. Plötzlich brannte diese wirklich und alle staunten. Aus dem Typhon war ein langer Ton zu hören, und Bagemiel schimpfte über die Brückenwache.

Schon nach kurzer Zeit der Erwärmung, die der Polit übernahm, kam ein Großteil der Besatzung ins Schwitzen.

»Und hoch das Bein, Luft muss rein!«, rief Bagemiel, der schon nach wenigen Bewegungen feuerrot im Gesicht war.

Aber auch Bolle und der Chief hatten zu tun. Alle drei versteckten sich extra in der letzten Reihe, aber es nützte nichts. Bei den Kniebeugen waren sie zu sehen. »Runter! Und unten bleiben …«

Der Polit hatte seine Freude. Er war schlank und gut gebaut. Der Bootsmann hatte sich hinter Elvira postiert. Die war auch gut gebaut.

Bagemiel hielt nicht lange durch. Deshalb rief er fast im Befehlston: »Zackzack und stehen!«

Alle anderen gehorchten erleichtert.

Das Tauziehen gewann natürlich die Truppe um Bolle, den Bäcker und einigen von der Maschinengang.

»Schlappe Zicken!«, schimpfte der Boss über seine Männer.

Aber es stand noch das Mannschaftszeitfahren an.

Der Ede war der Letzte auf dem Hometrainer. »Täve! Täve!«, brüllte die Decksgang, was ihn zu einem neuen »FRIEDLAND-Rekord« anspornte.

»Na wenigstens *den* Titel haben wir geholt«, schnaufte erschöpft und überglücklich der Bootsmann.

Gut, dass das Tauziehen gleich am Anfang passierte, denn schon bei der ersten Einzeldisziplin gab es einen Unfall. Bolle knickte beim Dreierhopp um. Sofort unterband der Kapitän diese Station. »Ich bin doch nicht John Akii-Bua!«, schimpfte er. »Das Seilspringen fällt auch aus.«

Der Funker wurde wütend. »Aber das ist doch ein Sportfest.«

»Keine Widerrede«, polterte Bagemiel, »dafür können wir ja Dosenwerfen machen.«

Die Abteilung Seilspringen wurde kurzerhand in Würfeln umgewandelt. Buster nahm als erster die große Pütz mit den Holzwürfeln zur Hand, während der Funker verbittert das Weite suchte. Der Rest der Leute absolvierte ausgelassen das Zielwerfen am Rettungsring, Klimmzüge, Luftgewehrschießen, Schatztauchen im Pool oder Liegestütze mit Liese als Unterlage. Und natürlich, wie fast an jedem Tag, Shuffleboard.

Es stellte sich heraus, dass Bolles Fuß Ruhe brauchte. Nun war der Bäcker gefragt. »Ausgerechnet heute, wo wir noch grillen wollen. Na, was soll's.«

Hätte ich bloß nicht gesagt, dass ich wohl die nächste Zeit nicht mehr nach Singapur komme, ärgerte sich der Funker. Er schraubte die Rückseite seines Keyboards ab und erinnerte sich, wie er beim Kauf diesen Satz ausgesprochen hatte und der Ladenbesitzer kurz mit dem Karton nach hinten verschwand. Ganz klar, der hatte den ausgetauscht. Nun saß er da, mit einem Instrument, das nicht so richtig spielen wollte. Doch nach einigen Messungen war der Fehler gefunden und schnell behoben.

Es hatte sich während der Reise bestätigt: der Chartervertrag lief ab, was auf der Brücke zu phantasiereichen Spekulationen führte. Wohin das nächste Mal, wann und wie lange? »Wenn, wenn …«, lästerte Bagemiel, »wenn meine Oma vier Räder hätte, wär sie ein Omnibus. Wir können da sowieso nichts machen.«

Dann grinste er. »Aber eins kann ich euch jetzt schon sagen, wir fahren Container.« Damit hatte sich für ihn das Thema erledigt. Jedenfalls vor der Allgemeinheit.

Bolle versuchte seinen kurzen Ausfall so angenehm wie möglich zu verbringen. Mit einem dicken Roman, einem Liegestuhl und Getränken saß er am Pool. Die Schwellung am Knöchel war etwas kleiner geworden. Der Second hatte ihn gut versorgt. Auch der Bootsmann und die Stewardessen nutzten das Wetter aus, solange es noch ging, denn im Indischen Ozean wusste man ja nie.

Daggi schnitt dem Boss die Haare. Der saß auf einem Hocker mit einem Spiegel in der Hand. Schließlich wollte er zur Einschulung seines Sohnes schön sein. Dabei wusste er genau, dass er um Tage zu spät kommen würde. Aber nicht nur er war sauer. Auch Fleischi wäre gern Anfang September zu Hause gewesen, denn da war Pferdemarkt in Havelberg. Sein Bruder und er waren darin Spezialisten. Sie machten aus jeder Kleinigkeit Geld. Selbstbedruckte T-Shirts, abfotografierte Musiker und Bands passend für Tonbandkassetten, selbstgemachte Abzeichen von Gorbi bis Depeche Mode, Autoersatzteile und eingeweckte Hausmacherwurst. All das packten sie ins Auto und fuhren den weiten Weg.

Fleischi schaffte es auch jedes Mal, Zeitschriften aus dem Westen durch das Hafentor zu schmuggeln. Er hatte da eine ganz einfache Methode entwickelt, die er natürlich keinem anvertraute. Zuerst versteckte er die Hefte vor dem Einlaufen an einem neutralen Ort. War der Zoll dann von Bord, tütete er sie in einen großen Umschlag ein, klebte ihn zu und beschriftete ihn. Dazu erfand er irgend einen Namen, wie Frau Müller, Zimmer 17, Abteilung 2, und passierte damit seelenruhig das Tor. Manchmal in ölverschmiertem Dress. Noch nie wollte jemand in den Umschlag sehen. Anschließend ging er nicht in das Reedereigebäude, sondern in die dahinterliegende Effektenkammer, wo die Seeleute ihr Gepäck oder ihre Arbeitssachen deponierten und legte den Umschlag in einen Koffer.

Der Eisbär kam vorbei. »Du kannst auch gleich hierbleiben«, sagte Daggi zu ihm. »Nee, lass mal. Vielleicht noch so'n Haarschnitt wie der Keeper?«

»Vorne kurz und hinten lang?«

»Dann lieber wie Schmidti, richtig lang.«

»Und wo willst du die Locken hernehmen?«, fragte Daggi.

Der Eisbär fuhr grinsend durch sein dünnes Haar und betrachtete den Boss von allen Seiten. »Aber schön sieht er ja aus«, lästerte er. »Da kann unser Bootsmännel eigentlich doch schon jetzt einen ausgeben. Was meinst du Daggi?«

Der Bootsmann beobachtete die beiden im Spiegel.

Daggi, die Oberstewardess, lachte: »Auf jeden Fall. Schließlich nehm ich ja kein Geld fürs Schneiden.«

»Gut«, sagte der Boss, »und was darf ich dir anbieten?«

»Euch. Das heißt euch!«, empörte sich der Eisbär.

»Okay, was darf ich euch – wieso? Das darf sich ja wohl Daggi aussuchen.«

Die amüsierte sich und hielt vorsichtshalber die Schere hoch. »Na da würde ich sagen, also ich komm ja eigentlich aus Wismar, mach mal Weißer Traum. Das kennst du doch oder?«

»Nein. Ich hab nur mal von gehört«, erwiderte er. Daggi schaute zum Koch rüber. »Bolle? Haben wir noch Vanillien-Eis?«

Der antwortete ohne aufzublicken: »Ja, ja. Da ist noch genug.«

Daggi überlegte kurz. »Dann bräuchten wir noch Zitronenlikör. Cottbuser Saurer. Na mal sehen. Bei der nächsten Transitausgabe kannst du ja mal eine Buddel davon holen.«

Der dicke Koch schaute auf seinen Bauchnabel, holte einen Fussel heraus und legte ihn in sein Buch. Dort befand sich schon ein kleiner, bunter gepresster »Teppich«, der mal das Schattenbild von Che Guevara werden sollte. »Ich war mal vor Jahren als Springer in Wismar«, bemerkte er. »Da waren wir in der Milchbar drei, vier Träume trinken und dann ab zum Tanz. Da haben wir dann Eulen-Schießen veranstaltet.«

Er lachte sich halb schlapp. Liese, die aus dem Pool stieg, guckte ihn fragend an.

»Was ist denn Eulen-Schießen?«, wollte auch der Eisbär wissen.

Bolle ließ sich mit der Antwort Zeit. »Ganz einfach: wer mit der hässlichsten Frau des Abends tanzt, wird frei gehalten.«

Daggi schimpfte los: »Na, du bist aber auch nicht der Schönste! Du …«

»Nun lass ihn doch mal erzählen«, unterbrach sie der Eisbär. »Und? Hast du gewonnen?«

»Nee, der Plumper kam mit einer, keine Ahnung, wo er die gefunden hatte, da haben wir alle gejubelt. Er hat dann mit ihr getanzt, und wir haben alle geklatscht. Die hat sich sogar gefreut. Und mitten im Tanz hat er sie stehen lassen und kam zurück an unseren Tisch.«

»Und das Mädchen stand dann da?« Liese war empört.

»Klar.« Bolle grinste, und Daggi wurde wütend. »Ist das bekloppt!«

Die Männer lachten. »Typisch Frauen. Immer halten sie zusammen.«

Nach einer Weile fragte der Boss: »Wo waren wir stehn geblieben? Ach so, Zitronenlikör. Gut, kauf ich. Und dann?«

Daggi schnippelte schon wieder am Hinterkopf. »WBS, Milch und …« Sie überlegte. »Bolle? Was kommt da noch rein?«

Der Koch senkte sein Buch und sah zufrieden, dass sich Daggi wieder beruhigt hatte. »Na Korn!«

»Und wie soll ich da am nächsten Morgen arbeiten?« Der Eisbär wischte sich den Schweiß von der Stirn.

Der Boss schaute ihn an. »So wie wir heute trinken, werden wir morgen aussehen. Oder wie war der Spruch? Ihr beide seid doch in der Partei.«

»Klappe! Ich hab Feierabend«, schimpfte der Eisbär.

Der Bäcker tat sich in diesen Tagen schwer, denn Kochen war nicht so seine Stärke. Ständig wurden seine Gerichte mit Bolles Spezialitäten verglichen. Kantinen- gegen Vier-Sterne-Koch. Ein ungleiches Bemühen. Als es dann eines Abends Bratkartoffeln mit Sülze und Remouladensauce gab, kippte die Stimmung. Jörg, der keine Sülze aß, kaute gerade den Möhrensalat, als es mächtig zwischen seinen Zähnen knirschte. Und am Nebentisch spuckte Stinkie prompt das Essen wieder aus. »Pfui Deibel, dit kann doch keene Sau fressen!«, grölte er, »dit schmeckt ja wie Votze früh um viere!«

»Reiß dich mal zusammen«, entgegnete Fedja.

»Is doch wahr Mann! Viel zuville Essich.« Stinkie schob wütend den Teller beiseite.

Plötzlich war der dröhnende Bass des Kapitäns aus der Kombüse zu vernehmen. »Fräulein Hellbach, gehen Sie mal einen Augenblick raus.«

Liese kam verstört in die Messe, in der es jetzt mäuschenstill geworden war. Alle saßen wie erstarrt und lauschten. Dafür wurde es nebenan laut. »Herr Glawe, kennen Sie Jack London?«

Der Bäcker war nicht zu hören. Wahrscheinlich nickte er nur.

»Na, dann kennen Sie ja auch den Seewolf! ... Und wissen Sie wie der Koch auf diesem ... dieser ... dieser GHOST oder wie der Kahn da hieß ... Wissen Sie, wie die den Koch damals genannt haben? Der hieß Mugridge! Ich glaube ich muss wohl heute die Musterrolle umschreiben. Statt Thomas Glawe haben wir jetzt einen ... hieß der nicht auch Thomas? Na, das passt ja! Das nächste Mal schrubben Sie die Mohrrüben vorher und fragen Ihren Kollegen nach dem Rezept, wenn Sie es nicht wissen.«

Dann wurde es unverhofft ruhig und Liese schlich zurück.

Der Keeper feixte: »Mugridge, ha, der is jut! Mugridge!«

»Halt die Schnauze, Stinkie!« Fedja war wütend. »Kannst dich ja mal in die Kombüse stellen, du Berliner Großmaul!«

»Pah, is doch ja nich meen Job, eh. Und außerdem: Wenn olle Onofri Erbsensuppe ausfällt, muss das so'n Schrippenklempner eben och können. Sind doch beede für die Futterage verantwortlich oda nich?«

Stinkie legte sich einige Scheiben Wurst und Brot auf seinen Teller, stand auf und brummte beim Verlassen der Messe: »Ick steije hier sowieso wieda ab. Is mir echt zu doof hier. Scheiß Containerfahrerei, könnte selba machen. Ick jeh wieda uffn Stückjutdampfer zurück, da weeß ick wenichstens, wat ick hab.«

Rumms, das Schott krachte hinter ihm zu.

»Ja, hau doch ab«, rief Fedja. »Scheiß-Hauptstädter. Kriegen schon so alles in den Arsch geblasen und der Rest der Te Te Re guckt zu, wo er bleibt.«

»Metropole«, sagte Pluto.

»Spree-Athen«, krächzte Fleischi.

»Däleschborgel«, fügte Struppi in feinstem sächsisch dazu.

»Wart mal ab, wenn die den vierzigsten Jahrestag feiern«, schimpfte Fedja weiter, »da verpulvern sie wieder Millionen.«

Jörg sah auf das große Honeckerbild an der Wand. Irgendwie hatte er das Gefühl, der Kerl schaute einen an, egal wo man sich in der Messe aufhielt.

Der Bäcker gab unterdessen für alle ein Bier aus und machte anschließend Rühreier. Und die beiden Frauen trösteten ihn.

Nach einigen Tagen mit starkem Regen, Schiffsratsitzung, Feuerlöschmanöver, Bettwäschewechsel sowie einer FDJ- und einer Gewerkschaftsversammlung, gab es endlich die nächste Transitausgabe. Vergessen all das Gerede über die lenkende Kraft oder das sozialistische Bewusstsein. Abgehakt die Schlüsseltechnologien, die Steigerung der Arbeitsproduktivität und die CAD/CAM-Technik. Jetzt waren wieder alle gleich. Der Kapitän saß beim Chief, Familie Voigt spielte zusammen mit dem Polit und dem Funker Doppelkopf und irgendwo im Mannschaftsdeck war wieder Party angesagt.

»Pluto?« Fleischi blieb im Rahmen des Kammerschotts stehen und sah sich um. »Pluto! … Hm, keiner da. Macht nichts.«

Zurück in seiner Behausung schrubbte er intensiv die Hände. »Da dada da da da da da daaa.« Zwar hatte er vor dem Abendessen geduscht, aber irgendwie wurde er das Gefühl nicht los, dass seine Finger immer noch nach Bärendreck stanken. »I believe in miracle, where you're from – you sexy thing …«

Dabei schaute er in den Spiegel, grinste vor sich hin und sang weiter: »sexy thing you.«

Den genauen Text kannte Fleischi nicht, war auch völlig egal, denn jetzt kam der Höhepunkt des Tages. Er zog die Schublade unter seiner Koje auf, hob einige Wäschestücke an und holte eine bunte Zeitschrift hervor. »I believe in miracle, ha ha, it's time for you, honey.«

Fleischi schloss die Tür seiner Sanitätszelle und machte es sich mit seinem *Playboy* auf dem Klo bequem. »Ha, ha, der Fleischi hat's gut … Sexy thing … Zu Hause müssen die Säcke immer vier Wochen auf die nächste Funzel warten. Und dann nur klein und in Schwarzweiß, die armen Schweine.«

Er freute sich schon auf die Blondine mit den tollen Kurven. Dann blätterte er einige Seiten weiter. »Hmmm oder mach ich's heute doch mit der Rothaarigen, dieser scharfen Kirsche? Ja, Baby, du bist genau richtig.«

Er stellte sich vor, wie sie in seine Bude kam und sich langsam auszog. So richtig Stück für Stück. »Jaaaa, Baby, gib's mir.« Aber was zog sie aus? 'nen Pelzmantel oder Unterwäsche? Dunkle oder weiße? Hatte sie hohe Stiefel an? Ach nee, in der Kammer hier ist Blödsinn! Viel zu eng. Also zu Hause. »Mädchen mit roten Haaren können dir sagen …«

Zu Hause? Auch Mist! Er sah seine Frau im Wohnzimmer vor sich. Ach Mensch, was will die denn jetzt hier! Staubsaugen oder was? Jetzt doch nicht, verdammt. Hmm.

Oder doch lieber die heiße Blonde? Oder Elvira Voigt?

Als er sich entschieden hatte, flog das Kammerschott auf und Plutos Stimme war zu hören. »Fleischi?« Geistesgegenwärtig warf Fleischi das Hochglanzexemplar hinter den blauen Vorhang der noch feuchten Dusche. »Ja!« Hastig verriegelte er die Tür, nahm das Heft und wickelte es in ein Handtuch ein. »Ich sitz auf Klo, Mann!«

»Komm schnell runter zu Fedja!«

»Warum?«

»Komm mit, das musst du sehen!«

Dann flog das Kammerschott wieder zu.

Fleischi tupfte fluchend die Wassertropfen vom *Playboy*. »Dieser Plutner! Der kann einem aber auch jede Nummer versauen.«

Als Fleischi ein Deck tiefer kam, standen da schon einige Zuschauer vor Fedjas Kammer herum, lauschten und amüsierten sich. Durch den Spalt der mit einem Sperrhaken verriegelten Tür konnte man Fedja vor seinem Aquarium fluchen hören. »Faule Bande. Hängt hier den ganzen Tag ab und macht nichts. Aber fressen wollt ihr!«

Der Bäcker versuchte mühsam, sein Lachen zu unterdrücken. Bald waren Schritte zu hören, und Jörg kam eilig dazu. Gerade wollte er etwas sagen, als Fleischi schnell seinen Zeigefinger an den Mund legte.

»Psst, sei doch mal still.« Er zeigte auf den Türspalt.

Fedja stand da mit geballten Fäusten. »Ihr macht euch hier 'nen Bunten, und ich muss schuften!«

Seine Augen traten hervor. »Und du da! Dich habe ich schon lange auf dem Kieker.« Er klopfte an das Glas. »Verholst dich nur, machst nicht mal die Scheiben sauber. Na warte!«

Jörg flüsterte entsetzt: »Das sieht nicht gut aus. Der ist fertig.«

Eiche grinste. In der Kammer machte Fedja derweilen ein Bier auf und schmiss den Kronkorken in das Aquarium. »So, du Arsch. Du Barscharsch! Du wirst bald gegrillt. Ich besorg mir einen Tauchsieder, wenn ihr nicht spurt!«

Fleischi tippte sich an die Stirn und flüsterte: »Der hat doch gar keinen Barsch.«

Jörg reichte es. Mutig zog er am Haken und öffnete das Schott. »Hallo, Väterchen«, sagte er freundlich mit der Hand an der Klinke, »was ist los?«

Fedja drehte sich blitzartig um und schleuderte abrupt die Flasche nach ihm. Glas splitterte.

»Raus! Verpiss dich!«, brüllte er mit leicht entstelltem Gesicht. Jörg sprang zurück und knallte die Tür zu. Seine Hose war voller kleiner Scherben und Bier, seine Hand blutete. Ratlos sahen sich die anderen an.

»Ich hol den Boss«, keuchte Jörg und rannte los, »auf den wird er sicher hören. Vielleicht kann der ihn ja beruhigen.«

Als er mit dem Bootsmann zurückkam, krachte es gerade in Fedjas Kammer. Eiche, der in sicherem Abstand davor stand, bemerkte nur: »Der zerlegt seine Bude.«

Der Bootsmann schob die anderen beiseite und ging hinein.

»Na, alter Krieger, wollen die Säcke wieder nur fressen?«

Behutsam nahm er Fedja den Blumentopf aus der Hand. »Los, komm mal mit, ich hab 'ne Wette laufen. Ich brauch dich dabei.«

Fedja blickte sich verstört um. Langsam dämmerte ihm, was er angerichtet hatte. Die Kammer sah aus wie ein Schlachtfeld. Kippen und Scherben lagen auf dem Fußboden. Ein Gemisch aus Blumenerde und Nadeln der Hydrotöpfe war an den Wänden und in der Koje verteilt. Im Aquarium lagen ein Bierglas und Kronkorken. Überall klebte das Bier, und es knirschte bei jedem Schritt.

»Lass den Scheiß, das kannst du nachher sauber machen. Komm erst mal mit.«

Der Bootsmann schob Fedja aus der Kammer in Richtung Kraftraum. Im Vorbeigehen flüsterte er Pluto zu: »Ruf mal die Miezen an. Die sind bei mir oben. Die sollen mal seine Bude aufklaren.« Dann wurde er laut: »Wollen doch mal sehen, Fedja, wie wir diese jungen Hüpfer fertigmachen! Los, alle mitkommen!«

Nach einigen Metern erreichten sie den Sportraum.

»So Fedja«, sagte der Boss fast im Befehlston und schob dabei mehrere Metallscheiben auf die Stange, »zeig mal, was unsereiner noch so drauf hat. Ich hab mit den Jungs gewettet, dass du das Gewicht mindestens siebzig mal stemmst. Schaffst du doch – oder?«

Fedja nickte mit wirren Blicken und legte sich auf die Bank.

»Na dann los!«

Fedja pumpte. Seine Adern traten hervor, und der Bootsmann feuerte ihn lautstark an. Fedja schnaufte und sabberte wie ein gehetztes Tier und stieß dabei die Gewichte in die Höhe. Sein Brustkorb hob und senkte sich, während er teilnahmslos an die Decke starrte.

»Los, alter Löwe, gleich hast du dreißig!« Der Bootsmann gab Fleischi ein Zeichen, damit er wieder einen Strich an der Wandtafel machen konnte. Auf Fedjas Stirn sammelten sich kleine Schweißtropfen, die sich zu einem feuchten Streifen vereinten.

»Kennt jemand den Film, wo sich ein Mädchen als Soldat verkleidet hatte? Muss so die Zeit von Napoleon gewesen sein«, fragte Jörg überraschend. Während die Umherstehenden fassungslos guckten, schnaufte Fedja: »Russenfilm?«

»Ja, kann sein.«

»Husarenballade.«

»Und wie hieß da das Mädchen?«

»Schurotschka, glaub ich. Ja, Schurotschka.«

»Zweiundvierzig! Komm Fedja!«

»Und der andere hier, auch aus'm Russenfilm, dieser Taigajäger?«

»Dersu«, Fedja stöhnte, denn immer öfter musste er nun seine Augen zukneifen, »Usala.«

Der Eisbär kam mit einer Flasche Wodka und brachte auch Gläser mit. Nebenbei drückte er Jörg ein Pflaster in die Hand.

»Und wie hieß der Film mit den Japanermiezen da im Schilf?«, wollte nun Fleischi wissen.

»O – Ni – Ba - Ba.«

»Fünfundfünfzig, los Alter, siebzig schaffst du!«, freute sich der Boss.

»Fragt weiter, ihr schlappen Pfeifen.« Fedja kam in Form.

»Der Amifilm mit dem aufgeputschten Autofahrer und der nackten Ische auf'm Motorrad in der Wüste? Der Typ rast da am Schluss in die Bulldozer.«

»Grenzpunkt null.«
»Dreiundsechzig! Und wie hieß der Kerl, Fedja?«
»Petrocelli. Ach nee – da hieß der ja Kowalski.«
»Aber wie hieß noch gleich der Kunde, der da unter Wasser gelebt hat?«
»Meinst – du – den - Amphibienmenschen?«
»Ja, weiß ich auch«, Fleischi machte sich lustig, »aber wie hieß der?«
»Ich-thy-ander«, röchelte es auf der Bank.
»Neunundsechzig!«
Der Bootsmann warf Fleischi einen bösen Blick zu. Doch der merkte es nicht. »Ich wette, den Streifen kennst du aber nicht«, behauptete er und machte ein Geräusch. »Kapppuuh!!! Na, was war das?«
Fedja hielt das Gewicht in die Höhe und wartete kurz. »War das ein Schuss oder was?« Seine Augen starrten immer noch ausdruckslos, und die Haare standen nach allen Seiten.
»Ja. Flasche Sekt, wenn du's nicht weißt.«
Jörg haute Fleischi von hinten gegen das Bein. Zu spät.
»Okay, abgemacht«, entgegnete Fedja wütend, »aber schreib's auf, damit du nicht bescheißt, du alter Sack.«
Fleischi notierte den Titel ganz klein mit der Kreide an die Tafel und stellte sich davor. Dann sagte Fedja siegessicher: »Daniel Boone mit Fess Parker.«
»Scheiße!«, schimpfte Fleischi.
Die anderen lachten. »Siebzig! Hör auf, das reicht.«
Trotzdem machte Fedja die achtzig voll. Jörg und Eiche nahmen ihm die Gewichte ab. Der Eisbär goss Wodka in die Gläser.
»Jaaa!«, brüllte der Boss und riss Fedjas Arm wie den eines erfolgreichen Boxers in die Höhe. »Wer sagt's denn …«
Fedja war völlig durchgeschwitzt. Außer Atem stieß er an und kippte sich einen hinter die Binde. Er merkte nicht, dass der Bootsmann nicht trank. Er merkte auch nicht, dass der Eisbär nur bei ihm nachschenkte. Nach kürzester Zeit sackte Fedja zusammen. Zufrieden packte der Bootsmann ihn unter den Armen und schleppte ihn in seine Kammer zurück. Die war, dank Pluto und den Mädels, wieder im völlig normalen Zustand. Sogar mit neuer Tischdecke und frischer Bettwäsche. Nur einige feuchte Stellen an den Wänden und der Biergeruch verrieten, was sich hier vor

kurzem abgespielt hatte. Gleich nachdem der Bootsmann den volltrunkenen Fedja in die Koje gelegt hatte, telefonierte er mit der Brücke.

»Ja, hier ist Hanke … Mensch, der Bootsmann! Ja … Dritter, weckt mich nachher bitte zur Null-Vier. Ich muss mal für Fedja einspringen … Nee, das geht schon in Ordnung. Gute Wache.«

Am Vormittag danach war Jörg gerade dabei das Lukensüll zu entrosten, als er hinter sich jemanden bemerkte. Er drehte sich um. Es war Bagemiel, der an der Reling stand und ihm bei der Arbeit zusah. Da der Bootsmann dazu kam, um mit dem Kapitän zu reden, stellte Jörg seine laute Nadelpistole für einen Augenblick ab. Es ging um Fedja und darum, ihn für ein paar Tage von der Wache abzuziehen und im Tagestörn unterzubringen.

»Warum?« Bagemiel verstand den Vorschlag nicht.

Also hatten seine Nautiker dichtgehalten.

»Na ja«, entgegnete der Bootsmann, »es ist so, dass Fedja, also der Kollege Vetter … also, dem geht's nicht so gut.«

»Ist der krank? Der Second hat mir nichts dergleichen gesagt.«

»Nein, nicht direkt«, erwiderte der Boss, »aber er hatte einen leichten Aussetzer. Vielleicht hat er ja auf dieser Reise ein Problem mit der 0-4-Wache.«

Bagemiel schaute ernst, obwohl er versuchte das Thema ins Lächerliche zu ziehen. »Na hör mal. Sind wir hier im Altersheim oder was? Der Mann wird doch wohl noch die paar Tage bis zur Ablösung von Mitternacht bis um vier seine Wache gehen können.« Er schob seine Hände in die Hosentaschen. »Der Vetter fährt doch nicht erst seit gestern zur See. Das ist ein alter Hase.« Er überlegte kurz. »Säuft der oder was?«

»Nee, nee.«

»Hat er irgendwelche Probleme? Vielleicht zu Hause?«

»Naja, vielleicht wenig Post«, mischte sich nun Jörg in das Gespräch ein.

Bagemiel verdrehte die Augen und sah nach oben. Der Bootsmann nutzte diesen kurzen Augenblick, um Jörg unbemerkt in die Seite zu boxen.

»Wenig Post?«, fragte Bagemiel. »So viel Post wie Sie zu bekommen ist ja nun auch nicht normal.« Er grinste den Bootsmann an.

»Nein,« sagte Jörg kleinlaut, »so mein ich es auch nicht.«

»Da ist nichts mit Problemen zu Hause«, fügte der Boss hinzu, »ich denke, der langweilt sich, weil er ja früh in die Koje muss und nicht mit den anderen zusammen ist. Ich wollte ja nur mal fragen.«

Der Kapitän stöhnte: »Mannomann! Ihr habt hier schon so viele Freiheiten, dürft sogar alleine an Land, latscht mit 'nem Walkie Talkie während der Brückenwache über Deck. Was denn noch? Seefahrt ist kein Tischtennis! Das weißt du ganz genau.«

Er überlegte eine Weile. Dann sagte er im Weggehen: »Pass auf, ich werde dem Second sagen, er soll ihn mal ein bisschen beschäftigen. Okay?«

»Okay!«

Kaum war der Kapitän außer Sichtweite, herrschte der Bootsmann seinen Matrosen an: »Sag mal, du hast sie wohl nicht mehr alle! Zu wenig Post und so. Das geht dem Alten gar nix an. Und wenn Fedjas Frau Schluss machen würde – auch egal. Aber das darf doch der Alte nicht wissen. Also denk das nächste Mal nach, wenn du den Mund aufmachst!«

Bagemiel blieb hart und ließ Fedja in der Wache. Der hatte nun alle Hände voll zu tun, denn der Sicherheitsbereich des Zweiten Offiziers schien unerschöpflich zu sein. Und so langsam wurde er wieder der Alte.

Tage später ging es ins Rote Meer. Der Boss besuchte nach dem Mittag die Brücke und trank einen Kaffee mit der Null-Vier. An der Steuerbordseite war Land in der Nähe. Mitten im Geröll und Wüstensand standen Armeefahrzeuge.

»Sind das etwa Russen?« Fedja und sein Wachoffizier schauten ebenfalls durch das Fernglas. »Hm, jedenfalls sind die russischer Bauart. Ural«, antwortete der Second. »Auf Socotra sollen welche stationiert sein. Sagt man.«

»Hier möchte ich nicht mal tot übern Gartenzaun hängen«, Fedja nippte an seiner Tasse. »Die armen Schweine. Egal ob nun die Kameraden oder die Araber … Übrigens Russen, also ich war damals öfters bei denen. Da warn wir mal in Riga in der Werft.«

»Sind doch keine Russen, Riga ist Lettland …«, versuchte der Second einzuwenden.

»Na, dann eben beim Großen Bruder. Da sind unser Kaptain, der Chief und der Bootsmann in so'ne Kolchose eingeladen worden. Die kamen dann spätabends im vollen Knatter zurück. Ich an der Gangway, denke, warum fährt das Auto nich ab? Da winkt da so'n Muschkote, ich solle mal runter kommen. Ich runter, da macht der den Kofferraum auf und drückt mir doch echt ein Ferkel in die Hände. Ein lebendes, wohlgemerkt. Dann fuhr er ab, und ich stand da auf der Pier mit dem kleinen Sauluder. Ich dann hoch, hab das Vieh erstmal in die Mannschaftsdusche gebracht und gut war's. Hatte ja kurz darauf Feierabend. Am nächsten Tag, der Boss wusste natürlich nix von dem Geschenk, der Alte auch nich, war die Verwirrung groß. Was macht man mit dem Ferkel?«

»Na schlachten und aufessen«, bemerkte der Second.

»Nee, haben wir natürlich nicht gemacht. Also in der Dusche konnte Wodka, so haben wir das Tier getauft, nicht bleiben. Die sah nämlich schon nach der halben Nacht aus wie ein Saustall. Wir haben dann 'ne schöne Box aus Holz gebaut. In Gangwaynähe. Als die fertig war, mit Einstreu und so, gab's erstmal ein Richtfest. Und Futter für den Kleinen hatten wir ja auch genug. Der wurde richtig zahm. Und immer, wenn wir von Land kamen, haben wir Wodka gerufen, und aus dem Koben hat es dann zurückgegrunzt.«

»Das ist blöd«, sagte der Boss, »da gewöhnt man sich ja an das Tier. Wer soll das dann später schlachten?«

Fedja nickte. »Leider erledigte sich das dann von allein. Wir hatten dem Schweinchen extra die Dampfleitung von der Werft durch seine Box gelegt, weil es ja so kalt war. Und da hatte Wodka wohl immer raufgepisst. Eines Morgens lag er tot da, abgebrüht vom Dampf. Der olle Russenschlauch muss wohl porös geworden sein. Und ihr glaubt's vielleicht nich, aber einige haben geheult. Armer Wodka. Gegessen haben wir ihn dann doch nicht. Der ging für Schnaps an 'nen Werftarbeiter weg.«

Traurig sah Fedja auf das Wasser. Kurze Zeit später hellte sich sein Blick wieder auf. »Unser E-Mix hat sich dort einen Ölradiator gekauft. Elektrokonvektor. Russische Bauart. Als der den sicherheitshalber mal aufschraubte, fiel er fast vom Glauben ab. Den hat er zwar gleich auf deutsche Norm gebracht, trotzdem konnte er sich dann zu Hause am Stromzähler die Haare fönen.«

Die Nachrichten, die der Funker am nächsten Tag aus der Heimat hörte, ließen Probleme ahnen. Große Probleme. Darum trafen sich der Polit, der Chief und er nach dem Abendessen beim Kapitän. Die Ungarn hatten ein Picknick veranstaltet. Ein sogenanntes

Paneuropäisches Picknick. Das hörte sich zunächst harmlos an, doch es wurde an der Grenze zu Österreich durchgeführt, die für drei Stunden offen stand.

Der Funker versuchte zu erklären, was er auf verschiedenen Kanälen in Erfahrung bringen konnte. »Natürlich wurde dieser Moment von unseren Urlaubern genutzt, um in den Westen abzuhauen.«

»Was heißt hier ›natürlich‹?« Bagemiel war erregt. »Hat da kein Grenzer von denen aufgepasst oder was?«

»Scheinbar nicht. Da sollen ganze Familien mit kleinen Kindern rüber gerannt sein.«

Der Polit saß schweigend da.

»Wohl zu hunderten«, fügte der Funker hinzu.

»Na, wenn das mal nicht übertrieben ist«, räumte Bagemiel ein, »wir kennen doch die Westjournaille. Die machen doch wieder Stimmung gegen uns.« Er zündete sich eine Zigarette an und schaute auf seinen Politoffizier. Der regte sich immer noch nicht.

»Und? Was sagst du dazu?«, bohrte Bagemiel.

»Ich kann's immer noch nicht fassen. Ich weiß nicht. was das soll?«

Man sah dem Polit sein Unverständnis über diese Situation an. »Und vor allem: warum? Was fehlt denen denn? Natürlich gibt's Engpässe in der Versorgung der Bevölkerung, natürlich ist unser Wohnungsbauprogramm …«

»Ach hör doch auf, das hilft ja jetzt auch nicht weiter. Ich hab nur Angst, dass die nicht überstürzt, sondern geplant geflohen sind. Und dass das viele weitere Leute anstachelt. Wie 'ne Lawine. Und dann knallt's.«

Später ging Bagemiel auf die Brücke, um mit dem Chief Mate die vergangene Stunde auszuwerten. Der Erste wusste auch keinen Rat, dafür machte er den Vorschlag, zur Ablenkung einen Skatabend schon am nächsten Tag durchzuführen.

Begeistert stimmte Bagemiel zu.

Am Nachmittag vor dem Turnier war man etwas schlauer. Voigt und der Polit verurteilten in einer eiligst anberaumten Parteiversammlung das Verhalten Ungarns. Auch wusste man zu berichten, dass *Radio Freies Europa* und andere Hetzsender, die bekanntlich von der CIA finanziert wurden, und auch die Flugblattaktionen bewiesen, dass die kollektiven Republikfluchten nicht zufällig erfolgt waren. Auch vom Hause Habsburg und vielen Fernsehteams war die Rede.

Nach dieser Versammlung sprach Bagemiel noch mal mit seinem Funker unter vier Augen. »Klar können unsere Leute hier an Bord die Nachrichten in ihren Radios empfangen. Aber ich möchte nicht, dass hier auch nur einer auf dumme Gedanken kommt. Und darum werden Sie in der Schiffspresse den ganzen Rummel darüber weglassen, falls da von Rostock überhaupt was Offizielles kommt.«

Pietsch wollte zunächst erwidern, dass das alles glaubwürdige Nachrichten seien. Aber als er in die Augen seines Gegenübers blickte, zog er es doch vor zu schweigen. Der klatschte anschließend in die Hände. »Auf geht's sprach der Fuchs zum Hasen und die Karten neu gemischt.«

Dann ging Bagemiel zum Telefon und rief die Oberstewardess an, damit sie die Preise für den Abend bereitstellte.

Der Besatzung wäre die Aktion in Ungarn niemals zu Ohren gekommen, wenn es nicht diese Parteiversammlung gegeben hätte. Dadurch erst wurde es zum Thema an Bord, denn auch die Nicht-Genossen erfuhren nun davon. Doch das Interesse ebbte schnell wieder ab. Auch dank des Skatabends, bei dem es hochher ging. Und bald kam der Suezkanal und damit eine der letzten Stationen der Reise.

Auch Jörg merkte, dass es Zeit wurde nach Hause zu kommen. Er führte seit einigen Tagen Selbstgespräche. Um sich auf andere Gedanken zu bringen, ging er, wie so oft, nach vorn auf die Back. Dort am Anker war er nicht zu sehen. Nur manchmal, wenn sich Pietsch oder Elvira hier herumtrieben, nahm er schnell seine Briefe und sein Schreibzeug und schlich sich zurück. Die anderen saßen vor dem Fernseher und guckten zum x-ten Mal die gleichen Videos. Dann schnappte Jörg seine schmutzige Wäsche und den Rekorder und ging nach achtern. Während nebenan die Waschmaschine lief, nutzte er den Sportraum für sich.

Die FRIEDLAND hatte gerade Ismailia passiert, als auf den Containern ein dritter, diesmal größerer Schatten zu erkennen war. »Sind das etwa unsere Frauen da oben?«, fragte Bagemiel den Polit, der sich mit seiner Kamera ebenfalls auf der Brücke befand. »Na hoffentlich haben die auch was an, sonst fallen die Alis noch vom

Kamel. Besonders bei Miss Hellerau.« Der Kapitän lachte sich halb kaputt über seinen eigenen Witz.

»Wer ist denn Miss Hellerau?«, wollte der Polit wissen.

Der Alte nahm noch ein belegtes Brötchen von der neuen Lotsenplatte, bevor der Käse durch die Hitze zu zerfließen drohte, biss hinein und antwortete mit vollem Mund. »Na, unser Fräulein Kraft.«

»Aber die kommt doch gar nicht aus Sachsen.«

»Wieso Sachsen?«

»Na, Hellerau liegt doch bei Dresden, wenn ich mich nicht irre. Oder fuhr die mal auf der Hellerau?«

Bagemiel grinste und kaute genüsslich weiter. »Soviel ich weiß nicht, denn das ist ja so'n Holzdampfer.«

Der Polit resignierte.

Bagemiel trank einen Schluck Kaffee. »Mensch Hellerau! Die ist Miss Schrankwand, Anbauwand, capito? ... Auf solche breiten Teile stehen die doch hier besonders.« Er lachte schallend durch die Brücke. Der ägyptische Lotse, der seit einigen Minuten rauchend in seiner Ecke saß, zuckte bei dem Lärm zusammen.

»Ich geh mal oben nachgucken.« Damit verschwand der Polit.

Die drei Frauen verstanden sich prima. Elvira zog es nach Hause. Nicht, dass es ihr langweilig gewesen wäre, aber sie hatte Heimweh und große Sehnsucht nach ihrem Sohn. Um hier mitfahren zu dürfen, war sie extra ein Jahr zuvor in den DFD eingetreten, hatte rechtzeitig das *Neue Deutschland* abonniert und sich ins Elternaktiv wählen lassen. Sie gab ehrlich zu, wenn es Pflicht gewesen wäre, kurze Haare zu tragen, hätte sie auch die abschneiden lassen. Sie verriet den Frauen sogar, dass ihr Uwe in nächster Zeit unbedingt Chief werden wollte, egal auf welchem Schiff.

Da Elvira vom Funker wusste, dass auch der plante, seine Frau mitzunehmen, gab sie ihm schon auf der gesamten Reise Tipps: nicht mit dem Kapitän verscherzen, auf die Nachbarn zu Hause achten, sich zurückhalten und nicht mit gekauften Dingen protzen.

Der Polit traf nicht nur die Frauen auf dem Peildeck. Auch Struppi und Jörg standen dort oben und fotografierten. Viel gab es ja nicht zu sehen. Und Neues schon gar nicht.

Aber der Polit war ein guter Redner und wusste viel über den Suez-Kanal zu berichten. Vor allem wie viele Schiffe im Jahr hier durchgingen und was das an Devisen einbrachte.

»So einen Kanal bei uns in der DDR, das wäre doch was«, sagte Struppi begeistert.

»Nee«, warf Jörg sofort ein, »dann wäre doch ein riesiger Stacheldrahtzaun drumherum. Das kannste doch vergessen.«

Kunkels Blick trübte sich, aber er blieb ruhig.

»Ihr fahrt zur See um zu arbeiten, nicht um an Land zu gehen!« Der Bootsmann, der auf der Pier stand, schüttelte den Kopf. Da gingen seine wachfreien Matrosen ausgelassen von Bord, während er mit grauer Farbe und einer langen Stielrolle die abgeschabten Stellen der Außenhaut ausbesserte. »Ja, macht nur. Haut ab, ihr Säcke!«, stichelte er.

Jörg kam sich wie ein Verräter vor.

»Quatsch«, beschwichtigte Fleischi gleich, »wenn wir ausm Tor sind, hat der dich doch schon längst vergessen.«

Larnaca. Noch zwei Wochen bis zu Hause. Noch mal richtig Urlaubsstimmung und Wein tanken. Am Strand angekommen, trennten sie sich. Struppi wollte baden gehen, und Fleischi zog mit Jörg los, um einzukaufen.

Mitten auf der Strandmeile, zwischen all den Läden mit Souvenirs, Badeutensilien, Obst und Krimskrams, saß ein alter Mann auf einem Stuhl und schnitt sich seelenruhig die Fußnägel. An einem Kiosk mit deutschen Zeitungen lasen sie die Überschriften: »... lange Menschenkette im Baltikum, für Unabhängigkeit von der Sowjetunion«, »Hunderte DDR-Flüchtlinge über ungarische Grenze nach Österreich«, »Deutsche Botschaft in Prag, in der sich mehr als hundert ausreisewillige DDR Bürger aufhalten, vorübergehend für den Publikumsverkehr geschlossen«. Auch die Botschaften in Budapest und Berlin waren davon längst betroffen.

Die beiden konnten es nicht fassen, kaufen wollten sie die Blätter allerdings nicht. Hinter ihnen standen westdeutsche Touristen, die fast aus allen Wolken fielen, als sie Fleischis Dialekt hörten.

»Seid ihr etwa nach Süde abgehaue oder schon im Urlaub hier? Ich dacht, ihr müscht erscht emal in ne Aufnahmelager?«, staunte ein junger Mann.

»Nee«, antwortete Jörg höflich, »wir sind hier vom FDGB.«

»Ist das so ein Verein, der da hilft, halt karitativ? So gemeinnützig?«

»Ach was, das ist unsere Gewerkschaft vom Betrieb. Wir machen hier Urlaub. Ganz normal.«

Fleischi und Jörg wurden umringt und von oben bis unten begutachtet. Da standen sie nun, wie die Exoten, braungebrannt in kurzen Stonewash-Hosen, Jesuslatschen und modischen T-Shirts mit Drachen und asiatischen Schriftzeichen.

»Und dann«, dichtete Fleischi weiter, »fahren wir wieder nach Hause, in die DDR.«

»Und das dürft ihr so ohne Weiteres bei euch?«

»Klar, geht so nach Leistung, wisst Ihr? Muss man aber schon gut sein.«

»Da seid ihr wohl in der Partei, dieser SED, gäh?«

»Ach, das muss man nicht. Sind wir auch nicht. Na dann macht's mal gut, vielleicht sehn wir uns ja mal in Ayia Napa ...«

Sie ließen die jungen Leute staunend stehen und gingen weiter. Irgendwie stolz, trotz der gelesenen Horrornachrichten.

»Diese Westler«, Fleischi amüsierte sich immer noch, »wir hätten das mal anders machen sollen, so auf die barmherzige Art. Könnt ihr uns nicht fünfzig D-Mark schenken, wir haben Hunger? So diese Schiene ...«

Jörg winkte ab.

»Vielleicht hätten die es sogar gemacht und sich dann besser gefühlt. Jetzt sind sie doch bestimmt enttäuscht.« Dennoch begann er zu grübeln. Diese Fotos in den Zeitungen. Da flohen die Leute scharenweise und sie bekamen davon an Bord nichts mit. Nicht eine richtige Nachricht. Dafür aber viele Gerüchte im Buschfunk. Hast du schon gehört, weißt du schon das Neueste ...?

Am späten Nachmittag trotteten die beiden zurück in Richtung Hafen. Bald gab es Essen und das wollten sie schon aus Kostengründen nicht verpassen, denn ihr Geld war so gut wie alle.

Mit vier Weinballons beladen, blieben sie vor einem Sanitärausstatter stehen. Teure Duschkabinen, Spülbecken und Armaturen glänzten verführerisch in der Abendsonne.

»Ich geh mal kurz rein«, sagte Fleischi und verschwand.

Durch die Schaufensterscheibe schaute Jörg zu, wie sein Kollege mit dem Inhaber sprach, dann seine Sandalen auszog und in eine große Eckbadewanne stieg.

In dem Moment hörte er Elviras Stimme hinter sich. »Na, was gibt's denn hier Schönes?«

Jörg drehte sich um. Da stand sie im kurzen Sommerkleid, mit einer großen Basttasche über der Schulter und strahlte ihn an. Und daneben, mit rotem Gesicht und eingecremter Nase, ihr Mann.

»Ach, nichts Besonderes, Wasserhähne und Klobecken und so.«

Plötzlich lachte sie laut auf. »Das gibt's doch nicht.« Sie zeigte auf die Scheibe. Nun sah auch der 1. Ing. seinen Maschinenassi in der Badewanne sitzen.

»Sag mal, spinnt der?«

Fleischi machte schnell, dass er aus der Wanne kam, bedankte sich beim Verkäufer und nahm noch ein paar Prospekte mit.

Voigt regte sich enorm auf, aber seine Frau beruhigte ihn. »Wieso, lass ihn doch.«

Gerade an der Tür, flitzte Fleischi zurück, um seine Sandalen zu holen. Dann kam er heraus.

»Herr Fleischmann, was sollte das denn eben?«

Fleischi grinste erst Elvira, dann seinen Technischen Offizier breit an. »Ich habe nur mal Probesitzen gemacht.«

»Und, wie war es?«, fragte sie.

»Ein tolles Gefühl«, seufzte Fleischi, »schade, dass man das nicht bei uns bekommt. Ich würde meine Oma für so 'ne Wanne eintauschen …«

Voigt reagierte aufgebracht. »Sie können sich die doch nicht leisten.«

Elvira drückte ihren Mann. »Da braucht man aber schon 'ne große Wohnung für. Wir mit unserem kleinen Bad, das würde gar nicht gehen.«

Sie schaute ihn mitfühlend an. »Ist dir immer noch schlecht, Uwe?«

Der schüttelte verärgert den Kopf.

Sie sah noch mal durch die Scheibe.

»Glaub mal nicht, dass sich hier die Leute alle sowas leisten können«, wurde sie ermahnt. Langsam zog Familie Voigt weiter. »Na dann bis später«, sprach sie gut gelaunt.

Die beiden jungen Männer grüßten zurück und hörten, wie Elvira ihren immer noch gereizten Mann fragte, ob auch solche teuren Stücke in den Containern wären.

»Kann sein«, sagte der, »aber nicht für Rostock.«

Fleischi packte seine Prospekte in einen Beutel, nahm seine beiden Weinballons und blickte den Voigts hinterher. »Sie können sich die Wanne doch sowieso nicht kaufen. Blablababababa. Aber träumen kann man ja mal davon.« Die beiden gingen langsam zum Schiff. »'ne scharfe Alte hat der Arsch.« Fleischi lachte laut auf. »Und, haste gesehen, wie beschissen dem das wieder ging? Der verträgt doch keine Sonne ... Mann o Mann, so 'ne klasse Alte, aber keine Fantasie.«

Die Luft war immer noch sehr warm. Vorsichtig schauten sie vor dem Überqueren der Straße nach beiden Seiten, denn der Linksverkehr war nach wie vor ungewohnt. Jörg setzte seine Ballons ab. »Der Voigt wohnt ja auch in 'ner Neubauwohnung. Da kann er sich das doch gar nicht mit deiner Wanne vorstellen.«

»Der mit seinem Arbeiterschließfach«, lästerte Fleischi, »ist stolz, dass er jetzt 'ne Einhebelmischbatterie zu Hause hat. Der sollte mal sehen, wenn wir unser Häuschen fertig haben, wie sein kleiner Assi wohnt.« Sie gingen weiter.

»Wenn die Frau wüsste, dass die paar Container, die für Rostock übrigbleiben, meist auch noch leer sind, würde die vom Glauben abfallen«, bemerkte Jörg.

Kurz vor Mitternacht trat Kapitän Bagemiel raus an die Gangway. »Na, Herr Strunz, alle von Land zurück?«

Struppi schaltete schnell sein kleines Radio aus und legte es in den Holzkasten, der an der Reling hing. Dann schüttelte er den Kopf und ging auf Bagemiel zu. »Der Keeper fehlt noch.«

Struppi hatte Stinkie schon längst gesehen, denn der stand hinter dem Landkran und pinkelte auf die Pier. Nach einer Weile kam er dann zum Schiff gewankt.

»Oh Mann, der hat ja drei-acht im Turm«, schimpfte Bagemiel. Er zündete sich eine Zigarette an und wartete, bis Stinkie an Bord war. »Na Herr Kampow, 'nen schönen Abend gehabt?«

Der Keeper stierte den Alten glasig an. In seinen Händen mauzte etwas.

»Was haben Sie denn da?«

»Dit is Clarence, der neue Bordkater«, sagte er stolz.

»Oh, wie niedlich, kann ich den mal halten?« Der Kapitän nahm vorsichtig die kleine Katze in Empfang. Dann ging er die halbe Gangway hinab und ließ Clarence auf die Pier plumpsen, wo sie schnell verschwand.

»Eh!«, brüllte Stinkie, »wat soll die Scheiße? Dit …«

»Ja, bitte?« Der Kapitän kam zurück und baute sich vor dem Keeper auf.

»Dit, dit macht man nich!«

»Gehen Sie mal schlafen. Gute Nacht.«

»Scheiße, eene Scheiße is dit hier. Allet Idioten! Scheiß Container!« Dann war Stinkie in den Aufbauten verschwunden.

In den nächsten Tagen wurde bei allen möglichen Beratungen die Führungsrolle der Partei der Arbeiterklasse betont. So auch auf der FDJ-Versammlung, in der die Jugendlichen des Schiffes gelangweilt den Worten des Politoffiziers lauschten. Oder auch nicht. Jörg schaltete vollkommen ab. Was soll dieses eingehämmer von Parolen und Phrasen, dachte er. Gehts nicht etwas normaler, etwas menschlicher? Er sah sich noch als kleinen Jungen, wie er voller Freude mit den anderen Kindern Mainelken aus Krepppapier bastelte und Friedenstauben für die Kundgebung an schmale Leisten nagelte oder Altpapier für Vietnam sammeln ging. Er malte Karten für Mikis Theodorakis, Angela Davis und Luis Corvalán und war stolz, als er endlich sein FDJ-Hemd bekam. Aber nicht wegen diesem ewig grinsenden Jahn oder dem späteren Krenz, sondern weil es erwachsener wirkte auf dem Schulhof. Darum wurde auch beim Fahnenappell im tiefsten Ton »Freundschaft!« gebrüllt. Und trotzdem trugen sie das blaue Hemd nie in der Öffentlichkeit, sondern knüllten es anschließend in die Tasche. Nach dem Schulabschluss nahm er es dann zum Moped putzen. Doch er hatte sich getäuscht: In der Lehre brauchte er wieder eins. Dieses Mal war es aus Polyester. Nur die Parolen blieben die gleichen. Blablabla.

Plötzlich fiel ihm auf, dass Struppi redete. » … wenn ich Bundi wäre, dann …«

»Was meinen Sie mit ›Bundi‹?« Der Polit stellte sich dumm.

»Na, dann eben Westdeutscher. Also ich würde mich in Kiel-Holtenau an die Schleuse stellen und immer kräftig ›Atze‹ oder ›Ede‹ rufen. Da gibt's auf jedem zweiten DSR-Dampfer bestimmt einen von, den man so nennt. Ha! Und dann würde ich sagen: ›Schönen Gruß von Rudi‹ oder so, ›das mit Hamburg geht klar!‹ Was meint ihr, was dann mit dem Ede oder dem Atze passieren würde? Genau das Gleiche wie mit dem Witt …«

Der Polit versuchte die Kurve zu bekommen, sprach von revolutionärer Wachsamkeit und Klassenkampf. Darum auch diese Strenge. »Und um nochmal auf die FDJ zurückzukommen, die ist doch keine Erfindung der DDR. Die gab es schließlich schon vorher.«

Nun waren alle ruhig.

»Wie vorher?« Jörg konnte es nicht glauben. Was redete der da? Für Jörg war das ein Verein, der schon immer in den Händen der Partei lag. »Die FDJ gab es schon vor dem Zweiten Weltkrieg. Habt ihr das nicht gewusst? Das waren Leute, die sich im Exil in Prag, in Paris oder in London organisiert hatten. Darunter viele Juden. Sie wurde nur später in der DDR neu gegründet.«

So doof ist der Pope gar nicht, dachte Jörg, Wissen hat er ja. Und die sozialistische Sache ist ja auch im Grunde genommen nicht verkehrt. Jedenfalls war sie mal ganz groß im Kommen. Da war Aufbruchstimmung. Die Leute haben freiwillig den Überseehafen gebaut, muss man sich mal vorstellen. Hatten noch Elan und Träume. Und was ist daraus geworden? Heute hat sie nur viele kleine und große Haken. Und Menschen wie Honecker, Mielke und Schnitzler. Und solche wie Dirty Harry, der immer auf Staatskosten mit einigen Dampfern mitfährt und hilft, die Gitterboxen mit den zu Hause begehrten Sekundärrohstoffen zu füllen. Oder Kämpfer der Partei wie unser Uwe Voigt. Und Mangelwirtschaft, unreelle Pläne und abgewirtschaftete Industrieanlagen. Sieht man doch schon, wenn man in den Überseehafen reinkommt. Alles grau, viele kleine Schuppen und unzufriedene Leute, kaputte Klos in den Kantinen, und überall steht irgendwelche Ladung herum. Auch auf einigen Schiffen sieht es nicht gut aus. Wenn wir nicht so improvisieren könnten und alles selbst reparieren würden, wären einige Dampfer nicht so flott. Not macht erfinderisch, sagt man. Not! Bei der einfachen Nachfrage, sei es wegen Ersatzteilen oder Materialien, heißt es vom Chief oder dem Kapitän: Wir sind hier nicht bei HAPAG. Natürlich war das seit Jahren nur eine Redewendung, aber längst war sie im täglichen Sprachgebrauch angekommen.

Jörg sah in Gedanken immer noch die Bilder aus den Zeitungen. Vor was liefen die weg? Vor Hunger, Krieg und Elend? Bestimmt nicht. Die hatten einfach die Schnauze voll, wollten jetzt leben, reisen und nicht extra heiraten müssen, um eventuell irgendwann eine

Wohnung zu bekommen. Viele natürlich auch wegen den vollen Geschäften im Westen. Ganz klar. Andere bestimmt aus Neugier, weil sie gehört hatten, das da alles besser sein soll. Und manche vielleicht, um zu studieren was sie wollten, ohne drei Jahre Armee, ohne diese ganzen Versammlungen.

Er hörte noch, wie der Pope feststellte, »dass die FDJ das aus der Politik der Partei entspringende Vertrauen zur Jugend stets mit konkreten Taten erwidern wird«, dann begann er wieder abzuschalten und diesmal an Anne zu denken ...

Auch an Bord gab es »sozialistische Wachsamkeit«. Als der Bäcker, wie immer drei Steaks für das »Brötchenbacken mit Kino« aus der Fleischlast holen wollte, hing an der Tür ein Zettel: »Fleisch ist Volkseigentum!!!«.

Der Bootsmann hatte gerade ein Geburtstagstelegramm für seine Frau aufgegeben und war noch dabei, ein dazu geeignetes Schmuckblatt auszusuchen, als Bagemiel in das Funkschapp hereinpolterte. »So Maestro, seid ihr hier fertig? Ich muss dann mal mit meiner Alten zu Hause telefonieren.«

Pietsch nickte, der Boss zeigte schnell auf das Braune mit der Rose und verschwand in die Brücke, während Bagemiel sich setzte, um zu warten.

»Guten Abend. Gibts bei euch noch 'n Käffchen?«

Die 4-8 Wache freute sich über den Gast und die Abwechslung. »Klar. Und wenn, unser Herr Reichelt macht noch welchen – oder?«, sagte der Chief Mate.

Eiche trabte los und holte Wasser. Der Boss schaute sich die Seekarte an. »Aha, Höhe Malta. Na, dann geht ja bald das große Sachenpacken los.« Er streckte sich und gähnte.

Der Chief Mate, der neben ihm am Kartentisch stand, notierte gerade »Kontrolle der Betriebsräume lt. Weisung SFA 5/85 i.O. ENO«, als es nebenan laut wurde. Der Kapitän brüllte. Die Männer auf der Brücke zogen die Köpfe ein. Hoffentlich nicht wieder was mit Politik. Doch dann waren die Worte »bescheuert« und »blöde Kuh« zu vernehmen. Kurze Zeit später knallte eine Tür, und Bagemiel tobte herein. »Muss man sich mal vorstellen! Diese dummen, ach was sag ich, diese bekloppten Nachbarsgören!«

Kapitän Bagemiel war ein großer Weinliebhaber. Zuerst machte er sich nicht viel aus dem Rebensaft. Doch als eines Tages ein holländischer Makler in seiner Kammer die Flasche Sake, die er von der japanischen Hafenbehörde geschenkt bekommen hatte, stehen sah, änderte sich alles. »Verkaufen Sie die?«, hatte der Mann damals gefragt. Als Bagemiel verneinte, klärte der Holländer ihn über den wahren Wert der Flasche auf. Seitdem sammelte der Alte verschiedene und vor allem erlesene Tropfen aus aller Welt. Und nun hatten die Kinder der Nachbarin, die zu Besuch waren, einen Teil der Sammlung entkorkt. Ausgerechnet mit seinem Wiener Gußeisenkorkenzieher! Den hatte er sich bei einem Trödler auf dem Vogelmarkt in Antwerpen gekauft und zu Hause an die Tischplatte verschraubt. »Kann ich mir so richtig vorstellen, diese Rabauken! Muss denen ja mächtig Spaß gemacht haben.«

Bagemiel guckte die Anderen an. Erst ernst, dann grinste er und zu guter Letzt lachte er so laut los. »Ach Scheiße«, er wischte sich die Tränen aus den Augen, »was für ein bekloppter Tag.« Damit spielte der Alte auf den defekten Kühlcontainer an, dessen Ladung die Besatzung – egal, ob Bäcker oder Nautiker – am Vormittag umstauen musste.

Jörg, Tatze und Buster waren immer noch dabei, Stück für Stück das Lukensüll zu konservieren. Eine Drecksarbeit. Aber wenigstens durch die darüberstehenden Container im Schatten gelegen. Der dritte Schlag Rostschutzfarbe wurde gemalt und gerollt, als der Bootsmann erschien. Da stand er nun, hielt den Kopf schief, trat einen Schritt zurück und begutachtete die Arbeit seiner Decksgang. »Also ich muss schon sagen … Also Genossen Bauern … So richtig toll macht ihr das. Wie heißt das doch gleich? Ach ja, jeder jeden Tag mit guter Bilanz.«

»Danke für die Gütekontrolle«, sagte Tatze.

Der Boss lachte. »Jungs, macht Feierabend!« Er nahm einen Rollenkasten mit zur Farbenlast. Dort wartete schon der Ede. Während die anderen nach und nach eintrudelten und die Pinsel und ihre Finger sauber machten, kamen auch Fedja und Struppi hinzu. Gemeinsam schleppten sie einen mächtigen Holzklotz aus der Last und stellten ihn auf. Der Kabel-Ede holte einen großen Moker und einen Nagel.

»Seid ihr soweit?«, fragte der Bootsmann, »na, dann kann es ja losgehen. Der Ede hat gestern verloren, also fängt er heute an.«

Der Ede nahm den großen Nagel und haute einmal drauf. Der steckte nun im Holzklotz. Dann gab er den Moker weiter an Buster, der auch einmal zu schlug. Wieder wechselte der schwere Hammer zum Nächsten.

»Was macht ihr denn da?« Der Polit kam von der Back und blieb stehen. Jörg drehte sich um. »Feierabendbier ausnageln.«

»Und wie funktioniert das?«

»Wenn der Letzte den Nagel richtig versenkt hat, muss der Vorletzte eine Runde Bier ausgeben«, erklärte Jörg.

Der Polit stemmte die Hände in die Hüften und sah neugierig zu. Nach einer Weile fragte er: »Kann man da mitmachen?«

Alle guckten ihn erstaunt an. Fedja reichte den Moker an den Boss weiter. Der schaute auf den Nagel, dann zum Polit. »Haben Sie denn schon Feierabend?«, sagte er voller Hohn, »Sie müssen heute doch bestimmt noch so richtig ran.«

Schadenfroh grinsten die anderen ihren Politoffizier an. Der verschwand fluchtartig.

»Das hat gesessen!«, freute sich Struppi. Doch Tatze wurde rot. »War'n bisschen hart – oder?«, bemerkte er.

»Ach was!«, erwiderte der Boss, »damit muss er leben. Unser Aktivist.« Er holte aus, »das war real …«, haute auf den Nagel und stöhnte dabei, »existierender … Sozialismus!« Dann blickte er in die Runde. »Wer ist als nächstes dran?« »

»Ich«, sagte Struppi und nahm den Moker.

»Na los! Meine Hand für mein Produkt!«

Was soll denn das jetzt? Eiche stand in der Nock und rumms! - machte der Alte das Außenschott der Brücke zu. Immer diese Geheimniskrämerei.

Bagemiel hatte sich das Gejammer des Politoffiziers angehört, machte sich eine Zigarette an und atmete tief durch. Dann platzte ihm der Kragen. »Das ist mir scheißegal! Der Bootsmann ist in Ordnung, auf den lass ich nichts kommen! Da muss ich jetzt mal ein gutes Wort einlegen.«

Der Polit krallte sich mit den Fingern an der Stuhllehne fest. »Das seh ich aber anders, Kapitän. Gutes Wort einlegen? Spielen wir jetzt Scrabble oder was? Hier geht es um unsere Sache und um unsere Autorität. Ich lass mich nicht vom Bootsmann vor der Mannschaft erniedrigen.«

»Quatsch Autorität! Das richtige Maß an Autorität erlangt man durch Toleranz und Taten. Es reicht mir schon mit dem Storekeeper, der weg ist.« Bagemiel ging näher an den Polit heran. »Und außerdem: Was soll das Gepetze? Wir sind hier auf See und nicht bei ›Wünsch dir was‹. Da ist Toleranz oberstes Gebot. Ihr müsst ja nicht zusammen Tischtennis spielen.«

»Ja, aber …«

»Nichts aber! Weißt du, was ich an der Seefahrt besonders schätze? Da sagst du heute: du alter Arsch! Und morgen ist das schon längst vergessen. So ist das! Sonst könnten wir ja jedes Mal ab Suez die Besatzungen auswechseln lassen.«

Er schaute kurz durch das Fernglas und legte es wieder zurück. »An Land ist das anders. Da geht jeder seiner Wege, wenn er aus dem Betriebstor kommt. Hat seine Familie, Nachbarn und Freunde. Aber hier läufst du den Leuten dauernd übern Weg.« Der Kapitän versuchte seinen Ton ins Versöhnliche zu bringen und sah den Polit in die Augen. »Also, sieh es sportlich. Und«, er hob seinen Zeigefinger, »erst recht nicht politisch. Ist das klar?« Dabei machte er die halbe Zigarette aus und gab damit zu verstehen, dass für ihn die Diskussion beendet war.

Sein Gegenüber nickte stumm und wollte gerade gehen, als Bagemiels Stimme laut durch die Brücke dröhnte. »Also gut, ich werde auch mit dem Bootsmann reden.«

Der Polit drehte sich um, schaute erst den Alten an, dann den Chief Mate, der im Kartenraum stand und wünschte noch eine gute Wache.

Der Dampf von heißem Wasser beschlug den Spiegel und es roch nach Shampoo. »Baden mit Badusan, Badusan, Badusan …!« Der Bootsmann schrubbte seinen Kopf und sang aus voller Kehle, als es plötzlich unüberhörbar an der Tür seiner Sanitärzelle klopfte. Er öffnete und guckte erstaunt. »Oh, Kapitän, suchen Sie mich?«

Dem schien der nackte Kollege wohl doch etwas peinlich zu sein. »Ja, mein starker Recke«, sagte er rasch mit verstellt hoher Stimme. Doch dann sprach Bagemiel wieder normal. »Komm mal nachher zu mir hoch.«

»Noch vor dem Abendbrot?«

»Ja. Geht ganz schnell.«

Kurze Zeit später betrat der Bootsmann mit nassen Haaren die Kammer des Kapitäns. »Was gibt's denn?«, fragte er scheinheilig, denn er konnte sich schon denken, was der Alte von ihm wollte.

»Setz dich.« Bagemiel goss Whisky in zwei Gläser. »Der Polit war bei mir«, sagte er und reichte ein Glas dem Bootsmann, der sich bedankte, »er ist der Meinung, du respektierst seinen Job nicht.«

Als der Boss den Mund aufmachte, winkte der Alte ab. »Lass mich mal ausreden. Ich weiß selber, was ich davon zu halten habe. Aber es geht hier um Autorität, Dienststellung und, nun ja«, er machte eine Pause und trank einen Schluck, »auch um die Stellung der Partei. Also benimm dich. Du bist doch alt genug!«

Verwundert sah der Bootsmann erst in sein Glas, dann in Bagemiels Gesicht. »Ach ja? Stellung der Partei? Dann soll er sich nicht den ganzen Tag aufschießen oder, was noch schlimmer ist, uns auf den Sack gehen.«

»Du weißt auch nicht, was du willst. Faulenzt er rum, wie du sagst, ist es nicht gut. Will er aber seinen Job machen, ist es auch nicht gut. Was willst du eigentlich?«

»Was ich will? Ich will meine Ruhe haben! Und nicht so'n dummes Gequatsche von einem Matrosen.«

»Na und? Was heißt hier ›Matrose‹? Ist das nun ein genetischer Defekt oder was?«

»Na dann eben Ex-Matrose, der keine Lust mehr hatte auf harte, ehrliche Arbeit.«

Bagemiel schüttelte den Kopf. »So geht das nicht. Versprich mir, dich zu bessern. Und vergiss eines nicht, und das bleibt jetzt hier in dieser Kammer stehen: Dumme sind gefährlich. Ich habe keine Lust, dich als Springer im Hafen zu sehen, ohne festes Schiff, ohne Sichtvermerk, ohne Valuta. Also?«

»Ich werds mir überlegen«, sagte der Boss deprimiert, »vielleicht sollte ich auf Abendschule gehen und einen Kurs für gutes Benehmen belegen.«

»Tu, was du nicht lassen kannst«, antwortete der Alte, ging an seinen Schreibtisch und öffnete sein Schubfach, »aber meinen Polit lässt du in Zukunft in Ruhe.« Dann nahm er ein Blatt Papier heraus. »Übrigens, ich hab hier was für dich. Kannst du mit nach Hause nehmen.«

Grinsend reichte er dem Bootsmann den Bogen.

Wie angewurzelt starrte der auf das Papier. »Antrag zur Verlängerung des Sichtvermerkes – nur in Druckschrift schreiben«, las er regungslos. »Was soll das denn?«

»Siehst du doch,« schmunzelte der Alte, »dein Visum läuft ab.«

»Was denn«, wunderte sich der Bootsmann, »schon wieder zehn Jahre rum?«

Die Stimmung war, trotz der noch kurzen Zeit an Bord, angespannt. Auch wegen der vielen, neuen Nachrichten, die einige versuchten, im Radio zu erwischen. Da kam es gerade recht, dass der Dritte, beim Lesen auf der Brücke, eine unerwartete Entdeckung machte. »Mensch, der Fleischmann wird morgen neunundzwanzig! Also in drei Stunden.« Sofort sprang Struppi zum Telefon, um seine Deckskollegen anzurufen.

Als er dann nach seinem Wachende rasch hinunter kam, standen schon einige vor Fleischis Kammerschott und warteten. Pluto lauschte: »Alles ruhig da drin.«

Mucksmäuschenstill schauten sie auf den Bootsmann, der penibel auf seine Uhr starrte und dabei den rechten Arm in die Höhe hielt. »Drei, zwei, eins«, flüsterte er. Punkt Mitternacht sauste seine Hand auf den Türdrücker, das Schott flog mit einem Knall auf, das Licht wurde angeschaltet, und die Meute strömte zum »Einreiten« in Fleischis Kammer. Erschrocken sprang der in seiner Koje hoch. »Happy Birthday To You …«, brüllten die Männer und machten es sich bequem. »Nanu? Noch nichts vorbereitet?«

Der Bäcker war enttäuscht. »Gib mal 'n Bier hoch.«

»Mann, die Kiste ist ja halbleer!« Sie bedienten sich selbst.

»Na komm schon, Fleischi, steh auf! Kannst auch mitfeiern, du alter Sack!«, rief der Boss, nahm Fleischis Sachen vom Stuhl und warf sie ihm in die Koje.

Verschlafen und etwas verstört zog der sich etwas über.

»Na, damit hast du nicht gerechnet, wa?« Struppi war sichtlich stolz über diese Fete. Alle stießen mit dem Geburtstagskind an. Kurze Zeit später kam auch der Dritte Nautiker dazu und gratulierte.

»Danke. Wollen Sie ein Bier?«

»Na klar. Ich hab ja Feierabend.«

Lange blieb jedoch keiner und richtige Stimmung wollte auch nicht aufkommen. Vielleicht lag es ja auch am knausrigen Gastgeber? Gegen ein Uhr hieß es schließlich: »Na dann, bis heute Abend.«

Die Smoketime am Nachmittag ging ihrem Ende entgegen. »Habt ihr schon gelesen? Die Puhdys sind auf Abschiedstour.«

»Wird auch Zeit«, sagte Jörg, »die haben doch sowieso nur geklaut.«

Pluto, als alter Fan, war sauer. »Wie: geklaut?«

»Na, hör dir doch nur *Melanie* an, ist doch wohl eindeutig Manfred Mann. Und *Alt wie ein Baum* ist von Queen und *Geh zu ihr* ist Slade.«

Fleischi lachte sich fast kaputt, weil sein Maschinenkollege immer ruhiger wurde. Sogar Buster fing an aufzuzählen. »Bei *Vineta* ist der Anfang von Alice Cooper und *Wenn ein Mensch lebt* sind die Bee Gees. Und überhaupt: alles Uriah Heep-Verschnitt.«

»Und Boney M. ist die Schwester von Bonnie Tyler!«. Verärgert stand Pluto auf, »ist doch scheißegal. Hauptsache was auf Deutsch.«

»Wo du gerade Bonnie Tyler erwähnst«, fügte Buster hinzu, »*Jugendliebe* von der, von der, na, sag mal schnell … von der Freudenberg, ist auch nur *It's a heartache*. Musste mal genau hinhören.«

»Na so'n Quatsch!« Pluto ging. Auch Fleischi nahm seinen Gehörschutzbügel und schlurfte wieder los. Dabei sang er laut und in feinstem sächsisch: »It's a Haarspray …«

Jörg lachte. »Die Schwester von Bonnie Tyler … klar, und Chris Doerk, die Schwester von Chris Wallasch …«

»Sag mal, Schmidti«, fragte der Ede beim Rausgehen, »es geht mir zwar nüscht an, aber kaufst du für Stinkie Zigaretten?«

»Wieso fragst du?«

»Naja«, flüsterte der Ede und schaute Jörg direkt in die Augen, »pass bloß up, dass du deine Kohle noch vor Rostock siehst. Es kann sonst sein, du siehst sie überhaupt nicht. Glaub mir, ich weiß wovon ich rede.«

Jörg nickte. Das hat mir gerade noch gefehlt, dachte er. Soeben wollte er neue Farbe holen, als der Bootsmann erschien. »Mach das mal morgen weiter. Ich hab für heute 'nen Spezialauftrag für euch.« Er grinste den Kabel-Ede an. »Alles klar.«

Achtern warteten schon Tatze und auch Fedja. Der Eisbär kam dazu und erklärte, dass jetzt der Chief und Voigt mit Fleischi im MKR Kaffee trinken. »Also los!« Die Männer schleppten eine der Achterleinen hinunter auf das Hauptdeck, um sie von dort durch Fleischis Fenster zu ziehen. Das war zwar nicht neu bei der Seefahrt, hatte aber meistens den erwünschten Effekt. In der Kammer stand schon eine Aluwanne mit Kombüsenabfällen und auch alte ölgetränkte Putzlappen muffelten vor sich hin. Darüber wurde nun fein säuberlich die lange Festmacherleine gestaut. Schnell verschwanden die Männer wieder. Nur Jörg war noch dabei, Fleischis Fenster von innen fest zu verriegeln, als er Schritte hörte. Es war der Keeper. Der freute sich. »Da wird olle Fleischi aba doof kieken. Dit kricht der nich alleene weg. Dit macht mindestens, min-des-tens zwee Kisten extra.«

Sofort nutzte Jörg den Moment, um nach dem Geld für die Kippen zu fragen. »Jib ick dir umjehend in Rostock. Ehrenwort. Hab doch hier an Bord nich so ville Bares. Vastehste? Krichste aber denn …«

Jörg überlegte. Dann ging er zur Oberstewardess. »Sag mal, hat Fleischi schon Getränke geholt?«

Daggi schüttelte den Kopf. Bei der Gelegenheit klärte er auch gleich das mit der Transitrechnung. »Fünf Stangen Club. Macht glatte sechzig Mark.«

»Okay, die setz ich bei Stinkie rauf«, sagte Daggi entschlossen, »ist gar kein Problem.«

Als es Feierabend wurde, warteten alle achtern auf das Geburtstagskind. »Na gut, dass ich nicht extra aufgestanden bin heute Nacht«, sagte Bolle, »dieser Fleischmann wird sich nie ändern. Den möchte ich zu Hause nicht als Nachbarn haben.«

»Pluto«, rief der Eisbär ungeduldig, »guck mal, wo der Fleischige bleibt! Ich hab Durst.«

Pluto flitzte los.

Nun kamen auch Voigt und der Zweite Techniker dazu. »Was ist los? Noch kein Bier hier?«

»Wir warten auf Fleischmann.«

Pluto kam zurück.

»Und was ist? Kommt der nun oder was?« Der Eisbär wurde langsam lustlos.

»Der duscht«, antwortete Pluto.

»Wie, der duscht?«

Bolle lachte auf, »das Geburtstagskind pflegt seinen Körper.«

Der Boss sah enttäuscht in die Runde. »Also wenn ihr mich fragt, hier passiert nix mehr vor dem Essen.«

Bolle erhob sich. »Na, das wars ja wohl mit dem kurzen Bierchen. Der Kerl ist so geizig, wenn du bei dem zu Hause zum Kaffee kommst, musste das Wasser selbst mitbringen.« Verärgert ging er wieder zurück in die Kombüse. »Bis später!«

Auch die anderen verließen nach und nach die Manöverstation.

Beim Abendbrot prostete Fedja mit einer leeren Teetasse Fleischi zu. »Auf dein Wohl, du edler Spender!«

Stinkie legte gleich nach: »Los Leute, futtert mehr Curryjulasch, da kricht man dolle Durst von.« Verstohlen schauten die anderen öfter zu Fleischi rüber. Aber der ließ sich nicht aus der Ruhe bringen und schenkte all dem Gespött keine Beachtung. Als er mit dem Essen fertig war, stand er auf, sagte sein »Guten Abend« und verließ die Mannschaftsmesse.

Kurz darauf erschien Eiche, der von Tatze abgelöst worden war, legte sich wegen der Arbeitssachen einen Schonbezug auf den Stuhl und setzte sich. »Na, wird nachher noch gefeiert?«

»Keine Ahnung. Bei dem sieht man doch nicht durch.«

»Willst du dich etwa in seine Bude setzen?«, fragte Jörg, »weißt du, wie es da stinkt?«

Als sie später aus der Messe kamen, standen die beiden Aluminiumwannen vor Fleischis Kammer. Immer noch gefüllt mit den Abfällen aus Kombüse und Maschinenraum. »Komm«, sagte Pluto zu Jörg, »dann gehen wir eben zu mir.«

Es dauerte nicht lange, da war Bagemiels Stimme draußen auf dem Gang zu hören. »Was ist das hier für eine verdammte Sauerei?«, brüllte er. »Das sieht ja hier aus, wie in der polnischen Botschaft!« Dann flog nebenan das Schott auf, und der Alte machte Fleischi für den Dreck verantwortlich. Worte wie »scheißegal«, »Fulbrass« und »aufklaren, aber schnell« waren zu hören.

Etwa zehn Minuten später klopfte es bei Pluto. Es war Fleischi mit einer Flasche Wodka in der Hand. »Könnt ihr mal mit anfassen? Ich gebe auch einen aus«, sagte er kleinlaut.

Kurz darauf waren viele Hände dabei, wieder Ordnung zu schaffen. Der Kammerbesitzer kam – trotz der Flasche des Kapitäns – nicht umhin, noch vier Kisten Bier zu spendieren. Stinkie wollte eigentlich Zypernwein, aber den hatte Fleischi gleich nach Larnaca bei Daggi in der Last deponiert.

Die Decksgang, aber auch die Wirtschaft und einige von der Maschine feierten achtern bis spät in die Nacht. Zuerst war Fleischi noch bockig. Als er jedoch sah, wie schnell das Bier wegging, schlug auch er zu. Da müsse ich wohl auf der nächsten Reise mehr Kohle nebenbei verdienen, dachte er. Wenn nur der Pope nicht immer im Fotolabor dazwischenfunken würde.

Gibraltar kam in Sicht. Schon von weitem sah man den hohen Felsen über dem Wasser. Elvira Voigt besuchte die Brücke, um durch das Fernglas zu schauen. Dabei erwies sich Kapitän Bagemiel als guter Reiseführer. »Das Ding nennt man auch Upper Rock. Der ist aus Kalkstein. Den haben die Limeys aber schon mächtig ausgehöhlt.«

»Was denn für Leimis?« Elvira guckte etwas verdutzt.

»Na die Briten. Die sitzen doch hier. Und auf dem Felsen sitzen die Affen.«

»Ja, davon habe ich schon gehört.«

»Wir fahren dieses mal schön dicht vorbei. Und die Sicht ist ja auch gut. Ich war mal vor Jahren da an Land. Sonst bunkern wir auf der gegenüberliegenden Seite in Ceuta. War schon spannend.«

Bagemiel drehte sich zum Second um. »Wussten Sie eigentlich, dass die da keinen Linksverkehr haben? Hab mich gewundert.«

Der Zweite schüttelte den Kopf. »Nee, wusste ich nicht. Aber dafür gab es in Schweden bis 1967 Linksverkehr.«

Oben auf dem Peildeck legte Daggi ihre Decke aus. Als Elvira sie sah, bedankte sie sich beim Kapitän und ging ein Deck höher. »Ach ja«, seufzte sie, »das werd ich wohl erst wieder sehen, wenn ich Rentnerin bin.«

»Ach was«, wurde sie getröstet, »du fährst doch bestimmt in ein paar Jahren wieder mit.«

Daggi hatte neben der Sonnencreme, Cola und einem Buch auch ihren Fotoapparat und ein Fernglas mitgenommen. Beide schauten abwechselnd hindurch. Als sie einen rumänischen Frachter überholten, schien Elvira plötzlich laut zu denken. »Also, wenn ich Rumänin wär und würde zur See fahren, ich würde nie und nimmer wieder zurückkehren. Da wär ich weg. Das kannste wissen.«

Daggi sagte lieber nichts dazu. Schnell versuchte Elvira sich zu rechtfertigen. »Wir waren mal von der Bahn dort unten. Du kannst dir nicht vorstellen, wie die da hausen. Alles ziemlich ärmlich. Wir waren in Bukarest, wegen so 'ner Diesellok, der hundertneunzehn. Totaler Mist. Die gingen laufend kaputt. *Karpatenschreck* nannten wir die. Und U-Boot.« Sie lachte. »Und dann gab's ja noch die Taigatrommel. Die war aber aus der Sowjetunion.«

Als Elvira merkte, dass sich Daggi nicht für technisches Zeug interessierte, begann sie das Thema zu wechseln und Daggis Rücken einzucremen. »Ein Glück, dass noch Sommer ist, wenn wir nach Hause kommen. Dann fällt es nicht so schwer mit dem Absteigen.«

»Noch knapp 'ne Woche«, versicherte Daggi und drehte sich um. »Kannst ja mal mit dem Packen anfangen.«

»Hab ich teilweise schon. Und alles frisch gewaschen und gebügelt … Ach, ich freu mich auf zu Hause. Vor allem auf unsern Sohn.«

Auf dem Hauptgang ertönte laut Musik. Jörg blieb stehen. Das war doch Jethro Tull! Wer hörte hier denn so 'ne gute Band? Vor Busters Kammerschott blieb er stehen. Das kam von Buster? Von dem Schlafsack? Jörg klopfte kurz. Buster bekam gar nicht mit, dass Jörg eintrat. Total vertieft saß er auf seiner Backskiste und las in einem dicken Buch. Jörg klopfte nun laut an den Spind. Sein Gegenüber zuckte zusammen und drehte die Musik leiser. »Na Buster. Wie gehts?«

Oh, Mann, was quatsch ich da eigentlich, dachte Jörg, denn bisher hatten sich die beiden so gut wie nichts zu sagen. Und Jörg hatte auch keine Lust dazu. Ihm war das auf Dauer zu viel, reden und kaum eine Antwort zu erhalten. Doch nun? Nun war er verlegen. Buster legte den Roman beiseite. »Willste'n Bier?«

»Klar«, entgegnete Jörg erleichtert. Er schaute sich um. In dieser Kammer war er auf dieser Reise noch nie. Viel hatte ihr Bewohner nicht verändert. An der Wand hing ein Foto, auf dem eine blonde Frau mit einem kleinen Mädchen zu sehen war. Wusste gar nicht, dass der ein Kind hat. Überhaupt 'ne Frau. Jörg wunderte sich.

Während Buster die Flaschen öffnete, fragte der wie beiläufig: »Was gibt's?«

»Du hörst Jethro Tull?« Jörg setze sich auf einen Stuhl.

»Wieso nicht? Denkst du, ich hör Schlager oder was?«

»Nee, nee. Nur ich bin totaler Fan von denen. Was hast'n alles da?«

Buster machte einen kleinen Koffer auf. »Hier, guck mal selbst. Prost.«

»Ja, Prost.« Jörg wollte seinen Augen nicht trauen. Der Koffer war voller Kassetten. Alle fein säuberlich in Druckbuchstaben beschriftet. Genesis, Yes, Pink Floyd, Kate Bush. Sogar King Crimson und Frank Zappa. »Zappa? Mann, das gibt's doch nicht! Damit habe ich letzte Reise die Leute an Bord genervt.«

»Genervt?«, fragte Buster, der immer noch den Augenkontakt vermied.

»Na, ich hatte Tonbänder von zu Hause mit und hab die im Bordfunk abgespielt. Fast alle haben ihre Boxen abgedreht. Komischerweise fand das nur der Chief Mate gut. Na ja, der hört ja auch Jazz.« Jörg stöberte weiter. Zappa, Led Zeppelin, Eric Clapton, wieder Zappa, Jimi Hendrix. Hendrix auch? Wahnsinn! »Sag mal, kann ich mir da mal was von überspielen?«

»Haste denn ein Überspielkabel?«

»Nee, mein Rekorder hat zwei Fächer. Sogar für schnelles Überspielen. High Speed Dubbing.«

»Gut, such dir was raus.«

Irgendwie kam sich Jörg jetzt doof vor. Sitzt da, trinkst Bier und bettelst nach Musik. »Ich hab bestimmt auch noch was für dich dabei. Kennst du Marillion?«

»Nee, nicht so richtig,« entgegnete Buster, »zwei, drei Titel vielleicht.«

»Bring ich dir vorbei. Ich hab da mehrere Platten überspielt.« Jörg war erleichtert. Und er schämte sich. Buster war gar nicht so. Ja, wie eigentlich? So beknackt? Hm, Jörg überlegte. Da werde ich mir auf der nächsten Reise aber 'ne Menge Leerkassetten kaufen müssen. Oh Mann, ich halt's nicht aus. Peter Gabriel, Neil Young, Toto, Gentle Giant! Am liebsten hätte er das Bier und den Koffer gleich mit auf seine Kammer genommen. Aber das ging nicht. So was macht man nicht.

»Was lieste denn da?« Jörg versuchte seine Beklemmung loszuwerden.

»Och«, Buster nahm das Buch kurz in die Hand, »Stefan Heym. Hab ich aus Prag. Gab's dort im deutschen Buchladen. Kriegste ja nicht bei uns, obwohl das aus der DDR ist.«

Jörg staunte. *Kreuzfahrer von heute*. Tolles Buch. »Das kenn ich unter *Der bittere Lorbeer*. Habe ich mir mal in Havelberg auf dem Pferdemarkt rangetschinscht oder besser gesagt geleistet. War ziemlich teuer der Spaß.« Das von den Manne Krug-Schallplatten damals sag ich ihm lieber nicht, dachte Jörg. Der braucht ja nicht gleich alles zu wissen. Er trank sein Bier aus und zog mit zehn Kassetten los in seine Kammer. Dort holte er seine neu gekauften Kassetten hervor, machte die Folien ab und wollte gerade mit dem Überspielen beginnen, als es klopfte. Pluto und Fleischi traten ein.

»Sag mal, wo warst du?«, wollte Pluto wissen. »Wir haben dich überall gesucht.«

»Dreimal dürft ihr raten«, grinste Jörg.

»Sag nicht, du warst bei Liese«, entgegnete Fleischi.

»Nee, Mensch.«

»Bei der scharfen Voigt?«, legte Fleischi nach.

»Quatsch, kommt ihr ja doch nicht drauf.«

Pluto sah die vollen Kassetten. »Ach, du warst bei Buster.«

Jörg staunte. »Woher kennst denn du die Dinger?«, und zeigte auf den Tisch.

»Na hör mal, der ist schließlich mein Kammernachbar.«

»Ja? Wusstest du denn auch, dass der 'ne Frau und ein Kind hat?«

»Ach was. Meinst du etwa die auf dem Bild?«

»Ja.«

»Hat er das gesagt?«

»Nein.«

»Na also. Das ist nämlich seine Schwester.«

»Aus dem werd ich trotzdem nicht schlau«, sagte Jörg, »guckt *Kessel Buntes* und hört so'n gutes Zeug.«

»Warum denn nicht?«

»Na hör mal, entweder Jimi Hendrix oder Regina Thoss. Entweder oder.«

Pluto lachte. »Bei dem ist eben Woodstock und Oberhofer Bauernmarkt. Lass den doch.«

Fleischi hatte plötzlich eine von Jörgs Kinderkassetten in den Händen. »Was hörst du denn hier?« Er lachte laut auf. »Regt sich über den Stummen auf und hört Pittiplatsch! Ist auch nich besser.«

»Du hast ja keine Ahnung. Die sind von meinen Neffen. Haben sie mir zu Hause heimlich untergejubelt.«

Wenn du wüsstest, Fleischi, dachte Jörg und legte die erste Kassette ein. Durch die neue Technik kam er mit dem Überspielen zügig voran. Fleischi hielt eine der TDK-Kassetten hoch. »Dafür zahlen die zu Hause 30 bis 35 Mark. Wahnsinn.« Er wollte sich eine Zigarette anzünden. Dann fiel ihm ein, dass bei Jörg Rauchverbot herrschte. »Was kostet denn so'ne Neunzigerr?«, wollte er nun wissen. »Bestimmt doch nur ein Dollar.«

Jörg und Pluto nickten.

Nachdem die beiden späten Gäste endlich gegangen waren, nahm Jörg die alten Kassetten, zählte sie durch und sortierte aus. Sechzehn Stück waren kaum noch zu gebrauchen. Alte von ORWO, auf denen Anne vor Jahren mit einem Füller geschrieben hatte. Längst waren die Aufnahmen von Lindenberg und Ufo zu dumpf. Außerdem durch Bandsalat zerknittert. Okay, kann weg. Er hielt den »Traumzauberbaum« von Lakomy in der Hand. Plötzlich wurde er sentimental. In seinem Kopf hörte er die Lieder, die seine Neffen immer und immer wieder mitgesungen hatten. »Guten Morgen, guten Morgen, die Nacht ist verronnen …« und die warme Stimme des Baumes. »Nee«, sagte er laut, »so was schmeißt man nicht weg!« Reinhard Lakomy, das war richtig durchkomponiertes Zeug. Das konnte man auch noch als Erwachsener hören. Schließlich war Lacky mal bei Klaus Lenz Jazzpianist gewesen. Alles Jahre her. Was wohl aus dem Lenz geworden ist? Seit über zehn Jahren weg, in den Westen. Nie wieder was von gehört. Jörg erinnerte sich noch an das große Plakat, auf dem die Musiker in freiem Oberkörper standen. Nur die Ufholz hatte was an. Aber da machte Lakomy schon längst andere Sachen. Nach einigem Hin und her hatte Jörg endlich zehn alte Kassetten rausgesucht. »So«, sagte er, schraubte das Bulleye auf und warf die alten Bänder in hohen Bogen in den Atlantik. »Macht's gut.« Dann schraubte er das Fenster wieder zu. »Vierzig Kassetten ausgeführt.« Er legte die gerade neu beschrifteten Westkassetten zu den anderen in das Schubfach. »Und vierzig Kassetten eingeführt.« Zufrieden ging er sich waschen.

In der gleichen Nacht schlich Fleischi in den Maschinenraum. Er hatte ebenfalls Kassetten in Singapur gekauft. Es war nicht einfach, die zehn Zehnerboxen so zu verstecken, dass sie nicht durch Wärme oder andere Einflüsse beschädigt wurden. Als er zurück in den Gang kam, lief ihm Liese in Unterwäsche über den Weg. Die anderen Sachen trug sie in der Hand.

»Nanu?«, sagte sie erschrocken, »wo kommst du denn her?«

»Ich hatte 'ne Störung in der Maschine. Scheiß Bereitschaft.« Er sah sie von oben nach unten an. »Und du?«

»Ich war noch mal baden. Gute Nacht.« Damit verschwand sie in ihre Kammer.

Erst beim Zähneputzen fiel Fleischi ein, dass Liese weder ein Badehandtuch noch nasse Haare hatte. »Dieses Luder. Also doch.« Er grinste in den Spiegel.

Die nächsten Tage waren ausgefüllt mit Aufklaren und dem Vorbereiten auf die Hafenliegezeit in Rostock. Die Decksgang stapelte schon das Leergut in den Lasten, die Miezen bündelten die letzten schmutzigen Handtücher, Tischdecken und die Bettwäsche, Bolle machte Bestellungen, Pluto und Fleischi schrubbten im Keller Flurplatten, und der Polit schrieb und schrieb. Doch er war nicht der Einzige. Überall hörte man nun das Klappern der Schreibmaschinen. Von Jahr zu Jahr wurde immer mehr aufs Papier gebracht. Aber ob das auch alles jemals gelesen wurde?

Auf der Brücke amüsierte sich Fedja über diesen Eifer.

»Als wir den Schuss der Aurora hörten, da wussten wir … Oh Mann, dieses Gesülze. Anstatt wie fast jede andere Nation zur See zu fahren, geht's hier zu wie im Kreml. Der arme Kaptain.«

Sein Wachoffizier lächelte. »Da kann man nichts machen. Wer schreibt, der bleibt. Haben wir zwar nie so auf der IHS gelernt, aber wenn man's nicht macht, gibt es Ärger.«

Auch der Zweite Nautiker grübelte seit einiger Zeit ständig mit dem Kuli in der Hand und über einem Notizbuch gebeugt. Dabei fiel ihm auf, dass die Anspannung in der Besatzung zugenommen hatte. Und laufend wurde über Kollegen gelästert. Selbst Elvira Voigt bekam das mit. »Ich dachte immer, das gibt es nur in Frauenbetrieben. So ein Getratsche. Aber was hier auch so für Probleme herrschen … Kein Wunder bei dem Stress. Immer dieses Uhrenstellen, die Überstunden, wenig Schlaf und dann diese Hitze. Na und die Klimaanlage. Und das Geschaukel. Da muss man ja mit der Zeit nervös werden. Also ich kann das schon verstehen. Und wenn man dann noch Heimweh bekommt oder vielleicht niemanden zu Hause hat, na ich weiß ja nicht.«

Fedja nagte an seiner Unterlippe. Bei ihren letzten Worten fühlte er sich nicht wohl, auch wenn er wusste, dass sie nichts von seinen Attacken ahnte.

Der Zweite schenkte noch einmal Kaffee nach und schaute auf die Karte. Nicht mehr lange und die französische Küste würde auf dem Radar erscheinen. Wer es bis dahin nicht in seinem Bereich geschafft hat, wird nicht mehr dazu kommen. Es sei denn, er verzichtet auf die Koje oder ist Politoffizier. Elvira setzte sich und sah aus dem Brückenfenster. In der Ferne regnete es. Blaue dunkle Streifen hingen schräg in der Luft. Von hier oben sahen die Wellen viel kleiner aus.

»Was war denn das Beste an der Reise?«, wollte der Zweite von ihr wissen.

Sie überlegte einen Augenblick. »Die Delfine und die kleinen Flitzer, diese fliegenden Fische. Dann fand ich Singapur toll, auch wenn es wie im Treibhaus war. Dafür hat es aber auch so geduftet. All die Pflanzen. Wunderschön. Hongkong ist genauso Klasse, auch wenn die mich dort nicht an Land gelassen haben. Den Ocean Park hätte ich schon gern gesehen. Na, und Bolles asiatischer Abend, Bordkino und die Sonnenuntergänge.« Eine Weile schaute sie verträumt in die Ferne.

Mit seiner Kaffeetasse in der Hand betrachtete der Zweite stumm ihr Profil. »Neulich hab ich nachts an der Reling gestanden«, fuhr sie fort und lachte. »Was heißt neulich? Also vor vielleicht zwei, drei Wochen. Da hat das im Wasser plötzlich geleuchtet. Haben Sie das auch schon mal gesehen?«

»Klar, sogar sehr oft. Das kommt von den Algen. Dafür gibt es sogar einen Ausdruck: Meeresleuchten oder auch Biolumineszenz.«

»Ich wär da am liebsten reingesprungen. Das hatte so was Magisches.«

Plötzlich polterte Bagemiel herein. »Na, gibt's hier noch 'ne heeße Pfütze?« Er ging an die Kaffeemaschine, goss sich den Rest in eine Tasse und schlurfte hinüber auf die Backbordseite. Erst jetzt sah er Elvira auf dem Stuhl. »Oh, wir haben Frauenbesuch. Nein, bleiben Sie sitzen, bleiben Sie sitzen.« Schnell stellte er seine Tasse ab. »Ich hab doch drei Jahre gesessen.« Lachend knöpfte der Alte sein Khakihemd zu. »War'n Scherz.«

Das Telefon klingelte. Aus dem MKR meldete sich der Chief. »So, könnt ihr eintragen: von acht bis fünfzehn Uhr Verbrennung von Ölschlamm und zehn Kilo Festmüll in SAVA-Anlage. Na, dann noch gute Reise.«

Eiche hatte am Ruder voll zu tun, denn die Schelde war wie eine zickige alte Dame, alle paar Kabel änderte sie ihre Meinung. Aber nicht nur Eiche war im Stress. Kurz nach dem holländischen Vlissingen, nachdem Daggi neuen Kaffee für den Lotsen auf die Brücke gebracht hatte und dabei vom Kapitän an Ronningers Geschenk erinnert wurde, brach in der Kombüse Panik aus. Zusammen mit Bolle suchte sie überall nach Bagemiels Blumenzwiebeln.

»Sag mal Tommy, hast du den roten Karton gesehen, der unten im Regal stand?« Bolle war am Verzweifeln.

»War das so ein kleiner? Der ist doch schon lange weg.« Der Bäcker verstand die Aufregung nicht. »Wieso, was ist denn damit?«

»Mann, da waren die Früh- oder Spätblüher vom Alten drin. Wo sind die denn jetzt geblieben?«

»Ach, das waren Blumenzwiebeln?« Tommy, der Bäcker, war etwas irritiert. »Die sind doch schon am ersten Grillabend für die Marinade draufgegangen.« Er wurde rot und Bolle wütend.

»Na das erklär mal dem Alten selbst.«

Kaum war die FRIEDLAND fest, rannte der Bäcker auch schon in das nächste Dorf. Bloß gut, dass es keine Zwiebeln von Narzissen waren. Möglicherweise hätten das dann alle zu spüren bekommen. Nach zwei Stunden kam er abgehetzt zurück, ging in das Ladebüro, nahm den Klammeraffen, tackerte zufrieden eine Papiertüte zu und gab sie der Oberstewardess mit der Bemerkung, dass da kein Licht ran dürfe. Der Inhalt blieb sein Geheimnis, und was da wachsen würde, war das Problem von Bagemiel und Ronninger.

Am Nachmittag hielt ein Kleinbus vor dem Schiff und nahm die Landgänger auf, die die Gelegenheit nutzten, um in das Zentrum von Antwerpen zu kommen. Andere gingen rüber nach Starbroek. Der dortige Supermarkt hatte immer etwas parat, was es zu Hause nicht gab. Vor allem Joghurt in den verschiedenen Geschmacksrichtungen, Konserven mit Südfrüchten oder Kleinkram. Jörg hatte sich hier schon öfter große Kaffeepötte, Weichspüler oder Gewürze gekauft und Liese eine fast komplette Geburtstagsausstattung mit bunten Partykerzen, langen Strohhalmen, Servietten, Papptellern, Girlanden und dem ganzen anderen Kitsch, den sie mal in einem Ami-Film gesehen hatte. Natürlich wurde davon nach der Fete kaum etwas ausrangiert, sondern für das nächste Mal aufgehoben. Wie auch das gute Bleilametta zu Weihnachten, das wenigstens schwer nach unten hing.

Während sich einige Kollegen in der Dorfkneipe das Trappistenbier schmecken ließen, wurden derweile die Container zügig gelöscht. Der größte Teil der restlichen Ladung war jedoch für Rotterdam bestimmt, und es sollte noch am gleichen Tag, wenn auch in der Nacht, ausgelaufen werden.

Das Telefon an der Gangway klingelte und Jörg verließ seinen Platz. Der Kapitän rief an und fragte zum wiederholten Male nach den Landgängern. »Nein«, antwortete Jörg, »der Bus ist immer noch nicht zurück.«

Es war schon längst Landgangsende und spätestens in einer Stunde würde die FRIEDLAND seeklar sein. Struppi war an Luke drei dabei, die restlichen Twistlocks einzusammeln. Nur an Luke zwei wurde noch gelöscht. Langsam ging Jörg nach achtern und nahm schon die Rattenbleche von den Leinen, als er den lang erwarteten Bus auf das Schiff zu fahren sah.

Kaum angekommen, rannte der Polit die Gangway hoch und erkundigte sich nach dem Ersten Ingenieur und dessen Frau.

»Nee, die sind noch nicht an Bord. Warum? Waren die nicht mit in der Stadt?«

Jörg bekam keine Antwort, denn der Pope lief gleich in die Aufbauten. Während der Rest der Seeleute nach und nach ausstieg und nach oben kam, war bei Bagemiel Alarmzustand. Er ließ den Vertreter der Agentur Sogemar allein in der Kapitänskammer zurück und ging mit dem Polit zum Funker nebenan.

»Meinst du, der Voigt würde nicht flüchten, wenn er doch schon sein Weib bei sich hat?« Der Alte war außer sich.

»Das glaube ich nicht«, entgegnete der Polit.

»Pah, Glauben. Weißt du's – oder glaubst du's?«

»Niemals! Für den leg ich meine Hand ins Feuer. Da muss irgendwas passiert sein.«

Bagemiel sah seinen Politoffizier abfällig an. »Na, da verbrenn dich mal nicht, Genosse! Da gab's schon ganz andere. Ich sag nur: Schleuse Holtenau.«

Der Funker mischte sich ein. »Was insinuieren Sie damit?«

»Nun, das kann ich Ihnen sagen.« Der Alte schnaufte. »Der wird Torschlusspanik bekommen haben. Oder sie. Oder beide. Hätten die's nämlich geplant, hätte seine Alte sich doch nicht noch Klamotten gekauft und die dann an Bord gelassen. Wir können ja nachher mal nachgucken.«

»Sie hatten kein Gepäck dabei, das wär mir aufgefallen.« Der Polit schluckte schwer.

»Mann, Mann, Mann!« Bagemiel fuhr sich über die Stirn. »Aber wer weiß? Vielleicht kommen nachher noch die Behörden und holen ihre Siebensachen ab?«

»Wenn es sich doch herausstellen sollte, dass sie wirklich unser Land verraten haben, möchte ich mich hier ganz ausdrücklich vom schmählichen Verhalten des Genossen Voigt distanzieren«, ergänzte der Funker.

»Ja, ja«, der Kapitän schaute auf seine Uhr. »So, ich muss wieder weitermachen. Bitte sofort den Chief informieren und, falls es was Neues gibt, mir sofort Bescheid sagen.« Dieser Arsch, dachte er, was machen wir nun mit den ganzen Bestellungen bei der Schiffsversorgung? Na, da soll sich der Chief drum kümmern!

Schnell sprach sich an Bord herum, dass die Voigts nicht zum vereinbarten Treffpunkt zurückgekommen waren. Pluto, der mit dabei war, als der Bus gewartet hatte, erzählte Jörg von dem Abend.

»Der Bus hielt am Bahnhof. Und wir sind dann nach allen Seiten ausgeströmt. War ja auch tolles Wetter. Der Erste Ing. und seine Frau wollten, glaub ich, gleich nebenan in den Zoo. Na ja. Auf alle Fälle standen wir vor der Rückfahrt ewig rum und haben gewartet. Den Popen hättest du mal sehen sollen.«

Fleischi kam zur Gangway. »Die sind garantiert weg«, freute er sich. »Ein Doofer weniger. War sowieso nicht mein Fall.«

Jörg schaute in Richtung Hafentor, wo immer noch reger LKW-Verkehr herrschte. »Noch sind wir hier. Und wenn sie nach Rotterdam nachkommen? Ist doch nicht weit.« Dann sah er zu Fleischi rüber, der überaus zufrieden wirkte. »Außerdem hätten die ja auch in Hamburg abhauen können.«

»Quatsch, die sind weg. Darauf kannst du einen lassen.«

Auch Tatze und Stinkie kamen zur Gangway. »Na, sind sie schon da?«

Pluto schüttelte den Kopf.

»Was hältst du denn davon?«, wollte Tatze von Jörg wissen. Der ließ sich mit der Antwort Zeit. Zu viele Gedanken schwirrten in seinem Kopf herum. Verräter? Wie im Krieg ein Deserteur, der die Seite wechselte? Wo fängt der Wille nach einem schöneren Leben und der Verrat an der gemeinsamen Sache an? Und wer konnte schon darüber richten? Obendrein kannte er den Voigt kaum. Da hatten doch Pluto und Fleischi mehr mit ihm zu schaffen. »Muss jeder mit sich selbst abmachen. Die sind doch alt genug.«

Stinkie amüsierte sich. »Dieser olle Sack. Erst macht er eenen uff Jenosse und denn jeht die Kanaille stiften. Keen Verlust, wa.«

»Stimmt«, gab Pluto ihm Recht, »der hat noch groß beim Parteilehrjahr agitiert. Wollte, dass ich Propagandist werde. Gerade ich. Und jetzt?«

»Ich hab mal einen Barkeeper zum Drink eingeladen«, bemerkte Jörg, »der trank aber nur Bier. Und da hat der, weil ich's nicht verstand, folgendes zu mir gesagt: Der Wurm muss dem Fisch schmecken und nicht dem Angler. Verstehst du, Pluto? Der Voigt war eben ein guter Verkäufer. Außerdem kennst du das doch wohl noch vom Stabü-Unterricht aus der Schulzeit, da wurde auch nur auswendig gelernt. Ob ich da die Diktatur des Proletariats oder den Erlkönig runtergeleiert hätte … Auswendig lernen muss ja nicht meine Einstellung gewesen sein, sondern Wissen …«

»Der hätte doch wenigstens 'ne Absteigerkiste ausgeben können«, lästerte Fleischi.

»Seht ihr, daran hab ich noch gar nicht gedacht. Seine ganzen Rechnungen! Ich muss mal gleich Daggi fragen«, erwiderte Tatze und verschwand.

»Schade um seine Stute.« Fleischi warf seine Kippe auf die Pier. »Die hatte so einen süßen Arsch.«

Die Hafenarbeiter waren von Bord und Jörg und Struppi nahmen das Gangwaynetz hoch. Gleich würde der Lotse kommen, dann ging es weiter. Weiter ohne zwei Personen.

Der Polit lief immer noch ruhelos an der Gangway auf und ab. Jörg beobachtete ihn, wie er an den Fingernägeln kaute. Die kommen nicht wieder, da brauchst du gar nicht mehr zu warten, dachte er. »An Bord«, die Spalte im Landgangsbuch, würde leer bleiben. Na wenigstens war es einer von den Offizieren. Da werden sie jetzt genug zu diskutieren haben und sich gegenseitig verhören. Wer hat die Voigts zuletzt gesehen und so. Er hatte das schon einmal bei einem neuen Kollegen in Hamburg durchgemacht. Kaum war der an Land, war er auch schon über alle Berge.

Und ich dachte, die Elvira kann ohne ihren Sohn nicht leben? Jörg ging die ganze Sache nicht aus dem Kopf. So kann man sich täuschen. Aber nie mehr nach Hause kommen? Das war unvorstellbar. Nie mehr oder zumindest für Jahre nicht mehr die Eltern sehen? Die Freunde und Bekannten? Den See, wo man aufgewachsen war, und die alte Straße mit den Laternen, auch wenn im Winter dort die Mülltonnen stanken? Es war doch Heimat, dort kannte er jedes Haus. Natürlich verführten die bunten Sachen im Westen, das übervolle Angebot. Schon allein die Schallplatten. Und bei manchen auch die Autos. Aber alles im Stich lassen?

Der Polit verschwand, und Jörg kam auf andere Gedanken.

Das Fahrzeug mit dem Lotsen kam. Noch ehe er an Bord war, traf noch ein zweites Auto ein – Familie Voigt eilte die Gangway hinauf. Elviras Make-up war verschmiert. Struppi brachte den Lotsen auf die Brücke und aus den Lautsprechern ertönte Bagemiels »Klar vorn und achtern«.

Es stellte sich heraus, dass der Erste Ing. mit seiner Frau heimlich nach Brüssel gefahren war. Dort hatte Elvira kurz vor der Rückfahrt ihr Portemonnaie in einem Cafè liegen lassen. Lange hatten sie gesucht, um das kleine Lokal wieder zu finden. Die Geldbörse war noch da, aber der Zug war weg. In Antwerpen angekommen dann das nächste Problem: Bus weg und kein Geld mehr für ein Taxi. Dann ein langer Fußmarsch und endlich ein netter Autofahrer, der die beiden zum Schiff fuhr.

Alle waren froh. Besonders der Alte, der schon zusätzlichen Schreibkram auf sich zukommen sah. Natürlich würde die Sache ein Nachspiel haben. Und wahrscheinlich strengte sich der Erste Ing. nun noch mehr an, den guten Genossen raushängen zu lassen.

Nur Fleischi ärgerte sich, und das nicht nur wegen Voigt als Person: Insgeheim hatte er doch schon ein Auge auf dessen Overall und der darin befindlichen japanischen Taschenlampe geworfen.

Die kommenden Stunden vergingen nun für einige an Bord wie Minuten. Ablegen, Zandvlietschleuse, Schelde und dann weiter nach Rotterdam. Die wenige freie Zeit ging gewöhnlich für die Koje drauf.

Jörg öffnete vor dem Schlafengehen endlich Annes Brief, abgestempelt vom 30. August. Neben Nachrichten über DDR-Flüchtlinge und Botschaftsbesetzungen gab es auch Erfreuliches: Zu Hause würde ihn eine Überraschung erwarten. »Nein«, schrieb sie, »kein Nachwuchs. Das schon mal zu Deiner Beruhigung.«

Rotterdam, der größte Hafen Europas. Hier verließen wieder die meisten Blechkisten das Schiff. Und einige Besatzungsmitglieder, die noch Devisen zur Verfügung hatten, nutzten noch mal die

Gelegenheit und fuhren mit dem Linienbus durch ein für Landgänger langweiliges Gewerbe- und Hafengebiet. Das Ziel hieß Zuidplein, ein Einkaufszentrum, zwar außerhalb des Stadtzentrums, dafür mit vielen Geschäften unter einem Dach. Fleischis letzte Chance, seine Pläne in die Tat umzusetzen, denn auf einen Landgang in Hamburg vertraute er lieber nicht. Also noch schnell fünf T-Shirts mit großer Jean Pascale-Aufschrift gekauft, die daheim eine größere Summe einbringen dürften.

Natürlich sprach er nicht darüber. Dafür fragte er Pluto und Jörg, was sie wohl als erstes zu Hause machen würden. »Schön Eis essen vielleicht«, sagte Jörg, »oder 'nen riesigen Goldbroiler.«

»Und du, Pluto?«

»Na, meinen Sohn begrüßen.«

»Wisst ihr, was ich mache?«, grinste Fleischi schelmisch. Jörg und Pluto sahen sich wissend an. »Ja, alles klar.«

»Und wisst ihr, was ich danach mache?«

»Na? Vielleicht 'n Bier trinken?«

»Nee. Danach noch mal auf die Mutti.«

»Angeber.«

»Und wisst ihr, was ich anschließend mache?«

»Bestimmt noch mal ...?«

»Nee, wieder falsch. Dann nehm ich meinen Seesack von der Schulter.«

Der Elbelotse Herr Hansen, der die FRIEDLAND langsam Richtung Hamburg brachte, war ein großer schlanker Mann mit grauem Haar und sehr gesprächig. Zu viel hatte sich in der letzten Zeit ereignet. Viel zu viel innerdeutsche Themen, über die man reden konnte. Ab und zu sah man in der Dunkelheit das Glimmen seiner Pfeife, aus der sich ein süßlicher Duft in der Brücke verbreitete. Tatze stand am Ruder und konnte manchmal im Schein der Armaturen Bagemiels Gesicht erkennen. Was sollte der Kapitän machen? Sollte er sagen: ja genau so ist es, Sie haben vollkommen recht? Oder: klar, der Honecker muss weg? Er hätte es gewiss auch getan, aber da waren noch einige Leute und vor allem Ohren mehr auf der Brücke. Wie bei einer Talk-Show im Fernsehen, wo man sich dem Gesprächspartner zuneigt und meint, er könne doch ruhig Vertrautes ausplaudern, es bliebe ja schließlich unter uns.

Der Kapitän versuchte immer wieder die Themen zu wechseln. Vergebens. Der Lotse blieb beim kaputten Sozialismus und den Brüdern und Schwestern aus dem Osten, denen man nun helfen müsse. Es würden ja immer mehr.

Bagemiel tat Tatze irgendwie leid. Der muss sich ja schon so dermaßen einsam fühlen. Kam er an Bord in irgendeine Kammer, verstummten die Gespräche, ebbten die Feten ab. Es war bestimmt nicht einfach für ihn.

Langsam merkte der Lotse, dass hier nichts zu holen war, und seine Stimmung schlug um. Plötzlich regte er sich über den Kaffee auf, von dem er zwar die zweite Tasse trank, aber bei dem man schon merkte, was Krise ist.

»Kein Aroma, dieses Fegsel. Typisch.«

Bagemiel griff sich stumm eine Taschenlampe, ging zum Regal, das neben dem Kühlschrank hing und holte die Kaffeetüte. Dann stellte er sie vor dem Lotsen ab. Knips! Da stand die Packung im Lichtkegel. Gold grün leuchtete die »Krönung« in der Dunkelheit. Mürrisch trat Herr Hansen hinaus in die Nock und knallte das Schott hinter sich zu.

Bagemiel fing an zu lachen. »Ja, ja. Im Westen ist alles besser. Sogar die Dummen sind dümmer.«

Später, als sie am Burchardkai lagen, ging alles ganz schnell. Kaum machte der Funker auf, um das restliche Handgeld auszuzahlen, bildete sich auch schon eine Schlange von frisch gewaschenen Seeleuten vor seinem Schapp. Jörg beglich seine Schulden von Singapur an Pluto und Fedja und verzichtete auf den Landgang. Von Waltershof war es schon ein Stück bis in das Zentrum von Hamburg. Darum waren einige froh, dass wieder ein kleiner Bus zur Verfügung stand. Tatze, Pluto und Daggi, der Polit, der Funker und Frau Voigt, aber auch Buster, Stinkie und Bagemiel fuhren mit zum Johanniswall. Pluto flitzte gleich los in Richtung Bergstraße, zur Lieblingsdrogerie der Seeleute. Als er später mit Pampers zurück an Bord kam, schüttelte Fleischi nur den Kopf. »So ein Idiot. Der denkt, sein Söhnchen merkt den Unterschied beim … Mensch! Das ist doch total Wurst, wo der reinkackt. Na ja, wer's hat.«

Buster brachte sich die neue LP von Elton John mit und Stinkie eine gute Bohrmaschine.

Nur Fedja war dem Kaufrausch nicht verfallen. Er sparte schon seit einigen Reisen. Doch manchmal, wenn er an Land war, lebte er richtig auf, ging Essen oder ins Kino oder er nahm sich ein Taxi, um sich Sehenswürdigkeiten anzuschauen. Als er Stinkies Bohrmaschine sah, lachte er los. »Ich war mal vor Jahren mit meinem alten Brotschiff in Brunsbüttel. Und wie wir da so durch das kleine Nest gehen und die Schaufenster bestaunen, sagt doch mein Kumpel Josef ganz laut: ›Eh, guckt mal, 'ne fetzige Bohrmaschine!‹ Unser ergrauter Bootsmann, Hardy hieß der, hat ihn dann gleich angepfiffen, hier doch nicht so rumzublöken. Muss doch schließlich nicht jeder mitbekommen, woher wir kommen! Naja, wir dann rein in den Laden, die waren da auch ganz nett. Und dann fragte der Bootsmann, ganz gepflegt, ganz Mann von Welt, nach dem Preis der sich im Fenster befindlichen Bohrmaschine. Der Verkäufer schaute kurz nach und meinte, hundertzwanzig Mark oder so, spielt auch keine Rolle jetzt. Und Hardy? Was macht Hardy? Der fragt ganz erstaunt: ›West?‹«

Als Bolle am Abend den Fernseher in der Mannschaftsmesse anschaltete, hatte er keinen Empfang. Erst nach langem Suchen bemerkte er: Das Antennenkabel war herausgezogen worden.

»Dieser Scheiß Pope«, fluchte er, »der denkt wohl, wir sind 'n bisschen blöd oder was. Jungejungejunge, zu Hause guck ich doch auch Westen. Also, was soll der Mist?«

Endlich flimmerte das Bild und er konnte Fußball gucken.

»Kacke! Die Iren führen schon eins-null!« Bolle haute sich, noch in Arbeitshosen, auf die Backskiste und fingerte, dabei gebannt auf den Fernseher starrend, an seinen Zigaretten. Der Bäcker kam mit zwei Hafenbräu dazu und feuerte Beckenbauers Mannschaft an.

»Ööööh, Heulsuse Möller wieder. Los zu Littbarski, Mensch!«

»Der Buchwald … naja, geht ja um nichts.«

Endlich fiel der Ausgleich, und beide stießen an.

»Prost Bolle! Auf Deutschland und auf zu Hause.«

Den Leuten von der HHLA interessierte ihre eigene Mannschaft kaum, denn sie kannten keine Gnade: Container um Container verließ das Schiff. Als nur noch einige, wenige an Bord waren, hörten sie auf. Der Bootsmann, der an den Luken herumrannte, amüsierte sich. »Da werden sich aber die Genossen zu Hause freuen. Der Rest der guten Ladung ist sicher für unseren tollen Republikgeburtstag gedacht.«

Kurz darauf klingelte es, die Manöverstationen wurden besetzt und die Leinen eingeholt.

Jörg schaute in die Dunkelheit, wo die Lichter der Häuser vorbei zogen. Ganz dicht und zum Greifen nahe. Und ab und zu ein blaues Schild, das den Namen des jeweiligen Ortes verriet. Hier, im Nord-Ostsee-Kanal, fuhr man ruhig, wie auf einer Dorfstraße dahin. Es war schon irgendwie verrückt. Da reisten seine Landsleute bis nach Ungarn, um dort in waghalsigen Aktionen über die Grenze zu kommen und er brauchte hier bloß runterzuspringen. Ach was! Er konnte ja schon in Hamburg trocken und mit Gepäck in den Westen gehen. Aber für welchen Preis? Und was war schlimmer? Keinesfalls dort hinzukommen, wo man noch nie im Leben war oder nie mehr zurückzukehren in die Heimat, nach Hause? Fernweh oder Heimweh?

Er begann mit dem Papierkram. Zuerst schnell den Antrag auf Fahrpreisermäßigung für die Arbeiterrückfahrkarte ausfüllen. Die kostete wie immer 4,80 Mark für die achtundachtzig Kilometer. Aber dieses Mal würde ihn bestimmt sein Vater mit dem Auto abholen. Ging ja auch nicht anders, mit den vielen Kartons. Trotzdem brauchte er den Schein für später. »So. Und nun den blöden Zollantrag: aufgenommenes Handgeld, Reise vom 15.06. bis 07.09. 1989 und die Anschrift«, Jörg kaute am Kugelschreiber, »ich habe außerhalb der Deutschen Demokratischen Republik folgende Waren erworben … Laufende Nummer: eins, Anzahl Mengeneinheit: eins, Handelsübliche Bezeichnung der Ware: Kassettendeck, Beschaffenheit der Ware: Plaste, Gewicht in Gramm: wird durchgestrichen, dafür Wert in VM. Tja, was schreib ich da für'n Wert? … Fünfundachtzig? Fehlen dann noch die beiden Boxen, der Plattenspieler und der Verstärker.«

Gut, dass Fedja und Pluto mitspielten. Die hatten den Rest. Jörg sah in Gedanken das Gesicht des Zöllners wie der bei Fedja las: ein *Equalizer*. Bestimmt hatte der noch nie davon gehört. Aber das Wort *Tuner* dürfte der kennen.

»Okay, was hab ich noch? Sojasauce, Rasierklingen, Zahnpasta, Shampoo, Postkarten. Und Wein. Und Glasnudeln und Gewürze. Beschaffenheit der Glasnudeln? Man müsste einfach mal Glas schreiben. Sich mal so richtig doof stellen. Ach nee, lieber nicht.«

Es war prima Wetter, als sich die FRIEDLAND der Mole von Warnemünde näherte. Bagemiel hielt die alte Tradition aufrecht und ließ alle Flaggen der angefahrenen Länder hissen. Gut, dass Fleischi nicht auf die Idee gekommen war, eine zu klauen.

Der Strand war voller Leute, und viele badeten. Stinkie kam mit Helm und einem grauen Bündel unterm Arm auf die Back. »Ick helf euch mal hier, denn jeht dit fixer wa.«

Die Decksgang hatte gute Laune. Am nächsten Tag würde die Ablösung kommen. Der Dritte machte eine Flasche Sekt und Stinkie sein Bündel auf. Während auf der Mole die Urlauber leicht bekleidet winkten, stand Stinkie plötzlich in seiner grauen Wattejacke am Schanzkleid und grüßte zurück. Wäre die Helmpflicht nicht gewesen, sicher hätte er eine Pudel- oder Pelzmütze getragen.

»Jaaa, jetz kiekt ihr wa? Dit is aba ooch kalt hier.« Die Männer tranken jeder einen Schluck und stellten ihre Gläser wieder auf den mit einer weißen Tischdecke bespannten Poller. Alle waren merkwürdig ruhig. Endlich wieder zu Hause.

Die Zöllner im Überseehafen mochten es wohl mollig warm, denn nur der Maschinenraum wurde kontrolliert. Sie hielten sich nicht lange auf, waren dafür aber gründlich. Eine Stange Club, drei Packungen Kassetten und einige Westzeitungen wurden gefunden und eingezogen. Doch das war am darauffolgenden Tag längst vergessen.

Nach und nach leerte sich das Schiff. Daggi trabte durch den Hafen, um ihren Bonsaibaum anzumelden. Da er mit Erde in einem Topf war, brauchte sie dafür eine Bescheinigung von der Veterinärstelle. Vielleicht hätten ja kleine Tierchen eingeschleppt werden können.

Derweil brachten Pluto und Fedja »ihre« Kartons sicher durch das Hafentor zum Parkplatz, wo der Trabbi der Familie Schmidt wartete. Einer der beiden hätte mit seinem Gepäck noch neben Jörg Platz gehabt, aber sie nahmen anschließend lieber die S-Bahn. Pluto fuhr in freudiger Erwartung nach Hause. Fedja und Fleischi blieben noch einen Tag in Rostock. »Haus Sonne« rief.

Dieser Urlaub war anders als all die anderen. Er war nicht nur kürzer, das war vorher angesagt worden, sondern viel aufregender. Überall, ob nun in den Geschäften, in der Kneipe oder den Medien war die Rede von den Vorgängen in Ungarn, der ČSSR oder Polen. Das ließ niemanden aus, auch wenn der eine oder andere abwiegelte. Und es fiel auf, es wurde nicht mehr hinter vorgehaltener Hand darüber gesprochen.

Jörg schaute aus dem Fenster. Der alte Mann von Gegenüber putzte seinen Skoda. Weißgrauer Schaum lief von der Motorhaube auf das alte Kopfsteinpflaster, sammelte sich zu einer Pfütze und verschwand dann langsam im Gully. Indessen dachte Jörg an einige Bekannte, wie sie, angestachelt durch die Nachrichten, alles stehen und liegengelassen hatten und überstürzt losfuhren. Auf und davon. Aber alles aufgeben? Die Freunde, das vorherige Leben und die vertraute Umgebung? Und das alles mit einem Koffer und einem Campingbeutel, wie er es seit Tagen im Fernsehn sah? Gerade jetzt, wo die beiden nur darauf warteten, dass die alten Leute ausziehen würden. Nur noch drei, vier Wochen, dann hätten sie endlich ihre eigene Zweiraumwohnung.

Das Pfeifen des Wasserkessels riss ihn aus seinen Gedanken. Gleich würde Anne von der Arbeit kommen. Ihr Rad hatte er immer noch nicht repariert. Es war kein Flickzeug zu bekommen. Vielleicht nächste Woche, sagte die Frau im Fahrradladen. Aber morgen geht's nach Berlin. Da gibt's dann auch das. Wäre doch gelacht. Jörg brühte Kaffee auf und blätterte in einem alten Hausaufgabenheft. Er hatte so gut wie nie ein Tagebuch geführt, doch in der letzten Zeit waren Dinge passiert, die er unbedingt notieren musste. Einfach so. Für sich.

Am 12.09. stand da: Gestern sind tausende DDR Bürger über Ungarn/Österreich in den Westen geflohen.

Und einen Tag später: 18:30 Uhr vor den Schankstuben.Im Informationsheft steht, dass bis 22:00 Uhr geöffnet sei. Aber es ist bloß bis 18:00 Uhr auf. Woanders will ich nichts essen, denn es gibt nur hier Pommes Frites so billig und schnell mit Steak. (Salzkartoffeln, Kotelett und Spiegeleier gibt es überall). Ein älteres Ehepaar stand neben mir vor der Gaststätte. Die Frau sagte: »Da arbeitet man das ganze Jahr und freut sich auf den Urlaub – und dann steht man hier …«

Vati verkauft Blumen und freut sich über jede Mark. Anne besorgt Fliesen fürs Bad. Am Montag bekommen wir sie vielleicht.

14.09. Großes Glück gehabt. Jana hatte Pflaumenmus für uns (3 Gläser), Leute regten sich auf bzw. fragten, wo es den gibt. Zweiter Anlauf zum Essen. Wieder zu spät, Küchenschluss bereits 17 Uhr. Schuhe in der PGH abgegeben, es geht schnell, nur eine

Woche. Es sind weiße Schuhe – ich werde wieder braune Hacken angeklebt bekommen.

15.09. Bisher sind 13.674 Leute über Ungarn in den letzten Tagen ausgereist. Harry Tisch (FDGB-Chef) im Interview in der BRD: »Nein, Perestroika machen wir nicht. Dieses ist ein russisches Wort.« Komisch, warum verstehen wir plötzlich nichts mehr? Und wozu machen wir Subbotnik? Habe heute Bananen gekauft. Ich stand nur 10 Minuten, als ich dran war, brauchte ich nichts zu sagen, denn es wurde zugeteilt. Die Verkäuferin sagte, sie hätte mich im Fernsehn gesehen (bei den Leuten in Ungarn). Da habe ich wohl 'nen Doppelgänger. SPD-Delegation wurde von DDR ausgeladen. Scharfe Kritik bei Kirchentag in Eisenach. In der Grillbar mit 'nem Typen vom DTSB ein herzliches und offenes Gespräch zum Thema Massenflucht geführt. Er sagte, wenn bei mir ein Kollege kündigt, denke ich ›okay, er hat keine Meinung mehr‹. Kündigen aber vier, fünf Leute, so fange ich an, bei mir nach Fehlern zu suchen.

Wieder 500 Menschen weg.

Während Jörg im Heft blätterte und las: Gruppe Yatra im Buschklub – war total fetzig, mit Norbert Jäger.

02. Oktober Etwa 10.000 Demonstranten in Leipzig, rund 26.000 Flüchtlinge bisher über Ungarn. Im Kino gewesen (»die Verlobte«), war im Treppenhaus, Annes Schlüsselbund zu hören.

Nach dem Kaffee beeilten sich beide, denn Anne hatte gehört, im Möbelhaus sei Ware angekommen. Also ging es mit der Straßenbahn raus ins Neubaugebiet. Tatsächlich fanden sie ein Esszimmer aus Rumänien, im Westernstil gehalten, dunkelbraun, mit Lamellentüren und Metallbeschlägen, vor dem sie lange stehenblieben.

»Ganz schön teuer«, sagte Anne.

»Gefällt's dir?«, fragte Jörg.

Sie nickte.

»Mir auch. Also los, das Ding kaufen wir jetzt«, sagte Jörg.

»Kaufen können Sie«, erwiderte der überraschte Verkäufer, »aber die Lieferung erfolgt erst in einigen Wochen. Sie bekommen dann Bescheid.«

»Auch gut«, freute sich Anne, »mal sehen, wer eher da ist – du oder Ceausescus Bonanza-Möbel.«

Zufrieden fuhren sie zurück.

»Na wenigstens etwas haben wir gefunden. Und so schön zeitlos.« Anne war immer noch ganz aufgeregt. An der nächsten Haltestelle wurde es eng in der Bahn. Ein älteres Ehepaar stieg zu und die beiden standen auf. Auch zahlreiche russische Soldaten zwängten sich in den Wagen. Sofort erfüllte ein Gemisch aus Schweiß, Machorka, Rosenöl, Knoblauch und Leder die Luft. Schweigend standen die jungen Männer dicht beieinander. Einige sahen verstohlen zu Anne herüber. Wie jung sie doch waren. Manche hatten rote Wangen vom Rasieren, obwohl da noch nichts wuchs. Ob von denen überhaupt jemand bezahlt, dachte Jörg. Zwanzig Pfennig für eine Fahrt war ja nicht viel. Aber für die Soldaten?

Mit dem Trabbi der Eltern ging es endlich nach Berlin. Anne hatte in der *Wochenpost* eine Annonce gefunden, in der Jalousien angeboten wurden. Am Abend zuvor schaute Jörg nochmal im alten Stadtplan nach. Er befürchtete überall Umleitungen, schließlich war in drei Tagen der große Republikgeburtstag. 40 Jahre DDR – die Megashow. Und da seine Fahrpraxis noch nicht großstadterprobt war, parkte er vorsichtshalber auf der Schönhauser Allee. Die restlichen Meter zur Pappelallee ging es zu Fuß weiter. Vielleicht konnten sie ja im Laden bestellen, denn vorrätig und genau in den Maßen, die Anne zu Hause notiert hatte, würden die Jalousien sowieso nicht sein.

Sie erreichten einen grünen Platz mit hohen Bäumen, als sie eine Menge sahen, die aufgeregt vor einer Kirche hin und her liefen. Eine große helle Stofflosung hing über dem Eingang. WACHET UND BETET. MAHNWACHE UND FÜRBITTE FÜR DIE ZU UNRECHT INHAFTIERTEN war darauf zu lesen.

»Was ist denn 'ne Fürbitte?«, wollte Anne wissen.

»Keine Ahnung«, stammelte Jörg, der sich nach allen Seiten umsah, »ich denk, die machen so was nur Montags?«

Anne schien das alles mächtig zu interessieren.

»Komm, lass uns da mal hingehen.«

Aber Jörg, der nichts von Kirche und Religion hielt, wollte nicht. Und dann stand da plötzlich ein Kamerateam am Eingang. Irgendwelche Reporter aus dem Westen.

»Du, ich will hier nicht gefilmt werden.« Jörg drehte sich weg und zog an Annes Hand. Da sahen beide die große Fotolinse, die aus einem Türspalt auf sie gerichtet wurde. Und das waren keine Westreporter.

»Hey, was soll das? Was machen Sie da?«, rief Anne.

Und nun erst fiel ihnen auf, dass sie umgeben waren von Zeitungslesern, PKWs mit Insassen, einigen Uniformierten und Bauarbeitern in nagelneuer Kleidung, die Sand von einem Haufen auf den nächsten schippten. Unauffälliger ging es nicht! Aber vielleicht war das ja auch der Sinn der Sache.

Schnell gingen die beiden weiter. Doch zwei von den Männern in den hellen Blousons folgten ihnen.

»Pass auf Anne, an der nächsten Kreuzung laufen wir. Frag jetzt nicht, renn einfach«, flüsterte Jörg erregt.

Bei der ersten Gelegenheit flitzten sie los. Quer über die Fahrbahn, durch den Verkehr. Nach einigen Hausecken und Seitenstraßen schüttelten sie ihre Verfolger ab.

»So ein Mist«, pustete Anne, »den Einkauf können wir vergessen.«

Trotzdem wurde der Tag noch schön. Mit Mandarinen und Pfirsichen in Dosen, polnischen Gewürzgurken, einem Gartenbuch und Flickzeug ging es am Abend wieder nach Hause. Aber irgendwas tief in ihnen hatte sich verändert. Besonders Jörg wurden durch diesen Tag die Augen geöffnet. »Verdammte Schweine«, fluchte er noch auf der Heimfahrt, »wie soll das werden, wenn ich mal mit der Seefahrt aufhöre? Ich komm doch so kaum noch klar.«

In den Nachrichten sahen sie spät am Abend einen Bericht über die Ereignisse. Natürlich im Westfernsehn.

Während Pluto schlaflose Nächte und ausgiebige Spaziergänge mit Klein-Ronny im Kinderwagen erlebte, war auch sein Maschinenkollege auf Achse. Denn immer, wenn Fleischi beim Hausbau nicht mehr weiterkam – sei es mangels Material oder Handwerkern –, fuhr er als rettender Pannenhelfer über die Autobahn und besserte seine Kasse auf. Besonders die Ersatzteile, die im Wartburg Tourist seines Bruders lagerten, waren Goldstaub.

Zweifellos wäre Fleischi nur zu gern nach Prag oder Ungarn gefahren, denn dort standen sie in Massen, die zurückgelassenen PKW der Flüchtlinge. Voll intakt. Aber er traute sich nicht. Außerdem gab es inzwischen diese Neuregelung, das sogenannte Aussetzen des pass- und visafreien Verkehrs zwischen der DDR und der ČSSR. Und so blieb Fleischmann im Süden der Republik und versorgte die Leute mit Keilriemen, Lichtmaschinen und Vergaserteilen.

Tatze und Daggi waren in jenen Tagen im Elbsandsteingebirge unterwegs. Doch als sie nach Hause fahren wollten, gab es Tumulte rund um den Dresdener Hauptbahnhof.

Die Menschenmassen hofften, irgendwie in die Sonderzüge mit den Prager Botschaftsflüchtlingen zu gelangen. Natürlich klappte das nicht. Steine flogen, Polizeiautos gingen kaputt, Daggi bekam Angst und Tatze besorgte ein Schwarz-Taxi, das sie nach Karl-Marx-Stadt chauffierte.

Liese wollte anfänglich zu Andreas fahren. Aber es blieb dann doch nur bei dem Gedanken. Was war ist vorbei. Also half sie zu Hause und bei der Ernte. Manchmal ging sie auch abends mit in die Klub-Disko. Blaue Luft und viele blaue Gestalten, wie Rudi, Kalle und die anderen Jeansjacken. Hier war die Zeit stehengeblieben. Alles etwas miefig und manchmal auch unangenehm plump. So hatte sie sich ihren Urlaub nicht vorgestellt.

Lange sah sie hinaus auf die Dorfstraße. Der 15-Uhr-Bus hatte einige Leute mitgebracht. Als ein Traktor vorbeiknatterte und eine riesige Staubwolke hinter sich zog, schloss sie schnell das Küchenfenster. Nun war wieder die alte Uhr an der Wand zu hören. Langsam und laut und eintönig. Es roch immer noch nach den gekochten Kartoffeln vom Mittag. Am Tisch saß Oma Gertrud, die verschiedenfarbige Konsummarken aus einer alten Tasse, an der der Henkel fehlte, nahm, um sie in ein Heft zu kleben. Liese schaute zum Abreißkalender. Nicht mehr lange, dann würde es wieder nach Rostock gehen.

Sie zog ihre Kittelschürze aus, schnappte sich ihre Lieblingskatze, die faul auf dem alten Sofa gelegen hatte, streichelte sie und ging mit ihr hinaus auf den Hof. Auch hier hatte sich kaum etwas verändert. Der Opa hackte Holz für den Badeofen. Es war schließlich Freitag. Im hohen Bogen flogen die Scheite, und die Hühner flatterten aufgeregt beiseite. Es roch nach Tieren und nach Herbst, und Liese genoss den Anblick der letzten Schwalben, die laut zwitschernd auf der Telefonleitung Platz genommen hatten.

Doch noch größer war ihre Vorfreude auf die nächste Reise, da sie gleichfalls in den Süden fliehen würde.

In Potsdam schaffte es der Funker noch rechtzeitig mit Frau und Tochter in das Jugendzentrum »Drushba«. Kurz nach ihnen wurde abgeschlossen. Wegen Überfüllung. Keiner fragte nach dem Alter. Aber nicht wegen Demonstrationen oder Polizei, sondern wegen

Mambo. Dirty Dancing-Kurs war angesagt. Draußen trommelten die ausgesperrten Tanzwütigen laut mit den Fäusten an die Türen und Blechwände und forderten Einlass.

Die Ereignisse überschlugen sich täglich, und die freien Tage schwanden dahin. Jörg fuhr mit seinem Schwiegervater das letzte Mal auf den See hinaus. Absegeln. In einer Woche sollte es schon wieder aufs Schiff gehen.

»Fahrt mal alleine«, hatte Anne gesagt. Aha, alles klar, dachte Jörg. Nun bleibt also alles bei mir hängen. Er beobachtete sein Gegenüber, wie der ruhig die Pinne hielt und auf das Wasser schaute. Roland – Rolli, wie ihn die Leute im Dorf nannten. Knapp fünfzig Jahre, sonnengebräunt und buschige Augenbrauen. Und riesige Hände.

»Und Jörg, was sagst du zu den Flüchtlingen in den Botschaften? Wart ihr nicht auch in Ungarn?«

»Ja, das war im Frühling. Da war noch alles dicht. – Was soll ich sagen? Ich kann's voll verstehen.«

Roland nahm seine Pfeife kurz aus dem Mund und sah seinen Schwiegersohn eine Weile an. »Meinst du, ihr wärt auch losgelaufen?«

»Nein, das ist mir alles zu … zu überstürzt«, entgegnete Jörg. »Und wenn ich die kleinen Kinder in den Botschaften seh, denke ich, die haben aber Glück gehabt, dass die Tschechen nicht ausgeflippt sind. Ich hab die tschechischen Bullen bisher als miese Typen kennengelernt.«

Roland schaute lange auf das Wasser. Auch Jörg schwieg. Nach einer Halse lag das alte Holzboot wieder halbwegs gerade.

»Als damals noch Westberlin auf war, bin ich jedes Wochenende zu deiner Schwiegermutter nach Güstrow gefahren, mit 'nem gepackten Koffer. Aber sie wollte nicht gehen, weil ihr Bruder schon weg war. Das wollte sie ihren Eltern nicht antun.«

Jörg freute sich, dass der Alte so tickte. »Und. Hast du's bereut?«, fragte er.

»Schon. Aber wir haben uns eingerichtet. Die Kinder kamen, und wir haben unseren Bungalow gebaut. Und jetzt bin ich zu alt für 'nen Neuanfang.«

Jörg tat sich schwer. Doch dann gestand er: »Also. Naja. Wir wollen schon weg.«

Rolands Gesicht verzog sich. »Warum mit einem Mal? Habt ihr etwa Angst, was zu verpassen, oder was?« Ärgerlich zog er an seiner Pfeife. Dann griff er in den Stoffbeutel, der an seinen Füßen stand, holte eine Flasche Cognac hervor und reichte sie Jörg. »Hier, schraub mal auf«, sagte er versöhnlich. »Ihr habt doch jetzt schon mal die Wohnung. Und sogar Möbel bestellt. Und du warst so stolz auf deine neue Anlage. Warte ab, Junge, da gibt es noch genug zu tun. Das wird sich hier drastisch ändern. Es muss sich ändern.«

Jörg war froh, dass es endlich heraus war, auch wenn Rolli mal wieder »Junge« zu ihm sagte. Phh, Junge! Das konnte er gar nicht leiden. Nächstes Mal vielleicht noch »mein Kleiner«? Zwar war ihm klar, dass der nicht gerade Hurra brüllen würde, schließlich ging es ja auch um die Tochter, trotzdem hatte er irgendwie auf mehr Verständnis gehofft.

»Und überhaupt, wo wollt ihr denn hin?«

»Nach Holland.«

Roland lachte kurz auf und nahm nun den ersten Schluck aus der Flasche. »Nach Holland? Was wollt ihr denn bei den Holländern? Was wollt ihr ausgerechnet da?«

»Wir haben da Freunde, die uns helfen.« Jörg schluckte.

»Und wie wollt ihr da bitteschön hinkommen? Auch über die Grenze oder die Botschaften? Ich denke, das ist dir zu chaotisch?«

Roland gab Jörg den Schnaps und zog nervös an der Schot. Das Boot war unruhiger geworden.

»Im nächsten Jahr sind wir zwei Jahre verheiratet. Dann darf Anne doch mitfahren. Wenn die sie lassen. Vorher schaffe ich schon das Wichtigste an persönlichen Dingen weg. So Hals über Kopf machen wir das nicht.«

Wütend klopfte Roland seine Pfeife am Dollbord aus. »Und dann fährst du weiter zur See, oder was habt ihr vor?«

»Ich fange an Land an, auf einem Campingplatz.«

»Ach so! Auf einem Campingplatz? Warum auf einem Campingplatz?«

»Na, weil unsere Freunde einen besitzen.«

Roland steckte die Pfeife weg und legte sich das Kissen, auf dem er saß, zurecht. »Und Anne?«, fragte er, »was macht die?«

»Anne lernt die Sprache und bleibt Erzieherin.«

»Ach, und du kannst das alles! Na, da habt ihr euch aber was vorgenommen.«

Beide schwiegen längere Zeit. Hoffentlich ist diese blöde Bootstour bald zu Ende, dachte Jörg. Da hab ich mir ja was Schönes eingebrockt.

»Und was sagen deine Eltern dazu?« Rolands Stimme klang nun überraschend ruhig.

»Die dürfen davon nichts erfahren«, antwortete Jörg leise, »du weißt doch, wie das ist? Man sieht sich doch ewig nicht wieder. Und bitte sag auch Schwiegermutter, ich meine Astrid, nichts davon.«

Roland runzelte die Stirn. »Verstehen kann ich euch ja. Aber ich finde es nicht gut. Man muss hier aufräumen. Und bestimmt wird es irgendwann mal besser.«

»Bestimmt«, entgegnete Jörg erleichtert, »aber wir wollen nicht so lange warten.«

Plötzlich zog Roland an der Schot. »Klar zur Wende!«

»Klar zur Wende!«, rief Jörg.

»Ree!«

Das Boot machte eine starke Kursänderung.

Einige Tage später packte Jörg im Schlafzimmer seinen Seesack. Die wichtigsten Dias und Fotoalben kamen mit dem Kassettenrekorder in eine Reisetasche. Nebenan lief der Fernseher.

»Und ihr fahrt gleich morgen Abend los?« Anne stand betrübt im Türrahmen.

»Nein, erst ›Haus Sonne‹ und dann wohl in der Nacht mit dem Bus nach drüben. Bremerhaven.«

Nervös suchte Jörg seine Sachen zusammen. Neben den T-Shirts lagen langärmlige Hemden auf dem Bett. Das Notwendigste war rausgesucht. Winterschuhe und Sandalen, Waschzeug und Sonnencreme, Badehose und der Fotoapparat.

Plötzlich rief Anne: »Du, komm mal schnell. Der Honecker ist abgesetzt.«

Beide standen verblüfft vor dem kleinen Fernseher, in dem die *Aktuelle Kamera* lief. Als Egon Krenz dann als Nachfolger interviewt wurde, schüttelte Jörg nur den Kopf. »Wie kann man so doof sein und den nehmen. Haben die denn keinen Unbekannten?« Er winkte ab. »Na, ob der nun noch helfen kann oder ob in China ein Reissack umfällt – das kommt doch aufs selbe raus! Oder glaubst du diesem Jungsaurier? Mach bloß diese Kacke aus!« Nachdem Anne den Ton etwas leiser gemacht hatte, umarmte sie ihren Mann.

»Versprich mir, dass du dich aus allem raushältst. Lass dich nicht aus der Ruhe bringen. Wenn wir im nächsten Jahr nach Holland wollen, darfst du nicht auffallen. Versprochen?«

Jörg nickte brav. »Versprochen.« Dann zog er sie an sich und ließ sich mit ihr rücklings auf das Ehebett der Schwiegereltern fallen. Beinahe auf eine chinesische Schnitzerei. Währenddessen sprach Krenz nebenan von Arbeit, Arbeit und nochmals Arbeit.

Laut quietschte die Rolle hoch oben im Flaggenmast. Mittenmang Apfel- und Birnenbäumen zog Kapitän Bagemiel an der Leine und holte seufzend die Gösch wieder ein. Das war's für dieses Jahr. Auch der alte rotweiße Rettungsring und die Positionslampen wanderten zurück in die Gartenlaube. Alles wurde winterfest gemacht. Aber dass der Urlaub so schnell vergehen würde, damit hatte auch er nicht gerechnet. Schuld waren die letzten Tage mit ihren Horrormeldungen von Botschaftsbesetzungen, Flucht und Demonstrationen. Noch am Morgen war er im Reedereigebäude gewesen. Dort herrschte einige Aufregung. Wie im Bienenhaus. Bloß gut, dass er hier weg kam. Und nur nicht anstecken lassen. Er hatte schon genug Schreibkram um die Ohren. Wenigstens gab es keine mitreisende Ehefrau. Eine Sorge weniger.

Als der Bootsmann in seine Wohnung kam, war der Korridor mit alten Zeitungen ausgelegt. Seine Frau Ute und ihre Freundin Karin aus Meißen knieten auf dem Boden und malten an einem Transparent. Zuerst beäugte er nur das Hinterteil des Gastes. Dann erst interessierte er sich flüchtig für die Losung.

»Aha, wenn's denn hilft?«, sagte er kurz, hängte seine Jacke an die Garderobe, stieg über die Stoffbahn und ging zurück in das Treppenhaus auf das Klo, das sie mit den Nachbarn teilten. »›Neues Forum ins Rathaus‹, Blödsinn. Was soll der Scheiß? Bringt doch sowieso nichts.« Dann spülte er und grinste. Ab morgen wird die Klorolle wieder andersherum aufgehängt. Dann bin ich weg und es meckert auch keiner mehr über die offene Zahnpastatube.

»Schade, dass dein Mann nicht mitkommen kann«, bemerkte Karin.

»Ach was, der wär sowieso hier geblieben, ob der heute los muss oder nicht. Der lebt doch in 'ner anderen Welt. Der ist dann wieder über alle Berge – aber wir sitzen hier.« Ute Hanke wusste, wie ihr Mann tickte und dass er sich mit politischen Äußerungen sehr zurückhielt. Besonders vor den Nachbarn. Viele seiner alten Kollegen hatten schon ihr Seefahrtsbuch wegen einer unbeliebten Bemerkung oder auch nur wegen eines Witzes verloren. Oder durch Neid. Und Ritchie konnte nicht ohne seine Seefahrt. So hatte sie ihn vor über fünfzehn Jahren kennengelernt, und so hatte sie ihn geheiratet.

Durch die offene Zimmertür sah Karin, wie er Bücher in eine rot karierte Reisetasche packte. Wenigstens liest er, dachte sie. Als Ute in der Küche Kaffee kochte und ihr Mann erneut die Wohnung verließ, um noch seine Arbeitssachen aus der Bodenkammer zu holen, ging Karin an die Tasche. Sie nahm ein Buch heraus, faltete schnell eines ihrer mitgebrachten Blätter und legte es hinein.

Nach einem Augenblick kam der Bootsmann zurück. Er betrachtete eine auf dem Boden liegende *FF dabei*. Normalerweise sah er fast nie fern, aber er amüsierte sich trotzdem. »Nanu, wer hat den denn hier so schön den dünnen Pony nachgezogen?«

Auf dem Titelbild war ein dicker, vollbärtiger Opernsänger zeitunglesend in einer Badewanne zu sehen. Frische Farbe zierte nun seine Stirn.

»Na ich«, sagte Karin stolz. »Das ist doch unser Dresdener Hofnarr.«

Naja, dachte der Bootsmann, der mit dem Mann nichts anfangen konnte, sie muss es ja wissen. Wohnt doch in der Gegend. Jetzt war sie für ein paar Tage in Rostock. Die Wohnung in der Augustenstraße war nicht sehr groß. Aber nun, wo es wieder ans Aufsteigen ging, reichte der Platz für alle.

Es wurde Abend und sein Schwager Werner holte ihn ab. Der war am Tag Schlosser in der Neptunwerft und danach fuhr er Schwarz-Taxi. Dann parkte er oft in der Hauptmannstraße, ging zu den Wartenden am Bahnhof und sprach sie an. Er verdiente damit mehr als in seinem Betrieb.

»Komm Se näher, komm Se ran! Hier werden Se beschissen wie nebenan!« Fleischi winkte den Ankommenden schon von weitem zu. Er saß an einem großen Tisch zusammen mit Fedja, Liese und Bolle beim Bier. Der volle Aschenbecher und die glasigen Augen ließen unschwer erkennen, dass zumindest die drei Männer schon seit Stunden hier im »Haus Sonne« waren.

Der Bootsmann, der Zweite Nautiker und Jörg setzten sich dazu. Nach und nach trudelte die Besatzung der FRIEDLAND ein. Das gab, wie immer, Gejohle und Schultergeklopfe, Tisch- und Stühlegerücke und ein Durcheinander beim Bestellen. Der Urlaub wurde ausgewertet. Pluto zeigte Babyfotos. Voigt hatte sich für viel Geld einen, wie er sagte, noch fast neuen Skoda gekauft, der Chief Mate einen Rohrbruch überstanden und der Ede hatte Kohlen geerbt und war nun froh, endlich wieder loszufahren. Vier Tage war er mit dem Handwagen zwischen seinem und dem Nachbardorf gependelt. »Hoffentlich habt ihr auch schon Kohlenanzünder gekauft. Den gibt's nachher wieder schwer«, lästerte Bolle.

Doch der Ede winkte ab: »Ach, meine Mutter nimmt immer Bohnerwachs.«

»Eh, Stinkie«, rief plötzlich Fedja höhnisch durch den halben Saal, als er den Keeper erblickte. »Ich denke, du wolltest Stückgut fahren?«

»Na, da sind wir ja wieder alle beisammen. Habt ihr Hunger?«, fragte Bolle, »dann bestellt rasch«. Er deutete auf drei Gäste am Fenster, die ständig von den Kellnerinnen angesteuert wurden.

»Wieso? Wer sind die denn?«

»FIKO«, raunte Bolle, »die versaufen ihre Fangprämie.«

Normalerweise hielten sich die Fischer in ihrer Höhle, im »Haus der Hochseefischer«, auf. Aber das viele Geld veranlasste sie, gelegentlich den Ansichtskartensammlern, wie sie die Kollegen von der Reederei spöttisch nannten, zu zeigen, wer hier die dicke Kohle verdiente.

Der E-Ing. kam und begrüßte erstaunt den Zweiten Nautiker: »Nanu, du fährst auch mit? Ich denke, du bist auf Parteischule?«

»Nee, das ist erst mal verschoben. Und, kommt deine Frau mit?«

Der E-Ing. schüttelte den Kopf und holte sich einen Stuhl. »Hat nicht geklappt. Die sind in der Mütterberatung zur Zeit unterbesetzt. Da sind 'ne Menge Leute abgehauen.«

»Ja, bei uns auch.« Bolle nickte und stellte sein leeres Glas ab. »Sogar die Klassenlehrerin von meiner Tochter ist weg.«

»Habt ihr die scharfen Weiber gesehen, die jetzt in den Westen abgehauen sind? Schade«, stöhnte Fleischi. »Aber am Besten war doch der Kunde da im Fernsehn, wo die da den Gorbi in Berlin interviewt haben. Ich hab mich fast totgelacht.

Da stand so'n kleiner Abgebrochener mit seinem Mikrofon im Gedränge und seine große runde Goldbrille hing vom Geschubse auf halb acht. Ich hab gar nicht mehr gehört, was olle Gorbi überhaupt gesagt hat.«

»Und, was meinst du zu Krenz? Jetzt wird sich bestimmt einiges ändern.« Eiche schaute Jörg erwartungsvoll an.

»Ich weiß nicht«, entgegnete er, »ich halte von dem nicht so viel.« Jörg überlegte einen Augenblick. Er dachte an Annes Worte. Doch nach einem großen Schluck Bier platzte es dann doch aus ihm raus. »Der? Der hat doch damals die Chinesen für die Niederschlagung des Aufstands in Peking gelobt!«

»Aber der ist doch viel jünger«, hakte Eiche nach.

»Bestimmt ist das alles mit den Russen abgesprochen«, fügte Fedja grinsend bei.

Fleischi rückte näher. Trotz des Alkohols flüsterte er vorsichtig. »Meinst du, der Honecker wurde über Gorbi gestürzt?«

»Klar. Bin ich mir ziemlich sicher.« Fedja lehnte sich selbstbewusst zurück.

»Na hoffentlich fährt der dann nicht in nächster Zeit nach Libyen«, entfuhr es Jörg, der sein Bier austrank.

»Warum?«

Jörg verzog den Mund. »Na, sonst geht's dem wie dem Lamberz und dem Flugwesen. Ritsch-ratsch, weg war er.«

»Lamberz? Da muss ich immer an Mondos denken«, grinste Fleischi.

»Genau. Werner Lamberz. So heißt nämlich die Gummiklitsche in Erfurt.«

»Äh? Kommen die Dinger nicht aus Dresden? H. Kästner Dresden?«

Auch die Fischer nebenan machten sich über Honeckers Abgang lustig. Laut, das es alle hören konnten, krakeelten sie durch das Restaurant. »Jo, jetzt hat der die Brille auf!«

»Aber mit die Bügels nach vooorneee!«

Unweigerlich sahen die Seeleute zu den dreien. Die hatten begonnen, das Fenster mit Geldscheinen zu tapezieren. Immer wieder tauchten sie die roten Fünfziger in ihre Biergläser und beklebten die beschlagenen Scheiben. Plötzlich flackerte es im Hintergrund.

»Nanu? Was ist denn da los?« Tatze stand auf, ging zur großen Fensterscheibe und schob die Gardine zur Seite. Alles voller Lichter!

Es sah aus wie ein Weihnachtsmarkt, der sich bewegte. Erst jetzt hörten sie die Sprechchöre, die langsam lauter wurden.

»Kommt, das müssen wir gesehen haben!« Fleischi setzte sich in Bewegung und warf seine Kippe in einen Blumenkübel mit Bogenhanf. Fast wäre er die Treppen hochgefallen. Bolle bestellte noch eine Runde Bier. Dann folgte er den anderen.

Draußen vor der Tür drängten sich neben den Leuten von der FRIEDLAND auch einige Kellnerinnen und Gäste. Niemand wollte diesen Anblick verpassen. »Wird auch Zeit, dass die hier endlich wach werden!«, sagte eine Frau in breitem Sächsisch. Transparente mit der Aufschrift »Demokratie« und »Neues Forum« waren zu erkennen.

»Schade. Jetzt, wo wir losmüssen, wird's interessant.« Pluto schüttelte traurig den Kopf.

»Wieso? Wolltest du denn da mitmachen?«, fragte Eiche.

»Klar«, erwiderte Pluto, »siehste nicht unseren Generaldirektor in der achten Reihe?«

»Wo?«

Pluto und Jörg lachten. »Na dort!« Jörg zeigte in die Massen, die langsam am Hotel vorbeizogen. »Neben unserem Politoffizier! Die kämpfen um mehr Transitausgaben.«

Als sich Pluto wieder zu seinen Kollegen drehte, blieb ihm beim Blick in das hasserfüllte Gesicht des Ersten Ingenieurs das Lachen im Hals stecken. Derweile wurde immer wieder laut Gewaltfreiheit gefordert. Und freie Wahlen. Und Meinungsfreiheit. Freiheit!

Fleischi war gleich Feuer und Flamme. »Kerzen musste jetzt verkaufen, Kerzen!«

»Ihr seid mir ja vielleicht ein paar Spinner«, dröhnte die Stimme des Zweiten Nautikers von hinten.

»Was meinste, Schmidti, was bei uns zu Hause in Plauen los war«, flüsterte Fleischi, »da ist das Geeier hier gar nichts.«

Nach einer Weile wurde es den Männern zu kalt, und sie gingen wieder zurück. Auch weil der Bootsmann meinte, das gehe uns nichts an.

Jörg schien es, als hätte er dessen Frau im Getümmel entdeckt. Aber er behielt es für sich.

Später, gerade erboste sich Voigt über die vielen Demonstranten im Land, erschien Kapitän Bagemiel. »So Männers und Frauens«, begann er seine Ansprache, »ich hoffe, es geht allen gut und ihr habt die Tage ordentlich genutzt. Ich mach's kurz, es geht dieses Mal nicht nach Fernost, sondern nach Colombo mit Emirate und Bombay dazwischen. Macht bitte nicht allzu lange. Um fünf Uhr fährt der Bus rüber nach Bremerhaven. Also trinkt bitte nicht so viel, sonst muss der Fahrer morgen früh laufend anhalten.«

Sofort begannen sich die Gespräche um Sri Lanka, Geschäfte und um Weihnachten zu drehen. Jeder hoffte, bis dahin wieder zu Hause zu sein. Die Demonstration vor der Tür war längst vergessen. Colombo also. Da hatten ja Bolle und Fedja auf der letzten Reise richtig gelegen. Fedja, der alte Fuchs, hatte sogar einen Koffer mehr mit. Alles alte Klamotten, wie er beteuerte.

»Hoffentlich fangen die hier nicht noch an zu streiken«, sagte Fleischi. »Mein Schwiegervater soll Anfang nächsten Jahres seinen Lada kriegen. Und wir dann seinen alten Moskwitsch.«

Eine blonde Kellnerin brachte das nächste Bier.

Stinkie freute sich. »Jott schütze uns vor blonden Fraun und Autos, die die Russen baun.«

Während der Fahrt im Bus wurden die zukünftigen Wachen verteilt. »Kann ich auf Ausreise 4-8 gehen?«, fragte Fedja. Eiche wollte sich gerade aufregen, aber Struppi sagte: »Klar, kannst du machen.« Er schaute die anderen Matrosen und den Bootsmann an.

Alle nickten. Auch Eiche. Und Struppi fügte hinzu: »Ist 'ne reine Getränkefrage, Fedja!«

»Gut«, freute sich der Dritte, der die Planung machte. »Denkt dran, ihr seid dieses mal nur fünf Matrosen. Der Ede geht zweiter Mann 8-12.«

Jörg schrieb die restlichen Wachen auf ein Blatt Papier. Daraus wurden kleine gefaltete Zettel und danach gelost.

»0-4! Auch egal. Habe ich eben auf der Heimreise Tagestörn«, fluchte Jörg. Auch Struppi schimpfte: »Scheiße, wieder 8-12! Na Tatze, dich brauch ich wohl nicht fragen, ob du tauschst.«

»Nee,« grinste der, »ich hab Tagestörn und Heimreise 4-8. Frag doch Schmidti, ob er dir seine 0-4 gibt?«

»Danke. Da gehe ich lieber 8-12.«

Sie sprachen über die nächsten Häfen. Westeuropa und Zypern waren klar. Dann Khor Fakkan. »Wo liegt denn das?«, wollte Liese wissen.

»In den Vereinigten Arabischen Emiraten. Kurz vorm Golf«, erklärte der Dritte.

Pluto freute sich. »Schön, da war ich noch nicht.«

Aber Fleischi vermieste die Stimmung. »Khor Fakkan kannste vergessen. Nur Sand und Steine. Aber schön billig zum Einkaufen.«

»Ob die da unseren Schnaps kaufen?«, erkundigte sich Pluto.

Der Bootsmann feixte: »Da lass mal lieber die Finger von, sonst hacken se dir die dort ab. Mensch! Die sind Moslems.«

Fleischi nickte. »Gib ihn lieber mir.«

Stinkie drehte sich um und kniete auf seinem Sitz. »Dort isset schöööön heiß, Pluto.« Er grinste über die Rückenlehne. »Aba uff Colombo freu ick mir. Ick war da mal vor Jahren mit 'nem XD. Da ham wir 'ne Ausfahrt nach Kandy jemacht. Total fetzig. Wir sind da uff Elefanten jeritten.«

Pluto konterte. »Vergiss nicht, wir fahren Container. Wer weiß, wie lange wir dort überhaupt liegen.«

Als der Busfahrer nach dem Grenzübertritt, der problemlos verlief, den Sender wechselte und die Nachrichten vom *NDR* begannen, rief der Polit aus dem Dunklen: »Machen Sie das Radio aus!«

Der Fahrer versuchte sich zu rechtfertigen. »Aber ich warte doch auf den Verkehrsfunk.«

»Nichts da! Radio aus!«

Zähneknirschend schaltete der Mann ganz ab. Es war lausekalt im Ikarus. Nach einigen Kilometern trat langsam wieder Ruhe ein. Viele schliefen oder waren in Gedanken noch zu Hause bei ihren Familien. Nur aus den Kopfhörern von Stinkies Walkman zischte und dröhnte es. Jörg dachte mit Wehmut an Anne. Und dann an Buster, der nun doch nicht dabei war. Schade um die schöne Musik, die der hatte. Aber gut, dass er sich die Anlage in Singapur gekauft hatte. Wer weiß, wann es dort wieder hingehen würde?

Dann fiel ihm ein Erlebnis vom September ein. Eigentlich wollte er nur Fleisch kaufen, um ein letztes Mal zu grillen. Als er endlich an der Reihe war, hatte er freundlich gesagt: »Guten Tag. Vier Steaks bitte.« Aber die rothaarige Verkäuferin im Schlachterladen hatte den Kopf geschüttelt: »Haben wir nicht.«

»Dann nehm ich vier Kotelett.«

»Haben wir auch nicht.«

»Und Rouladen?«

Die Rothaarige hatte ihn zuerst verdutzt angeschaut, doch dann wanderte ihr Blick gelangweilt an ihm vorbei, als ob sie die Leute in der Schlange gegen ihn, dem Spinner aus dem All, aufbringen wollte. »Am Freitag vielleicht.«

»Aber heute ist Dienstag.« Hilflos hatte sich Jörg nach einer alten Frau und einem Soldaten, die dicht hinter ihm standen, umgesehen. Doch die Oma hatte kein Verständnis. »Dauert das noch lange? Sie sehen doch, was es gibt. Also fragen Sie nicht so blöde!«

Er hatte tief durchgeatmet und einen Zipfel Leberwurst gekauft, bevor er unter den dummen Kommentaren der Leute in der nun gewachsenen Schlange den Laden verließ. Schluss! Aus! Es reichte! Zum Glück hatte ihm dann später Jana, eine gute Bekannte, die im Gemüseladen arbeitete, eine Papiertüte mit schönem Gruß an Anne mitgegeben. Ohne reinzugucken hatte er bezahlt und wollte zu Hause die Bananen auspacken. Aber es waren Champignons. Auch nicht schlecht, hatte sich Anne gefreut.

Es wird wirklich Zeit zu verschwinden, dachte Jörg. Irgendwie kam er mit dem ganzen Leben an Land nicht mehr klar. Er schaute aus dem Busfenster. Es regnete.

Die Ablösung an Bord und das Laden in Bremerhaven klappten reibungslos. Auch das Wetter spielte halbwegs mit. Es war schon dunkel, als die FRIEDLAND am nächsten Tag in Rotterdam einlief.

Gleich nach dem Festmachen ging Jörg zum Hafentor, um zu telefonieren. Der Mann im Kontor zeigte auf einen Apparat in der Ecke.

Nach einer Weile meldete sich Anne. »Jörg?« Aufgeregt rief sie in den Hörer: »Wo bist du?«

»Wir sind gerade in Rotterdam eingelaufen. Anne, nur ganz kurz. Ich gehe morgen früh zur Post.«

»Kannst du denn frei sprechen?«

»Ja. Ich bin hier an Land in einem Office.«

»Wo?«

»Egal. Du kannst reden. Aber brüll nicht so.«

»Ja. Also geh mal nicht zur Post.«

»Warum?«

»Ja. Warte mal damit.«

»Wieso? Was ist los?«

»Lass das erst mal. Hier ist etwas im Busch! Hier passiert alle paar Stunden was Neues! Die Leute gehen auf die Straße. Jörg, du glaubst es nicht. Auch im Fernsehen wird laufend davon berichtet. Ich kann dir das am Telefon nicht alles erzählen. Ich werde dir das mal aufschreiben.«

Jörg starrte auf die Bilder an der Wand. Neben der Königin Beatrix hing eine nackte schwarze Schönheit. In seinem Kopf schwirrten die Gedanken nur so herum. Was ist da zu Hause los? Was soll das denn jetzt? Ich bin doch noch gar nicht lange weg?

»Aber das mit Holland machen wir doch noch. Oder?«

»Jaaaaa!«, brüllte es wieder von der anderen Seite.

»Aber was mach ich mit dem Paket an Hanneke und Johan?«

»Das kannst du ja immer noch auf dem Rückweg abschicken. Oder kommt ihr da nicht mehr vorbei?«

»Doch, doch!« Er nickte, als wenn sie ihn sehen könnte. »Ich habe dir gestern noch die Adressen von Khor Fakkan, Bombay und Colombo abgeschickt.«

»Ist gut.«

»Also ich gehe morgen an Land ohne Paket. Ich hab ab Mitternacht Wache. Schlaf schön. Ich habe dich lieb.«

»Ich dich auch. Bis bald.«

Er legte auf. Der Mann im Nebenraum guckte auf einen Kasten und sagte: »Vijftien Gulden. D-Mark geht auch.« Erstaunt holte Jörg sein Portemonnaie heraus.

Als er später die Gangway hochkam, stand Struppi noch am Gangwaykasten. Eiche, der mit einer Stulle aus den Aufbauten trat, wunderte sich. »Nanu? Wo kommst du denn her?«

»Ich war kurz vorne in der Pförtnerbude. Hab zu Hause angerufen und gratuliert.« Betont gelassen versuchte Jörg zu antworten.

Eiche schüttelte den Kopf. »Du hast Zeiten. Hat deine Frau denn Geburtstag?«

»Nee, die Schwiegermutter.«

Struppi konnte sich das Lachen nicht verkneifen.

»Na ja,« log Jörg weiter, »muss mal sein. Aber der Typ hat gemerkt, dass ich nach Deutschland telefoniert habe. Dreizehn Westmark hat mir der Sack abgenommen.«

»Ist doch logisch«, entgegnete Eiche, »du sprichst ja auch deutsch.«

»Ich hab ihn in seiner Sprache gefragt: Waar kan ik hier bellen?«

»Was? Bellen?« Struppi und Eiche guckten erstaunt. »Heißt das etwa anrufen?«

Jörg nickte.

»Oh nee, diese Holländer!« Struppi musste erneut lachen.

»War ganz schön heftig. Der konnte den Preis ablesen.«

»Teure Schwiegermutter«, meinte Eiche.

Jörg schaute auf seine Uhr und ging in die Aufbauten. »Bis nachher!«

Eiche rief ihm nach: »Nee, ich geh jetzt schlafen. Der Chief Mate war vorhin da. Die fangen erst später an zu Laden. Du gehst alleine Wache.«

»Na dann gute Ruhe«, ertönte es von drinnen.

Als der Chief Mate am nächsten Morgen zur Gangway kam, wunderte er sich. Niemand war da. Langsam ging er nach achtern, kontrollierte dabei die Leinen und Rattenbleche und schaute sich um. Wo steckte sein Wachmatrose?

»Herr Vetter?«

Nichts. An der Gangway war jedoch alles vorbildlich wie immer. Fedjas Name stand an der Tafel. Der Offizier ging weiter nach vorn. Das gleiche Spiel. Auch hier Stille. Als er zurück zur Gangway kam, stand dort der Koch und rauchte.

»Guten Morgen«, murmelte er, »warum hat mich keiner geweckt? Hätte beinahe verpennt.«

»Wo steckt denn der Vetter?«, antwortete der Chief Mate, »bei dem ist die Bude zu, der muss doch hier irgendwo rumschwirren!«

»Keine Ahnung, bin eben gerade raus an Deck. Aber vielleicht ist der ja aufm Klo?«

Der Wachoffizier kratzte sich am Bart. »Ich hab bei dem am Kammerschott geklopft und auch schon angerufen. Da passiert nichts. Nicht das der irgendwo pennt! Wir hätten doch die Walkie Talkies nehmen sollen! Aber wir haben ja das Gangwaytelefon, dachte ich. Pustekuchen!«

Erneut ging er nach vorn. Dieses mal schnell und wütend. »Der kann sich warmlaufen lassen. Vetter, diese Schlampe!«

Auch auf der Seeseite war nichts zu sehen. »Weck mal die Wirtschaft heute selber«, riet er kurze Zeit später dem Koch, der schon in der Kombüse hantierte.

Der Chief Mate blickte sich um. »Was gibt's denn Schönes zum Frühstück?«

»Zwiebelfleisch mit Toast.«

»Na wenigstens das klappt.« Er ging zum Telefon an der Wand, suchte nach Tatzes Nummer, rief an und wartete ungeduldig. Niemand nahm den Hörer ab.

»Was ist denn heut hier los? Jetzt ist der Tatzki auch noch weg?«

»Der pennt doch bei Daggi, also bei der Kraft«, beruhigte ihn Bolle. Der Chief Mate schnaufte und wählte erneut.

»Guten Morgen. Hartloff hier. Herr Tatzki, ich brauche Sie an der Gangway. Ja, so schnell wie's geht.«

Bolle schaute ihn erstaunt an. »Meinen Sie, es ist etwas passiert?«

»Na, ich will's nicht hoffen.«

»Ich mach erst mal Kaffee. Wollen Sie auch einen?«

»Ja. Und für Tatzki auch. Bitte.«

Dann ging er zurück zur Gangway, stellte sich auf das Podest und schaute nochmals von oben auf die Pier.

Kurz darauf kam Tatze angespurtet und knöpfte sich seine Jacke zu. Seine Haare waren zerzaust. Er grüßte verschlafen und gähnte dabei. »Laden die schon? Ich denke, die wollten später anfangen?«

»Nee, nee.« Der Chief Mate schüttelte den Kopf. »Das bleibt so. Aber ich kann den Vetter nicht finden.«

»Fedja? Vielleicht ist der auf Ronde?«

»Na, dann wär der Kontrollgang aber lang. Wir sind doch kein Supertanker. Hoffen wir's. Aber ziehen Sie schon mal die Flaggen hoch. Nachher fehlt die Zeit.«

Als Tatze vom Peildeck zurückkehrte, drückte ihn sein Wachoffizier gleich ein Walkie Talkie in die Hand und einen großen Pott Kaffee. »Wenn Sie den ausgetrunken haben, flitzen Sie mal über Deck. Gucken Sie auch ins Ladebüro und ins Kanakerscheißhaus. Vielleicht liegt der ja irgendwo.«

Tatze nickte, trank einen großen Schluck und ging eilig los. Der wird irgendwo abmuzen, oder vielleicht angelt der ja wieder, dachte er. Mist! Noch nicht mal die Zähne hab ich mir geputzt!

Nach einiger Zeit erschien auch der Bootsmann in Arbeitssachen an Deck. Dort hörte man Tatze schon nach Fedja rufen. Als der Boss auf den Chief Mate traf, sah dieser sehr angespannt aus. »Morgen. Der Vetter ist weg!«

»Wie: weg? Abgehauen?«

Der Erste trank seinen Kaffee aus. »Quatsch, der steckt hier irgendwo. Im Smoketimeraum ist er auch nicht. Bloß wir finden den nirgends.«

»Hoffentlich hat der sich nichts angetan«, sagte der Bootsmann besorgt und überlegte kurz. »Ist seine Kammer auf?«

»Nein, die ist zu. Sieh da mal nach!«

In Fedjas Kammer sah es aus wie immer. Nur ordentlicher. Die Koje war sogar bezogen, was bei ihm nicht selbstverständlich war, denn meist schlief er bis kurz nach Antwerpen »russisch«, also ohne Bettwäsche. Neben dem Aquarium stand eine große Tüte Fischfutter. Alles wirkte friedlich. Der Boss, der das Kammerschott mit dem Generalschlüssel geöffnet hatte, schaute noch kurz in die Sanitärzelle. Auch diese war leer.

»Ganz normal da unten«, meldete er dem Chief Mate, der immer noch an der Gangway stand. Deprimiert seufzte der. »Okay. Dann weck ich jetzt den Master und du die Decksgang und die Maschine. Und sag dem Tatzki, wenn er zurück ist, er soll an der Gangway bleiben!«

Die Decksgang untersuchte, teilweise in Arbeitssachen, teils in normaler Kleidung alle Storeräume und das Kabelgatt. Die meisten hatten Taschenlampen dabei. Die Maschinenleute durchkämmten ihren Maschinenraum. Auch Jörg suchte mit. Er nahm, trotz der Müdigkeit nach der Wache, die Sache sehr ernst. Er war der Letzte, der Fedja zur Ablösung noch gesehen hatte.

Plötzlich stand er vor einem geöffneten Lukeneinstieg. »Oh nein, Fedja, tu mir das nicht an«, murmelte er, »bitte.«

Struppi kam vorbei. »Guck mal, hier ist offen. Kommst du mit runter, Struppi?«

Der nickte. Schweigend stiegen sie hinab.

Im Laderaum war es dunkel. Beide leuchteten nervös mit ihren Lampen die Wände, Böden und Unterzüge ab. Die Lichtkegel zogen gespenstisch über das Metall, es herrschte eine angespannte Ruhe.

»Fedja?«, rief Jörg plötzlich. Es schallte von den Wänden.

»Mann, hast du mich erschreckt!« Struppi war völlig fertig.

Derweile schoss es dem Bootsmann ein. Er rannte nochmal zurück zu Fedjas Kammer und öffnete langsam und innerlich aufgewühlt den Spind. Dann stieß er einen Schrei aus und trat vor Wut gegen die Koje.

Überall an Bord war die Durchsage des Kapitäns zu vernehmen: »Herr Vetter, bitte an der Gangway melden! Ich wiederhole, Herr Vetter, bitte sofort an der Gangway melden!«

Einen Augenblick später gingen Jörg und Struppi zur Raumleiter zurück und kletterten hinauf. »Wir sind aber auch doof. Wir hätten doch bloß die Laderaumbeleuchtung einschalten brauchen«, schimpfte Jörg, als sie wieder an Deck standen.

Dort kamen ihnen schon der Ede und Eiche entgegen. Sie hatten die Seeseite abgesucht. »Wir sollen mal die Boote kontrollieren gehen und dann die Wäscherei.«

Eiche trug ein Walkie Talkie in der Hand. Plötzlich knackte es darin. Der Chief Mate war zu hören. »Hallo Herr Reichelt?«

»Ja, Chief Mate?«

»Sagen Sie den Jungs Bescheid, die Suche kann eingestellt werden.«

Die Männer blickten sich fragend an. Jörg schaute in die Ferne. Er spürte etwas Unheilvolles und wie sich seine Augen langsam mit Tränen füllten. »Eingestellt?«

Endlich antwortete der Chief Mate: »Ja, hat sich leider erledigt.«

Während der Ladebetrieb im vollem Gange war, hielt ein Auto vor der FRIEDLAND. Mit schnellen Schritten hastete Ronninger vorbei an Struppi, der zusammen mit dem Bäcker an der Gangway stand. »Wen soll ich … ein … tragen?«

Ärgerlich klappte Struppi das Gangwaybuch wieder zu. »Das war doch der Arsch, der vor einigen Jahren den Kabelgeist von meinem alten Dampfer angeschissen hat«, wütete der Bäcker, »dabei war der doch nur zum Saufen auf 'nem Westgermanen von der Hamburg Süd. Aus vorbei. Ab domoi. Nach Haus, verstehn?«

Struppi nickte und ließ den Deckel des Gangwaykastens fallen. Er hatte keine Lust, oben beim Alten anzurufen. Sollen die Bojaren doch selbst klarkommen, nun, wo die Kacke am Dampfen war. Geht der Kerl an mir vorbei, als wenn ich 'n Leckwehrbalken wäre!

»Nich ma grüßen kann der Typ!« Dann öffnete er den Kasten erneut. Erst jetzt bemerkte er den Kammerschlüssel unter dem Buch.

Der dürfte Fedja gehört haben.

Nach dem Abendbrot saßen Fleischi und Pluto bei Eiche in der Kammer. Immer noch niedergeschlagen, tranken sie ihr Hafenbräu. »Versteht ihr das?«, fragte Eiche. Er sah zu Fleischi hinüber.

Der schüttelte den Kopf. »Das hätte ich nicht erwartet.« Verlegen rubbelte er mit dem Daumennagel am feuchten Etikett der Flasche. »Schließlich fuhren wir doch schon seit Jahren zusammen. Scheiße!«

Der Bootsmann kam und blieb am Schott stehen. Auch er sah traurig aus. »In circa einer Stunde sind sie fertig mit Laden. Ist wohl nicht so viel dieses Mal. Der Rest kommt in Antwerpen.«

Der belgische Scheldelotse hatte gute Laune. Er konnte ein wenig Deutsch und versuchte den Männern auf der Brücke zu erklären, woran man erkenne, dass die Holländer geizig seien.

»Die Holländer geizig«, polterte Bagemiel, »das ist mir neu. Ich denke die Schotten sind das?«

Der Lotse griente. »Das sieht man an die Flaggen. Beide haben drei Farben. Aber wir haben verticale Strepen, Strrreifen. Und die Holländer nich. Wenn die Flagge aufgeribbelt is, dann nehmen die eine Schere und sneden dat ab. Bei uns wird eine neue genommen.«

Nach der Revierfahrt auf der Schelde nutzte die Decksgang die Zeit in der Schleuse, um die Luken hafenklar zu machen. Von dort war es nur noch ein Katzensprung bis zum Liegeplatz. In Antwerpen ging immer alles fixer. Gleich nachdem die Gangway ausgebracht wurde, kamen die Arbeiter. Und mit ihnen, nach und nach, die restliche Ladung.

Als Eiche am Nachmittag an der Gangway stand, besuchte ihn Liese. Es war ungewöhnlich mild für diese Jahreszeit. Ein blauer PKW näherte sich dem Schiff. »Ah, da kommt wieder Besuch für den Alten«, sagte sie.

Ronninger und ein junger braungebrannter Mann stiegen aus, holten Gepäck aus dem Kofferraum und kamen an Bord. Während sich Ronninger auf dem Weg zum Kapitän machte, stellte der andere einen Seesack und einen Karton an Deck und stieg nochmal hinab, um zwei Taschen zu holen. Umständlich nahm er sein Seefahrtsbuch aus der Jacke und reichte es Eiche. »Hallo, ich bin der Neue«.

Langsam streckte er den beiden seine Hand entgegen. »Winter, Jens Winter.«

Dabei nickte er höflich. »Ich hab gehört, bei euch ist jemand krank geworden.«

»So kann man's auch sagen. Herzlich willkommen.«

Eiche blätterte kurz im blauen Dokument und begann im Gangwaybuch zu schreiben.

»Liese? Zeigst du ihm seine Kammer?«

»Klar, na dann komm mal mit.« Sie schnappte sich den Karton und verschwand in den Aufbauten. Winter trottete mit seinem Seesack hinterher.

»Sag mal Eiche, war das schon der Ersatz für Fedja?« Plötzlich stand Jörg an der Gangway.

»Ja, scheint so.«

»Na das ging aber schnell.«

Beide betrachteten die Reisetaschen. Pfauenfedern ragten hinaus. Jörg nahm seinen Helm ab und kratzte sich am Hinterkopf. »Der scheint ja wohl schon 'ne Weile unterwegs zu sein.« Dann schaute er kurz auf seine Uhr. »So, Ablösung. Du bist dran. Die sind vorne an Luk zwei gleich fertig. Der Boss ist auch da.«

»Der Neue muss sich aber nachher noch beim Alten anmelden«, sagte Eiche. »F. F. – viel Vergnügen!«, rief ihm Jörg nach.

»So, hier ist es.« Liese öffnete das Kammerschott und stellte Winters Karton in die Ecke. Der schaute sich um. »Oh, sogar mit Aquarium.«

»Ich bin übrigens Marlies. Kannst mich aber auch Liese nennen. Ich hole dir mal neue Bettwäsche. Die alte kann ich ja gleich mitnehmen.«

Während sie die Koje abzog, entdeckte sie Fedjas roten Schlafanzug unter dem Kissen und versteckte ihn schnell. Aber der neue Bewohner bekam davon nichts mit. Neugierig betrachtete er die Fische. »Wir haben gewürfelt, wer hier von uns rüberkommt. Schließlich waren wir ja auf Heimreise.« Er schaute sich um. »Tja, ich hab verloren. Aber unser Bootsmann hat gesagt, es ist besser für mich. Denn auf dem Schiff, auf dem man gelernt hat, bleibt man ewig der Stift.«

Mit dem Bettzeug im Arm blieb Liese im Schott stehen. »Aha, da bist du also Jungfacharbeiter?«

Winter nickte. »Die haben mir aber versprochen, dass ich im nächsten Hafen abgelöst werde.«

»Das wäre ja dann in Larnaca auf Zypern«, rief sie, schon auf dem Weg zur Wäschelast.

Als Winter wenig später mit seinen Taschen den Niedergang zu seiner Kammer herunter kam, begegnete er Fleischi. Der schleppte keuchend Fedjas Aquarium an ihm vorbei. »Tach!« Er beeilte sich mit seiner Beute, die eine nasse Spur auf dem Gang hinterließ.

»Jetzt geht's los! Ich darf zum Alten.« Wütend kam der Bootsmann an die Gangway, knallte seinen Helm auf den Poller, zog seine Festmacher aus und warf sie zu Boden. Jörg schaute ihm stumm dabei zu. Er wusste, was nun kommen würde. Auch er hatte schon diesen Ronninger kennengelernt. Drei Jahre war es her, als er von dem die Medaille für zehn Jahre Betriebszugehörigkeit bei der DSR erhielt. Ein kleines bronzenes Ding. Eigentlich ein Andenken, mehr nicht. Blech fürs Volk, wie Fleischi damals sagte. Trotzdem war es ein besonderer Anlass und sie sollte in würdiger Form, wie es hieß, übergeben, ja verliehen werden.

Mit der Bemerkung: »Jetzt haben Sie ja endlich Geld für den Friseur«, hatte ihm Ronninger eine Schachtel und einen Umschlag in die Hand gedrückt.

»Danke. Ich war bereits im letzten Jahr beim Friseur«, war Jörgs trotzige Reaktion.

In der Kammer des Kapitäns hatten sich, einem Tribunal ähnlich, neben Bagemiel und Ronninger auch der Politoffizier und der Chief versammelt. Blaue Rauchschwaden hingen in der Luft und auf dem Tisch lagen Blätter mit Notizen. Bagemiel war sichtlich nervös, Ronninger dagegen in seinem Element. Der Bootsmann wurde zum Fall Vetter befragt. Wie konnte das kommen? Wie lange kanntest du ihn? Wann haben Sie ihn das letzte mal gesehen? Gab es vorher schon Anzeichen? Wie stehst du dazu? …

Der Bootsmann war erstaunt über die Förmlichkeit und die Kälte, die ihm von den eigenen Kollegen plötzlich entgegenschlug. In seinem Kopf schwirrte es. Eben noch an Deck beim Wühlen – jetzt hier in der feinen Bude plötzlich als Angeklagter. Mal auf »Sie«, mal auf »Du«. Mal auf Kumpel, mal auf Staatsbürger. Aha, so denkt ihr also. Ihr Lackaffen.

Er sagte kein Wort mehr. Erst als Ronninger neuerlich mit seinen Floskeln anfing, platzte ihm der Kragen. »Sie suchen doch bloß einen Sündenbock, der seinen Kopf für die Angelegenheit hinhalten darf. Also noch einmal: Ich habe den Vetter zum letzten Mal beim Festmachen gesehen!«

Es klopfte am Schott.

»Herein!«, brüllte Bagemiel.

Liese stand vor der Kammer. In der Hand hielt sie Papierfetzen.

»Sie können gehen«, sagte Ronninger zum Boss, der sich eilig erhob, aber dann doch stehen blieb.

»Das lag in Fedjas Papierkorb.« Liese legte die Schnipsel auf den Tisch und schob sie zusammen. Es war ein Foto von Fedjas Frau.

Jens Winter wurde von einigen überraschend schnell aufgenommen. Vielleicht kam der Vaterkomplex durch, denn er war im September gerade 19 Jahre alt geworden. Als Bolle ihn nach seinem Namen fragte und »Winter« als Antwort erhielt, hieß es gleich: »Johnny oder Edgar?«

Der junge Mann aus Cottbus konnte mit denen nichts anfangen. »Was, du kennst die beiden Albinos nicht? Blues, Mensch.«

Liese und der Bäcker standen daneben und wussten natürlich auch nichts von den Musikern.

»Also bist du jetzt Eddie!« Bolle streckte ihm die Hand entgegen und »Eddie« wollte gerade einschlagen, als der Bäcker »Stopp!« rief.

»Wir haben doch schon den Ede. Da passt Eddie nicht. Hast du denn keinen Spitznamen?«

»Auf dem anderen Schiff hieß ich Winni.«

»Na also, dann eben Winni!«

Seit vielen Wochen unterwegs, trat er nun, fast ahnungslos von den turbulenten Verhältnissen in der DDR, die Reise auf der FRIEDLAND an.

Vor der Tür der Mannschaftsmesse blieb Bagemiel plötzlich stehen und zögerte. »Ach, ich hasse solche Versammlungen«, sagte er. »Lieber reite ich einen Sturm ab als immer diese Reden.«

Der Chief kannte seinen Kollegen gut und wusste aus Erfahrung, wie aufgeregt der jedes Mal vor der ersten Bordversammlung war. »Lass das doch den Politischen machen«, erwiderte er.

Bagemiel winkte ab: »Nein, nein, da muss ich durch. Ach, übrigens, irgend so ein Witzbold hat das Bild von Honecker abgemacht. Ich habe das durch Zufall in der Ecke stehen sehen.«

»Soll ich das nachher wieder anbringen?«

Bagemiel grinste. »Ist schon wieder dran.«

Zaghaft begann der Chief nachzubohren: »Aber der ist doch gar nicht mehr im Amt. Schon zwei Tage vor Aufsteigen war doch Krenz der Nachfolger.«

Bagemiel sah den Chief verwundert an. »Egal! Hier kann nicht jeder machen, was er will.« Entschlossen öffnete er das Schott zur Mannschaftsmesse, in der außer der Brückenwache der Rest der Besatzung saß.

Während sich die FRIEDLAND langsam im Dunkeln den Weg in Richtung Biskaya bahnte, stand nun ihr Kapitän im Rampenlicht. Immer noch mit Lampenfieber, begrüßte er die Anwesenden.

»Äh, ja. So, Genossen, kurz zum Fall Vetter. Wie es aussieht, scheint das von persönlicher Art zu sein. Was auch sehr enttäuschend ist. Der Genosse, äh, der Vetter, hinterlässt schließlich eine Frau und zwei Kinder.« Bagemiel machte eine kurze Pause und schaute sich um. »Falls sich also jemand dazu äußern möchte, jetzt ist die Gelegenheit.«

Die Stille war unerträglich. Niemand sagte ein Wort. Viele guckten nach unten, einige zum Fenster, in dem sich der Kapitän spiegelte. Nur das Geräusch der Maschine war zu hören.

»Gut«, sagte Bagemiel nach einer gefühlten Ewigkeit, »dann möchte ich auch später nichts mehr darüber hören. Mir tut nur der leid, der die Familie benachrichtigen muss.«

Tief durchatmend nahm er ein neues Blatt in die Hand. »Nun zur Reise. Wir löschen die Container in Colombo. Vorher Khor Fakkan, Vereinigte Arabische Emirate. Und wie immer Larnaca. Zu den jeweiligen Ländern gibt es dann Extra-Belehrungen.«

Er machte eine kurze Pause. »Ja, wie ihr merkt: Bombay ist gecancelt.«

Plötzlich wurde es in der Messe laut: »Was, kein Indien?«

»Mensch, denk doch an Weihnachten, das schaffen wir dann locker.«

»Dafür ist Colombo auch nicht schlecht.«

»Pfeif doch auf Bombay« …

Nach einer Weile hüstelte der Kapitän und fuhr fort: »Leute, nun mal Ruhe! Wie wir alle mitbekommen haben, ist zu Hause einiges am, sagen wir mal: am Brodeln. Das sollte uns hier wenig stören. Unsere Aufgabe ist nach wie vor, unsere Ladung von A nach

B zu bringen. Und unsere Planzahlen zu erfüllen. Mehr will ich heute nicht sagen. Schließlich fängt die Reise jetzt erst an.«

Er sah in die Runde. Sein Blick blieb bei Winter hängen. »Ach so, ich möchte hiermit den Genossen ...« Bagemiel schaute irritiert auf seinen Zettel »...Jens Winter vorstellen, der sofort eingesprungen ist für den Genossen, äh ... Ja.«

Er wischte sich den Schweiß von der Stirn, stellte sich plötzlich gerade hin und verkündete freudig: »Ja. Und morgen ist Transitausgabe.« Nun ging ein zufriedenes Raunen durch die Messe.

Der Polit erhob sich, und langsam trat wieder Ruhe ein. »Auch ich möchte kurz etwas sagen. In der heutigen Zeit ist es wichtig, einen festen Klassenstandpunkt zu haben. Ich verurteile deshalb das Verhalten des Kollegen, ich muss ja nun wohl sagen Ex-Kollegen, Vetter auf Schärfste. Egal, welche Motive da eine Rolle spielten.«

Mit versteinerter Miene sah er bedächtig auf alle Anwesenden. Dann wurde er freundlicher und wies auf den Neuen. »Ein gutes Beispiel zeigt der Genosse Winter, der eine hohe Einsatzbereitschaft an den Tag legt. Der Genosse Winter ist vor ein paar Tagen Kandidat der SED geworden.«

Fleischi lachte jäh auf, wofür er böse Blicke von Voigt und Bagemiel kassierte.

»Kurz vor Erreichen seines Heimathafens«, fuhr der Polit fort, »hat er sich sofort bereiterklärt, Solidarität im engsten Sinne zu zeigen. Dafür von meiner und auch von der Seite der Besatzung herzlichen Dank!«

Alle klatschten. Später, beim Verlassen der Messe, sagte Jörg zu Fleischi: »Na, wenigstens ist Fedja nichts zugestoßen.«

Dann ging er zum Funker, um ein Telegramm für Anne aufzugeben, damit sie keine Briefe nach Bombay schickte.

Eine Woche waren sie nun schon wieder auf ihrem Schiff. Und Jörg ertappte sich, als er Ausguck hatte und seine Gedanken hin und her sprangen, dass er wütend auf Fedja war. Natürlich blieb der noch lange im Gespräch, wobei sich jeder auf anderer Art äußerte. Aber Jörg dachte daran, was der wohl im Westen wollte. Flucht vor der Familie? Oder bereitete er dort ein Nest für sie vor? Hatte er deshalb so gespart und seit zig Monaten kaum Geld für Kinkerlitzchen, wie er immer sagte, ausgegeben? Obwohl – einmal hatte er sich Zierfische in Hongkong gekauft. Jörg sah ihn noch vor sich, als er mit den Zellophantüten aus der Tung Choi Street gekommen war und freudestrahlend seine neuen Tiere vorstellte.

Ach, Mensch, Väterchen. Jörg wurde traurig. Wie mag der jetzt im Westen klarkommen? Der kann da eigentlich nur auf ein Schiff steigen und weiterfahren. Der war doch schon zu Hause nicht fähig an Land zu leben, kam kaum klar mit dem ganzen Alltag.

Jörg seufzte tief. Ach Fedja. Mit wem wirst du nun über Täve Schur und Hansi Kreische diskutieren? Über Geschonneck und Delmare, Pharao und Kapitän Tenkes, Polizeihund Muchtar und Knysch? Wird man dir zuhören, wenn du vom Osten sprichst, oder wird man dich mitleidig angucken wie bei einem Kind aus der Dritten Welt? Vielleicht wird man müde lächeln oder, wenn du Glück hast, sogar Interesse heucheln? Und der Jüngste bist du doch auch nicht mehr. Olle Fedja, der alte Bördemensch, den die Liebe ins Erzgebirge verschlagen hatte. Doch sein Dialekt war immer noch der aus Halberstadt. In Gedanken hörte er ihn lachen und russische Volksweisen singen. Mensch Fedja! Mensch Vetter, du alter Kunde!

Jörg schaute auf das Wasser und versank in Erinnerungen. Vetter hieß Burkhard.

Dann schämte er sich wegen seiner anfänglichen Wut. War er plötzlich neidisch, weil der ihm zuvorgekommen war? Was hatte er denn für Absichten! Gut, er wollte diesen Schritt gemeinsam mit Anne durchstehen. Aber ob nun Holland oder BRD, im Grunde war es das Gleiche. Und was war da mit Anne los? Anrufen und mal einfach zu Hause nachfragen ging ja nicht. Das heißt, es ginge schon, aber das würde wohl das Ende der Seefahrt bedeuten. Wer wusste denn schon, ob die Stasi nicht jedes Seefunkgespräch aufzeichnete? Und der Funker war ja auch noch im Raum. Und die anderen Funker auf ihren Dampfern … Tja, nun hing er hier, schaute auf die Wellen, konnte nicht weg und nur auf die Briefe in Zypern warten. Und die Schiffspresse lesen.

Er nahm noch einen Kaugummi aus der Tasche und sah gelangweilt durch das Fernglas. Dann ging er wieder hinein und schaute kurz auf das Radar. Schiffspresse. Ha, sehr witzig! Der Zweite hatte sie mit auf die Brücke gebracht. Gemeinsam amüsierten sich die beiden köstlich. Der Anlass war ein kurzer Beitrag über Schabowski, schon einige Tage alt. Der hatte mit Demonstranten in Berlin diskutiert. Dort gab es eine nicht angemeldete Menschenkette, der das Politbüromitglied Schabowski und die ZK-Mitglieder Oberbürgermeister Erhard Krack und Helmut Müller, Berlins Zweiter in der Partei hinter Schabowski, freimütig, offen und entschieden gegenüber getreten waren. So wurde schnell ein Klima geschaffen, in dem für Unsachlichkeit und Anheizen kein Raum blieb. Skepsis und Distanz vieler schlugen mehr und mehr in Interesse und Mitdenken um. Die Gespräche wie auch die Treffen mit Arbeitern in den Betrieben seien eine lehrreiche Probe auf die Tragfähigkeit des Dialogs, der überall nach der 9. Tagung des ZK in Gang gekommen ist, wertete Günter Schabowski am Abend vor Journalisten die offene Debatte aus. Zumindesten stand es so in der Postille. Naja, wenigstens schrieben sie auch über den Sport. Unsere Fußballer hatten 4:0 gegen Malta gewonnen. War doch auch was.

Der Alltag an Bord kehrte bald ein. Daggi brühte eine große Kanne Kaffee auf und brachte sie hoch zum Kapitän, wo die erste Schiffsratsitzung stattfand. Bolle, der Koch, saß währenddessen allein in der Messe und bastelte an den Vorschlägen für die nächsten Speisepläne. In seiner Kammer war es wegen der Container an Deck viel zu dunkel. Seine Nachbarn, der Boss und der Eisbär hatten da mehr Glück. Die sahen auf die Rettungsboote.

Gerade wollte er »Champignons« schreiben. Aber er blieb immer wieder hängen. »Champis? Ach was, ich schreib Pilze. Rumpsteak mit Pilzen, so.«

Er lutschte am Kugelschreiber. »Ah, das ist gut. Wenn ich morgens Jägerschnitzel mit Letscho nehme, kann ich die Reste gleich abends in die Soljanka packen.« Er rieb sich die Hände. »Und zum Wochenende mach ich Ente mit Apfelrotkohl und Thüringer Klöße, schön mit geriebener Muskat. Vielleicht Ente mit Honig? Jo, das geht doch ab. Danach gibt es noch Götterspeise.«

Er war ein hervorragender Koch. Nur manchmal musste ihn der Chief Mate wegen seiner Ordnung ermahnen. Aber dafür war dann Daggi da, die aufpasste, dass die Männer nicht die Kombüse zum Schlachtfeld verkommen ließen und auch die Hygienebestimmungen einhielten. Daggi, die gute Seele der Wirtschaft, die ihren Jungs half, wo sie konnte, aber die auch bisweilen zickig und eifersüchtig reagierte. Das bekam Tatze des Öfteren zu spüren. Seit Monaten verlobt, hatte er sich so richtig bei ihr niedergelassen. Seine eigene Kammer nutzte er nur noch gelegentlich. Und jetzt, wo Fedja weg war, waren beide froh, dass er mal wieder die beste Wache abgegriffen hatte. Winter war sein zweiter Mann und beim Bootsmann im Tagestörn zugange.

Es klapperte in der Pantry. Bolle drehte sich um. »Liese, hast du einen Wunsch? Soll ich mal wieder Zigeunersteak machen?«

»Zigeunersteak? Sagt man doch nicht mehr!«

»Na dann eben ein Stück gebratenes Fleisch von der mobilen ethnischen Minderheit.«

Sie machte sich eine Flasche Selters auf, setzte sich dazu und wartete, das der Abwasch im Geschirrspüler fertig wurde. »Einen Wunsch? Ja, mach mal wieder was Ausländisches, so mit Reis und Curry und so'n Zeugs.«

Bolle winkte ab. »Das mach ich dann ab Sri Lanka, wenn wir das dort frisch einkaufen können. Aber jetzt, wo es nicht so warm ist und die Leute drinnen essen, da muss was Spezielles auf die Back.«

Liese überlegte. »Vielleicht Eisbein. Genau! Eisbein, wie ich es von meiner Oma kenne. Gebraten oder gebacken oder wie man das nennt. Schön mit Senf, Bratkartoffeln und …«

»Und Bier!«, freute sich Bolle. »Gute Idee! Wir probieren es mal auf bayrisch.« Er schaute sich nach allen Seiten um, obwohl er wusste, dass niemand in der Nähe war. Dann begann er zu flüstern: »Wenn schon die Flüchtlinge nach Bayern abhauen, könnten wir doch hier, weit ab vom Schuss, Oktoberfest feiern.«

Liese grinste. »Nur sagen, Bolle, sagen darfste das aber nicht.«

»Quatsch, da gab es auf so manchen Schiffen schon ganz andere Feten. Aber du hast recht. Bei unserem Popen kann man sich nicht sicher sein.«

Am nächsten Abend gab Winni dann seinen Einstand. Ohne Aquarium auf dem Tisch war gleich viel mehr Platz in der Kammer. Winter war in Indien gewesen. Als er vor Monaten in Rostock auslief, wurde gerade im Politbüro die Absicht verkündet, dass sich Leipzig für die Olympischen Sommerspiele 2004 bewerben wolle. Und vorher war Gorbatschow zum Staatsbesuch bei Kohl. Gerade wegen der Perestroika, über die viele sprachen, aber niemand etwas Genaues sagen konnte, wurde Winter Kandidat der SED. Wer, wenn nicht die Jugend, soll das Land voran bringen? Aber heute wurde gefeiert. »Hier gab es schließlich schon immer die dicksten Feten«, meinte Fleischi und rülpste laut.

»Iiieh, hör doch mal auf damit!«, beschwerte sich Liese.

Fleischi hob den Zeigefinger und erklärte: »Der Rülpser ist ein Magenwind, der nicht den Weg zum Arsche find. Prost.«

Irgendwann kamen sie auf Fedja zu sprechen. Auch, weil Winter nach ihm fragte. Liese erinnerte sich, dass der manchmal beim Essen gesessen und vor sich hingegrinst habe. »Der kaute und grinste. Ganz in Gedanken versunken.« Sie habe ihn mehrmals ansprechen müssen, bevor er reagierte.

Und der Ede behauptete, dass Fedja mal bei einer Wette eine ganze Flasche Tabasco ausgetrunken hätte.

»Du meinst Tequila«, wollte ihn Tatze berichtigen.

»Nein! Ich meine schon die Chilisauce.«

Der Boss sagte nur: »Na, sagen wir mal so: Der Fedja hatte ein sehr unterschiedlich geprägtes Leben.«

Winter holte seinen RFT-Rekorder raus. »Oh, bolschoi sowjetski Aggregat! Ach nein, ein Gerät aus heimischer Produktion«, spottete Bolle.

Doch dessen Besitzer ließ sich nicht aus der Ruhe bringen. »Den hab ich damals von meinen Eltern zur Jugendweihe bekommen. Der läuft immer noch ganz gut. Und wenn der mal kaputt gehen sollte, kann den mein großer Bruder reparieren. Der geht dann in den Bastlerladen und holt sich Ersatzteile.«

»Naja, immerhin Stereo«, sagte Jörg.

Winter schob eine Kassette hinein. Sogleich ging die Post ab. »Ja, Torfrock, das ist doch was!« Er erklärte, wie er schon als Kind von den Meldungen der Schiffspositionen in der *Lausitzer Rundschau* fasziniert gewesen war. Wie exotisch hörten sich Karachi oder Kalkutta an. Nun, wo er mal dort gewesen war, sah er das natürlich anders. Seine Familie und die Nachbarn zu Hause beneideten ihn. Besonders die eingebildete Ziege über ihnen. Die arbeitete im *Exquisit*.

»Jaja, diese Fußgänger«, sagte der Boss.

Im Laufe des Abends gerieten Liese und Stinkie aneinander. Auch weil der Keeper immer wieder über Fedja lästerte. »Der mit seinem Stielkamm in den umjekrempelten Jeans. Und seine Nylonhemden.«

Als Liese dann ging, sagte er: »Ick hab mal 'nen Spruch jehört, den muss ick euch erzählen, wa. Also, wenn olle Poseidon jewollt hätte, dass Weiber zur See fahren, wär dat Meer rosa.«

Fleischi fügte hinzu: »Und wenn Gott gewollt hätte, dass wir alle nur Wasser trinken, hätte er nicht 97 Prozent versalzen. Also reich mal gleich die nächste Pulle hoch, wenn Liese schon weg ist. Scheiße, ich wollte doch noch Lambada mit ihr tanzen.«

Die kleine Kammer war schnell zugequalmt. Auch das offene Bulleye nützte nichts.

Als sich Jörg allmählich aufmachte, um noch vor Wachantritt zu schlafen, war gerade die Diskussion über die Republikflüchtlinge im Gange. Winter staunte über das, was zu Hause los war. Der Boss, der schon mächtig einen zu sitzen hatte, kam nun auch mit einem Spruch: »Unsre Katz hat Junge, sieben an der Zahl. Sechse sind im Westen, eins ist nicht normal.«

Obwohl alle lachten, bemerkte Tatze: »Wie: nicht normal?«

Der Boss räkelte sich von der Backskiste. »Das war ein Witz, Kollege. Nur ein Witz. Schmidti warte, ich komm mit. Gute Nacht.«

Bogumil, Bogumil. Der Second sagte immer Bogumil. An was erinnert mich das nur, dachte Jörg. An einen Lehrer von früher? Nee, der hieß Baguhl oder so. Hm. Er seufzte und sah aus dem Brückenfenster in die Dunkelheit. Seine Cola stand im Fensterkasten. Schön kalt, doch zu süß. Und noch fast zwei Stunden Wache.

Aus dem UKW hörte man schon eine Weile das eintönige, blöde Rufen eines gelangweilten Kollegen, irgendwo, dort in der Nacht. »Filipino Monkey!«

Da schoss es Jörg durch den Kopf. Na klar. Bogumil! Ich hab's. Der von den Teufelsbrüdern. Mit Krakenzahn und Enterhaken-Ali. Na, wer sagt's denn? Ich bin doch nicht vergesslich … Mosaik, die Hefte mit Ritter Runkel. Das waren noch Zeiten. Wie hatte er um jedes Heft gekämpft. Und die olle Schachtel im Zeitungskiosk kam sich furchtbar wichtig vor. Und an das Abo ranzukommen war so gut wie ausgeschlossen … Ja Bogumil, der dicke Kapitän.

Ob der den meinte, wenn er über den Alten sprach? Aber, und das erstaunte Jörg dann doch, er ließ nichts auf dessen fachliches Wissen kommen. Der Alte sei durch und durch ein guter Master, der seine Nautiker auf vielen Reisewegbelehrungen wichtige Ratschläge für die jeweiligen Reviere gab. Seine Vorbereitungen waren so exakt, dass er sich extra englische Handbücher reinzog, die über dem üblichen Bestand an Tabellen und Tafeln hinausgingen. Dazu besorgte er ständig Literatur, führte die Nachweise sehr ordentlich und war, ob man es nun wahrhaben wollte oder nicht, ein Experte auf seinem Gebiet. Wenn auch ein versoffener. Natürlich war nicht von der Hand zu weisen, dass der unterm Pantoffel des Polit und der Rostocker Schaumschläger stand. Und man sah manchmal auch, wie der abkotzte. Aber er würde es nicht zugeben, weil er ein Trittbrettfahrer sei. Aber waren wir das, wenn wir ehrlich zu uns selbst waren, nicht alle?, fragte sich Jörg.

Der Second fing im Kartenraum an zu pfeifen. Auch wenn es etwas von Phil Collins war, es nervte.

»Ich mach noch mal Kaffee«, unterbrach ihn Jörg und schnappte sich die Kanne, um Wasser zu holen. »Vorne ist alles okay.«

»Ja, machen Se mal.« Der Second versuchte in der Zwischenzeit einen Radiosender zu finden. »Mal sehen, ob die DDR noch steht«, sagte er grinsend, als Jörg zurückkam. Der kochte Kaffee, zog den braunen Vorhang hinter sich zu und setzte sich wieder ans Fenster auf der Backbordseite.

»Bei den Tschechen brennt jetzt auch die Luft«, hörte er seinen Wachoffizier sagen. »Die haben auf dem Wenzelsplatz auf die Leute eingeprügelt.«

»Die Bullen dort sind nicht zimperlich. Das sind die größten Arschlöcher. Hab ich selbst beim Trampen da unten erlebt. Die sprühen einfach mit Reizgas, wenn man da …«

»… hundertzwanzig festgenommen, viele Verletzte …«

Jörg verstummte und lauschte von seinem Platz aus. Aber mehr als das Blubbern der Kaffeemaschine war nicht zu verstehen. Nach einer Weile kam der Second nach vorn und füllte sich seine Tasse. »Oh Mann, schon siebenhundertvierzigtausend Ausreiseanträge bei uns. Nicht dass das Land leer ist, wenn wir wieder nach Hause kommen …«

Das Schild am Türdrücker der Kapitänskammer sprach Bände: »Nur Wecken bei Untergang oder Heuererhöhung!« Bagemiel lag in seiner Koje. Aber an seinen wohlverdienten Mittagsschlaf bis kurz vor der sonntäglichen Kaffeetime war nicht zu denken.

Er grübelte einfach zu viel. Welcher Sack hängte nachts immer den Honecker ab? Als er gestern am späten Abend noch seine Runde gemacht hatte, hing das Bild noch in der Messe. Zum Frühstück stand es auf der Backskiste. Immerhin, es war noch da und nicht in den Bach geflogen. »Wenn ich den erwische! Dem mach ich Licht am Spaten!«, sagte er sich.

Natürlich hatte er auch den Lärm gehört, der vom Deck tiefer nach oben drang. »Volle Granate Renate, Renate, Renate, Renate!« Hinuntergehen wollte Bagemiel allerdings nicht. Das fehlte noch, wenn man ihn dabei ertappte, wie er durch die Gänge streifte. Auch wenn es *sein* Schiff war. Ja, dieser olle Honecker! Es war schon eine bekloppte Situation, die es zu lösen galt. Am besten wäre es doch, auf der heutigen Parteiversammlung zu verkünden, dass das Bild nun abgenommen werden könnte, es gäbe einen neuen Staats- und Parteichef, Honecker sei in Rente. Dann war er wieder einen Zug voraus. Schließlich hatte sein Wort Gewicht.

Am Morgen des nächsten Tages schaute sich Pluto im Maschinenraum um. Endlich war er mit Fleischi allein in der Werkstatt. Eine beklemmende Stimmung herrschte bei der Arbeitsverteilung. Irgendetwas war im Busch. Pluto legte den großen Maulschlüssel beiseite und sprach gerade so, dass Fleischi ihn hören konnte: »Oh Mann, ich muss dir 'ne Schote von gestern Abend erzählen.«

»Wieso? Was war denn gestern Abend?«

Pluto wischte sich seine ölverschmierten Hände an einem Putzlappen ab.

»Na, wir hatten doch Parteiversammlung. Aber behalte das für dich.«

Fleischi nickte. »Also, ich saß schon in der Messe, da kam der Winter rein, der Neuaufsteiger. Der ist doch Kandidat. Weißt du ja.«

Wieder nickte Fleischi und grinste gespannt.

»Also, der kommt rein und setzt sich voll auf den Platz vom Alten. Der Second sagte ihm, er soll sich lieber woanders hinsetzen. Aber der blieb stur sitzen.«

»Und dann?«

»Dann kam der Alte mit dem Popen in die Messe, guckte kurz und fragte den Winter, ob er jetzt die Schiffsleitung übernommen habe.«

Fleischi lachte laut.

»Na, jedenfalls kapierte der Winter wohl nicht ganz, was der Alte ihm damit sagen wollte. Und du kennst ja unseren Alten. Der fackelte nicht lange und sagte schließlich deutlich: ›Du sitzt auf meinem Platz, Genosse!‹ Der Winter entgegnete kühl: ›Ich denke, dass ist hier eine Parteiversammlung. Da kann doch jeder sitzen, wo er will – als Gleicher unter Gleichen.‹«

Fleischi feixte: »Und? Ist er sitzengeblieben?«

»Nee, der Chief hat gesagt: ›Komm mal an meine Seite, da ist noch frei.‹ Und dann hat er sich umgesetzt. Aber, und jetzt kommt es: Der Winter hat danach ›Du‹ zum Alten gesagt. Das Gesicht vom Käptn hättest du mal sehen sollen!«

»Kann ich mir vorstellen.«

»Der Alte meinte: ›Ich hör wohl nicht richtig!‹ Aber der Winter sagte: ›Wieso? Wir sind doch hier alle Genossen!‹ Der hat fast geheult.«

Fleischi prustete los: »Ja, alle sind gleich. Und manche sind gleicher. Na, der wird sich das aber zweimal überlegen, in die Partei einzutreten.«

»Naja, wer weiß, wie das auf seinem anderen Dampfer war. Vielleicht war das dort so?« Pluto wurde ernster. »Und dann war da noch was.« Er druckste ein wenig herum. »Der Eisi, also das muss man ihm lassen, der Eisbär ist nach einer Weile einfach aufgestanden und hat erklärt, dass er nicht mehr mitmache. Fertig! So ganz aus heiterem Himmel.«

»Wie: nicht mehr mitmacht? Will der kündigen?«

»Nee, Mensch«, Pluto fuhr sich mit dem schmutzigen Handrücken über die Stirn, »der ist aus der Partei ausgetreten«.

Fleischi pfiff kurz. »Oh, Alter! Das ist ’n Ding!«

»Darum hat ihm doch der Voigt, vorhin im MKR, auch nicht die Hand geben wollen. Kinderkacke!«

»Geht denn das so einfach?«

Pluto zuckte mit den Schultern. »Keine Ahnung.«

Natürlich ging diese Nachricht wie ein Lauffeuer über das Schiff. Der Bootsmann begegnete ihr bei der morgendlichen Arbeitsverteilung an Deck mit Ironie. »Aber heute«, sagte er und klatschte in die Hände, »heute fangen wir an! Blaue See, die Sonne lacht – das hat die Partei gemacht.«

Es wurde Wasser an Deck bestellt, die Rußflocken beseitigt, der Pool gespült und, optimistisch wie der Boss nun war, auch gleich Wasser eingelassen. Auf der Brücke rieb sich der Dritte die Augen.

Er hatte in dieser Nacht schlecht geschlafen. Und nun diskutierten hier auch noch der Alte und der Polit.

»Nie hat bei uns einer den Mund aufgemacht. Der Lohmann schon gar nicht. Immer war alles einstimmig. Und plötzlich? Ja, plötzlich ist man so lebensklug. So clever.«

Der Polit sah grimmig aus dem Fenster. »Ich verstehe vollkommen die Leute, die unzufrieden sind. Wirklich. Aber dann muss man auch mal mit anpacken und sich einbringen.«

Bagemiel schwieg.

Was zum Teufel war hier los? Gut, ein Mann weniger in der Grundorganisation der Partei. Na und? Bagemiel drehte sich um und sagte merklich gelassen: »Mach dich doch nicht fertig. Das geht alles seinen sozialistischen Gang.«

Er nahm die Kanne und eine Tasse und setzte sich auf die karierte Backskiste. Dann goss er die dunkle Flüssigkeit umständlich ein, streckte seine Beine aus und trank. »Bäh, Steuermann! Wie viele Stunden steht denn dieser Sud schon auf der Flamme?«

Der Dritte bekam einen Schreck und klopfte an das Steuerbordschott, hinter dem Struppi Ausguck hielt. »Herr Strunz, setzen Sie mal bitte neuen Kaffee an.«

»Mein lieber Scholli, der Winkler will uns hier vergiften«, lästerte der Kapitän und gab Struppi grinsend gleich seine Tasse mit. »Hier Herr Strunz. Kippen Sie das mal weg und holen Sie mal richtige Bohnen. Die stehen bei mir unten im Kühlschrank.«

Im Brückenschott traf Struppi auf den Funker, der nun auch dazu kam. Verärgert schaute der Dritte ins Radar. Ist hier wieder Jahrmarkt?

»Na Funkerchen, was gibt's Neues in der Welt? Sollen wir umkehren, oder fahren wir weiter?« Bagemiel lachte aus vollem Halse, aber so richtig ehrlich klang das nicht.

Der Funker schaute ihn erstaunt an. »Na ja, vielleicht darf ich da den alten Kästner zitieren: ›Freunde, nur Mut! Lächelt und sprecht: Die Menschen sind gut, nur die Leute sind schlecht.‹«

»Ah, ja.«

»Ja«, fügte der Polit hinzu, »leider fallen einem die richtigen Worte immer erst später ein. Ich habe gestern Abend nach der Versammlung, aber auch in der Nacht, lange nachgedacht. Wir müssen die Menschen durch bessere Argumente überzeugen, statt durch Worthülsen – sie begeistern, aber nicht erdrücken.«

Na, du musst es ja wissen, dachte der Dritte. Trotzdem hielt er sich aus der ganzen Diskussion heraus. Schon einmal war er gegen die Wand gelaufen. Letzte Reise, als er sich über das Weltniveau der DDR-Wirtschaft lustig gemacht hatte. Und über die Medien, die nicht kritisch berichteten, sondern herumschleimten.

Doch der Polit wollte nun plötzlich auch seine Meinung hören. »Was ich dazu zu sagen habe? Hm, naja, also die Unzufriedenheit der Bevölkerung resultiert doch aus verschiedenen Aspekten. Wenn man nichts oder fast nichts für sein Geld kaufen kann, und damit meine ich nicht, dass einer hungert, aber allgemein gesehen ist doch das Warenangebot nicht zufriedenstellend. Oftmals ist auch die Qualität schlecht. Reisefreiheit ist auch so ein Thema. Im Grunde ist es wie mit unserer Fußball-Nationalmannschaft, auch wenn sie ab und zu gewinnt.«

So, mehr sage ich lieber nicht, dachte der Dritte.

»Nun mal mal nicht so eine Dystopie an die Wand«, empörte sich der Funker mit reichlicher Übertreibung. Wahrscheinlich wollte er mal wieder Punkte beim Popen sammeln. Und das noch vor dem Wachmatrosen.

Der Kapitän schüttelte den Kopf. »Der immer mit seinem Kombüsenlatein. Geht das vielleicht auch auf Deutsch?«

»Ja, ich meine diese Schwarzmalerei …«

Als hätte es der Dritte geahnt, stand der Kapitän auf und ging an den Kartentisch, dann an das Radar, pfiff leise vor sich hin und trat zurück an die Karte. »Sagen Sie mal, Genosse Winkler, fahren Sie nach Periplus, oder welche Navigation betreiben Sie hier?«

Struppi, der den neuen Kaffee auffüllte, zuckte zusammen. Bagemiel freute sich heimlich. Auch er kannte schöne Begriffe. Und Struppi machte, dass er schnell wieder in seine Nock verschwand.

Jeder an Bord, ob er es nun zugab oder nicht, war am Geschehen zu Hause interessiert. Nach jedem Telefonat, Nachrichtenfetzen aus dem Radio und Gesprächen untereinander entstanden die verworrensten Bilder in den Köpfen. Einige amüsierten sich – wenn auch hinter vorgehaltener Hand – über das Versagen der alten Männer in Berlin. Andere, die voll und ganz hinter Partei und Regierung standen, äußerten Bedenken, dass »die Sache« aus dem Ruder liefe.

Daggi bekam vieles in der Offiziersmesse mit und hatte ihre Ohren überall. Auch sie und Tatze waren schließlich in der Partei und über fast jede Neuigkeit beunruhigt. Im Gegensatz zu Fleischi und manch anderem aus der Mannschaft mochte sie die Offiziere. Was kümmerte sie der Voigt? Sie hatte doch kaum mit dem zu tun, machte seine Kammer sauber und bediente ihn. Und der Polit? Na gut, der hatte eine Sonderstellung. War aber auch ganz in Ordnung, wenn er nicht so verbissen gewesen wäre. Und die Nautiker waren durch die Bank gestandene Seemänner, einst Matrosen wie ihr Verlobter auch. Von den Technischen Offizieren konnte sie nie viel sehen. Nur wenn sie ab und zu an Deck arbeiteten. Manchmal sogar ölverschmiert. Einmal hatte sie der Chief mit nach unten in den Keller genommen und ihr stolz die Maschine gezeigt. Nur verstand sie kein Wort. Nicht nur wegen des Lärms, sondern auch wegen der vielen technischen Begriffe, mit denen sie der Chief bombardiert hatte. Seitdem hatte sie großen Respekt vor der Arbeit im Maschinenraum, in dem es ihr viel zu heiß war.

Lediglich der Funker war durch und durch ein Exot. Der gehörte besser auf eine Universität. Als Museumsführer schien er auch geeignet. Sagte *Vademecum* statt *Handbuch*. Daggi musste bei ihm immer unwillkürlich an Spitzwegs Bilder denken. Der arme Poet oder der mit dem Schmetterlingsnetz. Pietsch hatte eine fantastische Schrift. Seine Briefe nach Hause waren kleine Kunstwerke. Die Kuverts mit Skribent geschrieben, versah er stets mit kleinen Bildern und Verzierungen. Oft besorgte er sich geschmackvolle DDR-Briefmarken dazu und schickte sie mit Paquebot ab. Während alle anderen von *Video* sprachen, lag bei ihm immer die Betonung auf dem *e* – vielleicht in Anspielung auf Montevideo, der Hauptstadt Uruguays.

Daggi grinste. Na gut, bei Struppi hieß das *Viedscho*, was aber an dessen Leipziger Herkunft lag. Malen, ja malen konnte der Funker. Und Geräte reparieren. Trotzdem hatte er es an Bord schwer. Keiner lag auf »seinem« Niveau. Alle hatten sie von der Pike auf gelernt, und nicht wie er – von der EOS zum Studium und dann aufs Schiff. Wie es der Funker geschafft hatte, um seine Armeezeit zu kommen, blieb wohl für immer sein Geheimnis.

Zu Hause dagegen, so hieß es, habe seine Frau die Hosen an. Sie besorgte Material und Handwerker, ließ eine Sauna einbauen und träumte von einem kleinen Pool. Pietsch hatte keine Fahrerlaubnis. Deshalb holte ihn immer seine Frau mit dem Dacia von Rostock ab. Kleinmachnow war nicht groß. Dort wohnten einige Prominente aus Kultur, Wirtschaft und Politik. Und Familie Pietsch! Nach fast jeder Reise zeigte er seiner Nachbarschaft, wo sie nie hinkam. Dazu schrieb er beim Fotografieren genau mit: welche Kirche es zum Beispiel in Buenos Aires war, wie der Platz in Tokio hieß, erkundigte sich nach der Höhe der Berge und schlug nach, um einzelne Pflanzen genau benennen zu können. Manchmal kaufte er sich auch einen Reiseführer oder ging zur Touristeninformation und kam mit Prospekten bepackt zum Schiff zurück. Zu Hause hatte er dementsprechende große Auftritte. Dann wurden die Leinwand und der Projektor aufgestellt, die Notizen bereitgelegt und die Plattensammlung durchstöbert. Vor dem Diaabend gab es angemessen zu Verdi- oder Mozartklängen Fondue. Oder aber asiatisches Essen. Zu diesem Zweck trainierten Frau und Tochter dann vorher den Umgang mit den Stäbchen.

Die Ablösung nachts auf der Brücke war immer interessant. Stets wurden nicht nur die dienstlichen Einzelheiten ausgetauscht, sondern es gab immer noch einen privaten Schnack untereinander. Egal, ob der eine Offizier war und der andere Matrose.

Der Second kam total übermüdet auf die Brücke. Er hatte noch spät an seinem Weltempfänger gesessen und gelauscht, was so im Vaterland, wie er es scherzhaft nannte, passierte. So wusste er von Karl-Eduard von Schnitzler zu berichten, dass dessen Sendung »Der Schwarze Kanal« zum letzten Mal ausgestrahlt worden sei. »Kein Verlust!«, wie man einstimmig feststellte.

Als Jörg dann allein in der Nock stand und sich den Nachtwind um die Ohren wehen ließ, dachte er darüber nach, sich am Abend, beim Landgang, eine westdeutsche Zeitung zu kaufen. Außerdem war er innerlich zerrissen. Einerseits freute er sich auf die Post, andererseits hatte er Angst davor. Oder zumindest ein ungutes Gefühl. Wie würde sich Anne entscheiden? Würde sie nun noch nach Holland wollen, oder war das plötzlich alles wegen der Demos vergessen? »Verstehe einer die Frauen!«, hätte Fedja jetzt gesagt.

Jörg hatte am Abend seine letzten Briefe für Larnaca geschrieben, an Anne und an seine Eltern. Wenn Winter nach Hause flog, konnte er ihm die Post mitgeben. Der hatte es gut, rein in den Flieger, und Stunden später war er in Cottbus. Naja, so einfach war es nun auch nicht, denn der musste mit dem Zug von Berlin dorthin. Jörg hätte dennoch gern mit ihm getauscht. Irgendwie war der Dampf raus. Die Seefahrt hatte schon mal mehr Spaß gemacht. Lag es an der Ehe? Lag es an den Reisen? Möglicherweise waren auch die Container schuld. Die Landgänge waren auch nicht mehr das, was sie einst waren.

Erneut dachte er an Fedja. Der hatte, zumindest bei seinen Landgängen, alles richtig gemacht. Dieses Gehechel nach Joghurt, Weichspüler oder billigeren Angeboten. Das Geschleppe von Ananaskonserven und Weinballons. Kein Geld für ein Taxi. Das heißt: Geld war schon da, aber man sparte sich lieber jede Mark, Gulden, Yen oder Peso und latschte stattdessen kilometerweit zu Fuß. Aber dafür hatte nicht jeder einen schicken Integralhelm oder einen zuverlässigen Rasierer, fremdartige Pflanzen und Schnitzereien oder eine japanische Hifi-Anlage zu Hause stehen. Natürlich konnte man es machen wie Fedja einst: in die Kneipe gehen oder sich wie ein Tourist durch die Hafenstadt kutschieren lassen und auf all das verzichten. Obwohl, fiel ihm ein, in den Kneipen waren sie auch und Rundfahrten hatte auch er zu Genüge gemacht.

In letzter Zeit rasten seine Gedanken einfach hin und her. Zu viel war anders. Vorbei der normale Trott. Was passierte hier und was passierte zu Hause, wo die Leute oder zumindest ein großer Teil von ihnen nach dem ganzen bunten Zeug verlangten, ein richtig gutes Auto, Urlaub auf Mallorca, Bananen und Dosenbier? Manche vielleicht auch nur eine Wohnung. Andere, die im Lande bleiben wollten, sehnten sich dagegen nach richtigen Wahlen und Meinungsfreiheit. Das fehlte, und das war doch viel wichtiger.

Aber noch ein ganz anderer Gedanke beschäftigte ihn. Eine Entdeckung. Er war mit seinem Lieblingshemd bei Liese gewesen, um zu fragen, ob sie ihm den kleinen Riss am Ärmel nähen könnte. In ihrer Kammer war es, wie stets, aufgeräumt, und es roch viel frischer, als bei seinen Kollegen. Auch die Poster an den Wänden verrieten, dass hier eine Frau lebte. Keine Fußballmannschaften, keine nackten Weiber und keine Rennwagen. Ein Bild von einem Pferd hing über ihrem Tisch. Das musste man sich erst mal überlegen. Ein Gaul! Stinkie hätte seine wahre Freude gehabt. *New Kids on the Block* grinsten vom Kammerschott und Patrick Swayze und Sandra von der Koje.

Dafür lagen einige Bücher auf ihrem Tisch. »Was? *Die Stunde der toten Augen* ?«, Jörg staunte. »Liest du das gerade?«

Sie schaute kurz auf. »Ach, den Krimi meinst du? Nee, hab ich noch nicht angefangen.«

»Liese, das ist ein Kriegsroman, kein Krimi. Da geht es um Fallschirmjäger und so.«

Enttäuscht winkte sie ab. »Kannste gleich mitnehmen. Obwohl«, sie machte eine kurze Pause, »das habe ich vom Bootsmann geborgt. Aber wenn du es bald zurückbringst?« Jörg nickte und verschwand. In seiner Kammer fand er einen Zettel im Buch. Es war ein Flugblatt. Ein Aufruf.

Gleich nach der Wache holte er den Zettel hervor, den er im Spind unter seiner Wäsche versteckt hatte. Vorsichtshalber verschloss er vorher das Kammerschott und machte die Musik aus. Dann setzte er sich an den Tisch, faltete langsam das dünne Papier auseinander und las erneut.

Das waren ganz neue Töne! Oh Mann, das war mutig und doch so wahr. Selbstbewusste Bürger gegen die aufgeblasenen Funktionäre. Wo hatte der Boss das her? Der hielt sich doch sonst immer aus allem raus?! Guck an, unser Bootsmann. Obwohl, so doof wird der nicht sein und Liese ein Flugblatt unterjubeln. Vielleicht hatte der das einfach verdüst, oder Liese hatte sich das Buch arglos genommen, wie es ihre Art war? Hm, er müsste ihn mal darauf ansprechen.

Stunden vor dem Einlaufen in Zypern kam der Bootsmann in Eiches Kammer und verteilte die Stundenzettel für November. Er beobachtete kurz, wie Jörg und Eiche versuchten, gegen Winters Grand Hand zu bestehen. Nach dessen knappen Sieg schaute der Bootsmann von den Skatkarten zu Winter. »Gratuliere. Du sollst übrigens mal hoch zum Alten kommen.«

Die Matrosen sahen sich an. Winter freute sich: »Ah, bestimmt wegen Larnaca«, sagte er und flitzte los.

Zehn Minuten später war er wieder da. Völlig niedergeschmettert.

»Was ist los, Winni?«

»Alles Scheiße! Euer Kaptain lässt mich nicht fahren.«

Jörg bemerkte, dass Winters braungebranntes Gesicht plötzlich blass erschien, sagte aber nichts.

»Der Alte?«, fragte Eiche erstaunt.

Winter setzte sich langsam, wie vor den Kopf gestoßen, hin. »Ja«, stammelte er und fing an zu weinen. »Oder die von der Reederei. Ist ja auch egal.«

Eiche holte eine Flasche WBS aus dem Spind. »Was hat er denn gesagt?«, löcherte er weiter, nahm drei Gläser und kippte sie bis zum Rand voll.

»Die gegenwärtige Lage lasse es nicht zu.«

»Ha, gegenwärtige Lage! Meint der, du bist hier nicht zu ersetzen? Zur Not kann auch der Kabel-Ede als zweiter Mann Wache gehen.«

»Der Ede geht ja schon als zweiter Mann Wache«, stellte Jörg klar. »Also, ich kann den Alten voll verstehen.«

»Nein, Mann!«, brüllte Winter los. »Die Lage zu Hause. Die lassen mich nicht fliegen. Die haben jetzt andere Sorgen, sagt er. Sie können keine Ablösung schicken.«

»Prost!«, rief nun Eiche.

»Scheiße. Ja, Prost«, winselte Winter und bekleckerte nebenbei die Stundenzettel.

Eiche stand kurz auf und haute ihm verständnisvoll auf die Schulter. »Nun mach dich nicht heiß. Vielleicht klappt's ja in den Emiraten? Hat der Alte nichts weiter gesagt?«

»Nee. Es tue ihm leid, aber ihm wären die Hände gebunden.«

Eiche machte die Flasche ganz leer und stöhnte: »Na toll!«

»Diese Säcke! Erst groß quatschen: Danke, Genosse Winter, für Ihre Einsatzbereitschaft. Sie werden zurück zu Ihrer Stammbesatzung kommen, und so'n Schnulli. Und dann kriegste 'nen Tritt in den Arsch! Scheiß Faultiere.«

Jörg versuchte ihn wieder aufzubauen. »Aber vielleicht geht es ja später? Und die von der Arbeitskräftelenkung bewegen sich. Du wirst sehen. Und dann fährst du mit 'nem Taxi durch die Wüste, schön nach Dubai oder so, und ab geht's mit 'nem Flieger nach Hause.«

»Das glaubst nur du«, antwortete Winter und rieb sich seine verheulten Augen. »Wenn man erst mal weit weg ist, vergessen die doch einen.«

Dann überlegte er kurz. »Das hätte mir ja vorhin eigentlich auffallen müssen, als der Boss uns die Stundenzettel gegeben hat. Der wusste das.«

»Quatsch! Der Boss ist in Ordnung. Da habe ich schon ganz andere erlebt«, verteidigte Jörg seinen Vorgesetzten.

»Der Knaller hat das gewusst!«, wiederholte Winter und zeigte auf den Tisch. Tatsächlich. Der hatte drei Blätter hingelegt. Nach einer Weile des Schweigens beruhigte er sich und sagte leise: »Hast ja recht. Unser Bootsmann hatte zum Beispiel die Angewohnheit, wenn du Wache gehst, biste nix, gehste Tagesstörn biste okay.«

Die anderen lachten: »Das ist hier auch so.«

»Aber hier dürft ihr wenigstens runter von der Brücke und mitmachen. Bei uns war immer strammer Ausguck angesagt.«

»Na siehste, hier ist es viel besser. Nicht mal richtiges Ladegeschirr haben wir hier. Nur das Spielzeug achtern. Und unser Bootsmann, der mag eben keine faulen Hunde und Schnacker«, rief Eiche und erhob sein Glas.

»Genau!«, bestätigte Jörg. »Darum liebt er ja auch den Popen so.«

Beim Einlaufen schickte der Second den »Jung-Vollmatrosen« Winter, wie er ihn bezeichnete, vorsichtshalber in die Koje, damit der in seinem angetrunkenen Zustand keinen Unfall baute. Aber das blieb ein Geheimnis der achteren Manöverstation. Zum Glück hatte Winter rechtzeitig die ihm anvertrauten Briefe beim Funkoffizier abgegeben.

Es regnete heftig, und Jörg verging die Lust, abends an Land zu gehen. Gespannt wartete er auf die Post, die irgendwann verteilt werden würde. Frisch geduscht lag er, die Kopfhörer auf den Ohren, in seiner Koje. Im Walkman lief seine tägliche Sprachübung von Langenscheidt: Niederländisch. Er hatte sich sogar eine Fahrradkarte von Holland besorgt, wo auch die kleinsten Wege abgebildet waren. Was wusste er schon von Overijssel, außer das es eine Provinz war? Was wusste er überhaupt von Holland, diesem Land mit den toleranten Menschen, den Grachten, den Tulpen? Welche Parteien gab es dort? Wie war die soziale Lage? Wie ging das bei denen mit der ärztlichen Versorgung? Bisher hatte er sich immer gesagt, das wird da schon alles laufen, schließlich wohnten dort auch fast so viele Menschen wie in der DDR. Aber wenn er ehrlich war, kannte er nicht einmal den Namen des Staatschefs. Oder hatten die sogar eine Frau als Oberhaupt?

Das Schott zum Vorraum ging auf, dann klopfte es, und der ewig rote Kopf mit den blassen Augenbrauen guckte um die Ecke. Es war der Ede, der grinsend die ersehnte Post auf den Bauch von Jörg warf und wieder verschwand. Drei Briefe von Anne. Das war aber wenig. Na gut, sie hatte viel zu tun. Und er war im Vergleich zu seinen Kollegen maßlos verwöhnt. Außerdem viel Zeit war auch nicht für die Post, denn sonst käme sie zu spät. Bedächtig schaltete er das Gequatsche ab und öffnete den Umschlag mit der Nummer eins. Sie hatte den Brief gleich am Tag nach seiner Abreise angefangen und später, nach dem Telefonat von Rotterdam, weitergeschrieben. Flüchtig überflog er die Zeilen. Sie berichtete von der *Aktuellen Kamera*, die man jetzt gucken konnte, von der Zeitung, in der manchmal Artikel waren, die über die wirkliche Lage berichteten. »Ich hoffe ja, dass Du auf dem Schiff auch alles mitbekommst, was so los ist an Land. Wenn es nicht der Fall ist, dann schreibe es mir bitte. Ich schicke Dir sonst paar Zeitungsartikel. Es ist echt alles interessant, und wer sich dafür nicht interessiert, der ist selber schuld. Trotzdem habe ich mich heute wieder doll geärgert. Das Dampfbügeleisen ist nicht in Ordnung. Morgen bringe ich es zurück in den Laden, und ich möchte das Geld wiederbekommen. Es reicht mal wieder. Man wartet so lange auf eine Reparatur, obwohl noch Garantie darauf ist. Habt ihr auch tolles Wetter? Heute saß ich auf der Terrasse, so warm war es … Du, gestern gab es wieder Rudi Carrell. War mal wieder ganz toll. Es ist doch meine Lieblingssendung … Falls es mit der Wohnung los geht, versuche ich es mit dem Telefon …«

Entgegen seiner Gewohnheit, jeden Tag nur einen Brief zu öffnen, ertappte er sich, wie er den nächsten Umschlag in die Hand nahm. Dieser war merklich dicker. Jörg hielt es kaum vor Neugier aus und öffnete auch Nummer zwei. Aha, Zeitungsschnipsel lagen darin. Ein kleiner rutschte herunter und fiel vor die Koje.

Die Postämter nähmen wieder Abonnementbestellungen für den *Sputnik* entgegen, ohne dass das Postministerium jetzt schon Belieferungstermine nennen könne, las er.

Soso. Anne schrieb über die erste große Demo zu Hause. Leider habe sie Dienst im Heim gehabt. Ihre Kollegin, die dabei war, traute sich nicht, Fotos davon zu machen. Sie wollte nicht als Spitzel beschimpft werden. Aber es wären sehr viele Menschen gewesen.

Die Zeitung schrieb von 40.000. Ihre Kollegin habe sich einige Transparente abgeschrieben. »Dialog statt Kampagne! Neues Forum«, »Gewaltfrei für Reformen«, »Neue Männer braucht das Land« und »Sozialismus ja – Kapitalismus nein!«

Anne fragte, ob sie den »Sputnik« bestellen solle?

Was, das Russenheft? Na gut, vielleicht wegen Gorbi. Aber gleich abonnieren?

Dann berichtete sie über ein neues Reisegesetz, das Ende November kommen solle. Jeder würde einen Reisepass bekommen, wurde gemunkelt. »Vielleicht können wir nächstes Jahr doch woanders hinfahren? Ich würde es mir sehr wünschen. Bald hole ich die Fotos ab und dann bekommst Du mehr Post. Hoffentlich vergeht die Zeit schön schnell ...« Jörg richtete sich auf und las weiter. »Wie geht es euch auf dem Schiff? ... Wird bei euch auch soviel diskutiert? Hier ist totale Stimmung mit der Leiterin ... Ich werde meinen Haushaltstag am 22.12. nehmen ...«

Im dritten Brief lag der Zeitungsartikel über die Demonstration in seiner Heimatstadt. Sieh an, sie bessern sich. »Kurz und bündig, wir sind mündig!« stand da geschrieben. »Und es geht um eine Wende, wie der Genosse Egon Krenz auf der 9. Tagung des Zentralkomitees ...« Also doch wieder fast die selbe alte Leier.

Aber es ging nun auch um öffentliche Gesprächsrunden und konstruktive Ideen, ob nun von Marxisten oder Christen.

Hm, da passierte was zu Hause. Die müssen ja ganz schön Schiss haben, wenn sie jetzt endlich die Leute anhören wollen. Vielleicht wollen sie auch nur ihre Haut retten? Hoffentlich ist es nicht längst zu spät. Und was ist mit dem Neuen Forum? Wann wird das endlich zugelassen?, dachte Jörg bei der Lektüre.

Im Kuvert war noch eine Nachricht von Anne. Sie berichtete von einer älteren Dame aus der Nachbarschaft, die sie schon als Kind kannte. Die habe ihr gesagt: »Jetzt müsste ich in deinem Alter sein, da würde ich kämpfen. Nicht so wie 1953, sondern mit Fantasie. Richtiger Sozialismus müsse her. Also fegt den alten Mist beiseite, lasst euch nicht gefallen, dass alte Männer, und in meinem Alter darf ich das wohl sagen, dass diese alten Männer euch regieren. Traut euch was und bleibt hier. Hier ist doch eure Heimat. Aber denen in Berlin läuft jetzt die Zeit weg. Und die Russen werden denen auch nicht mehr helfen, die haben zu Hause schon genug Probleme. Die mit ihrem Riesenland.«

»Lieber Jörg, es hat sich was verändert. Verändert in mir. Keine Angst, es betrifft nur zum Teil uns beide, denn ich will nicht mehr hier weg. Ich will kämpfen und mich wehren.

Ach Jörg, du fehlst jetzt hier. Du hast immer so gute Ideen. Bestimmt wärst du auch gern dabei. Jetzt braucht man auch keine Angst mehr zu haben, wie neulich in Berlin. Weißt Du noch, wie wir gerannt sind? Es sind einfach zu viele, die den Mund aufmachen und auf die Straße gehen. Bleib gesund. Bis zum nächsten Brief. Wer weiß, was bis dahin schon wieder alles passiert ist?!!! Küsschen mein Schatz.«

Lange Zeit konnte Jörg nicht einschlafen. Als er dann nachts an der Gangway stand, Struppi längst gegangen war und sich der Second kurz blicken ließ, sprudelte es aus ihm nur so heraus. Die beiden rätselten über das Reisegesetz, das da kommen sollte. Wie würde das aussehen? Und vor allem: Wie stellte sich das die Regierung vor? Entweder da hauen noch mehr ab – oder aber es kommen nur die zurück, die entschlossen sind, weiter in der DDR zu leben. Wie es hieß, könnte man bald für dreißig Tage in den Westen fahren.

Das große ABER war jedoch die Devisenlage. Ganze fünfzehn Westmark würden für jeden nur zu Verfügung stehen. Ja, klar, also hin zum Bahnhof, Fresspaket nicht vergessen, einmal Paris mit Sonntagsrückfahrkarte bitte. Dann an der Seine pennen, wie sonst an der Donau in Budapest, Bier trinken am Eiffelturm, eventuell noch fünf Postkarten kaufen, wenn es denn dafür noch reicht, und dann ab zurück nach Hause. Eh Leute, ich war in Paris! Ganz große Klasse … Na, das konnte vielleicht was werden! Da müssen ja die Menschen alles Mögliche zum Verkaufen mitnehmen. Der gute Fotoapparat oder das Fernglas gegen ein paar lumpige Franc, die Glashütteuhr gegen Gulden oder Antiquitäten gegen Kronen. Ist doch logisch. Am Ende steht die Mutti dann aufgemotzt im Minirock am Straßenrand. Wer jetzt kein Westgeld hat, ist angeschmiert. Und die Ostmark geht in den Keller …

Noch nie hatten Jörg und sein Wachoffizier so offen miteinander geredet. Beide waren im Alter nicht weit auseinander. Und beide sahen die Dinge klar. Der eine war Genosse, der andere nicht. Und der Genosse wollte es auch bleiben. Jetzt erst recht. Jörg dagegen wollte so schnell wie möglich aus der FDJ, traute sich jedoch nicht, das auszusprechen.

Der Second ging wieder hoch, in seine Kammer, und Jörg blieb mit seinen Gedanken allein an der Gangway zurück. FDJ, dieser Massenzirkus mit seinen Aufmärschen, Ordnungsgruppen und verschwitzten, alten Funktionären. Leider gab es aber noch einen Grund drinzubleiben. Anne war zu Jugendtourist gegangen. Dort gab man ihr Vormerkformulare, die nur Jörg ausfüllen durfte, denn er war noch FDJler. Wir müssen es auch mal über diesen Weg versuchen, hatte sie geschrieben. Es wäre ja toll, wenn vielleicht eine Reise nach Jugoslawien klappen würde.

Ach, Anne! Er holte den Roman aus dem Gangwaykasten und versuchte sich abzulenken.

Über Larnaca hingen die Wolken. Nichts mit Badefahrt, nichts mit einem Ausflug nach Ayia Napa. Schließlich war Herbst, und es wurde auch hier langsam ungemütlich. Trotzdem war Struppi schweißgebadet. Er räumte an Deck die letzten Twistlocks zusammen und schleppte sie zu den großen Stahlkisten. Als er Eiche kommen sah, strahlten seine grünen Augen. »Ah, endlich Feierabend!«, rief er, zeigte nach vorn zu Luk drei, wo die Arbeiter zugegen waren. »Die sind bald fertig hier vorne.«

An der Gangway ließen sich gerade Winter und Pluto für den Landgang austragen. Der Neue kannte Zypern noch nicht und war ganz gespannt darauf. Jörg hatte sich sogar angeboten, einen Teil der Wache für ihn zu übernehmen. So kam der mal auf andere Gedanken.

Struppi schaute auf seine Uhr, blieb dann aber doch noch bei Jörg stehen. Das Mittagessen konnte warten.

»Schmidti, bei uns in Leipzig scheint montags wohl keiner mehr zu arbeiten. Die sind alle auf der Straße. Und wir? Wir rabotten hier rum. Meine Schwester hat geschrieben: 300.000 Leute. Da darfste nicht stolpern, die latschen dich um.«

»Ja, wir verpassen die Hälfte. Aber glaub mir, Struppi, von denen würden mindestens 280.000 Piepel gerne mit uns tauschen.«

Der Polit wollte auch an Land, und Struppi machte, als er ihn sah, dass er zum Essen kam.

Erst auf See ärgerte sich Jörg. Er hatte doch glatt die Zeitungen zu kaufen vergessen. Zeitungen aus dem Westen. Andere gab es in Larnaca gar nicht. Und ob die Blätter aus dem Osten auch die wirkliche Lage darstellten? Er zweifelte noch immer daran. Schließlich hatte er seit der Kindheit gelernt, wie die Medien die Erfolge der Arbeiter und Bauern in der Heimat priesen, dagegen über Millionen Arbeitslose, Kriminalität, Rauschgiftopfer und Obdachlose in der BRD berichteten. Warum sollte sich das plötzlich geändert haben?

In der Schiffspresse sah er täglich, wie ungenügend informiert wurde. Also blieb nur die *Deutsche Welle* im Radio. Und er ärgerte sich auch, weil er in dieser wilden und aufregenden Zeit auf See war statt zu Hause. Dort gingen sie gegen die Willkür der Staatsmacht auf die Straße. Schrien heraus, was ihnen auf der Seele lag. Ich muss was tun, dachte er, damit ich auch etwas dagegen getan habe. Es kann doch nicht sein, dass das alles weiter so dahinplätschert. Mist. Weggehen ist also nicht. Anne will nicht. Gut. Man muss jetzt etwas verändern. Auch hier. Aber was? Und wie? Dem Popen eins aufs Maul hauen ist ja auch keine Lösung. Wir sind hier schließlich Kollegen. Seeleute.

Auch aus dem Bootsmann wurde er nicht schlau. Jörg hatte ganz beiläufig mit dem Thema Neues Forum angefangen, aber der Boss bezeichnete die als Spinner, die sich ganz schön umgucken würden, wenn sie erst Funktionen hätten. Laut nach Veränderungen zu rufen, wäre mutig und richtig. Alles ablehnen könne jeder. Aber die Verantwortung tragen? Er bezweifelte Durchblick und Kompetenz dieser Pseudochristen, sie seien nicht besser als die jetzigen Leute in der Regierung.

Laut Aussage des Kapitäns war sein Schiff zufriedenstellend beladen. Natürlich kein Vergleich zu den hellblauen Schiffen von *Maersk* oder den grünen Taiwanesen von *Evergreen*. Allerdings waren auch auf der FRIEDLAND ausreichend Container, so dass man von der Brücke keine Sicht auf das Deck hatte. Die Zeit verging indessen recht schnell. Nun waren sie bereits auf dem Weg zum Suezkanal. Belehrung, Feuerlösch- und Bootsmanöver und sogar ein Grillabend lagen hinter ihnen. Obwohl, der Grillabend, der sich kurz hinter Gibraltar abspielte, war kein richtiger. Einige seiner Kollegen holten sich ihre Steaks, knallten sich Sauce auf den Tellerrand und ab ging's in die Messe, Video gucken. Diese Fernsehglotzer! Und der Schreibkram wurde für ihn, dem Kapitän als staatlichen Leiter, auch nicht weniger.

Auf der Reede von Port Said war es wie immer voll. Nach einer Weile kam der Bettelschlepper, wie ihn der Second nannte. Sie wollten Zigaretten. Mindestens eine Stange. Das gehörte hier zum Ritual. Und ohne Zigaretten wahrscheinlich keine Passage. Aber wer wusste das schon?

Stinkie kam mit einem Fotoapparat, um das Spektakel festzuhalten. »Is doch viel zu schade, für die Alis hier 'ne Stange Marlboro rüberzuwerfen. Cabinet hätte doch och jereicht. Also weeste!«

Eiches Wurf ging knapp am Heck des Schleppers vorbei. Die Ägypter fluchten und nahmen schnell einen langen Kescher. Stinkie johlte und knipste. Da fluchten sie noch mehr.

Der Chief Mate trug ins Logbuch ein: »...Backbordanker 1 Schäkel zu Wasser, 2 Vorleinen auf Tonne, 2 Achterleinen auf Tonne ... um 16:15 Uhr an Tonne fest ...«

Dort lagen sie nun, um zu warten, bis der Konvoi in Richtung Süden zusammengestellt und zeitlich mit dem entgegenkommenden Verkehr abgestimmt war. Beim Festmachen gab es, wie auf jeder Passage, das übliche laute Palaver der Leute in den Booten. Am Vorsteven schimpften sie über den langen Draht der Vorleinen. Dann verlangten sie plötzlich Stauholz.

Der Dritte, der auf der Back das Sagen hatte, rief von oben herunter. »Wir fahren Container, ihr Blödmänner! Ach, was soll's.« Er verschwand einfach vom Schanzkleid. »Sollen sie doch klarkommen. Die machen das hier jeden Tag!« Dann schaute er nochmals hinab und winkte mit der flachen Hand dem Ede zu. »Fier weg. Langsam. Langsam. Okay, reicht erst mal!«

Gleich darauf begannen die Matrosen, den Suezscheinwerfer aufzubauen.

Die Behördenvertreter betraten das Schiff, und jeder Seemann wusste, dass die Taschen, die die vielen Männer bei sich führten, beim Verlassen merklich schwerer sein würden. Suezkanal – Marlborokanal.

Kurz danach waren auch die Bootsleute da. Schnell breiteten sie ihre Waren achtern und an der Gangway aus. Batterien, Lederkissen, Nagelknipser, Nusskästen, Postkarten, Taschenlampen, Filme, verzierte Brieföffner, Hüllen für Pässe, Papyrusbilder, Nähzeug, Magnetschlösser, Ledertaschen, geschnitzte Kamele, Büsten von einzelnen Göttern, gefälschte Markenuhren, abgepackte Datteln, Messingfiguren, Briefmarken, kleine Teppiche und vieles mehr. Die ägyptischen Männer wurden an Bord gebraucht, damit sie, falls es unterwegs einen Sandsturm oder Probleme gab, die Festmacherleinen mit ihren Booten an Land bringen konnten.

Jörg schaute sich um. Dann sah er einen alten Bekannten. Klaus war gekommen. »Alles klar?«, fragte der freudestrahlend. Wie fast auf jeder Reise begrüßten sie sich freundschaftlich.

»Grüß dich! Ja, alles klar«, griente Jörg.

»Na, hab ich dir erzählt, Gorbatschow gutt? Verändert Welt komplett? Hab ich?«

»Ja, hast Recht gehabt.«

Der stets akkurat gekleidete Händler aus Port Said war sehr gewieft und ein gescheiter Mann. Schließlich hatte er täglich mit den Seeleuten aus vielen Ländern zu tun und seine Ohren überall. Sofort erkundigte er sich nach der Lage in Deutschland. »Und, jetzt Rente für alte Honecker?«

Beide lachten.

Jörg winkte ab. »Ach, hör mir auf mit dem.«

»Und neuer Chef jetzt in Berlin is gutt?«

Jörg zuckte mit den Achseln. »Keine Ahnung.«

»Wenn nicht gutt, dann auch weg mit Chef.«

Uwe Voigt kam vorbei. Sofort verstummte Jörg, was seinem Gesprächspartner nicht entging.

»Na, wieder an Bord?«

Klaus nickte: »Ja, Gutten Tag, Gutten Tag.«

Jörg schlenderte nach achtern, wo schon einige seiner Kollegen standen. Im Laufe der Jahre kaufte man hier immer weniger ein. Schließlich gab es in Asien eine viel größere Auswahl in besserer Qualität. Aber nicht alle Schiffe fuhren dorthin.

Der Kabel-Ede schüttelte den Kopf. »Nur Rubbish! Könnt ihr behalten.«

Liese kaufte sich ein Papyrusbild mit der Nofretete. Stinkie interessierte sich für einen Strompüfer und einem Fünf-Meter-Rollbandmass. Nebenbei fragte er Jörg, was Kuhstall auf Arabisch heiße. »Wat, weeste nich? Na Muhbarack.«

Der Polit bog um die Ecke. Er hatte sich zur Feier des Tages ein weißes Uniformhemd angezogen. Seine drei Balken leuchteten auf den Schulterstücken.

»Hallo Chief Mate!«, sagte Klaus und ging auf ihn zu.

»Äh, I'm not …«

Klaus entschuldigte sich höflich. »Pardon, Chief. Verzeihung.«

Jörg und Stinkie mussten lachen.

»Ich bin auch kein Chief. Ich bin …« Der Polit wurde sichtlich rot. »Ich bin …«, sagte er verärgert und drehte ab, »ach, das verstehst du sowieso nicht!« Dann verschwand er.

Klaus schaute ihm verblüfft nach und strich sich über seinen Oberlippenbart.

»Mach dir keen Kopp«, sagte Stinkie, »dit vastehn wir ooch nich.«

Als Jörg endlich mit Klaus allein an der Reling stand, fragte er ihn nach aktuellen deutschen Zeitungen. An seiner Vorsicht sah der Händler, dass es immer noch Unsicherheiten an Bord gab.

»Verstehe. Was brauchst du? Dick oder groß? Ich besorg, dauert aber Zeit«, flüsterte er. Jörg ging zum Gangwaykasten, wo Tatze Wache hielt, nahm sich den Kugelschreiber, machte auf einer leeren Zigarettenschachtel Notizen und reichte sie dem Ägypter.

Nach dem Abendessen war Klaus wieder da. Er winkte Jörg unauffällig zu und drückte ihm freudig eine Plastetüte in die Hand. »Ich hab. Kostet acht Deutschmark.«

»Okay«, antwortete der und verstaute schnell seine Rarität unter dem Hemd. »Ist die auch neu?« Klaus breitete die Arme aus, spreizte die Finger und legte seinen Kopf auf die rechte Schulter. »Hab ich alte Sachen oder was? Gaanz aktuell Zeitung is das.«

KLAUS

EL ARABY EL GBAS

PORT SAID

ist ein tüchtiger Geschäftsmann mit akzeptablen Preisen unc Waren bester Qualitat. Seine Arbeifen sind handgearbeitet und bestechen durch ihre Formschönheit. Klaus spricht deutsch.

P.O.P 282 Tel. 33757

Visitenkarte von »Suez-Klaus«

Eiche kam vorbei, sah, das Jörg bezahlte und wunderte sich. »Na, hast du was Schönes gekauft?«

»Jaja. Keine Zeit.«

Klaus boxte ihm zum Abschied stolz vor die Brust.

Aufgeregt verriegelte Jörg sein Kammerschott. Hoffentlich hatte er nicht irgendeine Hausfrauenzeitung erworben. Wehe, wenn das jetzt … Er staunte. *Der Spiegel* von Ende Oktober! Wo hatte der den her? Klaus, der alte Schlawiner! Das Ding war druckfrisch. Vielleicht von einem Bundi-Dampfer aus dem Konvoi, der die neueste Post in Port Said erhalten hatte? Oder aus einem Hotel? Westdeutsche Touristen gab es hier ja zu Genüge. Sprachlos setzte er sich auf den Rand seiner Koje. »Volk ohne Angst« stand da in großen gelben Buchstaben auf dem Titelbild. Dann sah er den Preis. Er hatte fast das Doppelte dafür bezahlt.

Egal, das war es ihm wert.

Müde und noch etwas durcheinander stand Jörg am Ruder. Sie hatten in der Nacht gegen halb zwei Uhr abgelegt und nach der Wache kam er wieder dazu, noch ein bisschen im Heft zu lesen. Vieles beschäftigte ihn, und er versuchte sich einen Reim auf das Geschehen in der Heimat zu machen. Da stand so einiges über das Reisegesetz und über die Verschuldung des Landes. In einem Beitrag sprach man von einer Wiedervereinigung, den angeblich ein Großteil der Westdeutschen laut rechtem Flügel der Union wünschte, die der Kommentator aber ablehnte. Du Scheiße, Wiedervereinigung! Wie sollte das denn gehen? DDR in die NATO und die Russen, die zu Hause stationiert waren mit ihren Panzern, gleich mit? Und wer war dieser Hans Modrow oder wie der hieß?

Zum Glück war der Suezkanal ein einfaches Fahrwasser. Wie Autofahren. In der Mittagshitze, konnte er die Schiffe vor ihnen deutlich erkennen. Kapitän Bagemiel ging langsam in der Brücke auf und ab, sah zum Lotsen und rollte mit den Augen. Der saß bequem auf der Backbordseite, ausgerechnet auf »seinem« großen Stuhl und puhlte sich tief im Ohr. Mit der anderen Hand betätigte er schon seit längerem die Taste des UKW-Gerätes.

»Mann, kann der nicht mal für zehn Minuten die Klappe halten?«, stöhnte der Alte, »Das ist ja hier wie auf'm Basar in Alex.«

Der Second amüsierte sich: »Wir hatten aber auch schon mal einen, der die ganze Zeit gesungen hat. Da geht der doch noch.«

Die Tür ging auf und die Oberstewardess brachte die Lotsenplatte und frischen Kaffee. Belegte Brote mit Käse, Ei und Marmelade. Extra keine Wurst. Man hielt sich hier an die Bräuche, kein Schweinefleisch zu verwenden.

Sofort rutschte der Lotse von seinem Sitz und kam zu Jörg, spähte auf den Kompass . »Etwas mehr Steuerbord, bitte.« Natürlich war das nicht nötig, sollte aber bei Daggi Eindruck schinden.

Jörg wiederholte die Anweisung und dachte sich seinen Teil.

Bagemiel rieb sich freudig die Hände. »Mister Pilot, you want to eat? And a cup of coffee?«

Der Lotse bedankte sich höflich und betrachtete neugierig den mit Mohrrüben, Tomaten, Gurken und Petersilie garnierten Teller.

»Der Koch hat sich mal wieder Mühe gegeben«, sagte Bagemiel und langte ebenfalls zu. Daggi verschwand, und der Second füllte die Tassen. Eine davon brachte er dem Rudergänger.

»Danke, Second«, freute sich Jörg. Jetzt wäre die Möglichkeit gewesen, sich den Sitz runterzuklappen. Aber weil der Alte noch auf der Brücke war und der Lotse sich laufend aufdringlich an ihm vorbeischob, verzichtete er lieber darauf. Was sollte das? Vorn, an den Fenstern, war doch genügend Platz!

Einige Zeit später, der Chief Mate und Bagemiel standen draußen in der Nock, blickte Jörg hilflos nach dem Zweiten. Doch der war hinter ihm am Kartentisch. Der Lotse, der aufgegessen hatte, kam ganz dicht heran, schaute leicht hechelnd auf den Kompass, beugte sich noch mehr zu Jörg, um auch auf den Ruderlagenanzeiger zu blicken und schob ihn dabei fast um.

Bagemiel feixte. »Ja, ja Herr Schmidt! Sie mit ihren heißen Höschen. Second, kommen Sie mal. Ihr blonder Wachmatrose macht diesen Araberhengst noch ganz wuschig.« Der Lotse ließ sich nicht stören. In der rechten Hand hielt er eine Rose, an der er immer wieder schnupperte.

Verunsichert spürte Jörg dessen Atem, der stark nach Nikotin roch, und wechselte von einem Bein auf das andere. Er schaute stur geradeaus und wusste nicht wohin, schließlich war Eiche vorn auf der Back als Ankerwache.

Der Zweite zeigte sich gnädig. »Na, soll ich Sie mal kurz erlösen?« Er grinste schelmisch. »Ich mach hier mal für fünf Minuten weiter, dann können Sie sich ja lange Klamotten zum Überziehen holen.«

Jörg nickte heftig, übergab das Ruder, meldete sich von der Brücke und rannte nach unten zu seiner Kammer.

Schreibpapier, ein Taschenkalender, ORWO Filme, Skatkarten, ein Sprachführer Niederländisch, Kassetten und ein Buch … Eiche schob die Schublade wieder zu. Er wollte gerade in den Spind gucken, als er Schritte hörte. Beim Verlassen der Kammer, wäre er beinah umgerannt worden.

»Nanu, was machst'n du hier? Ich denke du bist vorn beim Anker?«

Eiche stammelte: »Nee Schmidti, der Ede ist gerade vorn. Ich wollte kurz aufs Klo, und da war mir so, also ich dachte … ich hätte einen von den Bootsleuten hier herumrennen sehen. Schließ mal lieber deine Bude ab!«

Dann verschwand er schnell.

Jörg zog sich hastig um, schaute in seinen Spind, wo immer noch das Päckchen stand, und in die Schubkästen unter der Koje. Der Aufruf und der *Spiegel* waren noch da. Merkwürdig, dieser Reichelt.

In leuchtend orangefarbener Latzhose und kariertem Arbeitshemd verriegelte er die Tür und eilte zurück auf die Brücke.

Pluto war nicht zu beneiden. Als FDJ-Sekretär und Parteimitglied hing er zwischen Baum und Borke, denn die Meinung, die er abends auf der Kammer vertrat, durfte er offiziell laut nicht äußern. Viel Vertrauen schien der Polit auch nicht zu haben, denn er delegierte zur FDJ-Versammlung, die noch vor Zypern stattgefunden hatte, den 2. Ingenieur. Aber die Maschine der FRIEDLAND machte einen Strich durch die Rechnung. Blackout und der FDJ-Sekretär musste samt Fleischi und Ingenieur zum Reparieren. »Maschinka kapuuut, Versammlung kapuuut!«, hätte Fedja gesagt.

Im Anschluss nun der nächste Mist! Eine Wandzeitung wurde gebraucht. Die Jugendlichen sollten sich etwas einfallen lassen.

»Na toll«, meinte Struppi, »Pionierauftrag. Wie wärs über die moderne Völkerwanderung?«

»Oder wir machen einen Abgesang auf olle Honni, mit altem Material. Wir haben doch oben im Schapp noch genug davon«, witzelte Fleischi weiter.

Jörg empfahl, einen Kalender anzuhängen. Der Polit habe doch vorgeschlagen, den Neuaufsteiger zum Aktivisten zu krönen. Nun, man könnte dann immer sehen, mit wie viel Tagen Winter über den Plan fuhr. Dazu die Seemeilen.

»Ja«, freute sich Fleischi, »und dazu malen wir dann seinen Zappen, wie der immer länger wird!«

»Los jetzt«, schimpfte Pluto, »was fürn Thema sollen wir nun nehmen?«

Jörg hatte eine Idee: »Nimm doch was Neutrales. Du und dein Garten oder so.«

»Verarschen kann ich mich alleine.«

»Was hältst du denn vom Thema: von der Sowjetunion lernen, heißt Siegen lernen?«

Fleischi war ganz heiß. »Da springen der Alte und der Pope gleich durch die Decke. Wo die doch so auf Perestroika und Glasnost abfahren.«

»Quatsch«, Pluto war sauer, »das können wir nicht machen. Die reißen uns die Köpfe ab.« Er stöhnte. »Helft mir doch mal.«

Irgendwann kamen sie auf die angekündigten Veranstaltungen. »Das ist es! 11.11. Lumpenball. Das ist gut.«

Pluto sah gleich viel zufriedener aus.

»Wir hatten mal zu Hause eine mordsmäßige Fete. Also nicht in der Wohnung, sondern so richtig groß. Das war 'ne Verarschung auf den *Ball der Besten.*«

Jörg musste immer noch darüber lachen. »Und da haben wir uns Anzüge besorgt und Orden, 'nen Seitenscheitel gekämmt und sind ganz normal mit dem Nahverkehr dorthin. Losungen brauchten wir ja keine. Die hingen dort im Speisesaal des MDW sowieso.«

»Was für'n MDW?«

»Molkerei und Dauermilchwerk«.

Jörg grinste. »Lasst uns doch einfach den Ball der Lumpen machen. Dann kotzen Voigt und der Pope.«

»Haaalt – zurück!« Die ganze Mannschaftsmesse brüllte, und der E-Ing. musste die Filmrolle zurückspulen. Wieder hieß es »Ah« und »Oh«. Fleischi war am lautesten zu hören und wollte vergeblich eine weitere Zugabe.

Minuten später schlich der Funker in den abgedunkelten Raum, suchte den Kapitän, zupfte ihm am Ärmel und ging mit ihm vor die Tür. »Sie kommen zu spät«, sagte Bagemiel und lachte, »die Stelle mit der Nackten war gerade.«

Aber dem Funker war nicht nach Bordkino. Aufgeregt berichtete er über ein Telefonat mit seiner Frau, die über die neuesten Ereignisse informierte. »Die haben das im Fernsehn gezeigt. Der ganze Alexanderplatz war voller Menschen. Hunderttausende.«

Bagemiel wischte sich über die Stirn. »Was ist das heut für ein verrückter Tag. Erst geht der Kampow morgens zum Voigt und erklärt mal so zwischendurch seinen Austritt, und jetzt kommen Sie und verkünden eine Massenhysterie.«

»Neinnein«, antwortete der Funker und stutzte. »Was, der Storekeeper? Aber ein Parteibuch ist doch keine Ephemera. Das ist schon peinlich.«

Er sah in das angespannte Gesicht seines Kapitäns und beeilte sich klarzustellen, dass er damit ein einmaliges Papier meinte, ähnlich einer Fahrkarte. »Nein Kapitän, keine Massenhysterie. Diese Aktion in der Hauptstadt trägt diesem Umstand Rechnung, will sagen, es musste ja so kommen … diese Aufruhr.«

»Nun mal Klartext, Genosse!« Bagemiel wurde langsam ungehalten. »Gab es Tote? Verletzte? Wurde geschossen oder was?«

»Nein, alles friedlich und wohl auch geordnet.«

»Na dann ist doch gut. Unter Aufruhr stelle ich mir aber was anderes vor. Sie sehen, die zuständigen Organe haben alles im Griff. Keine Panik.«

Der Funker schien immer noch ganz fassungslos. »Meine Frau meinte nur, das es die neue Regierung sehr schwer haben wird, sich zu behaupten.«

»Die machen das schon. Haben sie mal keine Sorge.«

Pietsch sah verlegen zu Boden. »Ich dachte nur, dass Sie das wissen sollten.«

»Ja, ja. Logisch. Danke. Und am Besten zu keinem ein Wort. Muss ja nicht jeder hier mitkriegen.«

Der Funker nickte brav. Gegen Bagemiel wirkte er wie ein Schuljunge. Verzweifelt presste er heraus, das die Leute ihre Post im nächsten Hafen bekämen.

Bagemiel trat ganz dicht an seinen Funkoffizier heran, fasste ihn an die Schulter und sah ihm tief in die Augen. »Trotzdem will ich hier Ruhe haben. Ich glaube nicht, dass die alle darüber in ihren Briefen lesen werden. Wir haben hier unsere kleine Insel, verstehen

Sie? Wenn wir zu Hause sind, platzt doch sowieso die Blase. Aber erst mal sind wir hier auf See. Und da habe ich die Verantwortung. Also die Schiffspresse weiterhin vorher zu mir. Habe ich mich klar ausgedrückt?«

Der Funker schwieg. »Haben Sie mich verstanden, Genosse Pietsch?«

Der Funker flüsterte: »Ja, verstanden.«

»Na also.« Selbstzufrieden ging der Kapitän zurück in die Messe.

Morgens, kurz nach vier Uhr, ging Jörg leise hinauf zur Mannschaftsmesse. Da er nach der Wache noch nicht einschlafen konnte, wollte er noch Videos gucken und auf Tommy warten, der, wie jeden Sonntag, Brötchen backen würde. Den Roman von Harry Thürk hatte er durch. Er kannte das Buch von früher und war genauso davon begeistert wie einst. Unterwegs öffnete Jörg ganz rücksichtsvoll die Tür von Marlies' Kammer. Der Lichtschein der Gangbeleuchtung fiel auf ihre Koje. Die war leer. Nanu?

Vorsichtig legte er das Buch auf ihren Tisch. Auch aus der Sanitärzelle drang kein Licht. Hatte Fleischi also doch recht gehabt? Komisch, dass der sich noch gar nicht auf die Lauer gelegt hatte. Gerade Fleischi, der Experte für Frauen.

In der Messe war es noch dunkel. Im Schrank unter der Stereoanlage standen einige Kassetten mit Aufnahmen des DDR-Fernsehens. Viele davon waren Unterhaltungssendungen oder Spielfilme. Jörg sah zu Hause gerne »Prisma«, wo wenigstens Klartext geredet wurde. Er entschied sich schließlich für »Außenseiter-Spitzenreiter«, guckte zwei Teile hintereinander und bekam seine Sonntagseier vom Bäcker serviert. Eine große Extraportion gerührt mit Speck und Zwiebeln.

Zwölf Stunden später war die Messe noch gut besucht. Die Kaffeetime zog sich hin, Liese und Tommy saßen bei der Mannschaft, während Daggi drüben, auf der Steuerbordseite, bei den Offizieren abdeckte. Einige nutzten das gute Wetter und den Pool.

Mit den leeren Kuchentellern und einer Kaffeekanne kam Jörg pfeifend von der Wache, stellte alles in die Pantry und gesellte sich zu Struppi und den anderen.

»An Bord pfeift nur der Bootsmann und der Wind«, raunte der Ede.

»Schönen Nachmittag allerseits!«, grüßte Jörg in die Runde.

Winter lachte: »Oder wer Angst im Dunkeln hat, sagt meine Mutter immer.«

»Ich hab keine Angst«, erwiderte Jörg und nahm die Schiffspresse zur Hand. »Aha, in Berlin fand eine große Demonstration … Verbundenheit mit Partei und Regierung?«

Die anderen lachten laut los.

»Jetzt fängt der och noch an! Mensch, ick glob es nich.«

Jörg sah kurz Stinkie an. »In Leipzig und anderswo fliegen wahrscheinlich schon die Steine, und ihr in Berlin macht 'ne Kundgebung?« Er schaute zu den Kollegen.

Dann warf er die Mappe wütend auf den Tisch, wo die Betriebszeitung lag. »Wollen die uns hier verarschen oder was ist hier los?«

»Wieso, was hast du denn?«, grinste Eiche naiv.

Jörg schimpfte weiter: »Zu Hause brennt die Luft, und die schreiben hier über Jodelwettbewerbe in Thüringen und so'n Quatsch! Denken die, wir sind blöd?« Er fuhr sich durch die Haare. »Verbundenheit mit Krenz! Da lachen ja die Hühner.«

»Mir brauchste dabei nich ankieken, ick schreib so'n Zeuch nich.«

»Wer weiß, was die da in Rostock so verzapfen«, sagte Pluto.

Eigentlich wollte sich Jörg etwas zum Unterlegen aus dem Schrank nehmen und sich in seinen Arbeitssachen dazu setzen, aber ihm war die Lust vergangen. »Ach, was weiß ich!«, stöhnte er und sah die anderen fragend an. »Auf alle Fälle bekommen wir hier nichts mit. Anne hat mir geschrieben, dass sogar die *Aktuelle Kamera* über die ganzen kleinen Veränderungen berichtet. Und das will schon was heißen.«

Struppi nickte: »Und meine Schwester hat mir geschrieben, dass ihr Meister total ausflippt.«

»Wieso? Ist der gegen Bullen losgezogen?«, wollte Liese wissen.

»Nee«, sagte Struppi, »der ist der Chef von der Kampfgruppe im Betrieb. Der will am Liebsten alle verhaften.«

»Bestimmt so'n verhinderter General«, wieherte der Ede, »der bei der Armee nix geworden ist.«

»Wir hatten mal auf einem Dampfer einen Funker«, sagte Fleischi und goss den Rest des Kaffees in seine Tasse, »der war total Klasse. Nur konnte der unseren E-Mix nicht leiden. Der kam aus Magdeburg. Und während der ganzen Reise verlor der 1. FC Magdeburg jedes Spiel. Der Mixer ist fast ausgeflippt. Erst zu Hause haben wir gemerkt, dass der Funker den reingelegt hat.«

»Meinste, euer Funker erfindet die Nachrichten?«, fragte Winter erstaunt.

»Was heißt hier ›euer‹?« Eiche winkte ab, »das darf der doch gar nicht.«

»Aber Schmidti hat recht. Ein bisschen wenig für das, was zu Hause los ist. Schließlich waren doch kurz vor der Reise bei mir in Leipzig die Massen auf der Straße.«

Jörg nickte Struppi bestätigend zu, ließ seine Arme hängen und sagte beim Gehen: »Ich habe so langsam die Schnauze voll.«

Wieder in seiner Kammer, kam es Jörg vor, als schnüre ihm da einer die Kehle zu. Er pustete mehrmals durch, setzte sich auf die Koje und nahm langsam das Foto von Anne in die Hand. Eine Weile betrachtete er es. Dann ging alles ganz schnell. »Tut mir leid mein Schatz, ich kann nicht anders.«

Er küsste Annes Bild, stellte es wieder hinter das Telefon auf den kleinen Schrank neben der Koje, nahm das Papier aus dem Versteck und ging entschlossen zurück in die Mannschaftsmesse. Einige waren schon gegangen.

»So«, sagte er nervös, während er den Aufruf in die Schiffspresse heftete, »das ist mir jetzt scheißegal! Ich gehe jetzt hoch zum Alten!«

Dann verschwand er.

Pluto schnappte sich die Mappe, und auch die anderen schauten sofort nach, was das nun war. »Lies mal vor«, sagte Eiche.

Aber Pluto las nur leise. »Meine Fresse!«, flüsterte er. Eiche stand hinter ihm und sah besorgt aus. »Das gibt Ärger.«

Stinkie dagegen freute sich. Endlich war mal was los. »Dit is ja echt fett, wa. Wenn dit der olle Pope sieht, dreht der voll durch. Mich hat er ja schon volljelappt. Aba dit hier …echt fett.«

Er las kurz weiter und schaute dann die anderen schüchtern an: »Wolln wir dit nich lieba rausnehm?«

Pluto und Eiche schüttelten die Köpfe. »Das bleibt drin.«

»Nüscht für unjut Leute, aba mir wurde jestern jesacht: Demokratie hört anner Jangway uff … Ick meen ja nur …«

»Wir haben's doch nicht eingeheftet«, fügte Eiche hinzu.

Der Ede stand auf, schob seinen Stuhl an den Tisch und sagte traurig: »Lasst das drin. Wer weiß, was zu Hause wirklich anliegt?«

Schon von weitem war das Geklapper des Würfelbechers und die lauten Stimmen von Bagemiel und dem Chief zu hören. Das kann ich jetzt vergessen, dachte Jörg, da platz ich mal lieber nicht rein. Er schaute auf den Gang. Das Schott vom Chief stand offen. Mist! Na, dann eben nach dem Abendbrot. Leise ging er den Niedergang hinauf zum Brückendeck und trat aus dem achterlichen Schott hinaus in die Nachmittagshitze.

Unten am Schornstein spielten der Eisbär und der Boss Shuffleboard. Es hätte so ein schöner Sonntag sein können. Im Pool plätscherte das Wasser, die Sonne schien und er hatte Feierabend. Doch Jörg stand da, starrte verstört eine Weile von oben herab auf die beiden und merkte, dass er sich unbedingt sammeln müsste, um mit dem Kapitän zu reden. Also beschloss er, erst mal duschen zu gehen.

Der Funker kam vom Peildeck, legte sein Badehandtuch an den Beckenrand, platzierte seine Sonnenbrille darauf und entdeckte dabei ein kleines, braunes Buch, das auf der Bank neben der Spielfläche lag. »Oh, wer liest denn das hier?«, fragte er die beiden.

»Ich«, antwortete der Bootsmann.

Alle Achtung, wunderte sich der Funker, dieser Decksgeselle und Weltliteratur? Er begann an seiner Menschenkenntnis zu zweifeln. Diese Hansels wissen doch gar nicht, wen sie da lesen. »Wenn Sie das fertig haben, kann ich das mal ausborgen?«, fragte er zaghaft.

»Ja, klar«, sagte der Boss und schob die nächste Holzscheibe über Deck. Das kannst du gleich haben, dachte er, mit dem Zeug krieg ich 'ne Macke. Seine Frau hatte den »Steppenwolf« gelesen und wärmstens empfohlen. Und er fiel auch noch darauf herein. Der Titel klang schließlich nach »Easy Rider«. Doch nun hatte er seit den letzten Seiten Probleme und kam nicht weiter.

Das »Traktat«, das mit der Bemerkung »Nur für Verrückte« versehen war, erinnerte ihn befremdlicherweise immer wieder an Fedja. Das zog runter. Bloß nicht schwermütig werden. Bloß nicht grübeln! Aber was sollte das? Und vor allem: Was sollte er mit diesem Buch auf dem Schiff, wo die Gedanken sowieso manchmal verrückt spielten! Weit und breit kein Baum, kein Haus, nur Wasser ringsum und täglich die gleichen Gestalten. Na ja, der Funker wird's mögen. Der ist anders als die Kollegen. Ein komischer Kauz.

»Wollen Sie etwa mit Ihrer Uhr ins Wasser?«, fragte der Eisbär.

Pietsch, der schon auf der Stufe des Beckens stand, schaute auf sein Handgelenk. Es war eine teure Markenuhr mit Knöpfen an der

Seite. »Das kann die ab. Dafür ist sie ja da«, sagte er und lächelte erhaben, glitt in das warme Wasser und schwamm einige Runden.

Jörg ging aus Scham nicht zum Abendessen. Sie hätten doch gleich von ihm wissen wollen, wie es beim Alten oben gewesen war. Deshalb fragte er verlegen durch das offene Kombüsenfenster, ob Bolle etwas mehr auf den Teller für den Mittelwächter legen könnte.

Der stutzte kurz, nickte dann und packte einen großen Berg Aufschnitt auf eine Platte. »Aber garnieren tue ichs euch nicht.« Jörg bedankte sich und ging langsam zum Vorschiff. Laufend sah er dabei auf seine Uhr und spürte, wie die Anspannung wuchs. Er gab sich noch eine halbe Stunde.

Kapitän Bagemiel hatte seinen Rekorder laut aufgedreht und sang fröhlich mit. »Zigeunerjunge, Zigeunerjunge, wo bist du, wo sind eure Wagen? Tam ta ta ta ta tam tam …«

Es klopfte am offenen Schott. Bagemiel drehte die Musik leiser. »Ja, bitte!«, rief er und erschrak selbst über seine Lautstärke.

Aufgeregt trat Jörg ein, und es kam ihm vor, als hörte er seinen eigenen Herzschlag. Es pochte nur so im Kopf. »Schönen Nachmittag«, sagte er mit unsicherer Stimme und ärgerte sich, denn es war ja eigentlich schon Abend.

Er sah sich um. Auf dem Tisch lagen viele Dokumente, Papierkram, den der Alte bewältigen musste. Und daneben stand eine offene Flasche Whisky.

»Ja, schönen Nachmittag. Na, Mister Schmidt, wo brennt's denn?«, antwortete Bagemiel gutgelaunt.

»Zu Hause.«

Jörg dachte, wenn der mich jetzt zu einem Glas Ballantine's einlädt, kann ich doch nicht mit der Tür ins Haus fallen.

»Was ist los? Ärger mit der Frau? Machen Se sich nischt draus, die Weiber …«

»Nein, nein«, unterbrach ihn Jörg, »Alles im grünen Bereich.« Los jetzt Mensch. Er gab sich einen Ruck. »Kaptain, … also … ich habe da mal was in die Schiffspresse geheftet«, sagte er nun mit fester Stimme. »Ich finde, wir bekommen in den letzten Tagen hier überhaupt nicht mit, was zu Hause so tatsächlich abgeht.«

Bagemiel machte die Musik aus. Sein Mienenspiel veränderte sich schlagartig. »So! Finden Sie! Und was ist das, was Sie da eingeheftet haben, Genosse Schmidt?«

Jörgs Blick wanderte vom Rekorder direkt in Bagemiels Augen. »Das ist ein Aufruf vom Neuen Forum.«

Vergeblich versuchte der Kapitän sich zu beherrschen. Sein Kopf färbte sich dunkel vor Wut. Dann brüllte er: »Ich muss wohl damit leben, dass hier Andersdenkende an Bord sind!«

Jörg drehte sich um und verließ schleunigst die Kammer.

Bagemiel fuhr sich mit der Hand an den Kragen, öffnete die Knöpfe und atmete schwer. Dann goss er sich das Glas halbvoll und kippte es mit einem Zug hinter. »Das kann doch wohl nicht wahr sein«, sagte er leise.

Fassungslos griff er sich den Telefonhörer und wählte. Er lauschte, aber nichts passierte. Dann wählte er erneut.

»Chief? Weißt du, wo der Polit steckt? – Nein? – Komm mal sofort rüber!«

Unterdessen setzte Jörg in seiner Kammer den Rest vom WBS an die Lippen und trank ihn aus. Dann packte er seine Taschenlampe, ein paar Kassetten und seinen Walkman in eine Plastetüte, warf noch den Korkenzieher hinein, nahm die Decke von der Backskiste und klemmte sich eine Flasche Rotwein unter den Arm. Betroffen und mit Magenschmerzen zog er los, nach vorn, auf die Back. Hier würde man ihn von oben sowieso nicht sehen und hier hatte er seine Ruhe.

»Komm rein und mach das Schott dicht.« Der Chief spürte gleich, das etwas passiert sein musste. Bagemiel schien zu kochen.

»Jetzt geht's los, jetzt ham wir die Scheiße! Jetzt fahren die Affen Panzer!«, sagte der Alte aufgeregt und hielt die Flasche hoch.

Der Chief nickte stumm und schloss die Tür.

»Gerade war der Schmidt bei mir.«

Bagemiel goss zwei Gläser voll. »Der hat doch tatsächlich die Dreistigkeit besessen, selbstständig was in die Funkerprawda zu heften.«

»In die was?«, fragte der Chief und nahm das Glas entgegen.

»Na in die Schiffspresse! Irgend so'n Zeugs von diesen Demonstranten, diesen Kirchenfuzzys zu Hause. Und sagt's mir auch noch frech ins Gesicht.«

Der Chief schaute auf seine Uhr. »Soll ich mal gucken gehen?«

Bagemiel schüttelte den Kopf. »Jetzt nicht. Die hängen doch bestimmt noch in der Messe rum und trinken einen drauf.«

Er ließ sich in den Sessel fallen und stöhnte. »Ach, dieser ganze politische Kram ist gar nicht meine Heuergruppe. Darum kann sich nachher der Polit kümmern. Wozu ist der da!«

Der Chief sagte kein Wort. Während auch er sich langsam setzte, beobachtete er seinen Kollegen. Seit Jahren schon fuhren sie gemeinsam auf diesem Schiff, aber so resigniert hatte er ihn noch nie erlebt.

»Sag mal, der Schmidt hatte doch noch nie Probleme mit dem Längengrad. Ich mein, der ist doch nicht doof. Hat der nicht sogar Abitur?«

»Nicht dass ich wüsste«, entgegnete der Chief.

Der Alte erhob sich, schob beide Fäuste in die Hosentaschen, ging zum Schreibtisch und blieb dort eine Weile stehen. »Hah, dieser Schmidt.« Er schüttelte den Kopf und lachte leise. »Dieser Schmidtzki. Schmidtzki-Popitzki.« Dann drehte er sich um. »Der Dämlack fliegt in Rostock von Bord.« Seine Stimme klang fest entschlossen. »Ich lass mir hier nicht die Leute verrückt machen. Das ist … das ist Widerstand!«

»Na, so rebellisch finde ich's nun auch nicht. Der meutert doch nicht. Der ist eben noch jung«, erwiderte der Chief und trank sein Glas leer. »Wenn man bedenkt, was zu Hause so vor sich geht …«

Bagemiel starrte sein Gegenüber von oben an. Dann goss er sein Glas voll und stützte sich mit beiden Händen auf die Tischplatte, während der Chief langsam zurück wich. »Ja? Was geht denn so vor sich? Der Honecker ist weg. Okay«, sagte Bagemiel, »jetzt haben wir Krenz. Aber dann ist auch gut. Die werden das schon schaukeln. Dafür sind sie die Regierung. Schon verlernt? Der Staat ist das Machtinstrument der herrschenden Klasse. Also sollen sie Ruhe und Ordnung reinbringen, sonst haben wir die Whooling und das Volk spielt wilde Sau.«

Der Chief hielt sein leeres Glas fest, rieb mit dem Daumen daran herum und blieb lieber stumm.

»Und hier an Bord wird es das nicht geben. Schließlich sind wir ein halbmilitärischer Betrieb. Da gibt es Befehle und Dienstgrade. Und den Sichtvermerk.« Bagemiel kippte sich den Whisky hinter. »Der Schmidt«, fuhr er fort, »wird sich zu Hause schön im Flottenbereich melden. Woll'n wir doch mal sehen. Hier aufmüpfig zu werden. Wo kommen wir denn da hin?! Aber das darf unser Polit-Kommissar bearbeiten.«

Am Telefon versuchte er den Polit zu erreichen. Vergebens. »Ja ist denn das die Possibility? Wo steckt der Kerl? Da braucht man den nur einmal auf dieser Reise, und er ist nicht da.«

»Mach doch 'ne Durchsage.«

Bagemiel tippte sich an die Stirn: »Das fehlte noch! Dann ist doch gleich Party im Molukkendeck.«

Aufbruch 89 - NEUES FORUM

In unserem Lande ist die Kommunikation zwischen Staat und Gesellschaft offensichtlich gestört. Belege dafür sind die weitverbreitete Verdrossenheit bis hin zum Rückzug in die private Nische oder zur massenhaften Auswanderung. Fluchtbewegungen diesen Ausmaßes sind anderswo durch Not, Hunger und Gewalt verursacht. Davon kann bei uns keine Rede sein.

Die gestörte Beziehung zwischen Staat und Gesellschaft lähmt die schöpferischen Potenzen unserer Gesellschaft und behindert die Lösung der anstehenden lokalen und globalen Aufgaben. Wir verzetteln uns in übelgelaunter Passivität und hätten doch Wichtigeres zu tun für unser Leben, unser Land und die Menschheit.

In Staat und Wirtschaft funktioniert der Interessenausgleich zwischen den Gruppen und Schichten nur mangelhaft. Auch die Kommunikation über die Situation und die Interessenlage ist gehemmt. Im privaten Kreis sagt jeder leichthin, wie seine Diagnose lautet und nennt die ihm wichtigsten Maßnahmen. Aber die Wünsche und Bestrebungen sind sehr verschieden und werden nicht rational gegeneinander gewichtet und auf Durchführbarkeit untersucht. Auf der einen Seite wünschen wir uns eine Erweiterung des Warenangebots und bessere Versorgung, andererseits sehen wir deren soziale und ökologische Kosten und plädieren für die Abkehr von ungehemmtem Wachstum. Wir wollen Spielraum für wirtschaftliche Initiative, aber keine Entartung in eine Ellenbogengesellschaft. Wir wollen das Bewährte erhalten und doch Platz für Erneuerung schaffen, um sparsamer und weniger naturfeindlich zu leben. Wir wollen geordnete Verhältnisse, aber keine Bevormundung. Wir wollen freie, selbstbewußte Menschen, die doch gemeinschaftsbewußt handeln. Wir wollen vor Gewalt geschützt sein und dabei nicht einen Staat von Bütteln und Spitzeln ertragen müssen. Faulpelze und Maulhelden sollen aus ihren Druckposten vertrieben werden, aber wir wollen dabei keine Nachteile für sozial Schwache und Wehrlose. Wir wollen ein wirksames Gesundheitswesen für jeden; aber niemand soll auf Kosten anderer krank feiern. Wir wollen an Export und Welthandel teilhaben, aber weder zum Schuldner und Diener der führenden Industriestaaten noch zum Ausbeuter und Gläubiger der wirtschaftlich schwachen Länder werden.

Um all diese Widersprüche zu erkennen, Meinungen und Argumente dazu anzuhören und zu bewerten, allgemeine von Sonderinteressen zu unterscheiden, bedarf es eines demokratischen Dialogs über die Aufgaben des Rechtsstaates, der Wirtschaft und der Kultur. Über diese Fragen müssen wir in aller Öffentlichkeit, gemeinsam und im ganzen Land, nachdenken und miteinander sprechen. Von der Bereitschaft und dem Wollen dazu wird es abhängen, ob wir in absehbarer Zeit Wege aus der gegenwärtigen krisenhaften Situation finden. Es kommt in der jetzigen gesellschaftlichen Entwicklung darauf an,

- daß eine größere Anzahl von Menschen am gesellschaftlichen Reformprozeß mitwirkt,
- daß die vielfältigen Einzel- und Gruppenaktivitäten zu einem Gesamthandeln finden.

Wir bilden deshalb gemeinsam eine politische Plattform für die ganze DDR, die es Menschen aus allen Berufen, Lebenskreisen, Parteien und Gruppen möglich macht, sich an der Diskussion und Bearbeitung lebenswichtiger Gesellschaftsprobleme in diesem Land zu beteiligen. Für eine solche übergreifende Initiative wählen wir den Namen

NEUES FORUM.

Aufruf des Neuen Forum

Verlegen rutschte der Chief hin und her. »Und was willst du *jetzt* mit dem Schmidt machen?«, fragte er leise.

Bagemiel schnaufte, dachte kurz nach und wischte sich über seine Stirn. »Erst mal gar nichts. Ich notier mir das, und dann werden wir weitersehen. Aber ich denke, der kann in Zukunft irgendwo an Land die Gleise putzen oder die Blumen vor der Faultierfarm gießen. Ist mir wszystko jedno! Rozumiesz?«

Der Chief wirkte etwas irritiert. »War der Schmidt nicht sogar mal FDJ-Sekretär?«, versuchte er die Lage zu beruhigen.

Bagemiel überlegte. »Ja, ja. Aber nur weil der richtige FDJnik zur Armee musste. Da machten sie Schmidt als seinen Stellvertreter zum Chef. Da hat er im Schiffsrat laufend quergeschossen, von wegen Einsparungen. Meinte sogar, das ganze Gerede über Konto Dreisiebzehn wäre lächerlich. Dieses lange Lachodder.«

Der Chief grinste. Bagemiel schaute ihn verwundert an. Dann musste auch er lachen. »Ach, Mensch, ich seh den immer noch, wie der sich über diese blöde Aktion mit dem Neuererwesen aufregte. Und vor allem, weil bei euch in der Maschine eine Frau mit dabei sein musste. Und weißt du was? Der Mann hatte eigentlich recht! Was sollte die Margitta Gummel bei der Separatorgeschichte?«

Der Chief freute sich über die jetzt gelöste Stimmung seines Kapitäns und auch über den nächsten Whisky.

»Down the hatch!«, sagte Bagemiel und hob sein Glas.

»Ja, prost. Aber wen meinst du denn mit Gummel?«, fragte der Chief.

»Na, die Obermieze. Die Kraft. Die kam doch damals mit ins Protokoll. Und bekam sogar noch Geld dafür … Ach Scheiße. Was waren das für schöne Zeiten. Und jetzt? Das kommt doch alles durch diesen blöden Gorbatschow. Vorher war doch Ruhe.«

Dann griff er erneut zum Telefon. »Hallo Chief Mate. Sag mal, ist der Pope bei dir auf der Brücke? Nein? Dann schick mir mal das Funkerlein auf meine Bude.«

Der Funker wollte gerade sein abendliches Ritual, dem Pfeifchen nach dem Essen, beginnen, als er auf seine Uhr blickte. Das gute Stück war etwas von innen beschlagen. Sechs Jahre hatte er sie nun schon, gekauft in Hamburg und nicht etwa in Hongkong, wo man nie wusste, ob das ein Original oder eine Fälschung war. Dementsprechend teurer, dafür mit allen Raffinessen, die zu jener Zeit aktuell waren. Digital-Analog mit Kalender, Stoppuhr, Alarm und

Timer. Sein Nachbar zu Hause, ein gutbezahlter Sportreporter, war gleich daran interessiert. Doch Pietsch verkaufte nicht. Andererseits war er nie zuvor mit der Uhr baden gewesen. Ärgerlich legte er sie im Funkraum dicht unter seine Leselampe und schaltete das Licht ein. Die zwei, drei Bläschen würden schon verdunsten.

Das Telefon klingelte. »Sofort zum Kapitän!«

Na, der hatte ihm gerade noch gefehlt. Er seufzte.

Als der Funker in Bagemiels Kammer trat, merkte er sofort, dass der Alte angetrunken war.

»Ob das Neue Forum … was?«, fragte er lieber nach.

»Ja, Sie haben schon richtig gehört. Der Chief und ich wollen von Ihnen wissen, ob das Neue Forum schon legal ist. Angemeldet. Geduldet. Erlaubt – verstehen Sie?«

»Jaja. Äh, nein. Also ich verstehe schon …«

»Ja, was denn nun, verdammt noch mal«, schimpfte Bagemiel, »ja oder nein?«

»Ich glaube: nein.«

»Pah! Ich glaube. Ich glaube! Ja sind wir denn hier in der Kirche? Apropos Kirche, wissen Sie, wo mein Polit steckt?«

Der Funker zuckte mit den Schultern.

»Was ist denn heute hier los?«, brüllte der Kapitän. Seine Haare klebten verschwitzt auf der Stirn.

Der Funker bekam den Auftrag, augenblicklich nach dem Politoffizier zu suchen. Dankbar verließ er schnell die Kammer, fand ihn aber nirgendwo. Sportraum, Offiziersmesse, Wäscherei, Voigts Kammer, wo sollte er noch nach ihm suchen? Vielleicht spazierte der ja im Dunkeln über Deck oder saß irgendwo bei einem Kollegen auf der Bude?

Schließlich gab der Funker auf und rief von der Brücke aus beim Alten an, um seinen Misserfolg zu beichten.

Es dauerte lange, bis Bagemiel sich meldete. Unverständliches Lallen. Etwas verstört und angewidert ging Pietsch in seinen Funkraum. Das Licht brannte dort immer noch. Doch was war das? Die Hitze der Glühlampe hatte die Ziffern der Quarzuhr aufgelöst. Keine Frage, die gute Citizen war hinüber. Verzweifelt unterdrückte er einen Schrei, biss sich in die Faust, schnappte sich die noch heiße Uhr und rannte mit ihr hinaus. In hohem Bogen warf er sie wütend über Bord. Doch dann, als er wieder zur Besinnung kam, fiel ihm ein, das das Armband aus hochwertigem Edelstahl war.

Und das alles wegen diesem dämlichen Bootsmann mit seinem manischen Hermann Hesse!

Unterdessen saß Jörg auf seiner Decke am Anker und leerte langsam den Rotwein. Jagten Anfangs noch die Gedanken wirr durch seinen Kopf, wurde er mithilfe des bulgarischen Klostergeflüsters und der Musik immer gelassener. Was sollte schon kommen? Ausfliegen? Werden sie nicht tun. Die kriegen ja nicht mal Ersatz für den Neuaufsteiger. Entlassen? Sollen sie doch! Bestrafen? Auch egal. Dann würde er in Rotterdam oder in Antwerpen absteigen. Vielleicht brauchte er die »Spraak Cassette Nederlands« ja doch noch? Denn wenn das Ding hier gegen den Baum liefe, würde er es Fedja gleichtun. Das stand fest. Noch lieber würde er zu Hause am Neuanfang mitmachen wollen, nun, wo so viele kreative Menschen in Aufbruchstimmung waren. Das steckte richtig an. Nie mehr Bevormundung von staatlicher Seite dulden, keinen Personenkult und vor allem sich nicht in irgendwelche Organisationen einspannen lassen. Was war denn die FDJ? Und was war die DSF? Deutsch-Sowjetische Freundschaft schön und gut, aber wenn man sie mal in die Praxis umsetzen wollte, gab es immer wieder Hürden. Vor allem von Seiten der Russen.

Jörg stand auf und stellte sich ans Schanzkleid. Dort drüben, irgendwo in der Dunkelheit an Steuerbord war Afrikiki. Ja, dachte er, nie mehr mitlaufen. Und stets den Politikern misstrauen, egal welcher Partei sie auch angehörten. Das sind auch nur Zweibeiner. Und natürlich aufpassen, was so in der Presse steht, was so gesendet wird. Wie oft hatte er großen Mist über die DDR gelesen, egal ob in Ost- oder in Westzeitungen, oder auf der *Deutschen Welle* gehört.

Opportunismus war auch so ein Thema. Gerade diese Gleichgültigkeit und dieses Abwinken, als könne man ja doch nichts tun, damit muss jetzt Schluss sein. Vielleicht gelingt ja jetzt der wirkliche, der reale Sozialismus, was immer das auch ist? Wenn alle mitmachen? Die Tschechen und die Polen? Und die Ungarn, Russen und der Rest vom RGW? Wenn dann noch die Privilegien abgeschafft würden, dafür Reisefreiheit und so richtige Meinungsfreiheit kämen, ja dann …

Die Kassette war zu Ende, und Jörg nahm die nächste aus der Tüte. Bei den ersten Takten durchzuckte es seinen Körper. Heimweh und die Sehnsucht nach Anne kamen durch. »Es gibt einen Vogel, den haben Matrosen zum Herrscher gekrönt …«

Jörg hatte Kopfhörer auf und sang laut mit. Als dann der Instrumentalteil vom *Albatros* begann und Fahrt aufnahm, kam alles in ihm hoch, die Situation, die Traurigkeit, die noch abzusegelnden Tage, die Trennung.

Und plötzlich heulte er wie ein kleiner Junge.

Spät am Abend klopfte endlich der Polit an die Tür des Kapitäns. »Dieter? Kaptain?«, sagte er leise und sah sich um.

Das Licht auf dem Schreibtisch brannte. Auf dem Stuhl, der Backskiste und daneben lag Bagemiels Wäsche verstreut. Ein voller Aschenbecher stand auf dem Tisch, neben einer angefangenen Flasche Nordischer Löwe. Das passt, dachte der Polit, denn aus der Schlafkammer dröhnte ein mächtiges Schnarchen. Dort lag sturzbetrunken sein Kapitän in der Koje. Eine Socke hatte er noch an. Als sich der stille Besucher wieder davonmachen wollte, sah er den Whisky am Papierkorb. Er hob die Flasche auf und schüttelte. Leider war sie leer.

Kurz nachdem der Polit die Kammer verlassen hatte, kam er noch einmal zurück. Geräuschlos legte er den Stuhl samt der Wäsche auf den Boden, kippte den Inhalt des Aschenbechers daneben, zerknüllte eine leere Marlboro-Schachtel, platzierte sie zusammen mit dem Ballantines, dessen Etikett er nach vorn drehte und fotografierte anschließend das Chaos und auch dessen Bewohner.

Hämisch grinsend schlich er davon.

Zehn Minuten vor Mitternacht kam der Second mit seiner Brotbüchse in den Kartenraum. »Guten Morgen Stefan«, sagte er verschlafen.

Winkler, der Steuermann, drehte sich um und kicherte: »Du siehst ja gut aus. Wie so'n zerschossener Russenpanzer.«

Seine Ablösung guckte kurz auf die Karte. »Oh Mann,« stöhnte er, »ich war wohl irgendwo bei Hieronymus Bosch unterwegs. Ich träume in der letzten Zeit einen Mist zusammen …«

Der Dritte legte den Kulli beiseite und nickte. »Und bei mir stehe ich laufend im Schlaf vor einer Wand, wo links ein Dampfer liegt und rechts ein Fischkutter ... Und ich komm nicht dahinter.« Der Zweite überlegte kurz und gähnte erneut. »Die kenn ich auch«, sagte er, »denk doch mal nach. Die Messe.«

»Welche Messe?«

»Na, die Mensa, unsere alte Mensa. Das Wandbild? War das nicht von dem Gravenhorst?«

»Keine Ahnung.« Winklers Gesicht hellte sich auf. »Ach ja, Wustrow ... Ich hab mich mehr für die Damen im Landekreuz interessiert. In den Baracken war jedenfalls mehr los als im Helgoland.«

»Oder im Sonnenhof, wo der olle ABV immer ankam. Wie hieß diese versoffene Type noch gleich?«

»Pistolen-Willi.«

»Guten Morgen«, unterbrach sie von draußen eine dröhnende Stimme, »die Null-Vier meldet sich auf der Brücke!«

Jörg wäre beinahe zu spät gekommen. Er hatte sich doch noch schlafen gelegt. Beim Aufstehen sah er, dass seine Decke voller Fett war. Der Ede, der den Anker immer in Schuss hielt, hatte ganze Arbeit geleistet. Nun stand Jörg wieder in der Nock. Im Dunkeln. Ein Glück.

»Erzähl, was hat der Alte gesagt. Oder warst du gar nicht bei ihm?«, sprudelte Struppi los.

Jörg atmete tief durch und machte sich den Spaß, ihn etwas auf die Folter zu spannen. »Sag mir erst mal was anliegt.«

Struppi wunderte sich. »Was soll schon anliegen? Der da vorn, zwei Strich Backbord, siehste ja selber, läuft mit. Und der hinter uns kommt langsam auf ...Also, wie wars?«

»Kurz wars«, erwiderte Jörg, »kurz und schmerzlos.«

»Wie, hat der nix gesagt?«

»Doch schon, aber ich bin lieber abgehauen. Ich diskutier doch nicht mit dem. Das bringt ja nichts.«

»Mal sehen, was da kommt. Was schätzt denn du?«

»Keine Ahnung«, gestand Jörg, »vielleicht nehmen sie mir den Sichtvermerk weg. Ist jetzt auch egal. Dann isses eben so.«

Struppi klopfte ihm auf die Schulter. »Ich bin müde, lass uns später drüber reden. Auf alle Fälle hat das Ding eingeschlagen wie 'ne Bombe. Hoffentlich reißt das keiner raus.«

Er meldete sich von der Brücke und wünschte noch eine gute Wache.

Dann, beim Gehen, bemerkte er kaum vernehmbar, dass er dem Dritten nichts davon erzählt habe. »Das wird heute sowieso die Runde machen, davon kannste ausgehen. Mach's gut.«

Vormittags, gegen zehn Uhr trafen sich einige der Offiziere auf der Brücke. Struppi durfte noch für alle Kaffee kochen, dann verabschiedete ihn Bagemiel mit den Worten: »Wir brauchen Sie hier bis zum Mittag nicht mehr. Melden Sie sich mal beim Bootsmann.« Dabei drückte er Struppi eins von den Walkie-Talkies in die Hand.

Der freute sich natürlich und verschwand erst mal auf seine Kammer. Jetzt war sowieso Smoketime. Und der Boss wusste bestimmt nicht, dass er kommen würde.

Mittlerweile war die Diskussion, sehr zum Leidwesen des Wachoffiziers, der gern seine Ruhe gehabt hätte, in vollem Gange.

»Dieser Langhaardackel«, wetterte Voigt, »hat wohl zu viel von diesem Amifilm geguckt. Wie hieß der nochmal … *Blutige Erdbeeren*? Der Schmidt mit seiner Studentenkutte. Will der hier vielleicht auch noch Revolution machen? Konterrevolution würde ich eher sagen.«

Winkler drehte sich weg, sah aus dem Fenster auf die Container und dachte sich seinen Teil. Shell Parka heißt das Ding, Shell Parka, du Flachzange. Oh Mann, wir machen uns hier heiß, und zu Hause ist die Kacke am dampfen.

»Ich bin ja mal gespannt, wie sich in Rostock die Kollegen der Industriekreisleitung im Alltag verhalten. Jetzt können sie sich ja mal bewähren.« Bagemiel grinste seinen Politoffizier an, zog an seiner Zigarette und drückte sie danach aus. » …Jetzt, wo es drauf ankommt.«

»Die machen schon ihre Arbeit, keine Angst«, fauchte der Polit mit fast geschlossenen Zähnen, »auch wenn da einige Posten wanken. Aber die machen das schon. Das sind alles gestandene Kommunisten. Die wissen schon, wofür sie geschult wurden.«

»Tja«, sagte der Chief, »Theorie und Praxis, das ist ein himmelweiter Unterschied. Und das hier ist nicht die FRITZ HECKERT.«

Der Polit wunderte sich über die Zweifler in den eigenen Reihen. »Ich werde mir auf alle Fälle mal den Genossen Schmidt zur Brust nehmen. Und«, fügte er schneidend hinzu, »ich dulde es auch nicht hier, Partei und Regierung in Frage zu stellen.«

Eine merkwürdige Ruhe trat ein. Winkler legte sich die Mappe mit dem Aufruf in den Fensterkasten und begann zu lesen.

»Hatte ich euch eigentlich schon gesagt, dass der alte Schickedanz verstorben ist?«, fragte Bagemiel und schaute in die Runde. »War schon Anfang September …«

Voigt verschränkte seine Arme und musterte abwechselnd den Chief und Bagemiel, der sich nun verlegen mit einem Streichholz in den Zähnen pulte. »Wenn die Führung durch die Partei nicht wäre, würde doch die Regierung zusammenbrechen. Und wenn das geschehen würde, dann ist das Land am Ende«, sagte Voigt, »das ist doch alles total verknotet: SED und Ämter. Ohne das ginge es doch gar nicht mehr.«

»Ich finde«, fuhr der Polit fort, »das das Neue Forum überschätzt wird. Wenn dieser Hühnerhaufen wirklich so gefährlich wär, hätten die staatlichen Organe diese Kanaillen schon längst abgeholt. Also, ich denke, wir können dieses Pamphlet großzügig übersehen. Trotzdem schnapp ich mir den Schmidt, keine Frage. Da machen wir uns jetzt mal keine schlaflosen Nächte, Genossen.«

Voigt schlug vor, dem Schmidt wenigstens den Sichtvermerk entziehen zu lassen. Er könne sich ja dann in der Konsumgüterproduktion in Kritzmow bewähren. Vielleicht würde ihm spätestens beim Möbelbauen klar werden, dass es ein Privileg sei, als Seemann im Ausland seine Heimat zu vertreten.

Der Chief Mate und auch der Funker schwiegen beharrlich.

Der Polit baute sich am Radar auf. Wie an einem Rednerpult hielt er sich mit beiden Händen fest und begann erneut gegen jegliches Bedenken anzugehen. »Viele Genossen zu Hause sind ausgetreten. Sind enttäuscht und wütend. Das mag verständlich sein. Aber was noch viel schlimmer ist: Die vielen Fachkräfte werden nun fehlen. Vor allem Fachärzte. Die holen schon Verstärkung von der NVA. Diese Säcke verlassen einfach ihre Patienten und rennen dem Westgeld hinterher. Da sieht man mal, was so eine Staatsgrenze ausmacht, und was da für Typen auf unsere Kosten studiert haben. Erbärmlich! Einfach erbärmlich!«

Der Dritte drehte sich um und hob die Schiffspresse hoch. »Also ich kann hier nichts Verwerfliches finden«, bemerkte er, »da steht nichts vom Umsturz des Sozialismus.«

»Genosse Winkler«, unterbrach ihn der Kapitän forsch, »wir hier alle haben schon den Sozialismus mit aufgebaut, da haben

Sie noch bei Klaus Ampler auf der Stange gesessen. Sie passen mal lieber auf, dass wir hier nicht gegen die Bordsteinkante fahren. Scheren Sie sich stattdessen vielmehr um Ihre tägliche Arbeit.« Selbstgefällig sah er die anderen Offiziere an. »Natürlich lassen wir den Schriebs drin. So was wettern wir ab. Außerdem hat das jetzt sowieso schon jeder gelesen.« Er lachte. »Pah, so was ignorier ich nicht mal …«

»Genau«, nickte Voigt zustimmend, »das halten wir aus, das ist ja unsere Stärke!« Er trank seinen Kaffee aus und ging wieder hinunter in den Maschinenraum.

Auch der Dritte machte, dass er aus dem Blickfeld verschwand, wenn auch nur nach hinten, in den Kartenraum. Beleidigt drückte er auf dem großen Radiergummi herum und schaute ins Logbuch und auf die Seekarte. Auch er war in der Partei. Aber seine Ansichten hatten dem Kapitän und vor allem dem Polit noch nie gefallen. Zu hypothetisch, wie sie sagten. Es wäre schließlich immer so gewesen, und so würde es auch in Zukunft sein. Vorwärts zum nächsten Parteitag! Doch nun sah man ja, was dabei herauskam.

»Entgegenkommer drei Strich steuerbord!«

»Danke!«, ertönte es aus dem Kartenraum.

Jörg ging zum Radargerät, schaute kurz hinein und nahm sich seine Cola aus dem Kühlschrank. Das andere Schiff war noch weit genug entfernt, und die warme Luft flimmerte in der Ferne. In aller Ruhe blieb der Second am Kartentisch stehen und las nun auch zum ersten Mal den Aufruf in der Schiffspresse.

Draußen in der Nock öffnete Jörg die Flasche, ließ den Kronkorken außenbords segeln und nahm einen kräftigen Schluck. Es kribbelte bis in die Stirn. Laut rülpsend beugte er sich nach vorn und schaute wieder durch sein Fernglas.

»Mahlzeit!«

Erschrocken drehte er sich um. Hinter ihm stand der Politoffizier. »Oh, Entschuldigung, ich hab Sie nicht gesehen«, stammelte Jörg verstört.

»Schon gut, Genosse Schmidt.« Der Polit grinste väterlich. Dann stellte er sich neben ihn, ließ sich mal das Fernglas geben und schwieg.

Jörg war die Sache nicht geheuer. Gleich kommt's, gleich macht er dich an. Er schaute verstohlen zu seinem Wachoffizier.

Nach einer Weile gab der Polit das Fernglas zurück, drehte sich langsam um und machte Anstalten zu gehen. Jörg starrte gebannt nach vorn, hielt die Luft an, nahm das Glas und sah angestrengt zum anderen Schiff, immer noch in der Erwartung, dass gleich etwas passieren würde.

»Sag mal, was hast du dir eigentlich dabei gedacht, unseren Staat so zu verunglimpfen? Bist du dir überhaupt im Klaren, was da alles auf dem Wisch stand?«

Also doch! Jörgs Ahnung wurde nicht enttäuscht. Wieder schaute er in Richtung Kartenraum. Darin passierte nichts. »Müssen wir das auf der Brücke besprechen?«, fragte er laut, in der Hoffnung, der Second würde seine Stimme hören und rauskommen.

»Aber ja«, entgegnete der Polit, »schließlich will ich wissen, mit wem ich es hier an Bord zu tun habe!«

»Ach so? Ich dachte, Sie kennen uns hier alle auswendig ...«

Der Second schaute auf, kam endlich in die Nock, und Jörg fühlte sich plötzlich nicht mehr so angreifbar.

Natürlich war dem Nautiker, als er in das Gesicht seines Wachmatrosen sah, bewusst, warum der Pope hier war. Scheinheilig fragte er deshalb, was los sei und ob er helfen könne.

»Nein«, erklärte der Polit, »wir müssen hier mal was erörtern.«

»Hat das was mit der Brückenwache zu tun?« Der Second stemmte seine braungebrannten Arme in die Hüften.

»Nein«, sagte sein Gegenüber mit ernster Miene.

»Dann möchte ich darauf aufmerksam machen, dass die Schiffssicherheit Vorrang hat. Hier ist nicht der Platz für Diskussionen.«

»Aber Genosse Rosenhagen«, hielt der Polit dagegen, »ihr redet hier doch sonst auch über Gott und die Welt.«

Der Second sah Jörg betont gelangweilt an und seufzte hörbar. »Hat das nicht Zeit bis nach der Wache, Herr Schmidt?«

»Ich denke schon«, sagte der erleichtert und versuchte dabei ruhig zu erscheinen, »ich laufe ja nicht weg.«

»Gut«, antwortete der Second, ging in die Brücke und kam kurz darauf mit einem Messgerät zurück und drückte es nebst Schlüssel seinem Wachmatrosen symbolisch in die Hand. »Herr Schmidt, unser Wetterbericht ist dran. Ermitteln Sie mal die Luftfeuchte, und danach machen wir wieder unser allseits beliebtes Wolken-Lotto.«

Während Jörg das Gerät immer noch etwas nervös, aber geschäftig aufzog, holte sein Wachoffizier ein dickes Buch aus dem Kartenraum und schlug es auf.

Distanziert beobachtete der Polit das Treiben der beiden. Hier war im Augenblick keine Politik zu machen. »Gut«, sagte er, »dann nach der Wache.« Und verschwand.

»Ist der Aßmann schon angefeuchtet?«, fragte Jörg erleichtert.

Als der Second nickte, hob er das surrende Messgerät hoch.

»Na, da legen Sie sich mal schon ein paar gute Argumente zurecht.«

»Die habe ich«, beteuerte Jörg, froh über die gewonnene Zeit. Wenn auch mit flauem Gefühl. Sein Wachoffizier war schon eine Kraft, dachte er. Das muss man sich erst mal trauen. Ein angenehmer Typ, dieser Rosenhagen. Es gab solche Menschen, zumindest für Jörg, die waren seine »Freunde«. Irgendwie. Gagarin gehörte dazu. Und Pelé. Na, und Gojko Mitić. Täve Schur, vielleicht. Er schaute in die Brücke, wo der Second vom Radar zum Ruder gegangen war, um den Kurs neu einzustellen. Dann kam er wieder hinaus in die Nock.

»Ich habe mir mal den Aufruf durchgelesen«, sagte er und betrachtete dabei das entgegenkommende Schiff durch das Fernglas. »Sehr interessant. Aber schwer zu machen. Die Leute sind es schließlich gewohnt zu kuschen. Da wird es schwer mit Dialogen und so. Und wenn es dann ernst wird, zieht doch fast jeder den Schwanz ein.« Beide schauten sich eine Weile an.

»Ich werde Sie mal lieber heute aus der Schusslinie nehmen, bevor der Master auf die Brücke kommt. Schnappen Sie sich nachher mal Reinschiffzeug und klaren die Boote auf. Da haben Sie Ihre Ruhe.«

» …Und jeden Tag macht der das?«, fragte der Ede, kratzte die restliche Farbe aus dem Rollenkasten und schüttelte den Kopf.

»Ich hatte das schon auf der letzten Reise beobachtet,« fuhr der Eisbär fort, »immer um halb zwei.«

Der Ede trat aus der Farbenlast heraus an die frische Luft, wischte sich seine Finger sauber und wunderte sich wegen der Zeit.

»Na, überleg doch mal«, erklärte der Eisbär, »um zwölf ist die Mittagspause vorbei …«

»Halb zwei? Hm, das wäre dann sozusagen Halbzeit.«

»Genau. Das ist seine persönliche Smoketime. Bis um fünfzehn Uhr ist dem das doch viel zu lange.«

Der Bootsmann kam von achtern, hörte sich die Sache an und war begeistert.

Er schaute auf die Uhr. »Noch zehn Minuten. Dann gehen wir mal gucken.«

Kurz nach halb zwei klopfte der Ede an Fleischis Kammerschott und ging hinein. Am Tisch saß, wie erwartet, der Maschinenassi und erschrak. »Mach's Schott dicht, Mann«, schimpfte er und legte sein Buch beiseite. Im Aschenbecher qualmte eine Zigarette.

»Hallo, was machst du denn hier?«

»Das selbe kann ich dich auch fragen«, erwiderte Fleischi schlechtgelaunt und trank einen Schluck Selters. »Aber wenn du's genau wissen willst, ich bin auf Klo.«

»Auf Klo?«

»Ja, auf Klo.« Fleischi zog tief an seiner Cabinet und lehnte sich zurück. »Und tut's dir auch den Darm zerreißen, geh niemals, wenn du frei hast, scheißen! Noch nie gehört? Alte grusinische Bauernregel.« Er grinste.

»Aha«, sagte der Ede und schaute sich um, »ich riech aber nix«.

»Mann, tu doch nich doof …«

Das Schott ging ein zweites Mal auf. Der Boss und der Eisbär kamen hinzu.

»Na, das kostet ja wohl ne Runde«, freute sich der Bootsmann, »da schießt der sich hier auf, das gibt's doch gar nicht. Wie jeden Tag um diese Zeit.«

»Quatsch! Ich ruh mich kurz aus. Kannst ja mal zu uns in den Keller kommen, dann weißt du was ich meine. Wühl mal bei der Affenhitze da unten«, empörte sich der Ertappte, »ich wette, dann siehst du die Sache anders.«

Der Boss nahm sich seelenruhig ein Bier aus der Kiste, die unter dem Tisch stand und gab es dem Eisbär. Ein weiteres war für den Ede und eins machte er gleich für sich auf.

»Fleischi, willst du auch eins oder musst du heute noch arbeiten?«, fragte er gelassen und setzte sich.

Fleischi schaute von einem zum anderen.

»Pass auf«, begann der Boss, »ich bin schon Typ IV gefahren, da bist du noch zum Spielnachmittag gegangen und hast Flax und Krümel geguckt. Also erzähl mir nichts von Hitze. Aber«, er machte eine lange Pause und klopfte gegen das Aquarium, »du sagtest: wetten … Okay, ich wette, das du nicht so viel Hitze abkannst, wie ich!«

Fleischi nahm sich nun auch ein Bier aus seiner Kiste.

»Gut«, sagte er, »abgemacht. Um was willst du wetten?«

»Flasche Whisky«, antwortete der Boss.

»Johnny Walker?«

Aufgekratzt rutschte Fleischi auf der Backskiste hin und her.

»Red Label, 0,7er Flasche«, ergänzte der Boss.

»Kann ich da mitmachen?«, fragte der Eisbär.

»Klar«, platzte Fleischi los, »je mehr Leute desto höher der Gewinn!«

»Ich bin dabei!«, freute sich auch der Ede und hielt, fasziniert von der Idee, sein Bier zum Anstoßen in die Höhe.

Jörg hatte den Plastegeruch der Rettungsboote noch in der Nase, als er Feierabend hatte. Kaum war er am Niedergang, als er den Polit am Pool stehen sah. Mist, der wartet schon auf mich, dachte er, und bemühte sich, ausgesprochen entspannt zu wirken.

»So, jetzt hast du ja wohl Zeit.« Der Polit baute sich vor ihm auf. Eigentlich ein sympathischer Kerl, wenn der nur nicht so verbohrt wäre, dachte Jörg. Aber das lag wohl am Job. Kohle verdienen mit Argumenten und Schlagwörtern, Agitation und Propaganda. »Ja, jetzt habe ich Zeit«, antwortete Jörg. Was bleibt mir auch weiter übrig? Soll ich vielleicht sagen: Nee, ich muss zum Bus? Schiete, weglaufen ist nicht. »Wo waren wir stehn geblieben?«, fragte er frech und schaute dem Popen direkt ins Gesicht.

Erstaunt über das Verhalten des Matrosen, blieb dem kurz die Sprache weg. »Deine Ansichten scheinen ja nicht gerade mit denen unseres Landes übereinzustimmen. Wie soll ich das werten? Bist du gegen die Führungsrolle der Partei? Gegen die Arbeiterklasse? Kann doch wohl nicht sein, oder?«

Jörg hielt sich mit einer Hand an der Reling fest. Er suchte die richtigen Worte. Jetzt nur nichts Falsches sagen. »Na ja. Also ich denke«, entgegnete er, »es sollte jeder seine Meinung haben dürfen.«

»Du hast meine Frage nicht beantwortet.« Der Polit stand mit verschränkten Armen da. »Denn wenn du nicht für uns bist, bist du gegen uns. Und wer gegen uns ist …«

»Ist gegen den Frieden, stimmt's?«, entfuhr es Jörg, »War es nicht so? So einfach? Aber das ist Quatsch! Das ist zu schwarzweiß.«

»Nein, so meine ich das nicht«, lachte der Polit. Aber es klang nicht echt, was Jörg nur noch argwöhnischer werden ließ.

»Sieh mal, was soll ich denn denken, wenn ich das alles lese. Würde ich nicht wissen, dass der Aufruf von dir eingeheftet wurde, wäre ich besorgt. Ich weiß ja, dass du es nicht so meinst.« Der Polit versuchte nett zu sein.

Gib dir keine Mühe, dachte Jörg. Zu Hause haben hunderte diese Ansichten. Und ich darf die hier nicht äußern? »So? Wissen Sie?«, sagte er draufgängerisch. »Und wenn ich das doch so meine?«

Die Mimik des Politoffiziers verhärtete sich. »Dann frage ich mich, in welchem Land du aufgewachsen bist!«

Jörg schaute aufs Meer. Nun war es auch egal. Er hätte heulen können. Ein Klos, der im Hals steckte und der unbedingt raus wollte, schnürte ihm die Luft ab. Er sah die Bilder der Prager Botschaft, sah die Leute ihre kleinen Kinder über den hohen Zaun heben, die Leute, die freudestrahlend aus den Zügen in den Westen winkten, als wenn sie in der DDR verhungert wären. Dabei hatte er Ähnliches vorgehabt. »In einem Land, wo mal vieles in Ordnung war. Aber jetzt, jetzt läuft da die Jugend weg … Und in einem Land, wo es Leute gibt, die sich einen Kopf über die Zukunft der DDR machen. Denn eines ist doch Fakt: So wie bisher kann es nicht weitergehen«, sagte er endlich. »Aber vielleicht«, schlug er vor, »wäre das doch mal eine Gelegenheit, auf einer FDJ-Versammlung zu diskutieren.«

Der Gesichtsausdruck des Politoffiziers hellte sich schlagartig auf. »Ja, dann kannst du ja mal deinen Standpunkt erläutern. Bin mal gespannt, ob alle deiner Meinung sind.«

Später, als er nach dem Abendbrot mit Eiche über die Reaktion des Politoffiziers sprach, merkte Jörg, wie isoliert er mit seiner Meinung stand. »Mann, der Politische wird dich so fertig machen, dass du nicht mehr klar denken kannst«, bekniete ihn Eiche, »der hat doch den längeren Arm. Also mach keinen Scheiß, Schmidti, die feuern dich doch sonst.«

Jörg schüttelte trotzig seinen Kopf. »Ich glaube, die Fakten auf meiner Seite sind auch nicht verkehrt. Oder was sagst du denn zur

Reisefreiheit, zur Meinungsfreiheit. Was sagst du, wenn er dich fragen sollte?«

»Ich?«, entfuhr es Eiche, »Ich werde mich hüten, überhaupt etwas zu sagen! Ich bin doch nicht bescheuert. Ich lass mich da auf keine Diskussion ein … Nee, nee Schmidti, da ist mir mein Job viel zu heilig.« Verlegen schaute er auf sein Bier.

»Toll. Danke!«, sagte Jörg enttäuscht.

»Warum? Ich habe doch nichts in die Schiffspresse geheftet. Ich nicht … Wo hast du das überhaupt her?«

Jörg grinste spitzbübisch: »Das hing unterwegs an der Posttonne.«

»Siehst du«, stöhnte Eiche, »du bist selber nicht ehrlich und verlangst von mir, meine Gusche aufzumachen? Warum sollte ich?«

»Es ist doch jetzt völlig egal, woher ich den Aufruf habe. Zu Hause sind inzwischen die Massen auf der Straße, und der Polit will immer noch durchziehen. Aber das wird er nicht aufhalten können.«

Die Tür öffnete sich und Pluto trat gut gelaunt ein.

»Was freust du dich denn so?«, wunderte sich Jörg.

»Erzähl ich euch gleich. Aber was anderes. Ich hab gehört, du willst 'ne FDJ Versammlung machen?«

»Wenn ihr eine wollt?« Jörg reichte Pluto ein Bier aus der Kiste.

»Und wie soll das Thema heißen? Schmidti, was schlägst du vor? Etwa die DDR, mein sozialistisches Vaterland?«, feixte Pluto.

»Von mir aus. Der Politnik tut ja so, als wenn ich alle Betriebe privatisieren will. Dieser Blödmann! Aber über die Fehler, die daheim passieren, sagt der nichts. Gerade darüber sollte man mal reden, vielleicht tut sich dann mal was.«

»Also schön«, Pluto stöhnte, »machen wir 'ne Versammlung. Morgen oder Mittwoch? Der Alte will ja übrigens am Donnerstag Barabend machen. Also vorher.«

»Gut«, Jörg nickte, »hab nicht gewusst, das Barabend ist …« Pluto grinste. »Jaja, Bagemiel, der alte Fuchs hat den plötzlich angesetzt, der hat schon seine Tricks, die Leute bei Laune zu halten. Also machen wir's morgen. Ich bin ja mal gespannt, wie die Leute so reagieren werden. Prost!«, sagte Pluto und sah Eiche beim Trinken an.

Der beeilte sich, seine Flasche zu leeren und verließ schleunigst Jörgs Kammer.

»Was hat er denn?«, fragte sich Pluto und flüsterte: »Pass auf, der Pope hat vorher mit einigen von uns gesprochen. Bei mir war er ja auch schon. Aber ich habe ihm gesagt, dass ich alt genug bin.«

Jörg lehnte sich zurück. Ob der Polit etwa Eiche zu ihm geschickt hatte, um zu spionieren? Vorstellbar war es. »Na das kann ja heiter werden.« Er kratzte sich am Hinterkopf. »Wolltest du nicht vorhin noch was anderes sagen?«

Pluto überlegte kurz. »Ach ja, Mensch, hätte ich beinahe vergessen! Nachher, wenn Tatze mit seiner Wache fertig ist, sollen wir alle zum Trockenraum kommen und Wintersachen mitbringen.«

»Hä? Wintersachen?« Jörg wunderte sich. »Was soll das denn?«

»Der Boss hat vorhin gefragt, wer alles beim Tropentest mitmachen will.« Pluto erklärte den Einsatz und die Bedingungen. »Komplett mit langer Unterwäsche, Filzstiefeln, Wattezeug und Kopfbedeckung.«

»Ich mag keinen Whisky, aber das gucke ich mir an«, sagte Jörg.

Alle waren sie da, die »üblichen Verdächtigen« nebst Zuschauern. Natürlich fehlten die Wachgänger und auch die Offiziere, die von der Aktion im Trockenraum nichts wussten. Die Ausnahme war der Kühl-Ingenieur. Ein Eisbär in der Hitze. Neuaufsteiger Winter hatte kaum lange Sachen mit.

»Ick lach mir'n Ast«, lästerte Stinkie, »bei dem Namen sind dit doch alles Winterklamotten. Spielt doch keene Rolle nich …«

Jörg borgte seinem Kollegen Mütze, Handschuhe und auch die Wattesachen. Statt langer Unterwäsche zog der sich eine zweite Hose und einen Pullover an. Alles wurde durch den Bootsmann streng kontrolliert. Bevor sich die Teilnehmer in die »Tropen« begaben, sollte jeder von ihnen noch zwei Hafenbräu trinken.

»Das ist gut gegen Dehy …, die Dehydrat … naja, gegen die Austrocknung«, erklärte Bolle.

»Jenau, jejen die Austrocknung vonner Leba …«, schwärmte Stinkie, dem jetzt schon mächtig warm war. Der Boss hatte genug kühles Bier in Sichtweite postiert. Alle griffen gierig zu. »Trinkt mal«, sagte er, »ihr werdet noch genug schwitzen.« Als alle Kandidaten dann im Trockenraum beisammen waren, krachte das schwere Schott hinter ihnen zu und die Vorreiber wurden angezogen.

»Also, noch mal«, begann der Bootsmann die Regeln zu erläutern, »wer irgendein Kleidungsstück auszieht, scheidet aus. Wer hier doch heimlich was zu trinken mit hat, ebenfalls. Wer rausgeht, sowieso.« Er sah sich im halbdunklen Raum um. »Alles klar Männer?«

»Klar doch!«

Nach zwanzig Minuten hatte Pluto die Abmachung vergessen, nahm kurz die kratzende Pudelmütze vom Kopf und setzte sie schnell wieder auf. Zu spät.

»Adios!«, freute sich der Bäcker und machte Platz, damit der erschrockene Pluto unter dem Gejohle der anderen rauskam. Es dauerte nicht lange, bis es den nächsten Kandidaten erwischte. Dieses Mal war es Tatze, der schlapp machte. Danach wollte einfach niemand mehr gehen.

»Wenn dit noch lange dauert, jibts bald Frühstück«, bemerkte Stinkie.

»Genau. Wir werden mal ein wenig für frische Luft sorgen«, grinste der Boss.

»Wie? Willst du etwa das Schott aufmachen?«, fragte Fleischi.

»Nee, natürlich nicht«, erklärte der Boss, »aber etwas Fahrtwind tut doch gut. Also los … etwas Bewegung!«

Zuerst liefen sie im Kreis, danach war Hüpfen angesagt. Der Eisbär konnte den Boss glücklicherweise von den angedrohten Liegestützen abbringen. »Viel zu eng hier, das musst du doch einsehen«, sagte er mit hochrotem Kopf.

Einen Augenblick später verließ dann auch er die Folterkammer.

Irgendwann machte Winter die Vorreiber auf, ging ohne ein Wort hinaus, schloss die Tür wieder und rannte davon. Draußen staunten die Stewardessen und die anderen Tribünengäste über das Verhalten.

Nach einigen Minuten kam er wieder und hatte, im Gegensatz zu Tatze und dem Eisbären, immer noch die dicken Sachen an. Als er zurück in den Raum wollte, um weiter am Wettkampf teilzunehmen, musste ihm erst erklärt werden, dass er längst ausgeschieden sei. »Aber ich war doch nur schnell pullern gewesen, Mann!«, regte er sich auf, »ich kann doch schließlich nicht … also da drinne. Hör mal …«

Langsam begann er die Wattejacke abzustreifen. Bolle amüsierte sich. »Tja, hättste mal kein Bier getrunken.«

Daggi sah den Jungfacharbeiter mitleidig an. Dem tat das schöne Westgeld leid. Aber lange währte sein Zustand nicht, denn

Eiche wankte heraus, schnappte sich ein kaltes Bier aus dem Eimer und trank es mit einem Zug aus.

»Da warn es nur noch fünf!«, stellte Pluto fest.

Eiche hechelte und gab dem Eisbären zu verstehen, dass der Boss mehr Dampf wünschte.

»Kann er haben. Bestellt ist bestellt«, freute sich der Eisbär und trabte los.

Jetzt wurde es spannend. Die Schaulustigen begannen nun ihrerseits Wetten abzuschließen. Natürlich ging es dabei nicht um Whisky. Bolle behauptete, sein Bäcker wäre der Favorit in der Hütte und setzte zehn Bier. Jörg und Tatze setzten auf den Bootsmann. Nur Pluto vertraute seinem Kollegen. »Wenn, dann macht Fleischi das Rennen. Der ist so geizig, lieber krepiert der …«

Derweile wurde es im Trockenraum spürbar wärmer. Stinkie begann zu husten.

»Ja, ja, die Raucher«, lästerte der Bootsmann. Aber Stinkie gab nicht auf. »Sterben muss man sowieso, schneller jehts mit Marlboro.« Um sein Durchhaltevermögen zu demonstrieren, schlug sich Stinkie zusätzlich den Kragen hoch. »Hab ick euch schon die russische Heizung jezeicht?« Er breitete seine Arme aus und klopfte sich kräftig rechts und links mit seinen Handflächen auf und unter die Schultern. Dabei lachte er so hell, dass es eigentlich im Vorraum, wo die Waschmaschinen standen, zu hören gewesen sein müsste.

Seine Ausgelassenheit verfehlte nicht ihre Wirkung: der Ede gab auf. »Das war's. Schluss. Aus. Punkt!«

Von da an belauerte sich das übriggebliebene Quartett. Jeder hoffte auf einen Fehler der anderen. Der Keeper versuchte locker zu pfeifen, aber es gelang ihm nicht so ganz.

»Eh Stinkie, dein Wasserkopf fängt an zu kochen!« Der Bäcker bewegte sich kaum, versuchte ruhig zu atmen und pustete mit vorgeschobener Unterlippe in Richtung Stirn.

Fleischi probierte es mit Zermürbung. Zuerst furzte er. Doch niemand bekam es mit. Wahrscheinlich lag es an der Wattehose. Dann begann er von kühlem Bier und dem Rieseneisbecher zu schwärmen, welches es unten im Warnemünder Neptunhotel gab.

»Jenau, dit Ding is jut, da kannste nich meckern. Und vorher jejenüber so'n Broiler fressen. Voll der Hammer eh!«

»Jetzt schöööön kalt duschen …«, fing Fleischi wieder an. Der Bäcker betonte, dass das hier noch lange keine Hitze wäre, schob auffällig seine Hände in die Taschen und fing an von Basra-Reede zu schwärmen. »Da konntest du an Deck Spiegeleier braten.«

Der Bootsmann klopfte den dreien mit seinen Fausthandschuhen überraschend auf die Schultern. »Macht's gut, ihr Eskimos. Ich geh raus. Mir kochen jetzt auch die Eier.«

Draußen wartete die Meute gespannt, wer da wohl als nächstes die schwere Tür aufmachen würde.

»Mist!«, sagte Jörg, als der Boss rauskam. Hitze schlug ihnen entgegen. Im Halbdunkel winkte Fleischi und Stinkie rief was von Saukälte, bei der man sich noch den Schnupfen holen würde.

»Wenn es weiter nichts ist«, sagte der Eisbär lässig, »den Jungs kann geholfen werden.« Und zog los, die Temperatur zu erhöhen.

Tatze kam vom Duschen wieder und schaute auf seine Uhr. »Lange kann's ja wohl nicht mehr dauern«, stellte er fest, »nicht das wir hier übernachten.«

Plötzlich flog das Schott auf. Der Bäcker stürzte raus, riss sich die Pelzmütze vom Kopf, blieb mit den Fingern in den Handschuhen kleben und versuchte, sich der nassgeschwitzten Wattejacke zu entledigen.

»Schneeflöckchen, Weißröckchen« kam es aus der Blechsauna.

»Was soll das denn, Tommy!«, schimpfte der Koch. »Warum hörst du denn jetzt auf?« Er zog ebenfalls an der Wattejacke. »Du Trottel, du hattest es doch fast geschafft.«

»Weißt du was?«, stöhnte der Bäcker mit rotem Schädel. Seine Haare hingen wie Bindfäden herunter. »Leck mich doch! Mensch, vielleicht war mir warm?«

»Na, Schmidti, guckst du wieder den Möwen in den Arsch?« Der Bootsmann schlenderte auf die Brücke und grinste. »Einen wundervollen Nachmittag allerseits!« Verlegen schob Jörg seine leere Tasse weg, damit der Boss sie nicht sah. Der Second kam vom Kartentisch nach vorn. Auch er hatte kurze Hosen an. »Wer ist da gestern bloß auf die bekloppte Idee mit dem Trockenraum gekommen?«

Der Sicherheitsoffizier war immer noch sauer. Die Finalisten Stinkie und Fleischi hatten beide ihren eisernen Willen gezeigt. Der Keeper hatte angeblich versucht zu verhandeln. Fifty-Fifty. Aber nicht mit Fleischi! Die Hälfte, wie sollte das denn gehen? »Es sind doch nur neun Flaschen. Ich zahl doch nicht meine eigene mit.

Nee, nee Stinkie, da halt ichs mit den Russen: S.O.S. – Sieg oder Sibirien! Alles oder nichts.«

Irgendwann kapitulierte Stinkie und verließ den heißen Ort. Doch Fleischi wollte zeigen, dass damit noch nicht Schluss für ihn sei. »Ich dreh noch eine Ehrenrunde zur Abkühlung«, prahlte er. Der Gewinner stand nun fest.

Der Boss wurde langsam ungeduldig und klopfte kräftig gegen das Schott. »Komm schon raus, du hast gewonnen!« Drinnen tat sich nichts. Als er dann die Stahltür öffnete, stolperte ihm Fleischi entgegen, hob die rechte Hand zum Victory-Zeichen und flüsterte »Venceremos«. Dann sackte er zusammen.

Als man ihn schnell die Sachen auszog, war zu sehen, dass Fleischi seine Blase in die dicke Wattehose entleert hatte. Der Second, der sofort zu Hilfe geholt wurde und sich um den inzwischen zu sich kommenden Patienten kümmerte, Blutdruck und Puls kontrollierte und Fleischis Beine erhöhte, schimpfte über so viel Leichtsinn. Doch nach kurzer Zeit machte der Sieger schon wieder Witze, und alle waren erleichtert.

»Second? Brauchst du deinen Wachmatrosen, oder kann ich mir den ausborgen?« Der Bootsmann zwinkerte Jörg zu und ging nicht weiter auf den Vorabend ein. »Wir sind hier in der Nähe!«

Der Second nickte, und Jörg meldete sich erleichtert ab. Endlich gab es was zu tun. Vor dem Schornstein blieben sie stehen. »Ich hab hier schon alles vorbereitet. Farbe gewaschen ist schon. Rost war fast keiner. Die paar Stellen sind schon ausgebessert. Also kann da gleich neue Farbe rauf. Hol dir mal deinen Gurt.«

Kurz darauf stand Jörg auf der Stellage, die oben an der Esse festgemacht worden war. Mit Rolle und Pinsel ging die Arbeit schnell von der Hand. Für Jörg war diese Arbeit sinnvoller, als auf der Brücke Ausguck zu halten. Vor allem verging die Zeit viel schneller.

»He, richtig gut sieht das aus! Wenn wir schon wenig Ladung haben, soll doch wenigstens die Schornsteinmarke glänzen!«, sagte der Bootsmann und ließ ihn regelmäßig tiefer. Als er dann später mit neuer Farbe wiederkam, stand gleich neben der Dusche am Pool ein Liegestuhl. Darin saß, wie im Theater, der Funker Pietsch, trank mit dem Strohhalm aus einem mit einer Zitronenscheibe dekoriertem Glas kalte Cola und beobachtete durch die Sonnenbrille das Geschehen. Die Eiswürfel klirrten beim Umrühren.

»Schönen Nachmittag!«, blökte der Bootsmann.

Pietsch nahm seine Kopfhörer kurz vom Ohr, klassische Musik war zu hören, nickte und sagte: »Danke.«

Irritiert schaute Jörg von oben herab. Dann zog auch schon der Boss die neue Farbe hoch, und weiter ging es mit Rot.

»Ach, das ist ja fein. Friedhelm, du bist doch ein Genie.« Der Funker blätterte in seinem Kreuzworträtselheft und freute sich. Aber nicht die Rätsel an sich erregten sein Gemüt, sondern ein Text, den er darin fand. Er schaute auf die Rückseite der Ausgabe. »Aha, Frösi-Rätselmagazin für die Familie. Hmmm ... Sitz der Redaktion: Mauerstraße. Mauerstraße? Die gab es wirklich? Nicht Antifaschistischer Schutzwallstraße oder Staatsgrenze der DDR-Straße?« Er grinste. »Also Mauerstraße 39/40 Berlin ... Herausgegeben vom Zentralrat der Freien Deutschen Jugend über Verlag Junge Welt ... aha ... des Presseamtes beim Vorsitzenden des Ministerrates der DDR ... deshalb also.«

Er las den Beitrag und wusste auch schon, wo er ihn einbauen könnte. Die Schiffsgewerkschaftsversammlung, deren Leiter er war, fand in einigen Tagen statt. Und hier, im *Knobel Kniffilg*-Heft, lag die Lösung:

Von »Z« wie Zuschüsse bis »A« wie Altersrente
Zu den wertvollsten Errungenschaften in den 40 Jahren Deutsche Demokratische Republik zählt die einheitliche Sozialversicherung der Arbeiter und Angestellten. Sie gewährleistet dem Werktätigen wie dem Rentner und ihren Familienangehörigen soziale Sicherheit und betreut den Menschen auf seinem ganzen Lebensweg, vom noch Ungeborenen bis ins Rentenalter, von der Sorge um Mutter und Kind bis zum Tod und der Fürsorge für die Hinterbliebenen.

Der Funker lächelte vor sich hin. »Einwandfrei. Das wäre mir ad hoc nie eingefallen. Gut old man.«

Was für viele von uns bereits eine Selbstverständlichkeit ist, ruft bei denen, die in einer anderen, der kapitalistischen Welt leben, oft Ungläubigkeit, Zweifel, ja auch Erstaunen und Anerkennung hervor, vor allem, wenn sie die bereits verwirklichten oder noch geplanten »Gesundheitsreformen« in der BRD zum Vergleich heranziehen. Dort regiert der Rotstift im Versicherungsetat. Krankenhauskosten, Zuschüsse für Arzt- und Arzneikosten, für Heil- und Hilfsmittel werden rigoros zu Lasten der Versicherten gestrichen. Wie die Leistungen sinken, so steigen die Beiträge, die auch den Rentnern abgefordert werden.

Schreib ich das nun ab oder lege ich mir das Heft so hin, dass es niemand sieht? Merkt ja keiner, dass es nicht von mir ist. Und meistens hört nach einer Weile sowieso niemand mehr zu. Naja, der Politnik vielleicht. Pietsch war sich unsicher.

Bei uns wurden besonders in den Jahren seit dem VIII. Parteitag der SED die Leistungen für die Versicherten beträchtlich erweitert und gesteigert …

Der Funker las flüchtig weiter. »Ah, das ist gut, hier kommt endlich etwas über FDGB und Freiwillige Zusatzrentenversicherung. Und einige Zahlen. Ja, das macht sich bestens. Fakten, Fakten, Fakten. Da wird schon keiner von den Leuten nachfragen. Hier zum Beispiel: 800 Zuschüsse zum PKW-Kauf »Trabant« für Versehrte. Okay, passt jetzt vielleicht doch nicht so. Aber hier: Für eine Zahnprothese werden durchschnittlich 230 Mark ausgegeben … Hmm. Oder hier: Rentenerhöhung ab Dezember … Naja … den letzten Satz: Ein Grund mehr, am 40. Jahrestag auf unsere Republik und unsere Gesundheit anzustoßen, werde ich lieber weg lassen. Erstens war das ja schon und zweitens …«

Er überlegte. Konnte man das noch nehmen, nach alldem, was sich zu Hause abspielte? Nach den davonlaufenden DDR-Familien in Ungarn, Botschaftsbesetzungen, Massenausreisen, Demonstrationen und der Unruhe in der Bevölkerung? Ach was, klar konnte man das. Schließlich machte der Voigt in seinen Parteiversammlungen auch nichts anderes, verschloss seine Augen und schleimte seine Suada extra für den Politoffizier. Zwar dachte sich jeder seinen Teil dabei, doch mach dir nichts vor Friedhelm, wie sieht es denn zu Hause aus? Dort, wo die Leute an politischen Stellen sitzen, ist es doch auch nicht anders. Immer schön die Zunge unter Kontrolle halten und nicht aufmucken. Opportunismus auf der ganzen Linie. Alles für unsere Sache. Deshalb kam das ganze Dilemma ja. Wo ein Genosse ist, ist die Partei. Na toll. Und was kann ich kleines Licht in unserer SGL und GO denn hier auf dem Schiff an der Lage verändern? Nichts!

Und der Schmidt da oben auf seinem schaukelnden Brett? Macht hier einen auf Revoluzzer. Der sollte lieber ganz leise sein. Der wird schon noch sehen, was er davon hat. Pietsch streckte seine Arme und Beine aus.

Eilig ging der Bootsmann an ihm vorbei. Tja, überlegte der Funker weiter, man war weit weg von zu Hause und nur ein Rädchen im Getriebe. Konnte also nichts bewegen. Na also. Aber die zu Hause schon. Wo sind denn die führenden Patrioten? Die in Moskau studierten Kader? Wie werden sie die kommenden Probleme angehen?

Pietsch sah auf das Meer. Die Sonne schien wie immer. Und trotzdem hatte er ein ungutes Gefühl. Titanic, dachte er und zog seine Cola durchs Trinkröhrchen. Damals soll ja auch spiegelglatte See gewesen sein …

»Weißt du was ein Pietsch ist?«

Der Second drehte sich um, schaute den Bootsmann verdutzt an und zuckte mit den Schultern.

»Das will ich dir sagen«, betonte der und trat verärgert in die Brücke. »Das ist die Maßeinheit für Arroganz. Der Funker, dieses arrogante Arschloch, denkt, er sei hier aufm Fleischdampfer!«

»Nana!« Der Second legte sein Fernglas auf den Flaggenschrank und sah dabei durch das Fenster nach achtern, wo Jörg arbeitete. »Warum? Was ist denn?«

Wütend stand der Boss da, die Hände in die Hüften gestemmt. »Ach, der sitzt da wie so'n Passagier und inhaliert die Farbe! Kriegen wir den nicht irgendwie da weg?«

»Der hat Freiwache. Da kann er machen was er will«, stellte der Second fest. »Sitzt er im Weg?«

»Nein.«

»Na, also. Außerdem kommt nachher sowieso die Wirtschaft zum Pool.«

Der Bootsmann beruhigte sich langsam. »Naja, das ist was anderes, das ist ja auch die arbeitende Bevölkerung!« Er stöhnte. »Wir hatten bisher immer Glück mit den Funkern. Aber dieser hier schießt den Vogel ab.« Dann schaute er sich kurz im Kartenraum um und sah auf die Uhr. »Na ja, dann werd ich mal wieder …«, verließ die Brücke und flüsterte: »Das kriegt der Tastenficker zurück.«

Noch vom Brückendeck gab er lauthals Anweisungen, nahm dazu seine Sonnenbrille von der Stirn, setzte sie auf und erklärte, wo noch Farbe fehlte. »He, Schmidti, wir sind hier nicht bei Picasso! Da oben, ja genau über dir, sind noch zwei große Feiertage!«

Polternd und singend kam er darauf den Niedergang hinter dem Funkstellenleiter hinunter. Doch der lag teilnahmslos in seinem Stuhl, ein Lächeln im Gesicht und erfreute sich den Klängen der *Zauberflöte*. Und vom Hauptdeck dröhnten immer noch Eiche und Winter mit ihren Rostmaschinen.

Am nächsten Abend stand der Schornstein, wie man so sagte, schön in Farbe. Elfenbein, Blau, Rot, Blau und wieder Elfenbein. Eigentlich wieder ein Grund für ein, zwei Hafenbräu. Aber Jörg ging heute nicht nach Achtern. Als er am Vortag zum Feierabendbier erschien, standen Voigt und der 2. Ing. demonstrativ auf und verließen die Runde.

Der Ede und Fleischi freuten sich, und Bolle schüttelte den Kopf. »Der hat's heute aber eilig«, bemerkte Pluto, »vielleicht will er ja nicht mit dir gesehen werden, Schmidti?«

Der Bootsmann schwieg und schaute verschämt auf seine Flasche. Jörg sagte lieber nichts zu dieser Situation. »Wir können ja die Backbordseite für die Gorbi-Anhänger und die Steuerbordseite für die Volkskammer reservieren«, meinte Fleischi.

Plötzlich sprang Bolle auf und wurde laut. »Und ich soll wohl mitschiffs wohnen oder was? Ihr mit eurer Scheiß Politik!«

Stinkie wollte ihn eigentlich unterbrechen und darauf hinweisen, dass die Kochkammer doch mitschiffs zwischen der vom Boss und der vom Eisbären sei, aber Bolle war so in Fahrt wie selten.

»Glaubst du, der Gorbatschow ist besser als die bei uns? Guck dir doch die Russen an. Nichts zu fressen, aber in den Weltraum fliegen. Der Gorbi ist Chef der Kommunistischen Partei! Auch wenn die im Westen so tun, als wenn er plötzlich einer von ihnen wär. Ich erinnere nur an Tschernobyl 1986. Da kam von dem nix, aber auch gar nix! Das darf man nicht vergessen!«

»Aber trotzdem ist der doch wohl lockerer«, versuchte Pluto die Lage zu entspannen.

Bolle holte gerade Luft zum Gegenargument, als ihm der Ede ins Wort fiel: »Sett di dol un frät di dick un hold dien Muul von Politik, sagt man bei uns.«

Der Boss winkte ab. »Redet lieber von Frauen oder von mir aus auch über Fußball. Spielen unsere nicht in ein paar Tagen gegen Österreich? Prost!«

Bolle starrte Jörg böse an, ließ seine Zigarette in eine große mit Wasser gefüllte Konservendose fallen und ging wieder zurück in die Kombüse, wo es schon nach Wurstgulasch duftete.

In der Mannschaftsmesse trafen nach und nach die sogenannten Jugendlichen ein. Auf dem Weg zur Versammlung hob Jörg auf dem Boden liegendes Bonbonpapier auf und warf es in den Servusbehälter. Irgendwie hatte er damit das Gefühl, dass alles gut gehen werde. Nun, beim Betreten der Messe, erschrak er jedoch. Auch der Kapitän war anwesend. Der gab sich harmonisch und alberte mit Liese herum. Dabei kam der Alte gleich auf den noch ungeplanten Lumpenball zu sprechen.

»Wir hatten mal vor Jahren ein Ritterfest«, sagte Fleischi, »da gab es schön Broiler, und die Knochen haben wir dann immer im hohen Bogen hinter uns geworfen.«

Liese zeigte ihn einen Vogel.

»Mensch, das hatten wir doch damals an Deck gemacht. War nicht auf der FRIEDLAND«, erklärte Fleischi weiter, »alle schön verkleidet, und das Windenhaus wurde vorher als Burg angemalt. So richtig mit Steinen und Kletterpflanzen. War echt klasse.«

Der Politoffizier kam mit dem Dritten Nautiker herein, setzte sich und hörte gespannt zu. Jörg wurde unruhig. Hier sollte gleich die gute Stimmung umschlagen? Seinetwegen? Schließlich waren sie alle aufeinander angewiesen. Das machte diese kleine Gemeinschaft aus. Und das gab es wohl fast nur auf See. Man einigte sich schließlich auf »Friedländer Ritterfestspiele«, die auf der Rückreise stattfinden sollten. Fleischi war ganz angetan von diesem Gedanken.

Als dann langsam Ruhe einkehrte, nickte der Polit dem FDJ-Sekretär zu.

Pluto schaute kurz auf und räusperte sich. »Ich begrüße alle Anwesenden. Ich habe das Thema verändert und denke, es ist im Sinne aller, wenn wir über die Zustände in unserem Land reden.«

Irritiert sah der Polit erst zu Bagemiel, dann auf Plutos Hände. Unruhig glitten dessen schwarze Fingernägel über das Notizbuch. Trotzdem sprach er mit fester Stimme: »Wie wir alle wissen, waren, als wir von zu Hause losfuhren, einige Demonstrationen. Die Leute gingen nicht ohne Grund auf die Straße …«

»Lieber FDJ Sekretär, liebe Jugendfreunde«, unterbrach ihn der Polit, »ich denke, wir sollten hier zuallererst über das Verhalten des Genossen Schmidt reden. Er hat eigenständig konterrevolutionäres Material in die Schiffspresse eingeheftet. Die Schiffspresse ist nicht irgendeine Lektüre, sondern sie spiegelt die nationale und internationale Lage wieder.«

Er sah die Anwesenden lange an. Wütend, doch schweigend sah Pluto aus dem Fenster. War er nun der Versammlungsleiter oder der Politoffizier?

»Genosse Strunz. Ihre Meinung dazu?«

Struppi zuckte bei den Worten des Popen zusammen, hatte er sich doch vorgenommen, lieber in Deckung zu gehen. »Weiß nicht …keine Ahnung«, stammelte er.

»Genosse Reichelt?«

»Ich kann dazu nichts sagen.« Verstohlen blickte Eiche zu Jörg. »Schließlich habe ich so ein Papier ja nicht besessen.«

Der Polit nickte zufrieden. »Aber hätten Sie es gern besessen?«, legte er schnell nach.

»Ich hätte es nicht angenommen!«, antwortete Eiche in der Hoffnung davonzukommen.

»Warum nicht?« Der Polit ließ nicht locker. Endlich hatte er ein Opfer gefunden. »Na, na weil es …«, Eiche verfolgte die Mimik von Kapitän und Politoffizier, » … weil es für einen Bürger unseres Landes, äh, ja. Na ja, das macht man einfach nicht.« Er atmete durch. So, das war geschafft, weiter wollte er sich heute nicht locken lassen, es sei denn, es ginge persönlich um ihn.

»Und Sie, Genosse Albrecht?«, wandte sich der Polit nun an den Kabelgattmatrosen. »Wie positionieren Sie sich dazu?«

Der Ede wurde dunkelrot, schaute zu Jörg, dann zu den anderen Jugendlichen im Raum, kratzte sich an der Brust und überlegte. »Tjaaa, alsooo …ich weiß nicht so recht, ob das gut war, was Schmidti, ich mein der Genosse Schmidt, da gemacht hat.«

Er wischte sich mit dem Handrücken über die Oberlippe. »War vielleicht 'n bisschen unüberlegt.«

»Unüberlegt?« Die Stimme des Polit wurde laut. »Das ist Kritik an der Sache! An der Führungsrolle unserer Arbeiterpartei. Das ist …«

»Das war richtig!«

Alle sahen erstaunt zu Fleischi, der sich aufgeregt eine Zigarette aus der Schachtel nahm und anzündete. Jörg schluckte. Am liebsten hätte er Jo Cockers berühmten Schrei ausgestoßen. Ja, with a little help from my friends. Ausgerechnet Fleischi war es, der mal den Mut aufbrachte.

»Kritik muss doch nichts Schlechtes bedeuten. Außerdem soll der Gorbatschow doch gesagt haben: Wer zu spät kommt, den bestraft das Leben. Oder so. Das finde ich gut. Jetzt ist doch mal die Gelegenheit, wieder von der Sowjetunion zu lernen. Das ging doch früher auch.«

»Und was hat das mit dem renitenten Verhalten des Genossen Schmidt zu tun?«, fragte der Polit, der leicht verunsichert wirkte.

»Eine ganze Menge!«, sagte nun Jörg. Schließlich ging es hier um ihn. Was sollte das mit seinen Kollegen? Er hatte sich die Sache eingebrockt, nun sollten andere dafür bluten?

»Zu Hause berichten die Medien, und zwar unsere Medien, über Mangel, Misswirtschaft und Fehlentscheidungen. Meine Frau will sogar die *Junge Welt* und den *Sputnik* abonnieren. Sie hat geschrieben, dass *DT 64* live sendet. Und die Jugendsendung *elf 99* im Fernsehn. Und hier an Bord? Was erfahren wir denn? Man kommt sich langsam vor wie bei 'ner Nebelfahrt. Und in unserer Schiffspresse spiegelt sich vielleicht etwas. Aber was sich spiegelt, kann ja nur auf dem Kopf stehen.«

Jörg wunderte sich über seine Worte. Liese und Struppi grinsten den Politoffizier an. Der suchte beleidigt den Blick des Kapitäns.

»Ich verstehe ja Ihre Aufregung«, sprang Bagemiel nun ein, »aber ich habe den Eindruck, hier wird Panik gemacht. Und ich werde nicht müde zu betonen, dass wir eine neue Regierung haben, und die muss doch gottverdammt auch die Chance kriegen, ihre Arbeit zu machen. Aber nein, es gibt hier Leute, die meinen, alles in die Tonne kloppen zu müssen.« Er lehnte sich zurück, sah in die Runde und versuchte zu lächeln.

Eine ungewöhnliche Spannung herrschte in der Messe. Und eine bedrückende Stille. Wo war sie hin, die vertraute Gemeinsamkeit der letzten Jahre? Der Dritte Offizier sah diskret auf die Uhr. Glücklicherweise begann bald seine Wache.

»Und so ein Verhalten können und dürfen wir nicht dulden!«, ergänzte der Polit und machte eine kurze Pause. »Ich möchte von

Ihnen, Genosse Schmidt, eine schriftliche Stellungnahme zu Ihrem Verhalten. Sagen wir bis zum Wochenende.«

Jörg verschränkte seine Arme, beugte sich leicht nach vorn und sah den Polit selbstbewusst an. »Die können Sie auch gleich haben. Und zwar mündlich.«

Bagemiel wurde unruhig. Was war hier los? So etwas hatte es in seiner Fahrenszeit noch nie gegeben. Nicht dass man nie insgeheim Witze über den Popen gemacht hätte oder auch über Honecker, aber dass sich hier Männer aus der Mannschaft hinstellten und öffentlich Staat und Regierung kritisierten, war neu.

»Was hat das nun alles mit der Unzufriedenheit zu Hause zu tun?«, fragte Fleischi scheinheilig.

»Sie sind jetzt gar nicht gefragt, Genosse Fleischmann!«, winkte der Polit ab.

»So?«, entgegnete Fleischi und erhob sich. »Dann kann ich ja verduften.« Triumphierend drückte er seine Zigarette im Aschenbecher aus und ging zur Tür. »Ich hab heut noch was vor.«

»Genosse Fleischmann! Kommen Sie zurück!« Der Polit konnte es kaum fassen.

Fleischi drehte sich um. »Ich bin kein Genosse!«

Nun sprang Bagemiel auf und eilte hinterher. Pluto nutzte die Situation und fragte in die Runde, ob noch jemand gehen möchte?

»Ja, ich«, meldete sich Winter, »das ist schließlich nicht mein Schiff und auch nicht meine Gruppe.«

Die eintretende Stille währte nur kurz.

»Nicht mein Schiff, der hat ja Humor«, ergriff nunmehr der Dritte das Wort, »also Kollegen, so kann man nicht diskutieren. Das muss doch sachlich erörtert werden. Fakt ist doch, dass ein großer Sprung getan ist. Wenn zu Hause die Medien, wie der Genosse Schmidt sagt, berichten, ist das doch schon ein Anzeichen für die Veränderungen. Und es ist mir auch nicht recht, fast nichts darüber zu erfahren. Aber, und da bin ich mir ziemlich sicher, wir werden im nächsten Hafen Zeitungen von zu Hause erhalten, die ausführlich Auskunft geben. Da können wir dann alles nachholen, uns mit Informationen versorgen und unsere Unsicherheit abbauen.« Dann wandte er sich an den Politoffizier. »Ich weiß wirklich nicht, ob man das Papier gleich so verteufeln sollte. Da steht kein Wort zum Umsturz der gesellschaftlichen Verhältnisse drin. Im Gegenteil, der Aufruf unterstützt und fördert den Sozialismus.«

Pluto freute sich über die Hilfe seitens des Nautikers. »Womit wir wieder beim Thema wären«, fuhr er fort und versuchte endlich seine vorbereiteten Themen anzubringen. »Reisefreiheit zum Beispiel. Reisefreiheit betrifft uns doch auch. Zu Hause grölen die Leute auf den Betriebsfesten lautstark ›Fiesta Mexicana‹. Dabei kommen sie da doch nie hin.«

»Oder ›Griechischer Wein‹«, sagte Liese und nickte. »Ja. Ich hab auch keinen Reisepass und würde gerne mal nach Italien oder so fahren. Natürlich ist das auch eine Frage des Geldes. Aber wenn berühmte Künstler fahren können – warum dann nicht auch wir?«

»Reisen ist aber nicht das Wichtigste!«, sagte der Polit.

»Nee, das Wichtigste nicht«, platzte es aus Struppi heraus, »aber zu Hause rennt man sich doch ’nen Wolf nach den einfachsten Dingen. Mein Onkel baut ein Eigenheim, wie Fleischi ja auch. Eh, Leute, der kann euch Geschichten erzählen. Er hat gesagt, sollte er noch einmal geboren werden, fängt er in der BHG an. Das ist wie Urlaub.«

»Was ist denn BHG?«, wollte Eiche wissen.

»Bäuerliche Handelsgenossenschaft. Da soll es normalerweise Baumaterialien geben, genau wie bei der Baustoffversorgung. Aber das geht meist alles schon vor dem Laden unter der Hand weg.«

»Eine Wohnung zu bekommen ist schon schwer.« Pluto war da keine Ausnahme.

Der Ede amüsierte sich. »Schlagen wir die Rentner dod, so lösen wir die Wohnungsnot. Mann, die Bauarbeiter sind doch alle in Berlin, um die Hauptstadt schööön aufzumotzen. Und zu Hause sieht’s derweil aus …«

»Nana, die schaffen dort Großes. Nicht umsonst gibt es dort Straßennamen, benannt nach den jeweiligen Städten aus den Bezirken der Erbauer. Marzahn oder Hohenschönhausen sind Begriffe, wo man gerne wohnt. Dort wurden und werden Kindergärten und Schulen errichtet. Alles über die FDJ-Initiative Berlin. Und …«, der Polit freute sich, endlich wieder das Gespräch in den Griff zu bekommen, »ihr müsst doch zugeben, alle fahren dort gern hin. Sei es zu Konzerten, die in der letzten Zeit große, auch westliche Musiker anlockten, zum Einkaufen oder nur zum Alex, um zu bummeln. Aber ihr habt natürlich recht, der Aufbau des Landes wird in seltenen Ausnahmefällen durch Korruption und Fehlplanung negativ beeinflusst.«

Struppi berichtete aus seiner Region. »In Bitterfeld, in Bitterfeld hab ich die Luftpost abbestellt, heißt es bei uns. Da wird nix gemacht. Die Leute werden krank. Wer kann, haut ab. Und Leipzig fällt langsam in sich zusammen. Auch deshalb ja die Demos.«

Nachdem sich dann der Dritte und auch Struppi rechtzeitig und erleichtert zur Wache verabschiedet hatten, kamen die restlichen Teilnehmer der Versammlung auf die ihrer Meinung nach ungerechten Dinge zu sprechen: teure Westautos für Privilegierte, Genex und Intershop, lange Wartezeiten für die einfachsten Dinge, seien es Termine beim Arzt oder bei der PGH, Bevormundung bei der Wahl des Wohnortes und dergleichen.

Dagegen versuchte der Polit immer wieder auf die Zentralen Jugendobjekte der FDJ hinzuweisen, lobte die Drushba-Trasse und die Elektrifizierung der Strecken der Deutschen Reichsbahn. Er ging jedoch mit keinem Wort auf die Unzufriedenheit der Leute ein. Als er dann noch von Schlüsseltechnologien, Robotron und CAD/CAM anfing, musste Jörg irgendwie an das Wort »Wunderwaffe« denken, mit der der Endsieg gewonnen werden sollte. Natürlich war dieser Vergleich Unsinn, das wusste er selbst, aber dieses bornierte Geschwafel, und das seit Jahren, widerte ihn an.

»Und wie sehen Sie eigentlich die Veränderungen zum Beispiel in der UdSSR?«, fragte er.

Der Ede und Pluto grinsten schadenfroh.

»Also das ist ja ein ganz anderes Feld.« Der Polit stand langsam auf und lehnte sich an den Raumteiler. »Das ist doch auch ein riesiges Land mit ganz anderer Geschichte.«

»Und du? Auch keine Meinung?«, wandte sich Jörg an Eiche.

»Na ja, wie unser Politoffizier schon sagte …«, stammelte der.

Liese beobachtete, wie der Polit kurz eine Nummer am Telefon wählte und schnell wieder auflegte. »Also ich finde den Gorbi gut«, sagte sie, »der bringt frischen Wind rein. Bestimmt wird es dann bei uns auch so. Die da oben sind doch schon alle viel zu alt und außerdem als Rentner macht man doch auch viele Fehler. Und wie sollen die sich in die Jugend versetzen, in unsere Wünsche? Ich mein, die könnten ja nach dem Westen fahren …«

Der Ede teilte ihre Ansicht. »Und vielleicht kehren dann die neuen Besen, äh, ich mein die neuen Leute da oben besser. Wenn da neue Gesichter …«

Weiter kam er nicht, denn plötzlich ertönte die Alarmklingel. Der Polit rief, ohne die nächsten Töne abzuwarten: »Feueralarm!« Alle sprangen auf und rannten aus der Messe.

»Also wenn die Übung Zufall war, heiß ich Egon«, sagte der Ede, als er zusammen mit Tatze die Feuerlöschschläuche zum Trocknen aufhängte.

»Du meinst wegen eurer Versammlung?«

Der Ede nickte und schaute sich um. »Jo. So schnell habe ich den Popen noch nie gesehen. Der wusste schon beim ersten Klingelzeichen, dass es Feueralarm ist.« Er beugte sich näher zu Tatze. »Den flattern wahrscheinlich die Hämorrhoiden.« Er grinste breit. »Weißt du, wenn wir das nicht schriftlich machen müssten, also mit einer Austrittserklärung und so, dann würde ich da nicht mehr hingehen. Das ist mir zu doof.«

Dann stockte er, kratzte sich am Hinterkopf und sah Tatze verlegen an. »Und du? Was ist mit dir?«

»Was soll mit mir sein?«

»Naja. Ich mein … Wann trittst du aus?«

Geschäftig sah Tatze nach oben, als wenn er die C-Schläuche kontrollieren würde, und antwortete, ohne den Kabel-Eden anzugucken: »Weiß nicht. Ich warte ab, was passiert.«

Der nächste Tag, so schien es, war ein Tag wie jeder andere. Bagemiel bestellte sich sein persönliches Frühstücksei gewohnt mit »sunny side up«, und auch das tägliche Geschehen nahm seinen gewohnten Lauf. Eins gab es hier nicht oder vielleicht nur unterschwellig: nachtragende Gedanken. Man spielte sich natürlich Streiche, aber das war mehr Jux als Rache und auf allen Schiffen so.

Der Politoffizier hatte zu tun. Hinter dem geschlossenen Kammerschott war das Geklapper seiner Schreibmaschine zu hören. »Oh, da wird gearbeitet«, lästerte der Chief.

Doch noch am Vormittag wurde diese angebliche Ruhe jäh gestört. Der Funker lief zum Kapitän, und der ließ sofort Voigt und den Polit anrücken. In Berlin hatte am Vortag das Politbüro getagt und sich von einigen der altgedienten Genossen verabschiedet.

»Tapeten-Hager auch«, freute sich der Kapitän, »und Gewerkschafts-Harry, die alte Brandkanne …«

Voigt gefiel das gar nicht. »Wer soll denn jetzt den Job von Mielke machen?«, fragte er besorgt.

Der Chief konnte diese Aufregung nicht verstehen. »Ich denke, das wurde auch mal Zeit. Seit wie viel Jahren sind die da schon bei? Ich kenne die Bilder seit der Einschulung meines Sohnes. Da hingen die dort im langen Flur. Und jetzt bin ich längst Opa …«

»Jaja«, versuchte sich Voigt in seiner Funktion zu rechtfertigen, »aber auch gleich den Stoph und die anderen Genossen?« Er überlegte kurz. »Wir sollten das natürlich begrüßen.«

Bagemiel spottete: »Soll ich etwa eine Ergebenheitsadresse nach Rostock oder Berlin schicken? Werde ich nicht tun! Die sollen mal schön allein mit dem ganzen Schlamassel klarkommen. Na«, er rieb sich die Hände, »mal sehen, wenn wir zurückkommen, wer von den neuen Kandidaten so seine Qualitäten unter Beweis stellt. Da bin ich ja mal gespannt.« Der Polit blieb merkwürdig still. Nur der Funker war froh. Seine Gewerkschaftsversammlung war erst mal bis auf weiteres verschoben.

Gleich nach der Kaffeetime am nächsten Tag traf sich die Besatzung an Deck, um den lang geplanten freiwilligen Arbeitseinsatz zu starten. Dazu hatte der Kabel-Ede verschiedenes Werkzeug bereitgelegt. Rosthämmer und -stecher, Drahtbürsten und Nadelpistolen.

Der Bootsmann war begeistert und so richtig in seinem Element. »Ja, also herzlich willkommen auf unserem wundervollen Schiff, das etwas nach Farbe schreit. Schön, dass ihr, bevor es heute zum verdienten Barabend geht, zum ersten Teil unserer tollen Eigenleistungen oder auch Subbotnik genannt, obwohl ja heute Donnerstag ist und nicht Subbota, also Sonnabend. Was wollte ich sagen?«

Er musste selbst lachen, zwinkerte dem Kapitän zu und fuhr fort. »Ach ja, schön, dass ihr alle nach der Kaffeetime kommen konntet. Wir machen heute, soweit wir kommen. Den Rest erledigen wir dann morgen. Also wollen wir gar nicht lange Faxen machen und Reden halten, sondern gleich anfangen. Die Miezen kommen später dazu und helfen dem Ede auf der Back. Der Rest der Arbeitswütigen macht Kahlschlag.«

Bagemiel war stolz auf seinen genialen Schachzug. Mit dem Barabend wurden die Leute zur rechten Zeit auf andere Gedanken gebracht. Zufrieden verkündete er auch gleich noch die neue ETA für Khor Fakkan. Erst am 13. November wäre der Liegeplatz frei. Sie hätten also genügend Zeit.

Eiche, Jörg und Winter, den nur wenige »Winni« nannten, bedienten die Rostmaschinen. Schon nach Minuten waren die drei in eine braune, staubige Wolke gehüllt. Der Bäcker, Struppi und der Keeper sowie die Maschinenassis, Nautiker und Ingenieure stopften sich ebenfalls Watte in die Ohren oder setzten ihre Bügel auf und machten sich am Lukensüll zu schaffen. Nur der Funker brauchte nicht zu klopfen, da er, aber auch der Alte, sehr auf die zarten Finger achten musste. Sie hatten schließlich zu morsen, Einklarierungspapiere und Berichte zu tippen und Geld auszuzahlen.

Zum Glück kam dann auch bald die Dunkelheit, und man beschloss, dass es besser wäre, kühle Getränke zu sich zu nehmen, statt hier auf dem Meer, fern der Heimat, den Sozialismus zu retten.

Jörg fehlte an diesem langen und feuchtfröhlichen Abend. Schon wegen der anschließenden Wache verzichtete er auf die Anwesenheit. Der Rest der Besatzung war durch das gemeinsame Arbeiten wieder enger zusammengerückt. Wie zum Beweis hatte sich der Polit angestrengt und immerhin nicht nur fotografiert. Nun hatte er eine Blase auf der Handfläche, die er stolz jedem, der sie sehen wollte, präsentierte.

Stinkie gab ihm schadenfroh den Tipp, es doch mal mit Blasen- und Nierentee zu versuchen. Und als der Polit außer Hörweite war: »Mensch, wenn dem jetze eene Zijeunerin ausser Hand lesen würde, wa, dit wäre schau. Dann würde die sagen, eh Keule, würde die sagen, also dein Leben, dit is bloß Luft.«

Fleischi hatte keine Bereitschaft. Der Alte hatte ihn wegen der FDJ-Versammlung in Ruhe gelassen, und nun nutzte er den Abend kräftig aus. Die Offiziersmesse diente wieder mal als Bar mit Tanzbetrieb. Dazu machte der 2. Ing. Disco, und die beiden Frauen kamen kaum zum Sitzen, denn sie waren sehr gefragt. Vergessen waren die alten Funktionäre, die wahrscheinlich in Wandlitz ihre Sachen packten, vergessen auch die Querelen zwischen den einzelnen Interessen. Selbst Parteisekretär Voigt musste das einsehen. Und längst war der fahnenflüchtige Eisbär wieder zum normalen Kollegen geworden. Schließlich wurde jeder gebraucht.

Mit etwas schwerem Schädel und guter Laune kam Bagemiel gerade vom allmorgendlichen Rundgang zurück, als ihn der Funker abfing und auf ungewohnter Weise am Arm in die Kapitänskammer zog.

»Was ist los?«, fragte der Alte und schloss die Tür.

»Kapitän …« Dem sonst so wortgewandten Funker verschlug es die Sprache.

»Nun mal ganz langsam. Was ist passiert, was gibt es so furchtbar Wichtiges?« Bagemiel verschränkte die Arme und sah mitleidig auf seinen kreidebleichen Kollegen herab.

»Kapitän … die Grenze ist auf!«, brach es aus dem Funker heraus.

»Wie, die Grenze ist auf?« Bagemiel verstand nicht den Sinn.

»Na, die Staatsgrenze, die Mauer. Die haben gestern Nacht die Tore aufgemacht. Zu Hause ist die Hölle los. Die Menschen …«

Plötzlich kam Daggi mit einem Bündel alter Bettwäsche aus Bagemiels Schlafkammer. Die Männer zuckten zusammen.

»Oh«, sagte sie freundlich.

»Fräulein Kraft«, fragte Bagemiel ernst, »haben Sie mitbekommen, was der Funker gerade berichtet hat?«

»Ja«, strahlte sie, »die Grenzen sind auf. Das ist ja schön.«

Bagemiel, der selbst nicht glauben konnte, was er gerade erfahren hatte, versuchte schnell die Beherrschung wiederzufinden. »Schön? … Ich möchte Sie bitten, das, was Sie gehört haben, für sich zu behalten.«

»Warum?« Daggi verstand die Welt nicht mehr. Aber auch der Funker war erstaunt über Bagemiels Verhalten. Doch der blieb unbeirrt: » … Fräulein Kraft, das, was Sie da eben gehört haben, war ein vertrauliches Gespräch, sozusagen eine Depesche. Sie wissen schon was ich meine?«

Sie nickte verlegen. »Und damit ich mich klar und deutlich ausgedrückt habe: Dieses Dienstgespräch ist auch als solches zu verstehen. Strenggenommen ein Dienstgeheimnis.«

Bagemiel merkte, wie langsam Schweiß aus allen Poren floss. An Deck war es schon heiß gewesen, aber nun klebte der Rücken komplett. Was für eine verfahrene Situation! Was redete er, was verlangte er da gerade? »Also … Genossin Kraft, das ist ein Befehl«, hörte er sich weiterhin entschlossen sagen.

»Aber Kapitän …« Daggi sah die beiden abwechselnd an. »Genosse Pietsch«, versuchte sie den Funker mit einzubeziehen, »seien

Sie mir nicht böse, aber das ist doch ein … ein historisches Ereignis. Das kann man doch nicht …«

Der Funker zuckte mit den Schultern.

Bagemiel öffnete die Tür und betonte noch einmal die Weisung zur Verschwiegenheit. Kaum hatte sich Daggi entfernt, wandte er sich seinem Funker zu. »Ich möchte, wie gehabt, die Schiffspresse zuerst auf meinen Tisch. Und wenn zu Hause das Licht ausgeht, wir fahren hier, wie sonst auch.«

Gleich nachdem der Funker gegangen war, zündete sich Bagemiel mit zitternden Händen eine Zigarette an, ging an seinen Schreibtisch, holte den Kammerschlüssel hervor, verriegelte die Tür und setzte eine Flasche Klaren an den Mund. Mit feuchten Augen sah er aus dem Fenster. Verschwommen und friedlich schien der Horizont. Die Grenze ist auf. Da regiert doch das Chaos! Was ist noch normal? Der Westen wird sich ins Fäustchen lachen. Von wegen Sozialismus, der richtige Weg. Ja, ja unsere Schlaumeier.

Er erschrak, denn es klopfte am Kammerschott und die Klinke wurde heruntergedrückt. Dann, kurz danach, entfernten sich die Schritte wieder. Bagemiel trank noch einen Schluck und schüttelte sich. Hier wird jetzt nicht geheult!

Beklommen ging er in sein Bad und duschte erst mal ausgiebig. Die Gedanken jagten wild durch seinen Kopf. Die wird doch nie und nimmer die Klappe halten … Ich muss Ruhe in den Haufen kriegen … Scheiß Verantwortung …

Bagemiel ließ das lauwarme Wasser über seinen Kopf laufen. Richtig kaltes Wasser gab es in diesen Breiten nicht. Was war da bloß zu Hause los? Wie konnte das nur passieren? Spinnen die jetzt total? Und würde es persönliche Veränderungen geben? Seine Frau arbeitete schließlich seit Jahren im Büro der Gewerkschaft. Das konnte ruhig bis zur Rente so weitergehen.

Er kratzte sich am Bart und trocknete sich wütend ab. Sorgen bereitete ihm sein Sohn, der erst einige Monate bei der Armee war. Hoffentlich bleibt alles friedlich! Er putzte sich die Zähne, sprühte sich mit *Old Spice* ein und schaute in den beschlagenen Spiegel. Soll das alles für die Katz gewesen sein? Parteischule und der ganze aufwendige Schreibkram? Das Studium? Nein, das Studium war goldwert, das konnte ihm keiner nehmen. Kapitäne würden immer gebraucht. Oder Nautische Offiziere. Nicht umsonst versuchten doch die von drüben dauernd gute Leute abzuwerben.

Dass nun alles den Bach runtergehen würde, war ihm klar. Es wird noch mehr rumoren und es werden garantiert mächtige Veränderungen eintreten. Irgendwann. Und sie würden auch ihn treffen. So eine Scheiße! Bagemiel sah schon seinen Gartennachbarn hämisch grinsen. Jetzt kann der seinen Westsender unwidersprochen laut aufdrehen, dieser bornierte Affe.

»He, werd‹ wach, die Grenze ist auf!« Grinsend stand Pluto in seinen Arbeitssachen vor Jörgs Koje, der sich verschlafen aufrappelte. Er blinzelte Pluto an, rieb sich die Augen und kapierte nicht. »Wie, was? Was ist los Mann? Wie spät ist es denn?«

Pluto lachte. Sein Gesicht zierte ein Streifen Öl, er strahlte. »Na die Mauer, Schmidti, die Mauer ist auf! Wohl schon seit gestern Abend.«

Jörg setzte sich hin und stöhnte. »Na denn gut' Nacht DDR, das wars ja wohl.«

»Quatsch«, sagte Pluto, »jetzt fängts erst richtig an!« Er lehnte sich gegen den Tisch. »Überleg doch mal, was da jetzt für Möglichkeiten entstehen. Wir können reisen, die Welt ansehen …«

»Und womit willst du das bezahlen?«

Pluto winkte ab. »Du siehst immer alles negativ. Freust du dich denn gar nicht?«

»Doch, doch. Klar.« Jörg gähnte und schaute auf seine Uhr. Kurz nach zehn. Nun lohnte es sich auch nicht mehr einzuschlafen. Und bei dieser Neuigkeit ohnehin nicht. »Woher weißt du das überhaupt mit der Grenze?«

»Von Liese. Und die hat es frisch von Daggi. Der Alte soll wohl total gekotzt haben.«

»Und der Polit? Was sagt der Polit?«

»Keine Ahnung, aber wir haben heute Abend Parteiversammlung. Vielleicht erfahren wir da Genaueres … Mal sehen. Bin ja gespannt, was da heute bei rauskommt.«

Pluto flitzte wieder los und ließ Jörg mit dieser Wahnsinnsnachricht allein. Nie und nimmer hätte der geglaubt, dass das je passieren würde. Mal einzelne Reisen genehmigen, okay. Aber gleich die Schleusen zu öffnen …

Das Fischfilet zu Mittag schmeckte heute nicht jedem. Bagemiel schob seinen Teller beiseite und sah böse in Richtung Pantry, in der sich die Oberstewardess lieber übereifrig aufhielt. »Pah, Weiber«, bemerkte er, »nicht mal fünf Minuten können diese Miezen ihren Schnabel halten.«

Er schüttelte den Kopf und rieb sich mit beiden Händen über das Gesicht. Die Stimmung war am Boden. Der Polit schwieg. Nur Voigt ließ sich nichts anmerken und versuchte ein Gespräch in Gang zu bringen. »Die Genossen werden schon wissen was sie tun«, sagte er und legte das Besteck auf seinen Teller.

Bagemiel schaute ihn unschlüssig an.

»Ja?«, erwiderte er, »ich weiß ja nicht. Einfach die Grenze auf und denn ist gut?« Sein Magen meldete sich wieder. Wie schon seit einigen Tagen. Irgendetwas stimmte da nicht. Aber er behielt das für sich.

»Ich sage nur *Alea iacta est*«, der Funker hob seinen Zeigefinger, »Julius Cäsar. Die Würfel sind gefallen.« Zum Glück konnte er nicht Gedanken lesen, aber alle am Tisch dachten wohl ungefähr das Gleiche.

»Ja, klar«, stimmte ihm Bagemiel zu, »und was wollen Sie uns damit sagen?«

»Der Rubikon ist überschritten, es gibt kein zurück«, verkündete der Funker wichtig.

Bagemiel wurde laut. »Genosse Pietsch, Sie lesen wohl zu viel! Pah, Würfel … Noch ist gar nichts entschieden.«

Der Chief versuchte den Alten zu beruhigen. »Das wird schon. Du wirst sehen. Die haben einfach ein Ventil aufgedreht und Ruß geblasen, damit den Demonstranten der Zulauf fehlt. Ich habe so das Gefühl, als wenn sich die Regierung Luft verschaffen oder sich selber retten will. Dann sind die Leute abgelenkt. Clever. Aber das kann auch in die Hose gehen.«

Bagemiel schüttelte den Kopf. »Ruß geblasen! Ich weiß ja nicht … aber vielleicht hast du Recht. Die wollen doch nur ihren Arsch retten.« Er zerknüllte seine Serviette.

»Klar«, stimmte ihm der Chief Mate zu, »man kann ja jung und schnell sein wie diese Möchtegernpolitiker aus den Kirchenkellern. Aber unsere alten Regierungshasen wehren sich natürlich. Ist doch logisch. Die werden sich bestimmt gedacht haben, denen kommen wir schön zuvor. Nehmen wir doch eben mal so, so ganz nebenbei, 'ne Abkürzung. Wahrscheinlich nicht mal richtig durchgeplant, das Ganze. Einfach so. Und nu stehen wir da und gucken doof.«

Er lachte kurz auf und schaute zum Polit hinüber. »Übrigens Abkürzung. Bei der KÄTHE NIEDERKIRCHNER hatte das damals vor Schottland auch nicht so funktioniert mit 'ner Abkürzung. Da soll der Politoffizier reingequatscht haben. Und dann ist der Dampfer bekanntlich abgesoffen.«

Bagemiel warf die Serviette auf den Teller mit den Essensresten und sah verstört geradeaus. »Das haben wir doch alles dem Gorbatschow zu verdanken. Die Russen haben uns verkauft, könnt ihr annehmen. So wird das gewesen sein …«

»Da wird's wohl tüchtig Freibier in Westberlin gegeben haben und Bananen, und unsere Leute sind so blöd und rennen da hin«, regte sich Voigt auf, »kann ich mir so richtig vorstellen, wie die sich alle die Nasen an den Schaufenstern platt drücken.«

Bagemiels Blick fiel auf seinen 1. Ingenieur. »Na und«, schimpfte er, »ist doch ganz normal! Wie war denn Ihr erster Landgang im Westen? Schon vergessen, Kollege Parteisekretär?«

Voigt wurde rot. »Na ja, schon lange her.«

»Aber«, betonte der Chief und schaute auf seine Uhr, »nach paar Tagen gibt sich das. Ich denke, dann haben sich die Leute daran gewöhnt. Außerdem haben die ja gar nicht das Geld, um einzukaufen.«

Der Polit setzte sich gerade hin und rang nach Worten. »Da wird geschachert und geschmuggelt, was das Zeug hält!«, sagte er wütend, »so wie vor dem Mauer, äh, also der Grenzschließung einundsechzig.«

»Und die Fachkräfte werden abgeworben.«

»Ich möchte auf alle Fälle Ruhe auf dem Schiff haben«, sagte Bagemiel, stand auf und schaute den Politoffizier an, »also, heute Abend um sieben. Mahlzeit.«

Später, als auch der letzte Offizier die Messe verlassen hatte, traute sich Daggi heraus, um die Tische abzudecken.

Seit einigen Tagen war Kapitän Bagemiel spürbar oft auf der Brücke. Laufend hängte er sich in das Wachgeschehen rein, schaute viel in das Radar und qualmte, sehr zum Ärger seiner Nautiker, den Kartenraum blau. Soviel Engagement wie augenblicklich hatte er in den letzten Monate nie gezeigt. Es fiel schon auf, dass der Alte wie zufällig zu den Wachwechseln erschien. Hatte er Angst? Wollte er das Aufeinandertreffen vom Dritten und Zweiten Nautiker überwachen? Sonst blieb er, zum Leidwesen der Oberstewardess, nach dem Mittag ewig in der Offiziersmesse und unterhielt sich mit dem Chief und dem Polit. Doch nun nahm er sich ständig nautische Belehrungen vor oder saß nur einfach so auf der Brücke.

Nun, das war sein Job und normalerweise nichts Ungewöhnliches. Aber erstaunlich war es schon.

Winkler übergab förmlich, aber mit einem leichten Grinsen, die Geschäfte an den Second. Als er die Brücke verließ, sagte er laut: »Bis nach der Wache! Tschüss und guten Dienst.«

Was wird aus der Armee? Quatsch, man kann doch nicht eine ganze Armee ummodeln. Vielleicht noch die SED aus der NVA raus halten? Der Polit grübelte. Es war doch alles vernetzt, alles organisiert. Von kleinen Parteigruppen bis hin zu mehr. Und was wird aus unserer GO, unserer kleinen Grundorganisation auf der FRIEDLAND? Reformen hin oder her. Aber sie würden kommen. Vielleicht nicht so schnell. Aber sie werden kommen!

Mist, Mist, Mist! Rostock war weit weg und die Verbindung auch nicht immer vorhanden. Und wie ging es eigentlich den Leuten in Rostock, der IKL selbst? Die werden doch wohl Manns genug sein und den Kahn schon schaukeln. Es wird schon, beruhige dich … Denk lieber an zu Hause, an deine Frau, an die Familie, sagte er sich.

Er dachte an das Verhältnis zu seinem Sohn, der nicht mehr so anhänglich wie die Tochter war und langsam erwachsen wurde. Die letzten Wochen gingen nie ohne Streit ab. Und er erinnerte sich noch, wie Tobias vor fünf Jahren weinte, als er ihm das T-Shirt, das sein Geburtstagsgeschenk war, wieder wegnahm, weil der Osten die Olympischen Spiele in Los Angeles boykottierte. Er sah es noch vor sich, blau mit weißer Schrift. Auch die Tochter musste unter Tränen ihren geliebten Stoffadler abgeben. Ab in den Müll damit. Das musste sein! Die Zeiten waren so. Und jetzt? Jetzt gab es wieder Ärger zu Hause. Die Frau hatte geschrieben. Sein Sohn war auf einer Demonstration gewesen. Sein Tobias! Es lag ein Brief des Schuldirektors vor. Wahrscheinlich flog er nun von der EOS. Er würde mal wieder seine Beziehungen spielen lassen müssen. Aber wie macht man das aus der Entfernung? Oder hatte sich das nun alles erledigt?

Ich muss mir 'ne neue Rolle holen. Er stand auf und spülte. Wie lange hatte er hier gesessen?

»Da kannste lange warten, Boss, da kommt keener mehr.« Der Keeper und Pluto waren die einzigen Helfer aus der Maschine, die sich zum zweiten Teil der freiwilligen Aktion einfanden, dort, wo schon im Laufe des Tages die Decksgang geschuftet hatte.

Der Bootsmann war sauer. »Ganz toll! Da klotzen gestern noch alle ran, und heute heißt es: Geh mir doch nicht auf den Sack! Jetzt sitzen wir wegen der blöden Mauer auf angefangener Arbeit. Und wer darf es wieder ausbaden? Die Decksgang!«

Struppi und Jörg ließen sich Farbe vom Kabel-Eden geben und zogen los zum Lukensüll. Mit etwas Verspätung erschien der Eisbär.

»Na wenigstens zwei Hände mehr«, freute sich der Boss, »also, wir bekommen nachher unser Abendbrot, wenn es dunkel ist.«

»Jibt ja sowieso bloß Tote Oma. Da verpassen wir nüscht«, meinte Stinkie.

Der Boss war gleich verstimmt, denn Pluto und auch Winter gaben zu verstehen, dass sie noch zur Parteiversammlung müssten. »Ja, haut doch alle ab zu eurer Krisensitzung.«

Er sah zum Eisbärn und grinste. »Das nützt auch nichts. Aber vielleicht fühlen sich danach einige besser.«

Kurz darauf kam Tatze an Deck. »Du Ede«, stammelte er, »du müsstest mich heute ab neunzehn Uhr auf der Brücke kurz vertreten. Ich muss zur Versammlung erscheinen. Ist wichtig.«

Der Bootsmann wurde zornig. »Wenn da heute nicht genügend Farbe raufgeklatscht wird, war das gestern alles umsonst.« Tatze beeilte sich, wieder auf die Brücke zu kommen. »Der kann ja auch nichts dafür«, sagte der Eisbär, »außerdem ist es dann sowieso dunkel.« Aber der Boss hörte nicht zu und rief Tatze aufgebracht hinterher: »Ja, geht mal alle! Ihr quatscht, und wir machen!«

Wie die Zunge, die immer wieder die Stelle am wunden Zahnfleisch sucht, kam auch Bagemiel immer wieder auf den Gedanken, was da wohl zu Hause passiert war. Irgendwann würden die schon noch wach werden. Er konnte ja ihren Rausch verstehen. Aber man kann nun mal nicht ewig Weihnachten feiern.

Er zog sich ein frisches Uniformhemd an, wechselte von den Haus- in die schwarzen Halbschuhe und verließ die Kammer. Als seine Finger über den Handlauf des Niedergangs glitten, spürte er seine Anspannung. Natürlich war es längst dunkel, als sich die Offiziersmesse füllte. Voigt schaute von einem zum anderen, dann auf seinen Zettel und schließlich auf die große Uhr an der Wand. Er nahm seine Rolle als Parteisekretär sehr ernst. Irgendwann musste es doch mit der Beförderung zum Leitenden Technischen Offizier klappen. Doch solange der Chief Winfried Schlüter hieß und weiterhin auf der FRIEDLAND fuhr, war hier nichts zu holen.

Langsam trat Stille ein. »Bevor wir zu unserer aus gegebenen Anlass außerordentlichen Parteiversammlung kommen, Genosse Tatzki, wo bleibt die Oberstewardess?«

Tatze, der es sich zusammen mit Pluto in der hintersten Reihe gemütlich gemacht hatte, stand auf. »Die kommt nicht mehr«, sagte er etwas unsicher, ging zu Voigt und den Polit an den Tisch und legte ein Blatt Papier neben die Unterlagen.

»Was heißt, die kommt nicht mehr?«, fragte der Pope.

Tatze wurde rot. »Na, sie tritt aus der SED aus.« Er zeigte auf das Schreiben. »Steht auch auf der Erklärung da.«

Nun verfärbte sich Voigts Gesicht dunkel. »Das muss sie schon hier und vor der versammelten Gruppe tun. Genosse Tatzki, holen Sie bitte die Genossin Kraft!«

Tatze beeilte sich, die Messe zu verlassen. Unterdessen trommelte Voigt mit den Fingern auf der Tischplatte herum und las Daggis Papier. »Da kann man mal sehen«, sagte er und schob das Blatt von sich, »wie die Einstellung wirklich ist. Jetzt, wo es auf jeden von uns ankommt, einfach die Segel zu streichen, grenzt fast schon an Verrat.«

Der Polit zog den Zettel zu sich rüber. »Nun trennt sich wohl so langsam die Spreu vom Weizen.«

Scheinbar unbeteiligt am Diskussionsgeschehen stand Bagemiel auf und holte sich einen Zahnstocher aus der Pantry. Der Schinken, den er zum Abendessen auf seinem Brot hatte, ließ ihn keine Ruhe. Voigt, aber auch der Funker, schauten fassungslos zu, wie er in seinem Mund herumkratzte. Es dauerte eine Ewigkeit, bis die Tür aufging und Tatze und Daggi eintraten.

»Na«, spottete Voigt, »dann sind wir ja vollzählig.«

Zaghaft nahm Daggi neben Tatze und Pluto Platz. Empört ergriff der Politoffizier das Wort. »Genossin Kraft, was haben Sie sich dabei gedacht, heute hier nicht zu erscheinen?«

Daggi wirkte sehr angespannt. »Ich möchte meine …«

»Bitte lauter, damit es alle hören!«, schnarrte Voigt sie an.

Daggi blickte verstört in die Runde. Bagemiel saß mit verschränkten Armen da, der Funker strich sich übers Kinn, und Winter sah ängstlich zu ihr herüber. Nur der E-Ingenieur nickte ihr aufmunternd zu.

»Ich möchte, ich möchte meine Mitgliedschaft hiermit beenden«, stammelte sie.

»Aha! Aber so einfach ist das nicht, liebes Fräulein. Wir sind hier kein Kleingartenverband! Eine Einstellung zu Staat und Partei gibt man nicht einfach so ab.« Voigt stand auf und hielt Daggis Erklärung in die Höhe. »Weißt du eigentlich, Genossin, dass für dich hunderte andere gerne zur See fahren würden?«

»Stopp mal. Wenn Frau Kraft aus der Partei austreten will, ist das doch wohl ihre Entscheidung«, mischte sich der Second ein. »Ist das hier ein Tribunal oder was?«

Voigt schwieg. Aber das Spiel seiner Wangenknochen verriet seine Erregung.

Der Second versuchte ruhig, die Spannung aus dem Gespräch zu nehmen, sprach über die Veränderungen, die gerade zu Hause im Gange waren und betonte, dass es natürlich schade um jedes gehende Parteimitglied wäre. »Aber machen wir uns doch nichts vor«, sagte er, »um bestimmte Posten und Funktionen zu erhalten, musste man doch Mitglied der SED sein. Nun, das war bei der Stelle als Oberstewardess nie vonnöten. Ich denke jedoch, wer gerade jetzt freiwillig dabei bleibt, zeigt, dass es ihm ernst um die Sache und nicht um seinen Aufstieg ist.«

»Bist du etwa auch nur wegen der Karriere Genosse?«, wandte sich wütend der Polit an den Nautiker.

Doch der Second ließ sich nicht provozieren. »Ich? Ich bin vor allem in der Partei, damit sich etwas ändert. Und das sich in Berlin und auch bei uns in der Reederei etwas ändern muss, liegt doch wohl klar auf der Hand.«

»Sieh an, sieh an«, der Polit grinste zu Kapitän und Parteisekretär hinüber, »jetzt auf einmal fällt dir das auf? Was sollte sich denn deiner Meinung nach so plötzlich ändern?«

Der Zweite versuchte gelassen zu bleiben. »Nun, es wird immer noch an alten, verkrusteten Strukturen und stalinistischen Formen gehangen. Diese langweiligen Parteitage zum Beispiel, wo sich die

Veteranen selbst beklatschen. Und dann diese Parolen. Fernab von … was weiß ich. Mein Arbeitsplatz, mein Kampfplatz für den Frieden. So ein Blödsinn! Außerdem gibt es eine sehr große Intoleranz. Und viele selbstherrliche und vor allem unfähige Leute, die das Sagen haben.«

Bagemiel saß noch immer wie am Anfang da, schwieg und hielt sich scheinbar aus allem raus. Den Zahnstocher hatte er längst unter den Tisch fallen lassen.

»Und du weißt natürlich, wie es besser geht?«, fragte der Polit weiter, »ich denke, du liest viel. Dann kennst du ja auch Brecht. *Er ist das Einfache, das schwer zu machen ist.*«

»Ja, ja«, nickte der Second, »*Lob des Kommunismus*. Kenn ich. Aber wir sind doch seit Jahren irgendwie stehengeblieben. Was ist denn passiert? Und wie kam das alles in den letzten Monaten?« Er wischte sich über den Mund. »Die in Berlin hätten mal in Richtung Moskau gucken sollen. Jetzt bekommen sie die Quittung für ihre veraltete Politik. Es gibt so gute Fachleute im Land. Aber nein …«

Alle hörten gespannt zu. Immer noch traute sich niemand in der Offiziersmesse offen und ehrlich seine Meinung zu sagen.

Mit feuchten Augen saß Daggi da und hielt Tatzes Hand. Längst ging es nun nicht mehr um sie. Trotzdem fühlte sie sich schuldig an dieser Situation.

»Du mit deinem Gorbatschow«, mischte sich Voigt ein, »du siehst doch, was bei rauskommt. Jetzt ist der Wirrwarr da. Und das nicht nur zu Hause«, er zeigte in Richtung Daggi, »sogar die eigene Oberstewardess fällt uns in den Rücken!«

»Genossin Kraft …«, versuchte es nun Bagemiel im versöhnlichen Ton. Doch Voigt bellte dazwischen: »Nun wischen Sie sich mal das Kühlwasser aus den Augen!«

Tatze sprang auf. »Komm Daggi, hier haben wir nichts mehr verloren! Ich trete auch aus.« Eilig zog er Daggi hoch, die nun so richtig zu heulen anfing und eilte mit ihr zur Tür.

»Genosse Tatzki!«, brüllte Voigt, »so einfach kommen Sie nicht davon!«

Während Daggi das Weite suchte, blieb Tatze stehen, hielt sich am Raumteiler fest und beugte sich nach vorn. »Weißt du was, Genosse Voigt: Macht doch eure Scheiß-Politik alleine!«

Dann knallte er die Tür hinter sich zu.

»Mach die Lunte aus Mensch«, zischte der Bootsmann. Er lehnte an der eingeklappten Steuerbordgangway und schaute amüsiert dem Treiben der Genossen zu. Stinkie drückte schnell seine Kippe aus und schnipste sie über Bord. Leise trat er an die hellerleuchteten Fenster der O-Messe. »Psst«, der Bootsmann legte seinen Zeigefinger auf die Lippen. Er war immer noch in Arbeitssachen und genoss sein Feierabendbier. »Das illegale Gebietskomitee arbeitet.«

»Und, wat jibts Neues?«

»Da drinne fliegen gerade die Fetzen.«

»Bin icke froh«, flüsterte Stinkie, »dat ick da raus bin. Wat meenste, wie mich olle Vocht danach schikaniert hat.«

Der Bootsmann trank sein Bier aus. »Die angefangene Arbeit an Deck zu Ende bringen können sie nicht. Aber die Republik retten.« Er schüttelte den Kopf. »Na ja, wer es braucht? Feine Genossen. Na denn Gute Nacht.«

Am späten Abend berichtete dann Pluto in Daggis Kammer, was alles so vorgefallen war. Nachdem die beiden die Versammlung verlassen hatten, habe der Funker die Notwendigkeit der Staatsgrenze zu erklären versucht. Er hatte wohl vom Polit den Auftrag dazu, denn er las vom Blatt ab.

Man kam überein, dass sich kein Land der Welt leisten könnte, seine Grenzen nicht zu sichern. Wegen illegaler Ein- und Auswanderung, Verfall der Währung, Diebstahl, Mord oder Sabotage und Spionage. Allein die vom Staat subventionierten Sachen würden dann schnell von anderen geschmuggelt werden.

Eine Weile hielt sich die Stimmung. Sogar der Chief und Bagemiel hatten etwas dazu zu sagen. Trotzdem sei später der Konflikt zwischen dem Second und Voigt heftig eskaliert. Für Voigt seien die Demonstranten an allem schuld und Verbrecher, die eingesperrt gehörten. Auch Unterstützer wie der Vollmatrose Schmidt gehörten hinter Schloss und Riegel. Zumindest war er nicht mehr tragbar, denn er sei zu einem Unsicherheitsfaktor im grenzüberschreitenden Verkehr geworden. Die zu Hause seien zu lasch im Umgang mit den feindlich-negativen Kräften.

Der Second, so Pluto weiter, hätte dann abrupt die Abwahl des Parteisekretärs gefordert. Grund: Er wäre zu dogmatisch. »Und jetzt kommt's«, freute sich Pluto, »wir haben den tatsächlich abgewählt. Zwar knapp, aber immerhin.«

»Und du«, fragte der Ede, »hast du etwa auch gegen den Ersten Ing. gestimmt?«

»Nee, ich muss ehrlich gestehen, ich habe mich enthalten. Bin doch nicht blöd und lass mich die paar Wochen bis zu Hause von dem fertig machen.«

»Hab mich sowieso immer gefragt, warum der Voigt hier den Parteimacker spielt. Normalerweise ist das doch den Popen sein Job«, meinte der Ede.

»Ja, kann sein«, erwiderte Pluto, »aber der Voigt will ja unbedingt hoch hinaus. Immer wenn der Chief mal 'nen Fehler macht, freut der sich wie ein kleines Kind. Doch den Posten kriegt der trotzdem nicht. Dieser Kratzer.«

Pluto nahm einen Schluck von Daggis Rotwein. »Übrigens, der E-Ing. ist anschließend auch noch ausgetreten. Der Voigt wollte ihn anmachen, hat dann aber gemerkt, dass er ja nun nichts mehr zu sagen hat. Aber der Pope hat gekotzt. Schon weil wir den Second zum neuen Parteisekretär gemacht haben.«

»Und wie hat sich der Alte verhalten?« Daggi war immer noch erregt. Pluto grinste. »Der hat sich auch enthalten. Und das beste war, das ihn Voigt, aber auch der Second, anpflaumten. Schließlich hätte Bagemiel noch vor Kurzem laute Töne gespuckt über Standpunkte seiner Offiziere, Verlässlichkeit und Loyalität dem sozialistischen Staat gegenüber und den ganzen Verpflichtungen zur Planerfüllung, Kampfprogramm und dieses ganze Blabla.« Pluto schüttelte den Kopf. »Das hättet ihr sehen sollen. Mit einem Mal war der Alte ganz klein mit Hut. Aber, er hat sich nicht für oder gegen einen seiner Männer entschieden. Immerhin.«

Die Stimmung war auch am nächsten Morgen nicht gut. Der Bäcker hatte sich extra die Mühe gemacht und Brötchen gebacken. Am Sonnabend! Doch die meisten Offiziere rührten sie nicht an.

»Was ist das denn wieder für eine Religion!«, brüllte der Alte und wollte sofort den Bäcker sprechen. Der hatte zur Feier des Tages den Teig mit Lebensmittelfarbe versehen. Und so lagen unterschiedlich gefärbte Brötchen in den Körben auf den Tischen.

Später war Winter beim Kapitän, der ihm wieder eine Abfuhr erteilte. »Nach Hause fliegen? Seemännchen, wie soll das denn gehen? In Rostock werden sie jetzt, wo die Grenzen auf sind, gerade an den Jungfacharbeiter Jens Winter auf der FRIEDLAND denken. Mensch, Junge, die sind doch jetzt alle unterwegs, um den Goldenen Westen zu erkunden. Pah, nach Hause! Nach Hause will ich auch gern. Aber das geht erst nach Colombo. Und zwar mit dem Schiff. Das kann ich Ihnen anbieten. Sogar gegen Bezahlung. So siehts aus, Kollege Winter.«

Als der Kapitän sah, wie der junge Seemann mit den Tränen kämpfte, versuchte er es auf die väterliche Tour. »Sehen Sie das doch mal von der anderen Seite. Sie wären jetzt vielleicht, ach was sag ich, bestimmt sogar, zur Fahne eingezogen worden. So wie mein eigener Sohn vor über 'nem halben Jahr.« Er klopfte Winter auf die Schulter. »Seien Sie froh, hier an Bord zu sein.« Bagemiel überlegte einen Augenblick. »Aber ich verspreche Ihnen, sobald es sich ergibt, können Sie mit einer Ablösung rechnen.« Er reichte Winter die Hand. »Ehrenwort.«

Eine Stunde später saß Bagemiel auf seinem Lieblingsplatz auf der Brücke. Der Politoffizier kam herein und wollte den vergangenen Abend auswerten.

»Was gibt es da noch drüber zu reden? Was gesagt wurde, wurde gesagt. Das ist Demokratie«, brummelte der Alte, zündete sich eine Zigarette an und blies den Qualm in die Brücke.

»Der Chief Mate war auch für die Abwahl«, ließ der Polit nicht locker, »das hattet ihr euch schön ausgedacht auf der Brücke. Normalerweise sind die revolutionären Kräfte immer die Heizer gewesen. Neuerdings schwingen sich die Herren Nautiker selbst auf den Thron.«

»Das ist doch totaler Quatsch!« Bagemiel rutschte von seinem Stuhl und ging in der Brücke auf und ab. »Dass der Second den Antrag stellt, damit hat doch niemand gerechnet. Pah, abgesprochen. So ein Unsinn. Das hört sich ganz nach den Worten von Voigt an … Von wegen Heizer. Klar, vielleicht noch Feuer aus den Kesseln oder wie das damals hieß. Mann, ihr habt sie nicht mehr alle.«

Beleidigt schaute der Polit zum Dritten, der sich im Bereich des Kartenraumes aufhielt. »Ich fand es trotzdem nicht gerade fair, wie du dich als Kapitän dem 1. Ing. gegenüber verhalten hast.«

»Wieso nicht fair«, entgegnete Bagemiel, »ich habe mich doch der Stimme enthalten, das reicht.«

»Aber damit hast du ihn mit als Parteisekretär fallen lassen.«

Bagemiel schüttelte den Kopf. »Selber schuld! Hätte dieser Glumskopp nicht so 'ne große Klappe, wäre er noch in Amt und Würden. Außerdem«, er machte eine Pause und zog an seiner Zigarette, »damit muss er klar kommen. Ronninger hätte ihn letzte Reise locker ein Bein stellen können, aber ich habe ihn davon abgehalten.«

Verwundert sah der Polit in Bagemiels sonnengebräuntes Gesicht. »Er hatte sich doch entschuldigt.«

Bagemiel lachte laut auf. »Pah, entschuldigt. Mann, Mann, du kennst Walter nicht.«

Als der Dritte kurz in der Nock verschwand, beugte sich der Kapitän zum Polit. »Ich verstehe ja deine Reflexe, aber diese Wahl ist doch nicht das Ende. Natürlich habe ich mich auch gewundert, wie sich da jetzt einige so mausern ...Gut, die Zeiten ändern sich. Lass doch den Second machen. Besser er sitzt im Boot und kotzt raus, als von außen in das Boot. Der wird schon noch sehen, wie es ist. Lass mal die jungen Wilden ran. Wenn sie erst mal Verantwortung tragen, dann ...«

Plötzlich ertönte ein langer Pfeifton, dem kurz darauf ein ohrenbetäubender Knall folgte.

»Was war das?« Bagemiel lief in die Nock.

Wieder pfiff es und knallte. Dann war Gelächter zu hören. Er sah auf seine Uhr. »Elf Uhr elf! Das kommt von unten! Die Säcke fackeln mir hier noch den Dampfer ab!«

Er rannte so schnell er konnte hinunter zum Hauptdeck, doch niemand war zu sehen. Hinter einem der Container versteckten sich Stinkie und Eiche und kicherten. Während der Keeper laut gepfiffen hatte, hatte Eiche mit voller Wucht die schweren Eisendeckel der Boxen zugeschlagen, die für das Laschmaterial dienten.

»Na wartet«, schimpfte der Alte, »im nächsten Jahr mach ich zu diesem Zeitpunkt Feueralarm. Aber richtig! Dann lass ich hier kontrolliert ein paar Putzlappen anpesern.« Er blieb stehen und schnaufte. »Ach, was sag ich, Komplexmanöver mit Schutzausrüstung und dem ganzen Pipapo. Das merk ich mir, da könnt ihr euch drauf verlassen.«

Khor Fakkan – endlich wieder ein Hafen. Bagemiel war froh, denn nun würde Ablenkung in das Alltagsleben an Bord kommen. Obwohl er immer noch von seinem persönlichen Recht Gebrauch machte und die Schiffspresse vor ihrer Veröffentlichung absegnete, war er doch spürbar ruhiger geworden. Auch über die hier eintreffende Post machte er sich nicht mehr so viele Gedanken. Komme, was da kommen mag. Wenn zu Hause schon die Grenze weit offen stünde, wie sollte er da noch gegensteuern? Und solange die Ordnung und Sicherheit auf seiner FRIEDLAND gewahrt bliebe, seine Funktion und die seiner Offiziere nicht in Frage gestellt und der Reiseauftrag erfüllt würde, sah er keinen Grund, seine Nerven und damit seine Gesundheit aufs Spiel zu setzen. Vielleicht war es ja auch diese Hitze, die ihn müde machte. Müde von den ganzen Diskussionen, von den internen Machtkämpfen, den Telefonaten und den kleinen und großen Problemen.

Und dann diese Leute! Die eine hält sich nicht an seinen Befehl, der nächste jault, weil er nicht mehr Parteisekretär sein darf, ein Halbstarker, der sich als Gorbatschow-Junior aufspielt, ein Agitator, dem keiner mehr zuhören will, ein Jungfacharbeiter mit Heimweh, ein Bäcker mit Hang zum Karneval. Und eine Heimat, die bei Rückkehr nie wieder so sein wird, wie zuvor. Das ganze Kasperletheater mit Oma, Gendarm und Räuber. Aber zum Glück war die gestrige Arbeitsschutzbelehrung so wie immer. Man braucht eben doch etwas Dauerhaftes, Sicheres, Beständiges im Leben.

Nun also kam endlich dieser Hafen mit seinen Behörden, Arbeitern und Geschäften. Und mit seinen Sitten und Gebräuchen. Die Belehrung darüber lag hinter ihnen, der Alkohol und sämtliche Produkte aus Schweinefleisch wurden vorsichtshalber verschlossen. Bei diesen Muselmännern, wie sie der Chief Mate bezeichnete, wusste man ja nie. Bolle, der Koch, machte nun Pfannkuchen, Brathering, Hühnerfrikassee, Senfei, gebackenen Camembert mit Beeren oder Nasi Goreng. Bollnow, auch so eine Konstante in diesen unsicheren Zeiten. Wie soll der neulich gesagt haben? Der eine ist ein Radikalinski, der andere macht das Abendbrot. So ist die Welt. Recht hat er!

Bagemiel nahm seine Mütze und ging zurück auf die Brücke. Gleich würde der Lotse kommen.

Vergeblich hatte Jörg vorher versucht zu Hause anzurufen. Niemand ging an den Apparat. Er kannte Annes Schichtplan nicht. Vielleicht ist sie ja auch schon los, ab nach Hamburg oder Lübeck? Oder sie sitzt bei ihren kleinen Kindern im Heim und singt von den tanzenden Herbstblättern. Nun war erst wieder Chance, wenn die FRIEDLAND auf See war, denn irgendwo von Land aus brauchte er es gar nicht erst versuchen. Zumindest wäre es bestimmt teuer geworden. Aber dafür würde es ja Post geben, wenn auch nicht so aktuelle.

Die Uhren schienen in diesen Wochen schneller zu ticken. Er freute sich auch auf den Landgang, wieder ein neuer Hafen mehr. Doch so toll sah es hier nicht aus, wie er schon beim Einlaufen feststellen musste. Ein kleiner Ort, dahinter Berge und der Rest Sand. Am Ufer lag eine alte, hellblaue Dhau aus Holz, Kinder spielten und einige Autos näherten sich dem Liegeplatz.

Obwohl der Ede beim Anlegen nur die Kontroller auf der Back bediente, schien er Probleme mit dem Kreislauf zu bekommen. Klatschnass und bleich stand er da. Glücklicherweise beeilten sich auch die Festmacher auf der Pier, so dass die vordere Manöverstation bald wieder verlassen werden konnte.

»Oh Mann«, stöhnte der Ede, »ich sollte doch mal ein paar von den Salztabletten nehmen. Wahrscheinlich fehlen mir da irgendwelche Elektrolyte oder wie nennt man die Dinger?«

Der Keeper, der vorn mitgeholfen hatte, klopfte ihm freundschaftlich auf die Schulter. »Dit sind schon die ersten Entzuchserscheinungen. Wie willste denn hier inner Wüste ohne Hafenbräu- und Weinbrandmineralien überleben? Du wirst austrocknen wie 'ne Qualle. Sieh zum Beispiel mich an, ick hab Interkontinenz.«

Der 3. Nautiker und auch der Ede sahen Stinkie ratlos an. »Du meinst, du pinkelst ein?«

»Quatsch, ick doch nich! Und dit meen ick och nich, wa. Ick hab Inter-konti-nenz, sach ick: Ick hab die janze Welt beschifft.«

Beim Kapitän war die Kammer voller Leute. Der Funker unterstützte ihn tatkräftig, und bald schon war das Schiff freigegeben. Marlboro sei Dank. Diese Währung verstand man in der ganzen Welt. Nur der Kurs war überall verschieden. Da es schließlich keine Quittung von den »starken Rauchern« gab, hatte auch der Alte seinen ganz persönlichen Gewinn. Was wusste schon Rostock, was hier in seiner Bude wirklich verhandelt wurde und wieviel Stangen den Besitzer wechselten? Es hatte schon gereicht, dass die seit Jahren immer wieder vom *Rasieren* sprachen. Wie sollte das denn gehen? Wollte da jemand aus den Büros mitfahren und das kontrollieren?

Pietsch hatte das mal als *neuronale Assoziation* abgetan. Schließlich trug er ja auch einen Bart, der wegen der Brandschutzbestimmungen und dem Tragen einer Atemmaske abrasiert gehörte. Ein Wunsch also, der aber auch viele Seeleute in der Flotte verunsicherte. Doch bisher hatte er sich nur auf einigen Schiffen durchgesetzt. Meist dort, wo die Hacken zusammengeknallt und jede Anordnung peinlichst befolgt wurde.

Wenig später gab es das ersehnte Handgeld vom Funker, und auch die Post war gekommen, darunter vier dicke Briefe für Jörg. Es lohnte sich kaum für ihn, noch vor dem Mittagessen zu schlafen. Trotzdem stellte er seinen Wecker, klappte die Panzerblende vom Bulleye herunter und legte sich auf die Koje. Den ersten Brief werde ich heute Abend lesen, beschloss er und schlief ein.

An Deck gab es derweil Schwierigkeiten. Ein Container rauschte mit voller Wucht zurück in die Luke. Erfreulicherweise kam kein Mensch zu Schaden, aber der Container war nun stark deformiert und in den Führungsschienen verkeilt. Nichts ging mehr. Sofort war das Geschrei groß.

Der Chief Mate, der sein Frühstück einnehmen wollte, wurde geholt und sollte die Sache klären.

Diese Probleme hatte der Polit nicht. Nachdem er zahlreiche Zeitungen, die mit der Post gekommen waren, in seine Kammer und auch in die Messe gelegt hatte, ging er zum Funker. Der hatte unterdessen geduscht und stand nun für einen gemeinsamen Landgang zur Verfügung. Er war vor längerer Zeit schon einmal hier gewesen und hatte sich vorsichtshalber belesen.

»Die Welt is unjerecht«, bemerkte der Keeper, als er zusammen mit dem Bootsmann mit Brechstangen vom Kabelgatt kam und die beiden Offiziere auf der Pier sah. »Weeste, wir reißen uns hier den Arsch uff mit die ollen Wellblechbüchsen, und die Bojaren latschen zu die Scheichs.« Der Bootsmann blieb kurz stehen. »Warte mal, darf der Pope hier überhaupt von Bord? … Na ja, so genau scheinen die es hier wohl doch nicht zu nehmen.«

Am Nachmittag gingen auch Daggi und Tatze an Land. In einem Juweliergeschäft überraschte sie der Funker, als sie gerade goldene Ringe kaufen wollten.

»Ihr müsst unbedingt handeln«, sagte er, »ich war heute morgen schon einmal hier, jetzt hab ich diese Uhr hier für dreißig Dollar weniger bekommen.« Stolz zeigte er seine neue Anschaffung. »Mit Solar, garantiert wasserdicht.«

Daggi wurde etwas rot, denn es sollte niemand wissen, dass die beiden die Absicht hatten zu heiraten. Aber der Funker war so glücklich und mit sich beschäftigt, so merkte er nichts davon. »Ich habe übrigens seltene Briefmarken erworben«, schwärmte er weiter, »Kennen Sie sich mit Philatelie aus?«

Tatze grinste. Er musste an den Bootsmann denken. Der hätte jetzt bestimmt gesagt: Nee, so'n Schweinkram kenn ich nicht …

»Schaun Sie mal«, fuhr der Funker fort, »ganz alte Postwertzeichen von 1968.«

Daggi prustete los. Auf den Marken waren Wintersportler beim Rodeln, Skispringen und Eiskunstlaufen zu sehen. »Was haben die denn hier mit Grenoble zu tun?«

Enttäuscht packte er seine Marken wieder ein. »Ich sehe schon, Sie haben davon keine Ahnung. Na dann noch viel Spaß.«

Draußen in der Hitze sah der Funker erneut auf seine neue Uhr. »Oh je, diese Banausen …«

Längst war der verkeilte Container aus der Luke und auch der weitere sogenannte Lösch- und Ladebetrieb lief seinen gewohnten Gang. Eiche freute sich über seine Ablösung an der Gangway. Endlich konnten auch er und Jörg an Land gehen. Schnell noch geduscht und abgemeldet und schon waren sie auf der staubigen Piste in Richtung Hafenstädtchen.

Hier war nicht viel los. Einzelne Männer in langen hellen Gewändern standen vor den Geschäften und diskutierten. »So'n Kaftan ist schon was Feines«, bemerkte Jörg, »die sind bestimmt da drunter nackig.«

»Na, ich weiß ja nicht. Das staubt doch bis hoch.« Eiche drehte sich um. »Diese orientalischen Klamotten sind vielleicht praktisch, aber wenn ich mir die verschleierten Ladies dahinten ansehe, kann ich mir vorstellen, dass das trotzdem 'ne Quälerei ist.«

Zwei der Figur nach junge Frauen kamen ihnen entgegen. Beim Vorbeigehen zwinkerte plötzlich eines der Mädchen Jörg zu. »Ich fass es nicht«, freute er sich, »na ja, warum sollen die hier auch anders sein als bei uns?«

In einem der klimatisierten Läden trafen sie auf Stinkie, der gerade beim Einpacken war. »He, Leute, hier jiebts fetzije Taschenrechner. Viel schmaler und noch billijer als in Asien.« Als Eiche meinte, dass sie hier auch in Asien wären, bedankte sich der Keeper für den Tee, verabschiedete sich und zog weiter.

»Los, wir gehen auch erst mal die Lage peilen. Ich will noch ein paar Fotos machen«, sagte Jörg. Die beiden schlenderten zum breiten Strand hinunter in Richtung Norden. Lag es an der Jahreszeit und war es für die Einheimischen einfach zu kühl? Der Strand war sauber und verlassen. Niemand war zu sehen.

»Hier jetzt Effi machen, was meinste, was passieren würde«, bemerkte Eiche. Jörg träumte weiter, »und dann geht's bestimmt ab in die Wüste zum Auspeitschen …«

Sie gingen bis zur Mauer des *Oceanic Hotel*, zogen ihre Sandalen wieder an und bogen nach links auf die großzügig angelegte Straße. Doch viel war nicht zu sehen. Ein Kreisverkehr, viele Palmen und ein Sportplatz, auf dem junge Männer Fußball spielten. Anhand der gebauten Gehwege und vielen Straßenlaternen war aber zu erahnen, dass sich hier nach und nach etwas entwickeln würde und irgendwann einige Häuser mehr stehen würden.

»Komm, lass uns zurücklatschen«, meinte Jörg.

Mit der Zeit wurde es kühler. Die hohen Antennen auf den umliegenden Bergen wirkten wie Miniaturen einer Modelleisenbahn. Dunkel setzten sich die Konturen der Gittermasten gegen den Abendhimmel ab. Noch ein paar Fotos von einem reich verzierten und lang gestreckten Bankgebäude und dann waren die beiden endlich wieder in der Geschäftsstraße angekommen. Dort sahen sie einen Laden mit allerlei brauchbarem Zeug. Jörg interessierte sich für einen Reisekoffer aus Aluminium und Leder. Unverzüglich war der Verkäufer zur Stelle und lobte das gute Stück. »Mann, das ist ja ein Service wie bei uns im Konsumkaufhaus. Sofort ist jemand da, freundlich, die Auswahl ist groß, und man wird gut beraten«, freute sich Jörg. »Kaufhaus Magnet – Leistung zieht an. Aber der Koffer ist wirklich gut und schön leicht. Und die Räder wirken auch stabil.«

Der Araber erklärte den Schließmechanismus mit dem Zahlencode und wies nochmal darauf hin, sich unbedingt die eingegebene dreistellige Ziffer zu merken. Er könnte sonst auch nichts mehr machen.

Eiche sah sich im Laden um. Jörg hatte schon seit vielen Reisen einen Stadtrucksack. Zuerst wurde er damit belächelt. Campingbeutel, Wandertag, Ferienlager. Man hatte ihn ausgelacht. Aber mit der Zeit hatten immer mehr Besatzungsmitglieder diese praktischen Taschen auf dem Rücken. So waren die Hände frei und das Wichtigste verstaut. Eiche fand einen mit vielen kleinen Fächern und begann nun ebenfalls zu handeln. Nach langem Hin und Her zogen die beiden mit Koffer und Rucksack in Richtung Schiff. Unterwegs wurden sie von einem freundlichen Autofahrer mitgenommen. Dieser schien sich sehr für Männer zu interessieren. Aber der Weg war ja nicht allzu weit.

An Bord hatte Bolle Abendbrot beiseitegestellt. Es schmeckte heute auch ohne Bier. Dafür freute sich Jörg auf den ersten Brief von Anne. Aufgeregt öffnete er den dicken Umschlag. Einige Schwarz-Weiß-Bilder kamen zum Vorschein. Fotos vom letzten Urlaub, die sie, wie sie schrieb, lange gepresst hatte, denn vorher hätten die so ausgesehen, als wenn sie im Labor um eine Luftpumpe getrocknet worden wären. Er las von Aufbruchstimmung, von einfallsreichen Leuten mit Superideen, von Versammlungen und nächtelangen Diskussionen überall. Von Beiträgen im DDR-Fernsehen und im Radio, in denen offen über alles Angestaute der letzten Jahre berichtet wurde. Man sprach über schlimme Zustände in den Altersheimen, Mängel im Gesundheitswesen und in den Betrieben, über Probleme in der Versorgung und immer wieder über Reisefreiheit. Ja, sogar über die Abschaffung der Stasi, der Wehrpflicht und vom Fach Staatsbürgerkunde an den Schulen wurde geredet.

Jörg staunte. Das schrieb Anne so wie selbstverständlich. Da waren die zu Hause viel weiter, als er vermutet hatte. Er las zudem über so manchen Politiker und Direktor, der nun in Frage gestellt wurde, und was so nach und nach alles ans Licht kam. Dazu würden noch einige kleine Zeitungsartikel mit in den nächsten Briefen liegen, versprach Anne. Sie freute sich schon sehr auf die gemeinsame eigene Wohnung.

Jörg legte den Brief kurz ab und sah auf das Datum. Plötzlich schoss ihm durch den Kopf, dass ja inzwischen längst die Grenzen offen waren. Eine vollkommen neue Situation! Denn das, was er las, war nun auch schon wieder einige Tage alt. Zu Hause raste die Zeit, da passierte stündlich etwas Neues. Und er hing hier im Nahen Osten.

Er stand auf, stellte die Klimaanlage kälter und schaute durch das Bulleye. In der Ferne waren die Lichter Khor Fakkans und die

Scheinwerfer der Autos zu sehen. Wieder dachte er an die Leute zu Hause, die sich da Gedanken um die Zukunft des Landes machten. Die sich einbrachten. Ob die noch weiterhin in Ruhe ihre Versammlungen durchführten? Schön wäre es ja. Bloß die Masse wird sich nun kaum noch dafür interessieren. Schade. Er musste unbedingt versuchen, bald zu Hause anzurufen.

Gleich nach der Lotsenabgabe, am Nachmittag des nächsten Tages, kam der Funker mit einer wenig erfreulichen Wettermeldung.

Der Chief Mate, der gehofft hatte noch etwas Ruhe vor der Wache zu haben, begab sich an Deck, um mit dem Bootsmann einen Sicherheitsrundgang zu machen. Danach hatte die Decksgang, aber auch die anderen Bereiche genügend zu tun.

Später notierte der Nautiker: Gesamtes Schiff auf Schlechtwetterfahrt vorbereitet, Materialien und Ausrüstung in den Lasten und Stores sowie an Oberdeck seefest gesichert. ENO

Die Tage nach dem Mauerfall waren wie ein Nebel in Bagemiels Kopf. Dann noch der ganze Hafenkram mit den fremden Leuten in der Bude. Na gut, zum Glück waren es nicht soviele wie in Port Said, wo neben dem Kanalinspektor, die Gesundheitsbehörde, Polizei, Lotse, Kanalelektriker, Agentur, Bootleute und andere Gestalten kamen, die alle die Hände aufhielten. Marlboro stangenweise und jede Menge Papierkram. Alles in mehrfacher Ausfertigung und schön mit Stempel versehen. Darauf fuhren sie besonders ab. Nun, da trotz des Schaukelns endlich wieder der Alltag auf See einkehrte und er die ersten Zeitungen aus der Heimat auf seinem Tisch sah, wollte er seinen Augen nicht trauen.

Was war das denn jetzt? Wo hatten diese Schreiberlinge plötzlich ihr Handwerk gelernt? Sogar der Flottenbummi hatte sich gemausert. »Sieh an, sieh an.« Er hielt die – für Bordverhältnisse aktuelle – Betriebszeitung in der Hand und lachte auf. Immer noch war ein Genosse der IKL auf dem Titelblatt. Nun aber stand darüber, dass breiteste demokratische Mitarbeit künftig gefragt sei. »Na, das ist ja ganz was Neues.« Und dann begann er zu lesen.

Offen, ehrlich und »Voll voraus«
Hoch schlagen die Wogen in unserer Zeit.

»Oh Mann, jetzt fangen die hier noch an zu dichten.« Er schüttelte den Kopf.

Wir sind feste dabei, eine Politik der Wende zu vollziehen.

»Wende! Tja, wende da mal eher drauf gekommen wärst, Genosse aus der Politabteilung.« Er sah nach unten. »Na gut, dann eben Genossin.«

Auch in der Betriebszeitung »Voll voraus« ist Bewegung eingezogen.

»Ha, der ist gut! Bewegung. Ich fasse es nicht. Jahrelang also keine oder bisschen Bewegung? Oder was? Ihr Schnarchnasen. Bewegt habt ihr euch doch höchstens, wenn es Feierabend wurde. Und dann auch nur zur S-Bahn.«

Diese vorliegende Ausgabe ist eine erste Seemeile auf dem Kurs …

Er musste sich setzen. Schämen die sich nicht? Oder waren da etwa neue Leute in Rostock eingesetzt worden? »Pah, Seemeile. Diese Fußgänger.«

… auf dem Kurs einer offenen und ehrlichen Aussprache zu den Problemen, Sorgen und eigenen Angelegenheiten im Kombinat …

»Na, eigene Angelegenheiten … Davon hat ja wohl die Stasi mehr Kenntnisse als die eigene Oma!« Unwillkürlich stand er auf und öffnete den Kühlschrank. Da stand nur Selters und Cola drin. »Schiete! Hab ich doch total verdüst.« Er ging ans Telefon, rief die Oberstewardess an, gab die Getränkelast wieder frei und gleichzeitig seine persönliche Bestellung auf.

Wir Redakteure wollen mit einer mitreißenden und interessanten Sprache den überall im KSH begonnenen Dialog widerspiegeln. Wir wollen besser, effektiver …

»Ach, hört doch auf! Wir wollen, wir werden … seid bereit … so ein Geplapper.« Seine Augen überflogen die Zeilen. Aha, die staatlichen Leiter haben jetzt die Schuld. Er betrachtete das Blatt. Zum ersten Mal begriff er, dass dort *Organ der Kreisleitung der SED Seeverkehr und Hafenwirtschaft für die Handelsflotte der DDR* stand. Dann blätterte er weiter. »Hier, das ist doch was für unsere Jugend. Das kann das Fräulein Kraft gleich zu dem Plutner mitnehmen.«

Ihm fiel ein, dass in der Messe genügend Ausgaben lagen. Das mit dem Funker und der Presse hätte ich mir schenken können, dachte er. Verschämt schaute Bagemiel aus dem Fenster. Wieder meldete sich sein Magen.

Natürlich hatte der Pietsch zuerst protestiert. Sich widersetzt. War entrüstet. Doch nachdem Bagemiel kurz andeutete, dass er zwar nicht so gut englisch spräche, dafür aber bestens verstünde und der Funker doch mal nachdenken sollte, was da in der Vergangenheit so alles gelaufen sei, hatte er ihn. »Ja, ja, wir haben doch alle 'ne Leiche im Keller.«

Bagemiel hatte mal vor einigen Reisen durch Zufall erlebt, wie der Funker in einem der Antiquitätenläden in Rotterdam einkehrte. Der hatte seinen Kapitän nicht bemerkt.

Kurz darauf, Pietsch war gegangen, betrat Bagemiel das Geschäft.

»Oh, noch eine Deutscher«, freute sich der Inhaber, »wollen Sie auch eine alte Taschenhorlo … äh … Uhr verkaufen?«

Vergessen war auch nicht die Schmach, als der Funker zum ersten Mal an Bord war. Es gab Ragout Fin, und Bagemiel verlangte von der Oberstewardess Worcestersauce. Bis dahin hatte er die immer als »Worschestersoße« bezeichnet. Da hob der neue Funkoffizier Pietsch seinen Zeigefinger und betonte, dass es sich bei dieser Würzsauce um »Wustersoße« handele. Man sage auch nicht »Worschesterschiersoße«, sondern dann hieße es »Wusterschiersoße«. Na gut, wieder was dazu gelernt! Aber das vor allen Offizieren …

»Ach was, das mit der Presse war schon richtig. Schließlich bin ich für die Sicherheit an Bord verantwortlich und muss die Leute und den Dampfer wieder heil nach Hause bringen. Und *Radio Berlin International* war ja nun auch nicht gerade informativ.«

Als es klopfte und das Bier gebracht wurde, bemerkte er, dass er schon die ganze Zeit Selbstgespräche geführt hatte.

Die nächsten Tage kämpfte die FRIEDLAND gegen die raue See an. Zwar kam es hin und wieder vor, dass Störungen in der Maschine auftraten, aber der Chief wurde nicht müde zu betonen: »Hauptsache wir kriegen keinen Blacky!«

Mit der Zeit nervte das Geschaukel. Besonders auf der Brücke waren die Vibrationen stark zu spüren. Vor dem Radar kniete der E-Ing. am Boden und starrte auf einen großen auseinandergefalteten Schaltplan. Zusammen mit dem Funker war er seit Stunden mit der importierten Technik beschäftigt. Ungeduldig fragte Bagemiel wiederholt nach dem Stand der Dinge. Und immer wieder bekam er eine andere Antwort. Mal war eventuell dieses Teil kaputt, dann lag es wieder an einem anderen.

Klasse, dachte der Alte, das ist ja wie Tele-Lotto. Aber er sagte nichts, sondern beobachtete mit stillem Respekt, wie die beiden mit ihren Messgeräten hantierten, und hielt sich zurück. Auf dem Gebiet konnte er nicht mitreden. Da blieb ihm nur, auf das Wissen der Experten zu vertrauen und seinen Nautikern zu befehlen, strengen Ausguck gehen zu lassen. An Deck konnte bei diesem Wetter sowieso niemand arbeiten.

Am Abend zuvor hatte es eine verkürzte Gewerkschaftsversammlung gegeben. Dabei wurden auch die neuesten Anweisungen aus Rostock mitgeteilt. Ab sofort gab es die Anrede »Genosse« an Bord nicht mehr. Nur noch in der Parteiversammlung, wo es hingehörte. Und auch der Sichtvermerk entfiel. Jörgs Stimmung wurde schlagartig besser. Endlich keine Angst mehr haben. Endlich nicht mehr erpressbar sein. Und bald würde Colombo kommen. Wieder ein neuer Hafen. Und danach ist Halbzeit, dann wird in den Tagestörn gewechselt.

»Ab domoj!«, hätte Fedja gesagt.

Als es schon dunkel war, funktionierte alles wieder bestens. Der zweite Wachmatrose war längst abgezogen und Bagemiels gute Laune war wieder zurück. Er trank noch einen Kaffee und trommelte vergnügt auf dem Radar. »Wie gut doch diese West-Technik ist. Wenn ich da an die Polengeräte von früher denke. Herr Winkler, haben Sie eigentlich noch mit dem berühmten Gomulka-Auge Bekanntschaft gemacht?«

Der Dritte wollte gerade antworten, als plötzlich das Licht in der Brücke anging und es im Kartenraum klapperte.

Winkler und Bagemiel jaulten auf und hielten sich die Augen zu. »Was ist denn jetzt los? Licht aus, verdammt!«

Der Dritte ging nach hinten und zog die Vorhänge hinter sich zu. Da stand Liese mit einem Staubsauger. »Wo soll ich saugen?«, fragte sie mit unschuldiger Miene.

Der Kapitän schob den Vorhang zur Seite. »Warum saugen? Wer hat das denn gesagt?«

»Na Stinkie, äh, ich mein der Keeper hat mir gesagt, dass hier Zucker verstreut wurde und ich hochkommen solle.«

Bagemiel grinste. »Na, dann schicken Sie mir mal den ... Ach nee, das machen wir anders.«

Er dachte an die »Feuerzangenbowle« mit Rühmann. »Wenn Sie schon hier sind, dann machen Sie mal. Nicht, Herr Winkler? Da halten wir eben verstärkt Ausschau.« Liese beeilte sich mit dem Saugen, wunderte sich kurz über den doch ordentlichen Fußboden und verschwand schnell wieder.

»Dieser Kampow …«, Bagemiel lachte, »ha, Stinker. Na warte, für den lass ich mir noch was einfallen …«

Der starke Seegang zehrte an den Nerven. Auch wenn der Polit zwei Decks tiefer wohnte, das Vibrieren war hier ebenso spürbar. Längst hatte er die schwere Schreibmaschine auf den Boden gestellt und versuchte sich etwas abzulenken. Immer wieder las er die gleichen Sätze seines Romans und merkte dann doch, dass er nicht bei der Sache war.

Er hatte zu nichts mehr Lust, keinen Appetit und wusste nicht, wie er sich an Bord verhalten sollte. So langsam kam er sich verloren vor. Natürlich hatte er sich mit Gorbatschow und dessen Ideen auseinandergesetzt. Er wusste von einigen Methoden, seinen Herangehensweisen. Heimlich hatte er, wenn er in Hamburg an Land war, in Buchläden gestöbert. Fand dort ein Exemplar von einer Saslawskaja, was ihn schon faszinierte. Aber vierundvierzig D-Mark waren dann doch zu viel. Das schöne Westgeld. Er hatte auch über das sogenannte Nowosibirsker Manifest, die Unterbezahlung der Intellektuellen gegenüber einfachen Arbeitern und über die Ausbeutung der Provinzen durch das Zentrum gelesen und fand auch einige Ansätze toll. Wie bei uns. Statt Moskau war das Berlin. Es konnte ja nicht immer so weitergehen, das Leben. Alles veränderte sich. Doch bisher war das Tempo immer schön niedrig gewesen. Überschaubar. Schwarz oder weiß. Und plötzlich geriet alles aus den Fugen und wurde bunt.

Dennoch hatte der Polit seine Grundsätze und die mussten verteidigt werden. Schon wegen der Autorität. Er sah auf das Wasser und wünschte sich nach Hause. Irgendwie bekam er Lust auf Wälder. Die Pilzsaison ging langsam ihrem Ende entgegen. Nur den Duft der Bäume aufsaugen, die Stille genießen. Ja, das wär's.

»Bei dir sieht's wieder gut aus.« Jörg betrat Fleischis Kammer und wunderte sich über die Klamotten, die verstreut auf der Koje lagen.

»Alles frisch gewaschen«, erklärte Fleischi stolz, »alles für Colombo.« Er hatte während der gesamten Reise in den Putzlappenballen nach brauchbarer Kleidung gesucht. Zum Tschintschen.

»Was meinste«, sagte er, »wie scharf die Gandhis dort auf das Zeug sind. Scheiß Geschaukel. Mir ist da unten in der Wäscherei die olle Packung IMI umgekippt und nass geworden. Alles Klumpen. Aber hat ja doch noch gut geklappt.«

Er hob ein langärmliges Hemd hoch, schnupperte daran und legte es wieder zusammen. »Sogar mit Avi-stat. Sieht doch aus wie neu. Aber bügeln tu ichs nicht extra.«

Pluto kam zusammen mit Struppi dazu, und nach einigen Minuten klimperten auch schon die Bierflaschen, und die Kammer war blau vom Rauch. Vergessen der Duft vom Weichspüler.

»Der Alte hat gesagt, wenn das Wetter besser wird, ist morgen eventuell Skatabend«, verkündete Pluto und beobachtete, wie die Fische im Aquarium den Seegang bewältigten. Er hatte am Vormittag an der Schiffsratsitzung teilgenommen.

»Und was ist nun mit der Transitausgabe?«, fragte Fleischi und schaute erwartungsfroh.

»Dazu hat er sich nicht geäußert.«

»Mist, ich hab nichts mehr.« Fleischi überlegte eine Weile. Dann sah er Struppi an. »Also musst du jetzt dran glauben.«

»Wie: ›dran glauben‹?«

»Na wenn der Alte offiziell keinen Fusel rausrückt, brauchen wir doch einen Grund für eine Fete.«

Verwundert guckte Struppi Fleischi an. »Klar. Und ich hab Geburtstag oder was?«

»Nee«, Fleischi schüttelte den Kopf, »natürlich nicht, der Funker hat ja unsere Daten. Aber was hältst du von 'ner Verlobung?«

Pluto prustete los und Struppi war empört. »Sag mal, bei dir piept's wohl? Soll ich etwa zu Hause anrufen und meine Freundin fragen, ob sie sich mal so zwischendurch per Funk verloben will?«

»Anrufen kannste vergessen«, bemerkte Jörg, »hab ich seit Tagen versucht. Einmal hatte es kurz geklappt, aber dann war die Verbindung wieder weg.«

»Mann, doch nicht mit deiner Freundin!«, grinste Fleischi schelmisch, »ich meine doch hier an Bord. Mit Liese.«

Nun brüllten alle, außer Struppi. »Was soll ich denn mit der?«

»Na, heiraten sollst du sie nicht, nur verloben«, versprach Fleischi. »Wenn wir das durchziehen, gibt der Alte vielleicht einen aus. Und der freut sich bestimmt, dass mal ein anderes Thema an Bord ist und nicht immer nur die Maueröffnung.«

»Aber ich hab doch gar nichts mit Liese!«

»Ist doch egal!«

»Dann verlob du dich doch!« Struppi sah Jörg an.

»Geht ja nicht«, lachte der, »ich bin schon ein Jahr verheiratet.«

»Na, dann fragen wir eben rum, wer Lust drauf hat. Vielleicht findet sich ja einer.«

»Also wenn das mit einer anschließenden Hochzeitsnacht verbunden wäre, würde ich mich ja selbst gern zur Verfügung stellen«, witzelte Fleischi.

»Da lass dich aber nicht erwischen!«, sagte Pluto.

»Von wem? Von meiner Frau zu Hause? Die ist weit weg.«

»Die meine ich auch nicht«, entgegnete Pluto.

»Wen dann?«

Die anderen grienten. Pluto winkte ab: »Ach, nur so.«

Fleischi ließ jedoch nicht locker: »Wie: ›nur so‹?«

»Mann, na ja, meinst du etwa, Liese pennt allein?«

»Du weißt doch mehr ...«

Pluto verzog den Mund zu einem breiten Grinsen. »Ist nur 'ne Vermutung.« Dann stand er auf. »Ich geh sie mal fragen, ob sie mitmacht.« Und verschwand.

Die anderen tranken währenddessen weiter. »Wen kann der nur meinen?« Fleischi ging in Gedanken die Besatzungsliste durch.

»Na, das lässt dir wohl keine Ruhe«, sagte Jörg und stellte die leere Flasche zurück in die Kiste.

Nach kurzer Zeit kam Pluto niedergeschlagen zurück.

»Und«, fragte Fleischi gespannt, »was hat sie gesagt?«

»Ob wir bescheuert sind. Wenn wir saufen wollen, sollen wir uns bei ihr melden. Sie gibt uns dann einen aus. Aber Zwangsverlobung ist nicht!«

»Schade.« Fleischi und Jörg waren enttäuscht. Nur Struppi schien zufrieden zu sein. »Die Pulle holen wir uns trotzdem«, triumphierte er. »Aber nicht von Liese, sondern vom Alten. Als ersten Preis beim Skatabend.«

»Und wie willst du das machen? Du gehst doch 8-12.«

»Macht doch nichts. Dann müsst ihr eben so spielen wie der Boss auf der letzten Reise.«

»Was hat der gemacht?«

»Der muss das vorher mit Fedja und dem Eisbärn abgesprochen haben. Oder ist euch nicht aufgefallen, wie haushoch der gewonnen hat? Und wie es Ärger an den anderen Tischen gab, weil sich Fedja und der Eisbär dauernd überreizten? Schließlich haben die drei anschließend schön gefeiert.«

»Stimmt!«, bestätigte Fleischi, »diese Säcke!«

»Und wer sagt uns, dass er es dieses Mal nicht wieder so macht?«, fragte Pluto.

»Fedja«, sagte Jörg überzeugt, »der ist im Westen.«

Nach dem Skatabend, den der E-Ing. gewann und bei dem Winter an sämtlichen Tischen unter bitterbösen Kommentaren seiner qualifizierten Mitspieler zu leiden hatte, saßen der Funker und Voigt noch beim Politoffizier in der Kammer. Es wurde Schach gespielt.

»Das ist doch etwas anderes. Kartenspielen kann schließlich einjeder«, stellte der Funker mit Genugtuung fest. Erst hatte er mit dem Bäcker und Fleischi, später mit dem Keeper und dem Ede an einem Tisch gespielt.

»Bei der Seetauglichkeit sollte man mal zum räumlichen Sehen, also überhaupt … will sagen … allgemein zum Sehtest und dem Hörtest auch den Intelligenztest einführen. Gerade die kognitiven Fähigkeiten der Mannschaftsdienstgrade schreien doch zum Himmel. Schon allein, wie die sich ausdrücken. Daran erkennt man doch, wie das mit der Intelligenz korreliert. Schach!«

Der Polit sagte nichts. Konzentriert schaute er auf seine Figuren. Immer wieder entkam er den Angriffen.

Doch nach einer Weile ließ der Funker erneut sein schneidiges »Schach!« ertönen.

»Nun mach keinen Quatsch Udo«, sagte Voigt zum Politoffizier, »du hast doch sonst auch immer am Lumpenball teilgenommen. Egal wie der hieß. Wir lassen uns doch nicht ausladen.«

»Genau, schon gar nicht von denen«, pflichtete der Funker ihm bei.

»Ach ich weiß nicht. Ich habe in dieser Situation überhaupt keine Lust zum Feiern«, erwiderte der Polit. Voigt schob die Hände tief in seine Taschen und schaute sich in der Kammer um. Sie sah ordentlich aus. Meist reinigte sie der Polit selbst und putzte die Scheiben der Schränke, in denen neben einer Muschel und einer Amphore viele Bücher, unter anderen von Lenin und Marx, standen. Darüber ein kleines Modell der AURORA und eine Lenin-Büste aus Gips. Beides Urlaubsmitbringsel aus der Sowjetunion.

»Ist doch egal«, sagte Voigt, »dann lässt du dich eben nur kurz sehen. So aber sieht es aus, als wenn du dich geschlagen gibst.«

Der Polit schaute verzweifelt auf.

»Natürlich sollte das mit der Wandzeitung eine Anspielung sein, aber weis das dem Schmidt und Konsorten mal nach. Schach«, grinste der Funker, »aber du sagtest doch, dass der Abend als Friedländer Ritterfestspiele deklariert wurde. War es nicht so? Na also. Wer zu letzt lacht, lacht am besten. Einfach nichts anmerken lassen.«

»Genau«, bestätigte Voigt, »den Gefallen tu ich den Hansels nicht. Im Gegenteil! Ich werd mich köstlich amüsieren.«

Krampfhaft starrte der Polit wieder auf das Brett. Er schob einen Turm nach vorn und ließ lange den Finger darauf.

»Ich werd voll abfeiern«, fuhr Voigt fort, »ich such mir sowieso 'nen neuen Dampfer. Oder glaubt ihr, ich werde hier alt? Bei dem Second und dem Eisbärn und den ganzen Spezis? Chief kann ich nur woanders werden. Und überhaupt. Der ganze Dampfer stinkt mich an.«

»Also ich bleib hier. Schach! Was ich hab, das hab ich!« Der Funker lehnte sich zufrieden zurück.

Der Polit kippte seinen König um. »Matt. Ich geb's auf.«

»Noch eine Runde?«, fragte der Sieger.

»Nein. – Aber verkleiden werde ich mich nicht!«

»Mann, du brichst dir doch kein Zacken aus der Krone, wenn du da mitmachst. Ich würde es den Leuten zeigen und betont lässig den Abend angehen«, versuchte Voigt ihn aufzumuntern.

Das Telefon klingelte. Die Brücke war dran. Man fragte nach dem 1. Ingenieur.

»Mist!«, rief der wütend, »wieder 'ne Störung im Keller!« Beim Hinausgehen drehte sich Voigt um und blieb am Kammerschott stehen. »Also: richtig gutes Kostüm. Das schockt.«

Dann lief er los.

»Das sagt sich so leicht«, stöhnte der Polit und starrte immer noch auf das Schachbrett.

»Er hat ja recht«, sagte der Funker. »Nur nicht unterkriegen lassen.« Dann trank er sein Bier aus. »Hat der Alte schon mit dir gesprochen?«

Der Polit blickte erstaunt auf.

»Worüber?«

»Na, über die Betriebsanweisung des Generaldirektors und das neue Konzept, was da in Rostock erarbeitet wurde?«

Pietsch nahm seelenruhig seine Pfeife und begann sie nun umständlich zu stopfen. Zuerst leicht und danach etwas fester. »Nein, so richtig noch nicht …«, sagte zögerlich der Polit, »bisher ging es nur darum, die sogenannte betriebliche Anrede ›Genosse‹ aufzuheben.«

Gespannt wartete er auf die Neuigkeiten. Irgendetwas war im Busch. Das spürte er. Der Funker sah in das blasse Gesicht des Politoffiziers und stopfte nun ein drittes Mal. Diesmal ganz fest.

»Na das ist mal wieder typisch für den Alten«, bemerkte er kopfschüttelnd.

»Sag schon, was los ist.« Der Polit saß plötzlich aufrecht und hellwach in seinem Sessel. Wer, wenn nicht der Funker, war der erste an Bord, der über alles aus der Heimat informiert wurde? Und der? Der nahm einen Streichholz aus der Schachtel und entzündete sein Werk. Dabei zog er leicht an der Pfeife. Immer noch bedächtig, nahm er den Stopfer, presste den Tabak bündig und machte sich nun ein zweites Mal Feuer. Dabei ließ er sich Zeit. Genoss diesen Augenblick. Den Augenblick der Macht.

»Also, das ist zwar nicht der Dienstweg, aber egal.« Er schüttelte das Streichholz in der Luft wie einen Taktstock und seufzte. »In der Anweisung ging es auch um die Entlassung der Politoffiziere.«

Der Polit sprang auf und fuhr sich durch die Haare.

»Das war ja klar!«, rief er laut. Sein Sessel rutschte gegen die Klimaanlage. »Die ganzen Jahre war man gut genug für die Herren im fünften Stock, und jetzt retten die ihren Arsch, indem sie uns fallen lassen. Alle haben sie mitgemacht. Alle! Und jetzt will es keiner gewesen sein?«

Kalter Schweiß bildete sich auf seinem Rücken. Er nahm einen Bauern vom Schachbrett und hielt ihn dem Funker, der gerade noch rechtzeig die Pfeife aus dem Mund nehmen konnte, vor die Nase. Seine Hand zitterte. »Das sind wir für die! Das!«

Dann warf er die Figur an die Wand.

Der Funker zuckte kurz zusammen und stand auf. »Das muss der Master dir selber sagen.«

Dann ging auch er. Nur der süßliche Geruch des Tabaks blieb zurück.

Von Tag zu Tag wurden die Informationen in der Schiffspresse ausführlicher. Und auch der Seegang ließ nach. Der Ede ging wieder Trinkwasser peilen, die Decksgang zog los und kontrollierte die Laschings. Pluto half dem Eisbären bei seinen Reefern und der Funker kümmerte sich um den Zustand seiner Antennen. Bolle pfiff vergnügt in der Kombüse, jonglierte mit Kartoffeln und Eiern, Lieses Gesicht wurde etwas dunkler, und zur Freude aller, genehmigte Bagemiel die nächste Transitausgabe. Ab und zu durfte Jörg endlich wieder beim Bootsmann an Deck arbeiten. Die Zeit mit dem Zweiten verging zumindest nachts sehr schnell. Und Gesprächsthemen waren zur Genüge vorhanden. Ziele, Träume, Wünsche, Hoffnungen über die Zukunft in der Heimat und privat. Nur am Tag, wenn der Alte auf der Brücke war und er oben als Ausguck bleiben musste, wurde es langweilig. Da gab es kaum Abwechslung.

Seit Tagen starrte er auf das Wasser und auf die Blechkisten an Deck. Der rote 40-Fuß-Container, direkt vor ihm, kippelte sanft in der Dünung. Hin und her. DSRU 413234. Die Nummer kannte er auswendig. DSRU 413234 und die 0. Jörg brauchte gar nicht hinzugucken. Darunter stand : DD 4310. Max Gross, Tare, Payload und CUB CAP … Diese Art von Container mochte er. Man konnte sich gut, wenn man sie mal besteigen musste, an den Türen festhalten.

Kurz vor Colombo trat der Maßnahmeplan zur Piratenabwehr in Kraft. Im Gegensatz zu Nigeria oder der Straße von Malakka waren die Banditen hier aus Sri Lanka nur Zahnpastadiebe, wie der Bootsmann zu sagen pflegte. Die verstauten Festmacherleinen wurden wieder an Deck geholt und für den Fall, dass das Schiff auf Reede gehen sollte, anschließend gesichert.

Pünktlich zu Wochenbeginn und noch vor dem Frühstück lief die FRIEDLAND ein. Tags zuvor, gleich nach der Kaffeetime, war die Besatzung über die Bürgerkriegszustände im Norden des Landes informiert und belehrt worden. Und nun war jeder auf seine Weise aufgeregt. Die Wirtschaft, die mit ihren Tassen an der Reling stand und beim Einlaufen zusah. Der Ede am Anker. Tatze am Ruder, weil er keine Fotos machen konnte. Struppi und Jörg, die ebenfalls das erste Mal hier waren. Der Polit, der immer noch nicht wusste, ob er seine Taschen packen musste. Und der Keeper und Fleischi, die hofften, hier gute Geschäfte machen zu können.

Dondra Head Lighthouse von 1890, der höchste Leuchtturm auf Sri Lanka. Er steht auf Dondra Head und markiert den südlichsten Punkt des indischen Subkontinents sowie die Grenze zwischen dem Arabischen Meer und dem Golf von Bengalen.

Nur Winter war niedergeschlagen, denn Bagemiel blieb hart und lehnte seinen Heimflug ab.

Gleich nach der Einklarierung ging derTrubel los: Die Hafenarbeiter kamen. Der Bootsmann kontrollierte die Außenschotten, und Bolle machte, dass er in seine Kombüse kam. Fleischi beeilte sich, schnell an Deck die Lage zu peilen, denn er hatte eigentlich Arbeitszeit und keine Lust, Voigt in die Arme zu laufen. Es klappte auf Anhieb mit der Tschintscherei. Alte Klamotten gegen Wunderhölzer. Nur für die Holzelefanten und Vogelmasken wollten die dunkelhäutigen Männer Geld.

Heute sollte sich auch ein lang gehegter Traum erfüllen. Schon seit Bekanntgabe der Reisedaten stand für den Chief Mate fest, endlich nach Dondra Head fahren zu wollen. Wie oft war er schon an diesem berühmten Leuchtfeuer vorbei geschippert? Ungeduldig wartete er an der Gangway auf das Auto, das der Agent für ihn besorgt hatte. »Mach mal paar Fotos für mich mit«, sagte Bagemiel, der sich in seiner Abwesenheit um die Ladung und die Wache kümmern würde, und reichte ihm eine alte Kamera, die der Chief Mate in einen Stoffbeutel zu den Wasserflaschen und dem Fresspaket packte. Der Funker durfte auch mitfahren.

Es hupte auf der Pier, und der Chauffeur, ein älterer grauhaariger Mann, winkte.

»Na dann lasst euch nicht wegfangen!«, rief Bagemiel hinterher, und Struppi trug die beiden aus. Kurz danach kamen Daggi und Tatze angerannt. Zu spät. »Macht nichts«, sagte Tatze, der sich zuvor nicht getraut hatte, seinen Wachoffizier zu fragen, »dann nehmen wir uns eben ein Tuk Tuk.« Die beiden wollten ein Stück mitfahren, um dann eine Stadtrundfahrt zu machen und eventuell Pflanzen auf dem Markt zu kaufen.

Immer wieder brachten Leute Kokosnüsse, Ananas und Wunderhölzer zum Schiff. Jörg gab seinen graubraun gestreiften Arbeitspulli gegen drei dicke Äste weg.

»Die musst du dann bald ins Wasser stellen, damit sie austreiben«, erklärte Liese.

Der Bootsmann hatte ihr beim Tschintschen geholfen. Es war eine Umstellung, sich erst Mal daran zu gewöhnen, dass hier ein Kopfschütteln »ja« bedeutete. Nun war ihre Pütz voller Knüppel.

»Sind das nun Ceylonesen oder Singhalesen oder Tamilen, oder wie nennt man die Jungs hier?« Der Eisbär, der auch kräftig handelte, zuckte bei Jörgs Frage nur die Schultern.

»Gandhis, sag doch einfach Gandhis.«

Zufrieden zogen die Singhalesen mit Waschpulver, Bier und Zigaretten los. Und natürlich mit den unterschiedlichen Kleidungsstücken.

Als Bagemiel in kurzer Hose und weißem Uniformhemd mal wieder gucken kam, was so an Deck passierte, stand ein europäisch aussehender Mann an der Gangway und unterhielt sich angeregt mit Struppi. Sobald er den Kapitän sah, ging er freudestrahlend auf ihn zu und reichte ihm die Hand. »Guten Tag, ich heiße Miller und komme aus der Church Street, von der Seemannsmission. Schön, Sie hier in Colombo begrüßen zu dürfen.«

Laut, für Bagemiel viel zu laut, redete der Mann auf ihn ein. Bagemiel hörte sich die Angebote schulterzuckend an und forderte Miller dann in höflicher Form auf, doch bitte sein Schiff zu verlassen. Lag es nun am alten Kadavergehorsam, der Selbstzensur? War es die innere Haltung oder sein Widerwille der Kirche gegenüber? Vielleicht. Ganz bestimmt aber an der Anwesenheit der eigenen Leute, denn mittlerweile standen neben Struppi auch noch der Eisbär und der Dritte, die ihn beobachteten. Ihn, der noch Wochen zuvor jegliche Kontakte zu solchen Individuen untersagt hatte.

Der ungebetene Gast verabschiedete sich trotzdem freundlich, nickte Struppi mitfühlend zu und meinte beim Gehen, dass man sich in Zukunft bald wieder sehen würde. Denn es konnte nicht immer so bleiben.

Struppi grinste zurück und spürte die Visitenkarte in der Hosentasche. Der Polit sah noch dem Mann nach.

»Stell dir mal vor Udo,« platzte Bagemiel heraus, »da kommen schon die ersten Ratten an Bord. Pah, Seemannsmission. Meint doch dieser christliche Heini, er wäre schließlich auch auf anderen Zonendampfern gewesen. Hat nicht mal Respekt, dieser Arsch. Und als ich fragte: auf welchen?, da stammelte er was von der SACHSENHAUSEN oder so. Ich lach mich tot. Vielleicht noch auf der BUCHENWALD?«

Bagemiel kratzte sich an der Brust und schüttelte den Kopf. »Nee, nee, nee. Diese Brüder. Nüscht wissen die von uns, rein gar nüscht.«

Der Polit hörte kommentarlos zu.

Im Laufe des Tages wollten alle an Land. Fleischi ging mit dem Keeper zum Hafentor. Ihr erstes Ziel hieß »Orchid«, ein Restaurant mit einheimischer und chinesischer Küche. Stinkie, der schon einmal dort gewesen war, schwärmte schon seit Rostock. »Spottbillich der Laden. Da kannste spachteln bis zum Umfallen. Und denn kieken wir ma nach 'ner richtigen Schnitzerbude.«

Am Tor warteten schon die Tuk Tuks. Sofort gab es Reibereien unter den Fahrern, die wie Wegelagerer auf Beute lauerten.

Stinkie beachtete den Trubel nicht, sondern stieg einfach in eines der dreirädrigen Vehikel und sagte, wo es hingehen sollte. »Von den Dingern zwei, drei, ach was, fünf bis zehn als Schwarztaxis zu Hause! Damit kannste Kohle machen«, schwärmte Fleischi. »Gerade jetzt, wo die alle in den Westen wollen und die Straßen so verstopft sind.«

»Klar«, grinste Stinkie, »fallen ja ooch nich uff, die Dinger. Sehn nur aus wie die ollen Kisten für Behinderte. Bei mir in der Jejend wohnte so'n oller Suffkopp. Der hatte so 'n Duo, wa. Die sind damit zu zweit rumkutschiert, voll im Knatter und sind dann inner Kurve umjekippt. Rinn in den Straßengraben. Da war ick noch een

Steppke, aba dit weeß ick noch wie heute, eh. Tippel-Meier hieß der. Also so nannten se den. Vier Mann, vier Ecken und die Kiste konnte weiter fahren.«

Der Chief Mate und der Funker waren kaum losgefahren, als die ersten Polizeisperren kamen. Schließlich hatte man hier, genau eine Woche zuvor, Führer der singhalesischen Volksbefreiungsfront ermordet und befürchtete nun weitere Unruhen.

Die Soldaten steckten ihre Köpfe durch die Autotür und schauten enorm wichtig. Alle redeten aufgeregt durcheinander mit dem Chauffeur. Der gab ihnen etwas Geld, dann durften sie passieren. Wortlos kurbelte er die Scheibe wieder hoch und trat auf das Gaspedal.

Der Funker wollte noch unbedingt einen Abstecher nach Galle machen, was sich dann auch sehr lohnte. Es lag am Rande der Strecke, und auch dort gab es einen Leuchtturm. Eine herrlich alte Stadt, inmitten einer Festungsanlage aus dem 16. Jahrhundert. Schon war der erste Film vollgeknipst.

Danach ging es weiter in Richtung Matara. Manchmal nur im Schritttempo. Und plötzlich ging gar nichts mehr. Eine Kuh lag auf der Straße und döste. Der Chauffeur erklärte, dass man da nichts machen könne. Nur Geduld.

Der Chief Mate wurde bald ungehalten. »Was, wegen 'nem Rindvieh? Das muss man sich mal vorstellen. Wenn das die Torreros in Spanien wüssten, die würden aber …«

Er sah in das teilnahmslose Gesicht des Funkers und wurde still. Naja, dachte er, der macht ja auch Yoga und wird vielleicht diese Kultur hier besser verstehen.

Dann ging es endlich weiter. Der Wagen kam schnell voran. Immer wieder überholten sie die blauen indischen Leyland-Busse, die zu Unmengen auf Achse waren und schwarze Abgaswolken hinter sich herzogen. Irgendwann sahen sie Fischer in Ufernähe, die auf hohen Stelzen hockten und angelten. Natürlich wurde das auch fotografiert.

Leider wusste der Funker nicht, dass diese Männer ein paar Kumpels am Strand hatten, die dafür Geld verlangten. Und so konnten sie erst weiterfahren, nachdem der Chauffeur schlichtend seinen Landsleuten ein paar Münzen in die Hand gedrückt hatte.

»Teure Fotos …«, fluchte der Funker.

Wenig später erreichten sie schließlich Devinuwara. Ganz in der Nähe des Leuchtturms war eine große Anzahl weißgekleideter Personen unterwegs.

Eine Beerdigung, erläuterte der Fahrer.

Ungeduldig rutschte der Chief Mate auf der Rückbank hin und her. Doch dann war es soweit. Freie Fahrt. Die letzten Meter – und da stand er vor ihnen in voller Schönheit. Die hellen Steine leuchteten in der Sonne. Palmen neigten sich ins Bild, wie auf einer kitschigen Postkarte. Der Erste Nautiker konnte sich kaum sattsehen. Immer wieder erklärte er dem interessiert zuhörenden Funker, was er über diesen achteckigen Turm wusste. »Fast fünfzig Meter und fast hundert Jahre im Betrieb.« Voller Begeisterung berichtete er über Kennung, Range und die Feuerhöhe, die bei knapp siebenundvierzig Metern lag. Mit schnellen Schritten kamen sie nun seinem Ziel näher. »Und dann die Bauzeit. Davon können unsere Leute zu Hause nur träumen. Die hätten wahrscheinlich die dreifache Zeit gebraucht. Mal hätten sie die Steine, dann wieder keinen Zement.« Was hatte er nicht alles darüber gelesen?

Nun standen sie endlich davor. Dann der Schock. Die Tür war zu. »Das gibts doch nicht!« Der Nautiker, der eben noch voll in seinem Element war, brach fast zusammen.

Auf einem Schild stand, man möge sich zwecks Besteigung vorher in Colombo melden. »Das ist doch wohl nicht euer Ernst!« Er rüttelte an der schweren Tür. »Und nun?« Mit feuchten Augen sah er hinunter in die kleine Bucht, in der Kinder badeten. »Da muss doch was zu machen sein.«

Der Funker sah ihn mitleidig an. »Lass gut sein, Rainer«, sagte er ruhig, »du warst doch zugegen. Komm, ich mach noch ein paar Fotos mit dir.«

Der Chauffeur konnte auch nicht helfen.

Anschließend fuhr er sie zu einem Park im Ort, wo eine große Buddha-Statue stand und sich ein kleiner Elefant in einem Wasserbecken abkühlte. Mittlerweile war es Nachmittag geworden. Die beiden Männer setzten sich in den Schatten einer großen Pappelfeige und begutachteten ihre Lunchpakete. Bolle hatte an alles gedacht, und langsam beruhigte sich der Chief Mate wieder.

Kurze Zeit später kam ihr Auto vom Tanken zurück. Der Fahrer hatte außerdem vergeblich versucht, jemand von der Hafenbehörde ans Telefon zu bekommen.

Dafür ging es nun weiter zu einem noch größeren Buddha und zu einer Schlangenfarm bei Udukawa.

Nachdem Tatze mit Daggi zurück war, konnten auch Jörg und Eiche an Land. Die Wachübergabe an den Luken dauerte nur kurz.

Mittlerweile waren unzählige rote Flecken an Deck verteilt. Die Hafenarbeiter kauten Betel und spuckten, sehr zur Verärgerung des Bootsmannes, überall hin. »Diese Affen! Rotzen auf das frisch Gemalte.«

Dafür war ein Großteil der Container bereits gelöscht und zwei Luken geöffnet. »Guckt mal, da kommt Jörg.« Tatze zeigte in Richtung Hafenarbeiter. Einer von ihnen trug stolz einen graubraun gestreiften Pulli.

»Oh Mann,« sagte der Vorbesitzer, »der sollte den doch wegstecken.«

»Erwischt!«, rief ihm der Bootsmann lachend hinterher.

Über die Schacherei mit den Einheimischen ärgerte sich nur Daggi, denn es gingen zahlreiche Bierflaschen von Bord, und die fehlten ihr später bei der Abrechnung des Leergutes. Nun, dann würde sie eben mehr Glasbruch angeben müssen.

In freudiger Erwartung eilten Jörg und Eiche von Bord und beschlossen, auch eine Stadtrundfahrt zu machen. Wunderten sie sich anfangs noch über die massive Präsenz von Militär und Polizei in den Straßen, verflog das aber schnell durch die vielen neuen Eindrücke, die auf sie einprasselten. Farbenprächtige Tempel, hunderte Menschen, Bruchbuden, alle möglichen Düfte, Geknatter von alten Autos, Müllhaufen, Hunde, Frauen in langen Saris, Verkehrschaos an jeder Ecke und dann das ständige Gehupe. Ein Moloch, wie Eiche feststellte. Überall hingen bunte Plakate mit Werbung und einer Schrift, die man nicht entschlüsseln konnte.

Dean, so hieß ihr Tuk Tuk-Fahrer, sprach etwas Englisch. Mit Begeisterung erklärte er die einzelnen Bauwerke, die sie besuchten, kannte viele Leute und auch Händler. Selbst die Mönche, die in einem kleinen Tempel saßen, der umgeben war von trübem Wasser, grüßten ihn wie einen alten Freund.

Jörg fotografierte viel. Vom langen Steg sah man unzählige, scheinbar nach Luft japsende große Fische. Und weiter ging es zum nächsten Tempel.

Ihr Fahrer berichtete stolz, dass er seine kleine Tochter Raissa getauft habe, weil er den Gorbatschow so gut fand. Er selbst wäre aber Buddhist. »And you?«, fragte er.

»Nothing!«, bekam er zur Antwort.

Das konnte und wollte er nicht glauben. »Nothing? Nothing is not good …«

Sie staunten über die unterschiedlichen Baustile. »Irgendwie siehts hier aus wie zwischen Havanna und Lissabon«, bemerkte Eiche. Parlamentsgebäude und auch das große Nationalmuseum, alles wurde streng bewacht.

Endlich kamen sie zu einem Markt, wo genau das zu finden war, was Jörg suchte: Vogelmasken in allen Farben und Größen, sowie geschnitzte Elefanten in reichlichen Ausführungen. Jörg hatte sich für eine sogenannte Elefantenbrücke entschieden – acht Rüsseltiere von groß bis klein hintereinander. Alles in schwarz gehalten. Ob das nun echtes Ebenholz war, wie der Mann ihm weismachen wollte. Oder ob das alles nur angemalt war? Jörg hatte davon keine Ahnung. Ebenholz sollte ja sehr schwer und kostbar sein. Eigentlich auch egal. Ihm gefiel die Schnitzerei.

Er erkundigte sich nach dem Preis, winkte übertrieben ab und nannte seine Summe. Nun verneinte der Händler.

»Eiche geh mal vor, ruf mich und zeig in irgendeine Richtung.«

»Wie?«

»Na mach schon …«

Es klappte. Der alte Mann mit den blutunterlaufenen Augen spuckte rote Flüssigkeit in eine rostige Blechdose, stimmte kurzerhand zu und verpackte die Ware in einer Zeitung nebst Plastiktüte.

Ja, der Ausflug hatte sich gelohnt.

Der Polit war empört, als er den Dreck am Strand sah. »Da haben die hier die herrlichste Gegend und lassen das alles so verkommen,« sagte er zu Voigt.

Er hatte sich fest vorgenommen, nicht über seine Zukunft und schon gar nicht über seine bevorstehende Abmusterung zu sprechen. Nicht mit Voigt und auch nicht an Bord mit dem Kapitän. Schließlich konnte er den Funker nicht einfach in die Pfanne hauen. Stattdessen wollte er unbedingt jeden Moment auskosten, denn eines war klar: Es würde seine letzte Reise sein. Zumindest in dieser Funktion. Eigentlich hatte er damit gerech-

Handeln auf der Pier von Colombo

net, dass ihn der Kapitän in Colombo nach Hause schicken würde. Mit etwas Wehmut schaute er sich um. Hier kam er sobald nicht wieder her.

Sie verließen den Strand und begaben sich in die quirlige Innenstadt. Sofort waren sie betroffen von dem Lärm und den Abgasen. Umgeben von bettelnden Kindern, von jungen Männern, die ihnen nicht mehr von der Seite wichen und gute Geschäfte und Sehenswürdigkeiten zeigen wollten. Dazu noch das Durcheinander der Gassen. Sie hatten bald davon genug! Darum wollte der Polit auch unbedingt in den Zoo.

Nachdem sich Voigt beim Essen in einem kleinen Restaurant hatte dazu breitschlagen lassen, weil der Polit versprach, den Ausflug zu bezahlen, nahmen die beiden ein Taxi und fuhren nach Dehiwala. Der Polit hatte schon als Kind Bücher von John Hagenbeck verschlungen, der damals, vor dem Zweiten Weltkrieg, den Zoo in Colombo gegründet hatte. Nun berichtete er von weißen Tigern und dem in der ganzen Welt berühmten Anlagen. Aber auch davon, dass der Deutsche früher sogar Völkerschauen mit Menschen veranstaltet hatte.

Schnell waren sie am Ziel und reihten sich hinter einer Schulklasse in die lange Schlange ein.

Es wurde langsam dunkel. Hätte der Bootsmann bloß in der Schule aufgepasst und Singhalesisch statt Englisch gewählt, dann hätte er auch den jungen Mann verstanden, der ihm und dem Eisbärn ein Restaurant zeigte und schnell auf die beiden einredete.

»Ah ja, alles klar. Thank you. Goodbye.«

Sie gingen die Straße entlang, gefolgt von kleinen Kindern, zu dem besagten Lokal. Das war ein Fehler. Und bestimmt wollte sie der junge Mann mit den schlechten Zähnen nur warnen. »Geht nicht in diese Spelunke. Dort schmeckt es nicht. Die Kellner haben keine Lust, und betrügen tun sie auch noch.«

Bestimmt hatte er das gesagt, meinten jedenfalls die beiden, als sie nach dem Essen wieder herauskamen.

Der Abend war gelaufen.

»Komm Eisi, wir fahren zurück. Morgen ist auch noch ein Tag.«

Das junge hübsche Mädchen hatte Bolle und Tommy schon von weitem gesehen. Sie stand im Eingang des hell erleuchteten Massagesalons und winkte den beiden zu.

»Das ist doch auch mal was«, meinte der Bäcker, »komm, Bolle, da gehen wir jetzt rein, unsere alten Knochen verwöhnen …«

Süßlicher Geruch von Sandelholz schlug ihnen entgegen. Aus verschiedenen Räumen, die nur Vorhänge statt Türen hatten, schauten Frauen mit großen dunklen Augen heraus.

»Zu der geh ich«, sagte Bolle entschlossen und verschwand mit einer schlanken Frau in die obere Etage. Es war sehr warm, und Bolle schnaufte, als er sich bis auf den Schlüpfer auszog und auf den Bauch legte. Er wartete, was da nun kommen würde, schließlich war er nie zuvor bei einer Massage gewesen. Auf alle Fälle wusste er, dass er die Frau nicht einfach vernaschen konnte. Aber wer weiß, dachte er.

Das spärliche Licht und die ruhige, eintönige Musik machten schläfrig. Langsam glitten weiche Finger sanft über seinen Rücken, und warmes Öl war zu spüren. »Herrlich«, stöhnte er lustvoll.

Die Finger massierten nun seinen Kopf, puhlten in seinen Ohren und kneteten seine Schultern. Bolle machte die Augen zu und genoss den Augenblick. In Gedanken war er mit der Langhaarigen schon längst im Bett. Nebenan hörte er Tommy zufrieden schnarchen. Nun waren die Beine und die einzelnen Zehen dran. Die waren zwar nicht gewaschen, aber die Ohren waren es ja auch nicht. Sanft strichen die Handflächen wieder über seinen behaarten Rücken. Bolle hatte die Augen immer noch geschlossen, als er sich umdrehte. Das warme Öl tropfte leicht auf seine verschwitzte Stirn und er lächelte zufrieden. Vollkommen entspannt schlief er ein.

Nach einer gefühlten Ewigkeit wurde er plötzlich durch einen Lautsprecher geweckt, der blechern auf der Straße erklang und für irgendetwas Werbung machte. War es für einen Politiker, war es für ein Geschäft? Verschlafen rieb sich Bolle die Augen und öffnete sie. Er hörte, wie jemand den Raum verließ.

Er konnte noch erkennen, dass ihn die ganze Zeit ein alter Mann massiert hatte.

Müde und abgeschlagen kamen nachts um halb eins der Chief Mate und der Funker von ihrem Ausflug zurück. Sie hatten einen Zusammenstoss mit einem der *threewheeler* gehabt, wie der Chief Mate die Tuk Tuks bezeichnete. Es sei aber nichts passiert, niemand wurde verletzt.

Bagemiel war erst mal beruhigt. »Erklär mir das alles beim Frühstück«, sagte er und gähnte. Dann nahm er dankend seinen Fotoapparat und eine Flasche *Coconut Arrack* entgegen, sein Erster Nautiker wusste, was sich gehörte, und legte sich wieder schlafen.

Gleich nach Ladeende am nächsten Morgen wurde die FRIEDLAND an die Bunkerpier verholt. Jörg, der sich danach schnell geduscht und umgezogen hatte, staunte nicht schlecht, als ihn Struppi an der Gangway aufhielt. »Wie jetzt, kein Landgang mehr? Kapier ich jetzt nicht.«

Jörg sah Struppi ungläubig an. »Der Alte lässt keinen mehr an Land. Er hat den Dampfer ausklarieren lassen. Die Behörden sind gerade runter«, erklärte der.

Jörg schüttelte den Kopf. »Aber wir liegen doch noch den ganzen Vormittag hier. So was Doofes.«

Er hatte sich mit Dean verabredet. Sie wollten zu einer Manufaktur in der Sea Beach Road fahren, wo man große Rattansessel herstellte. *Peacock chair with many decoration*, wie Dean schwärmte. Nun würde er da stehen und auf ihn warten, und Jörg würde nicht kommen. Dabei hätte die Tour nicht mal lange gedauert.

Traurig sah er von oben auf die Pier, wo der dicke Bunkerschlauch prall an der Backbordseite hinunter hing. Im Schatten einer kleinen Bude standen einige von den Bunkerleuten und sahen dem Bootsmann zu, der in aller Ruhe mit grauer Farbe den Schiffsnamen auf die Pier malte.

Auch der Ede war dort unten zu Gange. Allerdings besserte er die Außenhaut aus. Immer wieder tauchte er die Rolle in den Farbkasten und überdeckte die alten und neuen Schrammen der Bordwand. Jörg stellte seine Tasche bei Struppi ab und ging hinunter zu den beiden, wo es nach Öl und Abfällen muffelte.

Hinter der FRIEDLAND kletterte plötzlich ein Mann auf die Pier. Er war mit einem Boot gekommen und lud nun verschiedene Schnitzereien aus. Alles in guter Qualität. Jörgs Stimmung besserte sich schlagartig. Nun würde statt des sperrigen Sessels ein großer Holzelefant mit nach Hause kommen.

Das restliche Handgeld ging wieder an den Funker zurück.

Beim Auslaufen stand dieses Mal Winter am Ruder. Endlich war er erster Mann der 4-8-Wache. Das bedeutete Halbzeit. Sie verließen den indischen Subkontinent, und es ging nach Hause. Mit mehr oder weniger mulmigen Gefühl freute sich doch jeder darauf.

Bolle hatte wieder große Pläne für die nächsten Tage. Zum einen war da ein Indischer Abend, dann der Lumpenball und schließlich kam ja auch die Adventszeit. Der Schiffshändler in Colombo hatte zügig und reichhaltig geliefert. Jetzt war wieder frisches Obst und Gemüse an Bord. Bolle strahlte und schaute sich zufrieden das dabei enthaltene Geschenk an: ein großer Kalender von 1990 für die Kombüse.

Jörg hatte wieder Post erhalten, weniger als sonst, aber immer noch mehr als Fleischi, der nur eine Ansichtskarte bekommen hatte. Nun, nach der Hafenliegezeit, öffnete er den zweiten Brief. Anne war besorgt über die neuen Verhältnisse im Land. Plötzlich war alles so aufregend und anders, und »die da oben« wussten selber nicht, wie es weitergehen sollte. Ihre Leiterin hatte nur noch schlechte Laune und ließ sie an den Erzieherinnen aus. Zum Glück hatte Anne die Heimkinder und ging voll in ihrer Arbeit auf.

Jörg sah auf das Datum. Alles klar. Da war die Grenze noch zu. Rasch überflog er die Zeilen. Sie hatte wieder Losungen aufgeschrieben. »Macht Bautzen klar für das ZK«, »Pressefreiheit – keine Zensur mehr« …

Na ja, da konnte man sehen, wie schnell das alles ablief. Da gingen die Menschen auf die Straße und Tage später begann der große Rausch. Gut, dass er noch vor Colombo mit ihr gesprochen hatte, wenn auch nur sehr kurz. So war er wenigstens etwas informiert. Aber in der nächsten Zeit wollte er nicht wieder beim Funker betteln. Der machte sich jedesmal den Spaß und hackte wie wild, während Jörg telefonierte, auf seiner Schreibmaschine herum. Wo man schon so kaum etwas verstand!

Der Ede, dem das auch aufgefallen war, telefonierte seitdem nicht mehr. Das würde sich der Funker bei Bagemiel nie wagen.

Jörg ging ein Deck höher zu Pluto. Der zeigte ihm stolz die neuesten Fotos von Klein-Ronny. Dann berichtete er über Fleischi. »Mit dem komm ich kaum noch klar. Laufend lappt der mich voll. Scheiß FDJ, Scheiß Partei …«

»Und was sagt Voigt dazu?«, wollte Jörg wissen.

»Na, das macht der doch nicht vor dem Voigt. Der ist doch nicht lebensmüde. Nee, nee. Das macht der nur, wenn wir alleine sind.« Pluto stand auf und holte ein Blatt Papier aus seinem Schubfach. »Hier, das hat mir der Fleischige innen an meine Klotür geklebt.«

»Wo ein Genosse ist, ist die Partei«, las Jörg halblaut und lachte. »Der liebt dich Pluto, denn wenn du ihm egal wärst, hätte der sich nicht so 'ne Mühe gemacht. Hak es einfach ab.«

Jörg drehte das Blatt um. Fünf dunkle Flecken waren darauf. »Meine gute Colgate hat der Sack dafür genommen. Hätte er ja wenigstens mit seiner Putzi oder Silca rankleben können.« Betrübt reichte Pluto Jörg ein Bier.

»Und wie lange willst du das noch durchziehen? Ich mein: FDJ und Partei und so?«, fragte Jörg vorsichtig.

»Ach, ich weiß auch nicht. Ich dachte mir, wir machen auf dieser Reise noch 'ne Versammlung, und wenn es nicht's bringt, lösen wir den Laden hier auf. Also nächstes Jahr eventuell. Was meinst du?«

Jörg war erstaunt über so viel Offenheit. Und über den Mut. »FDJ, FDJ … Anne hat mir geschrieben, dass sie zu einem Liederabend im Theater war. Die haben da wohl alte FDJ-Lieder gesungen. Zuerst dachte ich, ich les nicht richtig. Anne und FDJ! Aber dann schrieb sie, dass das der Schroth gemacht hat. Das ist bei uns der Meister überhaupt. Der absolut Größte. Der hat da Stücke auf die Bühne gebracht, wo man wie verwandelt wieder raus ging ... Ja, also dieser Liederabend. Die haben da so Sachen gesungen, von wegen mit dem Paddelboot auf'm Rhein und lauter so'n Zeugs. Die ganze alte Aufbruchstimmung von damals, nach dem Krieg. Na ja, wo noch was los war mit dem Verein. Und das vor allem die älteren Zuschauer und auch einige der Schauspieler Tränen in den Augen hatten.«

Jörg hielt kurz inne und trank einen Schluck. Er konnte die Leute so richtig vor sich sehen. Den Molkentin, die blonde Kämpfer, den langen Rehberg ...

»Ich muss sie zu Hause unbedingt danach fragen.«

Es regnete stark. Bestes Wetter, um das Deck und die Aufbauten zu waschen. Tatze und Jörg hatten ihren Spaß und spritzten sich gegenseitig mit den C-Schläuchen ab. Vom Boss und dem Kabelgeist war weit und breit nichts zu sehen. Die beiden trafen schon die ersten Vorbereitungen für die Ausgestaltung der Mannschaftsmesse. Überhaupt war ein Großteil der Besatzung im Karnevalsfieber. Allerorts wurde geschaut, ob sich nicht das eine oder andere für eine mittelalterliche Verkleidung verwenden ließ. Jörg hatte sich schon einen der großen Kugelaschenbecher, die in den Aufbauten standen, organisiert. Der Deckel würde einen tollen Ritterhelm abgeben.

Auf der Brücke langweilte sich derweil der Ausguck. Da auf dem Radar bei dieser Regenfront nichts zu erkennen war, musste Struppi verschärft Ausschau halten. Alle Scheibenwischer waren an, und auch die kleine Klarsichtscheibe summte vor sich hin und schleuderte die großen Regentropfen in die schwüle Morgenluft. Bei der Wachübergabe hatte Winter behauptet, eine gewaltige Spinne in der Backbordnock gesehen zu haben. Zeigen könne er sie allerdings nicht. Sie sei weg.

»Alles klar«, sagte Struppi und wünschte »Gute Ruhe.« Eine Spinne! Eine mächtig gewaltige. Verarschen kann ich mich allein, dachte er.

Von seinem Platz in der Nock konnte er einige der Leute an Deck sehen, und wäre gern mit dabei gewesen. Es war herrlich warm. Für kurze Zeit hörte der Regen wieder auf, und Struppi glaubte schon, die Brücke verlassen zu können, doch in der Ferne sah man bereits die nächsten dunklen Wolken.

Der Dritte rief aufgeregt: »Wale! Wale an Backbord!«

Struppi schnappte sein Fernglas. Der Steuermann machte eine Durchsage. Nun rannten die Leute aus der Kombüse an die Reling, der Eisbär kletterte von der Luke, und der Funker verließ schnell seinen Raum, um dieses Schauspiel nicht zu verpassen.

Bagemiel kam auf die Brücke, schaute durch sein Fernglas und sagte dann: »Blauwale. Das sind Blauwale. Mein lieber Scholli, ganz schöne Oschis!«

Gemächlich zogen mehrere dieser Riesen in gleicher Richtung dahin. Von Bord sah man deutlich ihre imposanten Körper. Liese eilte in ihre Kammer, um einen Fotoapparat zu holen. Es dauerte jedoch eine Zeit, bis sich die Linse an die Außentemperatur gewöhnt hatte. Als sie nicht mehr beschlagen war, tauchten die Wale ab. Ein letzter Gruß mit der Fluke, dann war alles vorbei.

Der Kapitän blieb noch einige Zeit auf der Brücke, trank Kaffee und rauchte. Endlich wieder auf See, dachte er. Wie schön ist das doch. Vielleicht würde in Zukunft auch der Papierkram weniger werden, dann könnte man das Ganze viel mehr genießen. Schweigend schaute er zum Horizont, der durch die tiefen Wolken kaum zu erkennen war.

Die letzten Tage waren für ihn nicht einfach gewesen. Da studiert man, steigt langsam die Laufbahn empor, fährt lange zur See und ist plötzlich, na ja fast plötzlich, Kapitän. Aber dann ist man auch automatisch staatlicher Leiter und wundert sich über die Besatzung. Zusammengewürfelt aus den verschiedenen Regionen des Landes, unterschiedliche Jahrgänge und Charaktere. Dickköpfe darunter und Luschen, Experten und Großmäuler, Verstockte und Tratschtanten, gute Maschinenleute und weniger gute. Und manchmal auch einige Arschkriecher. Aber im Grunde waren sie doch so, wie die Leute an Land auch sind, nur dass man sich hier auf jeden verlassen konnte und musste. Eigentlich feine Kerle! Irgendwie war Bagemiel zufrieden. Und etwas Stolz auf seine Truppe.

Gedankenverloren pfiff er leise vor sich hin, ging zur Kaffeemaschine und kippte die letzten Tropfen in seine Tasse. Ja, die Besatzung. Die muss man nebenbei auch führen. Das hatte man aber nie so richtig gelernt. Der eine kann's, der andere nicht. Flohzirkus! Nun stand ihm noch eine unangenehme Situation bevor: das Gespräch mit seinem Politoffizier. Aber das konnte noch warten.

Wie sagte Pietsch zu ihm, als er das leidige Thema aufschieben wollte? Prokrastination? Oh Mann, dieser Professor. Natürlich konnte man das vertagen. Der Pope konnte ja nicht weg. Pah, die Kubaner machen das nur so. Dort hörte man täglich das Zauberwort »mañana«.

Der Regen setzte wieder ein, und Bagemiel ging hinunter in seine Kammer. Es wäre ihm, wie er betonte, heute zu schattig.

Schade, keine Wale mehr. Struppi stand noch immer auf der Backbordseite und schaute erwartungsvoll auf die Wasseroberfläche. Nirgends eine Fontäne oder Blas, wie der Dritte das nannte. Dafür Regen, nichts als Regen.

Struppi stellte sich in die geschützte Ecke der Nock und sah durch das Fenster. Plötzlich sprang er reflexartig zurück. »Eine Spinne! Steuermann, hier ist 'ne riesige Spinne!«

Der Wachoffizier, der sich gerade angeregt mit dem Funker unterhalten hatte, kam aus dem Kartenraum gelaufen. »Tatsächlich! Dann hatte die Vier-acht ja doch recht. Wahnsinn«, staunte der Dritte, »größer als 'n Bierdeckel. Fassen Sie das Vieh bloß nicht an.«

Die Spinne war schnell. Trotz der hohen Feuchtigkeit hielt sie sich fest und hing mit dem Körper nach unten über den ratlos dreinblickenden Männern. Der Funker kam dazu. Auch er war fasziniert. Und etwas angewidert. Kurzentschlossen flitzte er zur Kaffeemaschine und holte die leere Glaskanne, um damit das achtbeinige Monster einzufangen. Immer wieder sprang er mit ausgestrecktem Arm und Kanne empor. Struppi und der Dritte beobachteten aus sicherem Abstand, wie der Funker hopste und würdigten mit lobenden Worten seinen Mut. Plötzlich fiel die Spinne auf ihn herab. Der Funker zuckte zusammen und schleuderte die Kanne von sich. Splitter flogen, der Dritte hastete in die Brücke, und Struppi sprang hinter den Kompass. Auch der Funker flüchtete.

Struppi wollte gerade nach dem Untier suchen, als er von drinnen die panische Stimme des Dritten hörte. »Scheiße! Ein Fischer! Herr Strunz sofort ans Ruder! Hart Steuerbord!«

Noch bevor Struppi überhaupt reagieren konnte, nahm schon der Dritte die Automatik heraus und riss das Ruder selbst herum. Leere Flaschen fielen vom Kühlschrank und die FRIEDLAND neigte sich zur Seite. Einen Augenblick später war auch schon der Alte auf der Brücke.

Während der Dritte weitere Anweisungen gab und angestrengt durch die rotierende Drehscheibe nach dem Fischer suchte, stand Struppi aufgeregt am Ruder. Bagemiel überschaute sofort die Situation und half. Vom Fischerboot war wegen des Starkregens nichts mehr zu sehen. Auch hatte man keine Kollision gehört oder gespürt. Der Dritte schaute nach achtern. Nichts. Kein Holz, kein Geräusch, kein Wrack. Alles noch mal gutgegangen. Bagemiel verzichtete auf eine Ehrenrunde, bestand aber auf einer Notiz.

»Eine Spinne …«, er schüttelte den Kopf. »Na da werd ich mal zu den Miezen gehen. Mal sehen, was da unten alles so zu Bruch gegangen ist.«

Die anschließende 0-4-Wache glaubte die Geschichte natürlich nicht. »Ja, ja Struppi«, Eiche grinste ihn breit an, »eine mit behaarten Beinen? Und mit großen Zähnen?«

Struppi war es egal.

Die Spinne wurde nie wieder gesehen. Vielleicht war sie ja unter die Gräting gefallen, ertrunken und mit dem Regenwasser außenbords gespült worden? Aber überzeugt war er davon nicht. Vorsichtshalber hielt er sich für den Rest der Reise lieber auf der Steuerbordseite auf. Vor allem wenn es dunkel war.

Für Fleischi war die Grenzöffnung teils ein Gewinn, teils ein Verlust. Mittlerweile würde sich jeder Heini die schönen Westkataloge und Prospekte mitbringen können und nichts war mehr mit abfotografierten Musikgruppen aus der *Bravo*. Havelberg konnte er nun vergessen. Außerdem hielt sich der Pope in der letzten Zeit sehr oft im Fotolabor auf. Vielleicht suchte der ja im dunklen Kämmerlein nach dem Sinn des Lebens?

Fleischi freute sich. Sein Erster Ingenieur, der große Zeremonienmeister, war nun nicht mehr politisch gefragt. Um ihn zu ärgern, hatte er sich beim Funker einen bunten Widerstand geklaut und ihn sich an seine Arbeitsjacke geklemmt. Das hatte er mal in der Polenwerft gesehen. Sah gut aus, solidarnośćmäßig.

Zum Glück wusste Voigt nichts damit anzufangen. Fleischi hätte ihm dann sowieso erklärt, dass das nur eine Markierung für die Arbeitswäsche wäre.

Beinahe hätten sie sich über den Haufen gerannt, der Kapitän und sein Politoffizier. »Na«, sagte Bagemiel verdutzt, »was hast du denn

Schönes in den Putzlappen gefunden?« Der Polit sammelte sich kurz. Mal sehen, schoss es ihm in den Sinn, ob der Alte jetzt endlich mit der Sprache rausrücken wird, nun, wo sie doch mal allein waren. Sein Herz raste. Und trotz der bösen Vorahnung versuchte er den Sorglosen zu spielen. »Komm rein«, erwiderte er und öffnete die Tür des Ladebüros. Hier kam auf See kaum jemand vorbei. »Ich zeig's‹ dir.«

Der Polit breitete seine Sachen auf dem Tisch aus.

»Puh«, sagte Bagemiel, »die musst du aber noch waschen.« Er hob die Ärmel an. »Meinst du, das wird passen?«

Der Polit nickte selbstbewusst. »Klar. Und als was gehst du zu unserem letzten Lumpenball?«

»Wieso zum ›letzten Lumpenball‹?«, fragte Bagemiel.

Der Polit sah ihn in die Augen. »Denkst du, die lassen mich noch weiterfahren?«

Der Kapitän wurde sichtlich nervös. »Warum denn nicht? Außerdem ist das ein Ritterfest und kein Lumpenball.«

Der Blick des Politoffiziers wanderte von Bagemiel zum Fenster. »Denkst du, es geht zu Hause einfach so weiter?«

Bagemiel zuckte mit den Schultern. »Keine Ahnung.« Er räusperte sich. »Ich mein, du hast doch nichts verbrochen. Also, warum soll man dich nicht weiterfahren lassen?«

»Und du?«, fragte der Polit.

»Was ich?«

»Na, ihr habt doch alle mitgemacht. Für unsere Sache«, sagte der Polit betont ruhig und schaute immer noch auf das Wasser.

»Nun mal langsam.«

»Ich war doch nicht der einzige Parteiarbeiter an Bord. Da hängst du ja wohl doch auch mit drin.«

Bagemiels Gesicht verfinsterte sich. Er suchte nach seinen Zigaretten, fand sie in der Brusttasche und zündete sich eine an. »Phhh. Da müsste ja die halbe Reederei, angefangen vom kleinsten Bürohengst bis zum Generaldirektor, gehen. Nee, nee, das wird nicht passieren.« Er zog an seinem Glimmstengel und betrachtete sein Gegenüber. »Du hast doch die letzten Jahre nicht schlecht gelebt.«

Der Polit ließ sich nicht provozieren. »Du doch auch …«

»Aber du hast recht«, unterbrach ihn der Kapitän schroff, »deine Funktion dürfte nicht mehr lange gefragt sein.«

»Aha«, wiederholte der Polit, »nicht mehr lange gefragt. Bin ja mal gespannt, wie es mit dir dann weitergeht.«

Bagemiel lachte laut auf. »Was soll mit mir werden? Kapitäne werden immer gebraucht.«

»Ich weiß ja nicht«, sagte der Polit beherrscht und deutete kurz auf Bagemiels Brusttasche. »Wer raucht denn hier die RP-Zigaretten, die für die Lotsen und Gäste bestimmt sind? Wer trinkt denn hier den teuren Whisky und ist laufend besoffen? Ich kann mir gut vorstellen, dass die sich in Rostock über deine niedrige Transitrechnung freuen werden. Das ist nämlich Betrug.«

Ärgerlich trat Bagemiel an den Polit heran und blies ihm Zigarettenrauch ins Gesicht. »Du kleiner Bonze willst mir also drohen? Pass lieber auf, dass du hier nicht noch an den letzten Tagen Rost klopfen musst. Sonst bezahlst du dein Essen nämlich selbst.«

Dann drückte er die Marlboro aus und ging.

Endlich Kaffeetime. Tatze kam nun auch in den Genuss, mit seinen Kollegen in der Mannschaftsmesse zu sitzen und zu quatschen. Hier waren sie alle zusammen und nicht, wie am Abend, verteilt in den Kammern. Hier wurden die neuesten Informationen ausgetauscht. Struppi sprach vom Telefonat mit seiner Schwester. Sie hätten im DDR-Fernsehen über den Zerfall von Leipzig berichtet. Sogar seine Straße sei gezeigt worden. »Die Innenstädte gehen überall vor die Hunde. Hauptsache Neubaublöcke«, sagte der Ede, »aber Airbusse kaufen. So, wie damals die ASTOR. Immer schön auf die Kacke hauen.«

Überall ging die Post ab. Stinkie freute sich. »Tja Keule, da kommste leider zu spät.« Er grinste Fleischi an. »Zu Hause kloppen meene Kumpels stundenlang Betonstücke ausser Mauer. Die jehen an die Touristen weg wie warme Schrippen. Und wenn de nach Hause kommst, steht die olle Mauer nich mehr. Da kannste nix mehr machen. Dann is Berlin wieda voll die alte Großstadt.«

»Du wirst dich noch umgucken, mein Freund«, reagierte Fleischi prompt, »wenn die Mauer weg ist, haste bald die Kümmeltürken im Osten Berlins. Da ist es nämlich billiger als in Kreuzberg.«

»Na und, *Kreuzberjer Nächte* sind lang. Ick werde dafür schön uffm Ku'damm spazieren jehn.«

Die Themen wanderten hin und her. Mal waren es die Unruhen in Prag, dann wieder die Esten und schließlich träumte man davon, mehr Westgeld zu bekommen und von vielen neuen Häfen, die man ansteuern würde. Dann würde der Job viel angenehmer werden.

Am Abend schnitt Daggi Winters Haare. Der Bootsmann, der zufällig vorbei kam, blieb stehen und sah eine Weile zu. Winter wollte es ganz modern haben und zeigte ihr ein Bild aus einer bunten Zeitung. »Genau so, mit dem Pony über dem rechten Auge«, betonte er.

Der Bootsmann beugte sich interessiert über das Blatt. »Sag mal Kollege, willst du halbtags arbeiten, oder was?«, entfuhr es ihm, »Das kannst du gleich vergessen. Beim ersten Windstoß siehst du doch nichts mehr. Das ist hier ein Schiff und keine Disko.«

»Aber Schmidti hat sogar lange Haare«, ärgerte sich Winter, »der darf das …«

»Der trägt meist ein Schweißtuch oder 'nen Zopf. Daggi, das machst du nicht. Jedenfalls nicht so. Nicht so schickimicki.«

Die Hobby-Friseuse zuckte mit den Schultern. »Tja Winni, was nicht geht, geht nicht.«

Auch im Maschinenkontrollraum wurden die Ereignisse zu Hause und in der Welt verfolgt. Immer wieder, wenn die Möglichkeit bestand, wurde darüber diskutiert. Würde die sozialistische Staatengemeinschaft langsam zerbröckeln? Würde das eintreten, wovon der Polit einst sprach, als er vor Gorbatschow und seinen Plänen warnte, die einzelnen Staaten allein bestimmen zu lassen? Nun sah man ja, wohin das führte. Die Ungarn und die Polen führten es vor.

Voigt konnte sich immer noch in Rage reden. Aber irgendwie hatten sich die Kollegen damit abgefunden und werteten lieber Bolles Indischen Abend aus, bei dem es Fladenbrot, Linsen, Nüsse, Nudeln mit Geflügel, Milchreis und Sambal, Basmatireis, verschiedenes Gemüse, Garnelen in Curry oder in Kokosmilch, Reisnudeln, Fisch und Obst in rauen Mengen gab. Alles mit vielen exotischen Gewürzen. Serviert von zwei Damen in langen Tüchern, Badelatschen und einem dunklen Punkt auf der Stirn.

Der Chief, der sich, wie er sagte, überfressen hatte, klagte nun über Durchfall und hoffte, keine Eiweißvergiftung zu haben. Die Garnelen und der Fisch schmeckten einfach zu gut. Als der Eisbär dann noch von einem Chief Mate zu berichten wusste, der sich nach einem Landgang in Havanna noch auf der Pier in die Hosen gemacht hätte, sagte der Chief besorgt: »Nicht dass ich in ein paar Tagen mit 'ner Vollglatze rumlaufe.« Dann ging er hoch zum Second.

Wenig später stand Voigt allein vor der Hauptschalttafel und dachte daran, was der Funker beim Essen gesagt hatte. Zu Hause würden sie nun schon mancherorts »Deutschland!« brüllen. »Deutschland, einig Vaterland!« Jetzt knallen auch die letzten Heinis durch. Die, die sich vorher nie auf die Straße gewagt haben, wollen jetzt nach oben. Plötzlich fällt denen der Text vom Trümmertango, der DDR-Nationalhymne, wieder ein. Was hatte Pietsch nochmal danach zum Besten gegeben? Irgend was von Shakespeare. Der liebte ja Zitate. Nach einer Weile fiel es Voigt wieder ein. *Was du nicht hast, dem jagst du ewig nach, vergessend, was du hast.* Jaja, diese alten Weisheiten. Sie stimmten immer. Auch jetzt.

»Haste schon jehört Pluto, den Aurich haben se jetzt ooch abjesächt. Wieder eener tot vom Konsumbrot, ha.«

Der Keeper freute sich. »Die ollen Säcke wollten uns in die uffjehende Sonne führen.«

Pluto überlegte kurz. War das nicht ein Anlass, endlich die noch ausstehende FDJ-Versammlung hinter sich zu bringen? Gleich heute. Jetzt oder nie. Er ging los und fragte den Ede, der vor dem Kabelgatt an einem Draht spleißte. Das sah schon imposant aus, wie der da mit dem Eisen umging. Ruckzuck, war die nächste Keep aufgedreht und, schwupp, verschwand die Kardeele.

Der Ede machte eine kurze Pause. »Also ich weiß nicht ... Gibt es denn Bier?«

Pluto nickte.

»Gut, dann komm ich. Aber nicht, dass wir beide alleine sitzen.«

Später im Smoketimeraum fragte Pluto Jörg, bevor Fleischi und Stinkie kamen. Der sicherte seine Teilnahme mit der Bemerkung zu: »Weil du es bist, Pluto.«

Dann kamen die anderen. »Ob ich bei dieser Scheiße noch mitmache? Pluto, hast du 'nen Knall? Ich bin raus, verstehst du, raus.« Fleischi hatte seinen großen Auftritt. Immer wieder sah er zu Stinkie hinüber. »Zu Hause kriegen die Roten jetzt eins auf die Schnauze, und wir sollen hier vielleicht noch 'nen Fahnenappell machen? Vergiss es!«

Jörg, der bei diesen Worten geschockt war, wollte gerade für Pluto einspringen, als der Boss mit in den Smoketimeraum kam. Das machte er sehr selten. Sofort verstummten Fleischis Kommentare, und es wurde ruhig. Nun ging es um den bevorstehenden Lumpenball und was man noch so alles für die Messe brauchte. Der Boss schaute auf einen Zettel. »Volleyballnetz haben wir schon, die Bar baut ihr auf. Flaggen? Mal sehen ... Die Pappwände sind trocken ... Und der Rest ... Na, mal sehen. Morgen, gleich nach dem Mittag, bauen wir alles auf. Dürfte ja schnell gehen.«

Am Abend kamen – außer Jörg, Liese und dem Ede – noch Eiche und Struppi in die Messe. Pluto, der zuvor Bier von Daggi geholt hatte, wartete noch einige Minuten. Aber mehr wurden sie nicht. Winter hatte Wache und wäre auch so nicht mehr dabei, wie er andeutete. Er hatte vor, auch seine SED-Kandidatur zurückzuziehen. Nichts mehr mit Genosse Winter und so.

Und der Rest blieb vorsätzlich fern.

»Also fangen wir an.« Pluto schaute in teilnahmslose Augen und zögerte. »Ja, also der Eberhard Aurich ist zurückgetreten ... habt ihr ja schon mitbekommen. Also, wer es nicht mehr auf'm Schirm hat, das ist ... äh, das war der 1. Sekretär des FDJ-Zentralrats. Ja, also der ist weg ...«

»Wurde auch Zeit«, sagte Jörg, »für mich war das kein Jugendlicher. Ich meine, die müssen ja nicht als Punks rumrennen, aber doch wenigstens unter dreißig sein. Oder?«

»Genau«, nickte Liese.

»Also ich hab hier mal einen Artikel von der Kreisleitung in Rostock. War am 3. November im *Flottenbummi*, also ist fast aktuell«, sagte Pluto, »den lass ich mal rumgehen ...«

»Ja, also, sagt eure Meinung.« Pluto tat sich schwer.

»Weißt du Pluto, wenn ich das hier alles so lese«, sagte Jörg nachdenklich, »wir sind hier weit weg von allen Geschehnissen, wissen überhaupt nicht, was gerade zu Hause so passiert, obwohl die da in Rostock seit einigen Tagen endlich mehr Informationen rausrücken. Sei mir nicht böse, aber wollen wir das Ganze nicht einfach einschlafen lassen? Jetzt interessiert sich doch, außer dem Popen, keine Sau mehr für ...«

Er sah auf die Zeitung. »Was steht hier? Ökonomische Initiativen, Plenum und den ganzen Plunder.«

Der Ede, der das Bier verteilte, bemerkte gelassen: »Oder lasst uns einfach so tun, als ob wir voll bei der Sache wären. Haben wir doch sonst auch immer so gemacht. Oder glaubt ihr, auf den anderen Schiffen gab es diese straffen Jugendbrigaden? Also ich wüsste nicht. Und ob die nun die Eigenleistungen von uns irgendwo notieren oder nicht, machen müssen wir das doch sowieso. Letzte Reise waren's über zehntausend Mark. Und dann?« Der Ede winkte ab. »Außerdem machen die in Rostock sowieso bald die Schotten dicht. Wenn die Grenzen auf sind, wer wird da noch im Blauhemd im Büro sitzen? Und wer soll die Funktionäre bezahlen?«

Pluto fuhr sich mit dem Zeigefinger unter der Nase hin und her. »Ja, also … Wahrscheinlich habt ihr Recht. Prost.«

Eiche wollte noch etwas erwidern, aber als alle tranken, traute er sich nicht. Pluto würde wie immer ein Protokoll schreiben, etwas dazu sülzen und fertig. Aber ob das noch jemand lesen wird?

Bolle freute sich wie ein kleines Kind auf die Veranstaltung. Seit Tagen hatten er und Tommy überlegt, was alles zu einem Rittermahl gehörte. Gleich nach dem Indischen Abend, der zuvor stattfand, denn frischer würde der Fisch und die anderen exotischen Sachen nicht werden, hatten sie damit angefangen.

Nun rotierte der Bäcker schon seit den frühen Morgenstunden. Auf die Sonntagsbrötchen sollte die Besatzung natürlich nicht verzichten. Und am Abend würde es verschiedene deftige Brote geben. Mal mit Knoblauch, mal mit Bier oder mit Schinken gebacken. Es duftete verführerisch.

Zur Smoketime reichte der Bäcker, nach Fleischis langem Betteln, schon einige Kostproben für die ganz Hungrigen aus der Kombüse. Es schmeckte, und Tommy setzte sich stolz dazu. Daggi legte den Lappen beiseite, mit dem sie zuvor noch ihre großen »Silbertabletts« poliert hatte, schnappte sich ihren Kaffeepott und kam ebenfalls nach achtern. Dort, an der großen, mit Wachstuch überzogenen Holzback, war bei gutem Wetter stets Stimmung angesagt. Es wurde geraucht, getrunken, von alten Zeiten erzählt und viel gelacht. Trotzdem wollte man heute kein Risiko eingehen und lieber in der Mannschaftsmesse feiern. Schon allein wegen der Dekoration.

Als das Telefon klingelte, schaute der Polit auf seine Uhr. Kurz vor elf. Gerade hatte er den Text in der Kladde überflogen, in welchem er Voigt eine gute Arbeit als Parteisekretär bescheinigte. Der Brief war in Colombo mit in die Dienstpost gegangen.

»Ja, Kunkel hier«, meldete er sich. Es war der Kapitän, der ihn zu sich rief. Naja, dachte sich der Polit nach dem Auflegen des Hörers, jetzt kommt's. Zu förmlich hatte sich der Alte angehört. Seit Tagen hatte er auf diesen Augenblick gewartet und sich noch einige Worte zurecht gelegt, die er anbringen würde. Schließlich hatte Bagemiel noch vor einiger Zeit im Parteilehrjahr große Töne gespuckt. Sicherheitshalber nahm er sich etwas zum Schreiben mit.

»Nimm Platz«, sagte Bagemiel, der am Fenster seiner Kammer stand und nervös an seiner Zigarette zog. Er zeigte zum Tisch.

Der Polit sah sofort, dass für vier Personen eingedeckt war, und legte seinen Block neben die Kaffeekanne.

Bagemiel nahm zwei Gläser aus dem Schrank und setzte sich dazu. »Das is'n Ding mit den Tschechen, wa?«, bemerkte er beim Eingießen des Cognacs.

Der Polit schwieg. Die Regierung in Prag war zurückgetreten. Aber deswegen war er ja wohl nicht hier. Er war auch nicht einbestellt worden, um über den drohenden Zerfall der Sowjetunion zu reden, wie es der Kapitän nun tat. Endlich schien der zum Thema zu kommen. »Seit wie vielen Jahren fahren wir nun zusammen auf diesem Schiff?«

»Seit der Indienststellung fünfundachtzig«, antwortete der Polit.

»Vier Jahre«, seufzte Bagemiel, »Kinder, wo ist die Zeit geblieben?«

Es klopfte am Kammerschott, und der Funker trat ein. Auch der Second erschien und nahm ebenfalls Platz.

»Ja, also … da sind wir ja alle versammelt«, eröffnete Bagemiel.

Ich ahne, was du vorhast, dachte der Polit und beobachtete sein Gegenüber mit einer gewissen Schadenfreude. Obwohl ihm eigentlich nicht danach war. Überhaupt nicht.

»Ja, der heutige Anlass ist nicht so schön, Udo. Ich habe euch hier zusammenkommen lassen, den Funker als Vertreter der Gewerkschaft und den Second in seiner Funktion als Parteisekretär des Schiffes … äh ja. Also um es kurz zu machen, mein lieber Kollege, ich habe aus Rostock die Order bekommen, äh … dass du von Zypern aus nach Hause fliegen wirst … du also in ein paar Tagen abgemustert wirst … Also dort, je nach dem, wann wir dort ankommen, und wie es aussieht, spricht momentan nichts dagegen, dass wir dort zum ETA eintreffen werden, also … entweder mit Übernachtung oder auch nicht. Der Genos … der Winter wird auch mitfliegen. Für den kommt eine Ablösung. Also, ja, das war's eigentlich schon.«

Bagemiel trank seinen Cognac und zündete sich erneut eine Zigarette an. Erleichtert inhalierte er den Rauch.

»Ist das alles, was du, was ihr mir zu sagen habt?«, fragte leise der Polit.

»Was hast du an dieser Formulierung nicht verstanden?«, entgegnete Bagemiel nun sicherer. »Es liegt nicht an uns, will ich hier betonen. Die in Rostock sind schließlich der Meinung, es passe nicht mehr in die heutige Zeit, einen Politoffizier an Bord zu haben. So ist die Weisung und daran habe ich mich, daran haben wir uns zu halten. Das geht nicht gegen dich persönlich, Udo.«

»Wir möchten dir auf alle Fälle hiermit, Genosse Kunkel … Udo, unseren Dank für die geleistete Arbeit und für die letzten Jahre aussprechen«, betonte der Funker. »Uns weht nun ein rauer Wind entgegen und ich kann mir nicht vorstellen, wie das alles nochmal werden wird. Ehrlich.«

Bagemiel fiel auf, wie gefasst der Pope diese für ihn neue Situation aufnahm, und dass sogar sein Funkoffizier klare Worte fand, überraschte ihn ein wenig. Die Gegebenheit war für alle im Raum unangenehm.

»Udo«, sagte Bagemiel, »ich verspreche dir eine faire Behandlung.« Das klang fast freundschaftlich.

Obwohl dem Polit zum Schreien war, blieb er sehr ruhig. Faire Behandlung? Was wird das denn jetzt? Das hörte sich ja an wie vor Gericht. Sollte er sagen: »du Heuchler«? Sollte er sie alle anbrüllen? Was hätte das genützt?

Eigentlich hatte er sich in den letzten Tagen schon mit dieser neuen Lage abgefunden, er fühlte sich auch nicht mehr wohl an Bord.

Bagemiel sprach wieder. »Und es wird vorher auch niemand erfahren. Second, zu keinem ein Wort. Nicht das hier noch jemand auf blöde Gedanken kommt. Man weiß ja nie. Also Genossen, äh … meine Herren …« Bagemiel stöhnte erleichtert. »So, und jetzt ist auch wieder gut. Jetzt fahren wir weiter und vergessen mal die Politik.«

Er gab dem Polit die Hand. »Genieß auf jeden Fall die Zeit hier an Bord. Der Funker hat recht. Wer weiß schon, was noch alles auf uns zukommt?«

Als kurz darauf die Männer die Kammer verließen, blieb Bagemiel allein zurück und dachte an Pietschs Worte. Rauer Wind. Vielleicht auch Sturm? Egal, man konnte das nicht beeinflussen. Aber man konnte die Segel richtig stellen. Und darauf kam es an.

Eine Torwache stand vor dem Eingang zur Mannschaftsmesse. Ritter Jörg ließ niemanden durch die verschlossene Tür. Nur der, der gewillt war, den Weg durch die Schlupfpforte des Burgtores zu nehmen, war willkommen. So blieb dem Chief nichts weiter übrig, als bei dem Spiel mitzumachen und durch die große Luke im unteren Teil der Tür zu kriechen.

Auf der anderen Seite wartete das Empfangskomitee in Gestalt eines Henkers und seines Gehilfen. Sofort wurde der Chief angeraunzt, der als orientalischer Gesandter gekommen war. Was sei sein Begehr und wie viel er denn zu zahlen gedenke. Nachdem er eine Flasche WBS und fünf Hafenbräu versprach, war man der Meinung, ihn nun den Eintritt zu gewähren.

Nicht aber ohne Desinfektion!

Der Funker nahm seine Aufgabe als Doktor Paracelsus sehr ernst und bepinselte die Nase des Fremdlings mit Kaliumpermanganat. Unter dem Gelächter von Kapitän, Eisbär und Bootsmann erhob sich nun der Geschundene und schaute in die ebenfalls lila markierten Gesichter seiner Kollegen. Diese hatten sich auch herrlich zurechtgemacht. Wie es sich für einen Kapitän gehörte, war Bagemiel als König erschienen. Die goldene Pappkrone passte zu seinem dichten Bart und der Leibesfülle.

Daggi, die als Magd gekleidet war, reichte zur Begrüßung ein Stück Brot und etwas Salz. Die Messe war kaum wiederzuerkennen. An den Wänden hingen über dem langen Volleyballnetz große Flaggen und Wappen, auf denen die einzelnen »Zünfte« an Bord zu erkennen waren. Ölfüße, Posthorn, eine Suppenkelle und Navigationsbesteck mit drei Punkten. Vor der Pantry war eine Bar aufgebaut und unter dem zugedeckten Fernsehapparat loderte im »Kamin« eine große Flamme aus Pappe.

Die Nische, mit den beiden gepolsterten Bänken hinter den Raumteilern, war zum Kerker umfunktioniert worden. Das Gangwaynetz hing davor. Ein Räuber erschien. Es war Struppi, der nun als nächstes in die »Burganlage« gekrabbelt kam und alles tapfer über sich ergehen ließ. Endlich konnte er mal bei einer Fete dabei sein. Wenn auch nur kurz. Man hatte extra für die 8-12-Wache den Zeitpunkt auf halb vier verlegt und die Kaffeetime ausfallen lassen. Das nutzte natürlich auch der Dritte, der nun als Edelmann um Eintritt bat. Nach und nach füllte sich unter großem Hallo der Raum. Obwohl der Henker eine Kapuzenmaske trug, war er doch eindeutig am freien Oberkörper auszumachen. Niemand sonst hatte solche Brüste wie Bolle.

Fleischi kam in Rappeltuch gehüllt als Bettler, Tommy als Mönch und Stinkie in Schweißergamaschen und Lederschürze als Schmied. Den großen Zehn-Kilo-Moker stellte er vorsichtshalber gleich unter dem Tisch ab.

Es gab neben dem Bootsmann noch zwei weitere Piraten. Alle von der gleichen Crew.

Ritter Voigt kam in Begleitung eines Burgfräuleins. Da Liese schon als Hexe ihr Unwesen trieb, gingen alle Blicke zu der dritten Dame an Bord. Das lange, eng anliegende Kleid verriet, dass es sich um einen sportlichen Menschen handeln musste. Erst beim genaueren Hinsehen erkannte man den stark geschminkten Politoffizier. »Welch seltener Glanz in unserer Hütte!«, brüllte der Bettler.

Es gab eine feierliche Rede, und der König überreichte dem Henker symbolisch den großen, goldenen Burgschlüssel. Anschließend wurde auch schon an der Bar »Zum schlappen Knappen« gedrängt, hinter der die Magd zusammen mit dem »Ritter von der Tatze« die durstige Meute beköstigte. Dazu hing eine fantasievolle Getränkekarte an der Wand.

Fleischi, der voll in seiner neuen Rolle aufging, boxte die Leute in die Seite und erschlich sich im Laufe des Abends einen freien Trunk nach dem anderen. Ab und zu wurde Daggi von den mutigen Männern zum Tanz entführt. Dort war Liese nun seit Stunden im Dauerfeuer. Jeder, ob Rittersmann oder König, wollte mit ihr durch den leicht schwankenden Saal wirbeln.

Dieser bekam durch die einsetzende Dunkelheit und den bunten Partylichtern ein völlig anderes Aussehen. Zwischendurch gab es verschiedene Spiele. Reiterkämpfe und Armdrücken, ohne Hände einen schwimmenden Apfel essen oder ein Volkslied zum Besten geben. Und dann waren da noch die umjubelten Runden mit den sonderbarsten Köstlichkeiten. »Drachengebein« oder »gesottenen Rebhuhnersatz« lösten »Ochsenspieß« und »Eulenhaschee« ab.

Plötzlich stand da ein Robin Hood mit einer Pfauenfeder an der Kappe. Winter. Also war es schon nach acht.

Stinkie, der Schmied, schaute beim Würfeln nur kurz auf. »Los Fleischi, du bist dran.«

Aber der Bettler hörte gar nicht mehr richtig zu. Alkohol und vor allem der Aufzug der zerzausten Hexe brachten ihn so langsam durcheinander. Immer wieder schaute er zu ihr hinüber, wie sie da mit dem Glöckner von Notre Dame tanzte. Die feuerroten Haare hatte sie hochtoupiert, und ihr sehr kurzes Kleid war an den aufregendsten Stellen mit Rissen übersät. Liese trug nichts unter dem zerfetzten Stoff. Das sah Fleischi genau.

»Wenn der Pluto sich wohl letztens nicht selber meinte!«, sagte er mürrisch zu Jörg und trank das nächste Bier.

»Quatsch! Der ist doch gerade stolzer Papa geworden.« Jörg schüttelte den Kopf.

Aber Fleischi war da anderer Meinung: »Eben! Als der Glöckner von zu Hause losfuhr, war seine Mieze mit dem Baby und dem Stillen beschäftigt. Da wird der bestimmt geladen aufgestiegen sein.«

»So, ich geh schlafen. Haut rein!« Ritter Eiche erhob sich, schaute nochmal auf seine Uhr. »Lohnt sich kaum.« Dann war er weg.

Sofort belegte Pluto den freien Platz. Er schwitzte in seinem Kostüm, und laufend rutschte der Buckel.

»Na Quasimodo, war's schön?«, sagte der Bettler gereizt. Aber bei der lauten Musik und der heiteren Stimmung hörte ihn Pluto gar nicht.

Nun hatten die Seeräuber die kleine Fläche besetzt. Der Eisbär tanzte mit Daggi, der Boss mit der Hexe und der E-Ing. mit dem Chief Mate, der als Priester gekleidet war. Hoffentlich würde Daggi nicht merken, wie viele Bettlaken für diesen Abend draufgegangen waren.

Bolle kam, um abzuklatschen. Jedoch nicht bei den Frauen. »So, jetzt tanz ich mal mit dem Heiligen. Ha, ha, das fetzt! Der Priester und der Henker!«

»Macht nichts,«, sagte der E-Ing. und tanzte mit dem Ede weiter. Der hatte ein besonderes Kostüm. Er ging als Minnesänger.

Dazu hatte er sich aus Holz und Drähten eine kleine Harfe gebaut, die natürlich nicht klang. Aber er wollte ja auch nicht damit auftreten. »Da hättest du dir bei mir bloß den Eierschneider ausleihen brauchen, Ede, da wärste auf das Gleiche gekommen«, hatte der Henker bei seinem Erscheinen gelästert.

Kurze Zeit später tanzten dann auch Robin Hood und der Bettler, der Glöckner und der Mönch und die Ritter Jörg und Tatze miteinander. In der Ecke beobachteten Ritter Voigt und der Doktor die tanzende Bande. Das Burgfräulein Kunkel hatte Mühe, mit dem zu engen Kleid Platz zu nehmen.

»Na siehste, es geht doch!«, sagte Voigt anerkennend und legte sein Holzschwert beiseite. »Ist doch gar nicht so schlimm hier.«

Er sah, wie verführerisch die Hexe den Bootsmann umgarnte und Daggi ihren Spaß hatte. »Wo hast du die Ohrringe her?«

»Von der Oberstewardess. Die hat sie sich auf dieser Reise gekauft. Echt Gold«, antwortete der Polit und zeigte außerdem stolz seine rot lackierten Fingernägel. »Die Schminke ist übrigens auch von ihr.«

Voigt grinste: »Dass sie dir das einfach so gegeben hat … Aber toller Look. Echt stark.«

Als ein ruhiges Lied kam, setzten sich Jörg und Fleischi wieder. »Junge, Junge, die sieht heute besonders heiß aus!«, schwärmte Fleischi, der immer noch die Hexe anstarrte.

»Dann warst du die gesamte Reise blind«, sagte Jörg und trank.

»Außerdem«, lallte der Schmied und biss in eine Pastete, »es jibt keene hässlichen Stewardessen! Es jibt nur zu kurze Reisen!«

»Blödsinn«, entgegnete Jörg, »die Liese könnte auch auf 'ner Fähre fahren. Da geht sie genau so gut weg.«

Der Glöckner hatte die Nase voll und ruppte seinen Buckel aus seinem nassgeschwitzten Kostüm. Fleischi raunte ihn an: »Los, spuck's aus, Quasimodo! Mit wem ist Liese zusammen?«

Der Glöckner grinste und zeigte auf den König, der – schon leicht angetrunken – noch immer am Tresen mit dem Orientalen stand.

»Das meinst du doch nicht im Ernst.«

»Frag sie doch!«

»Jenau, Fleischi, oller Bettler! Oder frach doch den Alten, eh.«

Die Stimmung war ausgelassen. Zufrieden nahm nun der König Platz. Er lächelte vor sich hin. So wie heute, dachte er, wird es nie wieder sein. Egal, was da kommen mag. Diese eigentlich noch immer verschworene Gemeinschaft würde sich vielleicht bald auflösen. Versonnen schaute er in sein Glas, wo das rohe Ei im Tomatensaft, WBS und Wodka glibberte.

Während noch getanzt wurde, verließen Voigt und das Burgfräulein Kunkel die Messe. Der Chief hatte begonnen, auf dem Akkordeon zu spielen, und der Eisbär sang mit Bolle aus Leibeskräften. Aus der Pantry kam der Mönch und verkündete, dass es noch warme Einhornsuppe gäbe. Auch wäre noch genug Hühnergebein im Angebot. Das Brot war fast alle. Er hatte gut kalkuliert.

Es war schon spät, als Ritter Voigt zurückkam. Sein Freund Paracelsus, der sich lange mit dem Chief Mate unterhalten hatte, war noch da. »So, ich hab meine Anwesenheit gezeigt. Ich geh jetzt in die Koje«, sagte er zu Voigt.

»Bleib doch noch ein bisschen«, bat der gutgelaunt, »jetzt wird's doch gerade erst gemütlich.«

»Nein, nein«, erwiderte der Funker und sah zu den Tanzenden, »Ich bin ja auch sonst kein Freund von Karneval und Fasching. Guck sie dir doch an. Einfach lächerlich.« Er schüttelte den Kopf. Da tanzte Jörg mit Bolle, Fleischi mit der Hexe, Quasimodo mit Tatze und Daggi mit dem Schmied.

Bagemiel merkte, wie der Alkohol unter der Krone seine Wirkung zeigte. Gähnend stand auch er auf. »So, jetzt aber ab trimo in die Heia!« Er wankte zur Tür, die glücklicherweise nur zu Beginn des Abends versperrt war. »Goodnight, Ladies!«, rief er den beiden Damen zu, die sofort das Tanzen unterbrachen und ihrem König mit einem Knicks huldigten.

Fleischi versuchte erneut, mit Liese zu tanzen. Doch der Burgvoigt war schneller.

»Nun guck nicht so traurig. Du hattest doch die ganze Reise Zeit. Jetzt packst du's auch nicht mehr«, lästerte Jörg und nahm seinen Kugelhelm ab.

»Ich komm gleich wieder!«, sagte grinsend der Eisbär zum Boss.

Alle amüsierten sich über Fleischi, der nun wütend neben Voigt tanzte. Doch der scherte sich nicht um seinen Maschinenassistenten. Immer wieder drehte er ihm den Rücken zu und schleuderte die schwitzende Hexe herum.

»Was denn, Eisi, willste schon gehen?«, fragte auf dem Niedergang der Dritte, der gerade von der Wache kam und zur Fete eilte.

»Ach was! Der Alte ist weg. Jetzt geht die Party richtig ab. Ich will nur meinen Fotoapparat holen.« Er schwankte in seine Kammer, benutzte das Klo, schnappte die Kamera und staunte nicht schlecht, als er auf dem Rückweg den Polit traf. Der war immer noch im Kleid und kam ihm mit einem leeren Papierkorb entgegen.

»Fleißig, fleißig, schöne Frau«, spottete der Eisbär. Doch nach einigen Sekunden stockte er. Was war das denn? Macht der jetzt Reinschiff? Nach Mitternacht?

Langsam ging er ein Deck tiefer. Alles war ruhig hier unten. Er ging weiter nach achtern. Dort hinten, auf der Backbordseite, war die Müllverbrennungsanlage. Sie war in Betrieb! Sofort war der Eisbär nüchtern. Was sollte das hier? Das war sein Bereich.

Als er zurück in die Messe kam, hörte er Fleischi brüllen: »Los, Liese, olle Hexe, hier bin ich! Damenwahl!«

Die Hexe gab sich geschlagen und tat ihm den Gefallen.

Aufgeregt beugte sich der Eisbär zum Bootsmann. »Ich glaube, der Pope verbrennt seine Untaten.«

Der Boss schaute ihn mit glasigen Augen an. »Was denn für Taten? Komm, mach mal lieber ein Foto.« Er umarmte Bolle. Grinsend glotzten beide in die Kamera. Daggi kam dazu. »Darf ich bitten, Herr Lohmann?«

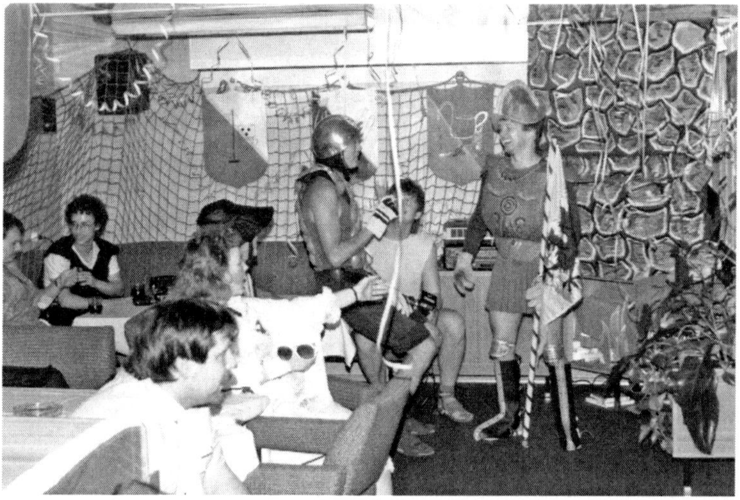

»Ritterfest« in der Mannschaftsmesse

Aber dem Eisbär war nicht danach. »Tanz mal lieber mit dem Dritten weiter. Oder mit Pluto. Ich muss mal schnell wohin.« Er riss am Arm vom Bootsmann. »Los! Komm mal schnell mit!« Der stand auf und stolperte dem Eisbären hinterher.

»Was ist los? Was willst du denn?«

»Komm mit. Ich will dir was zeigen.«

Der Boss verstand kein Wort. »Muss das jetzt sein?«

»Ja. Beeil dich!«

Kurze Zeit später standen die beiden Piraten vor der Müllverbrennungsanlage.

»Und nun?«, fragte der Bootsmann gelangweilt.

»Mensch, das Ding ist in Betrieb! Nachts! Kurz vor halb eins!«

»Na und? Dann sieht wenigstens kein Schwein den Rauch.« Der Eisbär schaute sich um. Immer noch hatte er den Fotoapparat in der Hand. Dann schüttelte er sein Gegenüber. »Boss, versteh doch! Der Pope verbrennt hier seine Scheiße! Werd endlich munter.«

Als beide den Gang zurückgingen, kam ihnen der Polit mit einem vollen Papierkorb entgegen. Erschrocken blieb er stehen, drehte sich um und lief dann den Niedergang wieder hinauf. Wegen des engen Kleides hatte er so seine Schwierigkeiten.

»Was ist denn hier los?«, brüllte ihm der Eisbär nach. »Warte!« Aufgewühlt lief er hinterher. Sein Fotoapparat fiel dabei die Stufen hinunter. Schnell sprang er noch mal hinab, bückte sich und hob die Kamera auf. Dann rannte er zur Kammer des Politoffiziers. Aber von dem fehlte jede Spur. Nur ein mit Schreibmaschine geschriebener Papierfetzen lag auf dem Gang.

Der Eisbär nahm den Zettel und las: »… äußerte sich am 25. Oktober in nicht tragbarer Weise kritisch über Staat und Regierung auf der Brücke. Es ist davon auszugehen, dass der Genosse Rosenhagen in absehbarer Zeit …«

»Und, wo ist der Kerl?«, schnaufte der Bootsmann, der Mühe hatte mitzuhalten. Der Eisbär sah sich in der Kammer und der Sanitärzelle um. »Hier ist er nicht! Dieser Anscheißer! Den Second in die Pfanne zu hauen!«, sagte er und gab dem Boss das Schreiben.

»Aber den schnappen wir uns! Wer weiß, was der noch so alles über uns berichtet hat. Wir warten hier vor seiner Bude auf ihn.«

So langsam machte man Feierabend in der Burg. Jörg rubbelte vor seinem Spiegel an der Nase. Verdammt, das ging schlecht ab. Müde fiel er in die Koje.

Bolle und Tommy räumten noch die Messe auf. Der große Topf mit der Rotweinbowle war wirklich alle geworden. »Wenigstens das gute Zeug hauen wir für die Wachen zusammen. Die werden sich freuen.«

Daggi packte Fleisch, Würstchen und Käse in Alufolie ein und legte es in den Kühlschrank im Smoketimeraum. Dann brachte sie noch eine große Portion auf die Brücke und ging auch schlafen.

»So, den Rest machen wir später. Das Gröbste haben wir erledigt.« Bolle war sauer. »Da hat sich der Boss verpisst. Macht der doch sonst nie.«

Im spärlichen Licht, das vom Gang in Lieses Kammer fiel, sah Fleischi, dass sie schon zugedeckt in ihrer Koje lag. Ganz leise schloss er das Schott hinter sich und zog sich aus. Er grinste im Dunkeln und packte sein Bettlerkostüm auf ihre Backskiste. Dann rutschte er unter ihre warme Bettdecke und spürte die entblößte Haut.

»Eigentlich müssten wir uns in seine Kammer fläzen und dort auf ihn warten.« Langsam wurde der Bootsmann müde. Er setzte sich auf den Boden und lehnte sich an die Wand. »Was meinste, Eisi, wo mag der Hund stecken?«

»Keine Ahnung, aber ich werd mal runter gehen und dem Typen die Suppe versalzen. Der Pope hat in meinem Krematorium nicht an den Knöpfen zu drehen. Ich fahr es jetzt runter.«

Einige Augenblicke später kam eine rothaarige Hexe den Gang entlang und hörte aus ihrer Kammer Lärm. Als sie das Licht anmachte, prügelten sich zwei nackte Männer in ihrer Bude.

Wie lange der Politoffizier da schon gelegen hatte, konnte der 2. Ingenieur, der ihn fand, nicht sagen. Aber er sei verletzt. Der Second auf der Brücke traute seinen Ohren nicht. Was suchte der Polit im Maschinenraum? Zu dieser Zeit?

Er legte auf und rief den Dritten an, damit der ihn auf der Brücke vertrat. Jetzt, um 2.15 Uhr, den Chief Mate oder gar den Alten zu wecken, wäre Blödsinn. Er trank seinen Kaffee aus.

»Hat der ein Schwein«, sagte er halblaut, »wäre die Störung nicht gekommen, hätte der da unten bis zehn vor acht warten können.« Warum hatte der Pope nicht selbst angerufen?

Zehn Minuten später war der Second im Keller. Auf den Zylinderköpfen und auf den Flurplatten lagen, überall verstreut, beschriebene Blätter. Der Polit saß inzwischen, zitternd und blutend, auf einem Stuhl im Maschinenkontrollraum. Sein zu enges Kleid war ihm am Niedergang zum Verhängnis geworden. Mit seinen knallroten Lippen und den verschmierten Wimpern sah er aus wie ein abgeschminkter Clown.

»Aufstehen!« Im Türrahmen stand der Bootsmann und grinste.

»Wie, was?«, Jörg wusste nicht was los war. »Komm hoch, wir müssen die Räuberhöhle da oben aufräumen. Oder willst du in der O-Messe frühstücken?« Dann verschwand er.

Jörg sah auf die Uhr. »Oh, Mann! Erst viertel sieben. Da weckt der mich!«

Pluto und Tatze trugen gerade die dicken Bohlen von der Bar aus der Messe, als Jörg dazu kam. »Morgen!«, grüßte er verschlafen. Na, hier sieht's ja gut aus, dachte er. Auf dem Fußboden lagen, neben den bunten Papierschlangen und Spießen aus Plaste, noch etliche Reste von Erdnüssen, Engerlingen, Salzstangen und Oliven.

Zusammen mit dem Ede baute er gerade die Dekoration ab, als ein frisches »Juten Tach!« durch den Raum flog. Stinkie kam, um seinen Bello abzuholen und ihn zurück in die Werkstatt zu schleppen. Mittlerweile hatte der Boss die Tische wieder am Boden festgeschraubt und Pluto die Hydropflanzen von den Kippen befreit. Eine halbe Stunde später war fast alles sauber.

»Das ging ja besser, als ich dachte«, freute sich der Boss.

Liese sauste nur noch schnell mit dem Staubsauger durch, und Tommy servierte Kaffee für alle.

»Wo ist eigentlich der Fleischige?«

»Der Bettler? Fühlt sich heute wohl unpässlich«, lästerte Tatze.

»Der pennt«, sagte Pluto, »der ist breit. Den lasst mal noch liegen.«

»Jenau, olle Keule steht eh nur im Weech.«

Stinkie wollte sich gerade eine Zigarette anzünden, da traf ihn Daggis drohender Blick aus der Pantry.

»Is ja schon jut, eh«, sagte er und ging hinaus an Deck.

Beim Frühstück klingelte in der Kombüse das Telefon. Nach einer Weile kam Bolle und reichte Pluto einen Teller mit Sauren Gurken und zwei belegten Broten. »Hier, du sollst das mal für Fleischi mitbringen. Einen schönen Gruß von der Mitropa für unsern Weltreisenden.« Liese schmunzelte, hielt sich aber zurück.

Als Pluto und Jörg dann bei Fleischi reinschneiten, kam der gerade aus seiner Sanitärzelle. Er hatte ein enorm blaues Auge.

»Ach du Scheiße! Äh … ich soll dich schön von der Kombüse grüßen und dir das hier geben«, sagte Pluto.

»Willst du etwa krank machen?«

»Nö, nö.« Fleischi winkte ab und zog sich schnell an.

Jörg stand immer noch vor der Koje und starrte auf das geschwollene Auge. Dann reichte er Fleischi die Tasse mit dem heißen Kaffee. »Das sieht nicht gut aus. Was ist dir denn passiert? Hat dich gestern noch einer der Piraten überfallen oder was?«

Fleischi schlang die erste Stulle hinunter. »Frag lieber nicht«, sagte er mit vollem Mund. Doch nachdem er einen Schluck getrunken hatte, erklärte er grinsend: »Ich wette, es gibt hier an Bord noch einen, der mit so einem Veilchen rumläuft.«

»Monday, monday«, sang Bagemiel und schaute ärgerlich in das Radar. »Was ist das fürn bekloppter Haufen! Da denkste, so 'ne Feier bringt die Leute mal auf andere Gedanken, und da flippen die Blödmänner gleich aus.«

Der Dritte hielt sich mit einem Kommentar zurück. Lass ihn quatschen, dachte er, wenn ich was sage, ist es sowieso verkehrt.

Aber Bagemiel wollte ohnehin keine Antwort.

Zum Glück kam der Chief auf die Brücke und ging mit dem Kapitän in die Nock. »So ein Affenstall!«, wetterte nun Bagemiel weiter. »Der Polit liegt flach in der Koje und zwei Leute hauen sich die Köppe ein! Ich habe keine Lust für einen Bericht, zumal ich mir denken kann, dass die in Rostock gar nicht im Stande sind, den überhaupt zu lesen. Also wozu? Die haben jetzt ganz andere Sorgen! Und ich auch, ehrlich gesagt.«

Beide rätselten nun über den Popen, was der wohl nachts im Keller verloren hatte.

»Ach, das ist mir jetzt scheißegal!«, platzte Bagemiel schließlich heraus. »Wenn der Polit was dazu vorzutragen hat, soll er es bald tun. Ich werde mich nachher, gleich nach dem Mittag, bei ihm sehen lassen.«

»Und um das Thema Keilerei werde ich mich kümmern«, versprach der Chief.

Ein hellblaues Containerschiff zog an ihnen vorbei. »Sag mal, stehen wir oder was?«, schimpfte Bagemiel plötzlich, »die pfeifen hier vorbei wie Zatopek!« Der Chief holte sich ein Fernglas. »Sieh an, die Olsenbande! Mächtig gewaltig«, witzelte er. Bagemiel breitete seine Arme aus, gähnte und massierte sich anschließend den Nacken. »Ja, ja, diese dänischen Kapitalisten. Nie haben sie Zeit.«

Irgendwann packte den Bootsmann das schlechte Gewissen. Noch vor der Smoketime, um zehn Uhr, ging er hinunter in den Maschinenraum. Er suchte den Eisbären. Warme, nach Diesel riechende Luft strömte ihm entgegen. In einer Woche würden sie längst im Mittelmeer sein, dann, Anfang Dezember, sanken auch hier unten die Temperaturen.

Auf dem langen, steilen Niedergang blieb er stehen und malte sich aus, was hier geschehen sein könnte. Der Pope musste runtergestürzt sein. Kommt darauf an, dachte er, von wo man hier fällt. In Gedanken versuchte er sich den Vorfall schön zu denken, denn schließlich kann man ja auch von 'ner zehn Meter hohen Leiter krachen und es passiert nichts – steht man auf der untersten Sprosse.

»Melde mich in der Maschine«, sagte er und betrat den MKR. Aber dort standen nur der E-Ing. und Pluto vor dem großen Pult. Auch in der Werkstatt war der Eisbär nicht.

»Der ist wahrscheinlich an Deck«, meinte Fleischi, der dem Keeper bei der Arbeit zusah.

Der Boss musste bei seinem Anblick feixen, verzog sich aber schnell wieder. Endlich raus hier, endlich wieder Ruhe, dachte er. Natürlich hatte auch der Bootsmann eine große Achtung vor der Arbeit der Kollegen hier unten, aber er fühlte sich doch wohler, wenn er bei natürlichem Licht, dem Wind und der frischen Luft an Deck stand. Das war sein Revier und da kannte er sich aus.

Beim Rausgehen kam ihm Voigt entgegen. Er hatte eine Platzwunde am Mund.

»Was wird denn das nun, wenn es fertig ist«, fragte Fleischi. Der Keeper tat heute besonders wichtig. Schon seit dem frühen Morgen stand er an der Drehbank, nahm laufend den Messschieber und prüfte die Werte.

»Dit vastehste soundso nich. Weeste, dit Teil is nich für uns.« Wieder guckte er auf die Zeichnung, die auf der Werkbank lag. Aber da Fleischi wahrscheinlich nicht eher ging, bis dass er mehr darüber erfuhr, machte Stinkie großzügig eine Ausnahme. »Also jut«, stöhnte er, nahm einen Schluck Maracuja und tippte auf das Papier. »Dit hier is ne sojenannte Konterbanduse. Frach mich nich, wat dit jetze jenau is, aba jehört hab ick schon ma davon. Und die uff irjend so 'nem Mittelmeerdampfer haben keene richtije Werkstatt oder keenen, der dit druffhat zu bauen oder so. Und für die mach ick dit. Muss noch vor Suez fertich sein, hat der Chief jesacht, vastehste. Is 'n wichtijer Ufftrach.«

»Nee, versteh ich trotzdem nicht«, meinte Fleischi. »Was haben wir denn mit denen zu tun?«

»Mann, dit is doch janz klar. Die fahrn doch Afrika und so, wo solln die da die Teile herkriejen? Hier kommt noch 'ne Bohrung mit Innenjewinde. Und hier, na ja, dit siehste ja selbst.

So, und nu schieb ma wieda die Plauze zur Seite und lass mich hier ma rabottn.«

Am Abend kam der Funker mit einem Telegramm auf die Brücke, das für den Second bestimmt war und gab es Bagemiel. »Kapitän, wollen Sie mit ihm reden, oder soll ich ihm das so im Umschlag überreichen?«

Bagemiel stöhnte. Dann nahm er das Kuvert und ging zu seinem Nautiker auf die Kammer.

»Second, ich habe da eine schlechte Nachricht für Sie.«

Er wartete, bis der Zweite das Telegramm las.

»Ist das nahe Verwandtschaft?«, fragte er vorsichtig.

Der Second senkte das Papier und schaute auf. »Mein Schwiegervater. Aber mit dem haben … hatten wir seit Jahren nichts mehr so richtig zu tun.« Er machte eine Pause. »Schon gut, Kapitän.«

Trotzdem reichte ihm Bagemiel die Hand und drückte sie fest. »Und wenn ich schon mal hier bin, wie geht es unserem Kommissario? Ist der bis Zypern voll transportfähig?«

Der Second nickte. »Das sah schlimmer aus, als es ist, und sein Zustand ist stabil. Die Schwellungen dürften bei guter Kühlung bis dahin zurückgehen. Übermorgen ist der wieder voll auf den Beinen.«

»Na, da bin ich ja beruhigt.«

Immer noch hatten die meisten an Bord das Schutzzeichen des Doktor Paracelsus im Gesicht. Tatze, der intensiv mit Bimsstein versuchte, seine Nase von den Farbresten zu befreien, hatte nun

Schorf anstelle des lila Kreuzes. Dafür hatte Daggi großes Glück, denn zufällig fand der Eisbär ihren fehlenden Ohrring im Maschinenraum. Gemeinsam hatten er und der Bootsmann danach gesucht. Nach Feierabend und natürlich heimlich.

Die Verbindung nach Hause war nicht sehr gut. Trotzdem gelang es Jörg, Anne bei der Arbeit zu erwischen. In der Heimat war es zwar dreiundzwanzig Grad kälter, aber es ging wohl immer noch heiß her, denn die Demonstrationen im Land hörten nicht auf.

Obwohl genug Themen vorhanden waren, was alles so in Zukunft besser gemacht werden sollte, interessierten sich die meisten Leute jedoch mehr und mehr für den Westen. Und für den Anschluss an ein System, das nur noch die Alten kannten.

Naja, überlegte der Funker, der alles mit anhörte, jetzt heißt es zwar soziale Marktwirtschaft, und man sagt dort auch nicht, wie bei uns in der Schule, Proletariat und Bourgeoisie, sondern Arbeitnehmer und -geber. Was aber wohl trotzdem auf das Gleiche hinausläuft.

Anne erzählte von ihrem ersten Besuch in Hamburg. Sie schien nicht gerade begeistert zu sein. Die Zugfahrt wäre eine Katastrophe gewesen. Ihre Mutter hätte beinahe Platzangst bekommen, so voll waren die Abteile. Dann sprach sie von der neuen Wohnung, und dass eine Kollegin weg wäre. Auch die Nachbarin, die vorher in der Partei dicke da gewesen sei.

Anne war sehr aufgeregt am Telefon. Aber in Larnaca, versprach sie, würde Jörg etwas Post bekommen, wo sie über die letzten Tage berichtet hätte.

Der Funker fing nun an, die Tonköpfe der Bandgeräte mit Spiritus zu reinigen. Sofort breitete sich dieser benebelnde Mief in seiner Bude aus, und Jörg machte Schluss. Dann musste er laut niesen. Irgendwie wartete er auf die Reaktion des Funkoffiziers. Der aber schwieg. Hm, dachte er, dieser arrogante Arsch. Nicht mal »Gesundheit« wünschte der. Ich denke, du bist so wohlerzogen? Naja, für den bin ich auch nur einer »von denen da unten«. Aber warte, Freundchen, dich krieg ich noch. Das kannst du wissen.

Nach zwei Tagen ging es dem Polit tatsächlich besser. Noch humpelte er leicht in seiner Kammer auf und ab. Aus Scham und Trotz hatte er Bagemiels Fragen nicht beantwortet. Natürlich hatte der 2.

Ingenieur die Papiere, die überall verstreut herumlagen, wahrgenommen. Aber nachdem der Second kam und Erste Hilfe leistete und der Techniker derweil die Störung behoben hatte, war davon nichts mehr durch das dicke Fenster im MKR zu sehen. Kumpel, wie der Ingenieur einer war, hatte dieser die Blätter aufgesammelt und ihm zurückgegeben. Ob er sie gelesen hatte?

Der Polit schaute sich in seiner Kammer um. Er war froh und traurig zugleich. Übermorgen würde er nach Hause fliegen. Und was kam dann? Es schien niemanden an Bord zu interessieren.

Daggi hatte ihm zwar das Essen gebracht, und sie war auch weiterhin stets freundlich. Aber war das nun Mitleid? Oder eine Henkersmahlzeit auf Raten? Oder hatte man doch Wort gehalten, und keiner wusste, dass er absteigen werde? Langsam verließ er seine Kammer und ging hinaus an Deck. Die Hitze des Roten Meeres brachte ihn auf andere Gedanken. Das Treppensteigen ging schon ganz gut. Wie oft hatte er in den letzten Jahren hier oben auf dem Peildeck gestanden?

Traurig nahm er Abschied, ging hinunter zum Pool, schaute in das halb offene Skylight des Maschinenraumes und blieb vor dem verwaisten Shuffleboardfeld stehen. Stunden hatte er hier verbracht und gemeinsam mit dem Chief oder später auch mit Voigt den legendären Friedländer Wanderpokal, eine extra dafür angefertigte Trophäe, gewonnen. Nun wird sie irgendwo verstauben und niemand wird es kümmern, dass dort die Namen von Witt und Vetter, dem Verräter, eingestanzt waren. Er ging hinüber zur Steuerbordseite, wo der kleine Bordkran stand. In der Ferne fuhr ein polnisches Schiff, dessen Masten in der warmen Luft flimmerten.

Lange stand er da. Die Frau zu Hause würde Augen machen, wenn er vor der Tür stünde. Noch hatte er mit ihr nicht darüber gesprochen. Als ihm bewusst wurde, dass man ihn hier von der Brücke aus sehen konnte, humpelte er hinunter zum Hauptdeck. Kein Mensch weit und breit. Die FRIEDLAND schien wie ausgestorben. Gut so! Er brauchte heute keine Zuschauer.

Im Kühlschrank des Smoketimeraumes fand sich doch immer wieder etwas Anständiges zu futtern, dachte der Boss beim Stöbern. Da stand noch tatsächlich ein Schokoladenpudding rum. Und dahinter, auf einem kleinen Teller, eine Roulade! Ich glaub's nicht, freute er

Containerfrachtschiff

sich. Normalerweise wäre die, zu dieser Zeit, schon längst von Fleischi verputzt worden. Herrlich, der Bolle hatte doch ein gutes Herz.

Der Bootsmann lehnte die Tür an und genoss den Pudding. Vom Gang waren Schritte zu hören. Dann stoppten sie. Jemand stand hinter der Ecke an der Wandzeitung. Eigentlich sollten dort die neuesten Fotos vom Ritterfest hängen, aber der Pope war ja verletzt, und es fand sich so schnell kein anderer. Wieder kamen dem Bootsmann Schuldgefühle. Was wäre gewesen, wenn der Kerl in seiner Panik außenbords gesprungen wäre? War er aber nicht …

Der Boss grinste, als er sich vorstellte, wie da zwei Piraten eine olle Schabracke über Deck jagten.

Erneut waren Schritte zu hören.

Es war Voigt. »Ich habe dir mal die Parteiordner in die Kammer gelegt«, tönte er.

»Und warum hast du sie nicht zum Second gebracht?«, fragte die andere Stimme.

Der Boss lauschte. Der andere musste der Pope sein.

»Weil ich mit dem ganzen Scheiß nichts mehr zu tun haben will. Macht damit, was ihr wollt. Der ganze hohle Mist. Brauch ich nicht mehr.«

Voigt lachte laut auf. Dann fuhr er fort: »Warum ist es so bedeutsam, die Vorzüge des Sozialismus noch wirksamer mit den

Errungenschaften der wissenschaftlich technischen Revolution zu verbinden? Na, erinnerst du dich. Ich lach mich tot.«

Er verstellte seine Stimme: »Die Einheit von Wirtschafts- und Sozialpolitik«, säuselte er. »Schöne Politik! Ein Scheiß war das! Und keinem interessiert's!«

»Ich versteh dich ja«, sprach der Polit in ruhigem Ton.

Der Boss konnte kaum hören, was er sagte.

»Natürlich hab ich jetzt gelesen, was die da oben in der Regierung alles so verbockt haben. Das war nicht in Ordnung. Und dafür müssen sie zur Rechenschaft gezogen werden. Unabhängig von Name und Funktion.«

»Ist mir egal. Ich geh noch zum Second. Ich mach da nicht mehr mit.«

»Bist du etwa immer noch sauer wegen deiner Abwahl?«

»Quatsch!«, erwiderte Voigt gereizt.

Der Polit versuchte nun zu beschwichtigen: »Und ich dachte immer, du machst das aus Überzeugung.«

»Überzeugung? Schon lange nicht mehr. Ich habe das gemacht, weil ich Chief werden wollte. Und das konnte man in diesem herrlichen Staat doch nur mit Parteibuch. Darum.« Er machte eine Pause. »Aber das ist ja jetzt Gott sei Dank vorbei.« – Stille.

Leise kaute der Bootsmann im Smoketimeraum weiter. War das alles? Schritte hatte er keine gehört, also standen die beiden noch hinter der Ecke.

»Wenn sich die Aufregung im Land gelegt hat, werden die Leute wieder wach, wirste sehen«, hörte er den Popen weiter reden. »Da wirft man doch nicht gleich seine Ideale über Bord.«

»Was werde ich sehen?«, schnaubte Voigt.

Der Bootsmann konnte sich den 1. Ing. vorstellen, wie er da mit seinem Gehörschutzbügel um den Hals auf dem Gang stand.

»Gar nichts werde ich sehen. Um uns selber müssen wir uns selber kümmern. War das nicht so? … Na also!«

»Das ist doch traurig«, war nun wieder der Polit zu vernehmen, »unsere Errungenschaften einzutauschen gegen Dosenbier? Und gegen feuchtes Klopapier oder Zahnpasta mit Streifen? Aber wir haben ja selber Schuld. Wir haben doch lange gepennt. Und ich auch, statt die Wirklichkeit zu sehen. Ich habe in den letzten Tagen mal drüber nachgedacht, was wir alles falsch gemacht haben. Und jetzt haben wir den Salat. Vielleicht ist es ja noch nicht zu spät?«

»Lassen wir uns überraschen«, sagte Voigt.

»Natürlich liegt da der Reiz des Neuen«, bemerkte der Polit, »und die Reisefreiheit. Ganz klar. Versteh ich ja auch. Aber muss man sich denn nun von allem trennen? Ich denke nicht. Mann, es war doch nicht alles schlecht! Und unsere Ziele waren doch gut.«

»Wer sagt denn, dass man sich gleich von allem trennt?«, fragte Voigt.

»Na erst mal wird doch alles angezweifelt«, erwiderte der Polit, »und wenn die Masse erst mal in Bewegung ist ...«

»Abwarten«, besänftigte nun Voigt, »noch ist doch nichts verloren ... Was macht dein Bein?«

»Geht schon.«

Ein Deck tiefer war plötzlich das Öffnen und Schließen vom Aussenschott zu hören. Danach näherte sich das Klimpern eines Schlüsselbundes. Der Ede kam.

»Ich muss wieder runter in die Maschine«, sagte Voigt.

Als dann auch die anderen Schritte verhallten, traute sich der Bootsmann aus seiner Deckung.

Bagemiel kam gutgelaunt auf die Brücke. Er grinste, als er Winter in der Steuerbordnock stehen sah.

»Na, Meister Winter, was macht die Vier-acht? Macht's Spaß?«

»Ja, Kapitän.«

Bagemiel ging an die Kaffeemaschine und holte sich eine Tasse aus dem Schrank. Dann setzte er sich auf seinen Lieblingsplatz und schlürfte, wie er sagte, seine »Pfütze«.

»Herr Winter!«, rief er nach einer Weile. Er genoss diesen Augenblick. »Kennen Sie eigentlich den Unterschied zwischen Ihnen und Ihrem Wachoffizier?«

Winter trat in das Brückenschott und verstand die komische Frage nicht. »Wie? Zwischen mir und dem Chief Mate?«

»Ja«, lachte Bagemiel und ließ ihn zappeln. »Sie werden nicht drauf kommen. Aber ihr Chief Mate wird in einer Woche immer noch hier auf der Brücke rumgeistern. Sie aber, junger Mann, werden dann wahrscheinlich im kalten Cottbus rumrennen und schon die ersten Weihnachtsgeschenke kaufen.«

Winter war völlig verdattert.

»Tja, da staunen Sie. Ich hatte es doch versprochen. Heute Abend können Sie schon anfangen zu packen. Sie fliegen am Freitag.«

»Feierabend!«, rief der Boss. Der Ede und Jörg schleppten den schweren Holzklotz vor das Kabelgatt. Dutzende versenkte Nägel machten mit der Zeit das Ding immer schwerer.

»Habt ihr schon gesehen, wer am Anker sitzt?«, fragte Tatze und grinste breit.

»Nee, wir waren hier unten«, sagte Jörg und reinigte noch schnell einen Pinsel und seine Hände.

»Der Pope.«

Der Bootsmann schaute automatisch zum Niedergang. Dort war niemand zu sehen.

»Vielleicht meditiert der ja?«, flaxte Jörg. »Und nächste Reise rennt er dann in die Seemannsmission.«

»Das glaub mal, dass der nach dieser Reise wiederkommt«, entgegnete der Bootsmann.

Der Ede holte den Moker aus der Last. Eiche und Struppi kamen auch noch dazu.

»Bevor wir anfangen«, sagte der Bootsmann und hielt einen Nagel in der Hand. »Tatze, hol mal den Popen her.«

»Wie jetzt?« Tatze verstand nicht.

»Hol mal den Popen von der Back«, wiederholte der Boss.

Jörg und der Ede schauten sich fragend an.

Kurze Zeit später kamen Tatze und der Polit hinunter zum Kabelgatt. Sofort versetzte der Bootsmann dem Nagel den ersten Schlag. Dann reichte er dem geradezu fassungslosen Polit den Moker. Der stand da, mit einer Binde am linken Unterarm und konnte seinen Puls förmlich an der Halsschlagader spüren. Wortlos spielte er das Spiel mit.

Der Moker machte die Runde, und Tatze war der Verlierer.

»Das Bier geht auf meine Rechnung. Wir treffen uns dann achtern«, verkündete halblaut der Polit. und man merkte ihm an, dass er einen Kloß im Halse hatte.

»Finde ich ja stark«, sagte Jörg zum Boss, nachdem der Polit gegangen war, »dass du den Popen …«

Doch der Bootsmann winkte ab: »Ach was! Das ist ein armer Teufel. Eigentlich ist für den schon lange Feierabend. Der hatte sich das so schön gedacht. Bis zur Rente zur See fahren. Und nun? Nun kann er wahrscheinlich zu Hause Schwarztaxi fahren. Komm, fass mal mit an.«

Beide trugen den Holzklotz zurück.

Eine Durchsage schallte aus sämtlichen Lautsprechern. Bagemiel bestellte alle wachfreien Besatzungsmitglieder zu einer kurzen Bordversammlung für neunzehn Uhr in die Mannschaftsmesse. Zu der erschienen dann auch alle mehr oder weniger aufgeregt.

Sogar Winter, der von Tatze auf der Brücke vertreten wurde, war dabei. Er strahlte überglücklich. Dann gab der Kapitän in einer knappen Ansprache das Abmustern des Politoffiziers Udo Kunkel und des Vollmatrosen Jens Winter bekannt. Beiden wünschte er alles Gute für die Freizeit und die Zukunft und einen guten Flug.

Fleischi rief in den Beifall: »Ich will auch nach Hause!«

Der Kapitän überreichte Bücher zum Abschied und verwies darauf, dass am Tage der Ankunft in Larnaca die Reisepapiere bei ihm oder dem Funker abzuholen seien.

Als es etwas ruhiger wurde, stand der Chief auf und hielt eine Ansprache. »Liebe Kolleginnen und Kollegen, ich will Ihnen mitteilen, dass in diesen unruhigen Zeiten das Wort Solidarität weiterhin Bestand hat.«

Was soll das denn jetzt, dachte Jörg. Hier hat sich ja immer noch nichts geändert.

»Aufeinander verlassen können – das zeichnet sozialistische Seeleute aus. Uneigennützig und voller Elan hat sich ein hervorragender Kollege aus dem Maschinenbereich stundenlang abgemüht, um den Bordbetrieb eines Schiffes aus dem Flottenbereich Mittelmeer/Afrika nicht zu gefährden. Ich bitte darum unseren Storekeeper, den Kollegen Siegfried Kampow, nach vorn.«

Wieder gab es Beifall.

Stinkie stand auf, wischte sich seine Hände am Gesäß ab und ging zum Chief. Der überreichte ihm eine fantasievoll gefertigte Urkunde.

»Dit war, äh … dit is doch Ehrensache, wa«, stammelte Stinkie verlegen.

Der Kapitän wünschte noch eine angenehme Weiterreise, dann war schon alles vorbei. Während Pluto und Jörg zu Winni gingen und gratulierten, schauten sich Stinkie und der Ede die Urkunde an. *Für hervorragende Leistungen* stand da geschrieben. Und seiner Konterbanduse wurde eine ausgezeichnete Qualität in kürzester Fertigungszeit bescheinigt. Unterschrieben von *Staub* (Kapitän) und *Sauger* (Schiffsgewerkschaftsleitung).

Winter hatte nach der Wache nur zwanzig Minuten, seine Sachen zu packen. Dann erschienen auch schon Fleischi, Pluto und Tatze. »So, Winni, dann gib mal einen aus.«

»Genau! Auf den Rückflieger!«

Tatze schaute unter die Backskiste. »Das restliche Bier hier nimmt dir Daggi sowieso nicht zurück. Also aufteilen oder trinken?«

»Trinken«, wurde einstimmig beschlossen.

Auch Tommy, Jörg und Bolle besuchten die Kammer. Hier, im Hauptdeck, war es seit Fedjas Auszug sehr ruhig geworden. Endlich gab es mal einen triftigen Grund für eine Fete. Tommy, der auch auf der Backbordseite wohnte, trieb sich sonst oft bei Bolle oder Stinkie rum. Dort wurde dann gewürfelt, Skat gekloppt und geraucht. Sogar Daggi und Liese fanden heute den Weg nach unten. »Äh, stand hier nicht mal ein Aquarium?«, wunderte sich Daggi.

Aber Winter ging nicht darauf ein, sondern holte Schokolade und Engerlinge aus dem Schrank.

»Toll, wie Kinderjeburtstach!«, rief Stinkie beim Eintreten. »Hab euch schon jesucht. Dachte schon, ihr seid oben im Politbüro.«

»Der hat schon 'nen neuen Job«, tönte Fleischi.

Alle sahen ihn verblüfft an.

»Ja«, bestätigte Fleischi, »Beziehungen musst du haben.«

Geheimnisvoll grinste er alle an. »Tja, so schnell kanns gehen. Der Genosse geht jetzt in die Braunkohle.«

Alle grölten bei der Vorstellung, ihr Pope mit Helm und Schaufel im Schnee …

»Nee, ick hab bei dem wat von edeka jehört.«

»EDEKA?«

»Ja. Ende der Karriere. Mann, den hätten wir ma schon unterwechs abjeben sollen. In Minikoy, bei die Lepras. Dann hätte die Reederei nen Haufen Kohle fürs Fluchticket jespart.«

Daggi übersetzte anschließend extra für Liese, was das für eine Insel wäre.

»Und die setzen all die Kranken da einfach ab?« Liese war empört.

»Nee, nich alle, manche falln ja ooch schon uffm Wech dahin aussenander, vastehste. Aba jute Fussballspieler sind dit. Die faulen nämlich.«

Stinkie musste am lautesten über seine eigenen Witze lachen.

Liese, die das gar nicht komisch fand und sich vor dem Zigarettenqualm ekelte, verabschiedete sich schon nach kürzester Zeit.

»Wat hat die nu schon wieder? Nich ma Spaß kann die ab.«

»Ach lass sie«, sagte Daggi, »der gehts in letzter Zeit nicht so doll.« Sie holte eine blaue Urkundenmappe hervor, aus der eine schwarz-rot-goldene Kordel hing. »Hier, das hatte ich eigentlich schon seit einigen Reisen in meinem Briefpapier. Aber nie gab es die Gelegenheit dafür. Heute machen wir das mal. Also, sei nicht böse Winni, aber wann bekommen wir alten Leute schon mal einen echten Jungfacharbeiter zu Gesicht.«

»Lies vor Daggi!«

Bolle freute sich schon im Voraus und schraubte eine Flasche Wodka auf.

»Jugendweihegelöbnis«, las Daggi, die nun feierlich aufgestanden war.

»Ach du Scheiße. Dit is doch …«

»Sei doch mal still Stinkie!«

Daggi begann erneut: »Also. Jugendweihegelöbnis. Liebe junge Freunde! Seid ihr bereit, als junge Bürger unserer Deutschen Demokratischen Republik mit uns gemeinsam, getreu der Verfassung, für die große und edle Sache des Sozialismus zu arbeiten und zu kämpfen und das revolutionäre Erbe des Volkes in Ehren zu halten, so antwortet: Ja, das geloben wir.«

»Ja, das geloben wir!«, schallte es nun in der Kammer, und alle lachten.

»Ja, dit glob ick ooch!«, brüllte Stinkie.

Währenddessen hatte Bolle die Gläser gefüllt. »Prost!«

»Seid ihr bereit, als treue Söhne und Töchter unseres Arbeiter-und-Bauern-Staates …«

»Und Seemanns-Staates! So ville Zeit muss sein, wa!«

»… Staates nach Bildung und Kultur zu streben, Meister eures Faches zu werden, unentwegt zu lernen und all euer Wissen …«

»… der Stasi zu jeben!«

»…und Können für die Verwirklichung unserer großen humanistischen Ideale einzusetzen, so antwortet: Ja, das geloben wir!«

»Ja, das geloben wir!«, brüllten alle und freuten sich über die nächste Runde.

»Prost!«

»Ist das noch viel?«, fragte Jörg.

»Klar«, meinte Bolle, »noch 'ne Buddel oder zwei.«

Plötzlich stellte Winter eine angefangene Flasche WBS auf den Tisch. »Heeej!«

»Quatsch! Ist gleich fertig«, versprach Daggi, »also, ich zitiere: Seid ihr bereit, als würdige Mitglieder der sozialistischen Gemeinschaft stets in kameradschaftlicher Zusammenarbeit, gegenseitiger Achtung und Hilfe zu handeln und euren Weg zum persönlichen Glück immer mit dem Kampf für das Glück des Volkes zu vereinen, so antwortet: Ja, das geloben wir!«

Wieder klirrten die Gläser.

»Glück? Das ist ja wie Lotto. Stand das wirklich da?«

»Hier«, zeigte Daggi, »eine Strophe hab ich aber noch.«

»Lass gut sein, Daggi, wir trinken auch so«, bat Tatze. Jörg ließ sich die Mappe herüberreichen. Eine große Klappkarte lag darin. In schönster Schrift und mit Feder geschrieben: Dagmar Kraft.

»Eh, das ist bei mir schon über fünfzehn Jahre her. Muss man sich mal vorstellen.« Er schüttelte den Kopf. »Wir waren vierzehn, eigentlich noch Kinder!«, sagte er beim erneuten Lesen. »Proletarischer Internationalismus. So ein Blech.«

»Sag mal, haben die das damals wirklich so vorgelesen?«, fragte Fleischi.

»Muss wohl so sein.«

»Na, davon hab ich nichts mitbekommen. Erst die Aufregung mit den blöden Klamotten, Schlips und so'n Zeug und dann die ganze Verwandtschaft zu Hause.«

»Hauptsache in den ganzen Umschlägen mit den tollen Glückwunschkarten war Kohle«, meinte Bolle, »davon hatte ich mir eine schöne Uhr gekauft.«

»Und ick een Fahrrad. Aba dit ham se später jeklaut.«

Der Schnaps und das Bier gingen langsam zur Neige.

»Und was werdet ihr so zu Hause machen? Steigt ihr danach wieder auf, oder sucht ihr euch ein anderes Schiff?«, fragte Winni, nachdem sie weiter mit Rotwein angestoßen hatten.

»Wir fahren im Januar in den Winterurlaub«, sagte Tatze.

»Ach, hat das mit dem FDGB Platz geklappt?« Pluto freute sich für die beiden.

»Ja, nach Schierke«, strahlte Daggi, »zehn Tage. Für sechsundsechzig Mark.«

»Da kann man nich meckern.«

Stinkie drückte seinen Kippen aus. »Also ick werd ma kieken, wat denn nu so Phase is. In Rostock und in Berlin, wa. Nich dass die janzen Stasiaffen uns die juten Jobs an Land wegschnappen. Der Eisi hatte ja uff de Versammlung neulich jesacht, als olle Vocht ihm wejen der Parteikiste jedroht hatte, dass er keene Angst um sein Seefahrtsbuch habe. Schließlich jibts an Land besser bezahlte Jobs. Aber anders rum, hier, bei de Reederei, weeste wat de hast. Und bestimmt jibts bald mehr Kohle.«

»Und du, Winni?«, fragte Daggi. »Auf die zwei Wochen eher zu Hause kommt es bei dir Langstreckenfahrer doch auch nicht mehr drauf an …«

»Ich würde dir raten«, ergänzte Bolle, »gleich nach Silvester nach 'nem schönen Semicontainerschiff Ausschau zu halten. Noch bist du jung und kannst längere Reisen machen. Du hast ja jetzt Zeit. Guck mal in die Schiffspositionen, und wenn irgendso'n HAUSEN-Dampfer reinkommt, gehste vorher zur Arbeitskräftelenkung und fragst nach. So lange du 'nen Sack voll freier Tage hast, verheizen die dich nicht. Also besser, du suchst dir was raus als umgekehrt.«

»Denk ich auch«, sagte Jörg und erhob sich, »da werden jetzt bestimmt so einige aufhören. Schließlich sind ja die Grenzen auf. Und der Reiz ist weg. Gute Nacht, Leute.«

Der Suezlotse kam für deutsche Verhältnisse pünktlich. Struppi stand am Ruder und amüsierte sich, als er mitbekam, dass im Konvoi ein Tschechendampfer mitfuhr. »Ahoi, so sagen doch die Hurvineks da unten in Prag. Herr Strunz, haben Sie nie davon gehört?«, begann Bagemiel zu erklären.

»Dann wissen Sie wohl auch nicht, dass es in Hamburg ein Extra-Hafenbecken gibt? Den sogenannten Moldauhafen? Der gehört den Tschechen. Na ja, ich glaube gepachtet. Und für die pupsigen Binnenschiffe. Aber immerhin. Seit dem Ersten Weltkrieg. Versailler Vertrag genau genommen.«

Die Hände in den Hosentaschen, ging Bagemiel langsam in der Brücke auf und ab. Dabei beobachtete er den in der Backbordnock stehenden Lotsen. »Mann, Mann. Das muss doch langweilig sein, hier jeden Tag durch die Wüste zu fahren. Die sollen mal lieber anfangen, hier den Kriegsschrott vom Straßenrand aufzusammeln. Naja, vielleicht haben die ja Schiss, dass der Israeli wieder kommt.«

Er blieb vor der Lotsenplatte stehen, die auf dem kleinen Klapptisch stand und betrachtete sie. Zögernd nahm er eines der restlichen belegten Brötchen, machte kehrt und ging schmatzend, mit butterverschmiertem Bart, in Richtung Radar.

Ein Deck höher verknipste der Polit seine letzten Bilder, und im Hauptdeck packte Winter seinen Seesack. Er brauchte sich nun nicht mehr dicke Sachen zu borgen. Innerlich aufgewühlt, legte er die Jacke für die Reise erst auf die Koje, dann auf den Tisch. Schließlich hängte er sie wieder zurück in den Spind. Noch nie war er geflogen. Wie mochte das sein? Er konnte es immer noch nicht fassen. In einigen Stunden würde er da oben in der Luft sitzen. Unter ihm nichts. Fast wie auf dem Meer. Er sah zur Backskiste. Neben den beiden Reisetaschen stand sein alter Karton. Darauf lagen schon zahlreiche Briefe, die er für die Kollegen nach Hause mitnehmen sollte.

Von den Pfauenfedern fehlte die Hälfte. Daggi und Liese, aber auch Pluto und dem Eisbären hatte er eine geschenkt. Der hatte ihn vor Voigt in Schutz genommen. Nun war Winter kein Kandidat der SED mehr. Nie wieder, so hatte er sich geschworen, würde er irgendwo mitmachen.

Langsam fuhr die FRIEDLAND an Ismailia vorbei. Der Polit guckte kurz aus dem Fenster und dann wieder auf das Familienfoto in seinen Händen. Zeugnis aus vergangenen, glücklichen Tagen, als die Kinder noch klein waren. Das kam auch noch mit in den Koffer.

Es klopfte hinter ihm. Der Funker schaute vorbei. »Stör ich?«

»Komm nur rein. Ich bin sowieso gerade fertig geworden.«

Er sah sich in der Kammer um. »Wenn man nun wüsste, ob es nach Rostock geht. Aber so …«

»Tja, ich hab bisher auch nichts weiter gehört. Aber wie es aussieht, bleibt das bei Bremerhaven.« Er hielt dem Polit einen Umschlag entgegen. »Hier, kannst du zu Hause öffnen.«

»Was ist das?«, fragte der Polit.

»Das ist von mir und von marginaler Relevanz. Quasi als Erinnerung«, sagte der Funker und lächelte.

»Danke Friedhelm. Komm, wir trinken noch 'nen Kaffee.«

Während er das Pulver in die Filtertüte löffelte, fing der Funker an, über die letzten Ereignisse zu Hause zu sprechen. Es hatte einen

Aufruf gegeben: »Für unser Land«. Das gab zu denken, denn zu Hause wurden seit Tagen erste Stimmen für ein wiedervereinigtes Deutschland laut. Nun kam mit diesem Aufruf die Hoffnung, am Sozialismus nicht zu rütteln und einen eigenen schweren Weg zu gehen. Unterzeichnet von namhaften Leuten wie dem Schriftsteller Stefan Heym und seiner Kollegin Christa Wolf, dem Regisseur Frank Beyer, der Schauspielerin Jutta Wachowiak oder der Silly-Sängerin Tamara Danz. Die Frage wurde gestellt: Entweder Eigenständigkeit der DDR oder Ausverkauf.

»Ja, ja, alles traurig zu Hause«, bemerkte der Polit, »was wird bloß noch alles passieren?«

Der Funker wirkte angespannt. »Der dicke Kohl mit seinem zehn Punkte-Plan. Clever. Alles auf ein Deutschland konstruiert. Das kommt doch nicht von ungefähr, Udo. Das ist doch alles de facto von langer Hand vorbereitet.«

Der Funker machte sich erkennbar große Sorgen.

»Ja, wir werden sehen«, sagte der Polit. Später, als Pietsch gegangen war, setzte sich der Polit auf den Rand seiner Koje. Hier, im Schlafraum, wo nun seine beiden Koffer standen, öffnete er das Kuvert. Ein Farbfoto lag darin, auf dem er mit dem Funker zu sehen war. Es war mal in Singapur aufgenommen worden, im Hintergrund war der runde Turm von der Clifford Pier zu sehen. Der Funker hatte das Foto signiert. Ein kleiner Gruß von Friedhelm Pietsch, MS FRIEDLAND 1989. Darunter stand 55. Warum 55? Pietsch war doch erst 46. Und 5. Mai konnte auch nicht sein. Bestimmt wieder sein Funkerlatein. Schließlich war der ja Diplom-Ingenieur.

Am Abend schaute Winter in den Spiegel. Wie gern wäre auch er mit einem Rauschebart zu Hause angekommen, doch viel wuchs da nicht. »Reichsbahnbart«, hatte der Ede gelästert, »jede Station ein Haar.« Nun, wenigstens für einen dünnen Schnauzer reichte es. Stinkies rote Rotzbremse war dagegen ein Fell. Also half nur Geduld.

Auf der Koje lagen einige Briefe von Jörg, die wahrscheinlich schon Montagfrüh bei ihren Empfängern eintreffen würden. Zuerst hatte sich Winter über ein Kuvert in die Niederlande gewundert, schließlich war das Westkontakt. Jörg hätte den doch auch in Antwerpen einstecken können. Oder morgen in Larnaca.

Aber seit der Chief vor einigen Tagen verkündete, dass er endlich seine Verbindung zur Verwandtschaft im Ruhrgebiet nicht mehr verleugnen müsse, wunderte sich Winter über gar nichts mehr. Zu viel war in den Monaten, in denen er nicht zu Hause war, passiert.

Nicht immer ist das Wetter an einem Urlaubsort im Mittelmeer schön, noch dazu, wenn es Dezember geworden ist. Trotzdem machten sich die ersten Landgänger auf. Jeder empfand diesen Hafen anders. Für den einen gab es Post, für den nächsten waren es nur noch zwei Wochen bis zu Hause und für andere Zeit, sich die Füße zu vertreten. Stinkie wollte seine leeren Weinballons gegen einen vollen eintauschen und Fleischi musste unbedingt zu diesen Badausstatter. Dieses Mal hatte er eine Zeichnung und einen Zollstock mit. Der Voigt würde Augen machen.

Natürlich kaufte Fleischi keine Wanne, aber die Pläne für zu Hause hatten sich geändert. Nun war ja alles möglich, wenn das Geld dafür auch nicht reichte.

Zum Glück war die Sache mit Voigt in Lieses Kammer nicht an die große Glocke gehängt worden. Keines Falls wollte Bagemiel mit dem ganzen »Remmidemmi« zu tun haben und in seinem Reisebericht erwähnen. So musste der Chief intern den Streit klären.

»Pass uff, wir verkosten erst ma. Dit mach ick imma«, verkündete Stinkie, als sie die Tür zum Weinhändler öffneten. Der Mann dort schien den Keeper noch vom letzten Mal zu kennen, denn er begrüßte ihn und Fleischi herzlich. Sicherlich war er aber auch nur ein guter Geschäftsmann, denn Stinkies leere Gallonen verrieten, dass er schon mal hier gewesen war. Der Mann goss sofort zwei Gläser vom weißen Panteleimon ein und legte etwas zum Knabbern dazu. »Siehste, hab icks nich jesacht, dit is 'n Service hier, wie bei Muttern.«

Anschließend folgte dann Rosé und Rot. Stinkie kaufte glückselig einen Karton vom Commandaria. »Das hätten wir mal lieber auf dem Rückweg machen sollen«, sagte Fleischi später auf der Straße, »jetzt schleppst du hier … Scheiße!«

Fleischi blieb wie angewurzelt stehen. Dann schaute er auf die Uhr. »Verdammt! So ein Mist aber auch!«

»Was'n los?«, fragte Stinkie mit schwerer Zunge.

»Der Winter. Der Winter! Ob der noch an Bord ist?«

»Quatsch, die sind doch schon am Vormittach runter.« Er sah zum Himmel. »Vielleicht willste ja noch winken?«

Fleischi war immer noch am Boden zerstört. »Dieser Sack. Von dem bekomme ich noch ’ne Flasche Johnny Walker!«

»Haste dit schriftlich?«, witzelte Stinkie, der sich insgeheim freute, denn er schuldete Winter das Geld für eine Stange Club.

»Au!« Tommys Hand ging zum Mund. Er blutete stark.

»Was hast du denn gemacht?«, fragte Daggi.

Der Bäcker zeigte auf eine offene Konservendose, deren Deckel er abgeleckt hatte.

»Soll ich dir ein Pflaster für deine Zunge holen?« Daggi grinste, als er ihr einen Vogel zeigte. Dann sah sie ihre Kollegin, die achtern vor den Mülltonnen stand. Waren es die Essensreste, die sie auskippen sollte, oder war es der Geruch der Tonnen, der ihr Schwierigkeiten bereitete?

»He! Hexchen!«, rief Daggi durch das offene Fenster, »Was ist los? Es schaukelt doch gar nicht mehr.«

Liese hatte sich über die Reling gebeugt und übergeben. Bolle wischte sich die Hände an seinem Vorstecker ab. »Sag mal Daggi«, fragte er, »hat die ’nen Braten in der Röhre?«

Daggi verstand nicht.

»Na, ist die schwanger?«

Daggi schüttelte den Kopf: »Das habe ich sie auch schon gefragt.«

Er trat hinaus auf die achtere Manöverstation und zündete sich eine Zigarette an. »Was ist los, Töchterchen?«, fragte Bolle.

Liese, die sich inzwischen auf einen der Poller gesetzt hatte, schaute in Richtung Hafeneinfahrt. Dann drehte sie sich um.

»Mann, du siehst ja aus wie ’ne aufgewärmte Leiche«, flüsterte Bolle. Auch Daggi kam dazu.

»Komm, du musst mehr trinken.«

»Genau«, sagte Bolle, »Zeit für ein Bier und dann ab an Land.«

Währenddessen ging der Lösch- und Ladebetrieb zügig voran. Bagemiel war erleichtert. Der größte Teil des Papierkrams war erledigt, der Reiseauftrag bald erfüllt und ein Ende absehbar. Und natürlich lag es auch am Absteigen des Politoffiziers und des Matrosen. In letzter Zeit war es doch nur noch ein gegenseitiges Dulden zwischen ihm und Kunkel gewesen. Man akzeptierte sich. Mehr aber auch nicht. Vergessen die Schiffsratsitzungen, Parteiversammlungen und Gespräche auf der Brücke. Aber auch der Grillabende, Ausflüge, Sportfeste und Feiern. Und den Besuchen in der Patenstadt.

Sicher, der Polit hatte ihm eine Menge Arbeit abgenommen. Trockene Schreibarbeit für die da oben im Reedereigebäude. Und was hatte es gebracht? Pah, von wegen: wer schreibt, der bleibt.

Es klopfte am Kammerschott. Der Mann von der Agentur Jeropoulos war erneut gekommen.

Nach dem Landgang saß ein Neuer in der Mannschaftsmesse. Fleischi starrte ihn unentwegt an. Als der Mann die Messe verlassen hatte, sagte Fleischi: »Die Type kenn ich irgendwo her.«

Bolle kam aus der Pantry. »Na, ist er raus? Was uns doch die Arbeitskräftelenkung für Leute schickt?«, er schüttelte den Kopf, »dass ich den noch mal begegne, hätte ich nie gedacht.«

»Wieso? Wer ist das denn?«, fragte Jörg.

»Das ist Mazsola, das fette Schwein.«

Es war schon lustig, Bolle, selbst nicht der Schlankste, lästerte.

Gleich nach dem Abendbrot kam Fleischi zu Pluto in die Kammer. Er hatte eine alte Ausgabe der *Voll voraus* in der Hand, die sonst immer den Boden seiner Kojenschublade bedeckte. Darunter bewahrte er für gewöhnlich seinen *Playboy* auf.

»Hier«, sagte Fleischi stolz wie ein Kommissar, der einen Täter überführt, »müsst ihr mal lesen.«

Das Foto und der Artikel waren schon in die Jahre gekommen.

Wirksamer Beitrag zum Aufbau des Sozialismus
Bootsmann und Parteisekretär Bernd Rühmling ist für die Parteiwahlen 1985/86 gut gerüstet.
Als einer von den 300 Parteiaktivisten aus den Landbereichen und der Flotte, nahm Ende September Genosse Rühmling am 2-Tage-Lehrgang des Sekretariats, entsprechend des Beschlusses der IKL vom 4. Juli 1985 zur Vorbereitung der Parteiwahlen, teil. Ich habe, so der Bootsmann, mit allen Genossen der GO an Bord persönliche und offene Gespräche geführt, um eine gute Grundlage für die Berichtswahlversammlung zu schaffen und das Vertrauensverhältnis zu festigen. Zur Sicherung des Friedens … Planaufgaben … zusätzliche Jugendobjekte … Verhältnis zu den parteilosen Besatzungsmitgliedern …

»Blablabla«, meinte Jörg, »ist aber schon alt, die Zeitung.«

»Naja«, grinste Fleischi selbstbewusst, »aber wenn der Knaller bei uns anfängt, dumme Sprüche zu klopfen, kriegt er eine in die Fresse. Wäre ja nicht der erste Parteisekretär auf diesem Dampfer.«

Es regnete noch, als die FRIEDLAND am Vormittag des nächsten Tages auslief. Am Abend zuvor hatte es kaum jemand an Land gezogen. Nur der Chief und der Funker waren essen gegangen. Sie bestellten sich verschiedene Gerichte und waren anschließend überrascht, wie teuer es war.

Bagemiel, dem der Funker das Erlebte auf der Brücke erzählte, lachte laut. »Ja, lieber Kollege, das ist nämlich so: Wenn wir über die Agentur in dem Laden dort einreiten, haben die schon vorher 'nen Festpreis ausgemacht. Und in der Masse kommt man dann günstiger. Die sind doch nicht doof und zahlen für uns arme Seeleute, noch dazu aus der DDR, soviel Kohle.«

Der Funker berichtete, dass die zu Hause jetzt eins zu fünfzehn tauschen. »Na, das ist doch verrückt«, rief Bagemiel durch die Brücke. Leise begann er zu rechnen. »Da zahlen die ja über einen Monatsgehalt für lumpige hundert Westmark? Das muss man sich mal auf der Zunge zergehen lassen.«

Er stellte die leere Tasse auf den Flaggenschrank, schaute durch das Brückenfenster nach achtern und schüttelte den Kopf. »Mann, Mann. Da muss 'ne alte Oma aber lange für stricken. Überleg mal, wie viele Leute nicht mal tausend Mark verdienen!«

Der Funker hörte ihm wortlos zu. »Da könnt ihr mal sehen, dass ihr gestern Abend noch gut bei weggekommen seid, mit eurem Essen. Das wären ja mehrere hundert Ost-Mark gewesen. Pah! Eins zu fünfzehn. Jetzt geht's schon los! Wucher und Beschiss!« Er strich sich über die Haare.

»Das fängt ja gut an mit den Brüdern und Schwestern.«

Nun, wo sie schon fast vor der »Haustür« rumschipperten, war es nicht mehr ganz so schwer, an Informationen zu kommen. Die Telefonverbindung wurde besser und die Schiffspresse, trotz der Kürze, lesenswerter. Und einige hatten sich nun westdeutsche Zeitungen in Zypern gekauft, die sie immer noch, trotz der Ereignisse, lieber allein in ihrer Kammer lasen. Zu Hause hatte es wieder geschneit, und ein Alfred Herrhausen war ermordet worden. Keiner konnte mit dem Namen etwas anfangen. Er soll ein Bankmanager gewesen sein, stand in der Schiffspresse.

Jörg lag auf seiner Koje. Anne berichtete in ihrem Brief über ihren ersten Ausflug in den Westen. Sie war von dem Überfluss ergriffen und auch irgendwie abgestoßen. Ein Laden neben dem anderen. Braucht man wirklich dreißig unterschiedliche Koffer und Rucksäcke? Hunderte Paare von verschiedenen Schuhen? Was wird aus denen, wenn sie nicht mehr modern sind? Und sie war entsetzt über den Dreck in Hamburgs Straßen und den Obdachlosen, die in der Kälte lagen, während die Leute mit dicken Tüten vom Weihnachtseinkauf kamen. Irgendwie wie in Rumänien mit den Bettlern. Schade, ich hatte mich so auf Hamburg gefreut, schrieb sie.

Ganz gegen seiner Gewohnheit öffnete er den nächsten der vier Briefe. Silvester würden sie in der neuen Wohnung feiern können. Oder vielleicht in Köln. In Köln? Was sollen wir denn in Köln? Sie hätten eine Einladung von dem jungen Paar, das sie in Ungarn an der Donau getroffen hatten. Er erinnerte sich. Das waren die Radfahrer. Die mit der tollen Ausrüstung. Die so viele Fragen hatten und sich wirklich für den Osten im Allgemeinen interessierten. Die zuhören konnten und auf kluge Ratschläge verzichteten.

Jörg überlegte. Hatten sie damals tatsächlich die Adressen ausgetauscht? Er schaute nach oben. Über seinem Kopf hing der große Kalender mit den Motorrädern. Die 89 sah nun aus wie eine 68. 68, das Jahr der Revolutionen. Komisch.

Ein roter Putzlappen hing in der Werkstatt. Als Souvenir und Trophäe zugleich. Und nur Fleischi wusste, dass er ein Teil von Fedjas altem Schlafanzug war.

Im MKR diskutierten der Eisbär und der E.-Ing. über die neuen Möglichkeiten beim Kauf eines Gebrauchtwagens. Wenn schon, sollte es ein Volkswagen oder ein alter Diesel von Mercedes sein. Die stünden für Qualität. Aber nicht im Grenzgebiet, sondern irgendwo an der holländischen Grenze müsste man den kaufen, denn da dürfte man auf alle Fälle günstiger zu einem Westwagen kommen.

»Und denn werde ich den mal so richtig ausfahren«, schwärmte der Eisbär, »mal sehen, ob das wirklich stimmt, was da auf dem Tacho steht.«

»Wo willste das denn machen? Etwa auf der Autobahn? Vielleicht noch die von Berlin nach Stettin?« Der Chief schüttelte den

Kopf. »Da fällt dir doch die Karre auseinander. Außerdem halten dich da die Weißen Mäuse gleich an.«

»Pah, die doch nicht. Bis die ihre Wartburgs angeschmissen haben, bin ich doch schon längst über alle Berge. Nee«, träumte der Eisbär weiter, »ich würde den Wagen noch im Westen testen. Auf richtigen Autobahnen.«

Ob die verschärften Zollkontrollen, die zu Hause eingeführt worden waren, auch für Autos galten? Eigentlich doch mehr umgekehrt. Da ging es um Ausfuhr, nicht um Einfuhr. Und man wäre ja auch kein Pole, der in der DDR Hamstereinkäufe machte und damit Schwarzgeschäfte betrieb.

Voigt träumte vom Urlaub im Warmen, und der Chief von einer Videokamera, mit der er dann seine Enkel filmen würde. Aber erst mal schön Weihnachten feiern. Das bisschen Mittelmeer und Westeuropa zählte kaum noch. Die zwei Wochen …

»Advent, Advent ein Lichtlein brennt«. Liese ging es wieder besser, als sie den Kaffeetisch in der Mannschaftsmesse deckte. Fröhlich summte sie, trotz des starken Seegangs, vor sich hin.

Obwohl es nur noch wenige Tage waren, gab es heute im Anschluss die monatliche Arbeitsschutzbelehrung. Und wie immer hörte kaum jemand zu. Danach traf man sich bei Pluto.

Der hatte einen Brief, den er Jörg zu lesen gab.

»Michael Weber? Kenn ich nicht.«

»Klar kennst du den«, sagte Liese, »das ist doch Buster.« Der fuhr auf dem Schwesternschiff.

Jörg faltete das Blatt auseinander. Mensch, dachte er, der hat ja ’ne richtig gute Handschrift. Wusste gar nicht, dass die beiden so dicke waren.

Hallo Pluto,
sicherlich hast Du Dich gewundert, dass ich nicht wieder bei Euch aufgestiegen bin. Ihr sollt ja mit einem Matrosen weniger losgefahren sein. Ja, wir sind hier dafür umso mehr. Unsere Miezen kotzen, denn die Messe ist voll. Auch die Kammern. Unten Steuerbord, wo Schmidti wohnt, ist die alte Lehrlingsbude wieder belegt. Warum das alles? Man hatte in Rostock die absurde Idee (oder der Charterer, wer kann das wissen?), den Lösch- und Ladebetrieb von der eigenen Besatzung teilweise machen zu lassen. Devisensparen! So turnen wir jetzt auf den

Containern rum. Frag nicht, was da manchmal abgeht. Dass da noch keiner von uns runtergeflogen ist, ist wohl Zufall oder Glück. Wir haben alle so die Schnauze voll. Überstunden ohne Ende. Aber zum Glück machen nicht alle Häfen bei dem Blödsinn mit und weigern sich. Und dann die Route: Westeuropa mit Bremerhaven, Rotterdam und Antwerpen. Dann Ceuta (zum Bunkern), Alex und Port Said, Larnaca, Mersin und Izmir (Türkei), Salerno (Italien) und dann hoch zu den Limeys nach Felixstowe (nördlich von London). Danach die ganze Scheiße nochmal. Kaum Zeit, um an Land zu kommen. Türkei ist okay, die Leute sind freundlich und die Lederjacken haben eine gute Qualität. Sicher habt ihr das mit den 100 D-Mark Begrüßungsgeld mitbekommen. Die wollten wir uns auch holen. Wir extra in Bremerhaven an Land getobt. Da hatten die so'n Buß- und Bettag, was immer das auch ist. Jedenfalls war alles zu. Wir gekotzt und dann wieder zurück an Bord. Na ja, Du kennst ja Bremerhaven. Ellenlange Wege.
Was macht Euer Pope? Unseren haben sie schon in Westeuropa nach Hause geholt. Was aus dem geworden ist? Keine Ahnung. Vielleicht muß der jetzt ja arbeiten. Aber kannst Du Dich an diesen Ronninger erinnern? Der arbeitet jetzt für eine Firma in Bremerhaven. Nichts mehr mit Genosse. Ist der plötzlich nie gewesen. Der hat gleich, als die Mauer aufging, seine gesamte Familie rüber geholt.
Ihr sollt wohl auch beim nächsten Mal die gleiche Tour fahren wie wir. Wenn Du mich fragst, schnell absteigen und dann ein anderes Schiff suchen. Irgendwo nach Südamerika runter oder Asien. Aber das hier geht garnicht. Fast jeden Tag oder jeden zweiten ein Hafen. Das ist total bekloppt.
In der Partei bin ich auch nicht mehr. Schon kurz nachdem ich hier aufgestiegen bin. Das gab ganz schön Ärger. Aber ich hatte Glück, denn zwei Offiziere haben auch nicht mehr mitgemacht. Eine Schote war noch. Unser Koch sollte am Anfang noch voll 'ne Wandzeitung machen. Hat er dann auch gemacht. Mit dem üblichen Gefasel. Hat sich echt nie einer durchgelesen. Und dann, ich hatte Gangwaywache und Langeweile, hab ich mir das Ding mal genauer angesehen. Der hatte – und das war der Brüller – echt mitten im Text geschrieben: das liest sich hier sowieso niemand durch. Das ist ein Kunde! Hat nie einer gemerkt. Der Chief hat vor paar Tagen gesagt, er will das Wort »Genosse« nie wieder an Bord hören.
Sag Schmidti, ich hab mir Platten von Marillion gekauft. Die sind echt fetzig. Ja, sonst gibt's nicht viel zu berichten. Unser Boss hatte

gestern Geburtstag. Aber keine Zeit zum Einreiten und feiern. Und wenn man mal Zeit hat, wird gepennt. Nur wenn wir mehrere Tage versegeln, macht es wieder Laune.
Ich hoffe, Deinem Sohn geht's gut. Vielleicht sehen wir uns mal in Larnaca oder in Westeuropa? Mit Weihnachten könnte es bei uns klappen, falls die nicht noch was anderes planen.
Grüß die anderen Decks- und Flurplattenindianer und die Bulettencrew von mir.
Bis bald.
Micha

Schiete, da kommt ja was auf uns zu, dachte Jörg und gab Pluto den Brief zurück. »Na, mal sehen, wie das mit uns noch wird. Bis zum nächsten Aufsteigen ist ja noch lange hin«, sagte Pluto.

Struppi gähnte laut: »Ja, erst 1990.«

Der Neue ging jetzt 4-8 und wunderte sich, dass er auch während der Wache an Deck eingesetzt werden konnte. Am Nachmittag bekam er vom Chief Mate die Aufgabe, das Ladebüro aufzuräumen und zu wischen. Anschließend sollte er in den Aufbauten nach dem Rechten sehen.

»Mann, ist das ein Schnacker«, sagte der Chief Mate, als Rühmling endlich von der Brücke war.

Bagemiel lachte.

»Der kaut mir hier die Ohren ab«, fuhr der Chief Mate fort. »Weißt du schon, Dieter, das wir jetzt die Osties sind?«

»Ossis«, berichtigte der Funker, »Ossis«.

»Aha«, sagte Bagemiel, »und die Bundesbuben?«

»Wessis«, entfuhr es beiden.

»Naja, das muss man ja jetzt wissen, wenn man sich beim Lotsen anmeldet«, erklärte Bagemiel. »Nicht das ich da nachher was Falsches sage.«

»Bis dahin lernst du's noch«, entgegnete der Chief Mate.

Der Funker wertete die neuesten Nachrichten vom Wochenende aus. Kavelstorf, ein kleiner Ort bei Rostock, war in die Schlagzeilen gekommen. Man hätte dort ein Waffenlager der Firma IMES gefunden. Die Regierung machte also krumme Geschäfte.

Der Chief Mate amüsierte sich. »Jetzt tun die alle so, als wenn nie einer davon gewusst hätte, was da im Überseehafen abging.

Oder in Mukran. Die Ladung ist doch schließlich nicht von selbst auf die Schiffe gelangt. Und wenn, denken die Leute, da steht auf den Kisten *Munition* oder *Kalaschnikow* drauf?«

Der Funker lehnte sich an den Kühlschrank. »Da hat sich wohl gleich eine Bürgerinitiative konstituiert. Unter dem Motto: die Staatsmacht schwächelt, ergo stürmen wir mal die Depots.«

»Unsinn!«, fuhr ihn Bagemiel an. »Das glaub mal, dass die dort vor Ort wussten, was da vor dem eigenen Gartentor schlummert. Sogar wir sagten doch Kinderwagen oder Pappnasen oder Ofenrohre und so'n Zeugs.«

Er schaute aus dem Brückenfenster auf die Container. »Wussten wir doch auch nicht«, sagte er leise, »wo die jeweilige Ladung herkam. Vielleicht aus Kasernen oder so. Jedenfalls lag das nicht hinter der nächsten Bushaltestelle.«

Bagemiel überlegte. »Kavelstorf? Liegt wirklich günstig an der Autobahn. Aber ich glaube nicht, das da Panzer rumstanden. Nicht, wenn da so dicht die Leute wohnen. Das würde man doch hören.«

»Und sehen«, pflichtete ihm der Chief Mate bei. »Was meinst du, wenn die Russen bei uns mit ihren Kisten durch die Wälder brettern. Da husten die Wildschweine, so blau ist die Luft.«

Bagemiel überflog nochmal die Schiffspresse. Es war ein aufregendes Adventswochenende gewesen. In Rostock hatten 50.000 Menschen demonstriert. »Sieh an, da ist die liebe Heimatstadt doch nicht so ganz leer. Ich dachte, die stehen alle in Lübeck und Hamburg im Stau.« Dann gab es eine Menschenkette quer durch die Republik bis hinein in den Westen. »Ganz klar, auf so was kommen nur diese Kirchenfuzzys.« Er lachte. »Nee, nee, diese Fuzzy-Wuzzys. Bringen den ganzen Laden zu Fall. Und alles glotzt dabei zu. Passt mal auf, wenn wir nach Hause kommen, werden wir noch als fliegende Waffenhändler verhaftet. Funkerchen, suchen Sie für uns schon mal ein trockenes Nachtasyl raus.«

Er las weiter. »Na also, ein Fünftel der Genossen ist schon ausgetreten. Ob die oben schon unsere GO mitgezählt haben?«

Und dann wurde da noch der Führungsanspruch der Partei aus der Verfassung gestrichen. Die Volkskammer hatte getagt. »Na ja, spät, zu spät«, kommentierte der Chief Mate den Beschluss, »Hauptsache das Recht auf Arbeit bleibt noch drin.«

Doch die wichtigste Nachricht war der Rücktritt des Politbüros in Berlin und der Ausschluss von ZK-Mitgliedern aus der SED.

Als Bagemiel die Namen las, konnte er sich sein Lachen nicht verkneifen. »Diese Bagage! Bis vor kurzem hätten die uns noch Respekt und Angst eingeflößt. Honecker, Stoph, Sindermann, Mielke und Konsorten. Na fein.«

»Sagt mal, hat der Krenz eigentlich Welpenschutz?«, fragte der Chief Mate und rührte in seiner Tasse.

Dieses Mal schwieg der Kapitän.

Nun stand die Kammer des Politoffiziers schon seit Tagen leer. Fleischi war ernsthaft am Überlegen, den Kapitän zu fragen, ob er nicht für den Rest der Reise dort oben einziehen könnte. Schön mit einem Extra-Schlafraum und großer Kammer. Backbordseite, direkt unter dem Chief. Das wäre doch was! Langsam hatte sich sein blaues Auge in grünlich gelb verfärbt und bald würde nichts mehr davon zu sehen sein. Den unmittelbaren Kontakt zu Voigt versuchte er, so gut es ging, zu vermeiden. Aus Larnaca hatte er gelernt: Zur nächsten Transitausgabe forderte er seinen gewonnenen Whisky ein und deponierte ihn gleich wieder bei Daggi in der Last. Doch eine von den acht Flaschen wanderte schon mal in seine Kammer. Danach bekam er öfter Besuch von Stinkie. Aber auch der Bäcker fand plötzlich, das man hier sehr gut Skat spielen könnte.

Fleischi war stolz auf seine Heimatstadt, denn in den Nachrichten wurde nun darüber berichtet. »Dieser Mazsola, der müsste jetzt mal zu uns nach Plauen kommen. Die rote Socke. Da geht's jetzt anders rum«, sagte er und mischte die Karten.

Stinkie lehnte sich zurück. »Meene Keule hat jeschrieben, dass jetzt ville von meene Kumpels Schwarztaxi in Westberlin fahrn. Die solln da total sauer uff die sein, weil se ja die Preise schön versaun. Nich, dass die nachher die olle Mauer wieder zu machen. Aba diesmal von der andern Seite, eh.«

Der Bäcker wusste auch nichts von Lieses nächtlichen Ausflügen. Fleischi hatte ja zuerst Winter in Verdacht. Aber dann fiel ihm ein, dass der ja erst nach Fedja kam, auf dieser Reise.

»Die Olle is doch total doof, wenn de mich frachst«, sagte Stinkie, »die mit ihre Sommersprossen. Die hat echt den Tiefen Teller nich erfunden. Die sammelt zu Hause bestimmt immer noch Lackbilder und klebt se ins Poesiealbum.«

»Die ist nicht doof«, entgegnete der Bäcker ärgerlich und beobachtete, wie das Wasser im Aquarium hin und her schwappte, »du kennst sie doch überhaupt nicht.« Stinkie schüttelte den Kopf: »Muss ick ooch nich. Hatt se sich doch in Hongkong so 'ne blöde Winkekatze jekooft, vastehste. Musste dir ma reinziehn. Da kommt 'ne Batterie rin und dann winkt die Scheiß Katze da 'ne Woche oder länger. Is dit bescheuert, eh?«

Fleischi merkte natürlich, dass die beiden hauptsächlich wegen des Johnny Walkers zu ihm kamen. Dafür durfte dann Stinkie seine Zigaretten auspacken und öfter mal ein Bier mitbringen.

Der Bäcker war jedoch immer für ein kleines Abendmahl zu überzeugen. Dazu wurden dann Gurken, Salami oder Bockwürste abgezweigt. Dabei musste er sich aber sehr vor Bolle in Acht nehmen, waren doch die Lasten jetzt, nach so vielen Wochen, sehr übersichtlich geworden.

Immer nach acht Uhr, wenn für den größten Teil der Besatzung der Tagesdienst begann, machte es sich die Wirtschaft in der Messe gemütlich. Gemeinsam mit den beiden Männern, die von der Brücke kamen, wurde nun in Ruhe gefrühstückt. Der Chief Mate hatte meist gute Laune und erzählte oft von alten Erlebnissen. Man hatte Zeit, trank noch einen Kaffee und blieb in vertrauter Runde sitzen.

Dabei wurden auch gleich Probleme aus dem Wirtschaftsbereich geklärt, Vorschläge zum Speiseplan gemacht oder über noch anstehende Arbeiten beraten. Doch seit Larnaca war alles anders. Nun hatte der Kollege Rühmling das Wort, denn er kannte sich aus. Das Thema war indes völlig egal.

»Auf meinem alten Dampfer gab es öfter Fisch. So schööön tutti mit Dill und Petersilie.« Er presste die Fingerspitzen zusammen und küsste sie. »Aber akkurat. Akkurat sag ich nur. Den haben wir uns immer von den Fischern geholt. Frag nicht nach Sonnenschein! Einmal mit der Pulle in der Nock gewunken, schon kamen die Jungs längsseits und ab ging die Luzie.«

»Macht sich aber schwer, wenn du im Roten Meer bist«, entgegnete Bolle, »entweder sind da keine Fischer in der Nähe oder die trinken keinen Fusel.«

»Wir sind aber nicht im Roten Meer. Und die Moslems keinen Fusel? Na, über diese Brücke würde ich nicht gehen. Wir waren mal in Sfax, Tunesien, wenn dir das was sagt, da hat der Ali, der an der Gangway Wache hatte, mehr gesoffen als wir. Und ich sag noch zu dem, ob er das denn überhaupt dürfe. Weißt du, was der da gemacht hat? Ich sag's dir. Der hat einfach die Panzerblende von meinem Bulleye runtergeklappt und meinte, dass Allah das ja nicht sehe. Und jetzt kommst du …«

Der Chief Mate, der neben Rühmling saß, rollte mit den Augen.

»So, ich werd dann mal weitermachen«, sagte Daggi und hielt sich beim Aufstehen am Tisch fest. Die FRIEDLAND holte mal wieder über.

»Oder in Aqaba«, fuhr Rühmling ungerührt fort, »da kommen die Saudis mit ihren großen Schlitten rübergedüst und holen sich dort den teuren Whisky. Dann mieten die sich da ein Zimmer, ach was, 'ne Suite im Hotel, und dann, holla die Waldfee, dann geht da die Post ab.«

Nach und nach standen alle auf. Nur Rühmling blieb sitzen. Er hatte nun über sieben Stunden Freizeit.

»Na Basti, was liest du da Schönes?«, fragte der Dritte, der am Nachmittag seinen Kollegen auf der Brücke besuchte. Der Second hatte gerade einige wichtige Unterlagen auf dem Kartentisch liegen und nahm sie nun mit nach vorn ans Fenster.

»Oh Mann, wenn die Leute wüssten«, sagte er und runzelte die Stirn. »Die Chinesen und wie sie alle heißen, gasen die Container mit Brommethan aus. Nicht zu verwechseln mit Bromethan. Oder aber mit Bromhexin, das wäre dann einfach nur Hustensaft. Nee, das hier ist echt ein Nervengift. Und die nehmen das gegen Schädlinge und wohl auch, damit in unseren Blechkisten nichts schimmelt. Und in Hamburg oder so werden dann die Türen geöffnet und der ganze Mist soll dann entweichen. Aber glaub nicht, dass da alles verfliegt. Etliche Kartons haben immer noch die gefährlichen Stoffe intus, und die gelangen in Umlauf. Kaufst du dir 'ne Jeans oder Sportschuhe wunderst du dich, wie das stinkt.«

»Aber die armen Verkäuferinnen, die mit den Klamotten jeden Tag zu tun kriegen?«, fragte der Dritte.

»Guck dir mal die Zahlen an. In Holland haben die Allergien, da wird dir schlecht. Neurodermitis ist noch die harmloseste Erkrankung.«

Der Kapitän kam gutgelaunt auf die Brücke. »Wer hat hier Neurodermitis?«, fragte er.

Der Second winkte ab: »Ach, wir haben über die Containerbegasung gesprochen.«

»Ja, das ist eine heikle Sache. Ich kann mich noch gut erinnern, als wir mal vor Jahren einen kaputten Container ausgeräumt und alles in 'nen Empty reingestaut haben. Hör mir auf. Anfangs haben uns nur die Augen getränt. Also erst mal Pause. Danach ging's nur noch mit Atemschutz. Für den Fall der Fälle hatten wir sogar das Hospital klar gemacht. Der Bootsmann und der Kabel-Ede wären beinahe abgeklappt.«

»Unser Bootsmann?«, fragte der Dritte.

»Nee, das war nicht auf der FRIEDLAND«, sagte Bagemiel.

Dann holte er sich einen Kaffee und schaute ins Radar. Plötzlich lachte er. »Da hatten die Jungs mal was zu erzählen, als sie nach Hause kamen.«

Er schaute zum Dritten hinüber. »Herr Winkler, was macht man, wenn die komplette Navigation an Bord ausfällt?«

»Ausfällt?«, fragte der Dritte.

»Hier an Bord, ja. Nichts mit Radar. Nichts mit Sicht. Nichts mit Sterne. NIL, nothing. Woher wollen Sie da wissen, wo Sie sind? Sagen Sie jetzt nicht ›koppeln‹.«

Bagemiel grinste, während der Dritte überlegte. »Na lassen Sie's, Sie kommen so und so nicht drauf.«

Er ging etwas auf und ab. »Da nimmt man sich ein Boot, fährt rüber zur Küste und kauft sich dort irgendwo eine Tüte mit Brötchen.«

Seine Nautiker schauten ihn verblüfft an. Bagemiel freute sich über seinen kleinen Auftritt. »Tja, und warum Brötchen, Herr Winkler, Herr Rosenhagen? Keine Ahnung? Weil auf den Tüten immer die Adresse steht. Ist doch ganz einfach! Oder?«

Früh am nächsten Morgen stand vor jedem Kammerschott ein kleiner Schokoladenweihnachtsmann. Es war Nikolaus. Noch vor einigen Tagen hatte es einen kräftigen Sturm gegeben. Die MAXIM GORKI, ein sowjetisches Kreuzfahrtschiff, wurde dadurch ein zweites Mal berühmt. Das erste Mal war sie Drehort für einen Kinofilm aus Großbritannien – mit Omar Sharif als Kapitän und Richard Harris als Bombenentschärfer. Und natürlich hieß sie da auch nicht GORKI, sondern BRITANNIC. Doch am Wochenende hatte man mehr Zeit als »18 Stunden bis zur Ewigkeit«. Es hatten sich die Verhandlungspartner der Großmächte UdSSR und USA auf Malta getroffen. Wegen des schlechten Wetters fand das Gipfeltreffen von Gorbatschow und Bush im sicheren Hafen auf der fest vertäuten MAXIM GORKI statt. Ursprünglich sollten die Begegnungen auf See auf den beiden Kriegsschiffen SLAWA und BELKNAP erfolgen. Wahrscheinlich hätten zwei seekranke Präsidenten aber kein gutes Bild für die Weltpresse abgegeben.

Nun, drei Tage später, hatte sich das Meer wieder beruhigt. »Was haben wir doch früher viel ruhiger gelebt«, sagte der Ede. Er baute vor dem Kabelgatt aus alten, leeren Konservendosen neue Farbbüchsen. »Seit der letzten Reise geht es doch laufend um diese Scheiß Politik. Da kannst du mit jedem auf der Kammer sitzen, und irgendwann kommt das Thema, was da so zu Hause abgeht.«

Tatze nickte.

»Da können wir sowieso nichts daran ändern. Hat man ja gesehen, wie sang- und klanglos der Pope abgetreten ist. Und es geht auch ohne«, lachte der Ede, »sogar besser«.

Der Bootsmann kam nach vorn, die Sonnenbrille auf der Stirn. Das hatte er mal vor Jahren in einem Krimi gesehen, fand es schick und passend zu seiner Kluft. Die bestand aus einer alten Levis und einem T-Shirt oder einem meist vor dem Bauch zusammengeknoteten Hemd. Braungebrannt stand er da und strahlte.

»Was ist los?«, fragte Tatze.

»Heute ist der große Tag«, verkündete der Boss, »mehr sag ich nicht. Werdet ihr ja gleich lesen, wenn ihr zur Smoketime geht.«

Was freut der sich nur so?, dachte Tatze, stellte den Rollenkasten in die Farbenlast und ging gemeinsam mit den beiden nach achtern. Nikolaus, na und? Er war gespannt auf das, was der Bootsmann meinte.

Fleischi und Stinkie saßen schon im Smoketimeraum. Sie amüsierten sich über den Aushang an der Wandzeitung. In schönster Schrift hatte der Funker ein kleines Meisterwerk in Form eines Plakates gemalt. Einladung zum Opernabend stand da.

»Wer is denn Egon Onelkin?«, fragte Stinkie. »War dit a: een russischer Busfahrer in Dnepropetrowsk? War dit b: een schwarzer Weißrusse?« Der Keeper lachte sich halb schlapp. »Oder c: een Aktivist der letzten Stunde?«

»D«, sagte Fleischi, »d ist richtig. Das war der letzte Kommunist der Sowjetrepublik DDR. Die sind da nämlich alle ausgestorben.«

Eigentlich müsste man den Abend boykottieren, dachte Jörg, als er den Aushang las. Dann könnte der arrogante Schnösel seine Schallplatte allein hören. Aber den Gefallen würde er dem nicht tun. Vielleicht müsste man vorher Knoblauch essen? Oder noch besser, die Abtastnadel durch einen rostigen Nagel ersetzen? Oder einfetten, so schön mit Labsal?

Der Second riss ihn aus seinen Gedanken. »Na, was steht hier so Wichtiges?«, fragte er. »Aha, Kultur. Schön. *Bitte in entsprechender Garderobe erscheinen. Pietsch Funkoffizier*. Na, das passt.«

Er grinste Jörg an. »Na, dann wollen wir mal die Hemden bügeln«, sagte er und verschwand wieder.

Pluto kam, und Jörg setzte sich mit ihm zu den anderen, trank seine Selters und hörte zu, wie der Keeper zum großen Opernball aufrief.

»Das machst du spitze.« Jörg drehte sich um und schaute nach oben. Am Beckenrand stand Rühmling und streckte spöttisch seinen Daumen in die Luft. Er hatte schon eine Weile zugeschaut, wie Jörg den Pool schrubbte.

Es war kälter geworden und niemand würde mehr baden gehen. Die meisten Kollegen fingen sowieso schon langsam an zu packen. »Auf meinem alten Dampfer sah der Pool schööön tutti aus. Nicht so steril wie bei euch.«

Jörg schwieg und wischte sich über seine Nase.

»Bei uns war der schööön bemalt. Mit Mickymäusen und mit Nixen und Seesternen und so.«

Jörg hielt sich am Schrubber fest. »Hatten wir auch mal.«

»Ach was?!«

»Ja. Haben die von der Ablöserbesatzung ran gemalt. Aber der Boss fand das doof und hat das gleich wieder übergerollt.«

»Oha, tatsächlich? Alter Schwede! Ein bisschen Spaß kann doch an Bord nicht schaden, sag ich immer.«

Jörg schrubbte weiter.

»Da, über dir ist noch Dreck«, hörte er Rühmling sagen.

»Bin ja noch nicht fertig!«

»Okidoki, ich sags ja nur … Da links von dir.«

Geh mir nicht auf den Sack, dachte Jörg. Der hat mir hier noch gefehlt. Nach einer gefühlten Ewigkeit, Jörg hörte schon gar nicht mehr hin, kam der Bootsmann.

»Halt mir hier nicht die Leute von der Arbeit ab«, schimpfte er.

»Hört, hört!«, sagte Rühmling. »Du, ihr müsst mal den Pool schöner gestalten. Der da unten hat mir gerade erzählt, du findest das affig. Aber nur hellblau sieht doch nach nichts aus.«

Der Boss reagierte nicht.

»Nur hellblau … Das sieht doch aus wie ein Moskauer Metro-Urinat. Macht doch mal etwas lockerer.«

»Wenn du als Bootsmann fährst, kannst du das ja dann auf deinem Schiff machen«, antwortete der Boss. »Oder hast du kein Stammschiff?«

Rühmling sagte darauf nichts mehr und ging langsam in die Aufbauten.

Es gab Nierenragout mit Kartoffelbrei zum Abendbrot. Liese hatte gute Laune und sang in der Pantry. Sie freute sich schon auf den Feierabend. Schließlich war wieder etwas los. Immer nur lesen, würfeln oder Karten spielen war mit der Zeit zu eintönig. Die Reise ging so langsam dem Ende entgegen. Am Vortag war der letzte Bettwäschetausch gewesen und nun stand auch fest, dass die Ablösung in Bremerhaven stattfinden würde. Also wieder mit dem Bus nach Rostock.

Liese schaute auf die Uhr. Gleich würde Tatze die Messe verlassen, und fünf Minuten später dürfte dann der Rühmling von der Brücke kommen. Sie konnte den nicht ausstehen. Noch schlimmer war der Keeper, dessen Lachen wie eine alte Trompete klang. Stinkie und sie – das ging gar nicht.

In der Offiziersmesse beeilte sich Daggi beim Abdecken. Endlich waren alle gegangen. Nun hatte sie Zeit, alles für die Veranstaltung vorzubereiten.

Zwei Stunden später saß Bagemiel im Unterhemd vor seiner Schreibmaschine und hackte mit zwei Fingern auf der Tastatur herum. Warum wollte ihm dieser Papierkrieg nie gelingen? Immer wieder machte er Schreibfehler. Noch war es zu schaffen, noch konnte er den ganzen Kram mit der Hand ausarbeiten. Der Funker würde das dann anschließend schön sauber abtippen. Sogar während der Arbeitszeit.

Sein Blick wanderte zur Uhr. So, den Schiet mach ich morgen weiter, dachte er, ging zum Waschbecken und setzte die Spraydose an. Einmal kreuz und quer und üppig Old Spice. Er musste husten.

Ach was, viel hilft viel. Dann holte er ein frisches Hemd aus dem Spind und ging zurück, um sich zu kämmen.

Drei Decks tiefer knotete unterdessen der Bootsmann an seinem Schlips herum. Wenig später betrat er die festlich geschmückte Offiziersmesse. Auf den mit weißen Tüchern gedeckten Tischen standen Weingläser. Daneben lagen fantasievoll gefaltete Servietten, überall standen Salzstangen und Erdnüsse in Schälchen bereit. Gespanntes Schweigen lag im Raum. Ein Teil der Besatzung saß, wie zu einer Hochzeit, ordentlich zurechtgemacht und in freudiger Erwartung, was da nun kommen möge.

Verstohlen sah Fleischi zu Rühmling hinüber, dessen frisch rasiertes Doppelkinn im spärlichen Licht glänzte.

»Nur Weißwein? Oha!«, sagte Rühmling.

»Oder Rotwein«, antwortete Daggi.

»Auf meinem alten Dampfer gab's das auch mit den Konzertabenden. Aber dazu tranken wir immer Sekt.«

»Kannste haben, musste aber selbst bezahlen«, konterte sie, »ich kann ja, wenn du willst, nachher welchen holen.«

»Nee, lass mal, brauchst nicht extra los stiefeln. Ich nehm dann mal Rotwein. Weil du es bist.«

»Kein Bier?«, fragte der E-Ing. enttäuscht.

Liese schüttelte den Kopf: »Heute nur Wein.«

Der E-Ing. schaute flehend zum Kapitän hinüber.

»Ich fahr hier nur mit!«, sagte der und zuckte grinsend mit den Schultern.

»Haben wir denn keinen richtigen Wein aus Zypern? Und nicht dieses Rosinenwasser?«, jammerte der Boss, »das nehme ich zum Zähneputzen!«

Daggi beugte sich höflich vor. »Leider nein, mein Herr«, sagte sie übertrieben freundlich und goss die Gläser voll.

Neidisch sah er zum Kabel-Ede hinüber. Der war clever gewesen und hatte sich gleich sein Hafenbräu mitgebracht. Aber nochmal losgehen und Bier holen wollte der Boss nun auch nicht.

Jörg trug eine riesige Fliege, Tatze einen alten Schlips aus der Putzlappenkiste um den Hals.

An einem Extra-Tisch, neben einem Plattenspieler, saß Pietsch, der Veranstalter des heutigen Abends. Nervös betrachtete er jeden Einzelnen, der in die Messe kam. Dann, als schließlich das allgemeine Gemurmel verstummte, begrüßte er alle Anwesenden herzlich und zeigte auf die Hüllen der Schallplatten. »Heute hören wir einen Querschnitt aus der Oper von Peter Iljitsch …«

»Lenin!«, sagte Voigt. Ob es nun Spaß war oder ob es ihm nur so rausrutschte?

Während alles lachte, guckte der Funker seinen Freund beleidigt an, versuchte sich zu beherrschen, setzte ein Lächeln auf und fuhr fort: »Tschaikowski! Tschaikowski natürlich. Wir kennen diesen Komponisten von … zum Beispiel vom *Nussknacker.*« Er sah sich in der Messe um und hob den Zeigefinger. »Zum Beispiel kennt ja wohl jeder Willi Schwabes Rumpelkammer.«

»Ich kenn nur Bolles Rumpelkammer!«, tönte der Bootsmann.

Als wieder alle johlten, beeilte sich der Funker, die alberne Stimmung zu dämpfen. »Wenn der Willi Schwabe die Treppe rauf kommt, erklingt immer der *Tanz der Zuckerfee.* Und das ist aus der Nussknacker-Suite von Tschaikowski.«

Darauf wurde es still.

»Doch zuerst«, sagte er erleichtert und in ruhigem Ton, »hören wir sein Klavierkonzert Nummer 1. Das sollte jedem bekannt vorkommen, schließlich sind die Anfangstakte die Erkennungsmelodie der Solidaritätsaktion im Rundfunk der DDR. Unter dem Motto: Dem Frieden die Freiheit …«

Plötzlich flog die Tür auf. und der Eisbär, nicht mehr ganz nüchtern, polterte herein. Sofort zeigte Bagemiel auf das Fernglas, das dem Eisbären um den Hals hing. »Ist das Binokel da etwa von der Brücke?«

»Nein«, lallte der Eisbär, »das ist mein privates Opernglas.« Dann ließ er sich laut zwischen Fleischi und Eiche auf den Boden nieder. Als Daggi ihm einen Sessel anbot, nahm er dankend an. Danach trat Ruhe ein, und der Funker konnte endlich den Plattenspieler bedienen. Leise setzten sich nun auch Liese und Daggi und als die Musik begann, grinsten sich einige an. Dann lauschten sie.

Bagemiel schaute vom Chief zum Funker. Man sah ihm an, das das eine Pflichtveranstaltung für ihn war. Wäre es James Last oder Bert Kaempfert gewesen, ja dann. Aber klassische Musik?

Eiche kaute mit offenem Mund Kaugummi. Daneben saß Jörg. Warum Eugen Onegin, dachte er. Warum dieser harte übersteigerte Stoff? Was wollte der Funker damit beweisen? Jörg hatte sich anfangs vorgenommen zu stören. Doch er liebte Musik und wollte dem Funker keinen Gefallen damit tun, sein Bild über die primitiven Matrosen zu festigen. Schon als Jugendlicher mochte er die Klassik. In der Schule war es Prokofjews »Peter und der Wolf«, Schostakowitschs »Leningrader Sinfonie« und Schumanns Lieder. Später, durch die Adaptionen in der Rockmusik, kamen vor allem Mussorgski und Bach hinzu. Prokofjews *Tanz der Ritter* hatte er zig mal rauf und runter gehört. Das Ding mit E-Gitarre herausbringen, das wäre krass!

Überhaupt: die alten Russen. Nach einigen Theaterbesuchen hatte er angefangen, Tschechow und Dostojewski zu lesen. Nur mit Operetten und Volksmusik konnte man ihn jagen. Einen Arm aufgestützt und gedankenverloren betrachtete er den Funker, der seine Augen geschlossen hatte. Gern hätte er von ihm gelernt. Besonders im Funkbereich, die ganze Technik und so. Aber da war eine Wand. Eine Schranke. Auf der nächsten Reise, so hatte Struppi verkündet, würde er mal einen Konzertabend machen. Aber nichts mit Klassik, sondern, wie es sich für einen Leipziger gehört, über Renft.

Nach einer Weile schloss nun auch der Kapitän seine Augen. Manche guckten verstohlen nach unten, andere in Richtung Fenster in die Dunkelheit. Rühmling dagegen tat begeistert und nickte ständig.

Jörgs Blick wanderte langsam zu Pluto. Der hatte sich doch tatsächlich ein Buch mitgebracht. Fleischi nahm sich gleich mehrere Salzstangen. Es knackte laut, als er auf ihnen herumbiss. Kurz darauf begann er laut zu husten. Immer und immer wieder.

»Na, haste dir verschluckt«, blökte Stinkie.

»Psst«, zischte Daggi.

»Is ja jut!«

»Ruhe jetzt«, raunte nun auch Rühmling.

Der Eisbär gähnte und streckte sich dabei. Wieder war nur die Musik zu hören.

Liese grinste zu Jörg herüber, denn sie hatte dem Funker zugeschaut, wie der, in sich selbst versunken, immer noch mit geschlossenen Augen, seinen Kopf hin und her bewegte.

Unverhofft wurde die Musik durch Bagemiels lautes Schnarchen gestört. Der Chief stupste ihn an, dann war er wieder still.

Mittlerweile lief die zweite Seite der Platte, und Bolle sah stöhnend zur Uhr. Das muss wohl Eiche auf eine Idee gebracht haben, denn er erhob sich und verließ leise die Messe. Kurz darauf ging auch der Second. Der Ede flitzte hinterher, obwohl er gar keine Wache ging. Vielleicht ist der ja nur aufs Klo, dachte Jörg. Aber der Ede kehrte nicht wieder.

Fleischi holte sich Erdnüsse vom Nebentisch, Daggi lehnte ihren Kopf an Tatzes Schulter, und der Bäcker kaute nervös an seinen Fingernägeln und wünschte sich heimlich einen Blackout, damit dieser Abend gelaufen wäre.

Bagemiel schlief, die Arme vor der Brust verschränkt, tief und fest.

Jörgs Gedanken kreisten inzwischen um die neue Wohnung, Anne und die Zukunft. Jetzt könnten sie beide nach Holland fahren. Im letzten Brief hatte Anne das erwähnt. Zuvor bräuchten sie aber noch ein Visum, das sie sich dann in Berlin abholen müssten.

Eine Weile war vergangen, als der Funker wieder seine Augen schloss und mit der rechten Hand zu dirigieren begann. Da rülpste der Bootsmann so laut, dass selbst der Alte kurz wach wurde. Entsetzt schaute der Funker in die Runde.

Stinkie krächzte vor Freude los, und Daggi guckte den Boss empört an. »'tschuldigung. Das kommt von dem Wein!«, sagte der und rückte triumphierend seinen Schlips zurecht.

Endlich löste sich die Verkrampfung. »Und das Stück ist von Puschkin?«, fragte Fleischi.

Der Funker wollte leise erklären, dass nur die Geschichte von Puschkin wäre, da blökte der Eisbär: »Quatsch, das war doch ein Maler.« Durch das Gelächter wurde Bagemiel erneut wach. »Puschkin?«, sagte er und setzte sich wieder aufrecht hin, »das ist doch n Russendampfer!«

Er stutzte und sah sich um. Nun, hellwach, verbesserte er sich schnell. »Äh, ich meine ein sowjetisches Schiff.« Verlegen trank er von seinem Wein und stellte beruhigt fest, dass es glücklicherweise keinen Politoffizier mehr an Bord gab.

Im Laufe des nächsten Vormittags kam der Chief pfeifend in den MKR, legte seinen Gehörschutzbügel ab und nahm sich seine Tasse. Als ihn der Eisbär angrinste, merkte er erst, was er da pfiff.

»Oh Mann«, stöhnte er und goss sich den heißen Kaffee ein, »was werden bloß unsere Enkel später dazu sagen?« Vorsichtig nahm er einen Schluck und überlegte. »Die werden bestimmt unsere schönen Jugendlieder vom Aufbau, Heimat und dem kühlenden Morgen erst gar nicht mehr hören wollen. Oder? So, wie wir einst unseren Vätern sagten: hör bloß auf!«

Fragend sah er den Eisbären an. Voigt kam herein und hörte zu, wie der Chief fortfuhr: »Für uns war das doch alles Nazipropaganda damals, egal was, wenn es nur aus dieser Zeit war. Aber was werden die Enkel über uns sagen? Lass den Scheiß, Opa? Sei still? Du, mit deinem sozialistischen Singsang. Oder werden sie lachen, wenn wir ihnen davon erzählen? Ihr mit euren Utopien?«

»Utopien?«, entgegnete Voigt, »Illusionen würde ich sagen. Spinnereien. So sieht's doch aus.«

Seit einigen Tagen war er, wie er nun stets betonte, kein Parteimitglied mehr.

»Na, noch ist der Drops nicht gelutscht«, sagte der Chief und pustete in die dampfende Tasse. Er ärgerte sich schon, dass er sich so offenbart und dieses Thema angefangen hatte. »Vielleicht hätte man das Ganze nicht so übertreiben sollen«, sagte er nach einer Weile, »ich meine mit den Pioniertüchern, Fackelzügen, Bildern von Honecker und Lenin und so. Das war doch alles irgendwie zu aufgeblasen. Das mochte doch der Großteil der Bevölkerung überhaupt nicht. Und nun könnte das ja etwas runter gefahren werden. So auf halbe Kraft, um das mal technisch zu sagen.«

Er überlegte kurz. »Ach, von mir aus auch ganz weg damit! Es geht doch auch ohne diese Pfingsttreffen und Fahnenappelle. Wenn es denn so in den Köpfen stimmt, ist es doch gut so. Das dürfte doch dann auch reichen. Schließlich ist das noch lange nicht das Ende in der Entwicklung. Da gibt's doch wohl keine Alternative. Zurück kann ich mir jedenfalls absolut nicht vorstellen. Und wer weiß, vielleicht besinnen sich ja die Leute noch. Jetzt, wo doch gestern der Krenz abgetreten ist, dürften ja ganz andere Köpfe an die Macht kommen. Leute, die keiner kennt. Und mit mehr Kompetenz.«

Voigt lachte nur und schüttelte den Kopf: »Schau dir mal an, was da so alles in der Zwischenzeit passiert ist. Da schießen die Bürgerbewegungen und Parteien wie die Pilze aus dem Boden. Demokratischer Aufbruch, Demokratie Jetzt, SDP, Grüne Liga und wie sie alle heißen. Selbst die Blockflöten spielen nicht mehr mit. Und da denkst du noch, das geht so weiter mit dem Sozialismus? Der wurde mit der Grenzöffnung doch längst begraben. Die sind doch nicht doof da im Westen. Diese Chance kriegen die doch nie wieder. Ob da jetzt der Gerlach, diese Pfeife, dran ist oder nicht. Was spielt das noch für 'ne Rolle?« Er lachte. »Ha, LDPD. Wer sind die denn? Da hätten sie auch den Gerald Götting nehmen können. Den von der CDU.«

Voigt machte eine Pause und grinste verschmitzt. »Da bekommt dann der Begriff GD für die Zukunft eine ganz neue Bedeutung. Statt Generaldirektor heißt es dann Gottesdienst.«

»Na ja«, sagte der Eisbär, »und ML ist dann wieder Milliliter und nix anderes.«

Winterbereitschaft Stufe I ausgelöst, alle Punkte gemäß Maßnahmeplan in Kraft, FL-System entwässert. ENO

Bagemiel las die letzten Tagebucheintragungen des Chief Mates. Dann sah er auf. »Na Genos, ... äh, Herr Winkler, so kurz vor Westeuropa ist doch so, als wenn man schon fast in Rostock auf dem Bahnsteig steht.« Er kratzte sich am Bart und schaute zum Steuermann. »Trotzdem dürfen wir hier keine Routine reinkriegen.«

Es war Wachwechsel und der Second hatte gerade übernommen. »Die abgesegelten Karten sind alle radiert. Die neuen Kurse habe ich eingezeichnet«, sagte Winkler.

Bagemiel nickte zufrieden. »Habe ich euch eigentlich die Story vom Blackout erzählt?«

»Welcher Blackout?«, fragte der Second.

Bagemiel ging langsam zu seinem Stammplatz, setze sich und wartete, bis seine Zuhörer ihm folgten.

»Also da war ich noch 2. Nautiker auf einem Typ X. Da hatten wir am späten Abend einen Blacky. Stockdunkel der Dampfer. Finster wie im Bärenarsch. Und da wurde die Stewardess vergewaltigt.«

»Ach du Scheiße!«, entfuhr es dem Dritten, der gerade etwas von Notdiesel erwähnen wollte.

»Ja«, fuhr Bagemiel mit ernster Miene fort. »Sie wurde dann befragt. Also von mir als medizinisch Verantwortlichem und vom Kapitän. Sie sollte aussagen, wer es war.«

Bagemiel machte es spannend, rutschte langsam vom Stuhl und sagte schließlich: »Es war wohl der Polit, denn gemacht hat er fast nichts, aber gequatscht hat er die ganze Zeit!«

Die beiden Nautiker starrten betreten ihren Kapitän an. Doch der klatschte unerwartet dem Dritten seine rechte Hand auf die Schulter und feixte.

An Deck war es nun ungemütlich und Jörg froh, gemeinsam mit Tatze in den Aufbauten zu sein. Auf den ersten Blick war Farbewaschen nicht das Optimale, aber, so waren sich beide einig, besser noch als mit Fesiasol die Klos zu schrubben.

Tatze amüsierte sich immer noch über Fleischis Aktion zur morgendlichen Smoketime. Wieder hatte dort Rühmling gesessen, war es nun aus Langeweile oder weil er Kontakt zu den neuen Kollegen suchte. »Eh, das ist ein Pausenraum. Kannste dich nicht in deine Bude verziehn? Du siehst doch, das hier wenig Platz ist«, hatte Fleischi ihn aufgezogen.

Unterstützung war natürlich auch von Stinkie gekommen. »Also wenn de schon keene Kippen uff die Back lechst, wat willste denn hier?«

»Genau. Und außerdem sitzt hier nur der Klub der Parteilosen.« Fleischi hatte eine kurze Pause gemacht. »Na gut, Pluto darf gerade noch so mit rein.«

Das hatte seine Wirkung nicht verfehlt und der Stuhl wurde schnell geräumt. Als Tatze wieder weiterarbeitete, fragte Jörg nach einer Weile: »Und vermisst du jetzt was?«

Tatze verstand die Frage nicht.

»Na, die Parteiversammlungen und so.«

Tatze senkte die Bürste und wischte mit einem Lappen die Wand trocken. »Hm, eigentlich nicht.« Er schüttelte den Kopf.

Hinter ihnen waren Schritte zu hören. Bagemiel polterte den Niedergang hinunter. »Na, ihr zwei beiden! Das macht doch Spaß!« Grinsend stand er da, mit einem Zettel in der Hand.

Jörg, der auf dem schmalen Gang direkt vor dem Kapitän stand, sagte kein Wort. Der grinste immer noch. »Und, Herr Schmidt, alles fit im Schritt?«, strahlte er und, ohne eine Antwort abzuwarten, trottete er pfeifend weiter zur Kombüse.

»Ist unser karierter und wohlgenährter Koch auch anwesend?«, fragte er die erschrockene Oberstewardess, die gerade die Küchenabfälle über die Reling gekippt hatte. Daggi zeigte mit dem Daumen nach unten. »Der ist in der Kühllast. Soll ich ihm etwas ausrichten?«

»Nee, nee, lassen Sie mal.« Bagemiel schaute auf seine Aufzeichnungen. Der übliche Bestellkram. Er seufzte kurz und begab sich nach unten, wo Hackgeräusche zu hören waren. »Kariert, kariert, kariert. Der Bollnow sieht kariert …«, trällerte er.

»Hallo Köchlein! Nicht erschrecken.« Bagemiel stand vor der geöffneten Last. Kälte schlug ihm entgegen und Bolle, in eine Wattejacke gehüllt, stellte ein großes Beil ab und schob sich am Kapitän vorbei. In den Händen trug er eine Schüssel. »Brrr, ist das kalt.«

Schnell verriegelte er hinter sich das schwere Schott.

»Was ist das denn?« Bagemiel deutete auf das Gefäß, in dem sich eine große, graubraune Masse befand.

Bolle wischte sich über die Stirn. »Na heute ist doch Donnerstag«, sagte er und hob die Schüssel auf, um nach oben zu gehen.

»Ja? Und?« Bagemiel konnte mit der Antwort nichts anfangen.

»Na Donnerstag«, sagte Bolle, »da gibt's doch Ihren Erbseneintopf.«

»Moment mal.« Bagemiel zeigte auf den gefrorenen Klumpen.

»Soll das etwa mein Erbseneintopf sein?«

Bolle nickte. »Oder denken Sie, ich koche den jede Woche neu?«

Fassungslos starrte der Kapitän seinen Koch und die Schüssel in dessen Händen an. »Pfui Deibel! Den können Sie alleine fressen!«, brüllte er. Vergessen war die Bestellung. Der Abend war gelaufen. Heute würde er, wie seine Kollegen auch, nur Brot essen.

Dafür freute man sich in der Mannschaftsmesse, denn Bolle hatte zur Feier des Tages den Rest der Suppe aufgetaut. So waren einige Teller neben der Kalten Platte im Angebot, die von Liese als »Schnelle Kelle« serviert wurden. Sogar mit Bockwurst. Und mit Nachschlag für Fleischi.

Verwirrt und traurig schaute der Funker am nächsten Nachmittag auf die Stationsuhr, mit ihren roten und grünen Segmenten, auf den Hauptsender, auf dem sich etwas Staub angesammelt hatte, machte das Funktagebuch zu und ging hinüber zu den Nautischen Kollegen, um seinen Frust loszuwerden.

Dort hörte man schon Bagemiels lautes Lachen, denn der Chief Mate schwelgte mal wieder in Erinnerungen. »Ich werde nie vergessen, als damals – bei unserem Besuch in Friedland – der Bootsmann die Kleine vom Patenbetrieb abschleppen wollte. Diese blonde Sekretärin, die Rita von der Stärkefabrik. Weißt du noch?«

»Klar weiß ich's noch. Die Rita Trapanese, oh Mann!«

»War das nicht in diesem Sportpavillon?«

»Nee«, grinste der Kapitän, »das wird im Volkshaus gewesen sein. Der Chief wollte doch an dem Abend unbedingt den Bürgermeister überreden, noch einen Absacker im Fangelturm zu organisieren. Extra für die Seeleute. Aber der Genosse hatte ja angeblich keinen Schlüssel.«

Bagemiel schaute fröhlich zum Funker hinüber, der völlig verstört vor dem Radar stand. »Was'n los Funkmeister? Sie sehen ja aus, als wenn wir es nicht mehr schaffen, nach Hause zu kommen.«

Pietsch versuchte die Fassung zu wahren. »Ich habe eben mit meiner Frau telefoniert«, schluckte er. »Das muss man sich mal vorstellen. Also so was! Da hält doch bei uns zu Hause ein dicker Mercedes vor dem Tor. Meine Frau guckt auch noch aus dem Fenster. Und da spaziert so ein Ehepaar einfach auf unser Grundstück, geht auf den Hof umher und in den Garten. Wie im Zoo. Meine Frau ist raus und hat sie gefragt, ob sie vielleicht helfen könne, denn sie dachte, die hätten sich verirrt oder so. Aber der Mann sagte in so einem süddeutschen Akzent, dass er auf keine Hilfe angewiesen sei, schließlich kenne er sich hier aus, es wäre ja sein Grund und Boden.«

»Na leckt mich doch am Dups! Denen hätte ich aber den Marsch geblasen, das könnt ihr aber annehmen«, echauffierte sich Bagemiel. »Das gibt's doch in keinem Russenfilm! Jetzt kommen schon die ersten Geier über die Grenze. Da könnt ihr doch mal sehen, wofür die alles gut war.«

Der Chief Mate stellte seine leere Tasse auf den Kühlschrank und sah zum Funker. »Ich denke Sie haben einen Hund?«, fragte er betont ruhig.

»Ach, Caruso. Das ist ein ganz braver. Ein Langhaarcollie.« Pietsch lächelte, als er das sagte.

»Caruso?«, Bagemiel griente. »Kaufen Sie sich mal lieber einen scharfen Dobermann oder besser noch: einen Rottweiler. Der fackelt nicht lange. Wer weiß, ob dieses Gesocks nicht eines Tages wieder auf der Matte steht? Die wurden doch schon längst alle im Westen entschädigt. Oder etwa nicht? Na also. Meinen Sie, die könnten da trotzdem noch Ansprüche geltend machen?«

»I wo!«, winkte der Chief Mate ab, »dazu wird's nicht kommen. Da gibt es ja wohl noch Gesetze.«

Der Funker rieb sich den Bart und wiegte dabei sein Haupt. »Ach«, sagte er schließlich, »das alles erfüllt mich keineswegs mit Selbstsicherheit.«

Irgendwie siehst du aus, wie dieser Feliks Dzierzynski, dachte der Chief Mate. Das aufgebrachte Häufchen Unglück tat ihm plötzlich leid. »Und außerdem«, versuchte er den Funker nun zu beruhigen, »das werden sich unsere Leute doch nie und nimmer gefallen lassen. Dann könnten ja auch die Ostpreußen losziehen oder die Sudeten. Nee, nee. Habt mal keine Bange.«

Also doch! Liese war schwanger. Als es zum Abend Fisch gegeben hatte, war ihr plötzlich wieder schlecht geworden, und sie war hinaus zur Reling gerannt.

Nun hatte sie sich Daggi anvertraut. Wer's war, wollte sie allerdings nicht sagen. Da blieb sie stur. Es sollte niemand an Bord mitbekommen. Irgendwie würde es schon gehen. Die paar Tage noch.

Tatze zog den Duschvorhang zur Seite und wischte mit der Hand über den beschlagenen Spiegel. Als er sich abtrocknete, drehte er sich hin und her. Seit einigen Monaten wuchsen ihm immer wieder Haare auf dem Rücken, die sich schon bis zur ersten Impfpocke am rechten Oberarm heranschlichen.

Ich werde wohl langsam alt, dachte er. Daggi musste also wieder ran. Natürlich hatte er von Lieses Schwangerschaft von ihr erfahren. Daggi hatte es schon geahnt. Frauen spüren das. Seine Gedanken wanderten schließlich zum gemeinsamen Winterurlaub. Trotz der Grenzöffnung freute er sich riesig, dass es nun endlich klappte. Und vielleicht würde im Harz sogar Schnee liegen? Was heißt vielleicht? Bestimmt sogar. Und man konnte ja von dort aus mal rüber in den Westen fahren und sich bei der Gelegenheit auch gleich noch die hundert Piepen von der Bank holen. Was lag da? Goslar? Schmidti hatte jedenfalls so was gesagt. Hatte der mal bei Heine gelesen.

Fleischi wusste zu erzählen, dass es mit den Westradatten nicht ewig gehen würde. Wohl nur bis Silvester. Also doch lieber noch in Bremerhaven Kohle abholen. Was man hat, das hat man.

Nebenan war Daggi schon beim Packen. Als Tatze in die Kammer trat, war ihm, als bekäme er einen tiefen Schlag in die Magengrube. Seine Verlobte saß still in der Ecke auf der Backskiste und las in seinem grünen Tagebuch. Ihre Reisetasche stand halb gefüllt an der Koje, auf dem Tisch lagen noch zwei Romane, und die offene Spindtür bewegte sich mit dem Seegang. Zuerst wollte Tatze so tun, als hätte er es nicht bemerkt, aber dann versuchte er doch, ihr das Buch zu entreißen.

»Gib das her!«, fauchte er sie an.

Daggi presste wütend seine Aufzeichnungen an ihre Brust. »Sag mal, schämst du dich nicht? Was hast du hier alles über deine Kollegen geschrieben? Du, du Spitzel!«

»Gib das her!« Tatze wurde nun lauter.

»Phh, von wegen Tagebuch. *Neigt nicht zu Mängeldiskussionen oder Nörgelei.* Oder hier«, sie hielt das Buch krampfhaft fest, blätterte ein paar Seiten weiter und zitierte, *zum Kollektiv hat er ein gutes Verhältnis, hält sich aber meist im Hintergrund. Befürwortet die Politik Gorbatschows. Nutzt Landgänge zum Einkaufen.*«

»Na und? Ist da etwa was Schlechtes bei?«, brüllte Tatze mit überschnappender Stimme.

»*Stellte ich kein moralisches Fehlverhalten fest.* Wer bist du denn, dass du so was schreibst? Ein Anscheißer! Ein Anscheißer bist du«, rief sie aufgebracht. »Und mit so was wollte ich …«

»Gib das her, sonst …«

»Sonst was?«

Beide zerrten an seinem grünen Buch. Als Daggi den Griff nicht lockerte, schlug er zu. Mit der flachen Hand ins Gesicht. Sofort ließ sie los. Stille. Eine unheimliche Stille.

»Du Schwein. Mach dich aus meiner Kammer.«

»Daggi, Liebes, verzeih …«

Das Handtuch war von seinen Hüften geglitten. Nackt stand er da, mit dem Notizbuch in den Händen.

»Raus, hab ich gesagt. Du mieses kleines Arschloch. Hau ab!«

Sie heulte plötzlich los und rannte nun selbst aus der Kammer.

Dann ging das Schott noch einmal auf. »In fünf Minuten bist du hier raus. Wenn nicht, erzähl ich allen an Bord, was du für einer bist.«

Dann fiel das Kammerschott wieder laut hinter ihr zu.

Verwirrt stand Tatze da und schaute sich um. Von den Wänden glotzten Milli Vanilli und Madonna um die Wette. »Scheiße«, flüsterte er halblaut. »Scheiße, Scheiße, Scheiße.« Er hatte sie geschlagen. Und was noch viel schlimmer für ihn war: Daggi wusste nun über ihn Bescheid. Wie sollte er ihr das alles nur in Ruhe beibringen? Ob sie wenigstens bemerkt hatte, das seine Aufzeichnungen für die Berichte schon Anfang der Reise endeten? Er hätte die Kladde wegwerfen sollen.

Langsam suchte er seine Sachen zusammen und zog sich an. Trotz der Wärme in der Kammer begann er plötzlich zu frieren.

Das kann es doch nicht gewesen sein! Er musste sich bei ihr entschuldigen. Und vor allem: ihr alles erklären und versuchen, sich wenigstens etwas zu rechtfertigen. Wie es überhaupt dazu kommen konnte und wie sie ihn jahrelang erpresst hatten, das zu tun, was er getan hatte.

Als Daggi nach einer Stunde zurückkehrte, waren Tatze und dessen Sachen verschwunden. Nur im Sanitärraum stand noch sein Rasier- und Zahnputzzeug herum. Sie schaute in den Spiegel. Ihre Wange war ein bisschen geschwollen. Bevor sie mit dem Kühlen anfing, stellte sie Tatzes Reste vor die Kammer und verriegelte das Schott. Kurz danach öffnete sie es erneut. Nun flog auch sein vergessener Schlafanzug vor die Tür.

Im Hauptgang herrschte längst Ruhe. Liese schlief schon, und auch bei Fleischi, Pluto und dem Ede war heute nichts mehr los. Gut so, dachte Tatze, als er in seine alte Bude schlich, es brauchte ihn niemand mit seinem Gepäck zu sehen. Obwohl, verheimlichen ließ sich das sowieso nicht.

Auf seiner Toilette musste er unweigerlich an Stinkie denken. »Na und«, würde der jetzt sagen, »sieh dit doch ma positiv. Kannste wenichstens wieda im Stehen pinkeln.«

Aber ihm war nicht nach Lachen zumute. Immer noch mit flauem Magen ging er schließlich nach achtern. Es war kalt, und die FRIEDLAND schaukelte durch die raue Dezembernacht. In hohem Bogen warf er das Notizbuch in die aufgewühlte See. Dort unten, wo ab und zu im Schein der Hecklaterne das Schraubenwasser zu erkennen war, schwamm sein schlechtes Gewissen in die Dunkelheit.

»Ph, wer ist wer? Diese beschissene Frage könnt ihr nun selbst beantworten«, dachte Tatze. Wie lange er dort gestanden hatte und wann er zurück zu seiner Kammer gegangen war, wusste er nicht. Es war weit nach Mitternacht, als er auf die Uhr schaute. Durchgefroren dachte er an die Ereignisse, die schon über neun Jahre zurücklagen. Er erinnerte sich an den Abend im Frühling. Es war in Wolgast. Sein Schnellboot lag dort in der Werft. Wäre er damals bloß mit den anderen zurück in die kleine Kaserne gegangen. Aber nein, er musste ja draußen, vor den »Vier Ecken«, wie sie die beliebte HO Gaststätte nannten, auf die scharfe Marion warten. Den ganzen Abend hatte sie ihn beim Bedienen lächelnd angesehen, auch mal zugezwinkert. Nun saß er auf den Stufen und wollte es genau wissen.

Zwei Matrosen vom benachbarten Raketenschnellboot torkelten aus der Tür. Sie schienen die letzten Gäste zu sein. Kein Molli weit und breit. Es konnte also nicht mehr lange dauern. Ein VW kam und hielt mit laufendem Motor. Teure Kiste, dieser Golf, dachte er noch, als die ersten Kellnerinnen, eine nach der anderen, die »Vier Jahreszeiten« verließen.

Dann kam Marion. Endlich. Tatze stand auf, klopfte sich seine Uniformhose sauber und nahm seine Mütze. Gerade wollte er auf sie zugehen, da öffnete sich die Tür des Wagens und Marion eilte lachend, ohne ihn auch nur eines Blickes zu würdigen, die breite Treppe hinunter und stieg ein. Dann sah er nur noch die Rücklichter. Weg war sie. Dieses Luder. Er war wütend. Wütend auch auf sich, denn er hatte ihr eine Menge Trinkgeld gegeben.

Auf dem Weg zur Unterkunft hörte er in der Ferne die beiden Raketenheinis singen und brüllen. Ein Mann kam ihm auf einem quietschenden Fahrrad entgegen. Er schien es sehr eilig zu haben. Irgendwann, Tatze war kurz vor dem Tor, rauschte plötzlich ein Lada heran, bremste scharf neben ihm und zwei Männer in Zivil stiegen aus. Keine Ahnung, wo er eigentlich war und wie ihm geschah, saß er einige Minuten später in einem kahlen Raum. Verschleppt von der Staatsmacht. Und die behauptete, er hätte feindliche Lieder gesungen und gebrüllt, dass er in die NATO wolle. Na klar, Stabsmatrose Tatzki wollte auch unbedingt in die NATO!

Die folgenden Stunden, in denen er verhört wurde, würde er nie wieder vergessen. Sich keiner Schuld bewusst, müde und genervt von den immer wiederkehrenden gleichen Fragen, blieb er standhaft, machte aber auch keine genauen Angaben zu den beiden betrunkenen Matrosen von der 5. Brigade.

Es wurde längst hell, als man ihn laufen ließ. Dann, er hatte die Geschichte längst verdrängt, wurde er ein Jahr später zum Spieß auf die Bude gerufen. Rachow saß in seiner blauen Fähnrichsuniform am Tisch, neben ihn ein junger Oberleutnant, den Tatze nicht kannte. Zuerst dachte er, es wäre, wie bei einigen anderen auch, die bald nach Hause gingen, ein Gespräch mit Aussicht auf eine Stelle bei der Feuerwehr, Kripo oder Wasserschutzpolizei. Die übliche Werbetrommel. Doch dann merkte er, das etwas anders war. Der Kerl ist doch vom GA VII.

Und so war es dann ja auch. Anfänglich stellte er belanglose Fragen. Schließlich wollte er wissen, warum Tatze drei Jahre zur Volksmarine gegangen sei. »Erzählen Sie mir jetzt nicht diesen Quatsch von Frieden, Schutz des Vaterlandes und diesen Schnulli.«

Tatze war beeindruckt von der Offenheit ihm gegenüber. Lag es etwa daran, dass Rachow die Kammer verlassen hatte? Irgendetwas warnte ihn jedoch: Pass bloß auf, was du dem erzählst.

Natürlich hatte er sich zu drei Jahren verpflichtet, weil er studieren wollte. Sein Traum war immer noch, Nautiker zu werden.

Der Oberleutnant machte sich einige Notizen. Dann kam Rachow zurück, und Tatze dachte, nun wäre ja alles gesagt. Aber plötzlich hieß es: »Zeigen Sie mir doch mal, wo Sie logieren.«

Was sollte das denn?

Sie gingen den Niedergang hinunter, dort, wo auf dem Wohnschiff die Mannschaftsdienstgrade und einige Unteroffiziere untergebracht waren.

»Machen Sie mal Ihren Spind auf.«

Mit mulmigem Gefühl öffnete Tatze seinen kleinen Blechschrank. »Und nun packen Sie mal alles schön auf den Tisch!«

Tatze wurde rot. Wütend holte er Schreibzeug, Bücher, Waschutensilien und Uniformteile heraus und legte alles auf das mit Kaffeeresten verzierte Wachstuch.

»Weiter. Den Rest möchte ich auch noch sehen!«

Nun kamen einige unerlaubte Teile zum Vorschein.

»Sieh an, sieh an. Der Kollege Lindenberg. Aha, Sister King Kong.« Der Offizier drehte die Kassette in den Händen. »Hm«, grinste er, »Rock'n'Roll-Arena in Jena. Ist ja mächtig interessant.«

Danach musste Tatze auch noch sein Schreibpapier auspacken. Etliche Fotos rutschten aus einem Kuvert. Scheiße!

»Na, die nehmen wir doch mal mit nach oben«, freute sich der Oberleutnant, während Rachow vor der Tür stand.

»So, nun noch Ihr Kassettengerät«, forderte der Mann ihn auf, wobei er mit der linken Hand winkte. »Na los, kommen Sie schon.«

Aber Tatze schüttelte den Kopf. »Der ist zu Hause, Genosse Oberleutnant. Sie wissen doch selbst, dass wir hier keine Rekorder haben dürfen.«

Unschuldig versuchte er zu lächeln. Natürlich war sein Rekorder an Bord, den aber hatte sich der Funker geholt, um eine Stelle zu löten und um selbst Musik zu hören. Und nun war der Puster im Urlaub und das Gerät noch verborgt.

»Ihr Bandmaß können Sie behalten, darauf bin ich nicht scharf«, feixte der Oberleutnant, »wir wollen doch nicht, dass Sie bei einer Kontrolle Ihres Diensthalbjahrs nackig dastehen, Genosse Stabsmatrose. Oder darf ich schon sagen: Genosse Matrose?«

Tatze erschrak.

Dann wollte der Offizier die Schutzmaskentasche und die Koje sehen. Später sogar den orangenen Kampfanzug. Nichts. Auch auf dem Boot. Kein Kassettengerät.

In Tatzes Kopf spielten sich wilde Szenen ab. Irgendjemand musste ihn verpfiffen haben. Der kaputte Binnenschiffer mit den Pickeln und den Segelohren vielleicht? Dieser Idiot, der abends öfter mit einer Kassette von Jonny Hill ankam und dann immer bei seinem Lieblingslied vom Teddybär eins-vier geheult hatte? Und der doch nur neidisch war, wenn Tatze mal von seinen Landgängen in Hamburg, Bangkok oder Schanghai erzählte, während er nur auf der Havel rumgeschippert war. Hatte der ihn verpfiffen? Aber der war doch schon seit einem Monat zu Hause.

Wahrscheinlich wird es der neue E-Gast vom anderen Boot gewesen sein. Der war in der Partei und irgendwie suspekt. Egal, wer es gewesen ist: Sie hatten die Fotos! Und mit denen war er erpressbar. Fotos zu machen, noch dazu von militärischen Geräten, Waffen und Anlagen war streng verboten. Das konnte Schwedt bedeuten. Zumindest aber das Seefahrtsbuch kosten, das er nach der NVA wieder neu beantragen musste …

Auf der FRIEDLAND war es ruhig. Nur manchmal holte das Schiff mächtig über. Tatze legte sich in die Koje und schaltete das Licht aus. Bettwäsche würde er wohl für die letzten Tage nicht mehr brauchen. Ein Handtuch hatte er sich vom WC geholt, das gegenüber seiner Kammer lag. MALIMO. Weiß mit rosa, gelben und grünen Streifen. Es schien noch unbenutzt. Daggi. Wie sollte er ihr das alles nur erörtern? Was wusste die schon vom Armeeknast in Schwedt? Er wusste es doch nicht einmal selbst, denn jeder, der davon zurück kam, schwieg. Nur einmal hatten sie mehr davon erfahren, weil Voeschi im Schlaf geschrien hatte. Immer wieder hatte er »Feuer! Feuer!« gebrüllt. Beinahe hätten es alle in der Kammer geglaubt, bis sie sahen, wie der arme Kerl schweißgebadet in seiner Koje fantasierte. Die Flamme, die ihm im Traum erschienen war, sei die Fackel vom PCK gewesen. Mehr sagte er nicht über die vergangenen Monate im Bau.

Wie viel hatte Daggi gelesen? Und wenn alles – es war eigentlich nur belangloses Zeug.

Tatze wälzte sich hin und her und dachte nach.

Er hatte sich damals seinem Kommandanten anvertraut, der ihm riet, schnell Kandidat der SED zu werden. Sein Argument, in die Partei einzutreten, war auch mit der Offizierskarriere bei der Seereederei begründet.

Also Kandidatur. Wenn es denn hilft?

Trotzdem hatten sie ihn am Haken. Er wurde ins Hexenhaus bestellt, dort, wo die Stasi ihren Sitz hatte. Schwedt war es nicht. Studium aber auch nicht. »Seien Sie froh, wenn wir Sie noch hinaus in die große weite Welt lassen«, sagte der Oberleutnant, »andere bekommen diese Chance nie in ihrem Leben.«

Er hatte eine Papiertüte geöffnet und einige von Tatzes Fotos über den Tisch geschoben. Dabei grinste er siegessicher und lehnte sich zurück. Er musterte Tatze eine Weile und zündete sich dann eine Zigarette an. »Auch eine?«

Tatze schüttelte den Kopf. Behalte deine bekackten f6 für dich, dachte er. Es waren die verdammten Bilder aus der Peene-Werft.

Der Oberleutnant ließ sich Zeit. »Ich mache Ihnen ein Angebot«, sagte er und hob einzelne Fotos hoch. »Wenn Sie technisch interessiert sind, wie Sie behauptet hatten zu sein – warum fahren Sie dann nicht auf dem neuen U-Jäger? Oder auf dem KSS hier? Also, Sie verlängern Ihre Dienstzeit oder … Ich meine diese Aufnahmen hier, wir hatten ja schon mal drüber gesprochen … Dafür gehen Sie eine Weile ab. Jeder Militärstaatsanwalt wird Ihnen das bestätigen. Wollen Sie das? Ich denke nicht.«

Er schob ihm ein Blatt Papier rüber. Also doch.

»Es gibt noch eine andere Gelegenheit, hier heil raus zu kommen. Lesen Sie sich das in Ruhe durch.« Der Offizier stand auf. »Ich gebe Ihnen eine halbe Stunde Zeit. Dann möchte ich diesen Text handschriftlich von Ihnen zurück haben. Oder in eigenen Worten. Und lassen Sie sich einen guten Decknamen einfallen. Nicht das Sie mir den später vergessen.« Dann ging er hinaus, und Tatze blieb mit der Vorlage allein im Raum. Seine Augen überflogen die Zeilen.

Ich … geboren am … in … wohnhaft in … verpflichte mich, auf freiwilliger Grundlage …

Freiwillig, was für eine Hinterhältigkeit!

... mit dem Ministerium für Staatssicherheit zusammenzuarbeiten. Die mir übertragenen Aufgaben werde ich gewissenhaft ...

Gewissen!

...entsprechend meinen Möglichkeiten erfüllen ...

Na gut, die Möglichkeiten konnte man schon selbst bestimmen.

... Ich bin darüber belehrt worden, dass ich über diese eingegangene Verpflichtung mit keiner weiteren Person, wie Familienangehörige, sowie anderen Sicherheitsorganen zu sprechen habe. Für meine persönliche Sicherheit wähle ich mir den Decknamen ... Unterschrift

Es schien sich alles zu drehen. Was mach ich hier? Was mach ich bloß? Was wird hier gespielt? Und: was wird aus mir? Ein Schwein? Ein armseliger beschissener Schnüffler?

Die Kehle schien wie zugedrückt. Auf dem Tisch lag gegenüber noch eine Mappe. Er sah sich um. Kein Spiegel an den Wänden, wie er es von den Agentenfilmen her kannte. Sachte hob er den Deckel und las: *bei Zuwiderhandlung Militärgericht*. War das eine Finte? Was für ein Widerspruch! Entweder auf zehn Jahre aufkohlen oder in den Knast? Oder wieder zur See fahren dürfen und das als Stasispitzel? Sollte er es wirklich darauf ankommen lassen? Aber die saßen am längeren Hebel. Sie hatten die Fotos. Da konnte ihm weder sein Kommandant noch die blöde Kandidatur helfen.

Stunden später schlich er mit hängendem Kopf zurück zu seiner Brigade. Das schlimme war: Er konnte mit niemandem darüber sprechen! Zuerst hatte er den Namen *Fritz Globig* nehmen wollen. Aber der Oberleutnant hatte ihn angebrüllt, ob er ihn verarschen wolle: »Den Namen Ihrer Brigade? Sie spinnen wohl!«

»Na dann eben Karl Eduard.«

Schließlich hatte er sich für Dieter Poppke entschieden. So hieß sein verhasster Staatsbürgerkundelehrer. Und verhasst war ihm das, was sie nun von ihm verlangten.

Natürlich kamen sie wieder auf ihn zu. Spät, aber sie kamen.

Vor dem Einschlafen dachte Tatze noch daran, sich unbedingt bei Daggi zu entschuldigen. Was hatten die beiden in den letzten Monaten nicht alles zusammen erlebt und überstanden? Die Beerdigung ihrer Oma, die Geburt der kleinen Rieke, ihrer Nichte. Die Urlaubsreisen und die Demonstrationen zu Hause.

Und dann war da noch ihr Austritt aus der Partei.

Und was hatten sie sich alles gemeinsam angeschafft? Ja, es würde schon wieder werden. Bestimmt. Ging ja gar nicht anders. Soviel hatten sie noch vor. Vielleicht mal einen Jugoslawienurlaub, eine tolle Wohnung und später ein Auto. Und irgendwann, wenn sie der Seefahrt ade gesagt hätten, auch Kinder.

Als er am nächsten Morgen mit ungeputzten Zähnen zum Frühstück in der Messe erschien, stand seine Kaffeetasse umgestülpt auf dem Unterteller. Darunter fand er Daggis Verlobungsring.

Kurz vor Antwerpen begann wie üblich der Schlussakkord. Die Männer auf der Brücke gingen Doppelwache, die Miezen bündelten die Schmutzwäsche, Voigt hatte seine Bestellungen fertig, der Keeper seine Werkstatt und Bolle seine Lasten aufgeräumt.

Rühmling, obwohl er ahnte, dass er nicht auf der FRIEDLAND bleiben würde, hatte seine Dusche mit einer Freibordmarke verziert. Heimlich war er dazu in die Farbenlast geschlichen.

Die Zeit raste nur so. Gleich nach dem Anlegen tobte Fleischi mit Tatze an Land. Einige Zeit später kam er alleine wieder, um kurz darauf erneut, diesmal mit einem Paket unter dem Arm, das Schiff zu verlassen. Immer noch sauer, dass inzwischen jeder zu Hause im Westen einkaufen konnte und ihm nun nichts mehr abnahm, musste sich Fleischi etwas Neues einfallen lassen, um nebenbei Geld zu verdienen. Und diese Idee kam ihm erst in der City. Dort sah er einen Trödelladen, wie es ihn in Antwerpen in jedem Stadtteil zu geben schien. Im Schaufenster hing eine Uniform. Von der NVA! Und das Ding war richtig teuer. Also war der Markt für so etwas da. Sofort machte es »klick«, und Fleischi ließ Tatze allein weiterziehen.

Wieder zurück im Trödelladen packte er dort seine Schätze aus. Für das große Bild von Honecker nebst diversem Wandzeitungsmaterial gab es fast vierzig DM. Und wer weiß: hätte Bagemiels Kapitänsmütze noch irgendwo am Haken gehangen …

Seltsam grinsend stand Eiche an der Gangway und nahm Jörg, der gerade von den Luken kam, in Empfang. »Du glaubst nicht, Schmidti, wer wieder an Bord ist«, sagte er.

Sofort legte der seinen Helm ab und rannte hinunter.

»Fedja! Fedjaaaa!«

»Ääh?«

Der Bäcker kam aus seiner Kammer und schaute hinaus auf den Backbordgang, wo Jörg aufgeregt hin und her lief. »Alles klar?«

»Wo ist der Kerl, Tommy?«

»Wer?«

»Na Fedja. Unser Väterchen! Ich denk, der ist wieder zurück?«

»Was, der auch?«

Jörg wurde stutzig. »Wieso, der auch?«

»Na, der Pope, der Kunkel ist gekommen.«

Enttäuscht trabte Jörg den Niedergang wieder hoch, um Eiche abzulösen. Der Polit war offiziell aufgestiegen, um seine Sachen abzuholen und hatte die Post mitgebracht. Kurz danach kam der Bootsmann hoch. Wütend wusste er zu berichten, dass der Eisbär im Hafen die Müllverbrennungsanlage anfahren solle, damit der Genosse Politoffizier mit Bagemiels Genehmigung seine Unterlagen verbrennen konnte. Denn schließlich musste ja alles seine deutsche Ordnung haben.

»Im Hafen! Ich fass es nicht«, fluchte er. »Aber was soll der Eisi machen, da muss der gucken zu. Capito?«

»Ich geh dann mal nach vorn«, bemerkte Eiche und verschwand.

»Und dann steht heute Abend was im Tagebuch? Na? Verbrennung von Ölschlamm in SAVA.« Ärgerlich schüttelte der Bootsmann den Kopf. »Du mich fragen warum? Ich verstehe nixe ... Ach«, winkte er ab, »die stecken doch alle unter einer Decke.«

»Will der etwa wieder mit uns mitfahren?«, fragte Jörg.

Der Boss zuckte nur mit den Achseln und zog eine Flunsch. »Keine Ahnung. Der pennt jedenfalls in der leeren Kammer hinter dem 2. Techniker.«

Es war windig und die Luft roch nach Schnee. Liese schlug den Kragen ihres Mantels hoch, als sie gemeinsam mit Daggi unterwegs war zum Supermarkt im benachbarten Dorf. Sie interessierte sich für Babykleidung, Babynahrung, Babyspielzeug, Baby-was-auch-immer. Scheinbar freute sie sich auf das Kind. Aber ihre Stimmung schwankte und konnte am nächsten Tag wieder anders sein. Ja, sogar schon nach Stunden. Daggi wollte nur beraten und selbst mal gucken, was sie eventuell gebrauchen konnte. Immerhin kam noch Rotterdam mit seinem Zuidplein.

»Was war denn nun mit dir und Tatze? Warum habt ihr euch getrennt?«, riss Liese sie aus ihren Gedanken.

Das werde ich gerade dir erzählen, dachte Daggi, denn bisher hatte sich Liese ihr auch nicht anvertraut und gesagt, wer sie geschwängert hatte. Ob es der Vater selber wusste? Vor kurzem rätselten Daggi und Tatze gemeinsam noch, wer in Frage käme.

»Ach, das ist …«, entgegnete Daggi, »also das war …ist ja nun egal. Ich denk, es ist besser so. Es sollte wohl nicht für immer sein … Außerdem hab ich jetzt meine Ruhe. Niemand schnarcht mehr laut neben mir.«

Liese schaute ihre Kollegin fragend an.

»Na ja, war 'ne schöne Zeit«, versuchte Daggi betont lässig zu wirken, »und nun beginnt eine neue.«

»Wieso? Was hast du vor?«

»Ich werde wohl wieder an die Küste zurückgehen. Mal sehen. Meine Schwester hat mir geschrieben, ob wir beide nicht jetzt, wo doch soviel möglich ist, ein Café aufmachen sollten.« Sie spannte ihren großen Schirm auf. »Ich bin da noch am Überlegen.«

Liese hakte sich bei ihr unter. »Was meinst du, Daggi, ob es im Westen auch einen Laden gibt, der kranke Pflanzen aufpäppelt? So 'ne Art Pflanzendoktor?«

»Bestimmt. Dort gibt's doch nichts, was es nicht gibt.«

»Meine Palme zu Hause sieht nämlich …«

Eine Hupe krächzte plötzlich hinter ihnen. Erschrocken sprangen sie beiseite, ein Moped knatterte durch die Pfützen vorbei. Daggi sah auf ihren mit Dreckspritzern übersäten Anorak. »Mist! Du Affe!«, rief sie dem »Bromfietser« hinterher.

»Auf der nächsten Reise nehmen wir aber ein Taxi. Jetzt, wo wir doch bestimmt bald mehr Westkohle kriegen werden«, versuchte Liese sie zu beruhigen.

Du und nächste Reise, dachte Daggi und schwieg.

Am Abend gab es mächtigen Ärger, weil Fleischi stockbetrunken war. Gleich nach dem er Pluto abgelöst hatte, war er in seiner Kammer verschwunden. Dort fand man ihn später schlafend und in Arbeitsklamotten in der Koje. Pluto war an Land. Also musste der Keeper in den Maschinenraum.

»Dieser olle Pichelkopp«, schimpfte er, »ick wollte so schön nach Starbroek latschen und een pa Trappisten reinleiern, und da drängelt sich die Saufkanne vor. Und jetze darf ick hier rumreparieren. So eene Scheiße aba ooch.«

Heimkehr in eine ungewisse Zukunft

Es war schon weit nach Mitternacht, als der Ede unerwartet an die Gangway geschlendert kam. Auf dem Achterschiff herrschte Ruhe. Nur vorn, an Luke zwei, wurde noch gearbeitet. Eiche, der gelangweilt in der Ecke lümmelte und Radio hörte, wunderte sich nur, was der zu dieser Zeit hier wollte.

»Und, was sagst du zu Fleischi?«, fragte der Ede.

»Na ja, besoffen im Dienst ist schon Kacke.«

»Ich meine doch das mit seiner Ische«, entgegnete der Ede.

»Wieso, was soll denn mit der sein?«

»Ach, weißt du das noch gar nicht? Der Fleischige hat doch einen Brief bekommen. Von seinem Bruder. Der braucht gar nicht mehr nach Hause fahren. Seine Olle ist nämlich ausgezogen. Die hat dort unten bei den Schluchtenjodlern in Plauen einen Macker aus Regensburg oder Passau oder so etwas, na jedenfalls irgend so 'n Sonnyboy aus Bayern. Ja, den hat sie da beim Tanzen in der Disko kennengelernt, und nun will er ihr Gran Canarien zeigen.«

»Gran Canaria.«

»Ja. Und nun ist die wech. Abgedüst. Hat wohl alles stehen und liegen lassen.«

»Na ja, da kann ich Fleischi schon verstehen, wenn der sich besäuft.«

»Was meinst du«, grinste unversehens der Ede, »ob der Pope schon schläft?«

»Keine Ahnung. Wieso? Kannst ja mal gucken gehen.«

Der Ede schlich die Niedergänge hoch und kam nach kurzer Zeit wieder. »Alles dunkel«, freute er sich und verschwand zum Hauptdeck, um dann mit einem dicken Vierkantholz zurückzukommen. Das schleppte er nach oben, wo es kurz darauf mehrere Male laut schepperte. Gutgelaunt kam er zurück. »So, die olle Ratte ist jetzt bestimmt in seiner Koje hochgeflogen. Gute Nacht.«

Dann war er weg, und Eiche machte sich Gedanken, was er sagen sollte, falls der Polit kommen würde.

Der Chief und sogar Voigt ließen Fleischi in Ruhe. Sie saßen am nächsten Morgen im MKR, tranken Kaffee und lasen in verschiedenen Zeitungen. Selbst zwei westdeutsche Blätter waren darunter. »Die schreiben hier was von Zusammenwachsen von Ost und West. Also mir hat schon damals die Werftzeit bei denen gereicht«, stöhnte der Chief, »ein Haufen Theoretiker. Schlimmer als bei uns. Ja ja, verrückte Zeiten sind das.«

»Tja, nichts bleibt für ewig«, fuhr Voigt fort, »alles ändert sich nun mal.«

Stinkie stand dabei und beobachtete die beiden. Dann sah er zum Eisbären, der ebenfalls mit ihm am Pult lehnte, und räusperte sich. »Nüscht für unjut, wa, aba kennen Se den? Es ändern sich die Zeiten, es ändern sich die Sitten, wat früher kleene Knöppe warn, sind heute Hängetitten.«

»Haben Sie nichts zu tun?«, fuhr Voigt ihn barsch an.

Stinkie beeilte sich zu verschwinden. In seiner Werkstatt traf er auf Fleischi, der immer noch müde und verheult aussah.

»Diese roten Säcke!«, schimpfte der Keeper, »noch vor kurzem wollten se den Sozialismus retten und jetze, wa? Jetzt sind nur noch'n paar von denen übrig. Die glorreichen sieben Samurai oder wie der Schinken damals hieß. Oder bessa: dit Fähnlein der sieben Aufrechten. Oder noch bessa: die sieben Zwerge. Der dritte Nautiker is ja nu och raus. Na, und der Doofidatz Rühmling zählt sowieso nich.«

Natürlich hatte die Parteiarbeit in den letzten Tagen geruht. Keiner wollte mehr irgendetwas damit zu tun haben, sei es nun aus Zeit- oder persönlichen Gründen. Was nützte es noch, wenn es doch zu Hause drunter und drüber ging? Aber diskutiert wurde trotzdem überall.

Bagemiel schaute von seinem Fenster auf das Deck. Nur vereinzelt standen noch einige Container, mal zu dritt, mal zu zweit übereinander auf den Luken. Nachher würde der Lotse kommen. Ein Glück, diese Reise war bald vorbei.

Gelegentlich hatte er über den Politoffizier nachgedacht, wie es dem wohl ergangen sei. Nun, wo der sich hier an Bord befand, ging man sich aus dem Weg. Der Großteil der Besatzung bekam von Kunkels Anwesenheit nichts mit. Ja, die Zeit war auf Bagemiels Seite. Sie hatten keinen Dialog im Kreis der Besatzung geführt, wie es damals, seit Zypern, vom Second gefordert worden war. Warum auch? Das hier ist ein Schiff und kein Heim von Tauben- oder Karnickelzüchtern, da interessierte nicht die Meinung eines Maschinenassis oder die einer Stewardess. »Vielleicht habe ich mich hier noch zu rechtfertigen? So weit kommts noch …«, murmelte er gedankenversunken und trat vor den Spiegel. Kleine gelbe Plättchen waren aus seinem linken Ohr gerieselt und lagen nun auf der blauen Uniformjacke. Er putzte sie von der Schulter, nahm seinen dicken Mantel und begab sich auf die Brücke.

Gleich nach dem Verlassen der Schleuse Zandvliet wurden die restlichen Leinen, die zuvor noch gebraucht worden waren, seefest gelascht. Bis Vlissingen würde es noch ruhig bleiben, aber dann – wenn der Weg nach Rotterdam auch nur kurz war – würde es anfangen zu schaukeln.

Bolle machte unterdessen Thüringer Rostbrätl mit Champignons. Gut gelaunt sang er in der Kombüse sein Hans-Albers-Lieblingslied von der *Königin von Eschnapur, bekleidet mit 'ner Armbanduhr*, während Liese, in seine Wattejacke gehüllt, mit dem Bäcker am Schanzkleid stand und auf die winterliche Schelde guckte. Überall roch es verführerisch nach dem gebratenem Fleisch.

Jörg hatte nun endlich Feierabend. Frisch geduscht verstaute er die Sachen, die möglicherweise umfallen oder umherrollen konnten und legte sich auf die Koje. Ganz gegen seine Gewohnheit las er diesmal sämtliche Briefe am Stück, die viele neue Eindrücke vermittelten. Zuerst den Brief seiner Eltern, für die die jetzige Situation besonders aufregend war. Sie machten sich große Sorgen, was denn nun mit ihrem Land passieren würde. In der Nachbarschaft habe sich ein Funktionär das Leben genommen, schrieben sie. Und auch in den Betrieben und Büros braute sich einiges zusammen. Man wollte Antworten auf unbequeme Fragen und ließ sich nicht mehr alles gefallen. Dazu die täglichen Ereignisse überall in der DDR.

Da kam was völlig anderes auf alle zu.

Nachdem er auch Annes Briefe gelesen hatte, schaute er lange auf ihr Foto an der Wand. Wie wird die Lage sein, wenn wir nach Hause kommen? Ob uns der Zoll an der Grenze kontrollieren wird wie üblich? Bisher ging das ja immer gut, wenn sie mit dem Bus einreisten. Aber so, wie er aus Annes Zeilen und auch aus den Zeitungen las, würde es wohl sowieso nicht mehr sein. Bei den tausenden Menschen, die nun täglich hin und her fuhren. Hatte sich auch Anne verändert? Was erwartete ihn? Augenblicklich musste er an Fleischi und dessen Frau denken. Alles futsch! Ist ja auch alles so schön bunt da drüben.

Ja, alles so schön bunt, überlegte er. Warum nur konnten wir das bisher nicht auch? Alles so lieblos. Die Verpackungen, die Geschäfte, die Zeitungen. Natürlich, es war alles zweckentsprechend und reichte aus. Warum sollten auch Blümchen auf dem Klopapier sein? Aber trotzdem. Nun würde bestimmt manches anders werden.

Wieder dachte er an Fleischis Frau und den vielen Bekannten, von denen er wusste, dass sie weg waren. Im Westen war ja alles neu. Und besser. Aber was hatte er noch im letzten Brief gelesen? Zu Hause hätte jemand an die Wand geschrieben: *Westen gut, Demo besser*. Damit war ja wohl vieles gesagt, denn die Allgemeinheit war nun abgelenkt und fast keiner hatte Lust, für die einstigen Ziele zu kämpfen. Wenn es geht, rein in die Nachbarzelle. Hauptsache die D-Mark. Jedoch zu welchem Preis? Allerdings so einfach ist das nicht.

Jörg hatte die Hoffnung auf eine bessere DDR nicht aufgegeben. Genau wie Anne. Wir sind doch ganz anders aufgewachsen. Mit Solidarität und Völkerfreundschaft. Jedenfalls haben wir als Kinder daran geglaubt. Die Russen sind unsere Freunde, auch wenn man sich im Westen über Afghanistan aufregte.

Die Kapitalisten sind die Ausbeuter und die Amis haben in Vietnam, Chile und wo nicht noch so alles in der Welt sehr viel Unheil angerichtet. Keine Sau sprach noch über Hiroshima. Das waren Fakten. Aber wahrscheinlich waren Typen wie der Voigt schnell vergesslich, wenn es um ihre eigenen Vorteile ging. Herrlich. Struppi hatte berichtet, dass solche Leute jetzt zu Hause »Wendehals« genannt werden. Daggi war der Ansicht, das sei ein Vogel. Aber Stinkie wusste es besser, denn er meinte, dass das doch der Typ von der »Polonäse Blankenese« wäre.

»Ja sind die denn alle bescheuert?« Bagemiel brüllte durch die Brücke, als er die neue Order bekam. »Da sieht doch wohl keiner mehr durch! Keine Kennung die Brüder, keinen Plan!«

Es ging sofort herum wie ein Lauffeuer: Sie würden nun doch nicht in Bremerhaven abgelöst werden, sondern danach weiter nach Rostock fahren. Also hätte man sich vieles sparen können. Sogar den kurzen Auftritt von Kunkel, den der Alte extra angemustert hatte und die damit verbundene Müllverbrennungsaktion.

Zum Glück schaukelte es ja nicht lange, und der nächste Lotse war zu ihnen unterwegs. Der Funker sprach von *unerklärlichen Verhältnissen*. Der wird damit ja wohl hoffentlich die in Rostock meinen, dachte Bagemiel.

Wie sooft ging es in den Gesprächen auf der Brücke, neben den dienstlichen und fachlichen Themen, vorrangig um die Ereignisse zu Hause und in der Welt. So wurde im gegenseitigen Austausch der großen und kleinen Informationen irgendwie ein Gesamtbild erstellt, das jedoch in den einzelnen Köpfen relativ anders aussah. Aber das war ja auch normal.

Rotterdam in der Vorweihnachtszeit. Trotz »Shit weer«, wie der Lotse zum Schneeregen sagte, wollten doch viele an Land. »Herrjemine«, staunte Bagemiel, als er sich eine Fahrkarte kaufte, »die haben aber die Preise erhöht.«

Wann hatte er das letzte Mal hier den Bus genommen? Auch heute hätte er mit dem Auto in die Stadt mitfahren können, aber zuvor hatte er den Polit abgemustert, und nun fuhr der zum Bahnhof. Ein Glück, den sah er nie wieder. Hoffentlich.

»Wer das wohl alles bezahlte? Die IKL etwa?«, hatte der Chief Mate gefragt.

Aber Bagemiel war es total egal. Hauptsache Kunkel war weg.

Alle gerieten langsam in Weihnachtsstimmung. In einer Woche würden sie zu Hause sein, alle Klamotten ausgepackt und gewaschen, Freunde und Verwandte getroffen und sich an die freien Tage gewöhnt haben. Doch jetzt wurden Geschenke gekauft. Der dritte Advent stand vor der Tür und dazu war das Einkaufscenter der richtige Ort.

Der Bootsmann schaute nach Fußballschuhen und Trikots, der Eisbär nach Angelzeug und Eisenautos, wie er die Matchboxmodelle nannte. Stinkie kaufte sich die neue Scheibe der *Eurythmics,* und der Funker suchte nach gutem Pfeifentabak. Er rauchte zwar gern den so schön nach Vanille riechenden *Prestige* aus Schwerin, aber wenn man schon in Holland war …

Daggi merkte bald, dass es ohne Tatze keinen richtigen Spaß machte. Sie wusste nicht so recht, was sie sich anschaffen wollte. Trotzdem stand ihr Entschluss mit der Trennung fest. Fleischi war auch an Land, zog es aber vor, in die City zu fahren. Gut gelaunt kam ein Großteil der Besatzung zum Abendessen zurück an Bord.

Kurz vor seiner Wache erschien auch Struppi. Rühmling fielen fast die Augen aus, denn seine Ablösung kam auf einem alten Fahrrad angeradelt. Noch bevor sich jemand von der Hafensicherheit aufregen konnte, stellte Struppi das geklaute Rad im Schutz der Dunkelheit an einen zerbeulten Container und rannte an Bord. Im Hafen herrschte Hochbetrieb. Viel Ladung war nicht mehr zu löschen und bald würde es weitergehen.

Jörg, der mit Eiche zusammen einen Plattenladen gefunden hatte, konnte sich nicht entscheiden. Jetzt noch Schallplatten kaufen, wo sie doch zu Hause die Wohnung einrichten und außerdem bis nach Köln fahren wollten? Na gut, eine von *Yes* sollte es trotzdem sein. Die Band war schließlich zeitlos. Und dann noch ein Sweatshirt von *Greenpeace.*

Später, im Bus zurück zum Hafen, fiel ihm ein, wie er vor einigen Wochen noch an eine Flucht hierher, in dieses Land, nachgedacht hatte. Zusammen mit Anne. Natürlich sprach er auch jetzt nicht darüber. Aber immer wieder musste er daran denken, was wohl daraus geworden wäre und vor allem: was nun werden würde? Schließlich war soviel in der Zwischenzeit zu Hause geschehen, was er verpasst hatte.

Zum ersten Mal, so hatte er den Eindruck.

Der Lotse, der die FRIEDLAND weit nach Mitternacht hinaus brachte, wollte einen Tee. Eiche stellte ihm die Tasse an seinen Platz. Mit der Taschenlampe in der Hand goss sich der Holländer etwas Kaffeesahne dazu.

Bagemiel beobachtete ihn dabei und versuchte es bei seinem Tee auch. Nach dem ersten Schluck hatte er grieselige Klumpen im Mund. »Bäh«, schimpfte er halblaut, »Herr Reichelt, die Kaffeesahne ist schlecht. Gehen Sie mal runter und holen neue.«

Dabei drückte er Eiche das kleine Kännchen in die Hand.

Komisch, dachte Jörg, der am Ruder stand, dem Lotsen scheint sein Tee zu schmecken. Als Eiche in die Messe kam, saß Fleischi da und schaute ein Video.

»He, was guckst du denn da Schönes?« Fleischi erschrak und Eiche blieb wie angewurzelt stehen.

»Oh. Mann«, schluckte er, »das ist ja scharf.«

Mit offenem Mund und dem Kännchen in der Hand verfolgte er eine Weile das nackte Treiben auf der Mattscheibe. »Scheiße, ich muss ja wieder hoch«, sagte er und beeilte sich, eine Dose Kondensmilch aus dem Pantrykühlschrank zu holen. Trotzdem blieb er erneut stehen.

»Das behältst du aber für dich, Eiche!«

»Ja, ja ... klar.« Ganz verwirrt von dem Pornofilm, kehrte er auf die Brücke zurück.

»Na, das hat aber gedauert. Was haben Sie denn solange gemacht?«, schnarrte ihn Bagemiel an.

Kurz darauf gab es einen Aufschrei. »Herr Reichelt, was haben Sie da angeschleppt? Mein Tee. Mein teurer weißer Ceylon-Tee! Mein Virgin! Da schwimmen doch schon wieder solche Flocken.«

Der Lotse nahm seine Taschenlampe und leuchtete. Tatsächlich. Da schwamm saure Milch im Tee.

»Da«, zeigte der Lotse, »die Zitrone. Sie haben Zitrone in die Tee? Ja, das geht nich mit die Melk ...«

»Du solltest mal über deinen Schatten springen Basti«, sagte der Dritte. Normalerweise ging man nicht in Bremerhaven an Land. Warum auch? Die Zeit war zu knapp und außerdem der Weg vom Terminal zur Innenstadt nicht gerade kurz. Und: Entweder man kam von zu Hause oder umgekehrt. Nur einige wenige waren mal im Schifffahrtsmuseum gewesen.

Doch heute war alles anders. Kapitän Bagemiel hatte auf Anraten des Funkers einen kleinen Bus bestellt, der zweimal fuhr.

»Na gut«, der Second nickte, »du hast ja recht. Warum sollte ich dem dicken Kohl was schenken?« Seine Ablehnung des Köders, wie er immer sagte, war verflogen.

Die Frau hinter dem Schalter staunte nicht schlecht, als die Meute in die örtliche Sparkasse einfiel, um sich das Begrüßungsgeld auszahlen zu lassen.

Voigt war der Erste, der es bekam. Gleich darauf verschwand er im nächsten Buchladen.

Liese, der Second und der E-Ing. schlenderten solange an den Schaufenstern entlang, bis die Schlange kürzer wurde und auch sie sich anstellten. Neu für alle war, dass sie – aus Respekt und Diskretion – Abstand halten sollten.

»Hä, ick kenn die olle Kackbratze doch«, regte sich der Keeper auf, »wat soll ick da schon abkieken?« Aber auch er wollte sein Geld und trat brav drei Schritte zurück hinter die Linie, damit Pluto die hundert Westmark abholen konnte.

Die Taschen waren alle gepackt, die Ablösung in Rostock konnte erfolgen. Voigt saß im Sessel, genoss die Fahrt durch den Nord-Ostsee-Kanal, trank sein vorletztes Hafenbräu und studierte die Anzeigen in den Zeitungen. Irgendwo würde sich doch eine gute Stelle finden lassen, und wenn es als Dritter Ingenieur wäre. Hauptsache ein Westdampfer. Und dann nichts wie weg aus Halle-Neustadt. Phh, Ha-Neu! Robert war auch schon aus dem Gröbsten raus. Der würde schon sein Ding machen. Und Elvira war ja auch nicht dumm.

Er legte die Zeitung beiseite und ging zum Waschbecken, um das leere Bierglas auszuspülen. Vor drei Tagen hatte er hier noch mit Kunkel gesessen. Aber es ging nicht. Sie stritten sich nur und konnten ihre Ansichten nicht mehr teilen. Außerdem interessierte sich Voigt nicht für das Gejammere seines einstigen Vertrauten. Der berichtete über die jetzigen Zustände in der Reederei und im Hafen, wo er und seinesgleichen wie Aussätzige behandelt wurden. Er und wohl neunundachtzig andere ehemalige Politoffiziere standen, genau wie die über zweihundert Funktionäre aus Partei und gesellschaftlichen Organisationen, vor dem Nichts. Niemand im Kombinat hatte mehr Verwendung für sie. Alle hatten jetzt mit sich selbst zu tun. Wie auf der TITANIC. Oder beim Stuhltanz. Da musste man sich eben neu erfinden oder besser noch, seine Gesinnung an der Garderobe abgeben.

Kunkel glaubte noch tatsächlich, die DDR würde weiterhin ein Arbeiter- und Bauernstaat bleiben. Denkste! Dieses Land war pleite. Gepfiffen auf Hammer, Zirkel, Ährenkranz! So nach und nach kam Licht in die ganze Sache, und man erfuhr Dinge, die man nie für möglich gehalten hätte. Wer kannte denn schon vorher den Namen

Schalck-Golodkowski, der noch Anfang des Monats polizeilich gesucht worden war? Kaum einer. Nein, der Zug war abgefahren. Also los und umsteigen. Oder besser: woanders aufspringen.

Der Funker war an dem Abend auch dabei. Gab sogar einen guten Cognac aus. Ja, ja unser Professor, dachte Voigt, wie immer wortgewandt und bedacht. Was hatte der noch über Honecker gesagt? »Honecker? Dem entzog sich doch, ich will es mal gelinde ausdrücken, das rationale Verständnis der Situation.«

Einige Decks tiefer kniete Liese allein auf ihrer Backskiste und schaute traurig aus dem Fenster. Seit Rotterdam hatte sie nun freie Sicht. Keine blöde Blechkiste versperrte mehr den Blick und machte ihre Kammer dunkel. Langsam zogen die festlich dekorierten großen Fenster der schönen Häuser am Nord-Ostsee-Kanal vorbei. Alles wirkte so friedlich und beruhigend.

Aber Liese war nicht ruhig. Allmählich hatte sie ihre Situation begriffen. Dies hier würde ihre letzte Reise sein, wenn, ja wenn sie das Kind in ihrem Bauch behielt. Vergeblich hatte sie versucht, mit ihm über eine gemeinsame Zukunft zu reden. Weit gefehlt! »Liese, du dummes kleines Mädchen«, hatte der Bootsmann gesagt, »ich habe schon eine Familie. Ich habe schon ein Kind. Was soll ich da mit noch einem?«, hatte er gesagt. Und: »Lass es wegmachen und fahr weiter zur See. Du bist doch noch jung. Du hast das Leben noch vor dir.«

Lieses Augen füllten sich mit Tränen. Sie konnte nun nicht mehr lesen, was auf den hell angeleuchteten blauen Schildern am Ufer stand. Ob Breiholz oder Schülp, war doch sowieso egal.

»Ritchie, du Mistkerl«, flüsterte sie und putzte sich die Nase. Dann verdunkelte sie ihr Fenster mit dem Rollo und knipste das Licht an.

Nach dem Lotsenwechsel brachte Daggi eine neue, von Bolle sorgfältig garnierte Platte auf die Brücke und deckte ein. Etwas wehmütig und in aller Ruhe. Trotzdem es dunkel war, hatte sie extra Servietten mit Weihnachtsmotiven herausgesucht. Schweigend schauten Bagemiel, der Lotse und der Kanalsteurer zu, wie sie dazu ein Teelicht anzündete. Auch Daggi wusste nicht, ob es ihre letzte Reise war oder nicht. Klappte es in Wismar mit einer eigenen Wohnung, war es das mit der Seefahrt. Vorbei die herrliche Zeit.

Als sie kurz darauf mit dem frisch gebrühten Kaffee zurück kam, unterhielten sich Bagemiel und der Kanallotse angeregt über Politik.

»Na, mal sehen«, sagte Bagemiel selbstbewusst, »wie lange sich die olle DDR noch so halten wird. Was meinen Sie, Herr Bohm, wann sind wir wieder ein Land?«

Daggi schluckte, und der Herr Bohm runzelte im Schein der Kerze die Stirn.

»Tja, Kaptain, das ist so eine Sache, nich. Da sollte man doch erst mal abwarten. Nicht so schnell mit die jungen Pferde, wie man so schön sagt.« Er zog an seinem Zigarillo. »Da gibt es so viel zu bedenken. Und das sind nicht nur die immensen Kosten. Mal ein Paket nach drüben schicken ist etwas anderes, als ein ganzes Land aus dem Dreck zu bugsieren.« Wieder zog er an dem braunen Glimmstengel. »Ich denke, dass wird noch Jahre dauern. Da sind wir beide längst pensioniert. Außerdem, solange der Russe seine Panzer bei Ihnen im Land hat …«

»Aber das läuft doch voll darauf hinaus«, erwiderte Bagemiel, »wir gehören doch nun mal zusammen. Sind doch im Grunde das gleiche Fleisch und Blut.«

Was faselt der da, dachte Daggi und brachte dem Mann am Ruder eine Tasse Kaffee.

»Na ja«, fuhr der Herr Bohm fort, »das Gute an der jetzigen Situation ist doch, dass erst mal kein ostzonaler Seemann mehr in den Schleusen abhauen muss. Immerhin.«

Bagemiel versuchte zu lachen. Es klang aber nicht gut. »Wir Deutschen sind doch eine alte Seefahrernation. Unsere gut ausgebildeten Leute, Herr Bohm, und Ihre Schiffe, das passt schon zusammen. Meinen Sie nicht auch? Obwohl, die Mannschaften bei Ihnen sind ja hauptsächlich Kanak … äh aus Billiglohnländern. Aber Offiziere, ja Offiziere werden bei HAPAG, der Hamburg Süd und so weiter immer gebraucht.«

»Herr Lotse, möchten Sie einen Kaffee?«, fragte Daggi höflich.

»Ja, gerne«, entgegnete ebenso höflich der Herr Bohm.

»Und Sie, Genosse Kapitän? Auch noch einen?«, fragte Daggi besonders freundlich.

Der Lotse drehte rücksichtsvoll den Kopf weg und grinste zum Kanalsteurer hinüber. So entging ihm der verkniffene Gesichtsausdruck des Kapitäns, der im Kerzenschein besonders zur Geltung kam.

»Danke Fräulein Kraft«, sagte Bagemiel wütend, »den nehm ich mir schon selbst! Wir brauchen Sie hier oben nicht mehr. Sie können gehen.«

Die FRIEDLAND schaukelte längst bedächtig in der Ostsee, als Jörg nach seiner Wache, trotz der großen Müdigkeit, noch nicht schlafengehen mochte. Er kurbelte am Radio und suchte ungewohnterweise einen DDR-Sender. Wahrscheinlich wäre der Polit stolz auf ihn gewesen. Endlich klappte es. Um diese Zeit lief jedoch nur Musik. »Weihnachten, Weihnachten steht vor der Tür«, säuselte der Gerd-Michaelis Chor in Begleitung des Orchesters Jo Kurzweg.

Komisch, dachte Jörg, der eigentlich irgendwelche Nachrichten hören wollte, das ist Heimat. Genau das ist es. Klingt vertraut. Etwas kitschig nach FDGB- oder Altersheim. Oder Kindheit vielleicht.

Er zog sich seine Wattejacke über und ging noch einmal hinaus an Deck. Irgendwo dort vorn würde bald die Reede von Rostock auftauchen.

Doch die Sicht war diesig.

aufschießen: faulenzen

Back: 1. Aufbau auf dem Vorschiff, 2. Tisch

Bärendreck: Motodix, Schnelldichtungsmasse

Chief: Leitender Technischer Offizier, LTO

Chief Mate: Erster Nautischer Offizier, ENO

Engerlinge: Erdnussflips

ETA: voraussichtliche Ankunftszeit

Faultierfarm: Reedereigebäude

Festmacher: 1. Arbeitshandschuhe, 2. Arbeiter, die im Hafen die Leinen befestigen

HAPAG: Hamburg-Amerikanische Packetfahrt-Actien-Gesellschaft

HHLA: Hamburger Hafen und Logistik AG

Kabelgattsmatrose: (auch Kabelgattmatrose, Kabelgeist, oder -Ede) ist die rechte Hand des Bootsmanns. Er ist für die Farbenlast und die Storeräume (mit Tauwerk, Werkzeug, Reinschiffmaterial, Drähte, Schäkel usw.) an Deck zuständig. Außerdem für die Back (Ankergeschirr und Winden) und das Trinkwasserpeilen

Karl-Heinz: Ausdruck für Russen

Mittelwächter: Essen für die 0-4-Wache

MKR: Maschinenkontrollraum, schall- und wärmeisolierter Leitstand im Maschinenraum

Pantry: kleiner Raum bzw. Anrichte zwischen Kombüse und Messe mit Geschirraufbewahrung und Spüle

Schweinepier: Schüttgutpier im Überseehafen Rostock

Smoketime: Arbeitspause

Spreader: Containergeschirr, wird vom Fahrer der Containerbrücke bedient

Storekeeper: Verwalter der technischen Verbrauchsmaterialien, Werkzeuge und Ersatzteile. Ob im Maschinenraum, in seiner Werkstatt oder auch an Deck – überall führt der meist sehr gut ausgebildete Alleskönner sämtliche anfallenden Reparaturen und Wartungen aus

Twistlock: twist engl. für Verdrehen und lock für Schloss, Verriegelungsstück zum Befestigen der Container

Vorstecker: eine kurze Schürze

WBS: Weinblattsiegel, Weinbrand-Verschnitt

Wunderhölzer: auch Wasserhölzer genannt, an Bord die übliche Bezeichnung für Yucca-Palmen. Oft war es nur der Stamm oder ein Ast, der dann unterwegs ins Wasser gestellt wurde, damit sich Wurzeln bildeten

XD: (sprich Typ zehn D) in den Jahren 1967-1970 gebauter Stückgutschiffstyp des VEB Warnowwerft Warnemünde

Danksagung

Dank an Heike Metz und dem DSR-Seeleute e. V. Freiberg, der BStU Rostock, Waldeck-Dummerstorf, dem Schifffahrtsmuseum Rostock für die Leihgabe der Kapitänsmütze sowie der Landesbibliothek Schwerin.

Und ein besonderer Dank an meine Frau Sanny und meinem Sohn Fabi für ihre Geduld.

Fred Schulz